〔唐〕李商隱 著
〔清〕馮　浩 詳注
　　　錢振倫 箋注
　　　錢振常 箋注

樊南文集

下

上海古籍出版社

〔唐〕李商隱 著
〔清〕錢振倫 錢振常 箋注

樊南文集補編

樊南文集補編序

同年生錢楞仙少司成,少躋通顯,壯年勇退,覃精博洽,海内宗之。同治壬戌,余承乏漕河,延君主講崇實書院,君循循善誘,條晰其良楛而殿最之,不及期年,士風丕變。公餘之暇,朝夕過從,飫聞緒論,益歎君之才有不盡於是者。而夷然沖澹,獎掖後學,為尤不可及也。君於書無所不窺,隨手箋記,皆成條理。尤好樊南李氏之學,嘗以馮氏採本未盡賅備,因手錄全唐文所收二百三篇,與哲弟笘仙廣文分任箋注之役。既有成書,間以示余。博而不雜,簡而能賅,參伍鉤校,絕非苟作。諷玩再四,愛不去手,爰付手民,以廣流布,使士林讀之,知精能於藝文者,必根柢乎經史,其亦知所嚮往矣。

同治五年歲次丙寅秋八月,盱眙吳棠撰。

原序

稽文泉一冊，半佚太玄擬易之經；訂昭諫八編，尚遺「秋雲如羅」之賦。自昔零珠錯落，斷壁沈霾，亶歸搜燼於炱餘，不致終淪於韋摘。然亦孤蘭之偶閟，匪如唐棣之都刪；從未有網羅前聞，紬繹墜緒。叢殘失次，方嗟舊誥俄空，爛脫無嫌，頓喜全篇跳出。以云補亡，斯稱憙古已。〈樊南甲集〉編於大中元年丁卯商隱方為鄭亞掌書記時，〈乙集〉則編於七年癸酉在盧弘正東川幕中，卷各二十，體皆四六。考唐志而僅贏一卷之作，按宋史而遞增八卷之繁。嗣是崑體真傳，贗鼎易混；禮堂手寫，足本無聞。朱長孺彙收之，而尚待於徐補，顧俠君甄采之，而尤備於馮箋。世之吮素麟毫，妃青螺黛，莫不家藏緗帙，人握靈珠，謂可綜金鑰之樞鈴，匯玉溪之支派矣。然而河東有辟書之任，何以作奏偏稀？濮陽有重祭之文，何以前篇不錄？安陽府君為明德所自出，而未聞敘述清芬；令狐相公曾屢啟以陳情，而不復留存隻字。疑有瓊瑰之寶，莫垂竹帛之光，資擄掇於藝林，庶揀張於文苑。我同歲生楞仙太史榮躋甲觀，博覽丁函，鳳髓龍筋，早冠承明之鉅製；邛花巴竹，適滋思古之幽情。乃者芸館含香，蘭臺撰史，無雙席上，畢探中祕之奇；第七車邊，大發瑤華之采。

補編原序

嘗取欽定全唐文所收商隱駢體文錄之，視今本多至二百三首，釐爲四册，名曰補編。如窺豹斑而已得其全，譬探驪珠而悉騰其耀，信體裁之咸具，乃韜晦之必彰。緬惟顏魯公之佚篇，留氏補之於宋；蜀韋莊之遺集，毛氏補之於明。俾賸馥與殘膏，均霑後學；擬翼經而輔道，無愧功臣，據古方今，何多讓焉！猥以錫蕃幼耽艇異，汎涉羣書，壯學蟲雕，粗知偶句。卅載而編珠綴貝，敢言清麗爲文；千里而斷梗飄蓬，差同名宦不進。屬爲校正其字，弁言其端。嗟嗟！蜀水湘雲，總才人之落漠；恩牛怨李，亦季世之譏彈。而惟是上計淹車，芳華拋瑟，年年金綫，祇辦嫁衣，朵朵紅蓮，空妍府幕。僅得此筆花退黶，巢鳥餘痕，猶復香落涸中，偕李賀而泯没；劍埋獄底，俟雷煥而鋒銛。固由激傲恃才，干造物之所忌；亦屬寒屯邅遇，極文士之同悲也。竊濡穎而欷然，願鍥梨而雪此。掃衣欲裂，君幸能拾獺之殘，托鉢誰依，我已覺抽蠶之盡。

道光二十有七年歲在丁未夏四月，烏程高錫蕃撰。

振倫按：上令狐相公七狀，是楚非綯，序中令狐二句微誤。

自序

樊南文集原目不可見。四庫全書著錄，乃崑山徐氏本，藝初爲箋，章仲爲注者也。其文皆採自文苑英華，凡一百五十首。厥後桐鄉馮氏注出，頗糾其箋注之誤，而於篇目無甚出入。其引明文瀾閣書目義山文集十册，崑山葉氏菉竹堂書目義山文集十一册，固疑其不止於此矣。振倫曩官京師，恭誦欽定全唐文七百七十一之七百八十二所收李義山文，較諸徐、馮注本多至二百三首，惜未知採自何書，曾手錄之。咸豐改元，以憂返里，復偕弟振常分任箋注之役。乃恍然於所由來。嗣見阮文達所選胡書農學士傳云：從永樂大典錄出樊南佚文四百餘首，其間字句小有異同，亦藉以考定。永樂大典今存翰林院敬一亭，悔未及對校，又知文達所謂四百餘首者，或合徐本之百五十首約略言之，非此二百三首外，尚有佚文二百首爲全唐文所未採也。庚申，賊擾江、浙，倉卒渡江而北，平生書篋，悉付灰燼，而此本居然獨存。展卷重觀，如隔世事，所注間有未備，比因主講袁浦，同年吳仲宣漕帥富藏書，獲從乞借補注之，編爲十二卷。夫以振倫兄弟之讕陋，上方徐氏昆季，誠不可道里計，惟是頻年捃撦之

功，不忍輕棄。今茲稿本粗定，尚冀有好事如馮氏者糾余之失，更合本集以成完書，則此編其猶嚆矢也已。

同治三年歲在甲子孟冬之月，歸安錢振倫書。

凡例

一　徐、馮注本雖由綴集而成，但行世已久，不得不謂之本集。是編有與相涉者，悉於題下注明，以便互勘。

一　文首標題，按其年月，有必不可通者，當爲傳鈔之誤，今各疏所疑於下，不敢擅易原題。

一　文有箋注，例加於首見之篇，惟王茂元一生仕履，備詳於外舅司徒公文，非詳引史傳，則散見於前者，轉難稽核，故特立此變例。

一　帝虎、魯魚，書中恆有，是編如張佚誤「秩」，劉悰誤「恢」，尚易辨也，若雒陽之誤維揚，廣漢之誤廣陵，則似是而非，必經妄人臆改，茲就灼知者摘正之。此外未注諸條，固緣見書苦少，抑未必無點畫之譌也。

一　祭韋太尉文二首，碻爲符載之作，故退一字別之，仍依原第錄注其文，以備參考。

一　玉溪生詩題有彭陽公誌文，本集文中所述，有才論、聖論、奠牛太尉文，補編文中所述，有紫極宮銘，馮氏引金石錄有佛頌，全蜀藝文志有懷安軍碑記。爲八戒和尚謝復

一三學山精舍表，皆知其題而佚其文。近人孫梅四六叢話內載義山修華嶽廟記，云出華嶽集志，今附卷末，然亦未敢深信也。

一馮氏玉溪生年譜，於無可取證之中，旁搜互勘，酌定年月，用心亦良苦矣。惟是編行狀等篇，爲馮氏所未見，故譜中不無臆斷而譌，今糾正數條，附於書後。

一振倫家乏藏書，且罕知交，是編初創，武康王松齋孝廉誠曾爲蒐採數十條。及其將成，江山劉彥清農部履芬又爲刪節數百條，但遺漏舛誤，終不能免。大雅君子續有見示，當別爲補注一卷，以志多聞之益。

樊南文集補編卷第一

表

爲彭陽公與元請尋醫表

舊唐書令狐楚傳：楚字殼士。太和九年，守尚書左僕射，進封彭陽郡開國公。開成元年，檢校左僕射、興元尹，充山南西道節度使。二年十一月卒於鎮。又地理志：山南西道節度使，治興元府，管開、通、渠、興、集、鳳、洋、蓬、利、壁、巴、閬、果、金、商等州。本集有代彭陽公遺表。

臣某言：臣聞長育之功，允歸於天地；左傳。疾痛所迫，必告於君親。史記屈原傳：疾痛慘怛，未嘗不呼父母也。是以今月某日竊獻表章，蔡邕獨斷：凡羣臣上書於天子者有四名：一曰「章」、二曰「奏」、三曰「表」、四曰「駁議」。上干旒扆，禮玉藻注：天子以五采藻爲旒。又曲禮疏：依狀如屏風，以絳爲質，高八尺。備陳舊恙，史記外戚世家注：爾雅：恙，憂也。一說，古者野居露宿，恙，噬人蟲也。故人相恤云「得無恙乎」。當此頹齡，陶潛九日閑居詩：菊爲制頹齡。乞解藩維，藝文類聚：管寧答桓範書曰：膺受多福，爲國蕃維。一歸京輦。後漢書周舉傳：出入京輦。左思吳都賦劉逵注：輦，王者所乘。故京邑之地通曰輦。哀羸則甚，後漢

補編卷一 表

五一一

書張敏傳注：有司奏君年體衰羸。戰灼猶深。《晉書王濬傳》：豈惟老臣獨懷戰灼。臣某中謝。《羊祜讓開府表》李善注：《裴氏新語》曰：若薦其君，將有所乞請，中謝言「臣誠惶誠恐頓首死罪」。臣早以庸虛，王融求自試啓：拔迹庸虛。久塵恩渥，四朝受任，二紀叨榮。《舊唐書令狐楚傳》：元和九年，入翰林，充學士，遷職方郎中、中書舍人，皆居內職。十三年四月，出爲華州刺史。十月，爲河陽懷節度使。十四年七月皇甫鎛薦楚入朝，授中書侍郎、同平章事。十五年正月，憲宗崩，爲山陵使。六月，山陵畢，會有告楚親吏贓污事發，出爲宣歙觀察使。再貶衡州刺史。長慶元年四月，量移郢州，遷太子賓客，分司東都。敬宗即位，用楚爲河南尹、東都留守、兼御史大夫。其年九月，檢校禮部尚書、宣武軍節度使。太和二年九月，徵爲戶部尚書。三年三月檢校兵部尚書、東都留守、東畿汝都防禦使。十一月，進位檢校右僕射、天平軍節度使。六年二月，改太原尹、北都留守、河東節度使。七年六月，入爲吏部尚書。九年六月，轉太常卿。十一月，以本官領鹽鐵轉運等使。開成元年四月，檢校左僕射、興元尹、充山南西道節度使。二年十一月卒。按：前後二十四年，歷憲、穆、敬、文四朝。《管子》：爲人臣者受任而處之以教。書畢命傳：十二年曰紀。《魏書景穆十二王傳》：叨榮左右。《竹書紀年》：王命西伯得專征伐。華省黃樞，潘岳《秋興賦》：獨展轉於華省。《梁書蕭昱傳》：徒穢黃樞。皆驚竊位；專征處守，《竹書紀年》：叨榮左右。豈不願竭螻蟻之微生，梁書吉翂傳：夫鯤鮞螻蟻尚惜其生。《蜀志馬良傳》注：《習鑿齒》曰：「且先主誠謂之不可大用，豈謂其非才也？」《淮南子》：日西垂，景在樹端，謂之桑榆。每愧非才。盡桑榆之暮景？漢書百官公卿表：漢因循而不革。力有不堪勉疆，當作「疆」。苟懷情不盡，梁書沈約傳：帝聞赤章因循，漢書百官公卿表：漢因循而不革。靡敢言病，《左傳》：罔或告勞。《詩》：然事有不

爲尚書濮陽公涇原讓加兵部尚書表

伏奉某月某日離本道東上。《舊唐書·地理志》：梁州興元府至京師一千二百二十三里。無任祈恩危迫之至。

訪秦醫而冀愈沈痾。《庚亮讓中書令表》李善注：「秦醫」，見左傳。《晉書·樂廣傳》：沈痾頓愈。復丹款之未足。乏絕之時，馳驅未晚。臣已決取今

料睿慈，必從丹款。宋書范泰傳：是用猖狂妄作，而不能緘默者也。

而銘其背曰：古之慎言人也。說苑：孔子之周，觀於太廟，右陛之前，有金人焉，三緘其口，

止馬曰控。《博雅》：壓，鎮也。

義陽成王望傳：爲二方重鎮，統臨至廣，魏書蠕蠕傳：臣當統臨餘人，奉事陛下。控壓非輕。詩大叔于田傳：

漢上曰沔。《白帖》：雄藩重寄。漢書高帝紀：漢王送至褒中。注：即今梁州之褒縣也。舊曰褒中，言居褒谷之中。《晉書·

上雄藩，褒中重鎮，《舊唐書·地理志》：興元府隋漢川郡，領褒城、漢褒中縣。《漢書·地理志》：漢中郡領沔陽縣。

事，大怒，中使譴責者數焉，約懼遂卒。有司謚曰文。帝曰：「懷情不盡曰隱。」故改爲隱云。則事主非忠。且漢

《新唐書·王栖曜傳》：栖曜，濮州濮陽人。子茂元，累遷嶺南節度使。家積財，交煽權貴。鄭注用事，遷涇原節度使。注敗，悉出家貲餉兩軍，得不誅，封濮陽郡侯。《舊唐書·文宗紀》：太和九年十月，以前廣州節度使王茂元爲涇原節度使。又地理志：涇原節度使治涇州，管涇、原、渭、武四州。又職官志：兵部尚書一員正三品。笺：此表乃王茂元初拜兵部尚書，遣屬齋讓之文，後有附送官告中使回狀，蓋同時之

作。又有官後上中書門下狀,則陳讓不允而致謝時相者也。按新、舊唐書紀傳皆不載茂元加兵部尚書事,即是編祭司徒公文,亦未之及。惟後爲濮陽公上陳相公第二狀云「分起部而未淹,遷司戎而何速」,考陳夷行於開成二年四月入相,四年五月罷。本篇云「四頒堯曆,一別漢庭」,茂元出鎮涇原,爲太和九年十月事,下數至開成三年爲四載,時夷行尚未罷相,合兩篇以互證,則事當在開成三年矣。再據官告狀云「榮假冬卿,顯分霜憲」,官後狀云「往在番禺,已分風憲」,及臨安定,又假冬卿」。是茂元出鎮嶺南,已加御史中丞,移鎮涇原,又加工部尚書,並在加兵部尚書之前,而事皆無考,意藩鎮遙領京銜,紀載多略耳。

臣某言:今月某日,中使某至,〈後漢書宦者傳:凡詔所徵求,皆令西園騎密約敕,號曰「中使」〉。奉宣恩旨,加授臣某官,依前充四鎮北庭行軍、兼涇原等州節度、營田、觀察處置等使,〈舊唐書地理志:安西都護所統四鎮:龜茲都督府、毗沙都督府、疏勒都督府、焉耆都督府。又:北庭都護府屬河西道。新唐書方鎮表:大曆三年置涇原節度使,貞元六年領四鎮、北庭行軍節度使。又〈百官志:節度使兼觀察使,又有判官、支使、推官、巡官、衙推各一人,兼支度、營田、招討、經略使,則有副使、判官各一人。又⋯⋯觀察處置使,掌察所部善惡,舉大綱。凡奏請,皆屬於州〉。散官勳賜如故,〈舊唐書職官志:武散官,舊謂之散位,不理職務,加官而已。又:勳官者,出於周、齊交戰之際。本以酬戰士,其後漸及朝流。階爵之外,更爲節級。武德初,雜用隋制,至七年領令,定用上柱國,柱國、上大將軍記其本階,自隋改用開府儀同三司已下。貞觀年,又分文武,入仕者皆帶散位,謂之本品。又⋯⋯勳官者,出於周、齊交

軍、大將軍、上輕車都尉、輕車都尉、上騎都尉、騎都尉、驍騎尉、飛騎尉、雲騎尉、武騎尉，凡十二等，起正二品至從七品。

貞觀十一年，改上大將軍爲上護軍，大將軍爲護軍，自外不改，行之至今。又輿服志：自武德已來，皆正員帶闕官，始佩魚袋，員外、試判、檢校，自則天、中宗後始有之，皆不佩魚。雖正員官得佩，亦去任及致仕即解去魚袋。嘉貞爲中書令，奏諸致仕許終身佩魚，以爲榮寵，以理去任，亦聽佩魚袋。自後恩制賜賞緋紫，例兼魚袋，謂之章服，因之佩魚袋，服朱紫者衆矣。舊唐書李嶠傳：時吏部告身印與曹印文同，行用參雜，難以區分。嶠奏請准司勳兵部印，例加官告兩字，并賜臣官告原作「語」，今據胡本改正。一通者。

傳云，卿擁逼百姓，爲麋脣齒。方言：爾雅：瓠竹、北戶、西王母、日下謂之四荒。日下字本此。而日爲君象，後人以之稱京師。

忽從日下，本集馮氏曰：

怔忪自失，方言：征忪，惶遽也。列子：子貢茫然自失。抃舞不能。臣某中謝。見前狀。

臣夙探史册，頗究職官，按：漢書作百官公卿表，後漢書作百官志，晉書作職官志，宋書、齊書並作百官志，魏書作官氏志，隋書作百官志。尚書則虞曰納言，漢書百官公卿表：應劭曰：納言，如今尚書，管王之喉舌也。兵部乃周之司馬。是司九法，並周禮。爰統六師，書。歷代以來，非賢不處。北堂書鈔：晉中興書田穰苴之文武，始議超居，史記司馬穰苴傳：司馬穰苴者，田完之苗裔也。蔡謨爲尚書，上疏曰：八座之任，非賢莫居。齊景公時，晏嬰薦田穰苴曰：「其人文能附衆，武能威敵。」索隱曰：穰苴，田氏之族，爲大司馬，故曰司馬穰苴也。

張孺子之尊崇，方宜入拜。「孺子」當作「子孺」。漢書張安世傳：安世，字子孺。宣帝初拜爲大司馬

蜀志陳震傳：入拜尚書。罕有以玆名器，〈左傳〉。遠假藩維，見前表。況臣識愧通人，〈史記〉田敬仲完世家贊：非通人達才，孰能注意焉？號非名士。〈禮記〉芸香補吏，方同班固之私循；謂試校書郎，詳後外舅司徒公文。〈初學記〉：魚豢〈魏略〉：芸香，辟紙魚蠹，故藏書臺稱芸臺傳：召詣校書郎，除蘭臺令史。象魏獻書，有異東方之自薦。〈漢書東方朔傳〉：武帝初即位，四方士多上書言得失，自衒鬻者以千數。朔初來上書，文辭不遜，高自稱譽，上偉之。因緣蔭第。〈漢書鄭崇傳〉：北齊書樊遜傳：家無蔭第。尚有因緣。詩：乃藉時來。任昉天監三年策秀才文：因藉時來。不期宦達。屬者出征海嶠，再撫蠻嶼，邕容經略，嶺南節度。〈水經注〉：連水出南康縣涼熱山，連谿山即大庾嶺也，五嶺之最東矣，故曰東嶠山。又：耒水又西，黃水注之，水出縣西黃岑山，山則騎田之嶠，五嶺之第二嶺也。又：部山即部龍之嶠也，五嶺之第三嶺也。又：馮水又左合萌渚之水，水南出於萌渚之嶠，五嶺之第四嶺也。又：越城嶠水南出越城之嶠，嶠即五嶺之西嶺也。秦置五嶺之戍，是其一焉。左思魏都賦：蠻嶼夷落，譯導而通，鳥獸之氓也。韓詩外傳：衆或滿堂而飲酒，有人鄕隅悲泣，則一堂爲之不樂。遂踰萬里。王邵伯之犢，生則還官；王遜傳：遜字邵伯，累遷上洛太守，私牛馬在郡生駒犢者，秩滿悉以付官。吳隱之之魚，食寧去骨。〈晉書吳隱之傳〉：隱之爲廣州刺史，常食不過菜及乾魚而已，帳下人進魚，每剔去骨存肉，隱之覺其用意，罰而黜焉。麋無悔咎，得及旋歸。纔望京華，又分旄節。〈史記秦始皇紀注〉：〈正義曰〉：旄節者，編旄爲之，以象竹節。擁戎馬于

涇上,〔護原作「獲」,今據胡本改正。〕田穀于回中。〔史記田叔傳補:使田仁護邊田穀於河上。又秦始皇紀:巡隴西、北地,出雞頭山,過回中焉。〕罷講縢艟,〔釋名:狹而長曰縢艟,以衝突敵船。〕學燒烽燧,〔史記司馬相如傳:烽舉燧燔。注:烽,見敵則舉。燧,有難則焚。烽主畫,燧主夜。四頒堯曆,〔書。〕一別漢庭,〔史記樊酈滕灌傳贊:垂名漢庭。〕蔥嶺猶疆,〔漢書西域傳:西域以孝武時始通,東則接漢,阸以玉門、陽關,西則限以蔥嶺。〕〔説文:羛,羊臭也。或從亶。〕雪山未復。〔後漢書班超傳:破白山。注:西域有白山,通歲有雪,亦名雪山。〕拔劍而憤,彎弧不平。〔班固幽通賦:管彎弧欲斃讎兮。〕豈謂皇帝陛下,〔蔡邕獨斷:皇帝至尊之稱。皇者,煌也。盛德煌煌,無所不照。帝者,諦也。能行天道,事天審諦,故稱皇帝。陛下者,陛,階也,所由升堂也。天子必有近臣執兵陳于陛側,以戒不虞。謂之陛下者,羣臣與天子言,不敢指斥天子,故呼在陛下者而告之。因卑達尊之意也,上書亦如之。〕收雲中長者之名,〔史記田叔傳:孝文帝問曰:「公知天下長者乎?」叔頓首曰:「故雲中守孟舒,長者也。」〕錄義陽絕域之志,〔西京雜記:傅介子好學書,嘗棄觚而歎曰:「大丈夫當立功絕域,何能坐事散儒?」後斬樓蘭王首,封義陽侯。〕暫寬乃睠,〔詩。〕即議酬勞。借寵于總軍,〔後漢書韋彪傳:欲借寵時賢以爲名。〕庾亮讓中書令表:出總六軍。分榮于整武。〔天中記:唐初,將相官告用銷金箋及金鳳紙書之,餘皆魚箋、花箋而已。〕卷之瑤軸。塞,後忝轉加,紀在綵箋,〔舊唐書高宗紀:今後尚書省下諸司、州、縣,宜並用黃紙,其承製敕之司,量爲卷軸,以備披檢。〕二府焉。前叨未〔原作「末」,今據胡本改正。〕分榮于整武。〔高祖定天下,置丞相以統文德,立大司馬以整武事,爲物理論曰:然臣退思其所,內顧其能,貪天之功。〔左傳。〕前經攸戒,〔謝靈運山居賦:恭前叨

窺前經。受爵不讓，〈詩〉。古人所非。富哉是言，服之無斁。〈詩〉。高封大邑，〈新唐書〉〈百官志〉：凡爵九等：一曰王，食邑萬戶，正一品；二曰嗣王、郡王，食邑五千戶，從一品；三曰國公，食邑三千戶，從一品；四曰開國郡公，食邑二千戶，正二品；五曰開國公，食邑千五百戶，從二品；六曰開國縣侯，食邑千戶，從三品；七曰開國縣伯，食邑七百戶，正四品；八曰開國縣子，食邑五百戶，正五品上；九曰開國縣男，食邑三百戶，從五品上。君親誠用以推恩，銘座循牆，〈荀子〉：孔子觀於魯桓公之廟，有敧器焉，孔子問於守廟者曰：「此爲何器？」守廟者曰：「此蓋爲宥坐之器。」孔子曰：「吾聞宥坐之器，虛則敧，中則正，滿則覆。」孔子顧謂弟子曰：「注水焉。」弟子挹水而注之，中而正，滿而覆，虛而敧。孔子喟然而歎曰：「吁！惡有滿而不覆者哉？」按：漢崔瑗有座右銘。「循牆」，見〈左傳〉。用以詁忘于揣分。〈隋書〉〈史祥傳〉：循涯揣分。自昔避乎全盛，懼彼高明。揚雄〈解嘲〉：高明之家，鬼瞰其室。臣度其私誠，豈徒虛飾？〈晉書〉〈山濤傳〉：當崇至公，勿復爲虛飾之煩。直恐任踰其量，事過其涯，則鬼亦害盈，〈易〉。天能概滿。〈管子〉：釜鼓滿，則人概之；人滿，則天概之。因循且爾，見前表。顛覆隨之，雖在至愚，實知斯義。

伏惟皇帝陛下，溫以煦物，〈隋書〉〈音樂志〉：陽光煦物，溫風先導。皪而燭幽。待疑當作「特」。乞追還使臣，寢息嚴命。〈任昉〉〈上蕭太傅固辭奪禮啓〉：霈然降臨，賜寢嚴命。苟臣重憑廟略，〈晉書〉〈羊祜傳〉：外揚王化，內經廟略。麕振兵威，少能斷臂扼吭，〈史記〉〈張儀傳〉：說趙王曰：「今楚與秦爲昆弟之國，而韓梁稱爲東藩之臣，齊獻魚鹽之地，此斷趙之右臂也。」又〈劉敬傳〉：夫與人鬭，不搤其肮，拊其背，未能全其

勝也。今陛下入關而都，此亦搤天下之肮而拊其背也。」

又《陳涉世家》：「諸將之徇地者，不可勝數。此而進律，《禮記》庸敢自媒。」曹植《求自試表》：「夫自衒自媒者，士女之醜行也。」《晉書·陶侃傳》：「蘇峻作逆，平南將軍溫嶠要侃同赴朝廷，因推爲盟主。」侃

俟陶侃之書勳，方加羽葆；

與溫嶠、庾亮等俱會石頭，諸軍與峻戰陳陵東，斬峻於陣。峻弟逸，復聚衆，侃與諸軍斬逸於石頭。太尉，加羽葆鼓吹。」《禮雜記疏》：「羽葆者，以鳥羽注於柄頭如蓋，謂之羽葆。葆，謂蓋也。」

中之立績，始議鼓鼙。

《後漢書·班超傳》：「章帝八年，拜爲將兵長史，假鼓吹幢麾。」王符《潛夫論》：「及其成名立績，德音令聞不已。《說文》：鼙，騎鼓也。」

使遷擢之有章，亦望位而相稱。

臣某不勝志願懇迫之至。謹差押衙某官某，通鑑唐玄宗紀注：「押牙者，盡管節度使牙內之事。」按《北史·竇熾傳》：「及其望位隆重，而子孫皆處列位。」

馳奉恩告，陳讓以聞。

押衙爲劉石，見後官後狀。

爲濮陽公奉慰皇太子薨表

《舊唐書·文宗紀》：「開成三年九月，以皇太子慢遊敗度，欲廢之，殺太子宮人左右數十人。冬十月，太子薨於少陽院。」又《文宗二子傳》：「莊恪太子永，文宗長子也。母曰王德妃。太和四年，封魯王。六年，冊爲皇太子。開成三年，暴薨。時傳云：德妃晚年寵衰，賢妃楊氏恩渥方深，懼太子他日不利於己，故日加誣譖，太子終不能自辨明也。太子既薨，上意追悔。」本集有爲濮陽公論皇太子表，後有皇太子薨慰宰相狀。

臣某言：今月某日，得本道進奏院狀報，〈舊唐書代宗紀〉：大曆十二年，諸道邸務在上都名曰留後，改爲進奏院。今月某日以皇太子奄謝東宮，〈呂氏春秋〉高誘注：東宮，太子所居。輒今月十三日至來月一日朝參者。〈舊唐書職官志〉：凡京司文武執事，九品以上，每朔望朝參。五品以上及供奉官、員外郎、監察御史、太常博士，每日參。前星失色，〈史記天官書〉：東宮，蒼龍房心，心爲明堂大星，天王前後星子屬。注：心之大星，天王也。前星太子，後星庶子。〈漢書李尋傳〉：列星皆失色，厭厭如滅。少海也。〈張衡西京賦〉：散似驚波。少海驚波，〈山海經〉：無皋之山，南望幼海。注：即少海也。歔欷一人，〈廣雅〉：歔欷，悲也。悲纏萬國。〈任昉王文憲集序〉：悲纏教義。

臣某誠涕誠咽，頓首頓首。伏以皇太子地當守器，賢可承祧。〈沈約立太子詔〉：自昔哲后，降及近代，莫不立儲樹嫡，守器承祧。金馬銅羊，〈吳志孫登傳〉：登，權長子也。魏黃初二年，立爲太子，嘗失盛水金馬盂，覺得其主，左右所爲，不忍致罰。〈初學記〉：晉東宮舊事，皇太子有銅水羊一枚，管自副。早聞原作「開」，今據胡本改正。位；〈南齊書文惠太子傳〉：既正位東儲，善立名尚。鸞旌雞戟，〈初學記〉：徐廣東宮頌：命服惟九，龍旗鸞旌。又：晉東宮舊事，崇福門雞戟十張。方慶修齡，〈阮籍詠懷詩〉：列仙停修齡。豈謂釁屬黃離，禍生蒼震，並易。

宣猷庭內，〈潘尼皇太子集應令詩〉：置酒宣猷庭，擊鐘靈沼濱。秋冬之學空存，〈禮記〉。博望苑中，〈漢書武五子傳〉：太子據，元狩元年立爲皇太子，及冠就宮，上爲立博望苑，使通賓客。監撫之儀莫覩，〈左傳〉。伏惟皇帝陛下，見前表。悼深伊將，「將」疑當作「水」。〈劉向列仙傳〉：王子喬，周靈王太子晉也。好吹笙，作鳳皇鳴。遊

伊、洛之間，道士浮丘公接以上嵩高山。三十餘年後，求之於山上，見柏良曰：「告我家七月七日，待我於緱氏山巔。」至時，果乘白鶴駐山頭，望之不得到，舉手謝時人，數日而去。山海經：蔓渠之山，伊水出焉。念切瑤山。山海經：西北海之外有榣山，其上有人，號曰太子長琴。顓頊生老童，老童生祝融，祝融生太子長琴，是處榣山。嗟上賓之不留，逸周書太子晉解：王子曰：「吾後三年，上賓於帝所。」惜外陽而無驗。史記扁鵲傳：扁鵲過虢，虢太子死，扁鵲曰：「若太子病，所謂尸蹶者也。」乃使弟子子陽，厲鍼砥石，以取外三陽五會，有間，太子蘇。青宮掩涕，東方朔神異經：東方有宮，建以五色青石，門有銀榜，以青石碧鏤，題曰「天地長男之宮」。楚辭離騷：長太息以掩涕兮。玄圃酸心。陸機皇太子宴玄圃宣猷堂有令賦詩李善注：洛陽記曰：東宮之北曰玄圃園。梁元帝鄭衆論：豈不痛鼻酸心，憶雒陽之宮陛。

爲中丞滎陽公赴桂州至湖南敕書慰諭表

〈新唐書宰相世系表：滎陽鄭氏，鄭少鄰，少鄰生穆，穆生亞。舊唐書鄭畋傳：父亞爲桂州刺史、御史、御史中丞、桂管都防禦經略使。又宣宗紀：大中元年二月，以給事中鄭亞爲桂州刺史、御史中丞、桂管防禦觀察等使。又地理志：嶺南西道桂管經略觀察使治桂州。又：湖南觀察使治潭州。又宣宗紀：大中元年四月，積慶太后蕭氏崩，諡曰貞獻。新唐書百官志：凡王言之制有七：六曰論事敕書，戒約臣下則用之。

臣某言：今月八日，宣告使某官某至湖南觀察府，賫賜臣敕書一通，并慰諭臣所部將吏僧道耆老等。乾文昭錫，兌澤旁流。二語並〈易〉。雖聞訃以銜哀，〈白虎通〉：天子崩，訃告諸侯何？緣臣子喪君，哀痛憤懣，無能不告語人者也。諸侯欲聞之，又當持土地所出，以供喪事。故禮曰：天子崩，遣使者訃告諸侯。秣求自試表：夫臨博而企竦，聞樂而竊抃者，或有賞音而識道也。亦戴原作「感」，今據胡本改正。恩而竊抃。〈漢郃陽令曹全碑〉：百工戴恩。曹植求自試表：夫臨博而企竦，聞樂而竊抃者，或有賞音而識道也。某臣中謝。臣伏聞積慶太后舊唐書后妃傳：穆宗貞獻皇后蕭氏，初入十六宅爲建安王侍者，生文宗皇帝。文宗踐阼，尊號曰皇太后。武宗即位，徙居積慶殿，號積慶太后。爰初邁疾，〈吳志陸績傳〉：遘疾遇厄。皇帝陛下即不視朝。〈禮記〉：慮切宸襟，載想大庭之養，〈列子〉：黃帝晝寢而夢，遊於華胥氏之國，其國無帥長。又〈列子〉：西豐侯九日侍宴樂遊苑詩：宸襟動時豫。時連煇暑。「煇」疑當作「煇」。〈國語〉：火無炎煇。〈禮記〉：精神者，天之分。骨骸者，地之分。黃帝既寢，怡然自得。天下之不治，退而閒居大庭之館，齋心服形，三月不親政事。晝寢而夢，遊於華胥氏之國，列子：精神者，天之分。骨骸者，地之分。黃帝既寢，怡然自得。屬天清而散，屬地濁而聚。精神離形，各歸其真，故謂之鬼。鬼，歸也，歸其真宅也。乃運屬歸真，〈詩〉：書留具位。實懸方原作「萬」，今據胡本改正。國之心。任昉宣德皇后令：宣德皇后敬問具位。陛下又能咨宰輔酌中之請，稟聖賢推遠之懷。按：太后於宣宗爲嫂，此用禮弓嫂叔之無服也，蓋推而遠之也。始率義以致憂，〈左傳〉、〈孝經〉。終據經而順變。獲情禮原作「理」，今據胡本改正。兼修之旨，〈晉書孝武李太后傳〉：上有所問，據經法以心所安而對。「順變」，見〈禮記〉。成古今莫易之文。〈後漢書王昌傳〉：蓋聞爲國，子之襲父，古今不易。位允正，體同皇極，理制備盡，情禮兼申。伏

讀綸言，禮記。實榮藩守。北史齊清河王岳子勱傳：頻歷蕃守。伏以時逢積水，行滯長沙。舊唐書地理志：潭州，隋長沙郡。擁皂蓋而久留，後漢書輿服志：中二千石、二千石皆皂蓋朱兩轓。載青旌而莫濟。禮記：未獲宣傳童艾，蜀志彭羕傳：數令羕宣傳軍事。釋名：十五曰童，五十曰艾。號召蠻夷。國語：以號召天下之賢士。謹具當時宣示所將兵吏及迎候將校訖。惟冀下車已後，漢書敍傳：班伯爲定襄太守。定襄聞伯素貴，年少，自請治劇，畏其下車作威，吏民竦息。食檗自規。按：飲冰食檗，文中屢用。白香山詩：三年爲刺史，飲冰復食檗。則不始於義山矣。「飲冰」，見莊子。「食檗」，未詳所出。仰憑垂露之文，法書要錄：漢曹喜工篆隸，善懸針垂露之法。龐守宣風之職。晉書武帝紀：詔曰：郡國守相，三載一巡行屬縣，必以春，此古者所以述職宣風展義也。魏書高閭傳：閭進陟北邙，上望闕表，以示戀慕之誠。國語：王親獨行，屏營彷徨於山林之中。臣與將吏等，無任感恩望闕屏營之至！

爲滎陽公至湖南賀聽政表 詳前表。

臣某言：臣得本道進奏院狀報，見太子表。月日，宰臣某等，懇悃上言，請從聽斷。漢書敍傳：中宗明明，寅用刑名，時舉傅納，聽斷惟精。特降優旨，宋書王弘傳：仰延優旨。俯賜依從，普天率土，詩。莫不慶幸。臣某中謝。臣聞道惟應變，史記太史公自序：與道同符，內可以治身，外可以應變。合變則道昭；禮貴酌情，踰情則禮廢。苟非至德，曷取大中？伏惟皇帝陛下，孝德兼蹟，

聖獸允塞，二語並詩。日兄稟義，太后，穆宗妃。宣宗，穆宗弟。《春秋感精符》：人主兄日姊月。《大戴禮記》：孝子慈幼，允德稟義，約貨去怨，蓋柳下惠之行也。嫂厭叔與客來，陽爲羹盡，轑釜，客以故去。已而視釜中有羹，繇是怨嫂。丘嫂延恩。《漢書楚元王傳》：高祖微時，常避事，時時與賓客過其丘嫂食。嫂厭叔與客來，陽爲羹盡，轑釜，客以故去。已而視釜中有羹，繇是怨嫂。注：張晏曰：丘，大也，長嫂稱也。自爽和，《爾雅》：爽，差也。爽，忒也。遂停庶政，絕臣僚之陛見，後漢書霍諝傳：又因陛見，陳聞罪失。奉藥膳於宮朝。《宋書文帝路淑媛傳》：昔在藩閫，常奉藥膳。《吳志張溫傳》：置俊父於宮廟，後制寢，以象人之居。前有朝，後有寢也。《禮檀弓》注：祔謂合葬。喪紀既聞於約禮，《禮記》：克奉已布於成規。「克」，當作「充」。《班固西都賦》：三略七遷，充奉陵邑。遵胡本作「尊」。寢園將祔，《後漢書祭祀志》：古不墓祭，漢諸陵皆有園寢，承秦所爲也。説者以爲古宗廟，前制廟，後制寢，以象人之居。前有朝，後有寢也。《禮檀弓》注：祔謂合葬。喪紀既聞於約禮，《禮記》：克奉已布於成規。「克」，當作「充」。《班固西都賦》：三略七遷，充奉陵邑。遵胡本作「尊」。得王者自家之化。《王褒周太保尉遲綱墓碑》：出忠入孝，自家刑國。《周禮》。猶在道塗，雖清攬轡之心，嶺嶠含誠，見兵部尚書表。且阻執珪之觀。《周禮》。湘波附奏，《戰國策》：食湘波之魚。後漢書范滂傳：登車攬轡，慨然有澄清天下之志。《漢書高祖紀》：廉問有不如詔者，以重論之。人廉問。敢思瑣闥之前榮，亞以給事中出爲桂管觀察使。《後漢書百官志》：黃門侍郎，掌侍從左右，給事中，關通中外。注：《漢舊儀》：黃門郎屬黃門令，日暮對青瑣門外，名曰夕郎。實慕金閨之舊籍。謝朓始出尚書省詩：既通金閨籍。傅咸申懷賦：實結戀之有違。無任望闕瞻天結戀屏營之至！「望闕」「屏營」，見前表。

爲滎陽公奉慰積慶太后上諡表 〈詳慰諭表。〉

臣某言：臣得禮部牒，奉六月二日敕，大行積慶太后〈漢書霍光傳注：韋昭曰：大行，不反之辭也。〉册上尊號曰貞獻皇后者。〈逸周書諡法解：博聞多能曰獻，聰明叡哲曰獻，清白守節曰貞，大慮克就曰貞，不隱無克曰貞。慶屬堯門，〈漢書外戚傳：鉤弋趙倢伃，元始三年生昭帝，號鉤弋子。任身十四月乃生，上曰：「聞昔堯十四月而生，今鉤弋亦然。」乃命其所生門曰堯母門。昭帝即位，尊爲皇太后。諡遵周道。〈禮記。兔置考義，〈詩序：兔置，后妃之化也。〉關雎之化行，則莫不好德，賢人衆多也。漢書元后傳：太后四時車駕巡狩四郊，春幸繭館。臣某中謝。臣聞刑于寡妻，文王之令德，〈詩。怨及丘嫂，漢后之深非。見前表。〈詩傳所存，褒貶斯在。伏惟皇帝陛下，用周典訓，〈國語：修其訓典。班固東都賦：滌瑕盪穢。報惠皇原作「皇后」，今據胡本改正。〈舊唐書穆宗紀：穆宗睿聖文惠孝皇帝。鄭亞改會昌一品集序：長慶中，事惠皇爲翰林學士。友愛之仁，〈舊唐書穆宗紀：「喪服，兄弟之子，猶子也。積慶太后始蒙敬養，〈禮記。如文宗引進之念。〈按：文宗爲宣宗之姪，此用檀弓。終受榮名。掩沙麓以傳祥，〈漢書元后傳：王翁孺徙魏郡元城，元城建公曰：「昔，春秋沙麓崩，晉史卜之，曰：『陰爲陽雄，土火相乘，故有沙麓崩。後六百四十五年，宜有聖女興』。其齊田乎！今王翁孺徙，正直其地，日月當之。』元城郭東有五鹿之虛，即沙麓地也。後八十年，當有貴女興天下。」云。翁孺生禁，禁生女政君，即元后也。軼河洲而抒美。〈詩。天長地久，〈老子：天長地久，天地所以能長且久

者，以其不自生，故能長生。式崇清廟之尊彝，〈詩。萬歲千秋，〈戰國策：楚王謂安陵君曰：「寡人萬歲千秋之後，誰與樂此也？」永慰光陵之牀帳。〈舊唐書穆宗紀：長慶四年正月崩。十一月葬於光陵。唐會要：光陵陪葬名氏，恭僖太后王氏，積慶太后蕭氏。後漢書光烈陰皇后紀：明帝性孝愛。十七年正月，當謁原陵，夜夢先帝，太后，如平生歡，遂率百官及故客上陵。會畢，帝從席前伏御牀，視太后鏡奩中物，感動悲涕，令易脂澤裝具。左右皆泣，莫能仰視焉。天下臣子，不勝感抃。臣此字原脫，今據胡本校補。限以守藩江嶺，〈史記呂后紀：足下佩趙王印，不急之國守藩。〈初學記：沈懷遠南越志曰：廣信江、始安江、鬱林江，亦為三江，在越也。餘見兵部尚書表。不獲奉慰闕庭，無任惶恐屛營之至！

狀

為汝南公賀元日朝會上中書狀 〈舊唐書周墀傳：墀字德升，汝南人。長慶二年，擢進士第。開成四年，正拜中書舍人。武宗即位，出為華州刺史，鎮國軍、潼關防禦等使。改鄂岳觀察使，遷江南西道觀察使。大中初，檢校禮部尚書、義成軍節度、鄭滑觀察等使、汝南男。入朝為兵部侍郎，判度支。〈新唐書禮樂志：皇帝元正冬至受羣臣朝賀而會。〈舊唐書職官志：中書省，中書令二員，中書侍郎二員。箋：按周墀自華遷鄂，史無年月，考唐摭言，會昌三年，王起再主文柄，墀以詩寄賀，其時猶刺華州，以武宗上尊號之歲計之，則文當爲刺華

時作，惟元日朝會，爲歲舉之常儀，而請上尊號，爲一朝之盛典，本屬兩事。且武宗受冊在四月，而文中亦不引元正，故實尤屬可疑。豈元日朝會狀別有一文，而後文乃賀上尊號狀，傳鈔脫誤，遂合爲一與？

右得本道進奏院狀報，見太子表。今月日，皇帝御宣政殿受冊，尊號爲仁聖文武至神大孝皇帝，禮畢，御丹鳳樓，大赦天下者。舊唐書武宗紀：會昌二年，四月乙丑朔，李德裕上章，請加尊號曰仁聖文武至神大孝皇帝。戊寅，御宣政殿受冊，是月九日也，至十四日轉甚，乃改用二十三日。又地理志：東內曰大明宮，高宗龍朔二年置，正門曰丹鳳，正殿曰含元。含元之後曰宣政，宣政左右有中書、門下二省，弘文、史二館。高宗以後，天子常居東內。當時集軍州官吏等，丁寧宣示訖。漢書谷永傳注：丁寧謂再三告示也。鴻名有赫，司馬相如封禪文：前聖所以永保鴻名，而常爲稱首者用此。慶澤無偏。北史隋紀：思所以宣播慶澤。上光宗廟之明靈，揚雄趙充國頌：明靈惟宣。下慰蒸黎之欽屬。宋書長沙景王道憐傳：鑒寐欽屬。功勞必表，史記高祖功臣侯年表：古者人臣功有五品，以德立宗廟定社稷曰勳，以言曰勞，用力曰功，明其等曰伐，積日曰閱。逋負咸蠲。漢書昭帝紀：三年以前，逋更賦未入者，皆勿收。玉篇：蠲，除也。出縲繫於狴牢，張華博物志：狴牢，獄別名。復流竄於魑魅。左傳：則宜撫安，與結盟好。撫安鰥寡，吳志魯肅傳：存省耄期。漢書文帝紀：今歲首，不時使人存問長老。注：存，省視也。「耄期」見書。有國之闕政咸修，漢書嚴助傳：朝有闕政。前代之遺文必舉。漢書公孫弘等傳贊：是以興造功業制度遺文，後世莫及。此皆相公顧炎武日知錄：前代拜相者必封公，故

稱之曰相公。富皐夔之事業，秉伊說之材謀。〈漢書敍傳〉：欽用材謀。協贊神功，導宣睿化。〈謝莊宋明堂歌〉：睿化凝，孝風熾。符瑞沓至，天人允咸。慶雲非煙，〈史記天官書〉：若煙非煙，若雲非雲，郁郁紛紛，蕭索輪囷，是謂卿雲，卿雲見，喜氣也。〈注〉：卿音慶。浪井不鑿。〈孫氏瑞應圖〉：王者清淨，則浪井出，有仙人主之。然後率多士，陳大儀，〈漢書禮樂志〉：今大漢繼周，久曠大儀。致君於堯舜之前，驅俗於勛軒之上。〈史記五帝紀〉：黃帝者，少典之子，姓公孫，名曰軒轅。又：〈帝堯者放勛〉。〈淮南子俶紀注〉：漢晉春秋曰：列大同。亦遠接歡呼。鳳闕雙標，〈史記封禪書〉：於是作建章宮，度為千門萬戶。前殿度高未央。其東爲鳳闕，高二十餘丈。應開天上；雞竿百尺，〈太平御覽〉：〈三國典略〉曰：齊長廣王湛即皇帝位於南宮，大赦改元。其日將赦，庫令於殿門外建金雞，宋孝王不識其義，問於光祿大夫司馬膺之，膺之曰：「案海中星占曰，天雞星動當有赦。」由是帝王以雞為候。〈新唐書百官志〉：赦日，樹金雞於仗南，竿長七丈，有雞高四尺，黃金飾首。想在日邊。〈晉書明帝紀〉：帝幼而聰哲，為元帝所寵異。嘗坐置膝前，屬長安使來，因問帝曰：「汝謂日與長安孰遠？」對曰：「長安近。不聞人從日邊來，居然可知也。」顧奮飛而不能，〈詩〉亦攀望而何及？無任抃躍之至！〈徐勉謝敕賜絹啓〉：率土抃躍。

爲京兆公乞留瀘州刺史洗宗禮狀

〈箋〉：本集京兆公，徐氏多以爲杜悰，按新書杜悰傳，會昌中，同平章事。劉積平，進左僕射。未幾罷，出爲劍南東川節度使，徙西州。舊書地理志，劍南東川節度使，管梓、綿、劍、普、榮、遂、合、渝、瀘等州。文云：當管瀘州。當爲東川時事。杜悰由東川徙西川，史無年月，馮氏據通鑑考異定爲大中二年二月。考義山於大中六年，赴柳仲郢東川幕。是年冬，推獄西川，始見杜悰，故有獻京兆公諸啓。若悰鎭東川之日，義山方在桂管，何緣爲其作文？其可疑者此也。又本集爲京兆公陝州賀南郊赦表，馮氏以與杜悰事迹不符，箋爲韋溫。然溫傳亦無鎭東川事，似當別有一人，存以俟考。〈新唐書地理志〉：瀘州、瀘川郡下。〈舊唐書職官志〉：下州刺史一員，正四品下。

臣得當管瀘州官吏百姓李繼等，及瀘州所管五縣百姓張思忠等，〈新唐書地理志〉：瀘州領縣五：瀘川、富義、江安、合江、綿水。并羈縻州土刺史韋文賞等狀稱：〈新唐書地理志〉：自太宗平突厥，西北諸蕃及蠻夷稍稍内屬，即其部落列置州縣。其大者爲都督府，以其首領爲都督、刺史，皆得世襲。大凡府州八百五十六號爲羈縻云。納州都寧郡、薩州黄池郡、晏州羅陽郡、鞏州因忠郡、奉州、浙州、順州、思義州、淯州、能州、高州、宋州、長寧州、定州。右隸瀘州都督府。〈漢書司馬相如傳〉：蓋聞天子之於夷狄也，其義羈縻，勿絶而已。〈注〉：羈，馬絡頭也。縻，牛紖也。

前件官到任已來，勵精爲理，〈漢書魏相傳〉：宣帝始親萬機，屬精爲治。按：〈唐譚〉「治」作「理」。此下疑脱四字一句，六字一句。多方以蘇疲病。〈左傳〉。況郡連戎僰，地接巴黔。〈元和郡縣志〉：瀘州，春秋戰國時爲

巴子國，秦并天下，爲巴郡地，武帝分置犍爲郡。今州即犍爲郡之江陽，符二縣地。新唐書地理志：戎州本犍爲郡，治僰道縣。渝州本巴郡，並屬劍南道。又：黔州屬江南道。

雅：檟，苦茶。注：樹小如梔子，冬生葉，可煮作羹飲。今呼早采者爲茶，晚采者爲茗，一名荈，蜀人名之苦茶。史記高祖紀：不事家人生產作業。爾

不同於秀麥。宗禮□□□□□□□貊之邦，麤識困倉之積。俯哀縣道，考工記匠人疏：地上爲之，方曰倉，圜曰囷。伏冀宸嚴，江淹建平王之南徐州刺史辭闕表：託慕宸嚴。司馬相如喻巴蜀檄：務本

疤下縣道。漢書百官公卿表：縣有蠻夷曰道。特許量留宗禮更一二年。

爲濮陽公附送官告申 當作「中」使回狀 箋：詳兵部尚書表。官告、中使，並注彼篇

東平王蒼傳：顯宗遣使手詔國中傅。已准詔旨示軍吏僧道耆老等。其官告已差押衙某見兵部尚書表。

右今月某日，中使某至，奉宣恩旨，賜臣前件敕書、手詔、官告者。「敕書」見慰諭表。後漢書奉表陳讓訖。

臣才謝適時，知非周物。易。承私門有後之慶，當大朝猶宥之恩，茂元，栖曜子。戰國策：塞私門之請。「有後」、「猶宥」，並左傳。頑頑當作「頎」。漸高，詩燕燕傳：飛而上曰頡，飛而下曰頏。騰凌必遠，

雕蟲可恥，揚子雲不以爲文；揚子法言：或問：「吾子少而好賦？」曰：「然，童子雕蟲篆刻。」俄而曰：「壯夫不爲也。」跨馬莫能，杜元凱于何稱武？晉書杜預傳：預字元凱，身不跨馬，射不穿札，而每任大事，輒居將率

之列。遂叨旗鼓，史記淮陰侯傳：信建大將之旗鼓，鼓行出井陘口。及建麾幢。吳志孫權傳注：江表傳：以大將軍曲蓋麾幢督幽州、青州牧。南犯瘴煙，謂嶺南。後漢書公孫瓚傳：日南多瘴氣，遠提龍戶，南部新書：龍戶見水色則知有龍。西當爟火，晉書天文志：軒轅西四星曰爟，爟者，烽火之爟也，邊亭之警候。密控犬戎。舊唐書突厥傳：吐蕃、狗種。謂吐蕃。國語：今自大畢、伯仕之終也，犬戎氏以其職來王。臨長萬人，國語：亦惟是死生之，服物采章，以臨長百姓，而輕重布之。

負胡本作「覆」。租。漢書兒寬傳：寬遷左內史，收租稅，時裁闊狹，與民相假貸，以故租多不入。後有軍發，左內史以負租課殿，民聞當免，皆恐失之。

箋：詳兵部尚書表。通典：隋及唐皆曰御史臺。龍朔二年，改爲憲臺。咸亨二年復舊。門北闕，主陰殺也。故御史爲風霜之任，彈糾不法，百僚震恐，官之雄俊，莫之比焉。舊制但聞風彈事提綱而已。況又榮假冬卿，顯分霜憲。

志：至德後，諸道使府參佐，皆以御史爲之，謂之外臺。漢書張蒼傳：秦時爲御史。幕下辟漢曰郎官。通典：郎官謂之尚書郎，漢置。碧落仰瞻，度人經：昔於始青天中碧落，空歌大浮黎土，受元始度人無量上品。已參星象，王融永明十一年策秀才文：惟王建國，惟典命官，上叶星象，下符川嶽。丹霄迴望，荀悅漢紀：故顧一登文石之階，陟丹霄之途。了別塵泥。宋書王華傳：孔寧子與華並有富貴之願，自徐羨之等秉權，日夜搆之於太祖，華每切齒憤吒。元嘉三年，誅羨之等，華遷護軍，侍中如故。

「西方有九國爲」疏。西方有九國未實。禮記。闕懸藁街，漢書陳湯傳：建昭三年，湯與甘延壽上疏

曰：郅支單于，慘毒行於民，大惡通於天，臣延壽、臣湯將義兵行天誅，賴陛下神靈，陷陳克敵，斬郅支首及名王以下，宜懸頭槀街蠻夷邸間，以示萬里，明犯彊漢者，雖遠必誅。

白環之貢獻，〈竹書紀年〉：帝舜九年，西王母來朝，獻白環玉玦。阻作飲器，〈史記大宛傳〉：匈奴破月氏王，以其頭為飲器。礙見左傳。

〈史記項羽紀〉：樊噲瞋目視項王，頭髮上指，目眦盡裂。又〈信陵君傳〉：魏王使將軍晉鄙救趙，兵符常在王卧內。〈史記藺相如傳〉：相如持璧卻立倚柱，怒髮上衝冠。〈後漢書輿服志〉：武冠一曰武弁。

視戰格而髮衝武弁。

列五兵，〈舊唐書職官志〉：兵部尚書，南朝謂之五兵尚書。〈通典〉：笮籠，戰格，於女牆上跳出三尺，用避矢石。隔青鳥之神仙，〈初學記〉：漢武故事：七月七日，上于承華殿齋，正中，忽有一青鳥從西而來，上問東方朔，朔曰：「此西王母來。」閱軍實而皆裂兵符，「軍實」

曹，客曹，二千石曹，中都官曹，合為六曹。并令僕二人，謂之八座尚書。詔開垂露，見〈慰諭表〉。降自天家；〈後漢書天文志〉：流星出之為中使。黃紙未乾。〈舊唐書高

蔡邕〈獨斷〉：天子無外，以天下為家，故稱天家。中使飛星，任兼八座？〈晉書職官志〉：後漢以三公曹、吏部曹、民

而孰非死士？「死士」見〈左傳〉。固不合更稽成命，〈說文〉：稽，留止也。重曠殊恩。宣傳而誰則懦夫，感激

度材而命官，臣下宜論功而受賞。易憂且乘，〈詩•戒斯亡〉。上敷彝倫，〈書〉。下招顛隕。

實關國柄，〈後漢書•王龔傳〉：外典國柄。非止臣身。是敢輒瀆冕旒，〈禮記〉。吁陳章疏。「章」見〈尋醫

宗紀〉：上元三年，敕制比用白紙，多為蟲蠹，今後尚書省下諸司、州縣，皆以武都紫泥封之。〈漢舊儀〉：皇帝六璽，皆以武都紫泥封之。紫泥猶湆，〈漢舊儀〉：皇帝六璽，皆以武都紫泥封之。

雄長楊賦〉：西厭月䏿，東震日域。揚

表。《漢書揚雄傳》：《解嘲》曰：「獨可抗疏，時道是非。」注：疏者，疏條其事而言之。言之必可，顓孫寧忘於書紳；汗出而收，《漢書楚元王傳》：劉向上封事曰：《易》曰：「渙汗其大號。」言號令如汗，汗出而不反者也。今出善令，未能踰時而反，是反汗也。《漢祖何妨於銷印？《史記留侯世家》：漢王與酈食其謀撓楚權。食其曰：「陛下誠能復立六國後世，畢已受印，此其君臣百姓必皆戴陛下之德，陛下南鄉而霸，楚必斂衽而朝。」漢王曰：「善。」趣刻印。張良從外來，漢王具以酈生語告。良曰：「誰為大王畫此計者？臣請藉前箸為大王籌之。誠用客之謀，陛下事去矣。」漢王令趣銷印。

伏惟皇帝陛下，深迴睿鑒，曲被鴻慈，從國僑讓邑之言，獎成季辭卿之志。俾無賞原注：疑。胡本作「寧」。牧，胡本作「牧」。禹貢之地圖，蕩定隴西，雪皇唐之祖業。《新唐書地理志》：天寶盜起，中國用兵，而河西、隴右不守，陷于吐蕃，至大中、咸通，始復隴右。《晉書裴秀傳》：又以職在地官，以禹貢山川地名，從來久遠，多有變易，後世說者或彊牽引，漸以暗昧。於是甄摘舊文，疑者則闕，古有而今無者，皆隨事注列，作禹貢地域圖十八篇，奏之。僭，以激當官。四語並見左傳。儻麟得揚威，稍能陳力，恢復河右，收貢之地圖；蕩定隴西，雪皇唐之祖業。則亦不敢更辭竹帛，《墨子》：書之於竹帛，鏤之於金石，以為銘於鐘鼎，傳遺後世子孫。復拒鼎彝。《宋書劉穆之傳》：功銘鼎彝。明神所知，丹慊具在。《任昉為齊明帝讓宣城郡公第一表》：永昌之丹慊獲申。臣不勝感恩陳乞悃款屏營之至！《楚辭卜居》：吾寧悃悃款款樸以忠乎？餘見慰諭表。

爲濮陽公奏臨涇平涼等鎮准式十月一日起燒賊路野草狀〈新唐書地理志：

關內道，涇州領臨涇縣，渭州領平涼縣。又〈原州平涼郡，中都督府，望。廣德元年沒吐蕃。節度使馬璘表置行原州於靈臺之百里城。貞元十九年徙治平涼。元和三年又徙治臨涇。通鑑唐昭宗紀注：北荒寒早，至秋草先枯死。近塞差暖，霜降草猶未盡衰。焚其野草，則馬無所食而飢死。〉

右臣當道，最近寇戎，實多蹊隧。〈莊子：至德之世，山無蹊隧，澤無舟梁。每當寒凍，須有隄防。〈禮記：今纔畢秋收，〈荀子：春耕夏耘秋收冬藏。未甚霜降，井泉不合，草木猶滋。並禮記。〉雖已及時，未宜縱火。〈大戴禮記：九月，主夫出火。主夫也者，主以時縱火也。〉候皆黃落，〈禮記。〉即議焚除。稍越舊規，不敢不奏。臣已散帖諸鎮訖，〈通鑑唐憲宗紀注：主帥文書下諸將，謂之帖。〉謹錄狀奏。

爲滎陽公論安南行營將士十月糧狀〈新唐書宣宗紀：會昌六年九月，雲南蠻寇安南，經略使裴元裕敗之。又地理志：安南中都護府屬嶺南道。舊唐書地理志：安南都護節度使，治安南府，管交、武峨、粵、芝、愛、福祿、長、峯、陸、廉、雷、籠、環、崖、儋、振、瓊、萬安等州。又：安南府在邕管之西。又吐蕃傳：及潼關失守，河洛阻兵，於是盡徵河隴、朔方之將鎮兵入靖國難，請之行營。〉

使當道先准詔發遣行安南行營將士五百人，〈後漢書楊厚傳：宜亟發遣，各還本國。〉其月糧錢米，並當道自般運供送者。右臣當道繫敕額兵，數止一千五百人。〈舊唐書地理志：桂州下都督府，管戍兵千人，衣糧稅，本管自給也。〉又〈西原蠻傳：黃氏、儂氏據州十八，經略使至，遣一人詣治所，稍不得意，輒侵掠諸州都護府。〉又〈西原蠻傳：黃氏、儂氏據州十八，經略使至，遣一人詣治所，稍不得意，輒侵掠諸州。〉〈嶺南道諸蠻州中有西原安南節度使常以兵五百戍守，不能制。〈後漢書寇恂傳：光武語恂曰：「吾今委公以河內，堅守轉運，給足軍糧，率厲士馬，防遏他兵，勿令北度而已。」〉三百人扭在邕管行營，〈舊唐書地理志：邕管經略使治邕州，管邕、貴、黨、橫、田、嚴、山、巒、羅、潘等州。〉人界內分捉津橋，〈新唐書百官志：永徽中，廢津尉，上關置津吏八人。永泰元年，中關置津吏六人，下關四人。〉專知鎮戍。〈新唐書百官志：唐廢戍子，每防人五百人為上鎮，二百人為中鎮，不及者為下鎮。五十人為上戍，三十人為中戍，不及者為下戍。〉計其抽用，略無孑遺。至於堅守城池，備禦倉庫，供丞職掌，「丞」當作「承」。〈魏志田疇傳注：先賢行狀載太祖命曰：疇開塞導送，供承役使。〉傳遞文書，〈漢書京房傳注：郵，行書者也，若今傳送文書矣。〉並是當使方圓衣糧，〈通鑑：德宗貞元十二年，初，藩鎮多以進奉市恩，皆云稅外方圓。〈注：折則成方，轉則成圓。言於常稅之外，別自轉折以致貨財也。〉「衣糧」見上。招收驅使，其安南行營將士，皆是敕額外人。

又當管去安南三千餘里，去年五月十五日發遣，八月二十日至海門。〈通鑑唐憲宗紀注：海門鎮在白州博白縣東南。〉遭惡風漂溺官健一十三人，〈通鑑：代宗大曆十二年，定諸州兵，其召募給家糧春冬衣

者，謂之官健。沈失器械一千五百餘事。其年十二月六日，差綱某等〈舊唐書食貨志〉：比年自揚子運米，皆分配緣路觀察使差長綱發遣，運路既遠，實謂勞人。今請當使諸院，自差綱節級般運，以救邊食。〈通鑑〉：德宗建中元年，初，劉晏造運船，船十艘爲一綱。般送醬菜錢米，今年五月八日至烏雷，「烏」當作「烏」。〈新唐書地志〉：烏雷縣屬嶺南道陸州。又遭颶風，〈太平御覽〉：〈南越志〉曰：熙安間多颶風。颶者，具四方之風也。打損船三隻，沈失米五百餘石，見錢九十貫。說文：貫，錢貝之貫。至今姜士贅等，尚未報到安南。臣到任已來，爲日雖淺，懸軍在遠，〈魏志齊王芳紀〉注：〈漢晉春秋〉：姜維有重兵，而懸軍應恪。經費爲虞。〈史記平準書〉：自天子以至於封君湯沐邑，皆各爲私奉養焉，不領於天下之經費。竊檢尋見在行營將士等，從去年六月已前，從發赴安南，用夫船程糧及船米賞設，并每月醬菜等，一年約用錢六千二百六十餘貫，米麪等七千四百三十餘石。大數雖破上供，〈舊唐書裴垍傳〉：先是，天下百姓輸賦于州府，一曰上供，二曰送使，三曰留州。餘用悉資當府。不惟褊匱，且以遐遥。有搬灘過海之勞，〈舊唐書高駢傳〉：又以廣州饋運艱澀，駢視其水路，自交至廣，多有巨石梗途。多巨浪颶風之患。須資便信，動失程期。臣忝守戎行，〈左傳〉。不勝憂結。漢書鮑宣傳：此天有憂結未解。伏以裴元裕既開邊際，動失程期。又乏武經。〈左傳〉。抽三道之見兵，〈舊唐書地理志〉：五府經略使治，在廣州，管兵萬五千四百人，〈漢書匈奴傳贊〉：始開邊隙。容管經略軍，在廣州城內，管兵五千四百人。清海軍，在恩州城內，管兵二千人。桂管經略使，治桂州，管兵千人。給。經略軍，在廣州城內，管兵五千四百人。輕稅本鎭以自容管

經略使，治容州，管兵一千一百人。安南經略使，治安南都護府，即交州，管兵四千二百人。邕管經略使，管兵七百人。魏志劉放傳注：孫資別傳：但以今日見兵，分命大將據諸要險。軍容。漢書胡建傳：軍容不入國。昔者淮陰驅市井之人，尚能破敵，備四方之致寇，易，曾無戎捷，左傳，徒曜陞擊趙，出，背水陳，大破虜趙軍。諸將問曰：「將軍令臣等背水陳，曰破趙會食，臣等不服，然竟以勝，此何術也？」信曰：「信非得素拊循士大夫也。此所謂驅市人而戰之，其勢非置之死地，使人人自爲戰，寧尚可得而用之乎？」史記淮陰侯傳：信與張耳東下井陘。紀綱之僕，亦不常留。竇嬰爲大將軍，賜金千斤，陳之廊廡下，軍吏過，輒令財取爲用，金無入家者。苟元裕能均食散金，史記吳起傳：起之爲將，與士卒最下者同衣食。又魏侯傳：漢書司馬遷傳：愚以爲李陵素與士大夫絕甘分少，能得人之死力，雖古名將不過也。按：此類事史書甚多。絕甘分少，共同其多少也。左傳。便可收功於故校，曹植孟冬篇：收功在羽校。豈資別立於新家？國語：勝敵而歸，必立新家。側聞容廣守臣，舊唐書地理志：嶺南東道節度使治廣州，管廣、韶、循、岡、恩、春、賀、潮、端、藤、康、封、瀧、高、義、新、勤、竇等州。容管經略使治容州，管容、辯、白、牢、欽、巖、禺、湯、瀼、古等州。「守臣」見禮記。亦欲飛章上請。後漢書寇榮傳：於是遂作飛章以被於臣。臣緣乍到，未敢抗論。已牒韋廑李批箋：此二人新舊二書皆無傳。以上文文義推之，必一爲容管經略，一爲嶺南節度也。後有爲滎陽公與容州韋中丞狀，疑即指廑。至嶺南節度之臣，更無顯證，惟本集樊南乙集序，李批得秦州，敘在商隱桂林從事之後。考舊唐書文宗紀，太和九年，以金吾將軍李批爲黔中觀察使。宣宗紀大中二年八月，鳳翔節度使李批奏收復秦州，或中間曾鎮嶺南。史略之耳。又韋廑

後爲司農卿，見《通鑑》大中十年。李玭爲李愬子，見杜牧詩注，並錄之以俟詳考。

聞。伏惟皇帝陛下，道邁義勳，疑當作「威」。盛

宜慕聲猷。伏乞特詔元裕，使廣布仁聲，遠揚朝旨。《書》。南蠻以兹脆弱，《國語》：臣脆弱不能忍

無邀功以生事，《漢書·馮奉世傳》：即封奉世，開後奉使者利，以奉世爲比，争逐發兵，要功萬里之外，爲國家生事於夷

狄，漸不可長。唯兹裁照，實屬皇明。《韓非子》：耗國以便家。《戰國策》：景翠果進兵。庶令此境之人，無擁思鄉

之念。今前綱姜士贄等，沈失至多，遲留未達，復須遣使，以續見糧。《史記·蕭相國世家》：軍無見糧。

雖欲無言，懼不集事。《左傳》：儻未蒙恩允，特賜抽還。則長慶二年，安南有奏請借便當軍糧

米五千石，經略使王承業疑當作「弁」。《舊唐書·穆宗紀》：長慶二年正月，以夔州刺史王承弁爲安南都護，本管經

略招討使。請一二年內勸請輸填。《後漢書·卓茂傳》：勸課農桑。頻有文符，並未支送。伏乞天恩，憫

其州鄉闕乏，《國語》：於是乎合其州鄉朋友婚姻。哀以海路漂淪。《晉書·林邑國傳》：徼外諸國嘗齎寶物，自海路

來貿貨。且新原注：疑。按：似當作「許」。安南併還欠米，庶行營將士等，得存宿飽，《史記·淮陰侯傳》：

樵蘇後爨，師不宿飽。無乏晨炊。《史記·淮陰侯傳》：晨炊蓐食。臣所守藩方，《北史·張袞傳》：屈膝藩方之禮。粗

獲通濟，謹錄奏聞，伏聽敕旨。《新唐書·百官志》：凡王言之制有七：五曰敕旨，百官奏請施行則用之。

爲滎陽公進賀壽昌節銀零陵香靡狀 唐會要

原作「麂」，今據胡本改正。靴竹靴狀

要：宣宗聖武獻文孝皇帝，諱忱。元和五年庚寅，六月二十三日生于大明宮，以其日爲壽昌節。南越志：零陵香，生零陵山谷，葉如羅勒。新唐書地理志：桂州土貢銀、麂皮靴。漢書地理志注：麖似鹿而小。

右臣伏聞烈山神井，開農皇降聖之時；司馬貞三皇本紀：神農本起烈山，故左氏稱烈山氏，亦曰厲山氏。禮曰：厲山氏之有天下。是也。注：厲山，今隨之厲鄉也。盛弘之荆州記：隨郡北界有厲鄉村，村南有重山，山下一六。相傳神農所生，周圍一頃二十畝，有九井，神農既育，九井自穿。南頓嘉禾，茂漢后誕祥之日。後漢書光武紀論：皇考南頓君初爲濟陽令，以建平元年十二月甲子夜生光武於縣舍。是歲，縣界有嘉禾，一莖九穗，因名光武曰秀。漢書地理志：南頓縣屬汝南郡。伏惟皇帝陛下，系傳太素，列子：有太易，有太初，有太始，有太素。太易者，未見氣也。太初者，氣之始也。太始者，形之始也。太素者，質之始也。演北極居尊之慶，爾雅：北極謂之北辰。臣時，老君下降爲師。資南訛致育之功，書：方叨廉察，後漢書第五種傳：永壽中，以司徒掾清詔使冀州，廉察災害，舉奏刺史、二千石以下，所刑免甚衆。已去班行，亞先爲給事中。莫階貢重之儀，左傳：徒切維祺之禮。疑當作「徒切維祺之祝」。前件物等，或潔凝圭錫，詩：芳廁蘭蕪，楚辭九歌：秋蘭兮蘼蕪。漢書司馬相如傳注：蘼蕪，即芎窮苗也。可傳御器之間，大戴禮記：御器在側，不以度少傅之任也。黛助薰風之末。家語：昔者，舜彈五弦之琴，造南

風之薰兮,可以解吾民之慍兮。南風之時兮,可以阜吾民之財兮。其餘則攻皮合巧,《考工記》。截竹呈能。馬融《長笛賦》:龍鳴水中不見已,截竹吹之聲相似。豈納職于屨人,《周禮》。願永康于天步。《詩》。干冒陳進,兢越無任!

樊南文集補編卷第二

狀

爲彭陽公上鳳翔李司徒狀

箋：李聽也。舊唐書本傳：太和七年，出守鳳翔。又文宗紀：太和七年五月，以李聽爲鳳翔隴右節度使，依前檢校司徒。又地理志：鳳翔隴節度使治鳳翔府，管鳳翔府、隴州。又職官志：太尉、司徒、司空各一員，謂之三公，並正一品。

某謬蒙朝委，〈隋書煬帝紀：牧宰任稱朝委。〉實異時才，先憂素餐，〈詩。有負疲俗。司徒道光纂服，〈新唐書宰相世系表：隴西李氏，晟相德宗，子聽檢校司徒、涼國公。〉「纂服」，見禮記。功著干城。〈詩。朝廷慮切河湟，謂吐蕃。〈舊唐書吐蕃傳：湟水出蒙谷，抵龍泉，與河合。河之上流，由洪、濟、梁西南行二千里，世舉謂西戎地曰河湟。每羌虜〈舊唐書吐蕃傳：詳前官告狀及後濮陽上陳相公狀三。漢書趙充國傳：至春省甲士卒，循河湟漕穀至臨羌，以際難節制，〈漢書刑法志：秦之銳士不可以當桓、文之節制。〉非洞知軍志，夙練武經，並左傳。則無以完輯師人，〈後漢書蘇竟傳：竟終完輯一郡。〉撫安戎落。「撫安」，見朝會狀。沈約齊故安陸昭王碑文：夷羣戎落。自承鎮定〈國語：柔惠小物，而鎮定大事。〉大治聲謠。雲臺議功，〈後漢書馬武傳後論：永平中，顯宗追感前世功

補編卷二　狀　　五四一

臣，乃圖畫二十八將於南宫雲臺。〈煙閣畫像，舊唐書太宗紀：貞觀十七年，詔畫司徒趙國公無忌等勳臣二十四人於凌煙閣，宋書徐爰傳：思沾殊渥。以俟元勳。〈漢書敍傳：太祖元勳啓立輔臣。詳尋醫表。伏惟爲國自愛。〈蜀志許靖傳：爲國自重，爲民自愛。某方祗遠役，時令狐楚由北都留守入爲吏部尚書。廣城君每出，崇降車虎行：如何祗遠役。未獲拜塵，〈晉書石崇傳：崇與潘岳諂事賈謐，謐與之親善，號曰二十四友。謝惠連猛路左，望塵而拜，其卑佞如此。瞻戀之誠，翰墨無喻。到任續更有狀。

爲安平公賀皇躬痊復上門下狀 〈新唐書宰相世系表：博陵安平大房崔氏。戎字可大，安平縣公。舊唐書崔戎傳：累拜給事中，改華州刺史。又文宗紀：太和七年閏七月，以給事中崔戎爲華州刺史。十二月聖體痊平，御太和殿見内臣，御紫宸殿見羣臣。又職官志：門下省，侍中二員，門下侍郎二員。本集有爲安平公華州賀聖躬痊復表。

右今月得本州進奏官狀報，今月十二日，皇躬痊復，相公躬率百寮奉見奉賀訖。「相公」見朝會狀。伏以聖上祗膺大寶，虔奉睿圖，〈顏延之皇太子釋奠會作詩：睿圓炳晬。務此憂勤，稍虧頤攝。〈劉峻與舉法師書：道勝則肥，固應頤攝。相公輔宣元首，〈書。翊贊靈獸。戴宗廟之垂休，慰黔黎之允望。金縢玉檢，惡藏請代之書；〈漢書武帝紀注：孟康曰：刻石紀號，有金策石函金泥玉檢之封焉。

餘見書。黃屋丹堚，蔡邕獨斷：乘輿車黃屋左纛。黃屋者，蓋以黃爲裏也。張衡西京賦李善注：漢官典職：丹漆地，故稱丹堚。

每進先嘗之藥。禮記：至誠斯著，休問旋臻。蜀志許靖傳：承此休問。然後率百辟以雲趨，書。導九重之日朗。楚辭九辨：君之門以九重。百蠻傾耳。萬國企心。後漢書張奐傳：企心東望。某愧守關河，水經注：華嶽本一山，當河，河水過而曲行。河神巨靈，手盪脚蹹，開而爲兩，今掌足之跡，仍存華嶽。又：河在關內，南流潼激關山，因謂之潼關。忝分符竹，史記文帝紀：二年九月，初與郡守相爲銅虎符、竹使符。注：應劭曰：銅虎符第一至第五，當發兵，遣使者至郡合符，符合乃聽受之。竹使符以竹箭五枚，長五寸，鎸刻篆書，第一至第五。後漢書輿服志：三公列侯伏熊軾黑轓。淚如雨墜，魏武帝善哉行：愴歎淚如雨。不得少塵班列，見朝會狀。共展歡呼。對熊軾以自悲，西京雜記：二氣之初蒸也，若有若無，若實若虛，若方若圓，攢聚相合，其體稍重，故雨乘虛而墜。望鳳池而結戀，晉書荀勗傳：以勗守尚書令，勗久在中書，專管機事。及失之，甚惆悵惆。有賀之者，勗曰：「奪我鳳凰池，諸君賀我耶！」結戀，見聽政表。心逐雲飛。梁簡文帝述羈賦：戀逐雲飛。無任抃賀攀戀之至！孫綽穎州府君碑：攀戀罔遺。

爲汝南公上淮南李相公狀 一 「汝南」，疑當作「濮陽」。下三狀同。 箋：此下，上淮南李相公文凡三首，第三狀有「元和六年」之語，既指李吉甫而言，則相公自屬德裕，即第二狀云「恩詔榮徵」，亦與武宗初立徵召德裕相符，其爲贊皇已無疑義。惟題標汝南，則文爲周堚

而作。首篇云「位重大農,榮兼右揆」,似爲墀判度支時語。然事在大中元年,時德裕已分司東都,與節度淮南之時,中隔武宗一朝,年不相及,其可疑者一也。且大農乃司農卿,而非度支,右揆乃僕射之稱,亦非周墀所歷之官,其可疑者二也。又「及移邊鄙」等語,當與西戎接壤,而墀刺華之後,旋移鄂岳、江西、鄭滑三鎮,地不相接,其可疑者三也。竊謂汝南乃濮陽之譌,第一狀,當爲王茂元由涇原入朝時作,據外舅司徒公文云「鄜卿曹之四至」,與「復忝卿曹」之語合,「農官望集」,與「位重大農」之語合,「省揆名在」,與「榮兼右揆」之語合。由此推之,則所云「及移邊鄙」者,乃其節度涇原也。又前所云「晚亦獻書」者,乃其上書自薦也。蓋茂元入朝,爲文宗初崩時事,時德裕尚鎮淮南,及德裕由淮南入相,則茂元已出鎮陳許。故第二狀云「叨忝圭符」,第三狀云「伏限守藩,中外相左,無緣接晤」,此茂元與德裕修書通問之由,而屬之汝南,終難強合者也。再後爲汝南公與蘄州李郎中狀云「罷護六戎,歸塵九署」,似即茂元之罷鎮涇原,入爲農卿。又云「時逼園陵」,即武宗初立,召爲將作監事,而與周墀事迹亦不相合,是汝南仍當爲濮陽之譌。惟連改四題,近於武斷,故詳列其說以質知者。〈舊唐書地理志〉:淮南節度使,治揚州,管揚、楚、滁、和、舒、壽、廬等州,使親王領之。

某初到京即附狀,伏計上達。某幼嘗困學,晚亦獻書。見〈兵部尚書表〉。自履宦途,〈梁書伏挺傳〉:常以其父宦途不至,深怨朝廷。常依德宇。〈國語〉:今君之德宇,何不寬裕也。果蒙陶冶,〈抱朴子〉:陶冶庶

類。遂至顯榮。無陸賈籍甚之名，《史記·陸賈傳》：游漢廷公卿間，名聲籍甚。

狀。然實脂膏不潤。《後漢書·孔奮傳》：奮守姑臧長，力行清潔，或以爲身處脂膏，不能以自潤，徒益苦辛耳。

居懷。見《慰諭表》。頃在藩力，見《安南狀》。常憂典憲。《後漢書·應劭傳》：典憲焚燎。請田五輩，遠戒于貪夫；《史記·王翦傳》：翦將兵六十萬人，始皇自送至灞上。翦行，請美田宅園池甚衆，既至關，使使還請善田者五輩。賈誼《鵩鳥賦》：貪夫殉財兮。投香一斤，近追于廉士。《晉書·吳隱之傳》：後至番禺，其妻劉氏齎沈香一斤，隱之見之，遂投於湖亭之水。及移邊鄙，《左傳》：屢易星霜，魏尚莫計于收租，《史記·馮唐傳》：唐曰：「臣大父言，李牧爲趙將居邊，軍市之租皆自用饗士，賞賜決於外，不從中擾也。今臣竊聞魏尚爲雲中守，其軍市租盡以饗士卒，私養錢。且尚坐上功首虜差六級，陛下下之吏，削其爵。由此言之，雖得廉頗、李牧，弗能用也。」《史記·李牧傳》：牧常居代雁門，備匈奴。爲約曰：「匈奴即入盜，急入收保，有敢捕虜者斬。」獲修覿禮，《儀禮》。復忝卿曹。《通典》：漢以太常、光祿勳、衛尉、太僕、廷尉、大鴻臚、宗正、大司農、少府謂之九寺大卿。後漢九卿而分屬三司，多進爲三公，各有署曹掾吏，隨事爲員。位重大農，《舊唐書·職官志》：司農寺卿一員，從三品上。當金穀之任，揚雄《大司農箴》：時惟大農，爰司金穀。爲后稷之官。《舊唐書·職官志》：尚書省左右僕射各一員，從二品。帝王世紀：堯時廚中自生肉脯，薄如翣，搖則風生，使食物寒而不臭，名曰翣脯。主掌實關于堯廚，「供億」見《左傳》。庾信《哀江南賦》：我之掌庾承周，以世功而爲族。諒非巧宦，供億既切于周庾，「庾人」見《周禮》。

書。汲黯傳：黯姊子司馬安，文深巧善宦，官四至九卿。亦異當仁。相公顧遇特深，音徽遠降。陸機《演連

補編卷二　狀

五四五

珠：乘風載響，則音徽自遠。存十年之長，禮記：垂一字以褒。穀梁傳集解序：一字之褒，寵踰華袞之贈。

雖蕭何之自下周昌，史記周昌傳：昌爲人彊力，敢直諫，自蕭、曹等皆卑下之。難可等夷。

子產，家語：孔子曰：「夫子產於民爲惠主，於學爲博物，吾以兄事之，而加愛敬。」莫可等夷。仲尼之兄事

文，緘束篋也。水經注：窺深悸魂，吳質答東阿王書：發函伸紙，方縈職署，後漢書楊震傳：說

今枝葉賓客，布列職署。獨曠門牆；仰望恩輝，江淹爲建平王謝賜石硯等啓：空貢恩輝。伏馳魂夢。

爲汝南公上淮南李相公狀

二 舊唐書李德裕傳：開成二年，授淮南節度副大使知節度事，五年正月，武宗即位，七月，召德裕於淮南。

伏承恩詔，榮徵聖上，肇自海藩，顏氏家訓：上荆州必稱峽西，下揚都言去海郡。顯當殷鼎。史記

殷紀：阿衡欲干湯而無由，乃爲有莘氏媵臣，負鼎俎，以滋味說湯，至於王道。夫

昭貴族而理近官，國語：晉文公至自王城，公屬百官，賦職任功，昭舊族，愛親戚，胥、籍、狐、箕、欒、郤、柏、先、羊

舌、董、韓實掌近官。諸姬之良，掌其中官。異姓之能，掌其遠官。爲邦之遠算；後漢書朱祐等傳論：然原夫深圖

遠算。險不懟而怨不怒，國語：堯之亂，宜王在召公之宮，國人圍之，召公曰：「昔吾驟諫王，王不從，以及此難。

今殺王子，王其以我爲懟而怒乎？夫事君者險而不懟，怨而不怒，況事王乎？」乃以其子代宣王，宣王長而立之。事

君之大忠。荀子：以德復君而化之，大忠也。相公受寄累朝，按：舊唐書本傳：德裕元和中，累辟諸府從事，

十四年入朝，至武宗初，歷事憲、穆、敬、文、武五朝。後漢書朱暉傳贊：先生受寄。允懷明德。詩。傅巖克申

三命，未盡嘉謀；晉室更作五軍，尚慚多讓。左傳。喜慍罔形于用捨，是非無撓于去留。簡素騰輝，荀勖穆天子傳序：序古文穆天子傳者，太康二年，汲縣民不準盜發古塚所得書也，皆竹簡素絲編。

鐘彝溢美。莊子：夫兩喜必多溢美之言。而又志唯逃富，國語：鬭且語其弟曰：「昔鬭子文三舍令尹，無一日之積，恤民之故也。」成王聞子文之朝不及夕也，於是乎每朝設脯一束、糗一筐，以羞子文。成王每出子文之祿，必逃，王止而後復。人謂子文曰：「人生求富，而子逃之何也？」對曰：「夫從政者以庇民，民多曠者，而我取富焉，是勤民以自封也，死無日矣！吾逃死，非逃富也。」鬭尹之糗一筐，皆因君賜；見上。

江氏之田半頃，豈爲孫謀？江淹與交友論隱書：望在五畝之宅，半頃之田，鳥赴簷上，水巿階下，則請從此隱，長謝故人。道惡多藏。老子：多藏必厚亡。

大朝無黨比之憂。王逸九思：貪柱兮黨比。況今日時逼藏弓，史記封禪書：黃帝采首山銅，鑄鼎於荊山下。鼎既成，有龍垂胡髯下迎黃帝。黃帝上騎，羣臣後宮從上者七十餘人，龍乃上去。餘小臣不得上，乃悉持龍髯，龍髯拔，墮，墮黃帝之弓。百姓仰望黃帝既上天，乃抱其弓與胡髯號，故後世因名其處曰鼎湖，其弓曰烏號。庾信周祀圜丘歌：弓藏高隴，鼎沒寒門。禮當輔主。漢書昭帝紀：以侍中奉車都尉霍光爲大司馬、大將軍，受遺詔輔少主。元

侯功大，左傳。獨申攀送之哀，見上。伯父位尊，使率駿奔之列。並書。移寒在律，阮籍詣蔣公奏記李善注：劉向別錄曰：鄒衍在燕，有谷寒，不生五穀，鄒子吹律而溫，生黍。鼓物須雷，易。凡在含靈，春秋

元命苞：含靈盛壯。莫不延頸。列子：天下丈夫女子，莫不延頸舉踵，而願安利之。某早蒙恩異，獲奉輝光。蔣琬牛頭，省占佳夢；蜀志蔣琬傳：琬夜夢，有一牛頭在門前，意甚惡之。呼問占夢趙直，直曰：「牛角及鼻，公字之象。君位必當至公，大吉之徵也。」謝安塵尾，屢聽清談。晉書謝安傳：羲之謂曰：「謝安傳無塵尾事，宜思自效。而虛談廢務，浮文妨要，恐非當今所宜。」安曰：「秦任商鞅，二世而亡，豈清言致患耶？」按：似因南齊書陳顯達傳有「塵尾王謝家物」一語，從而牽合耳。項深汰珪符。留連旗鼓，見官告狀。後漢書申屠剛傳注：烈士傳：內手捫心，知不如子。沒齒難忘。竊計軒車，左傳注：軒，大夫車。已臻伊洛。謂東都。新唐書地理志：河南道其大川伊、洛。佇見方明展事，漢書律曆志：太甲元年，使伊尹作伊訓，曰：惟太甲元年十有二月乙丑朔，伊尹祀于先王，誕資有牧方明。言雖有成湯、太丁、外丙之服，以冬至越弗祀先王于方明。注：觀禮，諸侯觀天子，為壇十有二尋，加方明於其上。又注：方明者，神明之象也，以木為之，方四尺，畫六采，東青、西白、南赤、北黑、上玄、下黃。宋書禮志：日時展事，可以延敬。庭燎陳儀。禮記。雨將至而柱礎先知，淮南子：山雲蒸而柱礎潤。風欲來而巢居盡識。張華情詩李善注：春秋漢含孳曰：巢居之鳥先知風。下情無任抃踴躍之至，伏惟特賜恩察！

為汝南公上淮南李相公狀 三 舊唐書李德裕傳：開成五年九月，授門下侍郎，同平章事。

不審自跋涉道路，詩載馳傳：草行曰跋，水行曰涉。尊體何如？伏計不失調護。昔周文纘十

五王之緒，顯正舊邦；《國語》：自后稷之始基靖民，十五王而文始平之。襄孫總十一德之基，方寧故國。《國語》：晉孫談之子周適周，事單襄公。襄公曰：「周將得晉國，其行也文。夫敬，文之恭也。忠，文之實也。信，文之孚也。仁，文之愛也。義，文之制也。知，文之輿也。勇，文之帥也。教，文之施也。孝，文之本也。惠，文之慈也。讓，文之材也。此十一者，夫子皆有焉。被文相德，非國何取？」及厲公之亂，召周子而立之，是爲悼公之孫，惠伯、談也。周者，談之子，晉悼公之名。按：唐自高祖至武宗凡十五世，又武宗由潁邸入繼大統，觀此可知義山隸事之密。今惟新之曆《詩》：作輔之臣，後漢書郎顗傳：文、武創德，周、召作輔。又徵言于單子。以今況古，《魏志杜畿傳》：以今況古，陛下自不督必行之罰，以絕阿黨之原耳。千載一時。

某竊思章武皇帝之朝，元和六年之事。《舊唐書憲宗紀》：憲宗聖神章武孝皇帝元和六年正月，以淮南節使、中書侍郎、同平章事、趙國公李吉甫復知政事。《晉書羊祜傳》：帝將有滅吳之志，以祜爲都督荊州諸軍事。後寢疾，求入朝面陳伐吳之計，舉杜預自代。祜病篤預自代。祜卒，拜鎮南將軍都督荊州諸軍事。又杜預傳：帝密有滅吳之計，而朝議多違，惟預、羊祜、張華與帝意合。

鎮南建議，初召羊公；《史記公孫弘傳》：始與臣等建此議，今皆倍之。

征北求人，先咨謝傅。《晉書謝玄傳》：苻堅彊盛，邊境數被侵寇，朝廷求文武良將可以鎮禦北方者，安乃以玄應舉。

又《謝安傳》：安薨，贈太傅。故得齊剖封豕，舊唐書李師道傳：自李正已至師道，竊有鄆、曹等十二州六十年矣。元和十年，王師討蔡州，師道置留邸於河南府，吳元濟北犯汝、鄭，防禦兵盡戍伊闕，道潛以兵內其邸，謀焚宮闕而肆殺掠。會有小將詣留守呂元膺告變，元膺追伊闕兵圍之，賊衆突出，入嵩山官軍共圍之谷中，盡獲之。及誅吳元濟，師道恐懼，上表乞聽朝旨，請割三州。師道婢有號蒲大姊、袁七孃者曰：「自先司徒以來，

有此十二州,奈何一旦無苦而割之耶!」師道從之而止,乃詔諸軍討伐。十年十二月,武寧節度李愿遣將王智興擊破師道之衆。十三年,滄州節度鄭權、徐州李愬、魏博田弘正、陳許李光顏諸軍四合,累下城栅。師道使劉悟將兵當魏博軍,擒師道既敗,乃召將吏謀曰:「今天子所誅,司空一人而已,悟與公等皆被驅逐就死地,何如轉禍爲福?」乃以兵趣鄆州,擒師道而斬其首送於魏博軍,元和十四年二月也。「封豕」見左傳。按:舊唐書李吉甫傳,元和九年冬,暴病卒。誅師道在十四年二月,事出其後。文蓋以羣帥成功,推本宰輔用人之力耳!鄭亞會昌一品集序亦言「圖蔡料齊,外定内理」也。**蔡**

剔長鯨。舊唐書李吉甫傳:淮西節度吳少陽卒,其子元濟請襲父位。吉甫以淮西内地,不同河朔,宜因時而取之。後漢書楊震傳:震性公廉,子孫常蔬食步行。或欲令爲開産業,震不肯曰:「使後世稱爲清白吏子孫,以此遺之,不亦厚乎?」馨香襲慶。

頗叶上旨,始爲經度淮西之謀。又吳元濟傳:元濟,少陽長子也。初攝蔡州刺史。及父死,不發喪,以病聞,因假爲少陽表請元濟主兵務。少陽判官楊玄卿先奏事在京師,得盡言經略淮西事於宰相李吉甫,並宜令削奪,合兵進討。六月,命裴度爲宰相,淮右用兵之事,一以委之。十一年春,諸軍雲合。元和十年正月,詔元濟在身官爵軍前自效。其月十日夜,至蔡州城下,坎牆而登,賊不之覺。十一月恕夜出軍。十二年正月,李愬表請獨柳。「鯨鯢」見左傳。

伏惟相公清白傳資,新唐書李德裕傳:德裕,元和宰相吉甫也。**後漢書楊震傳:震**

書。始自辛卯,元和六年。**至于庚申。**開成五年。**雖號歷四朝,**憲、穆、敬、文。**而歲纔三紀。**見尋醫

表。淮王堂搆,漢書淮南王傳:上憐淮南王廢法不軌,自使失國早夭。乃立淮南王三子,王淮南故地,三分之。阜陵侯安爲淮南王。「堂搆」見書。**既高大壯之規;**易。**漢相家聲,**漢書平當傳:當爲丞相,卒,子晏以明經歷位大司徒。漢興,唯韋、平父子至宰相。司馬遷報任少卿書:隳其家聲。**復有急徵之詔。**漢書鮑宣傳:急徵故大

司馬傅喜。《舊唐書李德裕傳》：初，德裕父吉甫年五十一，出鎮淮南，五十四自淮南復相，一如父之年，亦爲異事。《舊唐書李德裕傳》：今德裕鎮淮南復入相，一如父之年，亦爲異事。原作「事」，今據胡本改正。猶新。燮理雖繫于陰陽，並書。休惕固深于霜露。《禮記》。且廣陵奧壤，江都巨邦。《舊唐書地理志》：揚州隋江都郡。武德九年，改爲揚州。天寶元年改爲廣陵郡。乾元元年復爲揚州。自後置淮南節度使。《晉書孝武帝紀》：又三吳奧壤，股肱望郡。爰在頃時，亦經蕪政。風移厭劾，《魏志董卓傳》，符劾厭勝之具，無所不爲。俗變侵凌。《禮記》。家多紛若之巫，《易》。户絶變兮之女。《詩》。相公必寅于理，後漢書齊武王縯傳：朕不忍置之于理。《禮月令注》：理，治獄官也。大爲其防。《禮記》。鄴中瘵河伯之祠，史記滑稽傳：褚先生補曰：西門豹爲鄴令，會長老，問之民所疾苦。長老曰：「苦爲河伯娶婦。」豹問其故，對曰：「鄴三老、廷掾常歲賦斂百姓，收取其錢，爲河伯娶婦，與祝巫共分共餘錢持歸。當其時，巫行視人家女好者，即娉取。爲治齋宮河上，女居其中。共粉飾之，如嫁女牀席，令女居其上，浮之河中。」至其時，豹往會之，呼河伯婦來，視之曰：「是女子不好，煩大巫嫗爲入報河伯，得更求好女，後日送之。」即使吏卒共抱大巫嫗投之河中。有頃，復投三弟子。豹曰：「巫嫗、弟子不能白事，煩三老爲入白之。」復投三老河中。鄴吏民大驚恐，從是以後，不敢復言爲河伯娶婦。蜀郡破水靈之廟。《抱朴子》：第五公誅除妖道而既壽且貴，宋廬江罷絕山祭而福祿永終，文翁破水靈之廟而身吉民安，魏武禁淫祀之俗而洪慶來假。《舊唐書李德裕傳》：德裕爲浙西觀察使，江嶺之間，信巫祝，惑鬼怪，有父母兄弟厲疾者，舉室棄之而去。德裕欲變其風，擇鄉人之有識者，諭之以言，繩之以法，數年之間，弊風頓革。屬郡祠廟，按方志前代名臣、賢后則祠之，四郡之

內，除淫祠一千一十所。然後教之厚俗，〈後漢書荀淑傳〉：所以崇國厚俗篤化之道也。喻以有行，〈詩〉用榛栗棗脩，〈左傳〉。遠父母兄弟。〈見詩〉。新唐書李德裕傳〉：德裕節度劍南西川，蜀人多鬻女爲人妾，德裕爲著科約，凡十三而上，執三年勞，下者五歲。及期則歸之父母。隱形吐火，〈晉書夏統傳〉：女巫章丹、陳珠能隱形匿影，吞刀吐火。知非鬼不祭之文；抱布貿絲，〈詩〉，識爲嫁曰歸之旨。「爲」，當作「謂」，見穀梁傳。化高岳，〈書〉。威動列城，〈左傳〉。陳於太史之詩，〈禮記〉。列在諸侯之史。〈左傳〉。今者重持政柄，復注皇情，按：〈德裕先於太和七年二月入相，八年九月罷出，見舊書本傳。此時由淮南徵入復相也。「政柄」見左傳。便當佐禹陳謨，輔堯考績。並〈書〉。有而不告謂之下比，〈國語〉：有不慈孝於父母，不長弟於鄉里，驕躁淫暴，不用上者，有則必告，而不告謂之下比。朝舉養廉。〈漢書董仲舒傳〉：立學校之官，州郡舉茂材孝廉，皆自仲舒發之。中臺獎杜之郎，〈應劭漢官儀〉：尚書爲中臺。〈後漢書鍾離意傳〉：藥崧家貧爲郎，常獨直臺上，無被枕杜，食糟糠。帝每夜入臺，輒見崧，問其故，甚嘉之。〈方言〉：俎，机也，西南蜀漢之間曰杜。外郡表斬芻之婦。〈漢書嚴安傳〉：今外郡之地或幾千里，〈後漢書第五倫傳〉：倫拜會稽太守，躬自斬芻養馬，妻執炊爨。然後司成立學，〈禮記〉。謁者求書。〈漢書成帝紀〉：河平三年，光祿大夫劉向校中祕書，謁者陳農使求遺書於天下。大講廢官，咸修闕政。〈見朝會狀〉。致于仁壽，〈漢書王吉傳〉：驅一世之民，躋之仁壽之域。煦以和平。〈禮記〉。凡在生靈，孰不欣望。

某早塵下顧，曾奉指蹤。〈史記蕭相國世家〉：高祖以蕭何功最盛，封爲鄼侯。功臣皆曰：「何反居臣等上，

為汝南公與蘄州李郎中狀

《舊唐書‧職官志》：尚書左右諸司郎中，從第五品，上階。「李郎中」，未詳。《新唐書‧地理志》：蘄州屬淮南道。

某本無宦業，馬融《長笛賦》：宦夫樂其業。過沐朝恩。罷護六戎，《禮記》：歸塵九署。以任兼金穀，並見汝南上淮南狀一。時逼園陵。見聽政表。有愧交親，《荀子》：交親而不比。未遑簡問。解攜稍久，陸機赴洛詩：拊膺解攜手。諸趣如何？山公醉時，《晉書‧山濤傳》：濤飲酒至八斗方醉。謝守吟罷。茗芽含露，陸羽《顧渚山記》：王智深《宋書‧謝靈運傳》：靈運出為永嘉太守，郡有名山水，所至輒為詩詠，以致其意焉。錄曰：豫章王子尚，訪曇濟道人于八公山。道人設茶茗，子尚味之曰：「此甘露也，何言茶茗？」寵簟迎風。白居易

詳汝南上淮南狀一。筭：塗路雖局，官守有限。莫由迎謁。空知抃賀，不可奮飛。詩：下情無任瞻望踴躍之至！

守官，《魏文帝與朝歌令吳質書》：人。太祖平柳城，班所獲器物，特以素屏風、素馮几賜珗曰：「君有古人之風，故賜君古人之服。」《魏志‧毛珗傳》：珗以儉率練布單衣，於是士人僉然競服之，練遂踴貴。其為時所慕如此。導，別有傳。又王導傳：導善於因事，時帑藏空竭，庫中惟有練數千端，鬻之不售，而國用不給。導患之，乃與朝賢俱制如蕭何發蹤指示，功人也。」群臣皆莫敢言。江左單衣，《晉書‧王覽傳》：覽子裁。覽後奕世多賢才，興於江左矣！裁子何也？」帝曰：「諸君知獵乎？夫獵，追殺獸兔者，狗也。而發蹤指示獸處者，人也。今諸君徒能得走獸耳，功狗也。至

行覿尊顏。伏限每留夢寐；柳城素几，

爲濮陽公皇太子薨慰宰相狀

右今月日，得本道進奏院狀報，見〈太子表〉。今月日，皇太子奄違儲貳。〈袁宏〈後漢紀〉：太子，國之儲貳，巨命所繫。伏以皇太子，道著武闈，〈王融三月三日曲水詩序〉：儲后睿哲在躬，妙善居質，出龍樓而問豎，入虎闈而齒胄。按：〈唐譚〉「虎」故作「武」。位高象輅。〈宋書禮志〉：泰始四年，建安王休仁參議東宮車服，宜降天子二等，駪駕四馬，乘象輅。詔可。方將傳輝蘭殿，〈初學記漢武故事〉：帝生於猗蘭殿，四歲立爲膠東王，七歲立爲皇太子。積慶桂宮。〈漢書成帝紀〉：帝，元帝太子也。帝爲太子，初居桂宮，上嘗急召，太子出龍樓門，不敢絕馳道。花枕畫輤，〈初學記〉：晉東宮舊事：皇太子有大漆枕，銀花鐶鈕自副。〈詩〉：銅扉銀牓，〈漢書成帝紀注〉：後漢書輿服志：皇太子安車，朱班輪，青蓋，金華蚤，黑橑文畫輤。永綏福履；〈禮記〉豈謂霽結洛雷，〈易〉：禍纏重海。崔豹〈古今注〉：漢明帝爲太子，樂人作歌詩四章曰：日重光，月重輪，星重輝，海重潤。商山羽翼，嗟綺季之俱還；〈史記留侯世家〉：上欲易太子及燕，置酒，太子侍，四人從，年皆八十有餘，鬚眉皓白，衣冠甚偉。上怪之，四人前對，各言名姓，曰東園公，甪里先生，綺里季，夏黃公。上乃大驚，四人皆曰：「竊聞太子仁孝，恭敬愛士，天下莫不延頸欲爲太子死者，故臣等來耳。」上曰：「煩公幸卒調護太子。」四人爲壽畢，趨去。上召戚夫人曰：「彼四人輔之，羽翼已成，難動矣。」〈漢書王貢兩龔鮑傳序〉：漢興

〈詩注〉：蘄州出龘葉簟。遠想音容，杳動心素，惟珍重珍重！〈王僧孺與何炯書〉：離別珍重。

有園公、綺里季、夏黄公、甪里先生,此四人者,當秦之世,避而入商洛深山。緱嶺雲霞,與浮丘而莫返。見太子表。靖恭夙夜,匪遑安處。百寮師師,楷兹度矩。〈魏志鍾繇傳〉:文帝在東宫,賜繇五熟釜,爲之銘曰:於赫有魏,作漢藩輔。厥相惟鍾,實幹心膂。
相公恩深銘釜,禮記。望春坊而目斷。〈通典〉:隋罷詹事,分東宫,置門下坊、典書坊,以分統諸局。唐置詹事府,以統衆務,置左右二春坊,以領諸局。某忝蒙委寄,常竊寵榮,不獲齒列班行,奔波慰叙,〈仲長統昌言〉:救患赴急,跋涉奔波者,憂樂之盡也。下情無任悲咽遑迫之至!

爲濮陽公官後上中書門下狀

箋:詳兵部尚書表。「中書」,見朝會狀。「門下」,見痊復狀。

右今月日,當道押衙劉石回,伏蒙天恩重賜,加授檢校兵部尚書官告,見兵部尚書表。不許更陳讓者。某幸承餘慶,〈茂元〉,栖曜子。「餘慶」,見易。遂會昌期。早慕修途,曹植懷親賦:赴修途以尋遠。

獻書試吏;謂上書自薦試校書郎。「獻書」,見兵部尚書表。南史梁武紀:甲族以二十登仕,後門以過立試吏。晚存遠略,〈左傳〉。傳劍論兵。〈史記太史公自序〉:在趙者以傳劍論顯。注:服虔曰:世善傳劍也。蘇林曰:傳手搏論而釋之。晉灼曰:〈史記吴起贊〉曰:非信仁廉勇,不能傳劍論兵書也。或抵彝章。自擁節旄,〈漢書蘇武傳〉:武既至海上,仗漢節牧羊,卧起操持,節旄盡落。頻移星歲。常虞尸曠,〈書〉。任昉爲范尚書讓吏部封侯第一表:彝章載穆。往在番禺,已分風憲;及移安定,又假冬卿。箋:詳兵部尚書表。〈舊唐書地理〉

〔志〕：嶺南道廣州中都督府，隋南海郡。武德四年，置廣州，領南海縣，即漢番禺縣。南海郡隋分番禺，置南海縣。番山在州東三百步，禺山在北一里。又……〔涇州〕，隋安定郡。

善政茂聞，奇勳莫建，而有疑當作「又」。不循階陛，超授班資。且周禮設官，邦政莫先乎司馬；漢史解詁，士貴無過于尚書。〔書鈔〕：漢官解詁：士之權貴，不過尚書。

何安？〔蔡氏歷遷，〕〔南史蔡廓等傳贊〕：蔡氏載德，仍世柱國，震畏四知，秉去三惑，賜亦無諱，彪誠匪忒，修雖才子，渝我淳則。楊公累代，〔後漢書楊震傳贊〕：楊氏載德，仍世柱國，震畏四知，秉去三惑，賜亦無諱，彪誠匪忒，修雖才子，渝我淳則。

茲尊顯，殊日寂寥。此皆相公假借軍聲，贊揚聖澤。感而益懼，榮以宏憂。謹當切誠滿盈，遙加率勵。〔後漢書祭肜傳〕：肜乃率勵偏何，遣往討之。古者不辭于三仕，必願致身；昔人雖取于十官，終期無罪。〔戰國策〕：楚王問於范環曰：「寡人欲置相於秦，甘茂可乎？」對曰：「惠王之明，武王之察，張儀之好蕃，甘茂事之，取十官而無罪，茂誠賢者也。然而不可相秦。秦之有賢相也，非楚之利也。」龐申報効，以謝貪叨。〔莊子〕：好經大事，變更易常，以挂功名，謂之叨。專知擅事，侵人自用，謂之貪。苟遺疑當作「違」。此言，是不能享。鎮守有限，〔隋書房陵王勇傳〕：臣鎮守有限。不獲奔走陳謝，伏增惶悚之至。

為濮陽公許州請判官上中書狀

〔舊唐書王茂元傳〕：授忠武軍節度、陳許觀察使。又〔地理志〕：忠武軍節度使，治許州，管陳、許、蔡三州。「判官」，見兵部尚書表。「中書」，見朝

會狀。本集有爲濮陽公陳許奏韓琮等四人充判官狀。

韓琮、《新唐書·藝文志》：韓琮詩一卷。字成封，大中湖南觀察使。段瓘原作「環」，本集同。按：本集充判官狀

馮氏曰：《書史會要》：段瓘工於翰墨，有名當世，此云精於草隸，疑即其人而名小誤歟？今胡本作「瓘」，與書史會要合。

又《全唐文》段瓘有舉人自代狀，正與本集充判官狀文同，其爲形似致誤無疑，故即據以改正。《新唐書·崔鉉傳》：鉉所善者，

鄭魯、楊紹復、段瓘、薛蒙，頗參議論，時語曰：鄭、楊、段、薛，炙手可熱；欲得命通，魯、紹、瓘、蒙。裴遘、夏侯瞳，

按：《文苑英華》有授夏侯瞳忠武軍節度副使制文，爲杜牧譔。《通鑑》：懿宗咸通十一年四月，徐賊餘黨相聚閭里爲羣盜，詔

徐州觀察使夏侯瞳招諭之，意即瞳後所歷官也。

輒以具狀奏請訖。伏乞相公曲賚殊恩，盡允私懇。既有藉于賓榮，敢自輕于主擇。並左

郊，遭程子於途，傾蓋而語，終日甚相悅。《楚辭·九歌》：樂莫樂兮新相知。使免孤鄭驛，《史記·鄭當時傳》：當時字莊，常

置驛馬長安諸郊，請謝賓客，夜以繼日。不辱燕臺。鮑照《放歌行》：將起黃金臺。李善注：王隱《晉書》曰：段匹磾討

石勒，進屯故安縣故燕太子丹金臺。《上谷郡圖經》曰：黃金臺，易水東南十八里，燕昭王置千金於臺上，以延天下之士。

二說既異，故具引之。謹録狀上。

爲濮陽公上李太尉狀

箋：濮疑當作「滎」。按舊唐書李德裕傳：會昌四年，以功兼守太尉，而王茂元三年已卒於河陽，義不可通。文云「長君惟睿」，當指宣宗初立之時。又云

「玉鉉重光」,必在相位既罷之後。傳言宣宗即位,罷相,出爲東都留守。大中初,罷留守,以太子少保分司東都。篇首云「光膺新命」,當卽指此,觀文内兩用太子保、傅事可見。考鄭亞於大中元年觀察桂管,時事相合,理爲近之。「太尉」見李司徒狀。

伏見除書,〈北齊書高德政傳:德政見除書而起。〉伏承光膺新命,書。伏惟感慰。〈後漢書桓譚傳〉竊謂山陵之事既畢,明公當思隆替之宜。「四海」似用「過密八音」意。兩階遇隆。〈書〉式光謙愨之誠,〈後漢書桓譚傳〉務執謙愨。克見隆崇之寵,〈後漢書郎顗傳:陛下宜加隆崇之恩。〉今者長君惟睿,〈箋:義山文,凡言長君,均指宣宗,玩以後諸篇文義可見。蓋宣宗以太叔入承大統,故云。「長君」見左傳。〉〈隋書元德太子傳:誕膺惟睿。〉元子有文。〈書〉當深慮之所關,必殊勳而是賴。山濤則曰禱天下之選,〈任昉齊竟陵宣王行狀李善注:山濤啓事曰:保傅不可不高天下之選,羊祜秉德義,克己復禮,東宮少事,養德而已。〉張秋則曰用天下之賢,〈「秩」當作「佚」〉。後漢書桓榮傳:建武二十八年,大會百官,詔問誰可傳太子者?羣臣承望上意,皆言太子舅執金吾原鹿侯陰識可。博士張佚正色曰:今陛下立太子,爲陰氏乎?爲天下乎?卽爲陰氏,則陰侯可;爲天下,則固宜用天下之賢才。帝稱善,卽拜佚爲太子太傅。〉〈史記孟嘗君傳:文聞將門必有將,相門必有相。〉西漢之命玄成,以相門才子;〈漢書韋賢傳:賢爲宰相,封扶陽侯,少子玄成,復以明經歷位至宰相。〉東都之昇鄧禹,因先帝舊臣。〈後漢書鄧禹傳:顯宗卽位,以禹先帝元功,拜爲太傅,甚見尊寵。〉休哉二公,叶我一德。〈箋:西漢二句,述吉甫之門資,東都二句,述武宗之恩遇。觀此益知文爲宣宗時作。注見汝南上

〈淮南狀三〉。雖曰曠代，乃若合符。伏惟慎保起居，俯鎮風俗。俟金縢之有見，〈書〉。俾玉鉉之重光。〈易〉。某竊憶春初，曾蒙簡賜，故欲琴樽嵩嶺，魚釣平泉。〈舊唐書李德裕傳〉：東都於伊闕南置平泉別墅，清流翠篠，樹石幽奇。初未仕時，講學其中。及從官藩服，出將入相，三十年不復重遊，而題寄歌詩，皆銘之於石，豈貪行意之言。〈國語〉：越滅吳，范蠡請從會稽之罰，王曰：「所不掩子之惡，揚子之美者，使其身無終沒於越國」。對曰：「君行制，臣行意。」遂乘輕舟以浮於五湖。便阻具瞻之懇？〈詩〉。伏惟少以家國爲念也。方抵藩任，〈晉書謝安傳〉：安弟萬，爲西中郎將，總藩任之重。未即門闈。班固答賓戲：皆及時君之門闈。攀戀恩光，江淹詣建平王上書：大王惠以恩光。不任輸罄。陳後主柔遠詔：彼土酋豪，並輸罄誠款。伏惟特賜恩察。

爲濮陽公上楊相公狀

箋：楊嗣復也。〈舊唐書本傳〉：開成二年，爲戶部侍郎。三年正月，與同列李珏並以本官同平章事。

伏見今月某日制書，〈新唐書百官志〉：凡王言之制有七。二曰制書，大賞罰，赦宥，慮囚，大除授則用之。〈舊唐書職官志〉：武德七年定令，以尚書、門下、中書、祕書、殿中、內侍爲六省。〈新唐書張文瓘傳〉：同列以堂饌豐餘，欲少損，文瓘曰：「此天子所以重樞務，待賢才也。」伏承相公由大司徒之率屬，書。掌中祕書之樞務。〈新唐書百官志〉：凡王言之制有七。二曰制書，大賞罰，赦宥，慮囚，大除授則用之。〈舊唐書職官志〉：武德七年定令，以尚書、門下、中書、祕書、殿中、內侍爲六省。注意，史記陸賈傳：天下安，注意相，天下危，注意將。榮叶沃心。書。凡備生靈，莫非陶冶。伊昔帝賚

良弼,〈書〉岳降名神。〈詩〉夢出傅巖,高宗才得于胥靡;〈史記殷紀〉:帝武丁思興復殷,夜夢得聖人,名曰說。使百工營求之野,得說於傅險中。是時,說爲胥靡,築於傅險。武丁舉以爲相,殷國大治。武丁崩,祖己立其廟爲高宗。卜從渭水,西伯止逢于釣翁。〈史記齊世家〉:太公望呂尚嘗窮困,年老矣,以漁釣奸周西伯。西伯將出獵,卜之,曰:所獲非龍非彲,非虎非羆;所獲霸王之輔。於是果遇太公於渭之陽,載與俱歸,立爲師。周武牧野之陣,則呂牙渭濱之釣翁也。池以濯鱗。然後光膺爰立,顯副僉諧。並〈書〉。庚亮俱補中書郎。〈楚辭招魂〉:分曹並進,遒相迫些。豈若相公涵泳天池,接庾亮之分曹,必資劉恢,翱翔雲路,列王濛之對掌,宜屬孔演;〈晉書孔衍傳〉:中興初,與庾亮俱補中書郎。〈晉書王濛傳〉:濛與沛國劉惔齊名。簡文帝之爲會稽王也,常與孫綽商略諸風流人,綽言曰:「劉惔清蔚簡令,王濛溫潤恬和。」及帝輔政,益貴幸之,與劉惔號爲入室之賓。宋書沈演之傳:對掌禁旅。〈晉書皇甫謐傳〉:沖靈翼於雲路,浴天池以濯鱗。〈晉書張載傳〉:恢,當作「惔」。允契同昇,果聞並命。祇神塞望,〈漢書劉輔傳〉:順神祇心,塞天下望。華夏式瞻。〈書〉某夙奉恩光,今叨任使。〈戰國策〉:臣駑下恐不足任使。守朝那之右地,鎭安定之遺封。〈元和郡縣志〉:涇州,漢置安定郡即此是也。〈漢書地理志〉:朝那縣屬安定郡。又〈陳湯傳〉:即西收右地,〈後漢書輿服志〉:三公列侯黑韠。不獲趨賀黑韠,〈後漢書趙壹傳〉:計吏數百人皆拜伏庭中。拜伏金印,〈漢書百官公卿表〉:丞相相國金印紫綬。空知踴躍,莫可奮飛。並〈詩〉。下情云云。

爲濮陽公上華州陳相公狀

箋：陳夷行也。舊唐書本傳：開成二年四月，同平章事。

四年九月，出爲華州刺史。新唐書地理志：華州屬關内道。

伏蒙榮賜手筆，後漢書趙壹傳：仁君忽一匹夫，於德何損？而遠辱手筆，追路相尋，誠足愧也。某揣摩

莫效，戰國策：蘇秦夜發書陳篋數十，得太公陰符之謀，伏而讀之，簡練以爲揣摩。耽玩無聞。晉書皇甫謐傳：謐

耽玩典籍，忘寢與食，時人謂之「書淫」。不過功曹，平生素分；後漢書馬武傳：帝與功臣諸侯讌語，從容言

曰：「諸卿不遭際會，自度爵禄何所至乎？」高密侯禹對曰：「臣少嘗學問，可郡文學博士。」帝曰：「卿鄧氏子，志行修

整，何爲不掾功曹？」願爲小相，曩昔殊榮。而幸遇清朝，明言其失。遂階

貴仕。左傳。玉門關外，何成異域之功；後漢書班超傳：超嘗投筆歎曰：大丈夫無它志略，猶當效傅介

子、張騫，立功異域，以取封侯，安能久事筆硯間乎？後封定遠侯。超久居絶域，年老思土，上疏曰：臣不敢望到酒泉

郡，但願生入玉門關。灞水亭邊，徒有舊時之號。史記李將軍傳：廣家居數歲，嘗夜從一騎出，還至霸陵亭，霸

陵尉醉，呵止廣，廣騎曰：「故李將軍。」尉曰：「今將軍尚不得夜行，何乃故也！」漢書地理志：霸水出藍田谷北入渭。

此皆頃在邊上日，謂涇原。相公方調殷鼎，見汝南上淮南狀二。正運漢籌，史記留侯世家：高帝曰：「運

籌策帷帳中，決勝千里外，子房功也。」不復疑當作「擾」。軍租，仍寬虜級，見汝南上淮南狀一。已得入叨九

扈，克罷再麾。謂涇原罷鎮入朝爲司農卿。詳外舅司徒公文。「九扈」，見左傳。本集馮氏曰：凡節度、觀察、經略

等使,辭日賜雙旌雙節。見百官志。「再麾」,即雙旌之義
禮踴名品,宋書范泰傳:既可以甄其名品。
也,在人曰三公,在天曰三台。背惟浹汗,史記陳丞相世家:文帝問右丞相周勃曰:「天下一歲決獄幾何?」勃謝
曰:「不知。」問天下一歲錢穀出入幾何?」勃又謝不知,汗出沾背,愧不能對。仰望旌門,周禮。恨無羽翼。徐淑答夫詩:恨無兮羽翼,高
心不容銘。吳志周魴傳:銘心立報,永矣無貳。感春秋之一字,見汝南上淮南狀一
飛兮相追。下情云云。

為濮陽公上陳相公狀 一

筆:此狀為陳夷行初入相時作。舊唐書文宗紀,開成二年四
月,工部侍郎陳夷行本官同中書門下平章事。新、舊二書陳夷行傳、新書宰相表並同。考義
山人王茂元涇原幕,馮譜定在開成三年,而此文實為二年事,豈其時已至涇原耶?

伏見今月某日制書,見濮陽上楊相公狀。奉承相公顯由起部,舊唐書職官志:工部,南朝謂之起部,
有所營造,則置起部尚書,畢則省之。光踐黃樞。見尋醫表。唯彼秦官,當作「官」。必加漢相。通典:相
國、丞相皆秦官。唐侍中、中書令是真宰相,以他官參掌者,無定員,但加同中書門下三品及平章事、知政事、
參與政事及平章軍國重務之名者,並為宰相。亦漢行丞相事之例也。是能超絕庶尹,書。冠映羣倫。昔荀
悅榮登,止通左氏;後漢書荀悅傳:年十二能說春秋。又:獻帝頗好文學,悅累遷祕書監侍中。張華寵拜,

宋書范泰傳。
恩顧未酬,南齊書劉瓛傳:有乖恩顧。音徽仍繼。
事越等倫。望星宿于三台,晉書天文志:三台六星,三公之位

爲濮陽公上陳相公狀 二箋：此狀爲王茂元加兵部尚書時作，詳兵部尚書表。

某少乏能名，漢書王吉傳：駿子崇，以父任爲郎，歷刺史、郡守，治有能名。長無清譽。王羲之與郗家論婚書：獻之字子敬，少有清譽。書非十上，戰國策：蘇秦說秦王，書十上而說不行。劍敵一人。史記項羽紀：籍少時，學書不成，去學劍，又不成，曰：「書足以記名姓而已，劍一人敵，不足學，學萬人敵。」而命與時偕，道將運會，南蹌祝髮，謂鎮嶺南。列子：南國之人，祝髮而裸。西扼狄鞮。謂鎭涇原。「狄鞮」見禮記。分起部而未淹，遷司戎而何速？箋詳兵部尚書表。「起部」，見前狀。舊唐書職官志：兵部尚書，龍朔改爲司戎太常伯，咸

空對建章。晉書張華傳：武帝嘗問漢宮室制度及建章千門萬戶，華應對如流，帝甚異之。數歲拜中書令。豈若相公翊贊皇猷，發揮清問，恥君不及堯、舜，二語並書。司馬貞三皇本紀：大庭氏、赫胥氏，三皇以來有天下者之號。後漢書仲長統傳論：世非胥、庭。欲人盡若胥、庭。式叶具瞻，詩：爰從正位。易：馮參帷幄，式展于矜嚴，漢書馮參傳，參爲人矜嚴，好修容儀，以嚴見憚，終不能親近侍帷幄。杜恕紀綱，不資于交援。魏志杜恕傳：恕在朝，不結交援，專心向公，每政有得失，常引綱維以正言。漢書董仲舒傳注：陶人作瓦器謂之甄。沐陶甄，漢書董仲舒傳注：羨塞鴻之騫翥。謬居藩服。盧思道孤鴻賦序：楊子曰：鴻飛冥冥，騫翥高也。身繫節旄，見官後狀。心懸廊廟，同邊馬之嘶鳴；玉篇：嘶，馬鳴也。拜賀，伏用兢惶。江總爲衡陽王讓吳郡表：兢惶之至，春冰可陟。無由

亨復也。飛章雖達，見安南狀。丹欵尚稽。顧此尸承，實爲塵忝。任昉到大司馬記室牋：顧已循涯，實知塵忝。相公上宏信及，易‧仰贊恩覃，宋書符瑞志：恩覃隱顯。優柔列藩，國語：所以優柔容民也。後漢書邊讓傳：建列藩於南楚兮。容易好爵，東方朔非有先生論：談何容易。「好爵」見易。得雖有自，居亦甚危。銘在座隅，見兵部尚書表。鏤之心骨。唯當策無妄舉，令有必行。慮以前茅，左傳。馭之長轡。孫楚爲石仲容與孫皓書：長轡遠御，妙略潛授。克成戎律，魏書羊祉傳：及贊戎律，雄武斯裁。以奉廟謨。後漢書光武紀贊：明明廟謨，赳赳雄斷。伏惟始終恩察。

爲濮陽公上陳相公狀 三

某當道行軍司馬崔瑨舊唐書職官志：節度使行軍司馬一人。朝奏在城，今月十七日得狀云：今月十二日，于太淸宮齋宿處，舊唐書玄宗紀：天寳二年，改西京玄元廟爲太淸宮，東京爲太微宮，天下諸郡爲紫極宮。又禮儀志：昊天上帝、五方帝、皇地祇、神州及宗廟爲大祀，散齋四日，致齋三日。齋官皆於散齋之日，集於尚書省受誓戒，太尉讀誓文。致齋之日，三公於尚書省安置，餘官各於本司，若皇城內無本司，於太常郊社、太廟署安置。又：凡欲郊祀，必先朝太淸宮。獲謁見相公。伏承首座相公，春明退朝錄：唐制宰相四人，首相爲太淸宮使，次三相皆帶館職，弘文館大學士、監修國史、集賢殿大學士，以此爲序。按：新唐書宰相表：陳夷行於開成三年二月入相，其前居相位者，尚有李固言、鄭覃、李石。至三年正月則楊嗣復、李珏同時入相。此首座未知何指。特論某

所請不許吐蕃交馬，事合大體，當時魏謩起居備錄其事者。舊唐書文宗紀：上自開成初復故事，每入閣，左右執事立於螭頭之下，君臣論奏得以備書，故開成政事最詳於近代。又魏謩傳：開成三年，轉起居舍人。又職官志：起居舍人二員，從六品上。新唐書藝文志：文宗實錄四十卷，魏謩監修。伏以本道，與鳳翔節制雖殊，並見李司徒狀。封疆相接，俱當料敵，戰國策：不料敵而輕戰。同切成謀。叢爾寇戎，不循盟誓，並左傳。稽留重使，史記匈奴傳：漢留匈奴使，匈奴亦留漢使。又龜筴傳補：無所稽留。戰國策：發重使使之楚。侮易大朝。魏志明帝紀注：魏略：亮又侮易土。既以非時，又稱繼好，深慮得請，並左傳。便有乘機。侮遂敢竊獻情誠，屢陳箋疏。按：全唐文卷六百八十四，載王茂元奏吐蕃交馬事宜狀云：右臣得所由狀報，吐蕃請於鳳翔交馬者。臣伏以吐蕃衆則犬羊，心唯蛇豕。不思率服，但逞姦欺。國家務以懷柔，極其撫御。敷惠好於非類，將萬里之擇使命於本朝。容養甚宏，錫賚非薄。昔魏酬倭國，止於銅鏡鉗文；漢遺單于，不過犀毗綺裕。視其詭詐，難以保明，深算機恩。豈若陛下選彼周行，取於宗屬。而敢淹停曠日，留止彌年。不恤其衆，連誅舊臣。差徵詭詐，難以保明，深算機宜，未可容許。臣又見蕃中人來説云，其首領素已年侵，更兼心疾。翻覆難知，善惡未決。竊計君奕，合有表章。伏望違盟約，仍致逗遛。今恐事出多端，致由羣下，上欺聖德，旁損廟謨。翻覆難知，善惡未決。竊計君奕，合有表章。伏望更敕羣臣商量，且命界首止絶。儻須存遠馭，要示殊恩，但言彼蕃來往不時，邊將奏論甚切，亦無妨國體，未阻戎心。臣自擁節旄，亟踰星琯，修裝器械，蓄積糧儲。又時巡訪川源，討尋蹊隧。每當衝要，必有隄防。增築故城，穿濬新塹。偏箱鹿角，未易可當，木柹魚膏，不曾虛棄。雖臨搖落，免有寇攘，付彼物情，未能囗衆。其若便侵亭障，自起煙塵，臣且率勵當軍，猶可獨當一面。況其鄰道，悉是強兵，敢忘充國之請行，不慮張宗之辭難。伏乞聖恩鑒臣鐵石，納臣芻蕘，使

其畏憺威靈，挫平姦宄。臣不勝慎激懇迫之至。〈吳志呂蒙傳〉：每陳大事，常口占爲箋疏。言雖當病，事且侵官。

加以思惟，方憂罪責。不謂相公更因敷奏，深賜褒稱。使賈誼上書，達于天聽；〈漢書賈誼傳〉：誼數上疏，陳政事，多所欲匡建。山濤立論，著在史官。似用暗合孫吳事，詳後獻京兆公啓。〈漢書藝文志〉：古之王者，世有史官。榮冠一時，名留百古。顧茲非望，〈漢書息夫躬傳〉：欲求非望。皆有所因。

仰戴恩輝，略逾涯分。謹當坐以待旦，居無求安。墾叔子之田疇，〈晉書羊祜傳〉：祜患之，竟以詭計，令吳罷守，於是戍邏減半，分以墾田八百餘頃。修李興之政具。按：〈後漢書盧芳傳〉：李興引兵至單于庭迎芳。〈蜀志諸葛亮傳注〉：晉劉弘觀亮故宅，命太傅掾李興爲文。〈吳志朱然傳〉：魏將李興等斷然後道。以上三人，皆無政績可考，疑「興」當作「恂」。後〈漢書李恂傳〉：拜袞州刺史，遷張掖太守，後復徵拜謁者，使持節領西域副校尉。西域殷富，多珍寶，諸國侍子及督使賈胡數遺恂奴婢、宛馬、金銀、香罽之屬，一無所受。北匈奴數斷西域車師、伊吾、隴沙以西使命不得通，恂設購賞，遂斬虜帥，縣首軍門。自是道路夷清，恩威並行。又與羊祜作對，蓋因不許吐蕃交易，益修邊備也。忽承後命，有以先登。並〈左傳〉。龐異疑當作「冀」。驅馳，用爲報效。伏惟始終恩賜知察。

爲尚書濮陽公賀鄭相公狀 箋：鄭覃也。〈舊唐書本傳〉：太和九年十月，遷尚書左僕射，兼判國子祭酒。李訓、鄭注伏誅，召覃入禁中草制敕。明日以本官同平章事，旋加弘文館大學士。開成三年二月，進位太子太師。十二月，三上章求罷，詔落太子太師，餘如故。

仍三五日一入中書，商量政事。

右伏見今月某日制書，以相公累請退閑，後漢書孔融傳：及退閑職，賓客日盈其門。特從休澣，

初學記：休假亦曰休沐。漢律，吏五日得一下沐，言休息以洗沐也。書記所稱曰歸休。亦曰休急、休澣。式崇階級，

鵷冠子：臣不虛貴階級。無廢平章。新唐書百官志：貞觀八年，僕射李靖以疾辭位，詔疾小瘳，三兩日一至中書門下平章事，而平章之名，蓋起于此。元老道尊，詩。必用三王之禮，禮記。中樞務重，通典：魏、晉以來，中書監令掌贊詔命，記會時事，典作文書。以其地任樞近，多承寵任，謂之鳳皇池焉。猶當五日爲期。詩。相公德契昭融，詩。言成啓沃。書。太丘家法，若守官司，後漢書陳寔傳：寔字仲弓，除太丘長。卒諡文範先生。子紀亦以至德稱。兄弟孝養，閨門雍和，後進之士皆推慕其風。京兆門風，宜書甲令。

魏書韋閬杜銓傳：閬京兆杜陵人，銓京兆人。史臣曰：韋、杜舊族門風，名亦不殞。漢書敍傳：著于甲令。仰攀日月，高拱星辰。爲堯闢四聰，書。鬻子：禹治天下，以五聲聽，門懸鼓、鐘、鐸、磬，而置鞀。爲銘於簨簴曰：教寡人以道者擊鼓，教寡人以義者擊鐘，教寡人以事者振鞀，語寡人以憂者擊磬，語寡人以獄訟者揮鞀。此之謂五聲。

始者以爨生鼎飪，易。禍接藩維。見尋醫表。前殿朝迴，史記高祖紀：蕭丞相營作未央宮，立東闕、北闕、前殿、武庫、太倉。莫收金印；見濮陽上楊相公狀。凶門師出，淮南子：將已受斧鉞，爪鬋，設明衣，鑿凶

門而出。空委油幢。《晉書輿服志》：皂輪車上加青油幢，朱絲繩絡。諸王三公有勳德者，特加之。當是非擾攘之間，即內外危疑之際。《舊唐書李訓、鄭注等傳》：文宗性守正嫉惡，以宦者權寵太過，心不堪之。因鄭注得幸王守澄，俾之援訓，冀黃門之不疑也。太和九年十一月，誅中官，訓同平章事。訓既秉權衡，即謀誅內豎。約以其年十一月，須假兵力，乃以郭行餘爲邠寧節度使，王璠爲太原節度使，大勢不兩立，出注爲鳳翔節度使。羅立言權知京兆大尹事，韓約爲金吾衛使，李孝本權知中丞事，冀璠、行餘未赴鎮間，廣令召募豪俠及金吾臺府之從者，俾集其事。是月二十一日，帝御紫宸。班定，韓約奏：「金吾左仗院石榴樹，夜來有甘露。」訓奏曰：「甘露降祥，俯在宮禁。陛下宜親幸左仗觀之。」上出紫宸門，由含元殿東階昇殿，令宰相兩省官先往視之，既還，曰：「臣等恐非真甘露。」上乃令左右軍中尉、樞密內臣往視之。既去，訓召王璠、郭行餘曰：「來受敕旨！」璠恐悚不能前，行餘獨拜殿下。時兩鎮官健，皆執兵在丹鳳門外，訓已令召之，惟璠從兵入，邠寧兵竟不至。中尉、樞密至左仗，聞幕下有兵聲，驚恐走出，內官迴奏，韓約氣懾汗流。中官又奏曰：「事急矣，請陛下入內。」訓呼金吾衛士來護乘輿。內官決殿後罘罳，舁輿疾趨，訓攀呼曰：「陛下不得入內。」金吾衛士隨訓入。訓時愈急，邐迤入宣政門，帝入東上閤門，門即闔，須臾，內官率禁兵露刃出，遇人即殺。宰相王涯、賈餗、舒元輿方中書會食，聞難出走，諸司從吏死者六七百人。出山，爲盩厔鎭將宗楚所得，械送京師，乃斬訓。注與訓謀事有期，欲中外協勢。聞訓事發，自鳳翔率親兵赴闕。聞敗，乃還。監軍使張仲清已得密詔，伏兵斬注。仇士良鞫涯反狀，涯實不知其故，搒笞不勝其酷，乃令手書反狀，自誣與訓同謀。獄具，與王璠、羅立言、賈餗、舒元輿、李孝本，腰斬於獨柳樹下。坐訓而族者，凡十一家，人以爲冤。相公克凝庶績，《書》。顯執大權，爲易于

難，制動以靜。皂襜斯人，無聞鮑永之兵；東觀漢記：鮑永拜僕射，行將軍事，性好文德，雖行將軍，常衣皂襜褕，路稱「鮑尚書兵馬」。黃閣洞開，例醉曹參之酒。漢舊儀：丞相廳事閣曰黃閣。不敢洞開朱門，以別於人主，故以黃塗之。史記曹相國世家：參代蕭何為漢相國，舉事無所變更。擇郡國吏木訥於文辭、重厚長者，即召除為丞相史。吏之言文刻深，欲務聲名者，輒斥去之。至者，參輒飲以醇酒，間之，欲有所言，復飲之，醉而後去，終莫得開說。然後澄清流品，提挈紀綱。補吏盡去刻深，見上。用人不由黨援。援，去聲。咸有一德，書。于今三年。詩。深惟逃責之規，任昉為齊明帝讓宣城郡公表：四海之議，於何逃責。載切避榮之旨。夏侯湛東方朔畫贊：退不終否，進亦避榮。削藁章數，漢書孔光傳：光典樞機十餘年，時有所言，輒削草藁。免冠請頻。戰國策：田單免冠徒跣肉袒而進，退而請死罪。張良卻粒之懷，錙銖軒冕；史記留侯世家：留侯稱曰：「今以三寸舌為帝者師，封萬戶，位列侯，此布衣之極，於良足矣。願棄人間事，欲從赤松子遊耳。」乃學辟穀，道引輕身。任昉南徐州蕭公行狀：丘園東國，錙銖軒冕。范蠡扁舟之志，夢想江湖。史記貨殖傳：范蠡既雪會稽之恥，乃乘扁舟浮於江湖。異代結交，陳書蕭允傳：鄱陽王出鎮會稽，允為長史，帶會稽郡丞。行經延陵季子廟，設蘋藻之薦，託異代之交，為詩以敘意。殊時合志。果當涅澤，後漢書鄧隲傳：被雲雨之渥澤。爰峻等威，左傳。祗奉青宮，謂為太子太師。「青宮」，見太子表。監臨東觀。謂加弘文館大學士。舊唐書職官志：門下省弘文館。後漢有東觀，魏有崇文館，皆著撰文史，鳩聚學徒之所。武德初，置修文館，後改為弘文館。教溫文于漢字，「溫文」見禮記。「字」，疑當作「宇」。顏延之車駕幸京口侍遊蒜山

作：嚴險去漢宇，襟衛徙吳京。總端揆于秦官。謂爲僕射。舊唐書職官志：尚書省尚書令總領百官，儀刑端揆，其屬有六尚書。凡庶務，皆會而決之。左右僕射各一員，貳令之職。自不置令，僕射總判省事。百辟之劍佩以隨，書。六館之生徒是屬。謂兼判國子祭酒。舊唐書職官志：國子監祭酒，掌邦國儒學訓導之政令。有六學：一國子學、二大學、三四門、四律學、五書學、六算學。漢書百官公卿表：僕射秦官。前授生徒，後列女樂。手扶帝座，太平御覽天官星占曰：紫微者，天之帝座也。後漢書馬融傳：融常坐高堂，施絳紗帳，前授生徒，後列女樂。朝，寧妨理事；晉書何準傳：準子澄，安帝即位，遷尚書左僕射。時澄脚疾，固讓，特詔不朝，坐家視事。左傳。何澄闕就第，無曠執經。晉書杜夷傳：夷爲祭酒，辭疾未嘗朝會，皇太子三至夷第，執經問義。舊唐書鄭覃傳：覃長於經學，稽古守正。以宰相兼判國子祭酒，奏太學置五經博士各一人，緣無職田，請依王府官例，賜祿粟，從之。又進石壁九經一百六十卷。焕發丹青，漢書蘇武傳：雖古竹帛所載，丹青所畫，何以過子卿？光昭簡素。乾惕無咎，易。謙尊以光。二語並易。某謬奉詔條，漢書百官公卿表：武帝元封五年，初置部刺史，掌奉詔條察州。注：漢官典質儀曰：刺史班宣，周行郡國，省察治狀，黜陟能否，斷治冤獄，以六條問事，非條所問，即不省。嘗承廟算。見朝會狀。慚指蹤而未曾獲兔，見汝南上淮南狀三。仰儀刑而徒歎登龍。後漢書李膺傳：膺獨持風裁，以聲名自高，士有被其容接者，名爲登龍門。亦冀終遂息肩，左傳。永當襫帶，易。地遊蒙榖，更趨方外之神人；淮南子：若士者，古之神仙也。燕人盧敖，秦時遊于北海，經于太陰，入于玄闕，至于蒙榖之山，而見若士焉。欣欣然方迎風軒輕而

舞。敕曰：「夫子殆可與敖爲友乎？」若士曰：「吾與汗漫期於九垓之外，不可以久住。」乃舉臂竦身，遂入雲中。〈莊子：子桑户、孟子反、子琴張三人相與友，子桑户死，或編曲，或鼓琴而歌。孔子曰：「彼遊方之外者也。」〉洞入華陽，猶認原作「詔」，今據胡本改正。山中之宰相。〈南史陶弘景傳：弘景上表辭禄，止於句曲山，恆曰：「此山下是第八洞宫，名金陵華陽之天。」乃中山立館，自號華陽隱居。屢加禮聘，並不出。國家每有吉凶征討大事，無不前以諮詢。時人謂爲山中宰相。〉羈牽尚爾，〈後漢書申屠蟠傳：彼豈樂羈牽哉！〉抃賀無期。瞻望輝光，伏增攀戀。

爲濮陽公上賓客李相公狀 一

箋：李德裕也。下篇云「地控淮、徐，氣連荆、楚」又云「許下出征」，知爲茂元鎮陳許時作，而年月難以深考。以本集爲濮陽公陳許謝上表及後外舅司徒公文推之，約當在武宗初立之際矣。舊唐書李德裕傳，太和七年二月，德裕以本官平章事，進封贊皇伯。八年，王守澄進鄭注，復進李訓。其年秋，上欲授訓諫官，德裕奏曰：「李訓小人，不可在陛下左右。」上顧王涯曰：「商量別與一官。」遂授四門助教。俄而鄭注亦自絳州至，惡德裕排己。九月十日，復召李宗閔於興元，授中書侍郎平章事，代德裕爲興元節度使，尋改檢校尚書左僕射，潤州刺史，鎮海軍節度，蘇常杭潤觀察使，代王璠。德裕至鎮，奉詔安排宫人杜仲陽於道觀，與之供給。仲陽者，漳王養母，王得罪，放仲陽於潤州故也。九年三月，左丞王璠、户部侍郎李漢進狀，論德裕在鎮，厚賂仲陽，結託漳王，圖爲不軌。四月，帝於蓬萊殿召王涯、李固言、路隋、王璠、李漢、鄭注等，面證其事。璠、漢

加誣構結,語甚切至。路隋奏曰:「德裕實不至此。誠如璠、漢之言,微臣亦合得罪。」羣論稍息。尋授德裕太子賓客,分司東都。其月,又貶袁州長史。路隋坐證德裕,罷相。其年七月,宗閔坐救楊虞卿,貶處州;李漢坐黨宗閔,貶汾州。十一月,王璠與李訓造亂伏誅,而文宗深悟前事,知德裕爲朋黨所誣。開成二年五月,授揚州大都督長史、淮南節度副大使,知節度使事。四年四月,就加檢校尚書左僕射。五年正月,武宗即位,召德裕於淮南。九月,授門下侍郎、同平章事。下篇云「君子信讒」,似即指杜仲陽事,特兩爲太子賓客事稍在前,然無他人可以當之也。〈舊唐書職官志:太子賓客四員,正三品。〉

不審近日尊體何如? 相公踐履道樞,〈莊子:彼是莫得其偶,謂之道樞。〉優遊天爵,〈詩:功無與讓,〈庾信燕射歌辭:功無與讓,銘太常之旌。〉故勇于退;〈謝瞻於安成答靈運詩:勇退不敢進。〉能不自伐,〈老子:不自伐故有功。〉故葆其光。〈莊子:注焉而不滿,酌焉而不竭,而不知其所由來,此之謂葆光。自罷理陰陽,〈書。〉就安調護。〈見慰宰相狀。〉鳳池來者,〈痊復狀。〉守咎繇之矢謨;〈書。〉雞樹後生,〈魏志劉放傳注:〈世語云:劉放、孫資久典機任;夏侯獻、曹肇心内不平。殿中有雞棲樹,二人相謂:「此亦久矣,其能復幾?」奉陽,書。〉見慰宰相狀。

老子:不自伐故有功。故葆其光。莊子:注焉而不滿,酌焉而不竭,而不知其所由來,此之謂葆光。

與讓,庾信燕射歌辭:功無與讓,銘太常之旌。〉故勇于退;

蕭何之畫一。〈史記曹相國世家:參爲相國,百姓歌之曰:蕭何爲法,顜若畫一,曹參代之,守而勿失。〉奉喜,成則不居。〈老子:功成而不居。求諸古今,實焕緗素。〈王筠昭明太子哀策文:徧該緗素。

某早蒙恩顧，累忝藩方，本冀征轅，得由東洛。〈書〉：伏以延英奉辭之日，〈唐六典〉：大明宮宣政殿之左曰東上閣，右曰西上閣。次西曰延英門。其內之左曰延英殿。〈舊唐書職官志〉：至德後，大將為刺史者，兼治軍旅，遂依天寶邊將故事，加節度使之號，連制數郡。奉辭之日，賜雙旌雙節，如後魏、北齊故事。宰臣俟對之時，止得便奏發期，〈唐會要〉：「開成元年正月，敕自今以後，每遇入閣日，次對官未要隨班並出，並于東階松樹下立待，宰臣奏事退，令齊至香案前，各奏本司公事，左右史待次對官奏事訖，同出。其年五月，中書門下奏：『自今以後，除刺史、並望延英對了奏發，日限促不遇坐日，許于臺司通將待延英開日，辭了進發。』從之。不敢更求枉路。〈忠武節度治許州，見判官狀。〉舊唐書地理志：許州在京師東一千二百里，至東都四百里。漢書東方朔傳：從中掖庭回興，枉路臨姜山林。限于流例，莫獲起居；瞻望恩光，不任攀戀。儻蒙知其丹赤，〈魏志張既傳注：魏略：誠謂將軍亦宜遣一子，以示丹赤。〉賜以始終，則雖間山川，穆天子傳：道里悠遠，山川間之。若在軒屛。潘岳秋興賦〉：蟋蟀鳴乎軒屛。伏惟時〈疑當作「特」。〉賜恩察。

為濮陽公上賓客李相公狀 二

不審近日尊體何如？此方地控淮徐，〈謂陳許。新唐書地理志：徐州彭城郡、泗州臨淮郡，並屬河南道。氣連荊楚。〈新唐書地理志：山南道蓋古荊、梁二州之域。按：文言荊、楚，自指山南東道。不惟土薄，〈左傳〉。兼亦冬溫。〈春秋繁露：火有變冬溫夏寒。維揚〈當作「洛陽」。〉居萬國之中，得四方之正，〈史記周紀〉

成王在豐,使召公復營洛邑,如武王之意。周公復卜,申視,卒營築,居九鼎焉,曰:「此天下之中,四方入貢道里均。」或聞今歲亦不甚寒。相公百祿所綏,〈詩〉五福攸集。〈書〉伏料調護,常保康寧。〈書〉從古以來,大賢所處,未有不功高而去,德盛而謙。〈易〉以煙水爲歸塗,指神仙而投分。阮瑀〈爲武帝與劉備書〉:投分寄意。名高百古,事冠一時。然而內難外憂,不常而起;深謀密畫,須有所歸。則呂望老于渭濱,始持兵柄;見濮陽上楊相公狀。芥軒車,見汝南上淮南狀一。埃塵祿位,魏志徐邈傳:或問盧欽曰:「徐公當武帝時,人以爲通,在涼州及還京師,人以爲介,何也?」欽答曰:「往昔毛孝先、崔季珪等用事,貴清素之士。於是皆變易衣服以爲名高,而徐公不改其常,故人以爲通。比來天下奢靡,轉相倣效,而徐公雅尚自若,不與俗同,故前日之通,乃今日之介也。是世人之無常,而徐公之有常也。」蓋屬安危。見濮陽上楊相公狀。

相公昔在先朝,實康大政。當君子信讒之日,〈詩〉箋:詳前狀。稟達人大觀之規。賈誼〈鵬鳥賦〉:達人大觀兮,物無不可。據梧但歌,〈莊子〉:昭文之鼓琴也。師曠之枝策也。惠子之據梧也;三子之知幾乎?皆其盛者也,故載之末年。反袂無歎。〈公羊傳〉及爲賓望苑,見太子表。分務洛師。〈書〉徐勉園中,惟餘卉木;〈梁書徐勉傳〉:勉嘗爲書誡其子曰:中年聊於東田,間營小園,聚石移果,雜以花卉,以娛休沐,用託性靈。陶公嶺上,空有白雲。陶弘景答詔詩:山中何所有,嶺上生白雲。小竹帛之所傳,鄙鼎彝而不問。夫以行藏定分,用捨通方。〈漢書韓安國傳〉:通方之士,不可以文亂。當遭時復生之前,立功立業者甚

易，〈魏志鄧艾傳〉：艾州里時輩南陽州泰，亦好立功業。及受簡疑當作「間」。被疑之後，不怨不怒者至難。見〈汝南上淮南狀二〉。遠則狼畏跋胡，鴟憂毀室，〈晉書王豹傳〉：且元康以來，宰相之患，危機竊發，不及容思。亦不得中道。並見〈濮陽賀鄭相公狀〉。雖同畏危機，近則越蠡扁舟而獨往，漢良卻粒以辭榮。仰惟閫奧，〈漢書敍傳〉：窺先聖之壼奧。實冠品流。

今寶曆既初，〈宋書後廢帝紀〉：凤膺寶曆。聖政茲始，將安不祚，陸雲〈晉散騎常侍陸府君誄〉：丕祚克昌。必屬宗臣。〈國語〉：男女之饗，不及宗臣。凡在隱微，莫不祠禱。某早蒙獎拔，得被寵榮。番禺將去之時，謂節度後狀。「番禺」見官後狀。漢書平當傳：賜上尊酒十石。注：稻米一斗，得酒一斗，為上尊。許下出征之日，謂節度陳許。獲醉上尊之酒；樂府〈飲馬長城窟行〉：中有尺素書。便道是拘，陸機〈謝平原内史表〉：拘守常憲，當便道之官。猶蒙尺素之書。見〈濮陽賀鄭相公狀〉。向風弭節，顔延之〈秋胡詩〉：弭節停中阿。掩泣裁箋。思嶁戀軒，鮑照〈東武吟〉：棄席思君嶁，疲馬戀君軒。登門莫遂。不勝丹款。伏惟始終恩照。謹狀。

爲濮陽公與丁學士狀

箋：舊〈唐書文宗紀〉：開成三年十一月，以翰林學士丁居晦爲御史中丞，正與茂元同時。文云「罷領南臺，復還内署」，意其後尚有再入翰林之事，而紀文不載。新、舊二書亦俱無專傳可考。後有爲濮陽公賀丁學士啓。

近頻附狀，伏計相次達上。自學士罷領南臺，〈通典〉：御史臺，梁及後魏、北齊謂之南臺。復還内

署，新唐書百官志：學士之職，本以文學言語被顧問，出入侍從，因得參謀議，納諫諍，其禮尤寵；而翰林者，待詔之所也。唐制，文書詔令，中書舍人掌之。自太宗時，名儒學士時時召以草制，然猶未有名號；乾封以後，始號北門學士。玄宗初，置翰林待詔，既而又選文學之士，號翰林供奉。開元又改翰林供奉爲學士，別置學士院，專掌內命。凡拜免將相、號令征伐，皆用白麻。其後，選用益重，而禮遇益親，號爲內相，凡充其職者無定員，自諸曹尚書下至校書郎，皆得與選。漢書孔光傳：行內署門戶。朝委佽重，見李司徒狀。時論愈歸。夫一時效功，逐惡者鷹隼；千年呈瑞，應聖者鸞皇。後漢書仇覽傳：時考城令河內王渙，政尚嚴猛，聞覽以德化人，置爲主簿。謂覽曰：「主簿聞陳元之過，不罪而化之，得無少鷹鸇之志耶？」覽曰：「以爲鷹鸇，不若鸞鳳。」擊搏殊能，翱翔異品。宋書符瑞志：周成王少，周公旦攝政，鳳皇翔庭，成王援琴而歌曰：鳳皇翔兮於紫庭，余何德兮以感靈？應庭無事，左傳。詩。豈復白野有求，未詳。與雲羅而並出。鮑照舞鶴賦：掩雲羅而見鶂。唯聽韶濩以來儀，左傳、書。某才謝適時，仕無明略。漢書辛慶忌傳：明略威重，任國柱石。久乘亭障，戰國策：卒戍四方守亭障者參列。詩。猿臂漸衰，史記李將軍傳：廣爲人長，猿臂，其善射亦天性也。後漢書班超傳：相者指曰：「生燕頷虎頸，飛而食肉，此萬里封侯相也。」弊廬仍在，左傳。白首未歸。潘岳金谷集作詩：白首同所歸。列子：楊朱見歧路而泣之，爲其可以南可以北。當疑當作「常」。燕頷相誤。顧皋壤以興嗟，莊子：山林與？皋壤與？使我欣欣然而樂與？樂未畢也，哀又繼之。念路歧而增歎，仰望音徽，不勝丹赤。見賓客李相公狀一。眷，庶愜後圖。依餘

樊南文集補編卷第三

狀

爲濮陽公與度支周侍郎狀

箋：濮當作「滎」。按：周侍郎，周墀也。墀先爲江西觀察使，遷義成節度使，故文有「自江以西，居河之上」四語。舊唐書宣宗紀：大中十年，以義成軍節度使周墀爲兵部侍郎，判度支。則狀當上於此時，時鄭亞觀察桂管，所謂「伏限守藩」也。若王茂元，已卒於會昌三年，則與判度支之年不相及。又文中昭獻爲文宗謚，昭肅爲武宗謚，則所謂今上者，定爲宣宗，據此以推，其誤「滎」爲「濮」更無疑義。唐會要：故事，度支案，郎中判入，員外判出，侍郎總統押案而已。開元以後，時事多故，遂有他官來判者，或尚書侍郎專判，乃曰度支使，或曰判度支使，或曰知度支事，或曰勾當度支，雖名稱不同，其實一也。

伏見除書，見濮陽上李太尉狀。伏承原脱「承」字，今據胡本校補。以小司馬掌邦計，周禮。伏惟感慰。侍郎致君業廣，圖國功深，左傳。頃在內朝，周禮。則裨大政。昭獻御極，舊唐書文宗紀：謚

曰元聖昭獻皇帝，廟號文宗。名高侍從之臣；舊唐書周墀傳：太和末，累遷至起居郎，補集賢學士，轉考功員外郎，仍兼起居舍人事。開成二年，以本官知制誥，尋召充翰林學士。三年，遷職方郎中。四年，正拜中書舍人，內職咸如故。班固兩都賦序：故言語侍從之臣，若司馬相如、虞丘壽王、東方朔、枚皐、王襃、劉向之屬，朝夕論思，日月獻納。昭肅握圖，舊唐書武宗紀：謚曰至道昭肅孝皇帝，廟號武宗。初學記：尚書考靈曜曰：四千五百六十歲，精反初，握命几，起河圖，聖受思。迹在循良之傳。舊唐書周墀傳：武宗即位，出爲華州刺史，改鄂岳觀察使，遷洪州刺史，江南西道觀察使。史記太史公自序：奉法循理之吏，不伐功矜能，百姓無稱，亦無過行，作循吏列傳。今上講求羣辟，史記禮書：今上即位。「羣辟」見書。深念大藩。梁昭明太子貽明山賓令：明祭酒雖出撫大藩。以自江之西，雖豫章爲奧壤，史記荆燕世家：劉賈渡江南西道洪州，隋豫章郡。「奧壤」見汝南上淮南狀三。而居河之上，詩。推白馬爲要津。舊唐書周墀傳：大中初，檢白馬津，注：黎陽一名白馬津，在滑州。古詩：先據要路津。爰陟廉車，以登將席。舊唐書崔鄲傳：凡三按廉車，率校禮部尚書、義成軍節度使、鄭滑觀察等使。後漢書王常傳：位次與諸將絕席。由清簡。舊唐書宣宗紀：在會昌六年十一月。道濟見收，脫幘投地曰：「乃復壞汝萬里之長城。」大國三軍，周禮。雪諸儒之懦名，漢書兒寬傳：寬爲人溫良，有廉知自將，善屬文，然懦於武，口弗能發明也。時張湯爲廷尉，廷尉府盡用文史法律之吏，而寬以儒生在其間，見謂不習事，不署曹，除爲從史。盡將軍之令。史記絳侯周勃世家：已而之細柳軍，軍士吏被甲，銳兵刃，彀弓弩持滿。天子先驅至，不得入。先驅曰：「天子且

至!」軍都都尉曰:「將軍令曰:『軍中聞將軍令,不聞天子之詔。』」居無何,上至,又不得入。於是上乃使使持節詔將軍:「吾欲入勞軍。」亞夫乃傳言開壁門。壁門士吏謂從屬車騎曰:「將軍約,軍中不得驅馳。」於是天子乃按轡徐行。至營,將軍亞夫持兵揖曰:「介冑之士不拜,請以軍禮見。」天子為動,改容式車,使人稱謝:「皇帝敬勞將軍。」成禮而去。

果承紫詔,見官告狀。 來駕墨車。〈周禮。〉 向闕馳心,〈陸機謝平原內史表:馳心輦轂。〉 敷廷識貌。〈漢書王商傳:為人多質,有威重,長八尺餘,身體鴻大,容貌甚過絕人。單于前,拜謁商。商起,離席與言,單于仰視商貌,大畏之,遷延卻退。天子聞而歎曰:「此真漢相矣!」丞相商坐未央廷中,單于上書吳王:臣聞鷙鳥累百,不如一鶚。〉

碧海孤峯。〈東方朔十洲記:東海之東,復有碧海。天子動容,見上。〉

羣僚服美。便合入居台鉉,〈北齊書韓軌傳:歷登台鉉〉 以慰華夷。然以天下之賦輿,〈左傳。海內之財幣,是資經費,見安南狀。〉

宜屬成謀,苟失當仁,則乖大計。故晉室有鬻練〈原作「練」,今據胡本改正。〉之乏,〈見汝南上淮南狀三。〉 漢臣興造幣之端。〈漢書武帝紀:元狩四年,有司言縣官用度不足,請收銀錫,造白金及皮幣以足用。〉

是不得人,何以為國?仰惟餘地,〈莊子:其游刃必有餘地。〉 已不同年。〈賈誼過秦論:則不可同年而語矣。〉

子:使能不兼官,〈舊唐書玄宗紀:老疾不堪蠱務者與致仕。〉 不聞蠱務。〈周禮。〉 昔祈父爪士,〈詩。〉 未有兼官;方朔侍郎,〈東方朔答客難:官不過侍郎,位不過執戟。〉 剡又秩貳夏官,任毗司馬。

倚之為相,〈史記韓長孺傳贊:天子方倚以為相。今也其時。〉 某伏限守藩,〈見上謝表。〉 莫由申賀。山河百二,〈史記高祖紀:秦形勝之國,帶河山之險,縣隔千里,持戟百萬,秦得百二焉。注:蘇林曰:得

百中之二焉，秦地險固，二萬人足當諸侯百萬人也。已抱歸心；風水五千，舊唐書地理志：桂州至京師，水陸路四千七百六十里。況兼離戀。瞻望門宇，說文：宇，屋邊。不任懇誠。

爲中丞滎陽公桂州上後上中書門下狀 本集有爲滎陽公桂州謝上表。徐氏曰：凡除官到任，謂之上。上日修表謝恩，謂之謝上。上，時掌切。

右某自解疑當作「辭」。北闕，出守南荒，顏延之五君詠：一麾乃出守。王襃移金馬碧雞文：歸兮翔兮，侵星而擁棹。鮑照還都道中作詩：侵星赴早路。即於今月日到任上訖。桂陽始至，漢書地理志：桂陽郡，高帝置，屬荆州。荔浦初臨。新唐書地理志：荔浦縣屬嶺南道桂州。警宵鐘而尚誤晨趨，沈約和謝宣城詩：晨趨朝建禮。聞暮鼓而由斯夕拜。見聽政表。仰瞻廟算，晉書文苑傳：其得鑪冶之門者，惟挾炭之子。欽承廟算。見朝會狀。寬其竭馬，莊子：東野稷以御見莊公。顏闔曰：「稷之馬將敗。」公曰：「子何以知之？」曰：「其馬力竭矣，而猶求焉，故曰敗。」任其鞭羊。列子：君見其牧羊者乎？百羊爲羣，使五尺童子荷箠而隨之，欲東而東，欲西而西，使堯牽一羊，舜荷箠而隨之，則不能前矣！襦袴麤及于疲人，後漢書廉范傳：范遷蜀郡太守，成都民物豐盛，邑宇逼側，舊制禁民夜作，以防火災，百姓爲便，乃歌之曰：「廉叔度，來何暮？不禁火，民安作。平生無襦今五袴。」潘岳西征賦：牧令，但嚴使儲水而已。嘗犯露以脂車，謝靈運山居賦：犯露乘星。無疑當作「每」。何事南荒也。侵星赴早路。

疲人於西夏。禮樂必資于君子。伏惟俯賜恩察。

為滎陽公賀幽州破奚寇上中書狀

〈新唐書宣宗紀〉：大中元年五月，張仲武及奚北部落戰，敗之。又〈地理志〉：幽州屬河北道。又〈北狄傳〉：奚亦東胡種，元魏時自號庫真奚，居鮮卑故地，與突厥同俗。至隋始去「庫真」，但曰奚。大中元年，北部諸山奚悉叛，盧龍張仲武禽酋渠，燒帳落二十萬，取其刺史以下面耳三百，羊牛七萬，輜貯五百乘，獻京師。本集有〈為滎陽公賀幽州破奚寇表〉，後有〈賀幽州張相公狀〉。

右得進奏院狀報，見太子表：幽州張相公大破奚寇，斬馘刺史已下，並焚燒驅獲車帳器械牛羊等。伏以近歲以來，北番微擾，奚寇恣其狗盜，〈史記叔孫通傳〉：陳勝起，通曰：「明主在上，安敢有反者，此特羣盜鼠竊狗盜耳！」頗復鴟張。〈吳志孫堅傳〉：張溫曰：「董卓不怖罪，而鴟張大語。」相公鉤格傳能，舊唐書張仲武傳：仲武，范陽人也。少業左氏春秋，擲筆為薊北雄武軍使。會昌初，陳行泰殺節度使史元忠，權主留後。俄而行泰又為絳所殺。時仲武遣軍吏吳仲舒表請以本軍伐叛。上遣宰臣詢其事，仲舒曰：「仲武是軍中舊將張光朝之子，年五十餘，兼曉儒書，老於戎事，性抱忠義，願歸心闕廷。」〈淮南子〉：桀之力制觡伸鉤，索鐵歙金。〈方言〉：鉤，宋、楚之間謂之鹿觡，或謂之鉤格。岷峒稟氣，〈爾雅〉：北戴斗極為空桐。克揚戎略，〈宋書沈慶之傳〉：宣綜戎略。

式靖邦仇

〈詩〉：姑用火攻，〈孫子〉：火攻有五：一曰火人，二曰火積，三曰火輜，四曰火庫，五曰火墜。未加湯

沃。《淮南子》：善者之動也，若以湯沃雪，何往而不遂？ 刺睢盱之面，張衡《西京賦》：睢盱跋扈。李善注：字林曰：睢，仰目也。盱，張目也。 貫聾瞶之耳。貫耳，見《左傳》。《國語》：聾瞶不可使聽。 帳幕如掃，李陵答蘇武書李善注：氊幨，氊帳也。 干矛盡熠。《左傳注》：吳、楚之間謂火滅爲熠。 聚輪轂于戍樓，蔡邕讓高陽侯印綬符策：及看輪轂。 梁簡文帝《鬭雞詩》：車籠赴戍樓。 出牛羊於塞草。古樂府《斛律金敕勒歌》：天蒼蒼，野茫茫，風吹草低見牛羊。 此皆相公授其軍令，見度支周侍郎狀。雄此邊聲。李陵答蘇武書，邊聲四起。 願崇九伐之威，《周禮》 且舉一隅而示。昔越平吳國，實立賀臺；《初學記》：吳越春秋：越王平吳後，立賀臺於越。 楚勝晉軍，將爲京觀。《左傳》。 固不可此處疑脫二「不」字。 銘山示績，《後漢書竇憲傳》：憲拜車騎將軍，以執金吾耿秉爲副。與北單于戰於稽落山，大破之。遂登燕然山，刻石勒漢威德，令班固作銘。 畫閣傳勳。《漢書蘇武傳》：宣帝思股肱之美，乃圖畫其人於麒麟閣，署其官爵姓名，凡十一人。 盡良相之廟謀，《史記魏世家》：國亂則思良相。《後漢書光武紀贊》：明明廟謀。 豈將軍之天幸！《史記衛將軍驃騎傳》：衛青爲大將軍。大將軍姊子霍去病爲驃騎將軍，擊匈奴。驃騎所將常選，然亦敢深入，常與壯騎先其大將軍，軍亦有天幸，未嘗困絕也。 某謬蒙任使，竊慶翦除，伏恨疑當作「限」。守藩，闕陪賀列。無任抃躍攀戀之至！

爲滎陽公請不敍將士上中書狀 本集有爲滎陽公奏請不敍錄將士狀。

右某當管將士，本一千五百人，見安南狀。有北境兩度行營，按：兩度行營，似指邕管、容管，然皆

在桂管西南，其北境則荊南也，未知何指。有西京當作「原」。十鎮防戍。見安南狀。既部伍皆更招收數額，則轉增加糧料，唐會要：貞元二年，敕左右金吾及十六衛將軍，並宜加給料錢及隨身幹力糧課等。不經申破，留州自備，見安南狀。累政相成。魏書竇瑗傳：前後累政，咸見告訟。況近年不甚登穰，爾雅：登，成也。博雅：穰，豐也。亦經水潦。廣韻：潦，淹也。至蜀，縣令負弩矢先驅。拏舟負弩，莊子：方將杖拏而引其船。史記司馬相如傳：拜相如爲中郎將，因巴蜀吏幣物以賂西夷。至是野穀旅生，麻朮尤盛，野蠶成繭，被於山阜，人收其利焉。尚歎于征途，稽穀神蠶，後漢書光武紀：初王莽末，天下旱蝗，黃金一斤，易粟一斛。旅，寄也。不因播種而生，故曰旅。今字書作「稆」。未豐于下舍。晉書華表傳：頻稱疾，歸下舍。注：澤，合進勳階，新唐書百官志：其辨貴賤，敍勞品，則有品、有爵、有勳、有階。今縱仰承渥次之期，二國各簡其禮，若道路相逢遇也。盡有囊裝之許。陳書徐陵傳：由來宴賜，凡厥囊裝。將徵簡禮之資，春秋注：遇者草小民不識于天時，書。而露冕褰帷，藝文類聚：郭賀爲荊州刺史，明帝到南陽巡狩，賜三公服，雖祁寒暑雨，敕行部去襜露冕，使百姓見之，以彰有德。後漢書賈琮傳：琮爲冀州刺史，華陽國志：之部，升車言曰：「刺史當遠視廣聽，糾察美惡，何有反垂帷裳以自掩塞乎？」乃命御者褰之。舊典，傳車驂駕，垂赤帷裳，迎於州界。及琮小民不識于天時，書。而露冕褰帷，藝文類聚：長吏合宜其人願。伏乞相公俯推近例，許且權停。干冒尊嚴，無任戰灼之至。漢書景帝紀：吏六百石以上皆長吏也。荀子：一足以爲人願。輒以具狀奏聞訖。

補編卷三　狀

五八三

樊南文集

爲滎陽公謝集賢韋相公狀

箋：：韋琮也。舊唐書宣宗紀：：大中元年七月，尚書戶部侍郎、知制誥、翰林學士承旨韋琮以本官同中書門下平章事。又職官志：：集賢殿書院，每宰相爲學士者爲知院事。餘見濮陽上陳相公狀三。

花犀腰帶一條，右伏蒙仁恩，俯寵行邁。〈詩。駭雞等貴，〈左思吳都賦：：駭雞之貴。李善注：：孝經援神契曰：神靈滋液，則犀駭雞。宋衷曰：：角有光，雞見而駭也。畫隼增輝，〈周禮司常：：「鳥隼爲旟。」注：：所畫異物，則異名也。徒勤萬里之肺肝，愧乏十圍之腰腹。〈後漢書東平王蒼傳：：蒼爲人美鬚髯，要帶十圍，顯宗甚愛重之。永平十一年，詔國中傅曰：：「日者問東平王，處家何等最樂，王言爲善最樂，其言甚大，副是要腹矣。」仰從台衷，〈風俗通：：劉矩叔方三登台袞。來飾藩垣。〈詩。縱拜賜而有期，〈禮記。懼立朝而無取。謹依處分捧領訖。〈晉書杜預傳：：預處分既定，乃啓請伐吳之期。下情無任戴荷之至！〈梁簡文帝重謝上降爲開講啓：：伏筆罄言，寧宣戴荷。

爲滎陽公上集賢韋相公狀 一箋，注並詳前狀。

某行役，〈詩。以今月二十八日達潭州訖。〈新唐書地理志：：潭州屬江南西道。餘見慰諭表。囊裝簡薄，見不敍狀。賓御單輕。〈鮑照詠史詩：：賓御紛颯沓。但承霖雨之功，〈書。免值風波之阻。〈家語：：不

觀巨海，何以知風波之患。計塗非遠，到任有期。方積懼于貪叨，見官後狀。豈暇懷于啓處？詩。

當道適臨邈徼，漢書鄧通傳注：東北謂之塞，西南謂之徼。奉遠宸居，班固典引：宸居其域。輒亦導以簡書，左傳。頒之詔旨，省迎新之費，漢書黃霸傳：數易長吏，送故迎新之費，及姦吏緣絶簿書，盜財物，公私費耗甚多。謀即舊而安。匪務先聲，實行素志。其于脂膏有戒，見汝南上淮南狀一。冰檗自規，見慰諭表。不惟稟以廟謀，見奚寇狀。固欲誓于神道。冀傾駕蹇，班彪王命論：是故駕蹇之乘，不傾千里之塗。用副恩憐。南齊書豫章文獻王傳：奄奪恩憐。苟渝斯言，是不能享。伏惟終賜恩察，俯揚征棹，仰望台庭，沈約齊太尉文憲王公墓銘：台庭改觀。敢階開閣之賓，漢書公孫弘傳：弘，元朔中，爲丞相，封平津侯，於是起客館，開東閣，以延賢人。唯羨吐茵之吏。漢書丙吉傳：吉爲丞相，上寬大，好禮讓，馭吏嘗從吉出，醉歐丞相車上。西曹主吏白欲斥之，吉曰：「西曹地忍之，此不過汙丞相車茵耳。」遂不去也。下情無任戀感激之至！

爲滎陽公上集賢韋相公狀 二

某素乏異能，史記仲尼弟子傳：皆異能之士也。驟蒙殊寵。後漢書楊政傳：不思求賢，以報殊寵。實幸藩宣之日，詩。得承陶冶之餘，不敢違安，束皙補亡詩：心不違安。以須至止。詩：即以今月某日，到任上訖。見桂州上後狀。數屬城之地，半雜遠夷；稽守器之人，多非命士。箋：新唐書方

鎮表，桂管領桂、梧、賀、連、柳、富、昭、蒙、嚴、環、融、古、思唐、龔十四州。《地理志》載環州、嚴州、古州，皆係開拓蠻獠所置，此外羈縻州有紆州、歸思州、思順州、蕃州、溫泉州、述昆州、格州，並隷桂州都督府。又《韓休傳》云：累遷桂管觀察使，部二十餘州，自參軍至縣令無慮三百員。吏部所補纔十一，餘皆觀察使商才補職。觀後爲滎陽署官牒，有差知環州、嚴州、古州等篇，可見此三州刺史，即由觀察自署。又突將淩綽牒云「言念蕃州雖無漢守」，是羈縻州長并屬土人。注詳瀘州刺史狀。陸機《吳趨行》李善注：蔡邕《陳留太守行縣頌》曰：府君勸耕桑於屬城。「守器」，見《左傳》。「命士」，見《禮記》。雖欲龐修理行，《漢書·趙廣漢傳》：察廉爲陽翟令。以治行尤異，遷京輔都尉，守京兆尹。按：《唐諱》「治」，故作「理」。終憂不致殊尤。司馬相如《封禪文》：未有殊尤絕迹可考於今者也。

俗後《漢書·祭肜傳論》：政移獷俗。則蒲盧之善養，《禮·中庸》注：蒲盧，蜾蠃，謂土蜂也。《說文》：盽，田民也。《詩》曰：螟蛉有子，蜾蠃負之。螟蛉，桑蟲也。蒲盧取桑蟲之子，去而變化之，以成爲己子。政之於百姓，若蒲盧之於桑蟲然。冀桑梓以懷音。《詩》兼宏獄市之規，《史記·曹相國世家》：參爲齊丞相，蕭何卒，參入相。參去，屬其後相曰：「以齊獄市爲寄，慎勿擾也。」以奉巖廊之化。《漢書·董仲舒傳》：蓋聞虞舜之時，游於巖廊之上，垂拱無爲，而天下太平。伏惟特賜恩察。

爲滎陽公上集賢韋相公狀 三

伏見制書，伏承加集賢殿大學士，見《謝集賢韋相公狀》。恩極台階，《漢書·東方朔傳》：願陳泰階六符。

注：孟康曰：泰階，三台也。每台二星，凡六星。應劭曰：黃帝泰階六符經曰：太階者，天之三階也。上階爲天子，中階爲諸侯公卿大夫，下階爲士庶人。榮兼祕殿。舊唐書職官志：集賢殿書院，開元十二年置，漢、魏以來職在祕書。開元十三年，與學士張説等宴於集仙殿，因改名集賢。王延壽魯靈光殿賦：乃立靈光之祕殿。通鳳池於册府，「鳳池」屢見。穆天子傳：天子北征東還，至於羣玉之山，先王之所謂策府。擢雞樹于書林。「雞樹」見賓客李相公狀一。後漢書和帝紀：永元十三年，帝幸東觀，覽書林，閲篇籍，選術藝之士以充其官。退邇增慰。相公黃中禀氣，易。素尚資仁。片玉一枝，晉書郤詵傳：武帝問詵曰：「卿自以爲何如？」詵對曰：「臣舉賢才對策，爲天下第一，猶桂林之一枝，崑山之片玉。」已光于昔日；前籌五鼎，舊唐書褚亮傳：太宗留意儒學，乃於宮城西起文學館，以待四方文士。於是杜如晦、房玄齡、于志寧、蘇世長、薛收、褚亮、姚思廉、陸德明、孔穎達、李元道、李守素、虞世南、蔡允恭、顏相時、許敬宗、薛元敬、蓋文達、蘇勗，並以本官兼文學館學士。及薛收卒，復徵劉孝孫入館。尋遣圖其狀貌，藏之書府。預入館者，時所傾慕，謂之登瀛洲。果慶于茲辰。況又高步瀛洲，前籌五鼎，「前籌」見官告狀。漢書主父偃傳：大丈夫生不五鼎食，死則五鼎烹耳。領官仙掖。漢書高后紀：入未央宫掖門。

注：非正門，而在左右兩掖，若人之有臂掖。佇見亡書必復，漢書張安世傳：上行幸河東，嘗亡書三篋，詔問莫能知，唯安世識之，具作其事。後購求得書，以相校，無所遺失。墜簡重編。孔安國尚書序：先君孔子，討論墳典，斷自唐、虞以下，訖于周。芟夷煩亂，翦裁浮辭，舉其宏綱，撮其機要，足以垂世教，典謨訓誥誓命之文凡百篇。三千之徒，並受其義。俾百家之説，各有所安。淮南子：百家異説，各有所出。芟翦繁

蕪，隋書經籍志：於是採摘孔翠，芟翦繁蕪。　整綴差謬。北史崔鴻傳：刪正差謬。某早承重獎，今守退藩，吴志虞翻傳注：會稽典錄曰：感侵遐藩。　雖榮廉問之權，見聽政表。　實羡校讐之吏。左思魏都賦：讐校篆籀。李善注：風俗通曰：劉向別錄：讐校，一人讀書，校其上下，得謬誤爲校。一人持本，一人讀書，若怨家相對爲讐。　仰瞻門闈，詩東方之日傳：闈，門内也。　俯抱肺肝，陳賀末由，伏深感戀。

爲滎陽公上弘文崔相公狀 一笺：崔元式也。舊唐書本傳：會昌六年，入爲刑部尚書。宣宗朝，以本官同平章事。新唐書宣宗紀：大中元年三月，刑部尚書崔元式爲門下侍郎同中書門下平章事。　按：舊唐書武宗紀：會昌五年四月，以户部侍郎判户部崔元式同平章事。與傳文不合，考後河中崔相公第二狀云「刑部相公登庸」，係指元式。鄭亞於大中元年觀察桂管，狀爲赴任時作。是元式實於大中元年三月，由刑部尚書入相。舊紀誤也，當從新書。　舊唐書職官志：弘文館學士，垂拱以後，皆宰相兼領，號爲館主。

某行役，以今月二十八日，達潭州訖。見集賢韋相公狀一。　波恬風止，帆駛舟輕，説文：駛，疾也。　遠承殷憇之餘，史記五帝紀：黄帝南至于江，登熊、湘。注：封禪書曰：南伐至于召陵，登熊山。　地理志曰：湘山在長沙益陽縣。新唐書崔元式傳：累官湖南觀察使。　利濟熊、湘之水。　况兹樂土，嘗扇仁風。　式訪顛毛，國語：班序顛毛，以爲民紀。　兼詢憇樹。「樂土」見詩。魏志文帝紀注：獻帝傳曰：仁風扇鬼區。

詩。吏皆攀轅之士，〈百帖〉：侯霸，臨淮太守。被徵，百姓攀轅臥轍不許去。〈後漢書·寇恂傳〉：建安二年，拜潁川太守。七年，爲執金吾。明年，潁川盜賊羣起，車駕南征，恂從至潁川，盜賊悉降。百姓遮道曰：「願從陛下復借寇君一年。」綿以歲時，深在肌骨。〈漢書·何武傳〉：武遷兗州刺史，入爲司隸校尉，徙京兆尹。又〈黃霸傳〉：霸爲潁川太守，治爲天下第一，五鳳三年，代丙吉爲丞相。〈國語〉：其從者皆國相也。

何武、黄霸之能，或入作尹京，或登爲國相。〈漢書·何武傳〉：武遷兗州刺史，入爲司隸校尉，徙京兆尹。又〈黃霸傳〉：霸爲潁川太守，治爲天下第一，五鳳三年，代丙吉爲丞相。〈國語〉：其從者皆國相也。向若非相公清門重德，魏書咸陽王禧傳：王國舍人，應取八族及清修之門。士範詞宗，漢書敍傳：蔚爲辭宗。則安能侔兗潁之佳聲，兼何黄之盛拜？況運當惟睿，見濮陽上李太尉狀。聽屬虛襟，晉書吐谷渾傳：於是虛襟撫納，衆赴如歸。仰贊治平，固在期月。伏惟善保尊體，以副沃心。〈書〉。某實乏異能，叨當問俗。〈禮記〉。未識搴帷之後，爾雅：瘼，病也。何酬大冶之恩？〈莊子〉：以天地爲大鑪，以造化爲大冶。唯當務以躬親，禮記。蠲其疾瘼，爾雅：瘼，病也。煩宣詔旨，「煩」疑當作「頒」。後漢書明德馬皇后傳：内外諸禀「廟謨」見濮陽上陳相公狀三。冀免尤違，〈書〉。庶可避辟。〈國語〉：况有怠惰，其何以避辟。伏惟遠賜恩察。

爲榮陽公上弘文崔相公狀（二）

伏見除書，伏承天恩榮加崇文館大學士。〈舊唐書·職官志〉：崇文館學士，掌東宫經籍圖書，以教授諸生。凡課試舉選如弘文館。〈新唐書·百官志〉：崇文館學士二人。乾元初，以宰相爲學士，總館事。某竊尋舊史，常

仰清門。魏齊以來，閥閱相繼，按：新唐書宰相世系表，元式出博陵大房。其先鑒，後魏東徐州刺史，安平康侯。仲哲，後魏司徒行參軍，安平縣男。獻，北齊散騎常侍。「閥閱」，見朝會狀。惟第二房育王，北齊祠部尚書。昂，北齊祠部尚書。第三房，邁，北齊尚書右僕射。皆當代才子，左傳：翰林主人。揚雄長楊賦序：藉翰林以爲主人，子墨爲客卿以諷。相公傳慶降祥，重規疊矩。蜀志鄧正傳：動若重規，靜若疊矩。漢籌殷鼎，屢見。已慶于台階，見集賢韋相公狀三。玉軸芸籤，庾信哀江南賦：子庫皆雕紫檀軸，紫帶，碧牙籤，集賢院御書，經庫皆鈿白牙軸，黃縹帶，紅牙籤，史書庫鈿青牙軸，縹帶，綠牙籤，子庫皆雕紫檀軸，紫帶，碧牙籤，集賢院御書皆綠牙軸，朱帶，白牙籤，以分別之。重光于册府。見集賢韋相公狀三。仰惟成命，實屬當仁。某過沐恩光，末由陳賀，感激瞻戀，不任下情。

爲滎陽公上弘文崔相公狀 三箋：崔鄲也。「弘文」當作「僕射」。按此編上崔相公，

凡三人：弘文，元式也；河中，鉉也；僕射，鄲也。因姓氏爵位相同，故各冠二字別之。

舊唐書元式傳略甚，新唐書傳，載其觀察湖南，與前第一狀合。而此狀語意多不相類。惟新唐書崔鄲傳，言文宗末，擢同中書門下平章事，罷爲劍南西川節度使。舊唐書紀，會昌六年文同。又新唐書宰相表，大中元年八月，李回爲劍南西川節度使。射。是李回鎭蜀之前，崔鄲當有還朝之事，後僕射崔相公第一狀，定爲崔鄲，職是之由，合之此狀「嚴道來儀」語，尤得確證，其爲同時之作無疑，必標題誤也。再按後僕射崔相公第二狀云：

「過潭州日,得與輿人詠我台座。」正與元式觀察湖南事合。是彼處僕射,亦當爲弘文之誤,傳寫互易,古書恆有,不經分析,索解苦難,今故仍其原題,而詳列其説如右。

得進奏院狀報,屢見。伏承尋達上京。班固幽通賦:有羽儀於上京。賢相還朝,元侯入觀。左傳。詩。皇闈曉闢,傳咸贈何劭王濟詩:明明闈皇闈。朱旗將金印同歸;班固封燕然山銘:玄甲耀日,朱旗絳天。「金印」,見濮陽上楊相公狀。碧落宵清,見官告狀。台座與將星俱耀。宋書顔延之傳:此三台之坐,豈可使刑餘居之。史記天官書:中宮斗魁戴匡六星,曰文昌宮:一曰上將,二曰次將,三曰貴相,四曰司命,五曰司中,六曰司禄。又:南宮五帝坐傍一大星,將位也。事光聞聽,道合休明。左傳。似堯日舜風之互文,見後孫學士狀。挺山立之奇姿,禮記。鬱鼎角之殊相。後漢書李固傳:固貌狀有奇表,鼎角匡犀。〈注:「鼎角」者,頂有骨如鼎足也。匡犀,伏犀也。〉固已表儀朝列,傾注宸襟。見慰諭表。鳳藻刷其前池,「鳳池」,屢見。齊書卞彬傳:藻刷不謹。鸞翮翔于故闕。宋孝武帝擬漢武帝李夫人賦:想金聲於鸞闕。淺深魏丙,陟降蕭曹。漢書魏相丙吉傳贊:近觀漢相,高祖開基,蕭、曹爲冠,孝宣中興,丙、魏有聲。漢書地理志:蜀郡領嚴道縣。凡在含靈,見汝南上淮南狀二。莫不增抃。況某忝當寵奇,曾奉恩光。伏想嚴道來儀,漢書魏相丙吉傳贊:近觀漢相,高祖開基。方明展事。見汝南上淮南狀二。漢營前箸,張子房不讓成功;見官告狀。齊井新柴,管敬仲豈辭殊禮。管子:桓公將與管仲飲,十日齋戒,掘新井而柴焉。

注：新井而柴蓋覆之，取其清潔示敬也。漢書匈奴傳：漢寵以殊禮。限繁廉察，見壽昌節狀。闕備班行。且未卜於登門，見賓客李相公狀二。徒有賀於華國。左傳。抃躍攀戀，伏深下情。

爲滎陽公上河中崔相公狀 一

箋：崔鉉也。舊唐書本傳：會昌末，同平章事，爲李德裕所嫉，罷相爲陝虢觀察使，宣宗即位，遷河中尹。又地理志：河中節度治河中府，管蒲、晉、絳、慈、隰等州。

某因緣薄技，司馬遷報任少卿書：使得奏薄技，出入周衞之中。獲奉休期，左掖中臺，「左掖」見集賢韋相公狀三。「中臺」，見汝南上淮南狀三。已踰厥任；廉車憲印，南史何思澄傳：自廷尉正遷治書侍御史。宋、齊以來，此職甚輕。天監初，始重其選，車前依尚書二丞，給三騶，執盛印青囊，舊事糾彈官印綬在前故也。轉過其材。即以今月七日赴任。相公早於寮故，俯察孤愚，寄以夙期，霈之好款。今者辭違稍遠，拜謁末由，捨魯首燕，「捨魯」見禮記。史記淮陰侯傳：北首燕路。不勝私懇。河中帶朔方之兵甲，新唐書方鎮表：朔方節度使。寶應二年，罷河中振武節度，以所管七州隸朔方。大曆二年，析置河中振武、邠寧二節度。爲皇都之股肱。舊唐書地理志：河中府，隋河東郡。史記季布傳：布爲河東守。孝文時，人有言其賢者，孝文召欲以爲御史大夫。復有言其勇，使酒難近。至留邸一月見罷，布因進曰：「陛下無故召臣，此人必有以欺陛下者。今臣至，無所受事罷去，此人必有以毀臣者。臣恐天下有識聞之，有以窺陛下也。」上默然良久曰：「河東吾股肱郡，故特召

君耳。」竊思宸襟，嘗注碩德。下車敷化，沈約齊故安陸昭王碑：下車敷化，風動神行。期月有成。則必復還廟堂，重執時柄。後漢書鄧隲傳論：委遠時柄。雖欲固讓，如蒼生何？晉書殷浩傳：深源不起，當如蒼生何？按：又見謝安傳。伏惟俯爲明時，善加保重。到任當差專使起居，諸續陳啓。

爲滎陽公上河中崔相公狀 二

天恩刑部相公登庸，謂崔元式也。詳上弘文崔相公狀一。「登庸」見書。伏惟感慰。刑部相公盛烏衣之遊，相公稟青雲之秀，新唐書宰相世系表：安平大房，崔氏元略，子鉉，相武宗，宣宗。弟元式相宣宗。宋書謝弘微傳：謝混風格高峻，少所交納，唯與族子靈運、瞻、曜、弘微，並以文義賞會。嘗共宴處，居在烏衣巷，故謂之烏衣之遊。晉書阮咸傳：咸字仲容，任達不拘，與叔父籍，爲竹林之遊。咸與籍居道南，諸阮居道北。顏延之五君詠：仲容青雲器，稟實生民秀。更歷股肱之郡，見前狀。咸登鼎鼐之司。班固爲第五倫薦謝夷吾表：宜當拔擢，使登鼎司。凡在生靈，不任欣慶。昔疏廣家榮兩傅，止當儲護之朝；漢書二疏傳：地節三年，立皇太子，廣爲少傅。數月，徙爲太傅。廣兄子受，亦以賢良舉爲太子家令，頃之，拜少傅。上以問廣，廣對曰：「太子國儲副君，師友必於天下英俊，不宜獨親外家許氏。太子少，白使其弟中郎將舜監護太子家。且太子自有太傅、少傅，官屬已備，今復使舜護太子家，視陋，非所以廣太子德於天下也。」王儉門有二台，不在休明之運。南齊書王僧虔傳：世祖即位，僧虔以風疾欲陳解，會遷侍中、左光祿大夫、開府儀同三司。僧虔謂兄子儉

曰：「汝任重於朝，行當有八命之禮。我若復授此，則一門有二台司，實可畏懼。」乃固辭不拜。「休明」，見左傳。將煩擬議，又豈同塗？某方守藩條，隋書公孫景茂傳：宜升戎秩，兼進藩條。闕陪賀客。唯願蕃昌姜姓，恢大崔門。新唐書宰相世系表：崔氏出自姜姓。齊丁公伋嫡子季子讓國叔乙，食采於崔，遂爲崔氏。「蕃昌」，見左傳。史記呂不韋傳：吾能大子之門。永令阮巷之間，見上。迭奉堯階之化。史記太史公自序：墨者亦尚堯舜道，言其德行曰：堂高三尺，土階三等。伏惟特賜恩察。

爲滎陽公上僕射崔相公狀 一笺：崔郾也。詳弘文崔相公狀三。「僕射」，見汝南上淮南狀一。

伏見除書，伏承新命。書。相公廟鼎調味，易鼎卦注：革去故而鼎成新，故爲烹飪調和之器也。戎麾著功。沈約爲安陸公謝荆州章：識謝戎麾。佩印來歸，史記蘇秦傳：秦爲從約長，并相六國，歎曰：「使吾有雒陽負郭田二頃，吾豈能佩六國相印乎！」執圭入覲。詩。朱暉黃髮，後漢書朱暉傳：國家樂聞駁議，黃髮無愆。戎注：「黃髮」，老稱，謂朱暉也。尹勳清操。魏志常林傳注：魏略：沐並，字德信，河間人也。至正始中，爲三府長史。時吳使朱然，諸尚人。想名氏而疑古，魏志常林傳注：魏略：沐並，字德信，河間人也。至正始中，爲三府長史。時吳使朱然，諸葛瑾攻圍樊城，遣船兵於峴山東斫材，牂牁人兵作食，有先熟者，呼後熟者言：「共食來。」後熟者答言：「不也。」呼者曰：「汝欲作沐德信耶？」其名流布，播於異域如此。雖自華夏，不知者以爲前世人也。儼風容而在今。後漢書寶

皇后紀：風容甚盛。固合重處化源，按：史記主父偃傳：故賢主獨觀萬化之原。漢書董仲舒傳：太學者，教化之本原也。匡衡傳：長安，天子之都，此教化之原本。皆不定指宰執。觀舊唐書鄭覃弟朗傳云：俄參化原，以提政柄。則固唐人習用之辭矣。似即中書政本之意。再毗昌運，而道唯養退，志在遠權。漢書張安世傳：其匿名跡，遠權勢如此。慮不節以成嗟，恐知進而無已。並易。餐餔典訓，説文：餐，吞也。餔，日加申時食也。寝興雋賢。詩：堅拒注懷，似即「注意」取諧聲耳。見濮陽上楊相公狀。退守師長。詩：射，官之師長，天下所望。然竊惟故實，國語：魯侯賦事行刑，而咨于故實。式見優崇。胡廣賈詡傳：

此寵，後漢書胡廣傳：廣舉孝廉，試以章奏，安帝以廣爲天下第一，旬日拜尚書郎，五遷尚書僕射。

始受今榮。「覬」，當作「覦」。晉書荀覬傳：覬甥陳泰卒，覬代泰爲僕射領吏部，四辭而後就職。鮑照轉常侍上疏：荀覬四讓，

未冀未望，便荷今榮。從容於鳳池雞樹之間，屢見。皆名絶品流，事高銓攝。説文：銓，衡也。廣韻：攝，録也。伏想當仁有裕，得請

爲娛。左傳：焜燿以蒼玉皂襜之飾。晉書職官志：尚書令，秩千石，銅印墨綬，冠進賢兩梁冠，納言幘，五時朝服，佩水蒼玉。僕射，服秩印綬與令同。「皂襜」見濮陽賀鄭相公狀。雅稱鎮物，晉書謝安傳：其矯情鎮物如此。王僧達祭顏光禄文：孤風絶侶。凡在含靈，孰不仰止！

桂水之祕邃，天上人間，一日千里。江淹雜體詩擬休上人怨别：桂水日千里，因之平生懷。攀戀之至，無任下情，附

臺之祕邃，魏志王粲傳注：文士傳：蒙將軍父子重顧。今守遐方，唯歎羈留，莫伸抃賀。望蘭

詩，晉書謝安傳：其矯情鎮物如此。某早承重顧，魏志王粲傳注：文士傳：蒙將軍父子重顧。

桂水之平生，一日千里。

伏惟俯賜恩察。

爲滎陽公上僕射崔相公狀二 箋：崔元式也。「僕射」，當作「弘文」。詳弘文崔相公狀三。

某以今月九日，到任上訖。見桂州上後狀。疆分楚越，漢書地理志：楚地，翼、軫之分野也。今之蒼梧、鬱林、合浦、交阯、九真、南海、日南，皆粵分也。太平御覽：十道志曰：粵地，牽牛、婺女之分野也。今之南郡、江夏、桂陽、武陵、長沙及漢中、汝南郡，盡楚分也。桂州始安郡，禹貢荊州之域，春秋時越地，七國時，爲楚、越之交。民雜華夷。見集賢韋相公狀二。殫獷俗巫風，帶三居五宅。「獷俗」，見集賢韋相公狀二。餘俱見書。頒條之寄，稱職爲難。漢書董仲舒傳：且古所謂功者，以任官稱職爲差，非所謂積日累久也。伏幸過潭州日，見弘文崔相公狀一。得與胡本作「於」。與人左傳。詠我台座。見弘文崔相公狀三。聞寇恂之理行，見弘文崔相公狀一及集賢韋相公狀二。窺樊仲之官司。後漢書張衡傳：衡設客問，作應間云：申伯、樊仲，實幹周邦。注：樊仲，仲山甫也，爲樊侯，周宣王之卿士。誓欲披拂仁風，莊子：孰居無事而披拂是。禱祈膏雨。麤師遺愛，並左傳。俯惠疲甿。伏料清光，漢書量錯傳：然能望陛下清光。必亮丹款。至於酌泉投香之戒，晉書吳隱之傳：爲廣州刺史，未至州二十里，有貪泉，飲者懷無厭之欲，隱之酌而飲之，因賦詩曰：古人云此水，一歃懷千金。試使夷齊飲，終當不易心。「投香」，見汝南上淮南狀一。飲冰食檗之規，見慰諭表。實惟素誠，敢有貳事？左傳。伏惟特賜恩察。

爲滎陽公上史館白相公狀

一箋。〈白敏中也。〉〈舊唐書本傳：會昌末，同平章事兼刑部尚書、集賢史館大學士。〉又宣宗紀：會昌六年四月，以兵部侍郎、翰林學士承旨白敏中守本官同中書門下平章事。〈又職官志：史館，貞觀已後，多以宰相監修國史，遂成故事也。〉

某行役，以今月二十八日，達潭州訖。見集賢韋相公狀一。輕帆直渡，長檣橫飛。仰承金鉉之恩輝，〈易。〉幸免石郵之留滯。〈通典：丁都護歌：都護初征時，儂亦惡聞許，願作石尤風，四面斷行旅。容齋五筆：「石尤風」，不知其義，意其爲打頭逆風也。困學紀聞：「石尤」，李義山作「石郵」。史記太史公自序：太史公留滯周南。〉但以素無勳效，〈晉書蔡謨傳：且鑒所上者，皆積年勳效。〉謬奉寵榮。俯憂攬轡之時，見聽政表。頑梗革心。方言：凡草木刺人，自關而東，或謂之梗，或謂之劌。伏見恩制，伏承相公因緣新座，懇讓兼榮，仰有忝洪鑪之賜。〈抱朴子：鼓九陽之洪鑪。〉然亦欲簡惠以臨雜俗，〈晉書魏舒傳：在州三年，以簡惠稱。管子：毋雜俗，毋異禮。〉誠明以待遠人。稟王符麴蘖之規，〈王符潛夫論：善者之養天民也，猶良工爲麴蘖也。〉起居以其時，寒溫得其適，則一蔭之麴蘖，盡美而多量。略黃〈原作「王」，今據胡本改正。〉霸米鹽之政。〈漢書黃霸傳：爲潁川太守，米鹽靡密，初若繁碎，然霸精力能推行之。〉使疲羸措手，〈後漢書段熲傳：人畜疲羸。〉

鼓；〈晉人興讓，遂立五軍。〉實光鼎味。〈晉書裴秀傳：助和鼎味。〉四語並左傳。凡在生植，孰不歡呼？昔齊氏主盟，亦分三讀綸言，禮記。彼皆列國之僚，尚煥素臣之史。〈杜預春秋左氏傳序：仲

尼自衛反魯，修春秋，立素王，丘明爲素臣。豈若相公，顯夫疑當作「扶」。睿哲，張衡東京賦：睿哲玄覽。克致昇平。漢書梅福傳注：張晏曰：民有三年之儲曰昇平。當注意於作相之時，見濮陽上楊相公狀。盡同心於官僚之事。左傳。況典册之任，古今所難。繫百代之觀瞻，垂一王之楷法。固在專修凡例，杜預春秋左氏傳序：其發凡以起例，皆經國之常制，周公之垂法，史書之舊章，仲尼從而修之，以成一經之通體。謹授諸儒。則獸殿刪儀，漢書杜欽傳：上盡召直言之士，詣白虎殿對策。按：唐諱「虎」，故作「獸」。禮記。瀛洲集論。見集賢韋相公狀三。校其輕重，良有等夷。張協七命：雖子大夫之所榮顧，亦吾人之所畏。將令能業其官，左傳。必在各司其局。早蒙榮顧，抃賀之外，結戀伏增。

爲滎陽公上史館白相公狀 二箋：此似慰白相喪子之戚，事細無考。

不審自經哀苦，尊體如何？王丞相之還臺，不無深感；晉書王導傳：進位太傅，又拜丞相。先是，導還臺，悅未嘗不送至車後，悅亡後，導還臺，自悅常所送處哭至臺門。潘黃門之歸路，諒有餘悲。晉書潘岳傳：字安仁，遷給事黃門侍郎。潘岳喪弱子辭序：三月壬寅，弱子生，五月之長安。壬寅，次于新安之千秋亭。甲辰，而弱子夭。乙巳，瘞于亭東。然訪以玄言，晉書王衍傳：衍妙善玄言。推之大觀。見賓客李相公狀二。苟陶埏於莊惠，莊子：然則聖人之於禮義，積僞也，亦陶埏而生之也。荀子：

莊子妻死，惠子弔之。莊子則方箕踞鼓盆而歌。惠子曰：「不亦甚乎？」莊子曰：「人且偃然寢於巨室，而我噭噭然隨而哭之，自以爲不通乎命，故止也。」豈蒂芥於彭殤！賈誼鵩鳥賦：細故蒂芥兮，何足以疑？莊子：天下莫壽乎殤子，而彭祖爲夭。伏惟上答皇私，下裁沈痛，任昉南徐州蕭公行狀：沈痛瘡鉅。漢書張安世傳：職典樞機。不以鍾情，晉書王衍傳：衍嘗喪幼子，山簡弔之。衍悲不自勝，簡曰：「孩抱中物，何至於此？」衍曰：「聖人忘情，最下不及於情，然則情之所鍾，正在我輩。」或虧常理。東門吳向無之說，則近傷慈，列子：魏有東門吳者，子死而不憂，曰：「吾嘗無子之時不憂，今子死乃與向無子時同，吾奚憂也？」魏陽元自損之言，實存深旨。晉書魏舒傳：舒字陽元，子混，清惠有才行，先舒卒，舒每哀慟，退而歎曰：「吾不及莊生遠矣！豈以無益自損乎？」於是終服不復哭。某早承恩矚，廣韻：矚，視也。方此辭離，憂望之誠，頃刻無喻。伏惟俯收卑款，以慰遐藩，下情云云。

爲滎陽公上史館白相公狀 三

以今月九日，到任上訖。地當嶺首，封接蠻陬。見兵部尚書表及集賢韋相公狀二。猿飲鳥言，漢書西域傳：烏秅國，民接手飲。注：自高山下溪澗中飲水，故接連其手，如猿之爲。後漢書度尚傳：長沙太守抗徐，初試守宣城長，悉移深林遠藪椎髻鳥語之人，置於縣下。俚僚鑄銅爲鼓，廣州記：俚僚鑄銅爲鼓，初成懸于庭，尅晨置酒，招致同類，豪富女子以金銀爲大釵，執以叩鼓，叩竟，留遺主人也。張華博物志：交州夷名俚子，箭長

尺餘，以燋銅爲鏑。本主羈縻。見廬州刺史狀及集賢韋相公狀二。實憂下才，列子：伯樂曰：「臣之子皆下才也。」無以布政。惟當推誠慮物，潔已臨人。畏楊震之四知，後漢書楊震傳：震所舉荆州茂才王密，懷金十斤以遺震，震曰：「故人知君，不知故人何也？」密曰：「暮夜無知者。」震曰：「天知、神知、我知、子知，何謂無知？」密愧而去。詩：從士伯之三務。左傳。所冀巘攀方國，詩。無失賦輿。左傳。然後宣布朝經，漢書黃霸傳：太守霸爲選擇良吏，分部宣布詔令。任昉爲齊明帝讓宣城郡公第一表：增一職已黷朝經。闡揚廟算。見朝會狀。設學舍媒官之令，吳志薛綜傳：錫光爲交阯，任延爲九眞太守，爲設媒官，始知聘娶，建立學校，導之經義。峻頑人罷女之科。「頑民」見書，避諱作「人」。國語：罷士無伍，罷女無家。仰奉恩知，敢同荒墮，伏惟特賜恩察。

爲滎陽公上門下李相公狀 一箋：李回也。舊唐書本傳：潞賊平，同平章事，累加中書侍郎，轉門下。新唐書武宗紀：會昌五年五月，戶部侍郎李回，爲中書侍郎、同中書門下平章事。按：舊紀在會昌五年三月。後有上座主李相公狀云：伏見恩制，相公以五月十九日登庸。舊紀疑誤，當從新書。舊唐書職官志：門下侍郎二員，掌貳侍中之職，凡政之弛張、事之與奪，皆參議焉。

某行李左傳。今月二十八日，已達潭州訖。見集賢韋相公狀一。某曾無材術，謬忝恩榮。雖曰小藩，史記太史公自序：諸侯大小爲藩，咸得其宜。且兼雜俗。慮物斯至，撫躬不任。昨者迎迓

之初，麤停浮費；〖漢書毋將隆傳〗：不以民力供浮費。至止之後，〖詩〗。務扇仁風。見弘文崔相公狀一。

苟或滿假爲心，〖書〗。墮偷在念，豈爲疑當作「惟」。顯責，〖漢書薛宣傳〗：宣獨移書顯責之。當遺幽誅，伏計亦賜信察。〖漢書地理志〗：南郡秦置。〖舊唐書地理志〗：荆州江陵府江陵縣，漢縣，南郡治所也。

方集水潦，〖禮記〗。重湖吞吐，盛弘之〖荆州記〗：巴陵南有青草湖，周圍數百里。湖南有青草山，故名洞庭湖。又，〖雲夢澤，一名巴丘湖。〖巴陵舊志〗：謂之重湖者，一湖之内，南名青草，北名洞庭，有沙洲間之也。鮑照〖登大雷岸與妹書〗：吞吐百川，寫泄萬壑。實亞滄溟。〖初學記〗：東海之別，有渤澥，故東海共稱渤海，又通謂之滄海。東海之別，又有溟海，員海。未濟之間，〖易〗。臨深是懼，〖禮記〗。及揚帆鼓枻，謝靈運〖遊赤石進帆海詩〗：揚帆采石華。楚辭〖漁父〗：漁父莞爾而笑，鼓枻而去。則浪静風和，不吟行路之難，〖樂府解題〗：〖行路難〗：備言世路艱難，以及離别悲傷之意。乃伏濟川之便。〖書〗。儻聞見之下，〖後漢書百官志〗注：臣愚以爲刺史視事滿歲，可令奏事如舊典，問州中風俗，恐好惡過所道，事所聞見，考課衆職，下章所告，及所自舉有意者賞異之，其尤無狀，逆詔書，行罪法。指教所存，苟可輕其悔尤，敢不聳於諮稟。伏惟特賜留念。

爲滎陽公上門下李相公狀二

某以今月某日，到任上訖。〖漢縣舊封，舊唐書地理志〗：桂州所治，漢始安縣地。越城遏嶠。見兵部尚書表。夷貊半參於編户，詳集賢章相公狀二。〖漢書高帝紀〗注：編户者，言列次名籍也。賦輿全視于奧

區。「賦輿」，見左傳。班固西都賦：防禦之阻，則天地之隩區焉。不知疎蕪，曷處盤錯？後漢書虞詡傳：朝歌賊攻殺長吏，屯聚連年。詡爲朝歌長，故舊皆弔，詡笑曰：「不遇盤根錯節，何以別利器乎？」唯當仰承指訓，俯事躬親。禮記：合農功於國僑，左傳。思馬志於文子，文子：老子曰：「治人之道，其猶造父之御駟馬也。齊輯之乎轡銜，正度之乎胸膺，内得于中心，外合乎馬志。故能取道致遠，氣力有餘，進退鹹曲，莫不如志，誠得其術也。」冀申毫髮，曹植求自試表：庶立毛髮之功，以報所受之恩。用贖簡書。詩。至於生事沽名，文子：欲户名者必生事。迷方改務，鮑照擬古詩：迷方獨淪誤。後漢書王柔傳：然違方改務，亦不能至也。實於他日，則已誓心。庶遵丙吉之規，見集賢韋相公狀一。稍勵賈琮之志。後漢書賈琮傳：爲交阯刺史，在事三年，爲十三州最。伏惟特賜恩察。

爲榮陽公上門下李相公狀 三

伏見恩制，伏承屢貢昌言，書。請均兼職。按：舊唐書李回傳：回既相，累加中書侍郎，歷户、吏二尚書。充山陵使。其陳讓兼職，史文不載。副天道福謙之旨，易。遵玄元象易之文。舊唐書高宗紀：乾封元年二月己未，次亳州，幸老君廟，追號曰太上玄元皇帝。「象易」未詳，或象帝之謂。果降絲綸，禮記。式光鈞軸。「秉均」見詩。列女傳：文伯相魯，敬姜謂之曰：「服重任，行遠道，正直而固者，軸也。軸可以爲相。」永言欣荷，難以鋪陳。且詩戒從事獨賢，傳美同班相邱，知者甚衆，行之實難。苟未研味道樞，見賓

客李相公狀一。探詳物理，則安能盡賢哲之至賾，後漢書崔駰傳：竫愭思於至賾兮。合經典之大猷？書。凡在含生，曹植對酒行：含生蒙澤。罕不伏義。漢書賈誼傳：守節而伏義。況朝廷道先報本，禮記。業重承祧。見太子表。必用親賢，舊唐書李回傳：回，宗室郯王禕之後。以奉宮廟。詩：若華委照，淮南子：若木在建木西，末有十日，其華下照地。北史宗室傳論：分枝若木，疏派天潢。謝莊月賦。委照而吳業昌。仙李垂陰。葛洪神仙傳：老子母到李樹下，生老子，生而能言，指李樹曰：「以此爲我姓」恢大君無忝之功；詩。稟聖祖永存之慶。唐會要：天寶二載正月十五日，加太上玄元皇帝號爲大聖祖玄元皇帝。八載六月十五日，加號爲大聖祖大道玄元皇帝。某早蒙恩異，雖遠拜辭，擊節嚮風，魏志王朗傳注：魏略：承旨之日，撫掌擊節。司馬相如喻巴蜀檄：喁喁然皆嚮風慕義。撫牀竊抃，末由陳賀，攀戀伏深。

爲滎陽公上荊南鄭相公狀

箋。鄭肅也。舊唐書本傳：舊唐書地理志：荊南節度使，治江陵府，管歸、夔、峽、忠、萬、澧、朗等州。會昌五年，同平章事。宣宗即位，罷相。新唐書本傳：宣宗即位，罷爲荊南節度使。

某謬蒙恩渥，寄以察廉，本集徐氏曰：即廉察，以聲病倒用，非舉孝察廉之謂。行拜旌麾。魏志袁紹傳注：漢晉春秋：共衛旌麾。冀於侍謙之餘，吳質在元城與魏太子箋：前蒙延納，侍宴終日。得受發蒙之教。易。即以今月七日赴任桂林，不惟雜俗，史記

爲滎陽公謝荆南鄭相公狀

伏蒙仁恩，賜及銀器綾紗茶藥等。某雖征邅嶠，見兵部尚書表。亦守小藩。見門下李相公狀一。就道已備資糧，左傳。到鎮龐有俸入。新唐書食貨志：唐世百官俸錢，節度使三十萬，觀察使十萬。實無闕乏，可輕恩憐。方幸經途，考工記：得遂拜覲。晉書溫嶠傳：闕拜覲之禮。稟同姓異殊之禮，展小國事大之儀。俯稽推讓之誠，益重違離之戀。謹依宴好頻仍，並左傳。言教懇至。長途方即，厚賜仍加。榮示，別教胡本作「數」。捧領訖，下情云云。

秦始皇紀：略取陸梁地，爲桂林、象郡、南海。實介遐荒。史孝山出師頌：澤霑遐荒。然處於上游，史記項羽紀，地方千里，必居上游。嘗是重德，餘波所及，左傳。孔道是因。漢書西域傳：不當孔道。龐仰仁聲，必康疲俗。況某早緣宗族，辱奉恩知。便路起居，率誠諮稟。庶常祗佩，用免悔尤。慰拊之深，先積卑懇。上路後，續更有狀，伏惟照察。

爲滎陽公上荆南鄭相公狀

不審近日尊體何如？道濟明時，德彰暗室。宋書阮長之傳：一生不悔暗室。固已神祗薦祉，

宋書禮志：百神薦祉。寒暑均和。竊料寢興，〈詩。〉常保休祐，〈班固西都賦：究休祐之所用。〉下情無任
抒慰之誠。近者上臺，〈北史孫紹傳：主案舞筆於上臺。〉出爲外相。〈晉書羊祜傳論：超居外相，宏總上流。
伏思元老，〈詩。〉已注宸心。況十叔相公師律克貞，〈易。〉功成允懋。〈原作「爲」，今據胡本改正。
爲休明，〈左傳。〉反風起禾，〈書。〉善加頤養。〈漢書食貨志：酒者，天之美祿，帝王所以頤養天下。
他年，更在於今日。不唯宗族，實係蒸黎。伏惟宋書王僧達傳：不能因依左右，庶將兢惕，以免
惟當規奉上游，〈二語並見上荆南前狀。〉因依下顧。〈國語：若諸侯之好幣具，而導之以訓辭，寡君其可以免罪於諸侯，而國民保
尤。尋欲慎擇時才，式將好幣。〈國語。〉
焉。屬楚南越北，見僕射崔相公狀二。苦異繁華，捆載橐裝，〈管子：垂橐而入，攟載而歸。史記陸賈傳：
尉佗賜陸生橐中裝，直千金。更無珍妙。徐淑答秦嘉書：察天下之珍妙。又虞菲廢，〈禮記。〉以辱藩條。覿
冒之誠，顏氏家訓：覿冒人間，不敢墜失。陳喻無所。李支使商隱，〈本集樊南甲集序：大中元年，被奏入嶺
當表記。冬如南郡。「支使」，見兵部尚書表。雖非上介，〈儀禮。〉曾受殊恩。常願拜叔子於薊州，更謟
魯史，「薊」，當作「荆」。晉書羊祜傳：祜字叔子，都督荆州諸軍事。按：合下二句觀之，乃用江陵故事，「薊」必「荆」
之誤也。然注左傳者，乃杜預非羊祜，或義山偶誤憶耶？謁季良於南郡，重議齊諭。「良」，當作「長」。後漢書
馬融傳：融字季長，桓帝時，爲南郡太守，才高學博，爲世通儒，注孝經、論語、詩、易、三禮、尚書抒其投迹之心，

《莊子》：多物將往，投迹者衆。

遂委行人之任。﹝劉劭《人物志》：辨給之材，行人之任也。﹞其他誠款，附以諮申，伏惟俯賜恩察。

爲滎陽公上淮南李相公狀

箋：李讓夷也。《新唐書本傳》：武宗初，同中書門下平章事。宣宗立，爲大行山陵使，未復土，拜淮南節度使。「淮南」，見《汝南上淮南狀一》。

某素無材術，謬竊寵榮。論駁靡效於掖垣，﹝《新唐書百官志》：給事中四人，凡百司奏抄，侍中既審，則駁正違失。詔敕不便者，塗竄而奏還，謂之塗歸。季終，奏駁正之目。﹞奏駁正之目。劉楨《贈徐幹詩》：誰謂相去遠，隔此西掖垣。曲賜丹青，﹝桓寬《鹽鐵論》：公卿者，四海之表儀，神化之丹青也。﹞問更叨於藩服。此皆相公十一丈早迴掄覽，曲賜丹青，知其平生，未始卻曲。﹝《莊子》：吾行卻曲，無傷吾足。﹞振毛羽於衝風之末，﹝《漢書韓安國傳》：衝風之衰。廉不能起毛羽。注：衝風，疾風之衝突者也。﹞脫氛埃於剛氣之中，﹝《楚辭遠遊》：絕氛埃而淑郵兮。《抱朴子》：太清之中，其氣甚罡，剛能勝人也。﹞師言鳶飛轉高，則但直舒兩翅，了不復扇搖之而自進者，漸乘剛炁故也。佩嘉貺。﹝魏文帝與鍾大理書：嘉貺益腆，敢不欽承。﹞即以今月七日赴任，瞻戀旌旆，徘徊路歧，雖曰至愚，實士狀。杳然向風，魂動心至。相公十一丈早參大政，克建殊勳。成則不居，﹝見《賓客李相公狀一》。﹞惕而無咎。﹝《易》。﹞然今茲昌運，實屬長君。﹝《左傳》。﹞優遊雖縱於宗臣，「優遊」，見《詩》。「宗臣」，見《賓客李相公狀二》。融冶必資於宰匠。﹝陸機《感丘賦》：隨陰陽以融冶。《蜀志馬良傳》：爲天下宰匠，欲大收物之力，而不量才公狀二。

節任，隨器付業，難乎其可與言智者也。竊計明臺衢室，管子：黃帝立明臺之議者，上觀於賢也。堯有衢室之問者，下聽於人也。已懸夢思；豈復龍節蜺旌，「龍節」，見周禮。宋玉高唐賦：蜺爲旌，翠爲蓋。可淹偃息？伏惟特加寢膳，以副禱祠。歸奉休期，遠登壽域。見汝南上淮南狀三。內修百職，外庇庶藩。則某雖僻在遐方，仰違德宇，見汝南上淮南狀一。片心朽質，蜀志許靖傳注：魏略：故乃猥以原壞之朽質，感夫子之清聽。萬里不孤。特希終始恩亮。到任即差專使起居，諸續陳啓，謹狀。

樊南文集補編卷第四

狀

爲滎陽公賀幽州張相公狀

箋：張仲武也。新唐書藩鎮盧龍傳：張仲武，范陽人。會昌初，爲雄武軍使。史元忠總留後，爲偏將陳行泰所殺。行泰邀節制，未報。次將張絳殺行泰，起求帥軍。是時，回鶻爲黠戛斯所破，仲武遣屬入朝，請以本軍入回鶻。乃擢兵馬留後。絳爲軍中所逐，即拜仲武副大使。大中初，破奚北部及山奚，俘獲雜畜不貲。擢同中書門下平章事。餘詳賀幽州破奚寇上中書狀。

得本道進奏院狀報，屢見。相公親鼓上軍，左傳。大破奚寇，威加玄朔，曹植植橘賦：處玄朔之蕭清。唐會要：高宗龍朔三年四月，移仗就蓬萊宮新作含元殿，始御紫宸殿聽政，百寮奉賀新宮成也。慶動紫宸，

凡在生靈，莫不欣快。伏以北邊諸虜，最強者奚，車帳既雜於華風，漢書西域傳：龜茲王，元康元年遂來朝賀，賜以車騎、旗鼓、歌吹數十人，綺繡、雜繒、琦珍凡數千萬。後數來朝賀，樂漢衣服制度，歸其國，治宮室，作徼道周衛，出入傳呼撞鐘鼓，如漢家儀。外國胡人皆曰：「驢非驢，馬非馬，若龜茲王所謂騾也。」陳書高祖紀：希復華

風。弓戟頗窺於漢制，〈漢書鼂錯傳〉：若夫平原易地，輕車突騎，則匈奴之衆易撓亂也；勁弩長戟，射疏及遠，則匈奴之弓弗能格也；堅甲利刃，長短相雜，遊弩往來，什伍俱前，則匈奴之兵弗能當也；材官騶發，矢道同的，則匈奴之革笥木薦弗能支也；下馬地鬭，劍戟相接，去就相薄，則匈奴之足弗能給也：此中國之長技也。馬牛銜尾，〈後漢書西羌傳〉：牛馬銜尾，羣羊塞道。羌駱交蹄。〈説文〉：羌，羊子也。駱，馬白色黑鬣尾也。朝廷常壓以雄軍，處之重將。訪於耆舊，不絕侵漁。〈新唐書北狄奚傳〉：太宗貞觀三年始來朝。不數年，其長可度者内附，帝爲置饒樂都督府，復置東夷都護府於營州。顯慶間可度者死，奚遂叛。詔尚書右丞崔餘慶持節總護定襄等三都督討之。萬歲通天中，契丹反，奚亦叛，延和元年，幽州都督孫佺帥兵與奚酋李大酺戰，大敗。玄宗開元元年，詔宗室出女辛妻大酺，始復營州。大酺死，弟魯蘇領其部。久之，契丹可突于反，脅奚衆并突厥。幽州長史趙含章討破之，衆稍自歸。明年，信安王禕降其酉李詩，以其地爲歸義州，置其部幽州之偏。詩死，子延寵嗣，與契丹又叛，爲幽州張守珪所困。詔立他酉婆固爲饒樂都督，以定其部。貞元四年，與室韋攻振武。後七年，幽州殘其衆六萬。太和四年，復盜邊，盧龍李載義破之。〈韓非子〉：侵漁朋黨。

相公太白傳精，〈太平御覽〉：〈洞冥記〉曰：東方朔母田氏寡，夢太白星臨其上，因有娠。田氏歎曰：「無夫而孕，人得棄我。」乃移向代郡之東方里，五月生朔，仍以所居爲姓。〈初學記〉：天官星占曰：太白者金之精，白帝之子，大將之象也。雷泉禀氣，風俗通：子路感雷精而生，尚剛好勇。楚辭招魂：旋入雷淵，靡散而不可止些。按：唐諱「淵」故作「泉」。黃公授略，李康運命論：張良受黃石之符，誦三略之説。李善注：〈黃石公記序〉曰：黃石者，神人也，有〈上略〉、〈中略〉、〈下略〉。玄女與符。〈史記五帝紀注〉：〈正義〉曰：〈龍魚河圖〉云：黃帝攝政，有蚩尤兄弟八十一人，威振天下，誅

殺無道。萬民欲命黃帝行天子事，黃帝以仁義不能禁止蚩尤，乃仰天而歎。天遣玄女下授黃帝兵符，伏蚩尤。世宗遺猛就館接之。〈梁人引弓兩張，力皆三石，猛遂併取四張，疊而挽之過度。梁人嗟服。〉**常推其百勝**，〈孫子：百戰百勝者，非善之善者也。〉**蘭子七劍**，〈列子：宋有蘭子者，以技干宋元，宋元召而使見其技，以雙枝長倍其身，屬其踁，並趨並馳，弄七劍，迭而躍之，五劍常在空中。〉**不顧於萬人**。〈見濮陽上陳相公狀二。〉**建牙旗而草樹分形**，〈張衡東京賦：牙旗繽紛。事詳奚寇狀。〉**橫珊戈而煙雲斂氣**。〈國語：韓簡挑戰，穆公衡珊戈出見使者。〉**而又功勳任己，感激事君，每雪涕以論兵**，〈晉書苻堅載記：謝石等水陸繼進。堅與苻融登城而望王師，見部伍齊整，將士精銳，又北望八公山上，草木皆類人形，顧謂融曰：「此亦勍敵也。」〉**或鴟張於遼水**。〈「鴟張」見奚寇狀。〈水經注：大遼水出塞外衛白平山東南，入塞，過遼東襄平縣西，又東南過房縣西，又東過安市縣西南，入于海。又玄菟高句麗縣有遼山，小遼水所出，西南至遼隊縣，入于大遼水也。〉**彼專其暴**，〈晉書羊祜傳：抗每告其戍曰：「彼專爲德，我專爲暴，是不戰而自服也。」蜀志龐統傳注：〈九州春秋：備曰：「操以暴，吾以仁。」〉**或獸搏於桑河**，〈荀子：鳥窮則啄，獸窮則攫。水經注：瀋闕〉**願風驅而掃寇**。〈陸機辨亡論：哮闞〉**彼輕進以易奔**，〈史記匈奴傳：利則進，不利則退，不羞遁走。注：各規利，人百其勇也。〉**我薄威而養銳**。〈書：「薄威」見左傳。〉**待人百其勇**，〈後漢書荀彧傳：敵人懷利以自百。〉**然後分命驍雄**，〈劉邵人物志：膽力絕衆，材略過人，是謂驍雄，白起、韓信是也。〉**尅期討伐**。珍其心，一

補編卷四 狀

六一一

國見賊，惟懼其少；梁書王珍國傳：魏寇鍾離，高祖遣珍國，因問討賊方略，珍國對曰：「臣嘗患魏衆少，不苦其多。」韓信用士，每辦於多。漢書韓信傳：上嘗從容與信言諸將能各有差。上曰：「如我，能將幾何？」信曰：「陛下不過能將十萬。」上曰：「如公何如？」曰：「如臣，多多益辦耳。」一麾而大野朝昏，史岑出師頌：素旗一麾，渾一區宇。「大野」見書。再鼓而窮荒畫赤。「再鼓」見左傳。朱旗喪斧，「朱」，當作「失」。「喪斧」見易。逸馬迷輪，庾信哀江南賦：失羣班馬，迷輪亂轍。耳盡貫而無所伏聽，「貫耳」見左傳。太平御覽：若城外穿地來攻者，宜城中掘於井，以薄甖內井中，使聽聰者伏甖聽之。面皆夷而不容泥首。「面夷」見左傳。通鑑晉武帝紀注：泥頭者，以泥塗其頭也。孳息全空。晉書江統傳：子孫孳息，今以千計。向若非動有成謀，舉無遺算，晉書袁喬傳：知者了於胸心，然後舉無遺算耳。史記季布傳：單于嘗為書嫚呂后，呂后大怒，召諸將議之。上將軍樊噲答曰：「臣願得十萬衆，橫行匈奴中。」則何以致此一朝，平其積患？昔漢時驍將，多以後期；漢書張騫傳：騫與李廣，俱出右北平擊匈奴，匈奴圍李將軍，軍失亡多，而騫後期。於今日，詎可同年！

某嘗讀兵書，漢書藝文志：凡兵書五十三家。誤兼文律，陸機文賦：普辭條與文律。馬援聚米，曾或留心；後漢書馬援傳：帝自征隗囂，援於帝前聚米為山谷，指畫形勢，開示衆軍所從道徑往來，分析曲折，昭然可

樊南文集

六一二

奚反持矛,未至無力。〈吳志虞翻傳注:吳書曰:策討山越,斬其渠帥,悉令左右分行逐賊,獨騎與翻相得山中。翻問左右安在,策曰:「悉行逐賊。」翻曰:「危事也!」令策下馬:「此草深,卒有驚急,馬不及縈。」策但牽之,執弓矢以步。翻善用矛,請在前行。得平地,勸策乘馬。策曰:「卿無馬奈何?」答曰:「翻能步行,日可二百里,自征討以來,吏卒無及翻者,明府試躍馬,翻能疏步隨之。」行及大道,得一鼓吏,策取角自鳴之,部曲識聲,小大皆出,遂從周旋,平定三郡。〉〈北史奚康生傳:後吐京胡反,自號辛支王,康生爲軍主,從章武王彬討之。分爲五軍,四軍俱敗,康生軍獨全。率精騎一千追胡,至車突谷,詐爲墜馬,胡皆謂死,爭欲取之。康生騰騎奮矛,殺傷數十人,射殺辛支。按:奚反字似有誤,今姑兼引備考。〉遠廉嶺表,返仰邊功。〈後漢書李陳龐陳橋傳贊:龜習邊功。〉闕申賀於行臺,〈新唐書百官志:邊要之地,置總管以統軍,加號使持節,有行臺,有大行臺。〉空抒懷於尺牘。〈漢書陳遵傳:遵贍於文辭,性善書,與人尺牘,主皆藏去以爲榮。〉執筆撫劍,欣慕無任。伏惟俯賜照察。

爲滎陽公上西川李相公狀

箋:〈李回也。舊唐書本傳:武宗崩,充山陵使,祔廟竟,出爲成都尹、劍南西川節度。新唐書宰相表:大中元年八月,李回爲劍南西川節度使。〉唐書地理志:劍南西川節度使治成都府,管彭、蜀、漢、眉、嘉、資、簡、維、茂、黎、雅、松、扶、文、龍、戎、翼、邛、雟、姚、柘、恭、當、悉、奉、疊、靜等州,使親王領之。

伏見除書,伏承新命。〈書。〉某竊惟故事,〈漢書公孫弘傳:其後以爲故事。〉頗服前言。〈易。〉令王

之守四海也,「令王」,見左傳。尊胥附之友,立禦侮之臣,《詩》。周室之均五等也,命晉、楚更盟,左傳。俾周、召分理。《公羊傳》。必配之重德,倚以奧區,見門下李相公狀。然後可以祗承大君,表率羣辟。《書》。今中祕黃門之重,「中祕」,見濮陽上楊相公狀。舊唐書職官志:門下侍郎,隋日黃門侍郎,龍朔爲東臺侍郎,咸亨改爲黃門,垂拱改爲鸞臺,天寶改爲門下,乾元改爲黃門,大曆復爲門下侍郎。回爲中書侍郎,轉門下,見門下李相公狀一。

圖括地象曰:岷山之地,上爲井絡,帝以會昌,神以建福。漢書地理志:廣漢郡,高帝置,屬益州。胥禦之所處也;井絡廣陵之大,「陵」,疑當作「漢」。左思蜀都賦劉逵注:河本以英靈,劉孝威蜀道難篇:君平子雲寂不嗣,江漢英靈已信稀。炟胡本作「烜」。之事任,《玉篇》:炟,火盛貌。侯伯之所分也。

猶在神明所祐,禱祝有成。苟非上才,曷處斯寄!

伏惟相公,指南儒術,《蜀志許靖傳》:靖字文休。南陽宋仲子與蜀郡太守書:文休倜儻瑰瑋,有當世之具,足下當以爲指南。崔豹古今注:黃帝與蚩尤戰於涿鹿之野,蚩尤作大霧,軍士皆迷路,於是作指南車以示四方,擒蚩尤。舊説周公所作也,越裳氏使者迷其歸路,周公錫以軿車五乘,皆爲司南之制。史記儒林傳序:天下並爭於戰國,儒術既絀焉。華蓋詞林。張衡西京賦:華蓋承辰。薛綜注:華蓋星覆北斗,王者法而作之。陸倕感知己賦:文究辭林。擅揚、馬之文章,《華陽國志:司馬相如耀文上京,揚子雲齊聖廣淵,斯蓋華、岷之靈標,江、漢之精華也。富伊、皋之業望。自顯扶皇極。《書》。允踐台階。屢見。不如蕭何,見漢祖之高論;史記高祖紀:高祖曰:「夫運籌策帷帳之中,決勝於千里之外,吾不如子房。鎮國家,撫百姓,給餽饟,不絶糧道,吾不如蕭何。連百萬之軍,戰

必勝，攻必取，此三者，皆人傑也。〈以告仲父，識齊桓之格言。〈韓非子：齊桓公時，晉客至，有司請禮，桓公告仲父者三。〉而優笑曰：「易哉爲君，一曰仲父，二曰仲父。」桓公曰：「吾聞君人者，勞於索人，佚於使人，吾得仲父已難矣。得仲父之後，何爲不易乎？」論語考比讖：「賜問曰：『格言成法，亦可以次序也。』」故得四翟八蠻，〈周禮。〉九流萬國，〈本集馮氏曰：九流本出漢書藝文志，自漢書古今人表列九等之序，而魏陳羣依之，以爲九品官人之法，歷朝因之，至隋始罷。銓衡九流，澄敍九流，史文習見。波恬巨浸，〈周禮職方氏注：浸，可以爲陂灌漑者。〉草偃高風。〈而又成則不居，見賓客李相公狀一。六而知退，易。雖延睿想，終協玄機。〈嵇康答釋難宅無吉凶攝生論：若玄機神妙，不言之化，自非至精，孰能與之？

況井鬼分疆，〈華陽國志：華陽之壤，梁、岷之域，其國則巴蜀矣，其分野輿鬼、東井。〉岷峨會險。〈山海經：岷山江水出焉。華陽國志：犍爲南安縣南，有峨眉山，去縣八十里。〉殷富則銅山金穴，〈史記西南夷傳：以此巴蜀殷富。又佞幸傳：文帝賜鄧通蜀嚴道銅山。後漢書郡國志：廣漢郡葭萌。注：華陽國志，有水通于漢川，有金銀鑛，民洗取之。左思吳都賦：精靈留其山阿。祝穆方輿勝覽：雁江在漢州洛縣南，曾有金雁，故名。〉精靈則雁水犀津。〈華陽國志：李冰爲蜀守，外作石犀五頭以厭水精，穿石犀溪於江南，命又有金雁橋記云：廣漢境中獨洛、雁二水最勝。華陽國志：成都曰犀牛里，後二轉，置犀牛二頭，一在府市市橋門，今所謂石牛門是也，一在淵中。〉橋有七星之號。〈華陽國志：蜀郡治少城西南，兩江有七橋，長老傳言，李冰造七橋，上應七星。碧雞使者，〈漢書郊祀志：宣帝時，或言益州有金馬碧雞之神，可醮祭而致，於是遣諫縣築城取土，去城十里，因以養魚，今萬歲池是也。〉池留萬歲之名，〈華陽國志：成

大夫王襃,使持節而求之。部下時來;〈魏志司馬芝傳:各爲部下之計。〉夢吐鳳凰集玄之上,頃而滅。座中常滿。〈後漢書孔融傳:融字文舉,好士,喜誘益後進,賓客日盈其門,常歎曰:「坐上客恒滿,尊中酒不空,吾無憂矣。」〉以功成名遂之日,〈老子:功成名遂身退,天之道。〉白鳳詞人,〈西京雜記:揚雄著太玄經,夢吐鳳凰集玄之上,頃而滅。〉處既富且貴之尊,意氣良辰,優游豐福,「優游」,見詩。國語:則此五者,而受天之豐福。爲古今之圭表,〈周禮大司徒注:土圭之長,尺有五寸,以夏至之日,立八尺之表,其景適與土圭等,謂之地中。今潁川陽城地爲然。〉兼將相之安危,〈見濮陽上楊相公狀。〉訪於前修,〈楚辭離騷:謇吾法夫前修兮。〉無以擬議。

某早承顧念,曾被陶埏。見史館白相公狀二。今者五嶺之衝,〈史記秦始皇紀注:廣州記云:五嶺者,大庾、始安、臨賀、揭陽、桂陽。輿地志云:一曰臺嶺,亦名塞上,今名大庾;二曰騎田,三曰都龐,四曰萌諸,五曰越嶺。再麾是守。見華州陳相公狀。灌漏卮而填巨壑,〈曹植與吳質書:食若填巨壑,飲若灌漏卮。〉尚隔盃盤;朝白帝而暮江陵,〈水經注:自三峽七百里中,兩岸連山,略無闕處,重巖疊嶂,隱天蔽日,至於夏水襄陵,沿泝阻絕。或王命急宣,有時朝發白帝,暮到江陵,其間千二百里,雖乘奔御風,不以疾也。〉空吟風水。感知懷戀,無喻下情。更須旬月,遣專使起居。伏惟俯賜照察。

爲滎陽公上西川張相公狀 〈箋:滎陽出鎮,在大中元年,此有時代之可考也。舊唐書宣宗紀:會昌六年四月,劍南西川節度使崔鄲,檢校尚書右僕射、同中書門下平章事如故。〉

《新唐書宰相表》：大中元年八月，李回爲劍南西川節度使。是崔、李即先後交替之人，不應中間復有所謂張相公者。若謂留後權知，則文中「道既著於燮理」，又爲使相出鎮之辭，亦不可通，頗疑「張」字爲「崔」字之謁。蓋此篇爲鄭亞甫至桂管時作，而崔鄲尚未離鎮，故有「佇見坤維返駕，宣室虛襟」之語，至前弘文崔相公第三狀、僕射崔相公第一狀，則皆爲崔鄲還朝時作。合數篇以類推，雖編列錯亂，而尚有脈理之可尋，惟前此弘文、僕射互易其題。此篇改「張」爲「崔」，皆無別本可證，易舊題以就已説，終不敢自以爲必然，姑存此説，以俟知者。

「西川」，見前狀。

錦城致爽，《初學記》：《益州記》：錦城在益州南，笮橋東，流江南岸，昔蜀時故錦官也，處號錦里，城墉猶在。《晉書王徽之傳》：西山朝來，致有爽氣耳。**不審近日尊體何如？　玉壘延清**，左思《蜀都賦》：包玉壘而爲宇。劉逵注：玉壘，山名也，在成都西北。《書律曆志》：黃帝作律，以玉爲管，爲十二月音。至舜時，西王母獻昭華之琯，以玉爲之。及漢章帝時，零陵文學奚景於泠道舜祠下，得白玉琯。則古者又以玉爲管矣。**伏料撫寧多暇**，韋孟《諷諫詩》：撫寧遐荒。**福祐來成。　相公白琯正音**，《晉書律曆志》。**著於燮理**，《書》。**續復彰於旬宣。**《詩》。**時當偃伯**，《後漢書馬融傳》：《廣成頌》曰：命師於鞬櫜，偃伯於靈臺。注：《司馬法》曰：古者武軍三年不興，則凱樂凱歌，偃伯靈臺，答人之勞，告不興也。偃，休也。伯，謂師節也。「靈臺」，望氣之臺也。**必資元老**，《詩》。**以冠庶僚，雖羽儀未集於方明**，「羽儀」，見《易》。「方明」

見汝南上淮南狀二。而夢想固通於中夕。〈書〉佇見坤維返駕，淮南子：坤維在西南。宣室虛襟。〈史記賈生傳〉：賈生徵見，孝文帝方受釐，坐宣室。上因感鬼神事，而問鬼神之本，賈生因具道所以然之狀，至夜半，文帝前席。「虛襟」，見弘文崔相公狀一。更躋湯、禹之姿，重講扆、庭之化。見濮陽上陳相公狀一。訪諸動植，周禮。望在旬時。〈書〉。況某仰奉恩知，獲階廉問，既殊常品，實倍私懷。赴任有程，瞻風未卜，結款詞訥，謝莊〈與大司馬江夏王義恭箋〉：良由誠淺辭訥，不足上感。依仁路賒。冀申毫髮之功，永奉陶甄之賜。即以今月七日，進發到府，續差專使起居。伏惟恩察。

爲滎陽公賀牛相公狀一 〈箋〉：牛僧孺也。〈新唐書本傳〉：宣宗立，徙衡、汝二州，還爲太子少師卒。此狀賀其徙汝也。

伏見除書，伏承遷寵，相公允膺四輔，〈書〉。光贊六朝。〈新唐書·牛僧孺傳〉：元和初，以賢良方正對策，調伊闕尉，改河南，遷監察御史，進累考功員外郎、集賢殿直學士。穆宗初，以庫部郎中知制誥，徙御史中丞，以戶部侍郎同中書門下平章事。尋遷中書侍郎。敬宗立，進封奇章郡公。是時，政出近倖，數表去位，授武昌節度使，同平章事。文宗立，李宗閔當國，屢稱僧孺賢，復以兵部尚書平章事，進門下侍郎、弘文館大學士。固請罷，乃檢校尚書左僕射平章事，爲淮南節度副大使。開成初，表解劇鎮，以檢校司空爲東都留守。以足疾不任謁，檢校司空、平章事，爲山南東道節度使。會昌元年，下遷太子少保。進少師，明年，以太子太傅留守東都。按：六朝謂憲、穆、

敬、文、武、宣也。

原文：鳳皇翔于千仞之上兮，覽德輝焉下之。雖世塗則有汙隆，〈魏志何夔傳注：孫盛曰：委身世塗。〉「汙隆」見〈賈誼弔屈原〉。禮記。而吾道終無消長。〈易。〉憶昨暫非利往，遠適荒陬。〈新唐書牛僧孺傳：劉稹誅，而石雄軍吏得從諫與僧孺交結狀。〉又河南少尹呂述言：「僧孺聞稹誅，恨歎之。」武宗怒，黜為太子少保，分司東都，累貶循州長史。「利往」，見易。説文：陬，阪隅也。〉閥，若升闕里之堂。實冠品流。今者復自衡陽，〈書。〉去臨汝水，〈水經：汝水出河南梁縣勉鄉西天息山。〉還處爕和，〈書。〉欲將不以舊丞相，兼老成人。〈書。〉竊計中塗，即有新命。〈書。〉仲尼之不陋九夷，子文之能安三已，永言閭閥，劉峻廣絶交論：蹈其閒為蒼生，見河中崔相公狀一。其若仰孤清廟！

某昨日幸因行役，並詩。得奉輝光，〈易。〉伏蒙賜以從容，降之談吐。語百代之損益，定九流之否臧。〈漢書藝文志：儒家者流，出於司徒之官。道家者流，出於史官。陰陽家者流，出於羲和之官。法家者流，出於理官。名家者流，出於禮官。墨家者流，出於清廟之官。從橫家者流，出於行人之官。雜家者流，出於議官。農家者流，出於農稷之官。小説家者流，出於稗官。諸子十家，其可觀者九家而已。〉附之禪理。始知全德，〈莊子：形全猶足以為爾，而況全德之人乎？〉不可度思。此時退以語人，便將心卜，恐未可絶張良之粒，具范蠡之舟。二事並見濮陽賀鄭相公狀。今則果然，不差懸料。伏望遠離下土，〈書。〉促動前驥。〈南史王融傳：車前豈可

乏八駿。復昔日之九遷，東觀漢記：馬援與楊廣書曰：車丞相高祖園寢郎，一月九遷爲丞相。慰今晨之四海。

某限當廉察，未冀趨承，於抃賀而則深，顧辭離而尚遠。南荒受任，方榮便道而來；漢書兩龔傳：遂於家受詔，便道之官。東閣重開，見集賢韋相公狀一。畏在他人之後。瞻戀思當作「恩」。顧，不任下情。伏惟俯賜照察。

爲滎陽公賀牛相公狀二箋：「滎」，疑當作「濮」。按：後狀爲僧孺在衡時作，前狀爲徙汝時作，皆在宣宗初鄭亞刺桂之時。又有「昭潭南荒」作證，無可疑者。惟此狀用詞多切僕射，玩「爰自保釐，遂昇端揆」二語，必由留守召拜。而本傳汝州內召，僅拜太子少師，留守、僕射皆非所歷。惟上溯開成三年，僧孺由東都留守召爲尚書左僕射，時鄭亞未出，而王茂元正鎮涇原。竊疑文爲濮陽而作。且狀云「邊吹增歊」，既切涇原，「假名省署」，亦與茂元歷爲京職合也。又前後兩狀，皆詳敍會昌貶斥時事，而此篇獨否。意編次者，因同爲上牛相之文，遂致譌「濮」爲「滎」耳。或謂茂元黨於贊皇，不應上書奇章，則鄭亞又何嘗非李黨，往來通問，並與黨局無關。集中此類甚多，不足疑也。

相公才爲時生，道應夢得。書序：高宗夢得說。六月一息，宜澡刷於天池；莊子：北冥有魚，

其名爲鯤。化而爲鳥，其名爲鵬。海運則將徙於南冥。南冥者，天池也。鵬之徙於南冥也，水擊三千里，搏扶搖而上者九萬里，去以六月息者也。風之積也不厚，則其負大翼也無力。故九萬里，則風斯在下矣，而後乃今培風；背負青天而莫之夭閼者，而後乃今將圖南。蜩與鷽鳩笑之曰：「我決起而飛，搶榆枋，時則不至而控於地而已矣，奚以之九萬里而南爲？」「澡刷」，見弘文崔相公狀。蜩與鷽鳩笑之曰 山海經：丹穴之山，有鳥如雞，五采而文，名曰鳳凰。「雲路」見濮陽上楊相公狀三。五色成章，必騫翔於雲路。

「其醉也，傀俄若玉山之將崩。」 世說：嵇康風姿特秀，山公曰：「嵇叔夜之爲人也，巖巖若孤松之獨立，其醉也，傀俄若玉山之將崩。」

以和，禮記、書。

嵇山莫峻， 後漢書郭太傳：叔度之器，汪汪若千頃之波。朱絃奏廟，而八音貴嬪傳： 右睇帝家。

瑞玉禮天，而百神斯肅。 周禮。 不有人傑，見西川李相公狀。誰康帝家？ 晉書左貴嬪傳： 右睇帝家。

始者召入紫宸，見幽州張相公狀。親承清問。 書。 仲舒演春秋之奧， 漢書董仲舒傳：仲舒少治春秋；武帝即位，舉賢良文學之士，而仲舒以賢良對策。 孫弘闡洪範之微， 漢書公孫弘傳：弘年四十餘，乃學春秋雜說。 元光五年，復徵賢良文學。上策詔諸儒，時對者百餘人，天子擢弘對爲第一。又五行志：孔子述春秋，則乾坤之陰陽，效洪範之咎徵，天人之道粲然著矣。 抉摘姦豪，指切貴近， 新唐書牛僧孺傳：元和初，以賢良方正對策，條指失政，其言鯁訐，不避宰相。 漢書孫寶傳： 傅太后曰：「故欲摘歈以揚我惡。」 注：摘歈，謂挑發之也。 史記酷吏傳：王溫舒者，陽陵人也，素居廣平時，皆知河內豪姦之家。 後漢書崔駰傳：指切長短。 史記劉敬傳：彼亦知，不肯貴近。 雲霞動色，日月迴光，超絕古今，喧傳華夏，蒙恬之筆鋒斯挫， 藝文類聚：博物志：蒙恬造筆。 張永

之紙價彌高。〈宋書〉〈張永傳〉：永能爲文章，善隸書，紙及墨皆自營造。〈晉書〉〈左思傳〉。思賦三都成，時人未之重。安定皇甫謐有高譽，思造而示之，謐稱善，爲其賦序。於是豪貴之家競相傳寫，洛陽爲之紙貴。言在必行，得之何胡本作「安」。讓？ 運祚唯深源是繫，〈晉書〉〈殷浩傳〉：浩字深源，屏居墓所幾十年，于時擬之管、葛。王濛、謝尚猶伺其出處，以卜江左興亡。富貴逼安石不休。〈晉書〉〈謝安傳〉：安字安石，妻見家門富貴，而安獨靜退，乃謂曰：「丈夫不如此也？」安掩鼻曰：「恐不免耳。」密勿平章，〈漢書〉〈劉向傳〉注：密勿，猶黽勉從事也。「平章」，見〈濮陽賀鄭相公狀〉。從容輔翼。〈禮記〉。或武思禁暴，則暫別鳳池；及功著于藩，則復還龍節。事詳前狀。「禁暴」，見〈左傳〉。「鳳池」，屢見。「藩」，當作「蕃」，見〈詩〉。「龍節」，見〈周禮〉。一致。 左右皆安。爰自保釐，遂昇端揆，〈新唐書〉〈牛僧孺傳〉：開成初，以檢校司空初封功臣詔：忠勤茂德，夷險書左僕射。「保釐」，見〈濮陽賀鄭相公狀〉。「端揆」，見〈書〉。 納言名帳，進賢號冠。〈晉書〉〈職官志〉：尚書令，冠進賢兩梁冠，納言幘。僕射與令同。 師長羣僚，魏志賈詡傳：尚書僕射，官之師長，天下所望。 協宣庶績，〈初學記〉：晉起居注，太康元年，詔云：尚書舊置在右僕射，所以恢演政典，協宣庶績，中間久廢，其復置之。 得人之盛，非才不居。〈宋書〉〈殷景仁傳〉：喉脣之任，非才莫居。 王珣在朝，晉室每多其經籍，〈晉書〉〈王珣傳〉：珣徵爲尚書右僕射，領吏部，轉左僕射。時帝雅好典籍，珣與殷仲堪、徐邈、王恭、郄恢等，並以才學見昵於帝。「詢」，當作「珣」。務，魏帝不視其文書。〈魏志〉〈徐宣傳〉：宣爲左僕射，車駕幸許昌，總統留事。帝還，主者奏呈文書。詔曰：吾省與徐宣留

僕射何異？竟不視。式究彝倫，是稱尊顯。固當允諧羣議，克注上心，重秉國鈞，〈詩〉。復執人柄。「民柄」，見〈左傳〉。〈唐諱〉「民」作「人」。

某謬逢嘉會，素乏殊能，而受寄疆場，假名省署。箋：馮氏謂「王茂元涇原入朝，歷爲京職」。今觀此語，知在鎮先已遙領矣。後營田副使賓牒云：節旄移所，省閣將歸。可以互證。〈後漢書袁敞傳〉：俊假名上書。清光莫覯，丹懇徒申，胡本作「深」。望京華而甚遥，聽邊吹而增欷。下情伏抃賀攀戀之至。

爲滎陽公上衡州牛相公狀

〈通鑑〉：會昌六年八月，以循州司馬牛僧孺爲衡州長史。〈新唐書地理志〉：衡州，屬江南西道。餘詳前賀牛相公狀一。

不審近日尊體何如？ 相公早輔大朝，顯有休績。王粲〈浮淮賦〉：垂休績於來裔。伊尹同德，皋陶矢謨，並著在典經。並書。垂之後世，則爲典經。垂於名命。〈國語〉：方臣之少也，進秉筆贊爲名命，稱於前世，義於諸侯，而主弗志。而又載懷達節，〈左傳〉。不有成功，神理佑謙，天道保退。伏料調護，常極和寧。〈禮記〉。然某竊計前經，邅追襄躅。〈漢書敍傳注〉：躅，迹也。險而不墜，邵公所以能諫；〈國語〉：晉公子過鄭，鄭文公不禮焉，叔詹諫曰：「晉公子有三胙焉，天將啓之。同出九人，唯重耳在，離外之患，而晉國不靖，一也。同姓不婚，惡不殖也，狐氏出自唐叔。狐姬，伯行之子也，實生重耳，成而雋才，離違而得所，久約而無釁，一也。晉侯日載其怨，外內棄之，重耳日載其德，

狐,趙謀之,三也。」況今慶屬休期,運推常武,詩序::常武,召穆公美宣王也。必資國老,左傳。以立台庭。伏料即時,入膺榮召。凡在華夏,莫不禱祠。某實乏勳庸,周禮。謬當廉察,將因行役詩。獲拜原作「報」。今據胡本改正。尊嚴,俯執輕橈。博雅:楫謂之橈。恨無飛翼。會昭潭積雨,舊唐書地理志:潭州以昭潭爲名。水經注:湘水逕昭山西,山下有旋泉,深不可測,故言昭潭無底也,亦謂之湘水潭。南楚增波,史記貨殖傳:衡山、九江、江南、豫章、長沙,是南楚也。齊心同所願。常存李固之匪躬,見弘文崔相公狀三。倚寐舍誠,已夢孫弘之脫粟。齊心結念,古詩:齊心同所願。公孫弘常稱以爲人臣病不儉節,爲丞相,封平津侯。食一肉脫粟之飯。史記平津侯傳:攀戀之至,猶積下情。

爲滎陽公上通義崔相公狀

箋::此崔相公別無事迹可尋,惟篇首云:「門下相公出鎮坤維,相公進扶宸極。考大中元年八月,李回出鎮西川,崔必代其位者。滎陽諸作,多在大中元年,維時崔鉉尚鎮河中,崔鄲自西川移鎮淮南,獨元式於是年同平章事。此時繼爲首相,理爲近之。又按北夢瑣言有云,唐通義相國崔魏公鉉鎮揚州,鉉即元式兄子。又全唐文薛逢上翰林韋學士啓,內有通義相公云云。薛逢,會昌進士,正與義山同時,雖相公未知何指,要爲當時習見之辭矣。考新唐書宰相世系表,崔氏定著十房,元式屬博陵大房。地理志,定州博陵郡,屬河北道。藩鎮盧龍傳,朱滔封通義郡王。又宣武彰義澤潞傳,吳少誠幽州潞

門下相公出鎮坤維,見《西川張相公狀》。相公進扶宸極。《魏志·文帝紀》注:《魏王上書》曰:情達宸極。

某竊尋前史,仰考昌時,必有上台,阮籍奏記詣蔣公:居上台之位。號曰當國。《左傳》。姬姓則魯周公居君牙、君陳之上,《書》。漢室則蕭相國在張良、韓信之先。按:《史記·高祖功臣侯年表》侯第,鄭第一,留第六十二,而淮陰不載侯第。疑由以謀逆誅,國除不錄。然鄭侯第居第一,則淮陰斷不能居鄭之上明甚。特無明文可證耳。《漢書·高惠高后孝文功臣表》同。專吐嘉猷,獨融明命。並《書》。伏惟相公,克懷懿德,《詩》。允遇休期,一自燮調,謝莊為北中郎拜司徒章:燮調之重,遂臻非據。書。遠過前人;舉賢不避於親讎,《左傳》。深符直道。果茲優寵,首在注懷,外耀國華,《國語:季文子曰:「吾聞以德榮為國華,不聞以妾與馬。」》內榮官族。鳳池浴日,屢見。聊均潤於同人;《易》。雞樹侵雲,屢見。憶分陰於遊子。「遊」疑當作「猶」。「猶子」,見《禮記》。元式兄子鉉入相在前,時罷為河中節度。曠百千歲,無三四人。凡在含靈,敢不從化。況某早蒙恩顧,今獲驅馳。伏限頒條,莫由陳賀。檻猿絆驥,《淮南子:兩絆騏驥,而求其致千里;置猿檻中,則與豚同。非不巧捷也,無所肆其能也。》敢歡於拘留;丘室膺門,「膺門」,見《濮陽賀鄭相公狀》。「丘室」,似用《論語》升堂入室意。唐人固不避孔子諱也。劉峻

樊南文集

廣絕交論：蹈其閫閾，若升闕里之堂；入其隩隅，謂登龍門之阪。亦兩事並隸。實懸於誠抱。抃賀攀戀，不任下情。伏惟俯賜恩察。

爲滎陽公與昭義李僕射狀

箋：李執方也。執方始鎮河陽，旋移易定。並詳後許昌李尚書狀。此文云：南則揚河橋之威斷，北則煦上谷之仁聲。是追頌其從前敭歷之功。又云：上黨頃集兇徒，近爲王土。自當在劉稹既平之後。考舊唐書盧鈞傳，會昌四年，誅劉稹，以鈞檢校兵部尚書、昭義節度使。大中初，移宣武。意必執方代鈞出鎮也。舊唐書地理志：昭義軍節度使治潞州，領潞、澤、邢、洺、磁五州。「僕射」見汝南上淮南狀一。

某素無才能，謬忝廉察，實憂尸祿，漢書貢禹傳：所謂素餐尸祿，汙朝之臣也。有負疲人。見桂州上後狀。僕射地處親賢，情殷家國，累更重寄，卲立殊勳。上黨頃集兇徒，近爲王土。舊唐書武宗紀：會昌三年四月，昭義節度使劉從諫卒，三軍以從諫姪稹爲兵馬留後，上表請授節鉞。尋遣使齎詔令稹護從諫之喪歸洛陽。稹拒朝旨。詔會議劉稹可誅可宥之狀。李德裕以澤潞內地，前時從諫許襲，已是失斷，自後跋扈難制，規脅朝廷。以稹豎子，不可復踐前車，討之必殄。武宗性雄俊，曰：「吾與德裕同之，保無後悔。」七月，宰相奏：「秋色已至，鎮、魏須速誅劉稹，須遣使宣諭，兼偵軍情。」上即遣李回奉使。九月制：劉從諫贈官及先所授官爵并劉稹在身官爵，宜並削奪。成德軍節度使王元逵充北面招討使，魏博節度使何弘敬充東面招討使，徐泗節度使李彥佐爲西南面招討使，河陽節度使王茂元以本軍屯萬善，陳許節度使王宰充南面招討使。王茂元卒，宰代總萬善之師。十二月，宰奏收天井關。四年

三月,以石雄爲西面招討。七月,王元逵奏邢州以城降。洺州、磁州以城降何弘敬,山東三州平。潞州大將郭誼、張谷、陳揚廷遣人至王宰軍,請殺稹以自贖。宰以聞,乃詔石雄率軍入潞州,誼斬稹首以迎雄,澤、潞等五州平。八月,王宰傳稹首與大將郭誼等一百五十人,露獻於京師,上御安福門受俘,百寮樓前稱賀。九月制:逆賊郭誼等並處斬於獨柳。又地理志:潞州,隋上黨郡。「王土」見詩。瘡痍未復,漢書季布傳注:痍,傷也。愁怨尚多。果柱雄才,後漢書仲長統傳:君有雄志而無雄才。以孚至化,南則揚河橋之威斷,晉書杜預傳:預以孟津渡險,有覆没之患,請建河橋於富平津。後漢書梁商傳:性慎弱,無威斷。北則煦上谷之仁聲。舊唐書地理志:易州,隋上谷郡。厚承恩顧,抃賀伏深,拜謁下車政成,見慰諭表。投刃節解。孫綽遊天台山賦:投刃皆虛,目牛無全。末由,無任瞻戀,到任續更有狀。

爲中丞滎陽公與汴州盧僕射狀

箋:盧鈞也。舊唐書本傳:大中初,檢校尚書右僕射、汴州刺史、御史大夫、宣武軍節度、宋亳汴潁觀察等使。又地理志:宣武軍節度使治汴州,管汴、宋、亳、潁四州。

某謬蒙恩渥,「恩渥」二字疑誤倒。叨受廉察,顧循虛薄,後漢書法真傳:太守虛薄。無難不更。宣武兵多,大梁地要。史記魏世家:魏鰲三十一年,徙治大梁。注:徐廣曰:今浚儀。承疑當作「永」。言今昔僕射克著殊勳,允承寵重。所至皆理,後漢書劉平傳:所至皆理,由是一郡稱其能。叨受廉察,顧循虛薄,後漢書法真傳:太守虛薄。頗積兢惶。宣

常繼風流。不唯寄以安人,多是倚之爲相,見度支周侍郎狀。況當碩德,尤注羣情。某厚蒙恩知,倍深倚望。即以今月七日赴任,續更有狀。

爲滎陽公與浙西李尚書狀

箋:: 李景讓也。《新唐書本傳》: 自右散騎常侍出爲浙西觀察使。《通鑑》: 會昌六年九月,以右散騎常侍李景讓爲浙西觀察使。《舊唐書地理志》: 浙江西道節度使治潤州,管潤、蘇、常、杭、湖等州,或爲觀察使。

某才術素空,寵榮疊至,未申論駮,見滎上淮南狀。俄忝察廉。尚書允贊休期,克抱全德。直以高堂指訓,《新唐書李景讓傳》: 景讓母鄭,治家嚴,身訓勤諸子。景讓爲浙西觀察使,嘗怒牙將,杖殺之,軍且謀變,母廷責曰: 「爾填撫方面而輕用刑,一夫不寧,豈特上負天子,亦使百歲母銜羞泉下,何面目見先大夫乎?」將鞭其背,吏大將再拜請,不許,皆泣謝,乃罷,一軍遂定。外地優閒,尚稽廉部之名,實積具瞻之望。《詩》。然賢豪出處,典册傳流,故有移孝作忠,《孝經》。自家刑國,見《聽政表》。推曾、顏之至行,本集爲山南薛從事謝辟表: 思曾、顏之供養。馮氏曰: 曾子之孝篤見矣。《家語孔子說顏回之行,引詩「永言孝思,孝思維則」。後漢《延篤傳》,論仁孝前後曰: 仁孝同質而生。純體之者,則互以爲稱,虞舜、顏回是也。若偏而體之,則各有其目,公劉、曾參是也。是可徵顏子之孝。參、丙、魏之嘉猷。「丙、魏」,見《弘文崔相公狀三》。「嘉猷」見《書》。將使爲臣,皆規令範,出征入

輔,傅亮爲宋公求加贈劉將軍表:出征入輔,幸不辱命。尤叶羣情。厚承恩憐,倍注誠款。即以今月十日赴任,到鎮,更當有狀。

爲滎陽公與度支盧侍郎狀

箋:盧弘正也。新唐書本傳:會昌中,劉稹平,爲河北兩鎮宣慰使,還拜工部侍郎,以戶部領度支。餘詳度支周侍郎狀。

某今月九日,到任上訖,不任感惕。職重賦輿,左傳:俗參夷僚。見集賢韋相公狀二。張華博物志:荆州極西南界至蜀,諸民曰僚子。務便宜於五嶺,漢書趙充國傳:充國以爲將任兵在外,便宜有守,以安國家。「五嶺」見西川李相公狀。或有可觀;同刺舉於三河,史記田叔傳:叔少子仁刺舉三河。注:正義曰:三河,河南、河東、河内也。竊將不可。但期尅苦,用答恩榮。侍郎早立清朝,久持重任,未處平章之地,見濮陽賀鄭相公狀。猶孤動植之心。昔周室均財,司會且參於太宰,並周禮。漢朝主計,丞相仍兼於列侯。史記張丞相傳:張蒼封爲北平侯,遷爲計相一月,更以列侯爲主計四歲。蒼善用算律曆,故令蒼以列侯居相府,領主郡國上計者。故事具存,殊恩允屬,側聆注懇,實倍常情。伏惟俯賜照察。

爲滎陽公與京兆李尹狀

舊唐書職官志:京兆、河南、太原等府尹各一員,從三品。

伏承榮膺新命,伏惟感慰。閣下深蘊材謀,趙璘因話錄:古者三公開閣,郡守比古之侯伯,亦有閣,

所以世之書題有閤下之稱。久未登用，雖當劇任，蔡邕司徒文烈侯楊公碑：常伯劇任。猶屈壯圖。然五歲之中，二都咸歷。班固兩都賦序：西土耆老，咸懷怨思，冀上之睠顧，而盛稱長安舊制，有陋洛邑之議，故臣作兩都賦。東京圭表，張衡東京賦：土圭測景。餘見西川李相公狀。已肅於殷頑；書。西雍山河，新唐書地理志：京兆府本雍州，開元元年為府。佇奔於晉盜。左傳。便承寵擢，入贊休明，左傳。注望之誠，頃刻斯至。某實無材術，謬忝察廉。方蘇瘴嶠之疲羸，闕覿章臺之風彩。漢書張敞傳：敞為京兆尹，時罷朝會，過走馬章臺街，使御吏驅，自以便面拊馬。受螯辱召，見西川張相公狀。對策叨名，漢書武帝紀：元光元年，詔曰：賢良明於古今王事之體，受策察問，咸以書對，著之於篇。於是董仲舒、公孫弘等出焉。雖羈旅於小藩，實瘖瘵於餘眷。未期拜賀，無任馳思。

為滎陽公與河南崔尹狀 詳前狀。

某實無績效，後漢書荀彧傳：原其績效，足享高爵。謬竊寵榮。顧憂菲陋之姿，鮑照紹古辭：菲陋人莫傳。必負澄清之寄。見聽政表。十五丈周旋華貫，謬竊寵榮。沈約為齊帝作王亮王瑩加授詔：京輔華貫，端副要重。彰灼休聲，尋合光輔大君，左傳。俯成嘉運。直以避榮為意，見濮陽賀鄭相公狀。勇退是謀。見實客李相公狀。大鬱物情，未副公議。然民資先覺，材為時生，苟卷懷而太深，則變理而何望？書。伏惟時以為意也。末由拜謁，瞻戀伏深。到任後續更有狀。

爲滎陽公與魏中丞狀

箋：大中二年，按問吳湘之獄，御史中丞爲魏扶。見《新唐書·李德裕傳》。滎陽出鎮在元年，時代相及，疑即其人也。事詳後馬侍郎啓。《舊唐書·職官志》：御史臺中丞二員，正四品下。

某以九月九日到任上訖。映帶谿洞，《北史·隋紀》：嶺南谿洞多應之。錯雜蠻夷。見《集賢韋相公狀》「嶵」。左思《魏都賦》：賓嶵積塿。劉逵注：風俗通曰：槃瓠之後，輸布一匹二丈，是謂賨布，廩君之巴氏出嶵布八丈。嶵音稼。《吳越春秋》：越王使國中男女入山採葛，以作黃絲之布。事殊於農政，蕭子良密啓武帝：農政告祥，因高肆務。賓嶵越紵，「嶵」當作「嵁」。剛鹵石田，《易·左傳》。功異於桑均。《禮記》。賓懼疎蕪，有辱廉撫。至於屛除苛點，《後漢書·宋均傳》：至於苛察之人，身或廉法，而巧點刻削，毒加百姓。敢忘深薄之規，《詩》。以累準繩之地。任昉《奏彈蕭穎達》：風體若茲，準繩斯在。伏惟特賜照察。

詔務進柔良退貪酷，各正其業焉。賞慰柔良，《後漢書·光武紀》：

爲滎陽公與容州韋中丞狀

箋：詳《安南行營狀》韋廑下。《舊唐書·地理志》：容管經略使治容州，管容、辯、白、牢、欽、巖、禺、湯、瀼、古等州。

伏料旌旆，將及容州。先以仁聲，浹之和氣，遠夷畏服，《新唐書·地理志》：瀼州、古州，貞觀二年，

李弘節開夷獠,置牢州。〈武德二年,以巴、蜀徼外蠻夷地置。〉疲俗乂安。豈待經時,然後報政?〈史記魯世家:魯公伯禽之初,受封之魯。三年而後報政周公。太公亦封於齊,五月而報政周公。〉即以某月日進發到任,續差專使馳狀。某素無材效,忽被恩榮,實幸小藩,得親奧壤,仰承餘論,庶免曠官。〈書。〉

爲滎陽公與裴盧孔楊韋諸郡守狀

改州爲郡,置太守。〈乾元元年,改郡爲州,州置刺史。〉

某素無材效,謬忝恩榮,實積兢惶,罔知啓處。〈詩。〉大夫原作「人」,今據胡本改正。盛名典郡,朱浮爲幽州牧與彭寵書:伯通以名字典郡,有佐命之功。碩畫佐時,〈漢書匈奴傳:石畫之臣甚衆。注:石,大也,畫,計策也。〉將以俯歷州鄉,深求疾瘼,然後入膺寵命,以副具瞻。〈詩。〉不惟卑誠,實在公議。末由拜謁,結戀無任。

爲河東公上楊相公狀 一

〈新唐書宰相世系表:秦并天下,柳氏遷於河東。〉

鄧傳:元和十三年,進士擢第。會昌中,三遷吏部郎中、諫議大夫。李德裕奏爲京兆尹,改右散騎常侍,權知吏部銓事。宣宗即位,出爲鄭州刺史,遷爲河南尹。大中六年,轉梓州刺史、劍南東川節度使,在鎮五年,美績流聞,徵爲吏部侍郎。入朝未拜,改兵部侍郎。箋:此

楊相公與下陳相公、李相公諸狀，核其文義，皆當時宰執，非使相也。仲郢於大中六年出鎮閱五年而內召，諸相必當同時。考舊唐書宣宗紀、新唐書宰相表，此數年中，無姓氏與之相合者，其先楊有嗣復、陳有夷行、李有德裕、紳、回、讓夷，並年不相及，不可強通。宣宗之世，史氏自言簡籍遺落，十無三四，姑存疑可也。

某少乏高標，晉書劉悛傳：其高自標置如此。本無遠韻，晉書庾敳傳：長不滿七尺，而腰帶十圍，雅有遠韻。徒以堅同匪石，詩：我心匪石。直慕如弦，後漢書五行志：順帝末，京都童謠曰：直如弦，死道邊。乃行官牒，後漢書李固傳：其列在官牒者。柳營莫從於多讓，史記絳侯世家：匈奴大入邊，以河內守亞夫為將軍，軍細柳以備胡。蘭臺超假於前行。見僕射崔相公狀一。若非相公允輔朝恩，克成人美，將其照拜侍郎上疏：生丁昌運，自比人曹。略無淺效，以答明時。

豈謂復冠六聯，又司九法。二語並周禮。加秩，漢書諸葛豐傳：加豐秩光祿大夫。可以雄邊，漢書敍傳：以財雄邊。則安得及茲，無容而授？鄒陽獄中上書自明：欲盡忠當世之君，而素無根柢之容。謹當以身為率，勉已而行，義若霜明，袁淑效曹子建白馬篇：義分明於霜，信行直如弦。斷如劍刺，說苑：干將、鏌鋣、拂鐘不錚，試物不知，揚刃離金，斬羽契鐵斧，此至利也，然以之補履，曾不如兩錢之錐。使其有勇，兼且知方。兔穴雖多，戰國策：馮煖曰：「狡兔有三窟，僅得免其死耳。」盡思堙塞；梟巢任固，曹植令禽惡鳥論：昔荊人之梟，將巢於吳，鳩遇之曰：「何去荊而巢吳

乎?」梟曰:「荊人惡予之聲。」鳩曰:「子不能革子之音,則吳、楚之民不異情也。為子計者,莫若宛項戢翼,終身勿復鳴也。」皆誓焚除。微振軍聲,以緩官謗。左傳。伏惟特賜恩察。

為河東公上楊相公狀二

右件官是某親弟,按:新、舊唐書仲郢本傳,俱不言有弟,惟新唐書宰相世系表載仲郢,公綽子。又公度子讜,器子希顏、仲遵,公權子憲。未詳孰是。頗長政事,早履宦途。為宰而績著一同,左傳。作掾而學推三語。晉書阮瞻傳:司徒王戎問曰:「聖人貴名教,老、莊明自然,其旨同異?」瞻曰:「將毋同。」戎咨嗟良久,即命辟之。時人謂之「三語掾」。脂膏莫潤,屢見。珪玉無瑕。然至於稽勾緡錢,本集馮氏曰:稽考勾當之意。勾音遘。史記平準書:商賈以幣之變,多積貨逐利。於是公卿言,異時算軺車賈人緡錢皆有差,請算如故。注:緡,絲也,以貫錢也。掌司財幣,未嘗留意,素非所長。自某年月,蒙今荊州李相公按:仲郢於大中六年,節度東川,在鎮五年。考新唐書宰相表,此數年中,無宗室而為使相者,惟會昌六年四月,李德裕檢校司徒、同平章事,荊南節度使。然是年十月,即為東都留守。大中三年十二月卒,則與文中今字不合。書地理志:元和四年,敕復置宿州於埇橋,在徐之南界汴水上,當舟車之要。新唐書食貨志:鹽鐵使劉晏上鹽法,置巡院十三,曰揚州、陳許、汴州、廬壽、白沙、淮西、甬橋、浙西、宋州、泗州、嶺南、兗鄆、鄭滑,捕私鹽者,姦盜為之衰息。常所兢惶,每虞敗累,顏氏家訓:富有四海,貴為天子,不知紀極,猶自敗累,況士庶乎?上虧國用,旁負己

知。況又務控淮河，〈新唐書地理志〉：河南道，其大川伊、洛、汝、潁、沂、泗、淮、濟。地鄰徐汴，〈新唐書地理志〉：汴州、徐州、宿州並屬河南道。居然深薄，〈詩〉：已歷炎涼。某年過始衰，〈禮記〉：念深同氣，實憂非據，〈易〉。有辱至公，迫於情誠，輒祈休罷。相公推友悌之愛原作「憂」，今據胡本改正。於天下，妙咳唾之末於藩條，〈莊子〉：孔子遊乎緇帷之林，休乎杏壇之上，有漁父者，下船而來，孔子曰：「幸聞咳唾之音。」爰擇良材，俾代其任。〈後漢書劉表傳〉：琦遂求代其任。獲殊常之福，事過禱祠，蒙不次之恩，〈漢書東方朔傳〉：武帝初即位，徵天下舉方正賢良文學材力之士，待以不次之位。閨門大慶，手足增榮，未知殺身，〈漢書淮陽憲王傳〉：願殺身報德。復在何日。下情云云。

爲河東公上鄭相公狀

牋：鄭朗也。〈舊唐書本傳〉：大中朝，爲工部尚書，遷御史大夫，改禮部尚書，以本官同平章事。又〈宣宗紀〉：大中七年四月，以御史大夫鄭朗同平章事。

某學輕筐篋，〈漢書賈誼傳〉：陳政事疏：俗吏之所務，在于刀筆筐篋，而不知大體。略昧韜鈐，〈隋書經籍志〉：太公六韜五卷，太公陰符鈐錄一卷。仰藉時來，見兵部尚書表。因成福過。庚亮〈讓中書令表〉：小人祿薄，福災生。夙當分土，〈書〉。早竊持符，皆已淹時，未始報政。見容州韋中丞狀。一時特迥天鑒，超授厚官，仍常伯之榮，兼司馬之職。二語並書。而霽憂器滿，見兵部尚書表。懼切泉深，用詩「如臨深淵」。〈唐諱〉「淵」，故作「泉」。旋避莫能，陳遜不獲。〈宋書蕭思話傳〉：引咎陳遜，不許。此皆相公優重干

城之寄,導揚錫爵之恩。並詩。不計貪叨,但思獎賞,自卜斯審,史記外戚世家:自卜數日當爲侯。晉書葛洪傳:自卜者審,不能者止。所得尚多。謹此下疑脫「當」字。

先王執此之政,堅如金石。漸期豐羨,詩十月傳:羨,餘也。粗振稜威,漢書李廣傳:威稜憺乎鄰國。注:李奇曰:神靈之威曰稜。少謝武皮,揚子法言:羊質而虎皮,見草而說,見豺而戰,忘其皮之虎也。按:唐譁「虎」,故作「武」。實甘馬革。後漢書馬援傳:援曰:「方今匈奴、烏桓尚擾北邊,欲自請擊之。男兒要當死於邊野,以馬革裹尸還葬耳,何能卧牀上在兒女子手中耶?」伏惟特賜恩察。

爲河東公賀陳相公送土物狀

箋:詳前爲河東公上楊相公狀一,以下五首同。

右伏以相公蘭臺克成於故事,見僕射崔相公狀一。黃扉顯正於嘉謀。孔稚圭爲王敬則讓司空表::啓黃扉而變五緯。「嘉謀」見書。道協五臣,名高六相,管子:黃帝得蚩尤而明於天道,得大常而察於地利,得奢龍而辨於東方,得祝融而辨於南方,得大封而辨於西方,得后土而辨於北方。黃帝得六相,而天地治,神明至。遠流休問,實激含靈。某忝建高旌,虞羲詠霍將軍北伐詩:蔽日引高旌。方掀大旆。左傳:軍中之執,既闕於請纓;漢書終軍傳:南越與漢和親,乃遣軍使南越,説其王,欲令入朝,比内諸侯。軍自請:「願受長纓,必羈南越王而致之闕下。」土貢之餘,尚盈於厥篚。書:前件物等,薄如蜩甲,莊子:景曰:「予蜩甲也,蟬蜕也,似之而非也。」輕甚鴻毛,司馬遷報任少卿書:或輕於鴻毛。是願達誠,敢求覿物。太平御覽:

崔鴻後燕錄曰：王猛伐洛陽，將發，謂慕容垂曰：「吾將遂清東夏，或爲東山之別，見物思人，卿將何以爲信？」垂以佩刀遺之。延陵至鄭，不隔紵衣之微，左傳。孔聖刪詩，無廢木瓜之興。貴賤雖聞有異，古今未始無茲。干觸威嚴，伏增兢懼。

爲河東公賀楊相公送土物狀

右伏以相公光由版籍，笺：此似由戶部人相者。周禮司民注：版，今戶籍也。顯拜樞衡。應劭漢官儀曰：冲帝册書曰：「太尉趙峻，貳掌樞衡。」浴威鳳於池中，漢書宣帝紀：南郡獲白虎威鳳爲寶。問喘牛於路左。漢書丙吉傳：吉爲丞相，嘗出，逢清道羣鬥者，死傷橫道，吉過之不問。前行逢人逐牛，牛喘吐舌。吉使騎吏問：「逐牛行幾里矣？」掾吏獨謂丞相前後失問，吉曰：「民鬥相殺傷，長安令、京兆尹職所當禁，備逐捕。宰相不親小事，非所當於道路問也。方春少陽用事，未可大熱，恐牛近行用暑故喘，此時氣失節。三公典調和陰陽，職所當憂，是以問之。」華夷共慶，陰陽以調。某雖久在民間，常居軍右，早識薛宣之必相，漢書薛宣傳：宣字贛君，補不其丞。琅琊太守趙貢行縣，見宣，甚説其能。從宣歷行屬縣，還至府，令妻子與相見，戒曰：「贛君至丞相，我兩子亦中丞相史。」後代張禹爲丞相，封高陽侯，除趙貢兩子爲史。夙知蔣琬之爲公。見汝南上淮南狀二。見滎陽上荆南後狀。前件物等，價纔數金，莊子：我世世爲洴澼絖，不過數金。常時事殊庶品。敢申野外之贄，禮記。粗罄橐中之裝。重非兼乘，顔之推古意詩：華彩燭兼乘。同炙背之願獻，列子：宋國

有田父，常衣縕廣，僅以過冬，暨春東作，自暴於日，不知天下之有廣廈隩室，綿纊狐貉，顧謂其妻曰：「負日之暄，人莫知者，以獻吾君，將有重賞。」〈嵇康與山巨源絕交書〉：野人有快炙背而美芹子者，欲獻之至尊。況藉手以無因。〈左傳〉。

姚察養廉，何妨於花練；〈陳書姚察傳〉：察自居顯要，甚勵清潔。嘗有私門生送南布一端，花練一匹，察謂之曰：「此物於吾無用。既欲相款接，幸不煩爾。」此人遜請，猶冀受納，察厲色驅出。鄉人有罷中宿縣者，安問其歸資，答曰：「有蒲葵扇五萬。」安乃取其中者捉之，京師士庶競市，價增數倍。塵黷尊嚴，〈晉書何琦傳〉：豈可復以朽鈍之質，塵黷清朝哉？伏深兢越。

書謝安：〈安少有盛名，時多愛慕。⋯⋯〉謝安敦素，猶取於蒲葵。〈晉

為河東公賀李相公送土物狀

伏以相公脫屣華省，〈淮南子〉：堯年衰志閔，舉天下而傳之舜，猶卻行而脫屣也。「華省」，見〈尋醫表〉。振衣中樞。〈楚辭漁父〉：新浴者必振衣。「中樞」，見濮陽賀鄭相公狀。溫樹人問而莫知，〈漢書孔光傳〉：光凡典樞機十餘年，或問光，溫室、省中樹，皆何木也，光默不應。非熊帝感而斯兆。〈六韜〉：文王卜田，史扁為卜曰：于渭之陽，將大得焉。非龍非彲，非熊非羆，兆得公侯，天遺女師。文王齋戒三日，田于渭陽，卒見呂尚坐茅以漁。軸青史而祗將紀德，〈漢書藝文志〉：青史子五十七篇。注：古史官紀事之書。列景鐘而唯待銘功。〈國語〉：晉悼公曰：「昔克潞之役，秦來圖敗晉功，魏顆以其身卻退秦師於輔氏，親止杜回，其勳銘於景鐘。」解：「景鐘」景公鐘也。某任屬啟行，〈詩〉。志唯盡敵，〈左傳〉。誰言樗散，〈莊子〉：惠子謂莊子曰：「吾有大樹，人謂之樗，其大本擁腫而不中繩墨

其小枝拳曲而不中規矩，立之塗，匠者不顧。」又：「匠石之齊，見櫟社樹，觀者如市，匠伯不顧，遂行不輟，曰：『已矣。散木也，是不材之木也。無所可用。』」最沐陶甄。是敢竊獻食芹，〈列子〉：昔人有美戎菽、甘枲莖、芹萍，對鄉豪稱之。鄉豪取嘗之，蜇於口，慘於腹，衆哂而怨之。輒羞行潦。前件物等，非因杼軸，並〈詩〉：不曰苞苴，〈荀子〉：湯旱而禱曰：「政不節歟？使民疾歟？宮室榮歟？苞苴行歟？讒夫昌歟？何以不雨至斯極也？」曾未足云，殊無所直。溫孫弘之被，〈史記平津侯傳〉：公孫弘為人臣病不儉節，爲布被，食不重肉，纔可禦寒；〈文子〉：衣足以蓋形禦寒。易晏子之裘，尚猶爲濫。〈禮記〉。輕冒威重，〈鄒陽獄中上書自明〉：誘於威重之權。伏用慚惶。

爲河東公上李相公狀一

某頑謝雕鐫，〈庾信枯樹賦〉：雕鐫始就。散慚繩墨，見前狀。敢言人地，〈南齊書王融傳〉：融自恃人地，三十內望爲公輔。可至圭符。見〈汝南上淮南狀二〉。三刀之占，已聞於爲郡；〈晉書王濬傳〉：濬夜夢三刀於臥屋梁上，須臾又益一刀，意甚惡之，主簿李毅賀曰：「三刀爲州字，又益一者，明府其臨益州乎？」果遷益州刺史。萬里之相，復起於封侯。見〈丁學士狀〉。而效若豪輕，功如髮細，縱欲志兼冰檗，性約韋絃，〈韓非子〉：西門豹性急，故佩韋以自緩，董安于性緩，故佩弦以自急。纔可立身，〈孝經〉。未能報主。〈曹植求自試表〉：臣之事君，必殺身靜亂，以功報主也。昨者誰謂尤異，忽致遷昇。官踰三命之尊，〈周禮〉。秩總六條之首，

漢書百官公卿表注：漢官典質儀云：刺史班宣，周行郡國，省察治狀，黜陟能否，斷治冤獄，以六條問事，非條所問，即不省。一條，彊宗豪右田宅踰制，以彊淩弱，以衆暴寡。二條，二千石不奉詔書遵承典制，倍公向私，旁詔守利，侵漁百姓，聚斂爲姦。三條，二千石不卹疑獄，風厲殺人，怒則任刑，喜則淫賞，煩擾刻暴，割截黎元，爲百姓所疾，山崩石裂，訛祥訛言。四條，二千石選署不平，苟阿所愛，蔽賢寵頑。五條，二千石子弟恃怙榮勢，請託所監。六條，二千石違公下比，阿附豪強，通行貨賂，割損正令也。

伏惟特賜恩察。

爲河東公上李相公狀二

伏見今月某日制書，伏承相公假道版圖，唐闕史：近世縫掖恥呼本字，南省官局則曰版圖小績，春闈秋曹。正位機密。後漢書竇憲傳：內幹機密。箋：此亦當由戶部人相者。俞腐帝曰，歌叶臣哉。書。動植具榮，周禮。飛沈咸若。爰稽往誥，愼子：書往誥也。載考前經，齊定霸威，由皆以告仲父；漢興王道，常謂不如蕭何。二事見西川李相公狀。此所以顯重輔臣，光昭宰匠。見滎陽上淮南狀。

以今況古,千載一時。且溫嶠累遷,尚見讓而不拜,「今日之急,殄寇為先,未效勳庸而逆受寵榮,非所聞也。」固辭不受。〈晉書溫嶠傳〉:進驃騎將軍開府儀同三司,嶠曰:楚王瑋誅,華以首謀有功,拜右光祿大夫、開府儀同三司、侍中、中書監。固辭開府。張華敘進,亦聞久始即眞。〈晉書張華傳〉:倚以朝綱,以問裴頠,頠素重華,深贊其事。〈漢書王莽傳〉:遂謀即眞之事矣。按:〈漢書〉諸傳多作滿歲為眞,此即眞乃踐天子之位,後此史家,遂多沿用。斯實重難,〈漢書五行志〉:所謂重難之時者也。常勞倚注。苟非才標棟幹,傅亮〈為宋公求加贈劉前軍表〉:識量局致,棟幹之器也。六戎傾首,「六戎」見〈禮記〉。〈漢書翟方進傳〉:天下傾首服從。百辟寄心。「百辟」見〈書〉。曹植〈洛神賦〉:長寄心於君王。某早被蔭庥,〈爾雅〉:庥,庇庥,廕也。常聞咳唾。見〈河東上楊相公狀二〉。今者適從亭障,見〈丁學士狀〉。方事鼓鼙,〈禮記〉。不敢擅棄虎符,見〈痊復狀〉。輒趨鳳詔。梁元帝〈陸倕墓銘〉:兩升鳳詔。下情云云。

為河東公與周學士狀 「學士」見〈丁學士狀〉。

學士時仰高標,世推直道,果當清切,劉楨〈贈徐幹詩〉:拘限清切禁。以奉恩私。地接蓬山,〈後漢書竇章傳〉:學者稱東觀為老氏藏室,道家蓬萊山。居遙閬苑,〈淮南子〉:崐崙之上,是謂閬風。又上是謂玄圃。〈太平御覽集仙錄〉曰:王母者,龜山金母也。所居實在春山崐崙之圃,閬風之苑。敢期塵路,王融〈謝竟陵王示法制啓〉:灑法水於塵路。獲望冰容。王融〈離合賦物為詠〉:冰容慚遠鑒。然前者猶蒙問以好音,〈詩〉:致之尺牘,見

幽州張相公狀。是何眷遇,孰可欽承?某自領藩條,累蒙朝獎,皆因學士每於敷奏,<書>。輒記姓名,深憂李廣之不侯,<史記李將軍傳>:「廣嘗與望氣王朔燕語,曰:『自漢擊匈奴而廣未嘗不在其中,而諸部校尉以下,才能不及中人,然以擊胡軍功取侯者數十人,而廣不為人後,然無尺寸之功以得封邑者,何也?』豈吾相不當侯耶?」曲辨孟舒之長者。見<兵部尚書表>。不有所自,安能及茲?方限征行,末由款謁,空餘深戀,貯在私誠。伏惟特賜信察。

樊南文集補編卷第五

狀

爲弘農公上虢州後上中書狀

箋：按弘農爲楊氏郡望，而新唐書宰相世系表無歷職與之相合者，惟舊唐書楊虞卿傳云：虢州弘農人。從兄汝士，開成四年卒。子知溫，登進士第，累官至禮部郎中，知制誥，入爲翰林學士、戶部侍郎，轉左丞。出爲河南尹、陝虢觀察使。約計時代相及。又與下兩篇曲臺維桑、兩考官並合，似爲近之。然河南尹、陝虢觀察使，皆不治虢州，未敢牽合。新唐書地理志：虢州弘農郡，雄，屬河南道。舊唐書職官志：上州刺史，從第三品。

右某伏奉某日制書出守，見桂州上後狀。以某日到任上訖。伏以境臨東雍，舊唐書地理志：華州，隋京兆郡之鄭縣。隋書地理志：京兆郡鄭縣，後魏置，東雍州有少華山。地帶上陽，左傳注：上陽，虢國都，在弘農陝縣東南。爲疑當作「內」。匪沃饒，左傳。外繁傳置。漢書文帝紀：太僕見馬遺財足，餘皆以給傳置。邁驕陽積潦之患，春秋考異郵：旱之爲言，悍也，陽驕蹇所置也。說文：潦，雨水大貌。困苗螟葉蟊之災，詩

〈大田傳〉：食心曰螟，食葉曰螣，食根曰蟊，食節曰賊。將活齊人，〈漢書食貨志〉注：齊，等也，無有貴賤，謂之齊民，猶今言平民矣。按：〈唐諱〉「民」，故作「人」。在擇良牧。〈吳志陸凱傳〉：胤，凱弟也。評：胤身繄事濟，著稱南土，可謂良牧矣。某因緣儒術，塵汙郡符，見痓復狀。皆由相公假以羽毛，〈陳書蕭引傳〉：引善隸書，高宗嘗披奏事，指引署名曰：「此字筆勢翩翩，如鳥之欲飛。」引謝曰：「此乃陛下假其羽毛耳。」飾之丹臆，〈書〉。懼失於頒條；熊伏軾前，見痓復詩。恐乖於求瘼。後漢書循吏傳序：光武長於民間，廣求民瘼，觀納風謠。唯當夙宵罔懈，深薄為虞，並詩。冀勞來而有成，庶疲羸而獲泰。下情無任云云。

為弘農公虢州上後上三相公狀

某本無遠韻，實謝修途。鄒衍文辭，敢逃怪忤；〈史記孟荀傳〉：鄒衍深觀陰陽消息而作怪迂之變，揚雄鉛槧，終取寂寥。〈西京雜記〉：揚子雲常懷鉛提槧，從諸計吏，訪殊方絕域四方之語。〈左思詠史詩〉：寂寂揚子宅，門無卿相輿，寥寥空宇中，所講在玄虛。豈意相公拔自曲臺，〈漢書藝文志〉：〈曲臺后蒼記〉九篇。〈注〉：曲臺，天子射宮也。〈西京〉無太學，於此行禮也。致之近郡，〈漢書王莽傳〉：粟米之內曰內郡，其外曰近郡。貴從剖竹，見痓復狀。感在維桑。〈詩〉。雖恩獎之是懷，〈宋書王弘傳〉：過蒙恩獎。亦憂兢而斯在。〈宋書王景文傳〉：以此居貴位要任，當有致憂兢理不？但當課其錢鏄，〈詩〉。督以杼機。〈漢書龔遂傳〉：為渤海太守，民有帶持刀劍者，說使渤海田中，永無佩犢；〈漢書龔遂傳〉：為渤海太守，民有帶持刀劍者，說文：滕，機持經者也。杼，機之持緯者也。

使賣劍買牛,賣刀買犢,曰:「何爲帶牛佩犢?」平原境内,盡死飛蝗。〈後漢書趙憙傳:憙遷平原太守,青州大蝗,侵入平原界輒死。免斯人溝壑之虞,贖他日簡書之責。〈詩〉伏惟特賜恩察。

爲弘農公上兩考官狀

伏見前月十九日恩制,座主相公登庸。〈攄言:有司謂之座主。「登庸」,見書。某科等受恩,伏增榮抃。閣下同德比義,〈「閣下」,見京兆李尹狀。〉〈後漢書孔融傳:先君孔子,與君先人李老君,同德比義而相師友。〉契重交深。載惟爰立之榮,〈書〉佇見彙征之吉。〈易〉下情不任迎賀踴躍之至,伏惟照察。

爲懷州刺史上後上門下狀

箋:〈李璟也。本集有爲懷州李中丞謝上表。徐氏曰:李中丞不知其名,據表云:過獎在朝,承乏充使,將聖代懷柔之德,率昆夷畏慕之心,萬里以遥,三時而復。蓋嘗使吐蕃而還乃拜懷州之命者。按舊唐書吐蕃傳,會昌二年,贊普卒,十二月遣論贊熱來告哀,詔以將作少監李璟弔祭之。表云「三時而還」,則還期當在三年之深秋。時方命陳許節度使王宰討澤潞,與「潞濟逆孽,許出全師」之語,適相符合。李中丞蓋即其人也。〉〈新唐書地理志:懷州河内郡,雄,屬河北道。「刺史」,見弘農上中書狀。〉

右某伏奉月日制書,授持節懷州諸軍事,守懷州刺史,兼御史中丞者,見魏中丞狀。以今

月日到任上訖。某特以門資,本集馮氏曰:李中丞當是西平之孫,以蔭襲起家。吳志孫皓傳注:會稽邵氏家傳曰:得以門資,厠身本部。早登朝選。魏書李沖傳:朝選開清。嘗奉出疆之任,曾非泛駕之材,漢書武帝紀:元封五年,詔曰:夫泛駕之馬,跅弛之士,亦在御之而已。其令州縣察吏民有茂才異等可爲時相及使絕國者。直以揚大國之稜威,見河東上鄭相公狀。宋書范泰傳:百年逼寇,前賢挫屈者多矣。兼免滯留,業官未多,左傳。無罪爲幸。注:丞故二千石爲之,或遷侍御史高第,執憲中司,朝會獨坐司,「假寵」見左傳。後漢書百官志:御史中丞一人。豈意相公,上引睿旨,下念勳家,既假寵於中又頒條於名部。去神州二百里而近,史記孟子傳:中國名曰赤縣神州。按:此謂洛州河南府也。舊唐書則天皇后紀:改元光宅,改東都爲神都。無正守三十年已來。通鑑:會昌三年九月,李德裕奏,河陽節度先領懷州刺史,常以判官攝事,不若遂置孟州。其懷州別置刺史,俟昭義平日,仍割澤州隸河陽節度,則太行之險不在昭義,而河陽遂爲重鎮,東都遂無憂矣。記室參軍,後漢書百官志:記室令史,主上表章報書記。晉書職官志:諸公及開府位從公爲持節都督,增參軍爲六人。代司符印;中兵祭酒,晉書職官志:至魏,尚書郎有中兵、外兵。又⋯⋯及則天皇后紀:改元光宅,改東都爲神都。分理城池。今各額更新,官司復舊,用威寇敵,兼壯郊圻。書。當此之時,授任尤重。後漢書呂強傳:宜徵邕更授任。新唐書方鎮表:貞元十年,陳許節度賜號忠武軍節度使。當塗得志,尅平諸夏。初有軍師祭酒,參掌戎律。豈伊庸懦,可以指令?唯當非憂人之不思,非利物之不念。馨忠武在行之衆,詳昭義李僕射狀。史記周紀:武王上祭于畢,東觀兵,至于盟津。「攬轡」奉盟津攬轡之威。謂河陽時討劉稹。

見聽政表。冀無後覲，書。以答殊獎。伏惟俯賜恩察，謹錄狀上。

於江陵府見除書狀

箋：十三丈學士爲周墀。後有獻華州周大夫十三丈啓可證也。舊唐書周墀傳：宣宗初，入朝爲兵部侍郎判度支，不言兼史職，蓋朝官兼領，史略之耳。義山於大中元年應鄭亞之辟，文有「方之遞嶠」語，必將赴桂管，道出江陵時作。又：墀先於文宗時補集賢學士，後同平章事，復監修國史。均與義山赴桂之年不相及，未可以前後歷職偶同，遂爲牽引也。新唐書地理志：江陵府屬山南東道。

伏承榮兼史職，後漢書張衡傳：自去史職，五載復還。伏惟感慰。十三大當作「丈」。學同疑當作「洞」。九流，見賀牛相公狀一。文窮三變，宋書謝靈運傳論：自漢至魏四百餘年，辭人才子，文體三變。果解疑當作「階」。殊選，允用當仁。千載興懷，一時定法。使馬遷死且不朽，猶畏後生；史記太史公自序：罔羅天下，放失舊聞，略推三代，錄秦、漢，上記軒轅，下至於兹，著十二本紀，作十表、八書、三十世家、七十列傳，凡百三十篇，爲太史公書。若王隱魂而有知，必慚非擬。原作「法」，今據胡本改正。晉書王隱傳：太興初，典章稍備，乃召隱及郭璞俱爲著作郎，令撰晉史。凡厥儒學，以爲光榮。況某嘗被恩知，曾蒙講教，本集與陶進士書：前年乃爲吏部上之中書，又復懊恨。周、李二學士以大法加我，夫所謂博學宏詞者，豈容易哉！馮氏曰：周，周墀也。唯望精聞變例，杜預春秋左氏傳序：諸稱書、不書、先書、故書、不言不稱書曰之類，皆所以起新舊，發

樊南文集

大義，謂之變例。竊見先經。杜預春秋左氏傳序：傳或先經以始事，或後經以終義。雖類偃、商，終一辭而不措；曹植與楊德祖書：昔尼父之文辭，與人通流，至於制春秋，游、夏之徒，乃不能措一辭。傳以兼行。漢書儒林傳：武帝時，公孫弘爲公羊學，上因尊公羊家。宣帝即位，聞衛太子好穀梁，時蔡千秋爲郎，召與公羊家並說，上善穀梁說。論：望聽玉音。俯佩金諾。史記季布傳：曹丘生揖季布曰：「楚人諺曰：『得黃金百斤，不如得季布一諾。』足下何以得此聲於梁、楚間哉？」下情不任攀賀結戀之至。

上令狐相公狀一 箋：令狐楚也。此狀爲楚鎮太原時上，時爲太和六年也。事詳彭陽公興元請尋醫表。下同。

不審近日尊體何如？太原風景恬和，憲等州。水土深厚，左傳。伏計調護，常保和平。某下情無任抃賀之至。豐沛遺疆，史記高祖紀：高祖，沛豐邑中陽里人。本集徐氏曰：晉陽本唐堯所封，高祖神堯皇帝本襲封唐國公，由太原起義兵而有天下，故云。陶唐故俗。詩序：晉也而謂之唐，本其風俗，憂深思遠，儉而用禮，乃有堯之遺風焉。自頃久罹愆亢，說文：愆，過也。炕，乾也。頗至荒殘。後漢書鄭興傳：郡縣荒殘。軒車纔臨，日月未幾，旱雲藏燎於天末，呂氏春秋：旱雲煙火。張衡東京賦：眇天末以遠期。甘澤流膏於地中。管子：民得其饒，是謂流膏。堡鄣

復完,〈左傳〉。汙萊盡闢。見〈詩〉。〈舊唐書令狐楚傳〉:太和六年二月,改太原尹、北都留守、河東節度等使。楚久在并州,練其風俗,因人所利而利之,雖屬歲旱,人無轉徙。楚始自書生,隨計成名,皆在太原,實如故里。及是秉旄作鎮,邑老歡迎。楚綏撫有方,軍民胥悅。此皆四丈膺靈嶽瀆,〈孝經援神契〉:五嶽之精雄聖,四瀆之精仁明。稟氣星辰,〈張華博物志〉:〈神仙傳〉曰:說上據辰尾爲宿,歲星降爲東方朔,傅說死後有此宿,東方生無歲星。〈劉勰新論〉:微子感牽牛星,顏淵感中台星,張良感弧星,樊噲感狼星,老子感火星。繁庶有之安危,與大君之休戚。〈國語〉:晉孫談之子周,適周事單襄公,〈晉國有憂,未嘗不戚,有慶未嘗不怡。襄公曰:「爲晉休戚,不背本也。」再勤龍闕,陸倕〈石闕銘〉李善注:〈三輔舊事〉曰:未央宮東有蒼龍闕。復還鳳池。屢見。凡在生靈,冀在朝夕。伏惟爲國自重。見〈李司徒狀〉。

某才乏出羣,類非拔俗。攻文當就傅之歲,〈禮記〉。識謝奇童;〈後漢書杜根傳〉:根父安,少有志節,年十三,入太學,號奇童。獻賦近加冠之年,〈禮記〉。號非才子。〈左傳〉。徒以四丈東平,〈玉溪生年譜〉:太和三年己酉十一月,令狐楚進檢校右僕射、天平軍節度、鄆曹濮觀察等使。祭令狐公文亦云「天平之年,將軍樽旁,一人衣白」也。商隱年十七,從楚在天平幕,受知之深,當在此際,故甲集序專稱鄆。本傳所云「年及弱冠從爲巡官者,宜屬此時。傳文概書天平、汴州,尚未細核,剏可遠及河陽哉?按:馮氏糾本傳之誤,以義山人令狐幕,始於天平,合之此文益信。〈舊唐書地理志〉:天平軍節度,治鄆州。又:河南道鄆州,隋東平郡。〈魏志王粲傳〉:粲以西京擾亂,乃之荊州依劉表。是許依劉。「王誠欲致士,先從隗始。」於是昭王爲隗築宮而師之。

每水檻花朝，楚辭招魂：坐堂伏檻，臨曲池些。注：檻，楯也。

公玩白菊詩：家家菊盡黃，梁國獨如霜。又有酬庭前白菊花謝書懷見寄詩。令狐最愛白菊。馮氏曰：劉賓客和令狐相

盃觴曲賜其盡歡。委曲款言，王儉求解尚書表：款言彰於侍接。菊亭雪夜，詩集九日。

舒傳：使諸列侯郡守二千石，各擇其吏民之賢者，歲貢各二人。求試春官，通典：開元二十四年，制移貢舉於禮部，

以侍郎掌之。前達開懷，宋書王僧達傳：臣又聞前達有言。魏志田豫傳注：魏略，昔魏絳開懷以納戎。後來慕

義。見門下李相公狀三。不有所自，安得及茲？舊唐書商隱本傳：楚歲給資裝，令隨計上都。然猶摧頹

不遷，應瑒侍五官中郎將建章臺集詩：朝雁鳴雲中，音響一何哀？遠行蒙霜雪，毛羽日摧頹。拔刺未化，詩集江

東：驚魚撥剌燕翩翩。馮氏曰：後漢書張衡傳思玄賦曰：彎威弧之撥剌兮。注曰：張弓貌也。文選作「拔剌」，音義

同。後人每謂魚跳為撥剌。蓋鶡冠子曰：水激則旱，矢激則遠，精神迴薄，震盪相轉。其意相同也。野客叢書謂撥剌

劃烈震激之聲，箭鳴亦然。仰塵裁鑒，有負吹噓。後漢書鄭太傳：孔公緒清談高論，噓枯吹生。

倘蒙識以如愚，知其不佞，俾之樂道，使得諱窮。莊子：孔子曰：「我諱窮也久矣，而不免，命也。」

則必當刷理原作「以」，今據胡本改正。羽毛，禽經注：春則毛弱，夏則稀少而改易，秋則刷理，冬則更生細毛自溫。

遠謝雞烏之列，法苑珠林：僧祇律云：「佛告諸比丘，如過去世時，有羣雞依榛林住，有狸，侵食雄雞，唯有雌在。

後有烏來覆之，共生一子。子作聲時，公說偈言：『此兒非我有，野父聚落母，共合生一子，非烏復非雞。若欲學公聲，復

是雞母生，若欲學母鳴，其父復是烏。學烏似雞鳴，學雞作烏聲，烏雞二兼學，是二俱不成。』」脫遺鱗鬣。符子：觀於

龍門,有一魚奮鱗鼓鬐,而登乎龍門而爲龍。高辭鱣鮪之羣。〈水經注:河水又南,得鯉魚,歷澗東,入窮溪,首便其源也。爾雅曰:鱣,鮪也。出鞏穴,三月則上渡龍門,得渡爲龍矣,否則點額而還。逶迤波濤,〈說文:逶迤,衺去之貌。〉沖唳霄漢。〈玉篇:翀飛上天。鮑照舞鶴賦李善注:唳,鶴聲也。相鶴經云:七年,飛薄雲漢。伏惟始終憐察。〈江淹詣建平王上書:少加憐察。〉

上令狐相公狀二

笺:此狀首云「太原日所著歌詩」,則當上於太和七年令狐去鎮之後。

伏蒙仁恩,賜借太原日所著歌詩等。〈見前狀。〉伏以四丈,翊戴大君,儀刑多士,〈任昉爲范尚書讓吏部封侯第一表:爰在中興,儀刑多士。〉鬱爲邦彥,早司國鈞。〈詩序:一國之事謂之風,言天下之事謂之雅,政有大小,故有小雅焉,有大雅焉。〉盛烈殊勳,已光於帝載,徽音清論,復播於仁謠。尚或研美二南,留情四始,〈詩序:頌者,美盛德之形容,以其成功告于神明者也,是謂四始。〉鼓洪濤而河到三門。〈張衡西京賦:起洪濤而揚波。水經注:砥柱,山名也。昔禹治洪水,山陵當水者鑿之。故破山以通河,河水分流,包山而過,山見水中若柱然,故曰砥柱也。三穿既決,水流疏分,指狀表目,亦謂之三門矣。〉峻標格而山聯太華,〈溫子昇寒陵寺碑:標格千仞。山海經:太華之山,削成而四方,其高五千仞。〉風知愧,〈新序:楚襄王問於宋玉曰:「先生其有遺行與,何士民衆庶不譽之甚也?」宋玉對曰:「客有歌於郢中者,其始曰下里巴人,國中屬而和者數千人;其爲陽阿薤露,國中屬而和者數百人;其爲陽春白雪懷羞。〉二語並詩。

白雪，國中屬而和者不過數十人。引商刻羽，雜以流徵，國中屬而和者不過數人而已。是其曲彌高，其和彌寡。」縱金懸而誰得求瑕，《史記·呂不韋傳》：「不韋使其客著所聞集論，以爲八覽、六論、十二紀，號曰呂氏春秋。布咸陽市門，懸千金其上，延諸侯游士賓客有能增損一字者，予千金。」

徒有登龍之忝。見濮陽賀鄭相公狀。

某者頃雖有志，晚無成功。雅當畫虎之譏，後漢書馬援傳：「援兄子嚴、郭並喜譏議，而通輕俠客。援書誡之曰：杜季良豪俠好義，吾愛之重之，不願汝曹效也。效季良不得，陷爲天下輕薄子，所謂畫虎不成反類狗者也。」但紙貴而莫不傳寫。見牛相公狀。

人。《史記·梁孝王世家》：「孝王築東苑，方三百餘里。招延四方豪傑，自山以東游說之士，莫不畢至。」《西京雜記》：「梁孝王好營宮室苑囿之樂，築兔園。園中有百靈山，落猿巖，棲龍岫。又有雁池，池間有鶴洲、鳧渚。每至因事寄情，寓物成命，任昉《南徐州蕭公行狀》：「門階戶席，寓物垂訓。」劉峻答劉之遴借類苑書：「搦管聯册。伏紙多慚。《晉書·劉琨傳》：「伏紙飲淚。」思遲已過於馬卿，漢書枚皋傳：「司馬相如善爲文而遲，故所作少，而善於皋。」又司馬相如傳：「相如字長卿。體弱復踰於王粲，魏文帝與吳質書：「仲宣續自善於辭賦，惜其體弱，不足起其文。」

《魏志·王粲傳》：「粲字仲宣。豈可思當作賦，漢書藝文志：「大儒荀卿及楚臣屈原，離騷憂國，皆作賦以風。」詩？空懷博我之恩，寧發起予之歎。謹當附於經史，置彼縑緗，北堂書鈔：《晉中經簿曰：盛書有縹帙、青縑帙、布帙、絹帙。梁昭明太子《文選序》：「詞人才子，則名溢於縹囊；飛文染翰，則卷盈乎緗帙。」永觀大匠任窺言

上令狐相公狀三

前月末,八郎書中,〔按:《詩集》有《令狐八拾遺綯見招送裴十四歸華州》作〕箋:「令狐楚於開成元年出鎮興元,文云『遠聞漢水,已有梅花』必此時所上。」附到同州劉中琴書一封,〔新唐書地理志:同州屬關內道。〕仰戴吹噓。內惟庸薄。〔顏延之謝子竣封建城侯表:豈竣庸薄,所能奉服?〕書生十上,見濮陽上陳相公狀二。曾未聞於明習;〔史記張蒼傳:明習天下圖書計籍。劉公一紙,〔晉書劉弘傳:弘都督荆州,每有興廢,手書守相,丁寧款密,所以人皆感悦,爭赴之,咸曰:「得劉公一紙書,賢於十部從事。」〕遽有望於招延。見前狀。雖自以數奇,〔史記李將軍傳:大將軍青陰受上誡,以爲李廣老,數奇,毋令當單于,恐不得所欲。〕亦未謂道廢,下情無任佩德感激之至。彼州風物極佳,節候又早,遠聞漢水,已有梅花。繼兔園賦詠之餘,〔見前狀。西京雜記:梁孝王遊於忘憂之館,集諸遊士,各使爲賦。枚乘爲柳賦,路喬如爲鶴賦,公孫詭爲文鹿賦,鄒陽爲酒賦,公孫乘爲月賦,羊勝爲屏賦,韓安國作几賦不成,鄒陽代作。〕不有博弈,蹈漳渠宴集之暇,〔應瑒與滿公琰書:會承來命,知諸君子復有漳渠之會,適有事務,須自經營,不獲侍坐,良增邑邑。〕以把酒漿。〔《詩》。〕優游芳辰,保奉全德。伏思昔日,嘗忝初筵。〔《詩》。〕今者綿隔山川,違舉〔疑當作「奉」〕

新唐書地理志:興元府縣五,南鄭、褒城、城固、西、三泉。水經:漢水又東,合褒水。漢水又東,逕漢廟堆下。又東過南鄭縣南。漢水又東,得長柳渡。漢水又左,會文水。漢水又東,黑水注之。又東,過城固縣南

旄旌。託乘且殊於文學,魏文帝與朝歌令吳質書:從者鳴笳以啓路,文學託乘於後車。受辭不及於大夫。公羊傳。仰望恩輝,伏增攀戀。

上令狐相公狀 四

箋:以下諸狀,皆爲令狐鎮興元時作。

伏奉月日榮示,兼及前件綃等。急就篇注:綃,生白繒似縑而疏者。退省屛庸,史記陳餘傳注:孟康曰:冀州人謂懦弱爲屛。久塵恩煦,玉篇:煦,恩也。致之華館,劉楨公讌詩:華館寄流波。待以嘉賓。藝文類聚:禰衡顏子碑曰:亞聖德蹈高蹤。詩。德異顏回,簞原作「箪」,今據胡本改正。瓢不稱於亞聖;藝文類聚:禰衡顏子碑曰:亞聖德蹈高蹤。行非劉寔,薪水每累於主人。晉書劉寔傳:寔清身潔行,行無瑕玷。少貧窶,杖策從行,每所憩止,不累主人,薪水之事,皆自營給。束帛是將,易。千里而遠。緼袍十載,莊子:曾子居衛,緼袍無表,十年不制衣。方見於改爲;後漢書袁安傳注:汝南先賢傳曰:時大雪積地丈餘,洛陽令自出案行,見人家皆除雪出。至袁安門,無有行路。令人除雪入戶,見安僵臥。問何以不出,安曰:「大雪人皆臥,不宜干人。」下情無任捧戴感勵之至。

上令狐相公狀 五

今月二十四日,禮部放榜,見第一狀。據言:南院放榜,張榜牆乃南院東牆也。未辨色,即自北院將榜就

南北張挂之。某徼倖成名，〈舊唐書商隱本傳〉：開成二年，高鍇知貢舉，令狐綯雅善鍇，獎譽甚力，故擢進士第。後漢〈書許荆傳〉：祖父武，以二弟晏、普未顯，欲令成名，於庠序。文謝淸華，幸忝科名，皆由獎飾。不任感慶。〈漢書食貨志〉：其有秀異者，移鄉學於庠序。〈吳志孫權傳注〉：〈魏略〉：得爲先王所見獎飾。昔馬融立學，不聞薦彼門人；〈後漢書馬融傳〉：融才高博洽，爲卿，時會門下大生講問疑難，舉大義云。孔光當權，詎肯言其弟子？〈漢書孔光傳〉：光經學尤明，爲卿，時會門下大生講問疑難，舉大義云。其弟子多成就爲博士大夫者，見師居大位，幾得其助力，光終無所薦舉。〈舊唐書商隱本傳〉：商隱能爲古文，不喜對偶。從事令狐楚幕，楚能章奏，以其道授商隱，自是始爲今體章奏。豈若四丈屈於公道，申以私恩。

無任戴恩隕涕之至。

上令狐相公狀六

箋：此狀爲商隱登第東還後作，時方歸省，未能遽赴其招，故云：中秋方遂專往。是年十一月，令狐楚卒於鎮，商隱爲之草尋醫表、遺表。

狐楚幕，楚能章奏，以其道授商隱，自是始爲今體章奏。培樹孤株，〈沈約詠山榴詩〉：無使孤株出。〈蔡邕讓尙書乞在〉協七命：短羽之棲翳薈。自卵而翼，〈左傳〉。皆出於生成；碎首麋軀，莫知其報效。騫騰短羽。〈張閔穴〉：非臣碎首麋軀所能補報。瞻望旌榮，〈謝朓始出尙書省詩〉：載筆陪旌榮。〈李善注〉：〈韋昭漢書注曰〉：榮，戟也。

前月七日，過關試訖。〈撫言〉：近年及第，未過關試，皆稱新及第進士。又：關試，吏部員外其日於南省試判兩節，諸生謝恩，其日稱門生，自此方屬吏部矣。伏以經年滯留，自春宴集，雖懷歸苦無其長道，〈詩〉。而

適遠方俟於聚糧,〈莊子〉:適千里者三月聚糧。即以今月二十七日東下。伏思自依門館,後漢書邊讓傳:〈章華賦〉:夕回輦於門館。行將十年;久負梯媒,方霑一第。箋:義山登第在開成二年丁巳,上遡至太和三年己酉令狐楚鎮天平時,共得九年,當爲受知之始。樊南甲集序,所以首稱鄆相國也。新、舊二傳皆謂受知始於河陽,未確,當以馮譜爲正。仍世之徽音免墜,〈漢書敍傳〉:仍世作相。平生之志業無虧。信其自強,亦未臻此。願言丹慊,實誓朝暾。〈楚辭九歌〉:暾將出兮東方。注:始出,其形暾暾而盛大也。雖濟上漢中,箋:「濟上」當指濟源。考舊唐書地理志,河南府,顯慶二年以懷州之濟源來屬。此文作於開成二年,則濟源尚爲河南屬也。惟與東都,則有河南、河北之殊。濟水出王屋,其地正相接也。此云濟上、似登第之時,王屋之間,故詩集畫松詩,有「學仙玉陽東」及「形魄天壇上」等語。又祭裴氏姊文云「小姪寄兒,來自濟邑」。考寄寄之葬在會昌四年,而祭姪女文云正奉母居於濟源,故以北堂之戀爲說。「漢中」,見尋醫表。「爾生四年」,則生於開成二年,正與作此文同時。豈其弟義叟行亦同居濟源,故姪女之殁,即瘞骨於此耶?「寄瘞爾骨,五年於茲」,則没爲開成五年,恩私門者,祿去公室,政從亡矣。道里斯同。北堂之戀方深,詩〈伯兮傳〉:諼草令人忘憂,背,北堂。東閣之知未謝。屢見。夙有感激,去住彷徨。彼謝掾辭歸,繫情於皐壤,〈南齊書謝朓傳〉:朓歷隨王文學。子隆好辭賦,朓以文才,尤被賞愛。世祖敕朓還朝,遷新安王中軍記室。朓箋辭子隆曰:「皐壤搖落,對之惆悵,歧路東西,或以鳴邑。」餘見丁學士狀。楊朱下泣,結念於路歧。見丁學士狀。以方茲辰,未偕卑素。況自今

歲,累蒙榮示,輟其漂泊,務以慰安。〈漢書田千秋傳〉:尉安衆庶。促曳裾之期,〈鄒陽上書吳王〉:今臣飾固陋之心,則何王之門不可曳長裾乎?問改轅之日,〈左傳〉:五府,太傅、太尉、司徒、司空、大將軍也。十從事而非賢。見第三狀。仰望輝光,不勝負荷。至中秋方遂專往,起居未間。瞻望旌旄,如闊天地。伏惟俯賜照察。

上令狐相公狀 七

伏承博士七郎,按:本集代彭陽公遺表云:召男國子博士緒。又有爲令狐博士緒補闕綯謝宣祭表:舊唐書職官志:國子學博士二人,正五品上。自到彼州,頓痊舊疾,〈新唐書令狐綯傳〉:大中初,宣宗謂宰相白敏中曰:「憲宗葬,道遇風雨,六宮百官皆避,獨見顧而舁者奉梓宮不去,果誰耶?」敏中言:「山陵使令狐楚。」帝曰:「有子乎?」對曰:「緒少風痺,不勝用。綯今守湖州。」因曰:「其爲人,宰相器也?」未知孰是。久陪文會,陳書徐伯陽傳:爲文會之友。嘗歎美疹,〈左傳〉。滯此全材。似指東平。胡本作「都」,未知孰是。

今則拜慶之初,累歲之拘攣頓釋,〈鄒陽獄中上書自明〉:以其能越拘攣之語。承歡之始,一朝而跪起如常。〈史記武安侯傳〉:跪起如子姪。理絕言詮,道符神用。且相如消渴,不聞中愈;〈史記司馬相如傳〉:相如常有消渴疾。士安痺疾,乃欲自裁。〈晉書皇甫謐傳〉:謐字士安,得風痺疾,初服寒食散,而性與之忤,每委頓不倫,嘗悲恚,叩刃欲自殺。〈漢書賈誼傳〉:跪而自裁。注:裁謂自刑殺也。爰在前賢,亦有沈痼。劉楨贈

〈五官中郎將詩〉：余嬰沈痼疾，竄身清漳濱。豈若此蹣跚就路，〈玉篇〉：蹣跚，旋行貌。傴僂言歸。〈左傳〉。念彼良方，始憂病在骨髓；〈史記扁鵲傳〉：扁鵲過齊，齊桓侯客之。入朝見，曰「君有疾在腠理，不治將深」。桓侯曰：「寡人無疾。」後五日，曰：「君有疾在血脈。」後五日，曰：「君有疾在腸胃間。」後五日，扁鵲望見桓侯而退走。曰：「疾之居腠理也，湯熨之所及也；在血脈，鍼石之所及也；其在腸胃，酒醪之所及也；其在骨髓，雖司命無奈之何。今在骨髓，臣是以無請也。」徵之大易，終聞蹇利西南。此皆四丈德契誠明，七郎行敦孝敬，纔當撫觀，并愈疲羸。某素受恩私，不任抃賀。

上座主李相公狀〈箋〉：李回也。〈新唐書武宗紀〉：會昌五年五月，李回爲中書侍郎、同中書門下平章事。本集與陶進士書：「前年乃爲吏部，上之中書，又復懊恨，周、李二學士以大法加我。夫所謂博學弘辭者，豈容易哉？」按：周爲周墀，李當即回也。「座主」見弘農上考官狀。

伏見恩制，相公以五月十九日登庸。〈書〉。清廟降靈，〈詩〉。蒼生受福，動植之內，〈周禮〉。歡呼畢同。某下情不任抃賀踴躍之至。相公稟潤咸池，〈舊唐書李回傳〉：回，宗室郇王禕之後。〈史記天官書〉：西宮咸池曰天五潢，〈承光太極，〈舊唐書地理志〉：皇城謂之西內，正殿曰太極〉業傳殷相，〈史記殷紀：帝大戊立伊陟爲相。注：伊陟，伊尹之子。〉族預周盟，〈左傳〉。爲羣生之司南，作九流之華蓋。並見〈西川李相公

狀。自頃文場鞠旅，劉孝綽司空安成王碑：義府文場，詞人髦士。「鞠旅」見詩。冊府揚鑣，「冊府」見集賢韋相公狀三。傅毅舞賦：揚鑣飛沫。坐奮英詞，折班馬之方駕；後漢書班固傳論：司馬遷、班固父子，其言史官載籍之作，大義燦然著矣。議者咸稱二子有良史之才。遷文直而事核，固文贍而事詳。張衡西京賦：方駕授饗。李善注：鄭玄儀禮注曰：方，併也。入陳嘉話，張協七命：敬聽嘉話。納龜董之降旗。漢書藝文志：董仲舒百二十三篇。鼂錯三十一篇。史記三王世家：降旗奔師。舊唐書李回傳：長慶初，進士擢第。又登賢良方正制科。百家無抗禮之人，「百家」見集賢韋相公狀三。「抗禮」見禮記。六藝絶措詞之士。見除書狀。

一昨秋官分寵，風憲兼司，新唐書李回傳：會昌中，以刑部侍郎兼御史中丞。克揚典刑，書。肅整嚴裁。裁，去聲。任昉奏彈范縝：不有嚴裁，憲准將頹。重以潞潛逆孽，帝命迺征。謂討劉稹。見昭義李僕射狀。貢赫之告變雖來，史記黥布傳：漢四年，立布爲淮南王。十一年，高后誅淮陰侯。夏，漢誅彭越，因大恐，陰令人部聚兵，候伺旁郡警急。布所幸姬疾，請就醫，醫家與中大夫貢赫對門，赫厚餽遺，從姬飲醫家。姬侍王，譽赫長者也。王疑其與亂，怒，欲捕赫。赫乘傳詣長安上變，言布謀反有端。蒯徹之説詞未已，史記淮陰侯傳：蒯通知天下權在韓信，以相人説信曰：「相君之面，不過封侯，又危不安。相君之背，貴乃不可言。」人懷顧望，師有逗留。漢書韓安國傳：廷尉當恢逗撓，當斬。注：應劭曰：逗，曲行避敵也，撓，顧望也，軍法語也。如淳曰：軍法，行而逗留畏懦者要斬。相公奉和簡文帝太子應令詩：智囊前斂笏。單車就路，漢書龔遂傳：渤海左右郡盜賊並起。遂爲渤海太守，至界，郡發兵以迎，遂皆遣還，單車獨行至府，郡中翕然，盜賊亦皆罷。明宣朝旨，密

授兵機，謀窮遁甲之精，〈隋書經籍志〉：黃帝陰陽遁甲六卷。辯得鈞經之要。見河東上鄭相公狀。遂使

戎臣釋位，秦二世嶧山刻石文：戎臣奉詔。「釋位」見〈左傳〉。謀士資忠，〈史記周紀〉：於是封功臣謀士。劉琨答

盧諶詩：資忠履信。兇渠計盡而就誅，逆黨死前而知悔。誅劉稹事，詳〈昭義李僕射狀〉。〈舊唐書李回傳〉：會

昌三年，劉稹據潞州邀求旄鉞，朝議不允，加兵問罪。〈武宗憶積陰附河朔三鎮，以沮王師，乃命回奉使河朔。魏博何弘

敬、鎮冀王元逵皆具槖鞬郊迎。回喻以朝旨，言澤潞密邇王畿，不同河北，自艱難以來，唯魏、鎮兩藩，列聖皆許襲，而稹

無功，欲效河朔故事，理即大悖。聖上但以山東三郡，境連魏、鎮，用軍便近，王師不欲輕出山東，請魏、鎮兩藩祗收山東

三郡。弘敬、元逵俯僂從命。〈太平廣記〉：芝田錄曰：會昌中，王師討昭義，久未成功，賊之遊兵，往往散出山下，剽掠邢、

洺、懷、孟。又發輕卒數千，短兵接鬭，王師大敗，東都及境上諸州聞之大震，都統王宰、石雄等皆堅壁自守。武宗召李德

裕等謂之曰：「王宰、石雄不與賊接鬭，頻遣中使促之。尚聞逗撓依違，豈可令賊黨坐至東都耶？卿今日可為朕別與制

置軍前事宜。」德裕歸中書，即召御史中丞李回，具言上意曰：「中丞必一行，責戎帥早見成功。」回刻時受命，於是具名以

聞曰：「今欲以御史中丞李回為催陣使。」帝曰：「可。」即日李自銀臺戒路，有邸吏五十導從，至河中，緩轡以進，俟王宰

等至河中界迎候，乃行。二帥至翼城東道左，執兵如外府列校迎候儀，禮成，二帥旁行，俛首俟命。回于馬上厲聲曰：

「今日當直令史安在？」羣吏躍馬聽命，回曰：「責破賊限狀來。」二帥鞠躬流汗，而請以六十日破賊，過約，請行軍中令。

於是二帥大懼，率親軍而鼓之，士卒齊進，凡五十八日，攻拔潞城，梟劉稹首以獻。

折、復連洛宅之封疆，〈書〉、啟聖千門，〈舊唐書玄宗紀〉：景龍二年，兼潞州別駕。開元十一年正月，幸潞州，

注：羊腸坂道，在太行山上，南口懷州，北口潞州。〈漢書地理志〉：上黨壺關縣有羊腸坂。按：古人言羊腸者，每即云九

折。復連洛宅之封疆，〈書〉、啟聖千門，〈舊唐書玄宗紀〉：景龍二年，兼潞州別駕。開元十一年正月，幸潞州，

別改其舊宅爲飛龍宫。新唐書地理志：潞州上黨縣有啓聖宫，本飛龍，玄宗故第，開元十一年置，後又更名。史記封禪書：於是作建章宫，度爲千門萬户。

寧聞伐善，愈恐書勳。左傳。更降明皇之歎息。舊唐書玄宗紀：羣臣上諡曰至道大聖大明孝皇帝，廟號玄宗。

日誅亂政大夫少正卯，戮之於兩觀之下。家語：孔子爲司寇，七日誅亂政大夫少正卯，戮之於兩觀之下。左傳。魯司寇三日之間，戮正卯於兩觀之下；漢司隸一旬之内，取張朔於合柱之中。後漢書李膺傳：膺拜司隸校尉，時張讓弟朔爲野王令，貪殘無道，聞膺厲威嚴，懼罪逃還京師，因匿兄讓第舍，藏於合柱中。膺率將吏卒破柱取朔，付洛陽獄。受辭畢，即殺之。讓訴寃於帝，詔膺入殿，御親臨軒，詰以不先請便加誅辟之意。膺對曰：「昔仲尼爲魯司寇，七日而誅少正卯。今臣到官已積一旬，私懼以稽留爲愆，不意獲速疾之罪。」並罪得匹夫，左傳。功非方面，後漢書馮異傳：專命方面，施行恩德。苟將擬議，良匪同途。而又代朔舊戎，新唐書武宗紀：會昌三年十月，党項羌寇鹽州。十一月，寇邠寧。克王岐爲靈、夏六道元帥，安撫党項大使，御史中丞李回副之。漢書地理志：代郡屬幽州，朔方郡屬并州。沙陲小梗，曹植白馬篇：揚聲沙漠垂。餘見史館白相公狀一。既謀元帥，左傳。果在賢王。舊唐書武宗五子傳：克王岐會昌二年封。戰國策：大王，天下之賢王也。

魏志鍾會傳：攝統戎重。速揚威畫，尋以懷柔。桓寬鹽鐵論：采氊文罽，充於内府。晉書謝玄傳：雖哲輔傾落，聖明方融。東晉元僚，率多兼領，見門下李相公狀三。按：宋書蔡興宗傳，改授臣府元僚。南史庚杲之傳，盛府元僚。並指屬僚，此借用。亦罕有下轥

必中,東觀漢記:「善吏如良鷹,下鞲即中。」張衡西京賦薛綜注:「鞲,臂衣。」投刃皆虛。見昭義李僕射狀。曠百代以求人,誰一日而爭長? 今果允扶下武,詩。顯踐中樞,見濮陽賀鄭相公狀。贊光宅之大猷,書序:「昔在帝堯,聰明文思,光宅天下。」「大猷」見書。班固東都賦:「降烟熅,調元氣。」襲康叔之親賢,書康誥傳:「以三監之民,國康叔為衞侯,周公懲其數叛,故使賢母弟主之。」往者傅巖佇相,唯升版築之夫;渭水載占,正疑當作「止」。獲竿緡之叟。稟太丘之道德。後漢書陳寔傳:據於德故物不犯,安於仁故不離羣,行над乎身,而道訓天下,故凶邪不能以權奪,王公不能以貴驕。蕭何家諜,不聞代有鼎司;史記蕭相國世家:高祖以蕭何功最盛,封為酇侯,後嗣以罪失侯者,四世不能絕。鄧禹外門,詎是族傳宰匠? 後漢書鄧禹傳:「訓,禹第六子也。」訓五子:「驚、悝兄弟,委遠榮主,忠勞王室,而終莫之免,斯樂生所以泣而辭燕也。」「宰匠」見滎陽上淮南狀。漢書禮樂志注:蘇林曰:「諜,譜第之也。」論曰:「漢世外戚,自東、西京十有餘族,非徒豪橫盈極,自取災故,必以貽釁後主,以致顛敗,悲哉!」苟非君子之澤,寧光史氏之書。佇見扶佑休期,修明盛禮。南鶼東鰈,爾雅:東方有比目魚焉,不比不行,其名謂之鰈。南方有比翼鳥焉,不比不飛,其名謂之鶼鶼。徒疑當作「從」。頌饗帝之羞;禮記。魯甸梁山,「梁山」見詩。此改甸為魯甸,似指梁父。史記封禪書:管仲曰:「古者封泰山禪梁父者七十二家。」待瘞事天之檢。見瘞復狀。

某嘗因薄伎，猥奉深知，麟角何成，太平御覽：蔣子萬機論曰：諺曰：學如牛毛，成如麟角。言其少也。牛心早啖。晉書王羲之傳：羲之年十二，嘗謁周顗，顗察而異之。時重牛心炙，坐客未啖，顗先割啗羲之，於是始知名。及茲沈滯，獲廁熒調，瞻絳帳以增懷，見濮陽賀鄭相公狀。望台星而興歎。屢見。昔吳公薦賈，史記賈生傳：賈生名誼，年十八，以能誦詩屬書聞於郡中。吳廷尉爲河南守，聞其秀才，召置門下，甚幸愛。孝文皇帝初立，吳公徵爲廷尉，乃言賈生年少，頗通諸子百家之書，文帝召以爲博士。非宜銓管之司，晉書阮放傳：放遷吏部郎，在銓管之任，甚有稱績。鑄人，不問鑄金。或曰：「人可鑄歟？」曰：「孔子鑄顏。」孔子鑄顏，揚子法言：或問世言鑄金，金可鑄歟？曰：「吾聞覿君子者問下圄轉者爲鈞。比誼恩重，方淵感深。嗟覿奧以未期，孔融薦禰衡表：初涉藝文，升堂覿奧。未是陶鈞之力，漢書鄒陽傳注：陶家名模下圓轉者爲鈞。但濡毫而抒懇。陳生之思入京城。崔氏之乃心紫闕，後漢書崔駰傳：駰擬揚雄作達旨曰：不以此時攀台階，窺紫闥，據高軒，望朱闕，蒙竊惑焉。柱礎成潤於興雲，千古揆懷，一時均慮，臨風託使，指景依人。魏志文帝紀注：鄄城侯植即蒙子公力，得入帝城。漢書陳萬年傳：萬年子咸，爲南陽太守。時王音輔政，信用陳湯，咸數賂遺湯，予書曰：爲諫曰：指景自誓。柱礎成潤於興雲，見汝南上淮南狀二。轍鮒何階於汎海。莊子：莊周曰：「周昨來，車轍中有鮒魚焉。曰：『我東海之波臣也，君豈有升斗之水而活我哉？』周曰：『我激西江之水而迎子，可乎？』鮒魚忿然作色曰：『曾不如早索我於枯魚之肆。』」下情無任抃賀踴躍攀戀感激之至。

樊南文集

上漢南李相公狀

箋：李程也。按：文有「況彼親鄰，又其令季」之語，必兄弟同時出鎮者。考舊唐書李程傳，敬宗即位之五月，同平章事。開成二年二月，出爲襄州刺史、山南東道節度使。又李石傳，太和九年，同平章事。開成三年，拜章辭位，爲江陵尹、荊南節度使。漢南、荊南壤地相接。又據新唐書宗室世系表，程、石俱爲襄邑恭王五世孫。凡此皆互證而悉合者也。惟後云「某爰初筮仕，即奉光塵，接班固於蘭臺，陪束晳於東觀。悲歡三紀，契闊四朝」，則與義山通籍之年不合。考開成二、三年，義山正在王茂元幕。茂元和中，爲呂元膺判官。其先試校書郎，當在憲宗之初。歷憲、穆、敬、文爲四朝，文義恰合。是題首當有「爲濮陽公」四字，或傳鈔時脱寫耳。

新唐書地理志：襄州宜城縣本率道，貞觀八年，省漢南縣入焉，天寶七載更名。

舊唐書地理志：山南東道節度使治襄州，管襄、復、均、房、鄧、唐、隨、郢等州。

不審近日尊體何似？彼州是號奧區，又稱勝概。羊叔子之事業，晉書羊祜傳：祜字叔子，帝將有滅吳之志，以祜爲都督荊州諸軍事。方爲用武之邦，蜀志諸葛亮傳：荊州北據漢、沔，利盡南海，東連吳會，西通巴、蜀，此用武之國。庾元規之風流，晉書庾亮傳：亮字元規，遷都督江、荊、豫、益、梁、雍六州諸軍事，開府儀同三司，假節。又：亮曉薤因留白，陶侃問曰：「安用此爲？」亮云：「故可以種。」侃云：「非惟風流，兼有爲政之實。」更是徵文之地。人彊而壽，王符潛夫論：德政加於民，則多滁暢姣好，堅彊考壽。氣厚且深。左傳。

伏計戎律既貞,詔條盡舉,峴山同峻,〈後漢書龐公傳注:峴山在今襄陽縣。〉漢水俱清。〈水經:沔水又東,過襄陽縣北。〉遠想亭皋,如飛木葉,〈琅邪王元長見而嗟賞。陸倕石闕銘序:亭皋木葉下,隴首秋雲飛。〉蓮幕才多。〈南史庾杲之傳:杲之字景行,王儉用爲衛將軍長史,蕭緬與儉書曰:盛府元僚,實難其選。庾景行汎淥水依芙蓉,何其麗也!時人以入儉府爲蓮花池,故緬書美之。〉柳宫務間,〈「如」,疑當作「始」。「柳宫務簡」,疑當作「柳營務簡」。梁書柳惲傳:惲少工篇什,始爲詩曰:亭皋木葉下,隴首秋雲飛。「柳營」,見河東上楊相公狀。〉役休務簡。杜鎮南魯史之餘,〈晉書杜預傳:預拜鎮南大將軍,都督荆州諸軍事。又參考衆家譜第,謂之釋例。又作盟會圖,春秋長曆,備成一家之學。〉山太守習池之宴,〈晉書山簡傳:簡出爲征南將軍,鎮襄陽,惟酒是耽。諸習氏,荆土豪族,有佳園池,簡每出遊嬉,多之池上,置酒輒醉,名之曰「高陽」池。日夕倒載歸,酩酊無所知。時時能騎馬,倒著白接䍦。宴習池爲簡鎮襄陽時事,其先歷爲州刺史。時有童兒歌曰:山公出何許,往至高陽池。日夕倒載歸,茗艼無所知。復能乘駿馬,倒著白接䍦。舉鞭問葛彊,何如并州兒。「太守」二字,或攢簇用之。〉立功之後,從容無事,乃耽思經籍,爲春秋左氏經傳集解。又〈何遜集范廣州宅聯句:「洛陽城東西,卻作經年別。昔去雪如花,今來花似雪」。雲嘗遷廣州刺史。馮按:亦見范集聯句,共八句,此上四句,范雲作也,下四句何遜作,而選本有只取上四句,作范雲别詩者。〉非留車胤,〈晉書車胤傳:胤善於賞會,當時每有盛坐而胤不在,皆云「無車公不樂」。謝安遊集之日,輒開筵待之。〉既送范雲。〈詩集漫成三首注:朱曰:歌邸中繞雪之妍,〈見令狐狀二。舞江上弄珠之態,〈張衡南都賦:遊女弄珠於漢皋之曲。李善注:韓詩外傳曰:鄭交甫將南適楚,遵彼漢皋臺下,乃遇二女,佩兩珠,大如荆雞之卵。〉樂而不極,〈禮記〉歡且無荒。〈詩。〉

況彼親鄰，又其令季。當時鈞軸，見門下李相公狀三。已相推於弟瘦兄肥，梁書武陵王紀傳：世祖與紀書曰：兄肥弟瘦，無復相見之期，讓棗推梨，永罷歡愉之日。此日藩方，復共慶於家齊國理。謝安傳：安棲遲東土，累辟不就。史記封禪書：明廷者，甘泉也。昔晉室簪纓，宋朝人物，謝萬已稱富貴，晉書謝安傳：南史謝靈運傳：孟顗字彥重，平昌安丘人，衛將軍昶弟也。時安弟萬為西中郎將，總藩任之重。安雖處衡門，其名猶出萬之右。孟昶尋處威權。昶、顗並美風姿，時人謂之雙珠。昶貴盛，顗不就辟。而安石東山，向為足士；按「文中「疋」字多作「足」，此或是「疋士」。見禮記。彥重白屋，漢書吾丘壽王傳注：白屋，以白茅覆屋也。猶是布衣。桓寬鹽鐵論：古者庶人耋老而後衣絲，其餘則麻枲而已，故命曰布衣。未有鴻雁成行，禮記。鶺鴒接翼，詩。入共鏘金鳴玉，出聯大邑高封，見兵部尚書表。人，後漢書劉表傳：豈可擁甲十萬，坐觀成敗？列土盡方千里，逸周書作雒解：乃建大社於國中，其壝東青土，南赤土，西白土，北驪土，中央釁以黃土，將建諸侯，鑿取其方一面之土，苴以黃土，苴以白茅，以為土封，故曰受列土於周室。擁甲多踰萬，政同魯衛，地則冉康，聘季、康叔，見左傳。方將稟慶於高廟之靈，舊唐書高祖紀：羣臣上諡曰大武皇帝，廟號高祖。荀悅漢紀：是高廟之靈也。誰敢不忠於大君之側！某爰初筮仕，左傳。即奉光塵，繁欽與魏文帝牋：冀事速訖，旋侍光塵。接班固於蘭臺，見兵部尚書表。陪束皙於東觀。晉書束皙傳：轉佐著作郎，撰晉書帝紀，十志，遷轉博士，著作如故。餘見濮陽賀鄭相公狀。悲歡三紀，契闊四朝，詩擊鼓傳：契闊，勤苦也。算存歿之途，數弔慶之間，永惟庇賴，獨在高明。

而方限山川，遠違門館，嚮風慕義，〈見門下李相公狀三。〉鏤骨銘心。〈顏氏家訓：追思平昔之指，銘肌鏤骨。〉儻蒙識以後凋，知其不詔，〈易。〉敢以尊主安人之誓，〈笺：時王茂元鎮涇原，李程鎮漢南，故有尊主安人之語。益見題首必有脱字。漢書鼂錯傳：其立法也，非以苦民傷衆而爲之機陷也，以之興利除害尊主安民而救暴亂也。史記陳餘傳：夫以一趙尚易燕，況以兩賢王左提右挈，而責殺王之罪，滅燕易矣。下遠承左提右挈之恩。〉情無任瞻望攀戀之至。

上李太尉狀 〈笺：李德裕也。題首當有「爲滎陽公」字。舊唐書李德裕傳：自開成五年冬

回紇至天德，至會昌四年八月平澤潞，其籌度機宜，選用將帥，起草指蹤，皆獨決於德裕。以功兼守太尉，進封衛國公。「太尉」，見鳳翔李司徒狀，本集有太尉衛公會昌一品集序。〉

伏奉別紙榮示，伏承以所撰武宗一朝册書誥命并奏議等一十五軸，編次已成，爰命庸虛，俾之序引，〈會昌一品别集與桂州鄭中丞書：某當先聖御極，再參樞務，兩度册文，及宣懿太后祔廟制，聖容贊，幽州紀聖功碑，討回紇制，討劉稹制，五度黠戞斯書，兩度用兵詔敕，告昊天上帝文，并奏議等，勒成十五卷，貞觀初，有顔、岑二中書，代宗朝常相。元和初，某先太師忠公，一代盛事，皆所潤色。小子詞業淺近，獲繼家聲。〉〈史記孔子世家：編次其事。文心雕龍：詮文則與序引共紀。〉〈武宗一朝，册命典誥，軍機羽檄，皆受命撰述，偶副聖情。伏恐製序之時，要知此意。伏惟詳悉，謹狀。〉捧緘汗下，揣已魂飛。久自安排，方見髯髵。作春秋而救亂，

《史記》太史公自序：撥亂世，反之正，莫近於春秋。由有素臣，見《史館白相公狀一》。刪《風》《雅》以刺時，後《漢書·明帝紀》注：故詠《關雎》，說淑女正容儀以刺時。寧遺《小序》？《詩·關雎疏》：沈重云：案鄭《詩譜意》，《大序》是《子夏》作，《小序》是《子夏》、《毛公》合作，卜商意有不盡，毛更足成之。或云：《小序》是東海衛敬仲所作。式蒙善誘，安敢固辭。《書》。

伏惟武宗皇帝，英斷無疑，睿姿不測，舊《唐書·武宗紀》：史臣曰：昭肅雄謀勇斷，振已去之威權，運策勵精，拔非常之俊傑。屬天驕失國，潞孽阻兵，不惑盈廷之言，獨納大臣之計。戎車既駕，亂略底寧，紀律再張，聲名復振，足以蹈章武出師之迹，繼元和戡亂之功。《晉書·謝玄傳》：實由陛下文武英斷，無思不服。又《劉殷傳》：今殿下以神武睿姿，除殘反政。綠疇緝美，《淮南子》：洛出丹書，河出綠圖。本集馮氏曰：圖、疇義同。瑞鼎刊規。揚子：次五鼎，大可觸。注：五爲天子，故稱大鼎。古者天子世孝，天瑞之鼎，諸侯世孝，天子鑄鼎以錫之。《太尉妙簡宸襟，《魏志·高貴鄉公紀》：宜妙簡德行，以充其選。宜妙簡德行，以充其選。式光洪祚，後《漢書·黃瓊傳》：興復洪祚。有大手筆，《晉書·王珣傳》：珣夢人以大筆如椽與之，既覺，語人云：「此當有大手筆事。」俄而帝崩，哀冊諡議，皆珣所草。居第一功。《史記·蕭相國世家》：漢定天下，論功行封，位次蕭何第一。在古有夙搆之疑，《魏志·王粲傳》：粲善屬文，舉筆便成，無所改定，時人常以爲宿搆。食時之敏。《漢書·淮南王安傳》：安入朝，上使爲《離騷傳》，且受詔，日食時上。固不同日。《戰國策》：夫破人之與破於人也，臣人之與臣於人也，豈可同日而言之哉？《新唐書·李德裕傳》：元和後，數用兵，宰相不休沐，或繼火乃得罷。德裕在位，雖邊書警奏，皆從容裁決，率午漏下還第，休沐輒如將以擬人，《禮記》。

令,沛然若無事時。其處報機急,帝一切令德裕作詔。榮示中所引國朝文士,原作「字」,今據胡本改正。實炳

儒林。然其間有行實非優,晉書顏含傳:其雅重行實,抑絕浮僞如此。附會成累,終衰鳳德,或露圭

瑕。豈若世顯華宗,代光相座,晉書顏含傳:詳汝南上淮南狀三。潔隨武之家事,左傳。纂鄧傅之門風

鄧禹傳:禹篤行淳備,事母至孝。有子十三人,各使守一藝。修整閨門,教養子孫,皆可以爲後世法。資用國邑,不修產

利。顯宗即位,拜爲太傅。廟戰之權,淮南子:廟戰者帝,神化者王。所謂廟戰者,法天道也;神化者,法四時也。後漢書

風行於萬里,國儉之禮,禮記。日聞於四方。言不失誣,禮記。事皆傳信,史記三代世表:信以

傳信,疑以傳疑。固合藏於中禁,魏書高閭傳:間昔在中禁,有定禮正樂之勳。付在有司,漢書高惠高后文功

臣表:臧諸宗廟,副在有司。居微誥說命之間,書。爲帝典皇墳之式。孔安國尚書序:伏羲、神農、黃帝之

書,謂之三墳,言大道也。少昊、顓頊、高辛、唐、虞之書,謂之五典,言常道也。

某更祈日月,庶立紀綱,先深鄙陋之慚,司馬遷報任少卿書:恨私心有所未盡鄙陋。已望優容之

德。甘瓜苦蔕,必興歎於墨子;馬總意林:墨子甘瓜苦蔕,天下物無全美。羔裘豹袖,足貽刺於詩

人。荷戴之餘,任昉到大司馬記室箋:不勝荷戴屛營之情。兢惕又積,伏惟特賜照察。

上河中鄭尚書狀　箋:鄭肅也。舊唐書本傳:檢校禮部尚書,兼河中尹、河中節度使。又

文宗紀:開成四年閏月,以吏部侍郎鄭肅檢校禮部尚書,河中、晉、絳、慈、隰等州節度使。

樊南文集

餘見河中崔相公狀一。

不審近日尊體何如？尚書居敬行簡，自誠而明，踐履華資，彰灼休問。頃者廉居察俗，《魏書李彪傳》：本闕華資。露冕臨人。見不叙狀。當分陝水旱之餘，控二京舟車之會。《舊唐書鄭肅傳》：白帖：觀察使觀風察俗，振領提綱。「分陝」，見公羊傳。後漢書張衡傳：擬班固作二京賦。空懸竹使，見痊復狀。不坐棠陰。閉閣而四民自安，《漢書韓延壽傳》：延壽守左馮翊，民有兄弟相與訟田，延壽大傷之，曰：「幸得備位，爲郡表率，不能宣明教化，至今民有骨肉爭訟，咎在馮翊。」因入卧傳舍，閉閤思過。於是訟者深自悔，皆自髡肉袒謝，願以田相移，終死不敢復爭。「四民」，見書。移書而百城向化。後漢書賈琮傳：琮即移書告示，各使安其資業。又：百城聞風，自然竦震。爰歸司會，是總掄才。舊唐書鄭肅傳：開成二年九月，召拜吏部侍郎。「司會」、「掄才」，並見周禮。且去四聰原作「總」，今據胡本改正。八達之謠，魏志諸葛誕傳注：世語曰：是時，當世俊士夏侯玄、諸葛誕、鄧颺之徒，共相題表，以玄、疇四人爲四聰，誕、備八人爲八達。鄙拔十得五之少。蜀志龐統傳：統性好人倫，每所稱述，多過其才，時人問之，答曰：「拔十失五，猶得其半，而可以崇邁世教，使有志者自勵，不亦可乎？」任昉爲范雲讓吏部封侯第一表：拔十得五，尚曰比肩。不容私謁，史記申屠嘉傳：嘉爲人廉直，門不受私謁。大闢公途，晉書阮种傳：營職不干私義，出心必由公

六七〇

論辯有光,訾相無失。《國語》:桓公召而與之語,訾相其質,足以比成事。《解》:訾,量也,相,視也。蔡廓之不署紙尾,《宋書蔡廓傳》:廓徵爲吏部尚書,録尚書徐羨之曰:「黃門郎以下,悉以委身,自此以上,故宜共參同異。」廓曰:「我不能爲徐干木署紙尾也。」干木,羨之小字也。選案黃紙,録尚書與吏部尚書連名,故廓云「署紙尾」也。王惠之莫發私封,《宋書王惠傳》:以蔡廓爲吏部尚書,不肯拜,乃以惠代焉。惠被召即拜,人有與書求官者,得輒聚置閣上。及去職,印封如故時。談者以廓之不拜,惠之即拜,雖事異而意同也。欲以儗人,《禮記》:實在異日。固合便登台座,光贊帝謨。蓋以德水名都,《史記》始皇紀:二十五年更名河曰德水。《戰國策》:名都數十。條山巨鎮,《元和郡縣志》:河中府河東縣雷首山一名中條山。《吳均》《八公山賦》:若夫神基巨鎮,卓犖荆河。北控并代,《舊唐書》《地理志》:鎮州領縣井陘,漢縣,武德元年,改爲并州。貞觀七年,廢并州屬河北道。又:《代州中都督府屬河東道》。東接周韓,指陳許。本集爲濮陽公陳許舉人自代狀:臣所部乃秦、韓戰伐之鄉,周、鄭交圻之地。《漢書地理志》:周地,柳七星、張之分野也。今之河南洛陽、穀城、平陰、偃師、鞏、緱氏,是其分也。韓地,角、亢、氐之分野也。韓分晉得南陽郡,及潁川之父城、定陵、襄城、潁陽、潁陰、長社、陽翟、郟、東接汝南、西接弘農、得新安、宜陽,皆韓分也。皇都之股肱,擁朔方之兵甲,並見河中崔相公狀。是以暫勞大斾,《左傳》。惠此一方,浹以仁聲,作先之和氣。昔何武之揚州入輔,《漢書何武傳》:武遷揚州刺史五歲,入爲丞相。黃霸自潁川登庸,見弘文崔相公狀一。「登庸」見書。今古一時,賢哲相望,側聆後命,《左傳》。是亦非遙。某早獲趨承,常深獎眷,末由祇謁,無任馳誠。

上許昌李尚書狀一箋：

是編所録河陽李大夫、李尚書、易定李尚書、許昌李尚書、忠武李尚書，皆李執方也。而官職互歧，原編錯亂，遂致迷其先後。今故略稽時代而論列之。

按：《舊唐書·文宗紀》：開成二年六月，以左金吾衛將軍李執方爲河陽三城、懷州節度使，義山亦於是時婚於王氏。本集爲韓同年上河陽李大夫啓，馮箋以執方爲茂元妻兄弟。二李交誼，前無可考，似始於此。是編上河陽李大夫二狀，首篇言何弘敬拒命，事在開成五年，下云「卜鄰上國，移貫長安，始議聚糧，俄霑厚賜」，是即本集祭姪女文所云「移家關中」也。自開成五年至會昌四年，中閲五載，亦與「寄瘞爾骨，五年於兹」語合。是狀當作於開成五年也。次篇云「岫以長途，假之駿足」與上李尚書狀云「昨者伏蒙恩造，重有霑賜，兼假長行人乘」等，似皆爲同時之作。惟執方之鎮易定，史無明文。而馮譜列之陳許之前，亦由參會文義而得，考會昌三年，王茂元卒，而上易定李尚書狀即詳叙其事，則此狀當作於會昌三、四年之間也。《舊唐書·武宗紀》，會昌四年九月，忠武軍節度王宰移鎮河東。似執方當於此時代鎮，此上許昌李尚書二狀，首篇云「伏承旌幢，尋達忠武」，自爲尚未受任之詞，次篇則專叙茂元歸葬之事，是當作於會昌四年也。至上忠武李尚書狀，云「先皇以倦勤厭代，聖上以睿哲受圖」，則作於宣宗即位之初，時必執方尚未去鎮。後云「果應急召，咸副僉諧」，似尚有内召還朝之事。又前有爲滎陽公與昭義李僕射狀，似大中初年又出鎮昭義。徧

檢史文,苦無可考。新、舊唐書皆不爲執方立傳。馮譜參觀互證,已費苦心,愚更不能別求確證以實之矣。舊唐書地理志:忠武軍節度。治許州,管許、陳、蔡三州。又:許州領許昌縣。

伏承旌幢,新唐書百官志:節度使入境,州縣築節樓,迎以鼓角,衙仗居前,旌幢居中,大將鳴珂,金鉦鼓角居後,州縣齋印,迎於道左。尋達忠武。見懷州刺史狀。二十五翁尚書克有懿德,詩。允叶休期,式揚扞屏之功,漢書陳餘傳注:扞蔽,猶言藩屛也。頃者河橋作鎭,當街亭失律之初;通鑑:文宗開成二年六月,河陽軍亂,節度使李泳奔懷州。泳,長安市人,寓籍禁軍,以賂得方鎭,所至恃所交結,貪殘不法,其下不堪命,故作亂。丁未,貶泳澧州長史。戊申,以左金吾將軍李執方爲河陽節度使。蜀志諸葛亮傳:亮身率諸軍攻祁山,關中響震。魏明帝西鎭長安,命張郃拒亮,亮使馬謖督軍在前,與郃戰於街亭。謖違亮節度,舉動失宜,大爲郃所敗。「失律」,見易。上谷受符,值卿子喪元之後。按本集:爲白從事上陳許李尚書啓「易水一城,值將軍之下世」,馮氏引舊紀開成五年八月易定節度陳君賞復定亂軍事,惟卒年無考。此云喪元,似當有亂軍共殺主帥之事,然亦別無確證,姑仍其說。「上谷」,見昭義李僕射狀。「河橋」見昭義李僕射狀。史記項羽紀:楚王召宋義與計事而大說之,因置以爲上將軍,項羽爲次將,范增爲末將救趙。諸別將皆屬宋義,號爲卿子冠軍。行至安陽,留四十日不進。至無鹽,飲酒高會。天寒大雨,士卒凍飢。項羽晨朝大將軍宋義,即其帳中斬宋義頭。折簡之誥,「誥」,疑當作「詔」。晉書宣帝紀:三年春正月,王淩許言吳人塞涂水,請發兵以討之。帝潛知其計,

不聽。夏四月,帝自帥中軍汎舟沿流,九日而到甘城,淩計無所出,乃迎於武丘,面縛水次,曰:「淩若有罪,公當折簡召淩,何苦自來耶?」帝曰:「以君非折簡之客故耳。」單車繼來,致伊虢虓之邦,見書。易困卦疏:虓虓,動搖不安之辭。

服我平明之化。 諸葛亮〈出師表〉:若有姦犯科,及爲忠善者,宜付有司,論其刑賞,以昭陛下平明之治。

況茲間歲,〈漢書食貨志〉注:間歲,隔一歲。

殛立殊勳,虜帳夷妖,〈舊唐書武宗紀〉:會昌元年八月,迴鶻烏介可汗遣使告難,言本國爲黠戛斯所攻破散,今奉太和公主,仍乞糧儲牛羊供給。二年三月,以劉沔充河東節度使。八月,烏介可汗過天德,至杞賴峯北,俘掠雲、朔北川,劉沔出師守雁門諸關。詔以迴鶻犯邊,漸侵內地,或攻或守,於理何安,公卿集議可否。宰相李德裕以擊之爲便。乃徵發許、蔡、汴、滑等六鎮之師,以劉沔、張仲武、李思忠爲招討使,皆會軍於太原。三年二月,劉沔奏:「昨率諸道之師至大同軍,遣前鋒石雄襲迴鶻牙帳,雄大敗迴鶻於殺胡山,烏介可汗被創而走。已迎得太和公主至雲州。」是日,百寮稱賀。遣中使迎公主。時烏介可汗中箭,走投黑車子,詔黠戛斯出兵攻之。三月,太和公主至京師。 壺關伐叛,謂討劉稹。詳昭義李僕射狀。〈新唐書地理志〉:潞州領壺關縣。 旁資巨拔,「拔」,疑當作「援」。 用左傳大援意。請去聲。

樊噲長思破敵, 見幽州張相公狀。 三千當作「年」。有勇,仲由且使知方。 實兼文武之全才,以處親賢之重寄。 按:〈會昌一品集與執方書〉云:尚書藩方重寄,宗室信臣。知執方於唐爲屬籍,惜徧檢史文,世系無考。

今者靈臺偃伯, 見〈西川張相公狀〉。 衢室歸尊。「衢室」,見滎陽上淮南狀。〈淮南子〉:聖人之道,猶中衢而設尊,過者斟酌,多少不同,各得其所宜。

永言台鉉之司,合屬間、平之胤。〈漢書河間獻王德傳〉:修古好學,實事

上許昌李尚書狀 二

汝南古多賢士,舊唐書地理志:蔡州,隋汝南郡。隋書經籍志:汝南先賢傳五卷,魏周斐撰。維揚舊號勁兵。舊唐書地理志:陳州,隋淮陽郡。史記灌夫傳:上以爲淮陽天下交,勁兵處,故徙夫爲淮陽太守。政令既明,歡娛多有。投壺雅宴,祭遵豈以爲妨;後漢書祭遵傳:遵爲將軍,取士皆用儒術,對酒設樂,必雅歌投壺。望月登樓,庾亮祇應不淺。晉書庾亮傳:亮在武昌,諸佐吏殷浩之徒,乘秋夜往共登南樓,俄而不覺亮至,諸人皆起避之。亮曰:「諸君少住,老子於此處興復不淺。」便據胡牀,與浩等談詠竟坐。奉初筵。詩。今則貧病相仍,起居未卜。遠思鄒馬,方陪密雪之遊;謝惠連雪賦:梁王不悅,遊於兔園,乃置旨酒,命賓友,召鄒生,延枚叟,相如末至,居客之右。俄而微霰零,密雪下,王乃授簡於司馬大夫曰:「佇色揣稱,爲寡人賦之。」遐望荀陳,尚阻德星之會。太平御覽:異苑曰:汝南陳仲弓與諸息姪,就潁川荀季和父子,于是德星爲之聚,太史奏五百里內有賢人聚。瞻望恩顧,不任下情。

求是,被服儒術,造次必於儒者。後漢書東平憲王蒼傳:少好經書,雅有智思。王儉侍太子九日宴玄圃詩:漢稱間、平,周云魯、衞。豈今疑當作「令」。歲序,久滯藩維?潁水云清,舊唐書地理志:許州,隋潁川郡。史記灌夫傳:夫,潁陰人也。宗族賓客,爲權利橫於潁川,潁川兒歌曰:潁水清,灌氏寧,潁水濁,灌氏族。許田斯闢,春秋

王十二郎、十三郎,

按:詩集有王十二兄與畏之員外相訪見招小飲詩。又有送王十三校書分司詩。扶引

樊南文集

靈筵，梁書劉歊傳：施靈筵，陳棺槨，設饋奠，建丘隴，蓋欲令孝子有追思之地耳。兼侍從郡君，新唐書百官志：凡外命婦，四品，母妻爲郡君。今年八月至東洛訖。韋氏述征記：洛陽崇讓坊有河陽節度使王茂元宅。聲塵永已，梁書劉峻傳：余聲塵寂寞。門館依然。仲宣非女婿之才，昔慚劉氏，魏志王粲傳：粲字仲宣。張華博物志：王粲避地荊州，依劉表。表有女，愛粲才，欲以妻之，嫌其形陋周率，乃謂曰：「君才過人而體貌躁，非女婿才。」安仁當國士之遇，今感戴侯。晉書潘岳傳：岳字安仁。潘岳懷舊賦：余十二而獲見於父友東武戴侯楊君，始見知名，遂申之以婚姻，而道元、公嗣，亦隆世親之愛，不幸短命，父子凋殞，慨然懷舊而賦之曰：「余總角而獲見，承戴侯之清塵，名余以國士，眷余以嘉姻。仰計交情，良深軫悼。下情不任感慟之至。

上李尚書狀

箋：李執方也。詳許昌李尚書狀一。

昨者伏蒙恩造，梁簡文帝謝敕使入光嚴殿禮拜啟：臣粗蒙恩造。重有霑賜，梁簡文帝謝賜玉佩啟：恩發內府，猥垂霑賜。兼假長行人乘等，以今月十日到上都訖。詳許昌李尚書狀一。舊唐書肅宗紀：元年建卯月，以京兆府爲上都。既獲安居，便從常調。曹植與吳季重書：前日雖因常調，得爲密坐。新唐書選舉志：三歲而又試，三試而不中第，從常調。本集馮氏曰：列傳中既爲內外官從調試判與拔萃者甚多，其以尉罷而試判者亦時見。箋：此文爲移家京師後作。已詳許昌李尚書第一狀矣。再考新唐書商隱本傳，調弘農尉，以忤孫簡將罷去，會姚合代簡，諭使還官。而姚合之觀察陝虢，舊紀列諸開成四年。下文云「駕鼓未休，搶榆而止」，又上河東公啟云「虞寄爲官，

何嘗滿秩,」蓋義山以才人爲末吏,本非心所樂爲,必其還官未久,旋即辭任,故開成五年即移家京師,以求試判。厥後會昌二年,又以書判拔萃。參觀互證,原委瞭然。馮氏以祭姪女文之赴調,誤爲調選,遂以移家關中爲釋褐時事,列諸開成四年。而與譜内會昌二年從調試判之説,轉相矛盾,故詳考而附辨之。成兹志願,皆自知憐。伏以無褐無車,「無褐」見詩。〖戰國策〗:齊人有馮煖者,使人屬孟嘗君,願寄食門下,孟嘗君笑而受之。居有頃,倚柱彈其劍,歌曰:「長鋏歸來乎,食無魚。」左右以告,孟嘗君曰:「食之。」居有頃,復彈其鋏,歌曰:「長鋏歸來乎,出無車。」左右以告,孟嘗君曰:「爲之駕。」於是乘其車,揭其劍,過其友曰:「孟嘗君客我。」古人屢有,饋具。居有頃,倚柱彈其劍,歌曰:「長鋏歸來乎,食以草具。〖戰國策〗:齊人有馮煖者,使人屬孟嘗君,願寄食門下,孟嘗君笑而受之。殫受館,〖左傳〗。諸侯不常。皆才可持危扶顛,辨或離堅合異。〖莊子〗:公孫龍問於魏牟曰:「龍少學先生之道,長明仁義之行,合同異,離堅白,困百家之知,窮衆口之辨。」尚有歷七十國而不遇其主,李康〖運命論〗:應聘七十國,而不一獲其主。李善注:〖説苑〗:趙襄子謂子路曰:「吾嘗問孔子曰:『先生事七十君,無明君乎?』孔子不對,何謂賢也?」顔氏家訓:古人云千載一聖,猶旦暮也,五百年一賢,猶比膊也。道之謂義皇上人。性不解音,而畜素琴一張,絃徽不具,每朋酒之會,則撫而和之。東皋暮歸。陶潛歸去來辭:登東皋以舒嘯。彭澤無絃,見上。不從繁手;馬融長笛賦:繁手累發,密櫛疊重。漢陰抱甕,寧取機心?〖莊子〗:子貢過漢陰,見一丈人,方將爲圃畦,鑿隧而入井,抱甕而出灌。子貢曰:「有械於此,鑿木爲機,後重前輕,挈水若

抽,數如洪湯,其名爲棒。」爲圃者曰:「吾聞之:有機械者,必有機事;有機事者,必有機心。吾非不知,羞而不爲也。」

巖桂長寒,嶺雲鎮在,見賓客李相公狀二。誓將適此,實欲終焉。其後以婚嫁相縈,兄弟未立,

陽貨有迷邦之誚,王華生處世之心。〈宋書〉〈王華傳〉:「華少有志行,以父存亡不測,布衣蔬食,不交游,如此十餘年,爲時人所稱美。高祖欲收其才用,乃發殷喪問,使華制服,服闋,歷職著稱。

北,其先周彥倫隱於此山,後應詔出爲海鹽縣令,欲卻過此山,孔生乃假山靈之意移之,使不許得至。言從初服。〈楚辭·離騷〉:退將復修吾初服。

幸李公之聞者,不拒孔融;〈後漢書〉〈孔融傳〉:河南尹李膺以簡重自居,不妄接士賓客,敕外自非當世名人及與通家,皆不得白。融欲觀其人,語門者曰:「我是李君通家子弟。」門者言之。膺請問融曰:「高明祖父嘗與僕有恩舊乎?」融曰:「然。先君孔子與君先人李老君同德比義,而相師友,則融與君累世通家。」眾坐莫不歎息。

家書,未歸王粲。〈魏志·王粲傳〉:粲徙長安,左中郎將蔡邕見而奇之。時邕賓客盈坐,聞在門,倒屣迎之曰:「此王公孫也,有異才,吾不如也。吾家書籍文章,盡當與之。」讀蔡氏之

言將俗背。方朔雖彊於自舉,見兵部尚書表。匡衡竟中於丙科。〈史記·張丞相傳〉:褚先生補曰:「匡衡才下,數射策不中,至九乃中丙科。」駕鼓未休,〈後漢書·循吏傳序〉:建武十三年,異國有獻名馬者,日行千里,詔以馬駕鼓車。搶榆而止。然竊觀古昔之事,返聽上下之交,有合自一言,行與時違,

論:徒以一言合旨,仰感萬乘。獎因片善,〈陳書·世祖紀〉:每有一言入聽,片善可求,何嘗不襃獎抽揚,纔書紳帶。不

以齒序,〖胡本作「敍」〗。不以位驕,想見其人,可與爲友。近古以降,斯風頓微,處貴有隔品之嚴,新唐書竇易直傳:初,元和中,鄭餘慶議僕射上儀,不得與隔品官亢禮。易直爲中丞。奏駁之,及爲僕射,乃自用隔品致恭,爲時鄙笑。於道絶忘形之契。中間柳澹年猶乳抱,李北海因與結交;新唐書宰相世系表:柳氏澹,字中庸,洪府户曹參軍。又文藝傳:李邕爲汲郡北海太守,邕雖詘而文名天下,時稱李北海,柳并弟澹,字中庸。魏書尒朱榮傳:寄治乳抱之日。戰國策:論行而結交者,立名之士也。裴迪跡困泥塗,王右丞常所前席。新唐書文藝傳:王維三遷尚書右丞,别墅在輞川,地奇勝,有華子岡,敧湖,竹里館,柳浪,茱萸沜,辛夷塢,與裴迪游其中,賦詩相酬爲樂。按:裴迪之名屢見於右丞集,而裴迪則無,未知别有一人否。「泥塗」,見左傳。史記商君傳:靰見,孝公與語,不自知膝之前於席也。時之不可,人以爲悲,愚雖甚微,頗嚮斯義。自頃昇名貢籍,范擄雲溪友議:文宗元年秋,詔禮部高侍郎鍇復司貢籍。厠足人流,然則厠足而塾之致黄泉,人尚有用乎!蜀志龐統等傳評:龐統雅好人流。莊子:勝請爲紹介而見之於將軍。用脅肩諂笑,以競媚取容。袁生之門,〖戰國策〗見令狐狀四。墨子之突,曾是無煙。〖文子〗:墨子無黔突,孔子無暖席,非以貪禄慕位,欲起天下之利,除萬民之害也。每虞三揖之輕,〖禮記〗。略以千鈞自重。左思詠史詩:賤者雖自賤,重之若千鈞。

閤下念先市骨,本集馮氏曰:閤、閣音義每通。戰國策:郭隗先生曰:「古有以千金求千里馬者,涓人求之,馬已死,買其骨五百金。君大怒,涓人曰:『死馬且買之五百金,況生馬乎?』馬今至矣。」不期年,千里馬之至者三。」志

在采苢,〖詩〗引以從遊,寄之風興。玳筵高敞,〖劉楨瓜賦〗:熏玳瑁之筵。畫舸徐牽,〖梁元帝赴荆州泊三江口詩〗:畫舸覆緹油。分越加邊,〖周禮〗事殊設醴。〖漢書楚元王傳〗:元王敬禮申公等,穆生不耆酒,元王每置酒,常爲穆生設醴。憐賈生之少,〖見座主李相公狀〗恕禰衡之狂。〖後漢書禰衡傳〗:孔融既愛衡才,數稱述於曹操,操欲見之,而衡素相輕疾,自稱狂病。不肯往。此際舉觴而恨異漏巵,對案而慚非巨壑。見〖西川李相公狀〗。〖初學記〗:東觀漢記曰:尹敏,字幼季,與班彪相厚,每相與談,常對案不食,晝即至暝,夜即徹明。土,延賓而別待車公;見〖漢南李相公狀〗王令臨邛,爲客而先言犬子。〖史記司馬相如傳〗:相如,字長卿。少時,其親名之曰犬子。相如素與臨邛令王吉相善,相如往,舍都亭。臨邛中多富人,卓王孫、程鄭相謂曰:「令有貴客,爲具召之。」并召令。令既至,長卿謝病不能往,臨邛令不敢嘗食,自往迎相如。相如不得已,彊往,一坐盡傾。彼之榮重,殊謂寂寥。伏聞聲塵,「聞」,疑當作「間」。「聲塵」見前狀。已移弦晦。〖釋名〗:晦,灰也。月死爲灰,月光盡似之也。弦,月半之名也。其形一旁曲,一旁直,若張弓弦也。隋王朱邸,方同故掾之心;〖謝朓拜中軍記室辭隨王箋〗:唯待青江可望,候歸艎於春渚;朱邸方開,効蓬心於秋實。餘見〖令狐狀六〗。燕地黄金,見〖許州請判官狀〗。更落他人之手。追攀未及,胡本作「即」。結戀無任,瞻望門牆,若在霄漢。伏惟始終識察。

樊南文集補編卷第六

狀

上漢南盧尚書狀

箋：盧簡辭也。舊唐書本傳：大中初，檢校刑部尚書、襄州刺史、山南東道節度使。餘見漢南李相公狀，後有獻襄陽盧尚書啓。

某頃以聲跡幽沈，音輝懸邈，空滅許都之刺，後漢書禰衡傳：建安初，來遊許下。始達潁川，乃陰懷一刺，既而無所之適，至於刺字漫滅。竟乖梁苑之遊，見令狐狀二。於服義而徒深，楚辭招魂：身服義而未沫。顧歸仁而尚阻。今幸假塗奧壤，戰國策：將之薛，假途於鄒。赴召遐藩，按：時義山隨鄭亞赴桂管。越賈生賦鵬之鄉，史記賈生傳：賈生爲長沙王太傅，三年，有鴞飛入舍，楚人命鴞曰服。賈生既以適居長沙，長沙卑溼，自以爲壽不得長，乃爲賦以自廣。過王子登樓之地。王粲登樓賦李善注：盛弘之荆州記曰：富陽縣城樓，王仲宣登之而作賦。豈期此際，獲奉餘恩，而又詢劉、苑之世親，「苑」當作「范」。見左傳。盧與李爲世親，見後曾祖妣狀。問欒、郤之官族，左傳。優其通舊，降以清談。應璩與侍郞曹長思書：樵蘇不爨，清談而已。言念古人，重難兄事。禮記。季布始拜於袁盎，「布」當作「心」，似肊記而誤。史記季布傳：季布

弟季心,爲任俠,嘗殺人,亡之吳,從袁絲匿,長事袁絲。注:盎字絲。

比方,彼有寥落。徒此下疑脱「以」字。

宴,坐席無能否,率以七升爲限。曜素飲酒不過三升,初見,禮異時,常爲裁減,或密賜荼荈以當酒。莫及孔融之酒。見西川李相公狀。

遂不得仰霑美禄,見滎陽上荆南後狀。迫於祇役,嘗抱沈疴,空思韋曜之茶,見吴志韋曜傳:孫皓每饗

沈醉,校事趙達問以曹事,邈曰:「中聖人」。達之太祖,太祖甚怒。渡遼將軍鮮于輔進曰:「平日酒客謂酒清者爲聖人,濁者爲賢人,邈性修慎,偶醉言耳。」文帝踐阼,問邈曰:「頗復中聖人否?」邈對曰:「時復中之。」歌山簡倒載之

歡,見漢南李相公狀。暗定國益明之量。「暗」,疑當作「睹」。漢書于定國傳:定國食酒至數石不亂。冬月請治

讞,飲酒益精明。草感上道,按:鮑照登大雷岸與妹書:臨塗草蹙。唐韋應物送李侍御赴幽州幕詩:契闊晚相

遇,草感遽離羣。蹙、感,似同義。徘徊樂鄉,新唐書地理志:樂鄉縣屬山南東道襄州。況蒙衛以武夫,假之

駿馬。前騰郢路,楚辭九章:惟郢路之遼遠兮,魂一夕而九逝。卻望漢泉,見漢南李相公狀。俯緣逐逐之

姿,易。翻阻遲遲之戀。詩。封箋寫邈,下筆難休。魏文帝典論論文:傅毅之於班固,伯仲之間耳。而固

小之,與弟超書曰:武仲以能屬文,爲蘭臺令史,下筆不能自休。尚書三兄鎮靜上游,晉書苻堅載記:堅以關東

地廣人殷,思所以鎮靜之。「上游」,見滎陽上荆南前狀。儀刑羣后,平南讓勇,征北推能。通典:平南將軍,

晉盧欽、羊祜、胡奮等爲之,征北將軍,魏明帝太和中置,劉靖爲之,許允亦爲之。夫歲星降氣,晉書天文志:

孔稚圭爲王敬則讓司空表:豈可加以正台之席?歲星精降於地爲貴臣。劉向列仙

傳：東方朔作深淺顯默之行，或忠言，或詼語，莫知其旨，疑其歲星精也。嵩嶽生神，〈詩〉。苟鼎飪而可逃，〈易〉。則天爵而何寄？伏惟特以蒼生爲慮也。某材誠漏薄，志實辛勤，九考匪遷，〈蜀志郤正傳：正〉宜不過六百石，假文見意，號曰釋譏。其辭曰九考不移，固其所執也。三冬益苦。〈漢書東方朔傳：三冬文史足用。〉引錐刺股，〈戰國策：蘇秦得太公陰符之謀，簡練以爲揣摩，讀書欲睡，引錐自刺其股。〉用瓜鎮心，〈陳書鄭灼傳：灼常蔬食，講授多苦心熱，若瓜時，輒偃臥以瓜鎮心，起便誦讀。〉不慚於前輩；〈孔融論盛孝章書：今之少年，喜謗前輩。〉儻得返身湖嶺，〈見門下李相公狀〉及兵部尚書表。雖謝於昔時，歸道門牆，粗依鳴益之餘，「益」當作「盜」。〈史記孟嘗君傳：孟嘗君入秦，昭王乃止囚孟嘗君，謀欲殺之。孟嘗君使人抵昭王幸姬求解。幸姬曰：「妾願得君狐白裘。」此時孟嘗君有一狐白裘，獻之昭王，更無他裘。孟嘗君患之，徧問客，莫能對。最下坐有能爲狗盜者曰：「臣能得狐白裘。」乃夜爲狗，以入秦宮藏中，取所獻狐白裘至，以獻秦王幸姬。幸姬爲言昭王，孟嘗君得出，馳去。至關，關法雞鳴而出客，孟嘗君恐追至，客之居下坐者有能爲雞鳴，而雞盡鳴，遂發傳出。出如食頃，秦追果至關，已後孟嘗出，乃還。〉江淹詣建平王上書：備鳴盜淺術之餘，豫三五賤伎之末。以奉陶鎔之賜。則尚可濡毫抒藝，殺竹貢能，後漢書吳祐傳注：殺青者，以火炙簡令汗，取其青易書，復不蠹，謂之殺青，亦謂汗簡。義見劉向別錄。〈文心雕龍：若夫注解爲書，所以明正事理。〉記錄咎繇之謨，注解傅巖之命。並書。庶於此日，不後他人。伏惟始終識察。

上易定李尚書狀

箋：李執方也。詳許昌李尚書狀一。舊唐書地理志：義武軍節度使治定州，領易、祁二州。

某疾穢餘生，偶存晷刻，宋書臧質傳：凶命假存，懸在晷刻。劉積未平而卒也。詳昭義李僕射狀，及後外舅司徒公文。白虎通：妻族二者，妻之父爲一族，妻之母爲一族。故司徒公，内行政聲，史記五帝紀：舜居嬀汭，內行彌謹。鬱爲人傑。見西川李相公狀。一昨奉辭伐罪，書。克壯其猷，詩。躬節鼓旗，親臨矢石，並左傳。家財給於公用，事詳兵部尚書表。子弟散於行間，本集爲王侍御瓘謝表：如臣弟兄，皆冒矢石。終設奇而覆寇。敢問古之名將，何以加焉？見安南狀。並見左傳。安知垂立大功，遽茲薨落，爾雅：薨落，死也。伏弦撫斂，疑當作「伏弢撫劍」。實有遺音，行路之人，莫不相弔。某窮辱之地，戰國策：若夫窮辱之事，死亡之患，臣弗敢畏也。早受深知，遂以嘉姻，見許昌李尚書狀二。託之弱植。見左傳。顔延之和謝監靈運詩：弱植慕端操。雖治長無罪，堪成子妻之恩；邑人劉氏，家富女美，範求之，女母嫌，欲勿與，劉氏曰：「觀呂子衡寧當久貧者邪！」遂與之婚。而呂範久貧，莫見夫家之盛。吳志呂範傳：範字子衡，有容觀姿貌。馮氏曰：檀弓，設旐，夏也。凡言丹旐丹幡，皆此物。今則車徒儼散，棟宇蕭衰，撫歸旐以興懷，酸傷怨咽，敢類他人！伏以姻懿年深，交游跡密，遠味復主，弔病妻而增歎，絳旐前引，本集祭張書記文：

之美，當追命駕之恩。〈晉書嵇康傳：呂安與康友，每一相思，輒千里命駕。〉謁敘末由，悲慨無地。

上忠武李尚書狀 箋：李執方也。詳許昌李尚書狀一。

不審跋涉道路，尊候何似？伏計不失調護。先皇以倦勤厭代，〈「倦勤」，見〈書〉。〈莊子〉：千歲厭世，去而上仙。按〈唐諱〉「世」作「代」。〉聖上以睿哲受圖，〈「睿哲」見〈史館白相公狀一〉。〈初學記〉：〈春秋合誠圖〉曰：帝坐玄扈洛上，與大司馬容光等臨觀，鳳皇銜圖置帝前，黃帝再拜受圖。〉系萬國之往居，〈左傳〉集兆人之悲慶。況二十五翁尚書，望兼勳舊，地屬親賢，績久著於藩垣，任合歸於陶冶。今者果應急召，咸副僉諧，〈書〉。凡在有心，莫不延頸。竊料皇閽入謁，見〈弘文崔相公狀三〉。紫殿承恩。〈三輔黃圖：〉武帝又起紫殿，雕文刻鏤，黼黻以玉飾之。〉親山丘之端容，〈「山丘」，疑當作「山立」，見〈禮記〉。〉睹鼎角之殊相，見〈弘文崔相公狀三〉。便當講惟新之政，備爰立之儀。並書。伏惟促動前驂，速登後命。〈左傳〉發仲父新柴之井，見〈弘文崔相公狀三〉。運留侯前箸之籌。〈屢見。〉允贊昌圖，亟登壽域，見〈汝南上淮南狀三〉。天下幸甚。某猥以庸薄，厚沐恩憐。荏苒光陰，〈潘岳悼亡詩李善注：荏苒，猶漸也。〉纏綿詞旨，艱原作「難」，今據胡本改正。〉屯少裕，〈潘岳懷舊賦：塗艱屯其難進。〉違奉淹時。〈梁任孝恭辭縣啟：顧慕階墀，不願違奉。〉家艱頻臻，「艱」，疑當作「難」。〈史記樂書：悲彼家難。〉人理中絕，〈漢書許皇后傳：恐失人理。〉未經殞訴，疑當作「折」。莫獲祇原作「祈」，今據胡本改正。迎。仰望清光，實動丹款。伏惟特賜

恩照。

上度支盧侍郎狀

箋：盧弘正也。詳爲滎陽公與度支盧侍郎狀。「度支」，見度支周侍郎狀。

某行已及鄧州，新唐書地理志：鄧州屬山南東道。按：文似爲隨鄭亞赴桂管時作。迴望門闌，戰國策：張儀謂楚王曰：「儀之所甚願爲門闌之廝者，亦無先大王。」魏志倉慈傳：或有以刀畫面，以明血誠。某揣摩莫聞，見華州陳相公狀。如隔霄漢，感知佩德，不任血誠。疎拙有素，侍郎獎其薄伎，夙降重言。莊子：寓言十九，重言十七。而時亨命屯，道泰身否，屬茲淹蹟，方言：淫敝爲漫，水敝爲淹。說文：蹟，跲也。不副提攜。禮記。今者萬里銜誠，一身奉役，顏延之始安郡還都與張湘州登巴陵城樓作：臣昔奉役，河山信重複。莊子：支離疏者，頤隱於齊，肩高於頂，會撮指天，五管在上，兩髀爲脅，挫鍼治繲，足以餬口，鼓筴骨肉支離。〈莊子：支離疏者，頤隱於齊，肩高於頂，會撮指天，五管在上，兩髀爲脅，挫鍼治繲，足以餬口，鼓筴湖嶺重複，原作「復」，今據胡本改正。「湖嶺」，見門下李相公狀一，及兵部尚書表。播精，足以食十人。〉交廣之歎袁忠，後漢書袁閎傳：閎弟忠，初平中，爲沛相，以清亮稱。及天下大亂，棄官客會稽上虞。後孫策破會稽，忠浮海南投交阯。荊蠻之悲王粲，見令狐狀一。思人撫事，古亦猶今。莊子：冉求問於仲尼曰：「未有天地可知邪？」仲尼曰：「可，古猶今也。」惟當幽禱鬼神，明祈日月，伏願榮從司計，通典：漢初，張蒼善算，以列侯主計居相府，領郡國上計者謂之計相，殆今度支之任。入贊大猷，書。鼓長檝以濟

時,運洪鈞而播物。則某必冀言旋上國,〈左傳〉。來拜恩門,一吐漢相之茵,見集賢韋相公狀一。一握周公之髮,〈史記魯世家〉:周公戒伯禽曰:「我一沐三捉髮,一飯三吐哺,起以待士,猶恐失天下之賢人。」斯願畢矣,伏惟圖之。伏計亦賜念察。薛郎先輩,〈李肇國史補〉:進士互相推敬,謂之先輩。「薛郎」未詳。早敦分好,〈劉安屏風賦〉:分好沾洽。實慕風規,是敢託以緘題,致之几案,就有心懇,資其口陳。〈漢書蕭望之傳〉:願賜清閒之宴,口陳災異之意。攀戀之誠,輸罄無地。

上度支歸侍郎狀「度支」,見度支周侍郎狀。「歸侍郎」,未詳。

不審近日尊體何如?伏計不失調護。昔周以冢宰治國用,〈禮記〉。漢以丞相領軍儲,見滎陽與盧侍郎狀。典故具存,〈後漢書胡廣傳〉:祖宗典故,未嘗有也。未嘗有也。選倚為重。侍郎自膺新寵,益副僉諧。〈書〉。竊計旬時,便歸樞務。見濮陽上楊相公狀。某幸因科第,受遇門牆,辱累已來,〈晉書范弘之傳〉:實懼辱累清流。孤殘僅在。箋封曠絕,歲序淹迴,棄席遺簪,「棄席」,見賓客李相公狀二。〈韓詩外傳〉:孔子出遊少源之野,有婦人中澤而哭,孔子使弟子問焉,婦人曰:「鄉者刈蓍薪,亡吾蓍簪,吾是以哀也。非傷亡簪,蓋不忘故也。」託誠無地,伏許疑當作「計」。亦賜哀察。至冬初赴選,方遂起居,未間下情,不任攀戀。

上華州周侍郎狀

箋：周墀也。新唐書本傳：武宗即位，以疾改工部侍郎，出爲華州刺史。「華州」，見華州陳相公狀。

某文非勝質，點不半癡，晉書顧愷之傳：愷之在桓溫府，常云：「愷之體中，癡點各半，合而論之，正得平耳。」辛勤一名，契闊九品。謂補弘農尉。新唐書地理志：虢州弘農縣，緊。舊唐書職官志：上縣、中縣尉，從第九品上階。獻書指佞，遠愧南昌；漢書梅福傳：福補南昌尉，後去官歸。是時，成帝委任大將軍王鳳，鳳專執擅朝，王氏寖盛，災異數見，羣臣莫敢正言，福上書，上不納。張華博物志：堯時，有屈軼草生於庭，佞人入朝，則屈而指之，一名指佞草。懸棒申威，近慚北部。魏志武帝紀：除洛陽北部尉。注：曹瞞傳曰：太祖初入尉廨，繕治四門，造五色棒，懸門左右各十餘枚，有犯禁者，不避豪彊，皆棒殺之。

竊思近者，伏謁於遊梁之際，見令狐狀二。受知於入洛之初。荀悅申鑒：高祖雖能申威於秦、項，而屈於商山四公。彭羕自媒，率多徑進；蜀志彭羕傳：羕欲納說先主，乃往見龐統。統大善之，遂致之先主。禰衡懷刺，幸不虛投。見漢南盧尚書狀。爾後以地隔仙凡，位殊貴賤，十鑽槐燧，初學記：華山記曰：華山頂生千葉蓮花。眒睞未忘，任昉到大司馬記室箋：咳唾爲恩，眒睞成飾。吹噓尚切，見令狐狀一。已吟棄席，見

一拜蓮峯。箋：馮譜，義山於開成三年試宏詞，時座主爲周墀，而墀爲華州刺史，在武宗之初，與十鑽槐燧不合。然唐人於應舉之前，必干謁當途，以通聲氣。或義山與墀相知有素，不必定始於應舉時也。
與羕非故人，又適有賓客，羕徑上統牀卧。統客既罷，往就羕坐，羕又先責統食，然後共語。餘見兵部尚書表。

賓客李相公狀二。忽詠歸黃。〈詩〉。儻或求忠信於十室之間,感意氣於一言之會,聖人門下,不聞疑當作「問」。互鄉;童子車中,匪輕壯士。〈史記〉,楚人也。及項羽滅,高祖購求季布千金。〈布匿濮陽周氏。周氏乃髡鉗季布,衣褐衣,置廣柳車中,并與其家僮數十人,之魯朱家所,賣之。朱家乃乘軺車之洛陽,見汝陰侯滕公曰:「以季布之賢,而漢求之急如此,此不北走胡,即南走越耳。夫忌壯士以資敵國,此伍子胥所以鞭荊平王之墓也。君何不從容為上言耶」則猶希薄伎,獲蔭清光,雖曠闕於門牆,長仿佛於旌棨。見令狐狀五。驥逢吳坂,已逢伯樂而鳴;劉琨答盧諶詩序:昔騄驥倚輈於吳坂,長鳴於伯樂,知與不知也。蝶過漆園,願入莊周之夢。〈莊子〉:昔者莊周夢為胡蝶,栩栩然胡蝶也。俄而覺,則蘧蘧然周也。〈史記莊子傳〉:莊子,蒙人也,名周,嘗為蒙漆園吏。下情無任攀戀感激之至。

上江西周大夫狀

箋:周墀也。按〈舊唐書本傳〉,會昌六年十一月,遷洪州刺史、江南西道觀察使。又〈本紀〉,會昌六年三月,宣宗即位。十一月,以江西觀察使周墀為義成軍節度、鄭滑觀察等使。二者互異,是文題標江西,而中云:代北清夷,山東靜謐。皆為武宗時事。是墀觀察江西,自在宣宗即位以前。舊傳誤矣。〈舊唐書地理志〉:江南西道觀察使治洪州,管洪、饒、吉、江、信、虔、撫等州,喪亂後,時升為節度使。

不審自到鎮尊體何如?德修其原作「於」,今據胡本改正。身,功及於物,伏料福履,〈詩〉。常

保康寧。〈書〉。皇帝體上聖之姿，〈王融三月三日曲水詩序〉：皇帝體膺上聖，運鍾下武。膺下武之慶，〈詩〉：

爰從近歲，式建崇功，岱北清夷，「岱」當作「代」，謂討囘鶻。詳許昌李尚書狀一。〈新唐書地理志〉：代州有代北軍，永泰元年置。傅咸贈何劭王濟詩：王度日清夷。

湘之人。〈南齊書豫章文獻王傳〉：荆州資費歲錢三十萬，布萬匹，米六萬斛。又以江湘二州米十萬斛給鎮府。終賴江方體三革，「體」當作「休」。〈國語〉：齊桓公教大成，定三革，隱五刃，朝服以濟河，而無忕惕焉。〈解〉：三革，甲、胄、盾也。王粲〈俞兒舞歌〉：五刃三革休安，不忘備武樂修。欲鑄五兵，〈周禮〉。燧火庖犧，譙周〈古史考〉：古者茹毛飲血，

燧人氏初作燧火。「庖犧」見〈易〉。鴻名肇建；明臺衢室，見榮陽上淮南狀。鳳曆將新。〈左傳〉。固當此處疑脫一字。繁省以正幽明，〈荀子〉：使其曲直繁省、廉肉節奏，足以感動人之善心。「幽明」見〈書〉。更中外而化勞逸。有周室分陝之相，〈公羊傳〉。有漢庭就國之侯，〈史記絳侯周勃世家〉：文帝以勃為丞相，十餘月，上

曰：「前日吾詔列侯就國，或未能行，丞相吾所重，其率先之。」乃免相就國。則必夢想外藩，〈魏志明帝紀〉：哀帝以東來羣后，〈書〉。以文武兼資者持政柄，〈漢書朱雲傳〉：平陵朱雲，兼資文武，「政柄」見〈左傳〉。

外藩援立。實惟明公，合首列辟。伏惟為國自以理行尤異者講化原，見〈集賢韋相公狀二〉及〈僕射崔相公狀一〉。

重。某叨蒙恩顧,頗漸歲時,瞻賴之誠,造次於是。伏惟特賜信察。

上崔大夫狀 箋:|崔戎|也。 詳爲〈安平公賀皇躬瘥復上門下狀〉。某才不足觀,

行無可取,徒以四丈,頃因中外,詩集贈趙協律自注:愚爲故尚書安平公所知,是安平公表姪。〈後漢書陳留董祀妻傳〉:文姬詩曰:又復無中外。最賜知憐。極力提攜,悉心指教,以得内誇胡本作「觀」。親戚,外託友朋。謂於儒學,而逢主人;見〈弘文崔相公狀二〉。謂於公卿,而得知己。〈吳志虞翻傳〉注:〈翻別傳〉曰:使天下一人知己者,足以不恨。竊當負氣,〈宋書謝弘微傳〉:阿連剛躁負氣。因感大言。豈謂今又獲依門牆,備預賓客,本集〈樊南甲集序〉:聯爲鄆相國,華太守所憐,居門下時,敕定奏記。〈馮譜〉:太和七年,居崔戎幕,掌章奏。禮優前席,見〈李尚書狀〉。 聩重承筐,〈詩〉:欲推讓而不能,顧負荷而何力?儻或神知孔禱,師恕柴愚,玉真而三獻不疑,〈韓非子〉:楚人和氏得玉璞楚山中,獻之厲王。厲王使玉人相之,又曰石也。王又以爲誑,而刖其右足。及文王即位,和乃抱其璞哭於楚山之下,王使玉人理其璞,而得寶焉。遂命曰「和氏之璧」。女貞而十年乃字,〈易〉。粗期率以和爲誑,而刖其左足。及武王即位,和又獻之,武王使玉人相之,又曰石也。王又以爲誑,而刖其右足。勵,見官後狀。以報恩知。伏惟特賜鑒察。

上河陽李大夫狀一

〈箋〉：李執方也。詳許昌李尚書狀一。〈舊唐書地理志〉：河陽三城懷州節度使，治孟州，領孟、懷二州。

不審自拜違後尊體何如？二十五翁尚書，挺生公族，見許昌李尚書狀一。左思〈蜀都賦〉：揚雄含章而挺生。「公族」，見〈詩〉。作範儒流，見賀牛相公狀一。踐履道義之門，〈易〉。優游名教之樂。〈晉書樂廣傳〉：王澄、胡毋輔之等任放為達，或至裸體者，廣聞而笑曰：「名教內自有樂地，何必乃爾？」伏料頤衛，無爽康寧，〈書〉。此蓋人所禱祠，神保正直。〈詩〉。下情伏增，忭賀之至。富平重鎮，〈新唐書地理志〉：孟州氾水縣城在縣西，四面臨河，即孟津之地，亦謂之富平津。〈周〉、〈隋為宮，貞觀置鎮。成皋巨防。〈新唐書地理志〉：河陽縣南東南有成皋故關。〈戰國策〉：齊有長城巨防，足以為塞。自頃太守非魏尚之才，謂李泳之亂，見許昌李尚書狀一。魏尚，見〈汝南上淮南狀一〉。景公使莊賈往，穰苴與莊賈約曰：「旦日日中，會於軍門。」夕時，莊賈乃至。於是，遂斬莊賈，以徇三軍。坐臣以監軍。」司馬失穰苴之令，〈史記司馬穰苴傳〉：齊景公召穰苴，以為將軍，穰苴曰：「願得君之寵臣以監軍。」景公使莊賈往，穰苴與莊賈約曰：「旦日日中，會於軍門。」夕時，莊賈乃至。於是，遂斬莊賈，以徇三軍。漢書張湯傳：始為小吏，乾沒。〈注〉：如淳曰：豫居物以待之，得利為乾，失利為沒。師古曰：若君不修德，舟中之人，盡為敵國也。〈注〉：靈臺者，心也。潛運黃公之略，見〈幽州張相公狀〉。手為天馬，〈真誥〉：手為天馬，鼻為仙

源。暗開玄女之符。見幽州張相公狀。單車以馳,杖節而入,盡羈駭獸,吳志薛綜傳:卒聞大軍之至,鳥驚獸駭。先殪捷猨。淮南子:獿得木而捷。通鑑:河陽軍士既逐李泳,日相扇欲爲亂。九月,李執方索得首亂者七十餘人,悉斬之,餘黨分隸外鎮,然後定。又使天下蚩尤輓粟。淮南子:武宗詔河陽李執方,滄州劉約諭朝京師,或割地自效,不聽命。時帝新即位,重起兵,乃授福王絢節度大使,以重順自副,賜名弘敬。然後蘇彼疲嬴,惠此鰥寡,書。免飛芻輓粟之弊,史記主父偃傳:書藩鎮魏博傳:何進滔居魏十餘年,開成五年死,子重順襲。史記平準書:不敢言擅賦法矣。昨者故侯,實有逆子,新唐書楊阜傳:汝背父之逆子。除橫征擅賦之門。後漢書城陽恭王祉傳:祉以故侯嫡子。魏志敢因微策,密有他圖。左傳。人得而誅,莊子:爲不善乎顯明之中者,人得而誅之。天奪之魄,左傳。盡窮餘黨,半在中權。左傳。此際誠合絕洹水之波,新唐書地理志:魏州領洹水縣。腥長平之草。史記秦紀:昭水經:洹水出上黨泫氏縣,東過隆慮縣北,又東北出山,過鄴縣南,又東過內黃縣北。襄王四十七年,秦攻趙,使武安君白起擊,大破趙於長平,四十餘萬盡殺之。二十五翁曲分蘭艾,楚辭離騷:戶服艾以盈要兮,謂幽蘭其不可佩。大別淄澠,呂氏春秋:淄、澠之合,易牙嘗而知之。飛魂不冤,枯骨猶愧,漢書尹賞傳:生時諒不謹,枯骨後何葬?此真所謂仁者之勇無敵,丈人之師以貞。易。名冠百城,見河中鄭尚書狀。功高一代。

而又梁園竹苑,素多詞賦之賓;史記梁孝王世家注:平臺一名修竹苑。餘見令狐狀二。淮浦桂叢,廣集神仙之客。淮南王招隱士:桂樹叢生兮山之幽。餘見令狐狀二。以思柔之旨酒,詩。用順氣之

和聲。〈禮記。〉初筵有儀,〈詩。〉一石不亂。〈太平御覽:魏略曰:王陵表滿寵年邁,過耽酒。帝令還朝問以方事以察之。寵既至,進見,飲酒至一石不亂。〉某才非擲地,〈晉書孫綽傳:綽作天台賦初成,以示范榮期曰:「卿試擲地,當作金石聲也。」〉辨乏談天,〈史記孟荀傳:騶衍之術迂大而閎辨,奭也文具難施,淳于髠久與處,時有得,善言。故人頌曰:「談天衍,雕龍奭,炙轂過髠。」〉著撰不工,王隱文寧遽意;〈嵇康與山巨源絕交書:縱逸來久,情意傲散,簡與禮相背,懶與慢相成。舛不倫。〉懶慢相會,嵇康志有所安。〈嵇康與山巨源絕交書…〉而早預宗盟,〈左傳。〉又連姻媾,〈本集馮氏曰:執友爲王茂元妻兄弟。説文:姻,婿家也。媾,重婚也。〉曲蒙賞會,略過輩流。況拔自州人,〈舊唐書商隱本傳:懷州河內人。按:時懷州尚隸河陽節度,至會昌三年,始別置刺史。見懷州刺史狀。〉昇爲座客,〈見西川李相公狀。〉將何以詠歌盛德,〈王襃四子講德論:吾所以詠歌之者,美其君術明而臣道得也。〉祗奉深恩?覥冒不容,顧瞻自失。

伏以仍世羈宦,〈「仍世」見令狐狀六。晉書張翰傳:人生貴適志,何能羈宦數千里以要名爵乎?〉厥家屢遷,占數爲民,〈漢書敍傳:大臣名家,皆占數于長安。〉莫尋喬木;畫宫受弔,〈禮記。〉曾乏弊廬。〈左傳。〉近以親族相依,友朋見處,卜鄰上國,〈左傳。〉移貫長安。〈箋:詳許昌李尚書狀一。隋書于義傳:善安等各懷恥愧,移貫他州。新唐書地理志:長安縣屬京兆府。〉始議聚糧,見令狐狀六。俄霑厚賜,衣裾輕楚,疋帛珍華,〈後漢書西南夷傳:懷抱匹帛。又懿獻梁皇后紀:服御珍華。〉負荷不能,推讓何及?雖婁公説

漢,不問乎褐衣帛衣;〈史記〉〈劉敬傳〉:敬過洛陽,高帝在焉,脫輓輅,衣其羊裘,見齊人虞將軍曰:「臣願見上言便事。」虞將軍欲與之鮮衣,敬曰:「臣衣帛,衣帛見;衣褐,衣褐見:終不敢易衣。」史記〈孔子世家〉:孔子適周,魯君與之一乘車、兩馬、一豎子俱。「二」,當作「一」。豎。〈史記〉〈孔子世家〉:孔子適周,魯君與之一乘車、兩馬、一豎子俱。而孔子觀周,亦資於一車二豎。「二」,當作「一」。

非因不失親,愛忘其醜,〈晉書〉〈劉曜載記〉:且陛下若愛忘其醜,以臣微堪指授,亦當能輔導義光,仰遵聖軌。退惟蹇薄,〈釋名〉:蹇,跛蹇也。病不能作事,今託病似此,而不宜執事役也。

百露凝,微霜結。朱門漸遠。〈魯褒〉〈錢神論〉:排朱門,入紫闥。西園公子,恨軒蓋之難攀;〈曹植〉〈公讌詩〉:公子敬愛客,終宴不知疲。清夜遊西園,飛蓋相追隨。東道主人,仰館穀而猶在。〈左傳〉。丹霄不泯,白首知歸。見〈丁學士狀〉。伏惟終始憐察。

上河陽李大夫狀 二

祇承人迴,〈通鑑〉〈唐肅宗紀注〉:所由人有所監典,祇承人聽指呼,給使令而已。伏奉誨示,并賜借騾馬及野戎館熟食,草料等。〈唐會要〉:諸道不合給驛券人等,承前皆給路次轉達牒,令州縣給熟食程糧草料,自今以後,宜委門下省檢勘。將遠燕昭之臺,猶入鄭莊之館,並見〈許州請判官狀〉。退自循揣,實踰津涯。況又卹以長途,假之駿足。一日而至,〈左傳〉。借車非類於東方;〈漢書〉〈東方朔傳〉:朔之文辭,有從公孫弘借車,劉向所錄。千里以遥,〈禮記〉。乘騾更同於薊子。〈葛洪〉〈神仙傳〉:京師貴人欲見薊子訓,而無緣致之。

子訓比居有年少,爲太學生,諸貴人呼語,爲一致子訓來。書生歸事子訓,子訓曰:「吾某月某日當往。」期日去所居,以其日中時到京師,是不能半日行千餘里。既至,凡二十三處,便有二十三子訓各在一處,於是遠近大驚。子訓去,適出門,諸貴人到門,書生言適去東陌上乘青驥者是也,各走馬逐之不及。拜違漸遠,負荷彌深,還望恩光,不勝攀戀。

上孫學士狀

箋: 後有賀翰林孫舍人狀云: 載遷星次,爰奉夏官。考舊唐書武宗紀,會昌六年二月,以翰林學士起居郎孫穀爲兵部員外郎充職,正與相合。此狀有「逆豎」、「饑戎」等語,自在劉稹、回鶻既平之後,年代相及,當爲一人。惟新、舊二書不爲立傳,別無顯證耳。「學士」,見丁學士狀。

學士長離耀彩,〈漢書〉〈司馬相如傳〉〈大人賦〉,前長離而後裔皇。注:長離,靈鳥也。奮詞鋒而赤菫慚鋩,〈袁淑禦虞議〉:展詞鋒之銳。仁壽舍明,陸機〈與弟雲書〉:仁壽殿前有大方銅鏡,立著庭中,向之便寫人形體了了。絕書:昔者越王句踐有寶劍五,聞於天下。客有能相劍者名薛燭,王取純鉤,薛燭對曰:「當造此劍之時,赤菫之山破而出錫,若耶之溪涸而出銅,雨師埽灑,雷公擊橐,蛟龍捧鑪,天帝裝炭,太一下觀,天精下之,歐冶乃因天之精神,悉其伎巧,造爲大刑三,小刑二,一曰湛盧,二曰純鉤,三曰勝邪,四曰魚腸,五曰巨闕。」鉤雅音而泗濱韜響,書。鑾踰壯室,〈禮記〉。榮入禁林。班固〈西都賦〉:集禁林而屯聚。況自近年,仍多大政,藩方逆豎,謂劉稹。詳昭

義李僕射狀。夷虜飢戎，謂回鶻。於雷霆赫怒之時，詩。在朝夕論思之地。見度支周侍郎狀。謀惟入獻，事隔外朝，周禮。載觀掃蕩之勳，密見發揮之力，見丁學士狀。錫彼庶方，禮記。推禹謨殷誥之文，贊堯日舜風之化。其知如神，就之如日，望之如雲。「舜風」，見壽昌節狀。「伏惟爲國自重。某早遊德宇，嘗接恩門。童冠相隨，陪舞雩於沂水；後漢書律曆志：候氣之法，以木爲案，每律各一，從其方位，以葭莩灰抑其內端，案曆而候之，氣至灰去。星灰未幾，隔高宴於柏梁。漢書武帝紀：元鼎二年，起柏梁臺。三輔黃圖：柏梁臺在長安城中北闕內。三輔舊事云：以香柏爲梁也，帝嘗置酒其上，詔羣臣和詩，能七言詩者，乃得上。蘭薄戶樹，瓊木籬些。楚辭招魂：蘭薄懷芳，瑤波佇潤，鮑照登廬山望石門詩：瑤波逐穴開。竊期光價，魏書李神儁傳：汲引後生，爲其光價。微借疎蕪，濡筆臨箋，不勝丹慊。

上容州李中丞狀 「容州」，見容州韋中丞狀。李中丞未詳。

二十一翁儒學上流，簪纓雅望，自還郡印，漢書朱買臣傳：初，買臣免，待詔，常從會稽守邸者寄居飯食。拜爲太守，買臣衣故衣，懷其印綬，步歸郡邸。直上計時，會稽吏方相與羣飲，不視買臣。買臣入室中，守邸與共食，食且飽，少見其綬。守邸怪之，前引其綬，視其印，會稽太守章也。復坐卿曹，見汝南上淮南狀一。激水搏風，宋玉風賦：翱翔於激水之上。「搏風」，見牛相公狀二。匪伊朝夕，不謂復行萬里。又擁再麾。屢見。竊

料徵還，不出歲杪。〈禮記〉。

馬伏波遠征交阯，去歷三年，〈後漢書馬援傳〉：十七年，交阯女子徵側、徵貳反。璽書拜援伏波將軍，南擊交阯。十八年春，軍至浪泊上，與賊戰，數敗之。明年正月，斬徵側、徵貳，傳首洛陽。按：十七年，爲世祖建武辛丑歲。

葛丞相深入不毛，時當五月。諸葛亮〈出師表〉：五月渡瀘，深入不毛。苟夙夜匪懈，即福祿無疆。並詩。區區下情，誠望在此。某方臥痾一室，謝靈運〈登池上樓詩〉：臥痾對空林。收跡他山，盧諶〈贈劉琨詩序〉：收迹府朝。「他山」見〈詩〉。仰望伏熊，見〈痊復狀〉。但羨飛鳥。下情不任結戀之至。

上韋舍人狀 〈舊唐書職官志〉：中書舍人六員，正五品上。

舍人發揮帝業，潤飾王言，曹植〈與楊德祖書〉：昔丁敬禮嘗作小文，使僕潤飾之。「王言」見〈書〉。三代典謨，煥然明具，「煥」疑當作「焕」。〈漢書曹參傳〉：且高皇帝與蕭何定天下，法令既明具。兩漢文雅，〈史記儒林傳序〉：臣謹案詔書律令下者，明天人分際，文章爾雅，訓辭深厚，庸可比儔。今者運屬長君，指宣宗，見〈左傳〉。理當哲輔，固以復中書之典法，〈太平御覽〉：〈環濟要略〉曰：中書掌內事，密詔下州郡及邊將，望之以爲中書政本，宜以關百官，事益重，有令、僕射、丞、郎、令史。秩與尚書同。舉政事之本根，〈漢書蕭望之傳〉：望之以爲中書政本，宜以賢明之選。贊助嘉猷，〈書〉。裨成睿化，則書辭典册，〈唐六典〉：中書舍人掌侍奉、進奏、參議、表章，凡詔、旨、制、敕及璽書、册命，皆案典故起章草進，畫既下，則署而行之。其禁有四：漏洩、稽緩、違失、忘誤，所以重王命也。乃

綸閣之餘事也。初學記：中書職掌綸誥。前代詞人，因謂之綸閣。況舍人以至公御物，盛德當官，率周廟之駿奔，書。極漢庭之議論。見兵部尚書表。佇見顯司樞物，「物」疑當作「務」。見濮陽上楊相公狀。允致昇平。況在諸生，史記秦始皇紀：今諸生不師今而學古。倚望猶疑當作「尤」。切。某淹滯洛下，詳後李舍人狀二。「淹滯」，見左傳。貧病相仍，去冬專使家僮起居，今春亦憑令狐郎中附狀。舊唐書令狐綯傳：會昌五年，爲湖州刺史。大中二年，召拜考功郎中。傳：父僧朗，勤於朝直，未嘗違惰。陸雲答兄平原詩：錫命頻繁。伏審職業殷重，朝直頻繁，宋書王景文侍郎狀。忘，去聲。某疏愚成性，采和難移，禮記。徒以頃蒙舍人，獎以小文，豈遺簪之或忘？後漢書蔡邕傳：見度支歸以小文超取選舉。致之高第。漢書鼂錯傳：時對策者百餘人，惟錯爲高第。雖榮翰之未臨，岂遺簪之或忘？果成荒棄，上負維持，無田可耕，有累未遣。後漢書百官志注：其有家累者，與之關內之邑，食其租稅也。席門晝永，史記陳丞相世家：家乃負郭窮巷，以弊席爲門。或曠日方餐，蓬戶夜寒，禮記。則通宵罷寐。莊子：蚊䖟嗜膚，則通宵不寐矣。懷書竊愧，後漢書崔琦傳：懷書一卷，息輒偃而詠之。拂硯增悲，違奉音徽，若隔霄漢。後漢書杜詩傳：士卒鳧藻。注：言其和睦欽悦，如鳧之戲於水藻也。量陂結戀，見牛相公狀二。但傾鳧藻之誠，尚阻燕泥之託。古詩：思爲雙飛燕，銜泥巢君屋。下情無任攀戀感激之至。德字近字疑誤。心，

補編卷六 狀
六九九

上劉舍人狀 箋：劉瑑也。詳後獻舍人彭城公啓。

違闕稍久，結戀伏深。前月獲望門牆，值有賓客，見華州周侍郎狀。吐辭未盡，受顧如初。

某孤僻寡徒，懶慢成性。見河陽李大夫狀一。虞生治易，衆論同侵；吳志虞翻傳注：翻別傳曰：翻初立易注，奏上曰：臣高祖父故零陵太守光，少治孟氏易，世傳其業，至臣五世。臣蒙先師之說，依經立注。又：翻放棄南方，云：自恨疏節，骨體不媚，生無可與語，死以青蠅爲弔客，使天下一人知己者，足以不恨。依易設象，以占吉凶。揚子草玄，當時共笑。漢書揚雄傳：雄草太玄，或嘲雄以玄尚白，而雄解之，號曰解嘲。因緣一命，羈絏胡本作「屑」。三年，左傳：常賴恩知，免至顛殞。伏以士之營道抱器「營道」見禮記。魏志陳思王植傳：植常自憤怨，抱利器而無所施。處世立名，誠宜俟彼時來，亦在申於知者。晏子春秋：士者詘乎不知己，而申乎知己。內惟庸薄，切疑當作「竊」。有比方：陳蕃甚貧，未欲掃除一室，後漢書陳蕃傳：蕃嘗閒處一室，而庭宇蕪穢，父友薛勤謂曰：「孺子何不灑埽以待賓客？」蕃曰：「大丈夫處世，當掃除天下，安事一室乎？」孟光雖醜，已嘗偃蹇數夫。後漢書梁鴻傳：鴻字伯鸞，尚節介，勢家慕其高節，多欲女之，鴻並絕不娶。同縣孟氏有女，狀肥醜而黑，擇對不嫁，曰：「欲得賢如梁伯鸞者。」鴻聞而聘之。及嫁，始以裝飾入門。七日而鴻不答。妻請曰：「竊聞夫子高義，簡斥數婦，妾亦偃蹇數夫矣。今而見擇，敢不請罪。」鴻曰：「吾欲裘褐之人，可與俱隱深山者爾。」妻乃更爲椎髻，著布衣，操作而前。鴻曰：「此真梁鴻妻也。」字之曰德曜，名孟光。倚望光輝，實在造次，伏

惟終始念察。

上鄭州李舍人狀一

箋：李襃也。詳後李舍人狀一。新唐書地理志：鄭州滎陽郡，雄，屬河南道。「舍人」見韋舍人狀。

伏奉榮示，伏蒙賜及麥粥餅餤餳酒等，謹依捧領訖。某慶耀之辰，早蒙抽擢；惡傳：吾等因託風雲，並蒙抽擢。孤殘之後，箋：義山母喪，當在會昌二年。詳後仲姊行狀。仍被庇廕。見河東上李相公狀二。獲於芟薙之時，說文：芟，刈草也。薙，除草也。累受珍精之賜，恩同上客，禮記。禮異編氓，桑梓有光，詩。里間加敬。說文：間，里門也。負米之養，家語：子路見於孔子曰：「昔者由也事二親之時，常食藜藿之實，爲親負米百里之外。」雖無及於終身，求粟於人，禮記。幸不慚於往聖。下情不任感恩隕涕之至。

上鄭州李舍人狀二

伏承中元初學記：道經云：七月十五日，中元之日，地官勾校搜選衆人，分別善惡。諸天聖衆，普詣宮中，簡定劫數，人鬼傳録，餓鬼囚徒，一時俱集。以其日作玄都大獻於玉京山。採諸花果，世間所有奇異物，玩弄服飾，幡幢寶蓋，莊嚴供養之具，清膳飲食，百味芬芳，獻諸衆聖。及與道士於其日夜講誦是經，十方大聖，齊詠靈篇，囚徒餓鬼，當時解

脫,一切俱飽滿,免於衆苦,得還人中,若非如斯,難可拔贖。**進受治籙,兼建妙齋。**〈隋書經籍志〉:道經者,其受道之法,初受五千文籙,次受三洞籙,次受洞玄籙,次受上清籙。籙皆素書,紀諸天曹官屬佐吏之名有多少,又有諸符,錯在其間,文章詭怪,世所不識。受者必先潔齋,然後齋金鐶,以見於師。師受其贄,以籙授之,仍剖金鐶,各持其半,云以爲約。弟子得籙,緘而佩之。其潔齋之法,有黃籙、玉籙、金籙、塗炭等齋。爲壇三成,每成皆置絳蒕,以爲限域。傍各開門,皆有法象。齋者亦有人數之限,謂之齋客,但拜謝而已,不面縛焉。唐六典: 齋有七名: 一曰金籙大齋,二日黃籙齋,三日明真齋,四日三元齋,五日八節齋,六日塗炭齋,七日自然齋。漢津也。**凝華霄極,**〈梁簡文帝爲長子大器讓宣城王表〉: 徒以結慶璿源,乘蔭霄極。**格神於衆妙之門。**〈老子〉:玄之又玄,衆妙之門。**固以紫簡題名,**〈雲笈七籤〉:太上太真科云: 玉牒金書七寶爲簡文,名紫簡。**黃寧虛位,**〈黃庭經〉: 何不食氣太和精,故能不死入黃寧。注: 即黃庭也。**合兼上治,**〈雲笈七籤〉:〈太真科下卷〉所說云: 第五星宿治二十有八,名上治,一名内治,又名正治。是〈上皇元年七月七日,無上玄老太上大道君〉所立上、中、下品二十八宿要訣。**式統高真。**〈雲笈七籤〉: 了達則上聖可登,曉悟則高真可陟。**況齋直是因,**〈三天内解經〉曰: 夫爲學道,莫先乎齋,外則不染塵垢,内則五藏清虛,降真致神,與道合居。能修長齋者,則道合真,不犯禁戒也。故天師遺教,爲學不修齋直,冥如夜行不持火燭,此齋直應是學道之首。夫欲啓靈告冥,建立齋直者,宜先散齋,不使宿穢,臭腥消除,肌體清潔,無有玷汙,然後可得入齋,不爾,徒加洗沐,臭穢在肌膚之内,湯水亦不能除。**符圖載演,**〈梁書陶弘景傳〉: 始從東陽孫遊岳受符圖經法。**敕地官而校善,合天衆以標度。**並見上。

湯谷傳經，太上黃庭內景經：扶桑太帝君命湯谷神仙王傳魏夫人。當同昔日，寨林合唱，「寨」疑當作「騫」。雲笈七籤：月暉之圍，縱廣二千九百里，白銀、琉璃、水精映其內，城郭人民，與日宮同，有七寶玉池八騫之林生乎內。復現今時。信九館之靈遊，藝文類聚：幽明錄曰：洛下有洞穴不測，有一婦欲殺夫，推夫下，經多時至底，乃得一穴。匍匐行數十里，漸見明曠，郛郭宮館，金寶爲飾，明踰三光，人皆長三丈，被羽衣，如此九處。至最後所，乃問詣九處名及求住，答云：「君不得停，還問張華當知。」乃復行，出交州還洛，問華，華曰：「九處地位名九館。」太平御覽：集仙錄曰：每歲三元大節，諸天各有上眞下遊洞天，以觀其善惡。實三清之盛會。雲笈七籤：其三清境者，玉清、上清、太清是也。亦名三天，清微天、禹餘天、大赤天是也。又…金鎙流珠經曰：古來呼齋曰社會，今改爲齋會。某常憑元慶，張華晉四廂樂歌：稱元慶，奉聖觴。屬預嘉招。潘岳河陽縣作：弱冠忝嘉招。今者退啓雲裝，江淹雜體詩擬謝光祿莊郊遊：雲裝信解黻，煙駕可辭金。且縈塵累，淨住子：去諸塵累，乃可歸信。不獲觀光鶴嶺，「觀光」見易。江淹別賦李善注：張僧鑒像章記曰：鸞岡西有鶴嶺，王子喬控鶴所經過處。贊禮鹿堂，周禮司儀注：人贊禮曰相。雲笈七籤：二十八治，第二鹿堂山治，治在漢州綿竹縣界北鄉，去成都三百里，上有仙室，仙臺，古人度世之處。昔永壽元年，太上老君將張天師於此治上，與四鎮太歲、大將軍，川廟百鬼共折石爲要，皆從正一盟威之道。山有松柏，五龍仙穴，能通船渡，持火入穴，三日不盡。治應亢宿，號長發之，治王八十年。空吟有待之詩，王笃和皇太子懺悔詩：超然故無著，逍遙新有待。徒鬱非才之恨。漢武內傳：西王母曰：「劉徹好道，然形慢神穢，雖當語之至道，殆恐非仙才也。」伏惟亦賜鑒察。

上鄭州李舍人狀三

昨者累旬陪侍座原作「坐」，今據胡本改正。下，資賜稠疊，宴樂頻仍。雖曾參不列於四科，後漢書鄭康成傳：仲尼之門，考以四科。不接賓客，唯穉來，特設一榻，去則懸之。昔嘗爲恨，而徐穉再升於上榻，後漢書徐穉傳：陳蕃爲太守，在郡不接賓客，唯穉來，特設一榻，去則懸之。今實爲榮。麻廳光塵，見河東上李相公狀二，及漢南李相公狀。激切誠抱，漢書賈山傳：其言多激切。嚮望門館，不任下情。伏惟特賜恩亮。

上鄭州李舍人狀四

陳尊師至，伏承紫極宫中，見濮陽上陳相公狀三。大延法衆，沈約法王寺碑：祁祁法衆。遷受治職，加領真階，雲笈七籤：修行經云：生無道位，死爲下鬼，若高人俗士，有希道之心，未能捨榮祿，初門不可頓受，可受三五階，若修奉有功，然更遷受。景氣晏清，揚雄羽獵賦：於是天清日晏。李善注：許慎淮南子注曰：晏，無雲之處也。章辭御徹。干寶搜神記：德化張令秩滿歸京，至華陰，庖豕炙羊始熟，有黄衫者一人，據盤而坐，乃動問姓名，蓋冥司送關中死籍之吏耳，其書云：貪財好殺前德化令張某。即張君名也。令告使者，且有何術，得延其期，曰：「今有仙官劉綱者，謫居蓮花峯下，惟足下匍匐徑往，祈求奏章，除此難爲，無計也。足下可詣嶽廟，厚以利許之，必能施力於仙官。」於是徑往，見一道士，隱几而坐，令哀請懇切。俄而有使者賷緘而至，則金天王札也。乃啓玉函書一通，焚香

再拜以遣之,經時天符乃降,其上署「徹」字。此固誠通無始,莊子:出入無窮,與物無始。跡契自然,老子:人法地,地法天,天法道,道法自然。不然者,又安能於憧憧四達之衢,「憧憧」見易。爾雅:四達謂之衢。建眇眇三清之事?見第二狀。某良緣夙薄,隋書徐則傳:冀得虔受上法,式建良緣。俗累多縈。江逌逸民箋:鑒茲俗累,戒于顛蕩。夏秋以來,疾苦相繼。仰瞻道會,見第二狀。沈約謝齊竟陵王示華嚴瓔珞啓:佛法寬廣,濟度無涯。期於異時,必獲覯奧。然但以望恩憐所至,乘濟度之因。法書要錄陶隱居與梁武帝啓云:每以爲作才鬼,亦當勝於頑寶藏經云:因果悟其初心。悔責之來,夙宵斯積。見座主李相公狀。則燕昭雖乏於靈氣,郭璞遊仙詩:燕昭無靈氣,漢武非仙才。陶君亦覬於頑仙。

伏惟照察。某十月初始議西上,續勒家僮齋狀起居,諸具後幅諗。謹狀。

上李舍人狀一

箋:前四狀皆爲鄭州李舍人作。馮箋:義山從叔名褒,會昌中,出爲鄭州刺史。本集有四啓一文,既可互證,而詩集有鄭州獻叔舍人詩,似爲崇信道流者。即前第二狀所云「進受治籙,兼建妙齋」第四狀所云「紫極宮中,大延法衆」也。此下七狀,則皆不以鄭州冠首,第二、第三狀,皆爲紫極宮作文之事,則與前兩狀所云既合,又褒以中書舍人供職內廷,而出爲郡守,未免失意,故第五狀有「去關鍵於寵辱,忘階阯於高卑」諸語。第六狀云「已卜江南隱居,轉貼都下舊褒歷抵時相之啓,大率以棲心寂靜,不耐煩劇爲詞。又本集爲

宅」，似褒已抗志高隱，而義山尼之者。然據此類推，則舍人之仍爲李褒，似屬可信。惟既係上褒而作，則此篇所謂鄭州李舍人者，又係何人？且諸狀皆稱十二叔，則所稱二十三叔，又何所指？祇此一篇，不惟與前四狀引義不倫，且與後六狀自相歧異，疑不能明也。

不審近日尊體何如？伏計不失調護。去冬，二十八叔拜迎軒騎，〈韓非子〉：田子方從齊之魏，望翟黃乘軒騎駕出。已託從者附狀起居。及二十三叔歸闕之時，某適有私故，淹留他縣，〈箋：永樂爲僑寓，鄭州爲作客，疑即李褒〉。考本集爲絳郡公四啓，皆作於澤潞既平之後，楊弁就縛，劉稹繼平，年月正相合也。阻拜清光。自春又爲鄭州李舍人邀留，比月方還洛下，以此久闕附狀，用抒下情。頃者二十三叔固辭内廷，〈文獻通考：玄宗初，待詔内庭，止於應和詩賦文章而已〉。詔語所出，本中書舍人之職，軍興之際，促迫應務，權令學士代之。望之爲平原太守。〈望之雅意在本朝，遠爲郡守，内不自得，乃上疏曰：願陛下選明經術，温故知新，通於幾微謀慮之士，以爲内臣，與參政事。外郡不治，豈足憂哉！避榮之心有素，頒條之績又彰。今則假道選曹，〈吳志顧譚傳：薛綜爲選曹尚書〉。復登綸閣，見韋舍人狀。光揚星次，〈後漢書郡國志注：其爲宗室，自太上皇以來，族親各以世氏發天聲，揚雄甘泉賦：天聲起兮勇士厲。爲一代之宗師，〈漢書平帝紀：郡國，置宗師以糾之，致教訓焉。唐會要：武德二年，詔曰：宗緒之情，義超常品，宜有旌異，以明等級。天下諸宗姓任

官者，宜在同列之上，無職任者，不在縣役之限。每州置宗師一人，以相統攝。留萬古之謨訓。〈書〉。凡在儒墨，孰不歡忻。況某早奉輝光，猥至成立，〈史記晉世家〉：輔我以行，卒至成立。下情豈任抃賀踴躍之至。

上李舍人狀二

前者伏奉指命，令選紀紫極宮功績。見濮陽上陳相公狀三。某自還京洛，箋：本集祭姊文云「四海無可歸之地，九族無可倚之親。既祔故丘，便同逋駭。及衣裳外除，旨甘是急，乃占數東甸，儲書販舂」，是義山既除父喪，既爲東都人。占數，占户籍之數也。惟其登第之時，曾奉母濟上，赴調之日，又移家關中，轉徙不常，猝難尋其端緒。至前狀云「淹留他縣」，自即指會昌四年移家永樂而言。然僦居不過年餘，五年即返洛，其下文云「方還洛下」，此狀云「自還京洛」。還者，自外而返於家之辭，是終以洛爲定居也。又下第四狀云「某已決取此月二十一日赴京，舍弟羲叟早受陶鈞之賜」，是義山還洛之後旋復赴京，而其弟尚留洛下，故偶成轉韻詩云：明年赴辟下昭桂，東郊慟哭辭兄弟。知其自京赴桂，一過故居取別耳。馮氏編年詩，於井泥以下諸篇，云自長安至東都，於戊辰會靜諸篇，列諸大中二年。云自荆門至故鄉與東都，是明知義山有來往東都之迹，徒以未見此二狀，不能決義山之居洛，而又泥於「昔去」、「今來」之句，追系遷蒲於寶曆元年，并「東甸」句亦強疑爲蒲州，皆爲曲說，愚故類列而詳辨之。常抱憂煎，骨肉之間，〈史記留侯世家〉：骨肉之間，雖臣等百餘人何益。病恙相繼。章詞雖立，點竄未工，〈魏志太祖紀〉：他日，公又與遂書，多所點竄，如遂改定者。已懷鄙陋之憂，復有淹延之罪。更旬日始獲寄上，伏惟寬察。

上李舍人狀三

紫極刊銘,合歸才彥,猥存荒薄,蓋出恩私,牽彊以成,{北史盧同傳:同時久病牽彊。}尤累非少。{宋書謝方明傳:且輕薄多尤累。}遠蒙寵獎,厚賜縑繒,{説文:縑,并絲繒也,繒,帛也。}已有指揮,即命鐫紀,{蔡邕太尉汝南李公碑:鐫紀斯石。}文詞所得,妙非幼婦之碑;{世説:魏武嘗過曹娥碑下,楊修從碑背上,見題作「黃絹幼婦外孫齏臼」八字,修曰:「黃絹,色絲也,於字爲絕,幼婦,少女也,於字爲妙,外孫,女子也,於字爲好,齏臼,受辛也,於字爲辭,所謂絕妙好辭也。」}惠賚踰涯,數過賁園之帛。{易。下情無任捧受原作「授」。今據胡本改正。}戴荷之至。{梁簡文帝重謝上降爲開講啓:伏筆馨言,寧宣戴荷。}

上李舍人狀四

比者伏承尊體小有不安,{枚乘七發:伏聞太子玉體不安。}今已平退,下情無任欣抃。時向嚴冽,{玉篇:冽,寒氣也。}伏惟特加頤攝。見痊復狀。某已決取此月二十一日赴京,東望門牆,違遠恩顧,寄誠誓款,實貫朝暾,見令狐狀六。伏計亦賜識察。舍弟義叟舊唐書商隱本傳:商隱弟義叟,亦以進士擢第,累爲賓佐。魏文帝與鍾大理書:是以令舍弟子建,因荀仲茂時從容喻鄙旨。苦心爲文,本集樊南甲集序:仲弟聖僕,特善古文。原注:義叟。十二叔憫以弟兄孤介無徒,顏延之拜陵廟作:幼壯困孤介。辛

勤求己。唯當明祈日月，幽禱鬼神，願令手足之間，早奉陶鈞之賜。下情不任倚望感激隕涕之至。

上李舍人狀五

不審近日尊體何如？ 伏想沖慮真筌，〈莊子〉：筌者所以在魚，得魚而忘筌；蹄者所以在兔，得兔而忘蹄；言者所以在意，得意而忘言。融心妙域，神明是保，〈鶡冠子〉：道乎道乎，與神明相保乎。

榮上淹留軒車，〔榮上〕見〈鄭州李舍人狀一〉詩。已曠圭律，〈周禮〉敍傳：馳顏、閔之極摯。〈注〉：劉德曰：摯，至也，人行之所極至。玉音愈清。〈易〉。見〈陳書〉

此固擺脱常懷，秉持極摯，漢書敍傳：馳顏、閔之極摯。去關鍵於寵辱，〈老子〉：善閉者，無關楗而不可開。又：寵辱若驚。幾勞開閉；〈晉書〉〈殷浩傳〉：浩廢爲庶人，後桓溫將以浩爲尚書令，遺書告之，浩欣然許焉。將答書，慮有謬誤，開閉者數十，竟達空函，大忤溫意，由是遂絶。仲文枯樹，屢歎婆娑。〈晉書〉〈殷仲文傳〉：仲文因月朔至大司馬府，府中有老槐樹，顧之良久，而歎曰：「此樹婆娑，無復生意。」比之清光，實有慚德。〈書〉

岡、蘭塘蕙苑，聚星卜會，望月舒吟。二語並見〈許昌李尚書狀一〉。羊侃接賓，共其醒醉，〈梁書〉〈羊侃傳〉：侃不能飲酒，而好賓客交遊，終日獻酬，同其醉醒。謝安諸子，例有風流。〈晉書〉〈謝玄傳〉：謝安嘗戒約子姪，因

曰：「子弟亦何豫人事，而正欲使其佳」？玄答曰：「譬如芝蘭玉樹，欲使其生於庭階耳。」優游名教之間，〈見河陽李大夫狀〉。保奉希夷之道。〈老子：視之不見名曰夷，聽之不聞名曰希。〉去歲陪遊，頗淹樽俎，今茲違奉，實間山川。曲水冰開，〈晉書束皙傳：武帝嘗問三日曲水之義，皙曰：「秦昭王以三日置酒河曲，見金人奉水心之劍曰『令君制有西夏』因此立爲曲水。」「冰開」，見禮記。〉章臺柳動。〈見京兆李尹狀。本集馮氏曰：章臺，本秦時臺也。楚懷王入秦，朝章臺。見史記。後名章臺街，唐人有章臺柳詩。〉子牟豈忘於魏闕，〈莊子：中山公子牟，身在江海之上，心居乎魏闕之下。〉嚴助蓋厭於承明。〈漢書嚴助傳：舉賢良對策，武帝善助對，擢爲中大夫。助侍燕從容，上問所欲，對願爲會稽太守。於是拜爲會稽太守。賜書曰：君厭承明之廬，勞侍從之事，出爲郡吏。〉仰望恩憐，豈任攀戀！

況某夙煩有素，刻畫難施。〈晉書周顗傳：庾亮嘗謂顗曰：「諸人咸以君方樂廣」。顗曰：「何乃刻畫無鹽，唐突西施也。」〉韓信少時，罕蒙推擇，〈史記淮陰侯傳：韓信始爲布衣時，貧無行，不得推擇爲吏。〉揚雄終歲，唯有寂寥。〈見弘農上三相公狀。〉向非月旦貽評，〈後漢書許劭傳：劭好覈論鄉黨人物，每月輒更其品題，故汝南俗有月旦評焉。〉陽春獲賞，〈見令狐狀二。〉則孤根易拔，〈晏子春秋：魯昭公曰：「吾少之時，內無拂而外無輔，譬之猶秋蓬也，孤其根而美枝葉，秋風至，根且拔矣。」〉弱羽難飛，〈鮑照野鵝賦：升弱羽於丹庭，作賓戲以自通焉。〉答賓戲以那停，〈後漢書班固傳：固自以二世才術，位不過郎，感東方朔、揚雄自論，以不遭蘇、張、范、蔡之時，作賓戲以自通焉。〉嘲而莫暇，〈見劉舍人狀。〉撫躬誓款，委已銜詞，下筆難休，〈見漢南盧尚書狀。〉戀柯何極。龍門不

見，將同故掾之心；〈謝朓〉拜中軍記室辭隨王箋：白雲在天，龍門不見，去德滋永，思德滋深。餘見令狐狀六。麟史可傳，〈史記孔子世家〉：及西狩見麟曰：「吾道窮矣。」乃因史記作春秋。徒立素臣之位。見史館白相公狀一。祇迎榮誨，遲慰孤誠，伏紙臨風，杳動心骨。

上李舍人狀六

伏承尋到東洛，不審尊體何如？伏計不失調護。近數見崔訢言協律，〈新唐書宰相世系表〉：安平三房崔氏。訢言，字詢之，昭義節度判官。〈舊唐書職官志〉：太常寺協律郎二人，正八品上。伏承已卜江南隱居，轉貼都下舊宅。〈南齊書劉繪傳〉：劉繪貼宅，別開一門。道心歸意，貫動昔賢，〈舊唐書李讓夷傳〉：開成元年，以本官兼知起居舍人事。時起居舍人李褒有痼疾，請罷官，帝曰：「讓夷可也。」然外以安危所注，見〈濮陽上楊相公狀〉。內以婚嫁之累。〈後漢書向長傳〉：長字子平，建武中，男女嫁娶既畢，敕斷家事勿相關。於是遂恣意與同好北海禽慶俱遊五嶽名山。竊惟時論，或阻心期。〈陶潛酬丁紫桑詩〉：實欣心期，方從我遊。況古之貞棲，〈宋書明帝紀〉：若乃林澤貞棲，丘園耿潔。固有肥遁，〈易〉。衣食不求於外，藥物自有其資。〈顏氏家訓〉：神仙之事，未可全誣，但性命在天，或難種植。人生居世，觸途牽縶，幼少之日，既有供養之勤；成立之年，便增妻孥之累，衣食資須，公私勞役，而望遁跡山林，超然塵滓，千萬不過一爾。加以金玉之費，鑪器所須，益非貧士所辦。學如牛毛，成如麟角，華山之下，白骨如莽，何有可遂之理。乃可謝絕塵間，棲遲事表。〈詩〉。儻猶未也，或撓修存。〈雲笈七

箋：若修存之時，恒令日月還面明堂中，日在左，月在右，令二景與目瞳合，氣相通也。若更駐歲華，稍優俸入，魏書裴瑗傳：悅好神仙導養之法，以年老，欲煉丹以祈遐壽，聞交阯出丹砂，求爲句漏令。葛洪有丹火之須，晉書葛洪傳：洪好神仙導養之法，以年老，欲煉丹以祈遐壽，聞交阯出丹砂，求爲句漏令。然後拂衣求心，後漢書楊彪傳：明日便當拂衣而去。

傅，兄子受爲少傅。在位五歲，上疏乞骸骨。公卿大夫故人邑子設祖道，供張東都門外，送者車數百兩，漢書二疏傳：疏廣爲太傅，兄子受爲少傅。抗疏乞罷。見宦告狀。東都帳飲，見疏傳之云歸；勾曲樓居，

樂陶公之不返。梁書陶弘景傳：弘景除奉朝請，永明十年上表辭祿，止於句容之勾曲山，中山立館，更築三層樓，弘景處其上，弟子居其中，賓客至其下。亦可以光昭紫籍，雲笈七箋：司命隱符，五老紫籍。振動玄門，陶弘景答朝士訪仙佛兩法體相書：先生領袖玄門。留孤風以動人，見僕射崔相公狀一。垂雅裁以鎮俗。何劭贈張華詩：鎮俗在簡約。飲德歸義之士，謝靈運擬太子鄴中集詩：飲德方覺飽。鄒陽上書吳王：聖王砥節修德，則游談之士，歸義思名。所望在玆，伏惟更賜裁度。某識雖蒙駿，博雅：駿，癡也。業繼玄虛，見弘農上三相公狀。一官一名，衹添戮笑；公羊傳。片辭隻韻，江總皇太子太學講碑：隻句片言，諧五聲之節奏。無救寒饑。實於浮汎之中，早有潛藏之願。異時仰陪仙裝，原注：去聲。歸從玄遊，見鄭州李舍人狀二。庶或收楊許之靈文，纂成真誥；太平廣記：神仙感遇傳曰：貞白先生陶弘景得楊許真書，遂登岩告靜。撰真誥隱訣，注老子等書二百餘卷。太平御覽：靈寶經曰：靈文鬱秀，洞映上清。按烏張之藥法，「烏張」，未

詳。《史記·倉公傳》：歲餘，菑川王時遣太倉馬長馮信正方，臣意教以案法逆順，論藥法，定五味及和齊湯法。薄駐流年。王筠《東南射山詩》：握髓駐流年。丹赤之誠，造次於是。其他並令義叟口啓，見第四狀。不敢繁有諮具。

上李舍人狀七

不審至今來尊體何如？伏以冬年例寒，疑當作「今年例寒」。不並常歲，伏惟善加攝護，下情所望。十七郎文華質氣，掩軼輩流，便當一鳴，《史記·滑稽傳》：齊王曰：「此鳥不鳴則已，一鳴驚人。」以赴衆望。舍弟介特好退，謂義叟，見第四狀。《方言》：物無偶曰特，獸無偶曰介。《宋書·何子平傳》：好退之士，彌以貴之。龍鍾寡徒，楊慎《丹鉛録》：龍鍾似竹搖曳，不自持也。《後漢書·左雄等傳論》：榮路既廣，獻望難裁。頓見榮路，後漢書左雄等傳論：榮路既廣，獻望難裁。淹留伊、洛，已變炎涼，龍蟄存神，《易》。忞預生徒，見《濮陽賀鄭相公狀》。忻慰之至，遠難諮陳，伏計亦賜鑒察。十二叔以彰明，忝預生徒，見濮陽賀鄭相公狀。敢用爲賀。鳳翔鑒德，「鑒」，疑當作「覽」，見《賀牛相公狀一》。賢人事術，益閣，卧枕芸香春夜闌。明年赴辟下昭桂，東郊慟哭辭兄弟。是義山既除母喪，仍官祕省。事當在會昌六年。《世説》：張季鷹曰：「人生貴得適意爾，何能羈官數千里以要名爵？」業貧京都，徒成疑當作「以」。《詩集·偶成轉韻》云：我時顦顇在書拜遠門闌，違奉恩教。東望結戀，夙宵匪寧。至來歲專欲求假起居，未間，胡本作「聞」。伏惟特賜榮誨。謹狀。

樊南文集補編卷第七

狀

賀翰林孫舍人狀 箋：〈詳孫學士狀〉。「翰林」，見〈丁學士狀〉。

伏承榮加寵命，伏惟感慰。舍人文苞雅誥，孔安國〈尚書序〉：雅誥奧義，其歸一揆。道叶皇獸，爛雲藻以敷華，應瑒撰〈征賦〉：摛雲藻之雕飾。叶天聲而應律。載遷星次，並見〈李舍人狀〉。爰奉夏官，〈周禮〉。焕綵服於蘭堂，「堂」，疑當作「臺」，見〈僕射崔相公狀〉。耀瓊枝於粉署，女侍使虛薰錦帳，〈太平御覽〉：〈漢官儀〉曰：尚書郎給青縑白綾被或錦被、帷帳、氈褥、通中枕。太官供食，湯官供麪餌五熟菓實，下天子一等。省皆胡粉塗畫古賢人烈女。給尚書郎史二人，女侍史二人，皆選端正，從直女侍，執香鑪燒薰，從入臺護衣服，奏事明光殿。郎握蘭含香，趨走丹墀奏事，黃門郎與對揖。天子五時賜服。若郎處曹二年，賜遷二千石刺史。中謁者方奉芝泥。通典：内謁者，後漢大長秋屬官，有中宮謁者三人，主報中章。後魏、北齊皆有中謁者僕射。隋内侍省有内謁者監六人，内謁者十二人。唐因之。〈藝文類聚〉：〈河圖〉曰：舜以太尉即位，與三公臨觀，黃龍五采負圖出舜前，以黃玉爲柙，玉檢金繩，芝爲泥，章曰天黃帝符璽。聊用望郎，〈北堂書鈔〉：〈山濤啓事〉云：舊選尚書郎，極清望也。以爲假道，佇承

補編卷七　狀

七一五

睿旨,近執化權。侶四輔以爕和,〈書〉。合萬錢於供養,〈晉書何曾傳〉:食日萬錢,猶曰無下箸處。「供養」,見〈禮記〉。某厚承恩顧,未獲趨承,欣賀莫任,瞻戀斯極。〈邯鄲淳贈答詩〉:瞻戀我侯。

上鄭州蕭給事狀

箋:蕭澣也。〈舊唐書文宗紀〉:太和七年三月,以給事中蕭澣為鄭州刺史。又〈職官志〉:給事中四員,正五品上。「鄭州」,見〈鄭州李舍人狀〉。

某簪組末流,漢書孝成班倢伃傳:號託長信之末流。丘樊賤品,謝莊〈月賦〉:臣東鄙幽介,長自丘樊。〈梁昭明太子十二月啓〉:執鞭賤品。倏忽三載,〈楚辭招魂〉:往來倏忽。遭迴一名,〈楚辭九章〉:欲遭回以干傺兮。豈於此生,望有知己?見〈崔大夫狀〉。克海大夫,謂崔戎也,太和八年六月卒,故下有生死之寄語。〈舊唐書崔戎傳〉:遷克、海、沂、密都團練觀察等使。時因中外,嘗賜知憐。義山為崔戎表姪,曾入其幕,詳〈崔大夫狀〉。給事又曲賜褒稱,使垂延納。〈詩集哭遂州李侍郎〉:早歲思東閣,為邦屬故園。自注:余初謁於鄭舍。後〈漢書北海靖王興傳〉:數被延納。朱門縿人,見〈河陽李大夫狀一〉。歡席幾陪。辱倒屣於蔡伯喈,合先王粲,見〈上李尚書狀〉。後〈漢書禰衡傳〉:衡少有才辨,而氣尚剛傲,好矯時慢物,唯善魯國孔融,融亦深愛其才。衡始弱冠,而融年四十,遂與為交。餘見〈漢南盧尚書狀〉。枉開樽於孔文舉,宜在禰衡。豈伊庸虛,便比疑當作「此」。叨幸?今者方牽行役,〈詩〉:遽又違離。躧屐食魚,兼預原、嘗之客,〈史記春申君傳〉:趙平原君使人於春申君,趙使欲夸楚,為瑇瑁簪,刀劍室以珠玉飾之。春申君客

三千餘人,其上客皆躡珠履,趙使大慚。「食魚」見上李尚書狀。班固西都賦:節慕原、嘗,避不辭也。杜詩「不聞夏、殷衰,中自誅褒、妲」句法相同。御車登榻,俱參陳、李之門。後漢書李膺傳:膺性簡亢,無所交接,荀爽嘗就謁膺,因爲其御,既還,喜曰:「今日乃得御李君矣。」其見慕如此。「登榻」見鄭州李舍人狀三。生死之寄皆深,去住之誠並切。伏惟特賜亮察。

上河南盧給事狀

箋:盧貞也。本集有爲河南盧尹上尊號表。馮氏曰:盧尹爲盧貞,見白香山集。香山七老會,貞與祕書狄兼謩以年未七十,雖與會而不及列。唐詩紀事:貞字子蒙,會昌五年,爲河南尹。餘詳京兆李尹狀。

不審近日尊體何如?考履納祥,爲善降福,伏料寢昧,常保康寧。書:給事顯自璵閩,見聽政表。出臨鼎邑,左傳:登兹周甸,國語:夫先王之制,邦内甸服。訓此殷頑。書:鋒芒不鈍,而脅肯自分;「脅」當作「綮」。莊子:庖丁爲文惠君解牛曰:「臣之所好者,道也,進乎技矣。臣以神遇,而不以目視,官知止而神欲行,批大卻,導大窾,因其固然,技經肯綮之未嘗,而況大軱乎!今臣之刀十九年矣,所解數千牛矣,而刀刃若新發於硎。」桴鼓稀鳴,而囊橐輒露。漢書張敞傳:敞守京兆尹,枹鼓稀鳴,市無偸盜。又:拜冀州刺史,賊連發,不得。注:言容止賊盜,若囊橐之盛物也。方今惟新庶政,允佇嘉謀,書。載考前人,聿求往躅。袁司徒人膺論

道,後漢書袁安傳:安爲河南尹,政號嚴明,在職十年,京師肅然,名重朝廷。建初八年,遷太僕。元和三年,爲司空。章和元年,爲司徒。「論道」,見書。

「專征」,見尋醫表。杜鎮南出授專征,晉書杜預傳:預,泰始中,守河南尹,後拜鎮南大將軍。「專征」,見書。

並資尹正之能,後漢書郡國志注:應劭漢官曰:尹,正也。適致超昇之拜。伏惟特爲休運,善保起居,下情所望。某頑魯無堪,劉楨贈五官中郎將詩:小臣信頑鹵,梁書陳慶之傳:皆謀退縮。

賦成誰薦?漢書揚雄傳:雄好辭賦,孝成帝時,客有薦雄文似相如者,上召雄待詔承明之庭。食絕唯歌。見上李尚書狀。上累門牆,頗淹星律,屬人生之坎坷,漢書揚雄傳注:坎坷,不平貌。逢世路之推遷,崔駰達旨:子苟欲勉我以世路。

伏紙含誠,緬洛方清,潘岳藉田賦:清洛濁渠。瞻嵩比峻。詩:敢同上客,曾疑樂廣之弓,晉書樂廣傳:廣遷河南尹,嘗有親客在坐,方欲飲,見杯中有蛇,意甚惡之,既飲而疾。于時河南廳事壁上有角,漆畫作蛇,廣意杯中蛇,即角影也。復置酒於前處,客所見如初。廣乃告其所以,客豁然意解。沈痾頓愈。惟羨小民,慚倚庾雲之碣。按:庾信哀江南賦,河南有胡書之碣文,似用其事。而庾雲無考,惟晉書庾純傳云:字謀甫,博學有才藝,爲世儒宗,歷中書令河南尹。疑避憲宗諱而改。下情無任瞻戀感激之至。

上張雜端狀 新唐書百官志:侍御史久次者一人知雜事,謂之雜端。

保定賢弟昨至,箋:後有爲濮陽公補保定尉張鴞巡官牒,疑即其人也。新唐書地理志:保定縣,上,屬關內

道涇州。〈顏氏家訓〉：凡與人言，稱彼祖父母、世父母、父母、及長姑，皆加尊字，自叔父已下，則加賢字，尊卑之差也。纔獲披承，已欽夷雅，〈任昉王文憲集序〉：夷雅之體，無待韋絃。是觀玉季，如對金昆。〈南史王份傳〉：份子琳，琳長子銓，美風儀，善占吐，雖學業不及弟錫，而孝行齊焉，時人以爲玉昆金友。陸有機雲〈晉書陸雲傳〉：雲少與兄機齊名，號曰二陸。劉惟縣岱，〈吳志劉繇傳〉：繇字正禮，兄岱字公山，繇州辟部濟南、平原陶丘洪薦繇，欲令舉茂才，刺史曰：「前年舉公山，奈何復舉正禮乎？」洪曰：「若明使君用公山於前，擢正禮於後，所謂御二龍於長塗，騁騏驥於千里，不亦可乎！」豈惟昔日，獨有齊名？況不羞小官，無辭委吏，一枝桂既經在手，見集賢韋相公狀三。五斗米安可折腰？〈晉書陶潛傳〉：潛爲彭澤令，郡遣督郵至縣，吏白應束帶見之。潛歎曰：「吾不能爲五斗米折腰，拳拳事鄉里小人邪！」解印去縣。候館屈才，〈周禮〉。固難維縶；〈詩〉。前籌佇美，見官告狀。即議轉遷。〈王粲爵論〉：爵自一級轉登十級，而爲列侯，譬猶秩自百石，轉遷而至於公也。端公厚賜眷知，〈通典〉：侍御史號爲臺端，他人稱之曰端公，其知雜事者，謂之雜端。又聯姻好，今茲折簡，見許昌李尚書狀一。復輟吹簫，〈詩〉。此時敢曰恩門，他日便爲世故。永言欣會，難以諮陳，伏惟亮察。

上考功「考功」二字原脫，今據胡本補入。任郎中狀 箋：本集有爲同州任侍御憲上崔相國啓，馮氏引宰相世系表，任憲字亞司，高宗相雅相來孫，易定節度使迪簡子。此狀有「華省名曹，南臺雜事」之語，或即其人與？〈舊唐書職官志〉：吏部考功郎中一員，從五品上。

伏以華省名曹，〈見尋醫表。〉南臺雜事，〈見丁學士狀及前狀。〉秩雖亞於獨坐，〈北堂書鈔：漢書儀曰：御史中丞，朝會獨坐，出討姦猾，内與尚書令、司隸校尉會同，皆專席，京師號之三獨坐也。事實同於二丞。〈舊唐書職官志：尚書省左右丞各一員。〉向非十九兄貌可窺邪，〈梁書張緬傳：遷御史中丞，權繩無所顧望，號爲勁直。高祖乃遣畫工圖其形於臺省，以勵當官。説文：窒，塞也。〉名堪鎮俗，〈見李舍人狀六。〉即孰得允膺邦直，〈詩顯副帝俞？〈書。〉在望實之猶歸，「猶」疑當作「攸」。〉晉書溫嶠傳：願遠存周禮，近參人情，則望實惟允。固選倚而爲重。竊惟後命，〈左傳。〉且踐中司，〈見懷州刺史狀。〉豈同梁代，先資八幅〈胡本作「輻」。〉之詳，〈晉書衛瓘傳：瓘拜尚書令，與尚書郎索靖俱善草書，時人號爲一臺二妙。〉
「詳」當作「祥」。〉梁書樂藹傳：藹，天監初，遷御史中丞。初，藹發江陵，無故於船得八車輻，如中丞健步避道者，至是果遷焉。某被沐恩知，淹延歲序，徒嗟卻掃，〈江淹恨賦。〉敬通見抵，罷歸田里，閉關卻埽，塞門不仕。久曠升堂，望赤棒以兢魂，〈北齊書琅邪王傳：魏氏舊制，中丞出，清道，與皇太子分路行，王公皆遙住車，去牛頓軛於地，以待中丞過。其或遲違，則赤棒棒之。〉想絳紗而增戀。〈見濮陽賀鄭相公狀。〉下情無任抃賀之至。

與白秀才狀

箋：本集太原白公墓碑云：子景受，大中三年自潁陽尉典治集賢御書，來京師，乃件右功世，以命其客取文刻碑。是秀才即景受也。考舊唐書白居易傳，無子，以其姪孫嗣。〈新唐書宰相世系表：景受，孟，懷觀察支使，以從子繼。至公自撰醉吟先生墓誌云：

有三姪，長味道，次景回，次晦之。又云：「樂天無子，以姪孫阿新爲之後，則與舊書合，而與新書不合。故汪立名香山年譜疑其復以從子承祧，而遂更其名。」馮氏據義山所撰碑銘，謂公存時，已名景受，又引文粹殤子辭，謂公沒後，阿新亦殤，又以景受爲繼。蓋新書世系乃據後追錄，不嫌與舊書歧出也。國史補：進士通稱謂之秀才。

杜秀才翶至，奉傳旨意，史記陳涉世家：卜者知其指意。以遠追先德，晉書桓玄傳：皆仰憑先德遺愛之利，玄何功焉！思耀來昆，爾雅：玄孫之子爲來孫，來孫之子爲昆孫。欲俾虛蕪，用備刊勒。承命揣己，悲惶莫任。伏思太和之初，便獲通刺，釋名：書姓字於奏上曰書刺，作再拜起居字，皆使書盡邊下。官刺曰長刺，書中央一行。又曰爵里刺，書其官爵及郡縣鄉里也。昇堂辱顧，前席交談。見上李尚書狀。陳蔡及門，功稱文學，江黄預會，尋列春秋。雖跡有合離，時多遷易，永懷高唱，陸機演連珠：臣聞絕節高唱，非凡耳所悲。嘗託餘暉，史記甘茂傳：臣聞貧人女與富人女會績，貧人女曰：「我無以買燭，而子之燭光幸有餘，子可分我餘光，無損子明，而得一斯便焉。」遂積分陰，晉書陶侃傳：至於衆人，當惜分陰。俄踰一紀。

今弟克承堂構，書。允紹家聲。將欲署道表阡，漢書原涉傳：涉自以先人墳墓儉約，非孝也，乃大治起冢舍，周閣重門。初，武帝時京兆尹曹氏葬茂陵，民謂其道爲京兆阡，涉慕之，乃買地開道立表，署曰南陽阡，人不肯從，謂之原氏阡。繼志述事，必在博求雄筆此處疑脫二字。鴻生，揚雄羽獵賦：於茲乎鴻生鉅儒，俄軒冕，雜衣裳。

豈謂愛忘,見河陽李大夫狀一。忽茲謀及!〈書〉。悚怍且久,辛酸不勝,欲遂固辭,〈書〉。慮乖莫逆。〈莊子〉:子桑戶,孟子反,子琴張相與語曰:「孰能相與於無相與,相爲於無相爲?」三人相視而笑,莫逆於心,遂相與爲友。表嚴平於蜀郡,誰不願爲?〈蜀志許靖傳注〉:益部耆舊傳曰:王商爲蜀郡太守,與嚴君平,李弘立祠作銘,以旌先賢。敍郭泰於介休,亦惟無愧。〈後漢書郭太傳〉:太字林宗,太原界休人也。卒時,四方之士千餘人,皆來會葬。同志者乃共刻石立碑,蔡邕爲文,既而謂涿郡盧植曰:「吾爲碑多矣,皆有慚德,惟郭有道無愧色耳。」庶磨鉛鈍,班固答賓〈戲〉:搦朽磨鈍,鉛刀皆能一斷。聊慰招肩,「招」疑當作「松」。〈說文〉:肩,外閉之關也。伏紙向風,悲憤交積。

與白秀才第二狀

前狀中啓述事,比者與杜秀才商量,只謂卜於下邽,克從先次,〈舊唐書白居易傳〉:居易太原人。〈北齊五兵尚書建之仍孫。建立功高齊,賜田韓城,子孫家焉,遂移籍同州。至建曾孫溫,徙於下邽,今爲下邽人焉。〈新唐書地理志〉:下邽縣屬關内道華州。所以須待相國意緒,〈舊唐書白居易傳〉:敏中,居易從父弟也,會昌末,同平章事。宣宗即位,加右僕射。五年罷相,十一年二月,檢校司徒,平章事,江陵尹,荆南節度使。方敢遠應指揮。今狀,聞便龍門,〈新唐書地理志〉:龍門縣屬河東道河中府。仰遵遺令。〈舊唐書白居易傳〉:會昌中,以刑部尚書致仕。與香山僧如滿結香火社,每肩輿往來,白衣鳩杖,自稱香山居士。大中元年卒,遺命不歸下邽,可葬於香山如滿師塔之側,家人從命而葬焉。事同踴塔,〈顏氏家訓〉:千里寶幢,百由旬座,化成淨土,踴出妙塔。兆異佳城。〈張華

博物志：漢滕公薨，求葬東都門外，公卿送喪，駟馬不行，跼地悲鳴，跑蹄下地，得石，有銘曰：佳城鬱鬱，三千年，見白日，吁嗟滕公居此室！遂葬焉。敢於不朽之言，左傳。須演重宣之義，劉孝綽栖隱寺碑。敢宣重說，敬勒雕鐫。則不敢更稽誠意，俟命強宗。見李舍人狀七。敬惟照亮。

啓

爲濮陽公上四相賀正啓 「四相」，見濮陽上陳相公狀三。

伏以春日青陽，「日」當作「旦」。爾雅：春爲青陽。歲當更始，禮記。思將萬壽，詩。以奉三台。屢見。伏惟相公，與國同休，見令狐狀一。自天逢福。鮑照代白紵舞歌辭：邀命逢福丁溢恩。唐堯之八十六載，書堯典：堯年十六，以唐侯升爲天子，在位七十載，時八十六，老將求代。永奉宸聰；周文之九十七年，禮記。長承睿算。某方臨征鎮，魏志高貴鄉公紀：四方征鎮，宣力之佐。伏賀無由，攀戀禱祠，不任丹懇。王僧孺禮佛唱導發願文：各運丹懇。

爲濮陽公上白相公杜相公崔相公馬相公鳳翔崔相公賀正啓 箋：「濮」，當作「榮」。考新唐書宰相表，白敏中於會昌六年五月同平章事。杜悰於會昌四年閏七月同平

章事,五年五月爲尚書右僕射。崔元式於大中元年三月同平章事。馬植於大中二年正月同平章事,而舊唐書紀於會昌六年六月,已書以戶部侍郎本官同平章事。會昌初同平章事,坐保護劉從諫,貶澧州、恩州。宣宗即位,召還爲太子賓客,出爲鳳翔節度使。是五相同時,當在大中初年,與鄭亞觀察桂管年正相及。若王茂元則會昌二年已卒,不可強通矣。

伏以律中太簇,〈禮記〉。月貞孟陬,〈爾雅〉:正月爲陬。〈楚辭離騷〉:攝提貞于孟陬兮。迎祥既積於元正,崔瑗三珠釵箴〉:元正上日,百福孔靈。善祝方資於難老。〈左傳〉、〈詩〉。伏惟相公,金相轉瑩,玉德踰資。「資」疑當作「貞」。〈初學記〉:〈吳先賢傳〉:上虞令史甯讚曰:猗猗上虞,金鑒玉貞。小甘茂之十官,見官後狀。倖叔敖之三相。〈史記循吏傳〉:孫叔敖三得相而不喜,知其材自得之也。〈周禮戎僕注〉:倅,副也。使嚴廊之上,見集賢韋相公狀二。永作吾家;〈老子〉:埏埴以爲器。長爲己任。某方臨戎鎮,〈舊唐書李叔明傳〉:代宗以戎鎮重寄許之。拜賀末由,攀戀禱祠,不任丹懇,伏惟鑒察。

爲濮陽公賀丁學士啓

〈箋〉:詳爲濮陽公與丁學士狀。

學士位以才昇,〈周書尉遲運等傳論〉:可謂位以才昇,爵由功進。官由德舉,〈晉書慕容暐載記〉:官惟德舉。

光揚中旨，顏延之䃢白馬賦序：乃詔陪侍，奉述中旨。潤飾洪猷，允謂當仁，果從真胡本作「正」。拜。漢書王尊傳：雖拜爲真，未有殊絕襃賞，加於尊身。墨丸赤管，應劭漢官儀：尚書令僕丞郎，月給赤管大筆一雙，隃麋大墨一枚，小墨一枚。豈滯於南宮，漢書天文志：南宮後聚十五星，曰烏郎位。黃紙紫泥，見官告狀。聊過於禁掖。「過」，疑當作「通」。「禁掖」見集賢韋相公狀三。鳳池甚邇，雞樹非遙，並屢見。副此具瞻，詩。當在後命。左傳：某燒烽邊郡，謂涇原。「燒烽」，見兵部尚書表。漢書王莽傳：有鄣徼者曰邊郡。題鼓軍門。史記田叔傳補：田仁曰：「提桴鼓，立軍門，使士大夫樂死戰鬭，仁不及任安。」陳後主同管記陸瑜七夕四韻：相望限煙霄。空悲路阻；顧蠛蠓於介胄，漢書嚴安傳：合從連橫，馳車擊轂，介胄生蠛蠓，民無所告愬。尚恨形留。吳志華覈傳：魂逝形留。拜賀未期，欽戀無喻。

爲滎陽公與魏博何相公啓

箋：何弘敬也。舊唐書何進滔傳：太和三年，據魏博等州節度使，爲魏帥十餘年卒。子弘敬襲其位，朝廷遣使勸令歸闕，別俟朝旨，不從，竟就加節制。新唐書何進滔傳：進滔，開成五年死，子重順襲，武宗賜名弘敬，討劉稹，加東面招討使。澤潞平，加同中書門下平章事。舊唐書地理志：魏博節度使治魏州，管魏、貝、博、相、澶、衛六州。

不審近日尊體何如？伏計不失調護。鄴都奧壤，水經注：魏因漢祚，後都洛陽，以讖爲先人本

國，許昌爲漢之所居，長安爲西京之遺迹，鄴爲王業之本基，故號五都也。漢相威名，見度支周侍郎狀。出則主諸侯之名，見禮記。以除叛亂；入則峻將軍之令，見度支周侍郎狀。作大君之膂腸，樹列國之標表。郭璞江賦李善注：標，表也。名光圖史，勳溢旂常。周禮。凡在小藩，永佩高義。戰國策：夫救趙，高義也。屬封疆僻左，魏文帝與朝歌令吳質書：足下所治僻左。民落凋殊，「殊」疑當作「殘」。博雅：落，居也。奇貨難求，史記呂不韋傳：此奇貨可居。使材莫稱。相公曲垂記獎，先降尊嚴。李押侍御「押」下疑脫「衙」字，「押衙」，見兵部尚書表。「侍御」，見官告狀。右職名家，漢書竇禹傳注：原作「徵」，今據胡本改正。獻。左傳。路遙漳水，水經：漳水過鄴縣西。夢隔頓丘，詩。未期胥命於蒲，春秋。逾涯，傳情曲盡。載思復命，左傳。未得其人，輒託還裝，南史王珍國傳：見珍國還裝輕素。用申微右職，高職也。多聞好禮，遠持書幣，戰國策：吾所使趙國者，小大皆聽吾言，則受書幣。逐冒風波，受賜但仰餘波及晉。左傳。勤拳夙夜，師慕忠貞，伏惟仁恩，亦賜知察。

爲滎陽公賀白相公加刑部尚書啓

箋：白敏中也。新唐書宰相表：大中二年正月，敏中兼刑部尚書。舊唐書職官志：刑部尚書一員，正三品。餘見史館白相公狀一

相公克佐昌期，允懷俊德。書。耀握中之至寶，劉琨重贈盧諶詩：握中有縣璧，本自荊山璆。高價難酬；後漢書邊讓傳：非所以章瓌瑋之高價，昭知人之絕明也。縱堂上之奇兵，張協雜詩：何必操干戈

堂上有奇兵。善師無敵。漢書刑法志：故曰：善師者不陳。述成徽册，導降恩波。舊唐書宣宗紀：大中二年正月，宰臣率文武百寮上徽號曰聖敬文思和武光孝皇帝，御宣政殿，獻受册訖，宣德音，宋書柳元景傳：宜崇貴徽册，以旌忠懿。丘遲侍宴樂遊苑送張徐州應詔詩：蕭穆恩波被。由中祕書，見濮陽上楊相公狀。兼大司寇。周禮。

羅含吞鳳，追佳夢於當年；晉書羅含傳：含嘗晝卧，夢一鳥，文彩異常，飛入口中，自此後藻思日新。少皥

爽鳩，左傳。集芳塵於此日。陸雲登臺賦：蒙紫庭之芳塵兮。百蠻仰化，詩。九縣畏威。後漢書光武紀

守官，書、左傳。注：九縣，九州也。望魯酒而必期盡醉。莊子：魯酒薄而邯鄲圍。抃躍瞻戀，不任下情。

贊：九縣颷回，左傳。

爲滎陽公上宣州裴尚書啓 箋：裴休也。舊唐書本傳：休字公美，長慶中，從鄉賦登

第。又應賢良方正，升甲科。太和初，歷諸藩辟召，入為監察御史、右補闕、史館修撰。會昌中，自尚書郎歷典數郡。大中初，累官户部侍郎，充諸道鹽鐵轉運使，轉兵部，領使如故。新唐書本傳：更內外任，至大中時，以兵部侍郎領鹽鐵轉運使，轉兵部，領使如故。按二傳於休典郡，皆驪括其辭，並不明指宣州，今以文稱公美定之耳。又按文中有「云於江、沔，要有淹留」之語，當爲大中元年冬義山奉使南郡時作。第宣州屬江南西道，非自桂至荆州所經，頗疑「宣」字或有譌誤。然太平廣記引松窗雜錄云：「裴休廉察宣城，未離京，同省閣名士遊賞紫雲樓」，則宣州固

樊南文集

有確據。

近已有狀，不審諸況比復何如？待詔漢廷，但〈胡本作「俱」。成老大，〈漢書揚雄傳〉：初，雄年四十餘，自蜀來至，游京師，大司馬王音奇其文，薦雄待詔。歲餘，奏羽獵賦，除爲郎，給事黃門。當成、平間，三世不徙官。及莽篡位，以耆老久次，轉爲大夫，恬於勢利乃如是。〈樂府長歌行〉：老大徒傷悲。〈笺〉：休於長慶中登第，歷五朝而尚居外郡，故有是語。〈太平廣記·南楚新聞〉：宜宗常謂侍臣曰：「裴休真措大也。」留歡湘浦，暫復清狂。〈水經注〉：湘水又北，左會瓦官水口，湘浦也。〈漢書昌邑王傳〉：清狂不惠。按：此當有實事。思如昨辰，又已改歲。〈詩〉：以公美之才之望，〈晉書虞駿傳〉：駿歷吳興太守，王導嘗謂駿曰：「孔愉有公才而無公望，丁潭有公望而無公才，兼之者其卿乎！」固令疑當作「合」。宋書徐湛之傳：湛之出爲南兗州刺史，起風亭、月觀、吹臺、琴室，招集文士，盡游玩之適。時有沙門釋惠休善屬文，辭采綺艷，湛之與之甚厚。爲復孟守專生天成佛之求？〈宋書謝靈運傳〉：會稽太守孟顗事佛精懇，而爲靈運所輕，嘗謂顗曰：「得道應須慧業，丈人生天當在靈運前，成佛必在靈運後。」幸當審君子之行藏，同丈夫之憂樂，趙至〈與嵇茂齊書〉：豈能與吾同大丈夫之憂樂者哉！乃故人之深望也。李處士藝術深博，〈後漢書安帝紀〉：校定東觀五經諸子傳記百家藝術。議論縱橫，揚雄〈解嘲〉：一從一橫，論者莫當。敢曰賢於仲尼，且慮失之子羽。〈史記仲尼弟子傳〉：澹臺滅明狀貌甚惡，欲事孔子，孔子以爲材薄。退而修行，南遊至江，名施

七二八

平諸侯。孔子聞之曰:「吾以貌取人,失之子羽。」云於江沔,《後漢書法雄傳》:南郡濱帶江沔。要有淹留,便假以節巡」,見《兵部尚書表》。託之好幣,見《荊南鄭相公狀三》。十一月初離此訖。末由披盡,勤戀增誠,其他並付使人口述。

爲滎陽公上浙西鄭尚書啓

箋:《新唐書鄭朗傳》:開成中,擢起居郎,累遷諫議大夫,爲侍講學士。由華州刺史入拜御史中丞、戶部侍郎。爲鄂岳、浙西觀察使,進義武、宣武二節度,歷工部尚書判度支,御史大夫,復爲工部尚書,同中書門下平章事。考朗之入相,在大中七年,見舊唐書宣宗紀。以時代推之,其觀察浙西或當在大中之初,與鄭亞刺桂同時,疑即其人也。餘見浙西李尚書狀。

不審近日諸況何若? 第當作「弟」。高標令範,早映朝端; 宋書王弘傳:位副朝端。惠露胡本作「霑」。仁風,沈約齊故安陸昭王碑文:惠露霑吳,仁風扇越。載光藩寄。 北史楊侃傳:朕停卿藩寄,移任此者,正爲今日。況地雄東海,郡控南徐,《宋書州郡志》:晉永嘉大亂,幽、冀、青、并、兗州及徐州之淮北流民,相率過淮,亦有過江左晉陵界者。晉成帝咸和四年,又徙流民之在淮南者於晉陵諸縣,其徙過江南及留在江北者,並立僑郡縣以司牧之。安帝義熙七年,始分淮北爲北徐,淮南猶曰徐州。武帝永初二年,加徐州曰南徐,而淮北但曰徐。文帝元嘉八年,更以江南爲南徐州,治京口,割揚州之晉陵、兗州之九郡僑在江南者屬焉。當皇心妙簡之難,見《李太尉狀》。

是國用取資之地。見江西周大夫狀。斯焉假道，以副具瞻；詩。況忝允宗，左傳。允俟嘉會。此方且多雜俗，又異奧區，但餘江山，見上謐表，及兵部尚書表。草木，則驗之方志。然將以比西州東府，初學記：山謙之丹陽記曰：東府城池，則晉簡文爲會稽王時第，東則丞相會稽王道子府，道子領揚州，故俗稱東府。又曰：揚州廨，王敦所創，開東南西三門，俗謂之西州。武德九年，改爲白下。又：潤州本春秋吳之朱方邑。元和郡縣志：上元縣本金陵地，隋平陳，於石頭城置蔣州，以江寧縣屬焉。注：已上潤州。

白下朱方，則亦遼豕爲慚，朱浮爲幽州牧與彭寵書：往時遼東有豕，生子白頭，異而獻之，行至河東，見羣豕皆白，懷慚而還。葉龍知懼矣。任昉天監三年策秀才文：非懼眞龍。李善注：莊子曰：子張見魯哀公，哀公不禮。去曰：「君之好士，有似葉公子高之好龍也。葉公好龍，室屋雕文，盡以寫龍，於是天龍聞而下之，窺頭於牖，拖尾於堂。葉公見之，棄而退走，失其魂魄，五色無主。是葉公非好眞龍也，好夫似龍而非龍也。今君之好士，好夫似士而非士者也。」按：藝文類聚、太平御覽、困學紀聞引同，他書引此，多作申子。

材，陸機豪士賦序：運短才而易聖哲所難者哉！常愧尸祿。道路綿邈，左思吳都賦劉逵注：綿邈，廣遠貌。懷抱凄涼，未期雲霧之披，晉書樂廣傳：廣善談論，尚書令衞瓘見而奇之曰：「此人之水鏡，見之瑩然，若披雲霧而覩青天也。」空屬池塘之思。南史謝惠連傳：惠連年十歲，能屬文，族兄靈運嘉賞之，云：「每有篇章，對惠連輒得佳語。」嘗於永嘉西堂，思詩竟日不就，忽夢見惠連，即得「池塘生春草」，大以爲工。餘並附某乙口述。

爲滎陽公上陳許高尚書啓

伏見制書,尚書克懷懋德,書。以原作「心」,今據胡本改正。受鈞於金石,二語並禮記。以秩宗典禮,書。以司馬總戎。見書。贊明時,殊祥取貴於龜龍,大樂吳之號。況潁水遺封,許田奧壤,並見許昌李尚書狀一。庾信長孫儉神道碑:龍驤總戎,或似平洛陽翟縣。按:漢書地理志河南郡同。宛、葉居其前,新唐書地理志:山南東道鄧州南陽縣,武德三年置宛州,八年廢。又:河南道汝州領葉縣。按:漢書地理志:宛、葉俱屬南陽郡。鞏、洛亘其後,新唐書地理志:河南道河南府領土物狀,餘見左傳。幕府則淮陽之勁卒。史記李牧傳:市租皆輸入莫府。索隱曰:崔浩云:將帥理無常處,以幕帟爲府署。故曰「幕府」。當作「幕」。餘見許昌李尚書狀一。唯兹巨訪,原注:疑。按:似當作「防」,「巨防」,見河陽李大夫狀一,此讀去聲,左思蜀都賦「豁險吞若巨防」,與「嶂」「向」等字爲叶。版籍則方城之外人,「版籍」,見楊相公後漢書荀爽傳:獻帝即位,徵爽拜平原相,行至宛陵,復追爲光禄勳,視事三日,進拜司空。黃霸入爲丞相,見弘文崔相公狀一。遺蹤且疑當作「具」。在,後命非遥。左傳。早悉恩知,原作「加」,今據胡本改正。倍注誠款。

爲滎陽公賀太尉王司徒啓

箋:王宰也。通鑑:大中元年五月,吐蕃論恐熱乘武宗之喪,誘党項及回鶻餘衆寇河西,詔河東節度使王宰將代北諸軍擊之。宰以沙陀朱邪赤心爲

前鋒，自麟州濟河，與恐熱戰於鹽州，破走之。「太尉司徒」見李司徒狀，宰何時兼職，未詳。

近者党項侵擾西道，魏書高道悅傳：西道偏戍，旗甬仍襲。旬日之間，神兵電掃。史記陸賈傳：乃欲以新造未集之越，屈彊於此。仰聞天威，將事電掃，後漢書皇甫嵩傳：崛彊北邊。果從貴府，首建行臺。見幽州張相公狀。蓋以藉司徒大鹵之先聲，壺關之舊戍，新唐書王智興傳：智興子晏宰，後去「晏」獨名宰。累擢邠寧慶節度使。徒忠武軍，討劉稹也，詔宰以兵出魏博，趨磁州。當是時，何弘敬陰首鼠，聞宰至，大懼，即引軍濟漳水。宰相李德裕建言。「河陽兵寡，以忠武爲援，既以捍洛，則并制魏博。」遂詔宰以兵五千摧鋒，兼統河陽行營。進取天井關，賊黨離沮。宰遂節度太原。宣宗初，吐蕃引党項、回鶻寇河西，詔統代北諸軍進攻澤州，其將郭誼殺稹降。德裕以宰乘疾竹勢不遂取澤州，爲顧望計，帝有詔切責。元和郡縣志：太原府，禹貢冀州之域，春秋晉荀吳敗狄于大鹵，即太原晉陽縣也。中國曰太原，夷狄曰大鹵。「壺關」見許昌李尚書狀一。謀於羣后，書。允屬當仁，凡在藩方，不勝欣愜。伏計上軍已有行日，左傳、儀禮：諸將並原作「并」，今據胡本改正。受嚴期，晉書劉元海載記：伏聽嚴期。是賈復先登之秋，後漢書賈復傳：復遷都護將軍，從擊青犢於射犬，大戰至日中，賊陳堅不卻。復被羽先登，所向皆靡，賊乃敗走。乃樊噲橫行之日。見幽州張相公狀。

弓聲破漢，隋書長孫晟傳：突厥大畏長孫總管，聞其弓聲，謂爲霹靂。餘見幽州張相公狀。劍氣淩雲，隋書經籍志：太公六韜五卷，黃石公三略三卷。

但恐犬羊不足以當誅鋤，漢書王莽傳：直飢寒羣盜，犬羊相聚。鐘鼎不足以銘功業。某素無韜略，隋書經籍志：太公六韜五卷，黃石公三略三卷。謬忝恩榮，當任昉宣德皇后令：劍氣淩雲，而屈迹於萬夫之下。

悲苦之餘,值空困之後,前驥負羽,〈前驥〉,見〈賀牛相公狀〉一。揚雄〈羽獵賦〉:賁、育之倫,蒙盾負羽。不展平生。瞻望中權,〈左傳〉。唯積私懇。伏惟俯賜亮察。

爲滎陽公賀韋相公加禮部尚書啓 箋:韋琮也。詳謝集賢韋相公狀。〈新唐書〉本傳:兼禮部尚書。〈舊唐書·職官志〉:禮部尚書一員,正三品。

相公祥金淬刃,〈莊子〉:大冶鑄金,金踴躍曰:「我且必爲鏌鋣。」大冶必以爲不祥之金。〈漢書·王褒傳〉注:淬謂燒而内水中以堅之也。羣玉排峯,見〈河東賀楊相公狀〉。歸美既彰於天載,〈詩〉:懋官旋踐於春卿。〈書〉。周官則曰當作「日」。氣正而路牛無喘。見〈河東賀楊相公狀〉。樂和而穴鳳來儀,「穴鳳」,見〈牛相公狀〉二,餘見〈書〉。當作「曰」。諧萬人,虞書則曰當作「日」。典三禮。苟非全氣,孰贊昌期?係萬國之懸誠,加一人之德色。某早蒙恩異,今創辭離。蘭省春深,〈白帖〉:郎官曰蘭省。伏謁尚遥於八座;見〈官告狀〉。桂林夜静,見〈荆南鄭相公狀〉一。仰占惟見於三台。屢見。抃賀末由,戀結空極。

爲滎陽公上馬侍郎啓 箋:馬植也。〈舊唐書〉本傳:宣宗即位,行刑部侍郎。〈新唐書·李德裕傳〉:吴汝納訟李紳殺吴湘事,而大理卿盧言、刑部侍郎馬植、御史中丞魏扶言:「紳殺無罪,德裕徇成其冤。」〈舊唐書·鄭畋傳〉:父亞,大中二年,吴汝納訴冤,貶循州刺史。又李紳

等傳：吳湘爲江都尉，爲部人所訟贓罪，兼娶百姓顏悅女爲妻。李紳令觀察判官魏鉶鞫之，贓狀明白，伏法。湘妻顏、顏繼母焦，皆笞而釋之。及揚州上具獄，物議以李德裕素憎吳氏，疑紳織成其罪。諫官論之。乃差御史崔元藻覆獄，據款伏妄破程糧錢，計贓準法。顏悅女則稱是悅先娶王氏女，非焦所生，與揚州案小有不同。德裕以元藻無定奪，奏貶崖州司戶。顏悅及德裕罷相，羣怨方搆。湘兄進士汝納詣闕訴寃。言紳在淮南，恃德裕之勢，枉殺臣弟，追元藻覆問。元藻既恨德裕，陰爲崔鉉、白敏中、令狐綯所利誘，即言湘雖坐贓，罪不至死，顏悅實非百姓。此獄是鄭亞首唱，元壽協李恪鍛成，李回便奏。遂下三司詳鞫，故德裕再貶，李回、鄭亞等皆竄逐，吳汝納、崔元藻數年並至顯官。

蒙恩左遷，漢書周昌傳：吾極知其左遷。〈注〉：是時尊右而卑左，故謂貶秩位爲左遷。不任感懼。某謬居職守，實昧官常，不能矢窮辭，鈞金就直，三語並周禮。屢移時序，竟致紛披。故府李相公案吏之初，具獄來上，〈舊唐書李紳傳〉：會昌四年十一月，守僕射平章事，後出爲淮南節度使，六年卒。〈漢書丙吉傳〉：客或謂吉曰：「君侯爲漢相，姦吏成其私，然無所懲艾。」吉曰：「夫以三公之府，有案吏之名，吾竊陋焉。」又于定國傳：具獄上府。某久爲賓佐，方副臺綱。〈舊唐書鄭畋傳〉：父亞，會昌初，始入朝爲監察御史，累遷刑部郎中、中丞李回奏知雜。按通鑑，殺吳湘在會昌五年。「臺綱」見官告狀。若其間必有阿私，〈莊子〉：必服恭儉。拔出公忠之屬，而無所阿私，民孰敢不輯？則先事固當請託，〈漢書何武傳〉：除吏先爲科例，以防請託。實無一字，陸

機謝平原内史表：片言隻字，不關其間。難訐九泉。崔監察是湖南李相公門生，〈舊唐書〉〈李回傳〉：會昌三年，兼御史中丞，路賊平，同平章事。大中元年冬，坐與李德裕親善，改潭州刺史，湖南觀察使。〈新唐書選舉志〉：舉人既及第，綴行通名詣主司第，則謂門生。是某所拜雜端日御史，見張雜端狀。遠差推事，既無所囑求，近欲叫冤，豈遽能止遏？不知何怨，乃爾相窘！容易操心，加誣唱首。〈漢書〉〈王尊傳〉：浸潤加誣。〈宋書〉〈蔡興宗傳〉：若一人唱首，則俯仰可定。門生之分，尚或若斯；常僚之情，「常」，疑當作「嘗」，見〈左傳〉。固無足算。九重邃邈，五嶺幽遐，屢見。若從彼書辭，信其文致，漢書〉〈路溫舒傳〉：奏當之成，雖咎繇聽之，猶以爲死有餘辜。何則？成練者衆，文致之罪明也。即處於嚴譴，〈說文〉：譴，謫問也。未曰當辜。〈宋書〉〈徐羨之傳〉：雖伏法者當辜，而在宥者龐容。直遇侍郎，察以疎蕪，知非侮罵，〈左傳〉，照姦吏之推過，〈史記〉〈張湯傳〉：姦吏並侵漁。〈魏志〉〈齊王芳紀〉注：習鑿齒曰：「若乃諱敗推過，歸咎萬物，」略崔子之枝辭，〈易〉。特念遠藩，〈魏書〉〈太宗紀〉：遠蕃助祭者數百國。獲用寬典。〈周書〉〈武帝紀〉：道有沿革，宜從寬典。纔移廉部，尚處頒條，實縈如燭之明，敢不知風所自。末由謁謝，空抱款誠。

爲滎陽公與浙東楊

大夫啓 原脱「楊」字，今據胡本補入。　箋：楊漢公也。〈新唐書〉本傳，擢桂管、浙東觀察使。本集爲滎陽公赴桂州在道進賀端午銀狀：「謹以前觀察使楊漢公封印進上。」是鄭亞代漢公之任也。〈舊唐書〉〈地理志〉：浙江東道節度使或爲觀察使，治越州，

管越、衢、婺、溫、台、明等州，中都督府。

不審近日諸趣何如？越水稽峯，〈越絕書：禹始也憂民救水，到大越，上茅山，大會計，爵有德，封有功，更名茅山曰會稽。〉乃天下之勝概；桂林孔穴，〈「孔」，疑當作「乳」。〉〈桂海虞衡志：桂林山中，洞穴最多，所產鍾乳。〉成夢中之舊遊。〈韓非子：六國時，張敏與高惠二人爲友，每相思不能相見，便於夢中往尋。但行至半塗，即迷不知路，遂回，如是者再三。〉遐想風姿，無不暢愜。一分襟袖，三變寒暄，雖思逸少之蘭亭，〈晉書王羲之傳：羲之字逸少，嘗與同志宴集於會稽山陰之蘭亭。〉敢厭桓公之竹馬。〈晉書殷浩傳：桓溫語人曰：「少時吾與浩共騎竹馬，我棄去，浩輙取之，故當出我下也。」〉遺愛，〈見左傳。〉邇布歌謠；酒興詩情，深留景物。庾樓吟望，〈見許昌李尚書狀。〉謝墅遊娛，〈晉書謝安傳：所居民富，所去見思。〉訪古跡於暨羅，〈越絕書：句踐索美女以獻吳王，得諸暨羅山賣薪女西施、鄭旦。〉探異書於禹穴，〈吳越春秋：禹登宛委山，發金簡之書。案金簡玉字，得通水之理。〉〈史記太史公自序：上會稽，探禹穴。〉不知兩樂，何者爲先？幸謝故人，李陵答蘇武書：幸謝故人，勉事聖君。勉自遵攝，未期展豁，惟望音符。〈晉書陳敏傳：音符道闊。〉其他并附喬可方口述。〈喬可方爲押衙，見後前浙東楊大夫啓。〉

爲滎陽公與三司使大理盧卿啓

箋：盧言也，詳馬侍郎啓。新唐書百官志：刑部尚書一人，侍郎一人，凡鞫大獄，以尚書、侍郎與御史中丞、大理卿爲三司使。舊唐書職官志：大理寺卿一員，從三品。

蒙恩左遷，見馬侍郎啓。不任感懼。某頃以疎拙，謬副紀綱，唐會要：伏以御史臺臨制百司，糾繩不法，若事簡則風憲自肅，事煩則紀綱轉輕。不能辨軍府之獻囚，折王庭之坐獄，並左傳：將逾五載，終辱三司，過實已招，宋書彭城王義康傳：即情原釁，本非己招。咎將誰執？詩：故府李相公謂李紳，見馬侍郎啓。知舊之分，與道爲徒。戎幕賓筵，北史万俟普等傳論：策名戎幕。「賓筵」，見詩。雖則深蒙獎拔；事蹤畫跡，「畫」，疑當作「筆」。陸機謝平原內史表：事蹤筆跡，皆可推校。實非曲有指揮。逝者難誣，言之罔愧。且崔監察元藻是湖南李相公首科門生，湖南李相公，李回也，詳馬侍郎啓。是某原作「其」，今據胡本改正。所薦御史。將赴淮海，私間尚不囑求，及還京師，公共豈能過塞？昨蒙辨引，稍近加誣，見馬侍郎啓。座主既不免於款中，弘農上考官狀。雜端固無逃於筆下。見張雜端狀。乘時幸遠，背惠加誣，既置對之莫由，漢書劉向傳：恭、顯白令詣獄置對。注：置對者，立爲對辭。豈自明之有望？史記淮南王安傳：被遂亡之長安，上書自明。按彼詞連，史記淮南王安傳：於是廷尉以王孫建辭連淮南王太子遷聞。則處以嚴科，證案數百，小者數十人。

見官告狀。無所逃責。見濮陽賀鄭相公狀。猶賴九天知其乖運伏念。〈楚辭離騷〉：指九天以爲正兮。〈注：九天，謂中央八方也。〉〈書「服念五六日，至于旬時」「字本作「服」，而吳質答東阿王書引此，即作「伏念」，則二字之通用久矣。若析「伏念」屬下讀，義雖可通，而文勢未合。非欲固用深文，〈史記酷吏傳：張湯與趙禹共定諸律令，務在深文。不從鍛鍊之科，〈漢書路溫舒傳：治獄之吏，皆欲人死，上奏畏卻，則鍛鍊而周内之。得在平反之數。〈漢書劉德傳：多所平反罪人。〈注：蘇林曰：反音幡，幡罪人辭，使從輕也。揣心知幸，感分增榮，〈曹植七啓：感分遺身。拜謝末由，惶戀無極。

爲滎陽公與前浙東楊大夫啓

〈箋：此爲漢公去任後作，詳浙東楊大夫啓。

近已遣押衙喬可方，「押衙」見兵部尚書表。齎少信幣聘謁，計程已過衡湘。〈水經注：衡山東西二面，臨映湘川，自長沙至此，江湘七百里中有九背，故漁者歌曰：帆隨湘轉，望衡九面。方將遐仰清風，〈詩：不謂先霑膏雨。〈左傳。今月二十日，專使林押衙至，緘詞重疊，贈貺豐厚，〈宋書盧江王禕傳：往必清閑，贈貺豐厚。皆晉地之所生也，〈按：此似用「羽毛齒革，則君地生焉」，但左傳指楚非晉，或誤肭耶？而秦不産一物焉。〈李斯上秦始皇書：今陛下致崐山之玉，有和、隨之寶，垂明月之珠，服太阿之劍，乘纖離之馬，建翠鳳之旗，樹靈鼉之鼓，此數寶者，秦不生一焉。使乎方來，已承徵詔。下車投刃，「刃」原作「兩」，今據胡本改正。則致謳謠，高浪順風，〈郭璞遊仙詩：高浪駕蓬萊。王褒聖主得賢臣〈注見河中崔相公狀一及昭義李僕射狀。

頌：翼乎如鴻毛遇順風。難窺飛止，榮聞休暢，李陵答蘇武書：榮問休暢，幸甚幸甚！何樂如之！某頃副憲綱，陳琳爲袁紹檄豫州：不顧憲綱。昧於官守，早乖審克，久乃發揚。謂吳湘之獄，詳馬侍郎啓。「審克」，見書。舊吏常僚，吳志陸抗傳：贊，軍中舊吏，知吾虛實者，餘見馬侍郎啓。微有訛引；宋書自序：或財利爭鬬，妄相訛引。小藩遠地，難自辨明。若從文致之科，見馬侍郎啓。合用投荒之典。揚雄逐貧賦：投棄荒遐。尚蒙恩宥，宋書王弘傳：若垂恩宥，則法廢不可行。鄙人嚮學之後，莊子：汝鄙人也。史記伏生傳：是時張湯方鄉學。操心有歸。至於率履公塗，見河中鄭尚書狀。獲頒詔條，省罪撫心，漢書田延年傳：光因舉手自撫心曰：「使我至今病悸。」不任感懼。承迎親友，雖多乖時態，或不愧座銘，見兵部尚書表。又用高明，「又」字，胡本作「周」，愚按：當作「又用」，蓋合尚書「又用三德，高明柔克」耳。常所照信。彌失處躬！鶡冠子：既有時有命。亦何思何慮，更將尚口，並易。

至於機微之會，用捨之間，既有命有時，

以今月二十三日南去，謂貶循州刺史，見馬侍郎啓。

論：且今之州牧郡守，古之方伯諸侯。外以勸課蠻夷，見安南狀。内以訓摩子弟，惟將悔過，以立後圖。左傳：鄧禹之止望功曹，見華州陳相公狀。赤也之願爲小相，古猶有是，余獨何人！不因遭值聖明，後漢書劉寵傳：年老遭值聖明。階緣叨竊，魏志高貴鄉公紀注：魏氏春秋曰：階緣前緒。蜀志諸葛

亮傳：叨竊非據。則脩揚郡守，按：舊唐書地理志，循州，隋龍川郡，領河源縣。循江一名河源，水自虔州雩都縣流入。而隋書地理志河源縣下注，有脩江，意「循」「脩」二字形似致譌，而「揚」又當作「陽」歟？乃山東書生禱祠之所求也。按：馮氏以洛都為山東，前江西周大夫狀已引其說。鄭亞，滎陽人，則在洛陽之東矣。負責雖懼，馮衍與陰就書：負責之臣，欲言不敢。見濮陽上陳相公狀二。多謝故人，見浙東楊大夫狀。史記范雎傳：須賈曰：「賈不意君能自致於青雲之上。」時因南風，李陵答蘇武書：時因北風，復惠德音。不至遐棄，詩。厚幸。保，騰淩紫闥，見座主李相公狀。循淮則驚。國語：夫目之察度也，不過步武尺寸之間。步武青雲。慎加頤

為河東公謝相國京兆公第三啓

箋：本集有為河東公謝相國京兆公啓二首，皆因柳珪被辟而作。時杜悰節度西川也。此啓及下二首，則於移鎮淮南時上。考悰自西川遷淮南，舊唐書紀傳皆不載。惟新唐書傳云：會昌初，為淮南節度使，踰年召同平章事。未幾，以本官罷，出為劍南東川節度使，徙西川，復鎮淮南。而不詳其年月。詩集述德抒情詩，馮氏曰：二書悰傳年月，皆不細。考宰相表，悰由淮南入相，在會昌四年閏七月，罷相在五年五月，其移鎮西川則在大中二年二月，見通鑑考異。至三年十月，始奏取維州。又舊書紀及白敏中傳，李回於大中元年八月節度西川，二年正月左遷湖南觀察。白敏中於五年出鎮邠寧，七年移西川節度。然則悰洵於二年二月，由東川移西川，而七年始移淮南，故柳仲郢六

伏奉別紙榮示,欲令男珪仰從麾旆,〈舊唐書柳仲郢傳:子珪大中五年登進士第,累辟使府,早卒。《新唐書宰相世系表:杜氏出自祁姓,成王滅唐,改封唐氏子孫於杜城,京兆杜陵縣是也。〉感激重顧,寢興失常。相公爰自奧區,將臨巨鎮,當求國器,〈史記晉世家:楚成王曰:「晉公子賢,而困于外久,從者皆國器,此天所置,庸可殺乎?」〉以耀戎旃。謝朓拜中軍記室辭隨王箋:契闊戎旃。渠書劍無聞,見濮陽上陳相公狀二。癡點相半。見華州周侍郎狀。昨者謬蒙與國,命厠羣僚,本集爲柳珪謝京兆公啓:伏蒙召署攝成都府參軍,充安撫巡官者。發遣以來,見安南狀。憂慚未定,豈可再升上榻,見鄭州李舍人狀三。重託後車,〈詩:〉混七子之聲塵,〈魏文帝典論論文:今之文人,魯國孔融、廣陵陳琳、山陽王粲、北海徐幹、陳留阮瑀、汝南應瑒、東平劉楨,斯七子者,於學無所遺,於辭無所假。魏志王粲傳:始文帝爲五官將,及平原侯植皆好文學,粲與北海徐幹、廣陵陳琳、陳留阮瑀、汝南應瑒、東平劉楨,並見友善。自邯鄲淳等亦有文采,而不在此七人之例。〉列三公之掾屬!〈崔寔政論:三公則天子之股肱,掾屬則三公之喉舌。〉傳:盡公而不顧私。況古之在三,父生師教,〈國語:樂共子曰:「人生於三,事之如一,父生之、師教之,君食之。」〉今世既無師道,所奉之主當焉。〈潘岳閑居賦序:所奉之主,即太宰魯武公其人也。〉渠雖甚愚,亦知斯義。儻得永依油幕,〈宋書劉穆之傳:蕭瑀與顏竣書曰:朱修之三世叛兵,一旦居荆州青油幕下。〉長侍絳

紗,屢見。雖闕晨昏,禮記。乃在霄漢。向垂詢度,詩。伏用兢惶。以渠將遠依投,樂府石城樂:

城中諸少年,出入見依投。猶須教督,楊惲報孫會宗書:賜書教督。伏望許乘驛馬,舊唐書職官志:凡三十里一驛。假道弊藩。三五日即遣榜小舟,楚辭九懷:榜船兮下流。倍程下水,水經注:下水五日,上水十日也。必令界內,得及軍前。恩紀綢繆,蜀志劉先主傳:先主至京見權,綢繆恩紀。光榮浹洽,雖萬里將遠,實人心不孤。言路情塗,陳琳爲袁紹檄豫州:杜絕言路。梁書張充傳:情塗猶隔。所難申喻,伏紙搦管,死生以之。左傳。

爲河東公復相國京兆公啓 箋:詳前啓。

今月某日,已遣某職鮮于位,奉啓狀謁賀新寵。至某日,復遣脚力某乙奉啓,仰諳行李,左傳。願就坦夷。今日蒙降專人,且云告別,正書輝握,橫涕霑襟,家語:反袂拭面,涕泣沾衿。豈平生之易感?伏承決取峽路,實影響以疚懷,顏延之秋胡詩:影響豈不懷。謝莊月賦:悄焉疚懷。見西川李相公狀。張協雜詩:峽路峭且深。東指廣陵,見汝南上淮南狀三。相公亟歷雄藩,惟循儉德,書。空持經笥,後漢書邊韶傳:腹便便,五經笥。不事橐裝。屢見。固以忠貫波神,列子:孔子自衛反魯,息駕於河梁而觀焉。有懸水三十仞,圜流九十里,魚鼈弗能遊,黿鼉弗能居。有一丈夫,方將厲之,遂度而出。曰:「始吾之入也,先以忠信,及吾之出也,又從以忠信,忠信措吾軀於波流,而吾不敢以用私,所以能入而復出者以此孔子問之,對

也。淮南子高誘注：陽侯，陵陽國侯也。其國近水，休水而死，其神能爲大波，有所傷害，因謂之陽侯之波。仁懷風伯，蔡邕獨斷：風伯，神，箕星也。其象在天，能興風。自然利涉，易。安有畏途？莊子：畏途者，日殺一人，則父子兄弟相戒。雖二江雙流，左思蜀都賦：帶二江之雙流。劉逵注：江水出岷山，分爲二江，經成都南，東流經之，故曰帶也。懸蜀土去思之懇；見浙東楊大夫啓。而一日十旦，「十旦」疑當作「千里」。日而千里。慰揚州來暮之謠。見桂州上後狀。封域匪遐，周禮。藩宣爲累，詩。不獲仰瞻使節，周禮。竊止仙舟，後漢書郭太傳：太字林宗，遊於洛陽，始見河南尹李膺，遂相友善。後歸鄉里，衣冠諸儒送至河上，林宗唯與李膺同舟而濟，衆賓望之，以爲神仙焉。感戀之誠，寄喻無所。今遣節度判官李商隱侍御，見兵部尚書表及官告狀。往渝州及界首已來，新唐書地理志：渝州屬劍南道。後漢書劉祐傳：每至界首，輒改易車服，隱匿財寶。備具餼牽，左傳。指揮館遞。唐會要：元和五年正月，考功奏諸道節度使觀察等使，各選清強判官一人，專知郵驛。伏惟俯從祖載，詩悉民箋：祖者，將行犯軷之祭也。暫駐征帆。南望烟波，恨無毛羽，下情不任戀感激之至。

爲河東公復相國京兆公第二啓

今月某日，潘押衙侍御至，見兵部尚書表及官告狀。伏蒙仁恩，榮賜手筆數幅。某獲依大國，切疑當作「竊」。曰親鄰，將欲違離，彌驚顧遇，但當眴涕，「眴」疑當作「洵」。國語：無痬色，無洵涕。

解：洵音憶，無聲涕出，爲洵涕也。用對緘封。伏承鳳詔已頒，〈晉書石季龍載記〉：戲馬觀上安詔書，五色紙在木鳳之口，鹿盧迴轉，狀若飛翔焉。鷁舟期艤，〈淮南子〉：龍舟鷁首。〈高誘注〉：鷁，大鳥也，畫其象著船首。〈漢書頃籍傳注〉：如淳曰：南方人謂整船向岸曰艤。日臨端午，〈周處風土記〉：仲夏端午，端，初也。俗重五日，與夏至同。路止半千，〈舊唐書員半千傳〉：半千本名餘慶，少與齊州人何彥先同師事學士王義方，義方嘉重之，嘗謂之曰：「五百年一賢，足下當之矣。」因改名半千。不獲親祝松年，躬攀檜楫。〈山陰縣有五六老叟，人齎百錢以送寵，寵爲人選一大錢受之。後漢書劉寵傳〉：聞五鼓而空憶鄧攸。〈晉書鄧攸傳〉：吳郡闕守，帝以授攸，後稱疾去職。吳人歌之曰：紞如打五鼓，雞鳴天欲曙，鄧侯拖不留，謝令推不去。〈金樓子〉：楚國龔舍，隨楚王朝未央宮，見赤蜘蛛大如粟，四面羅網，有蟲觸之，不得出而死。仰望旌幢，恨非巾履，〈魏志荀彧傳注〉：張衡文士傳曰：禰衡著布單衣，疏巾履，坐太祖營門外。自觀符竹，乃是網羅。〈金樓子〉：楚國龔舍，隨楚王朝未央宮，見赤蜘蛛大如粟，四面羅網，有蟲觸之，不得出而死。乃歎曰：「仕宦者，人之羅網，豈可久淹歲月耶！」縱詞窮於刀筆之間，〈漢書郅都傳〉：臨江王欲得刀筆爲書謝上。〈左傳〉注：刀，所以削治書也。古者書於簡牘，故必用刀焉。終事溢於肺腸之外。感恩戀德，不知所爲。

爲河東公上尚書侍郎給事賀冬啓

〈舊唐書職官志〉：尚書正三品，侍郎正四品上，給事中正五品上。〈蔡邕獨斷〉：冬至陽氣起，君道長，故賀。

伏以水謝舊箭，〈周禮〉。灰驚新律，見孫學士狀。乘陰閉陽開之候，〈揚雄甘泉賦〉：帥爾陰閉，雪然陽

開。見詠功祝壽之辰。伏惟某官,道以和光,〈老子〉:挫其銳,解其紛,和其光,同其塵,湛兮似或存,吾不知誰之子,象帝之先。謙而受益,〈書〉。皇恩三接,〈易〉。且聞宣室之言,屢見。清禁九重,傅咸〈申懷賦〉:穆穆清禁。膺時納祐,與國同休。某方守藩維,闕趨門屏,蔡邕〈協和昏賦〉:既臻門屏,結軌下車。無任結戀之至。續奉台階之寄,

爲河東公上西川白司徒相公賀冬啓

〈箋〉:白敏中也。〈舊唐書本傳〉:天中七年,進位特進、劍南西川節度副大使、知節度等事。〈新唐書本傳〉:檢校司徒,徙劍南西川。餘見〈西川李相公〉、〈鳳翔李司徒二狀〉。

伏以水謝舊筆,灰驚新律,乘陰閉陽開之候,並見前啓。遽收武節,〈漢書武帝紀〉:躬秉武節。長轉洪鈞。昔風后之佐軒皇,〈史記五帝紀〉:黃帝者,姓公孫,名曰軒轅,舉風后、力牧、常先、大鴻以治民。〈正義〉曰:〈帝王世紀〉云:黃帝夢大風,吹天下之塵垢皆去。又夢人執千鈞之弩,驅羊萬羣。帝寤而歎曰:「風爲號令,執政者也。垢去土,后在也。天下豈有姓風名后者哉?夫千鈞之弩,異力者也。驅羊數萬羣,能牧民爲善者也。天下豈有姓力名牧者哉?」於是依二占以求之,得風后於海隅,登以爲相;得力牧於大澤,進以爲將。自坤維,屨見。更承兌澤,〈易〉。不爲外相;見榮陽上荊南後狀。傅說之毗殷帝,見〈書〉。詩無敢專征。見尋醫表。獲奉恩知,實所欣賴,屬緣戎鎮,闕詣軒庭。數攀戀節南山箋:毗,輔也。

補編卷七 啓

七四五

以誠深，與願望而俱切。

爲河東公上四相賀冬啓 箋：柳仲郢於大中六年出鎮，核諸新唐書宰相表，是時居相位者，崔鉉、令狐綯、魏扶、裴休諸人，而四相難以確指。說見河東上楊相公狀一。「四相」，見濮陽上陳相公狀三。

伏以節在一陽，曹植冬至獻韈表：千載昌期，一陽佳節。慶歸三壽，詩：君子既聞於齋戒，禮記。小人寧望於禱祈。伏惟相公，芝鶴延年，松龜定命，上毗左契，老子：聖人執左契而不責于人。下轉洪鈞。立蒿柱之前，大戴禮記：周時德澤洽和，蒿茂大，以爲宮柱，名蒿宮也。大戴禮記：舜以天德嗣堯，西王母來獻其白琯。長辭舜琯；「辭」，疑當作「調」，蓋誤「調」爲「詞」，而又轉作「辭」耳。原作「萱」，今據胡本改正。張衡東京賦李善注：田俅子曰：「堯爲天子，蓂莢生於庭，爲帝成曆。」某方限戎行，左傳。不獲拜賀，攀戀之至，實倍常倫。

侍土階之側，見河中崔相公狀二。永敷堯蓂。

爲河東公上翰林院學士賀冬啓 見丁學士狀。

伏以周正具至，魯朔爰來，並見左傳。「具」，疑當作「且」。禱祠既集於良辰，戩穀且歸於內署。「戩穀」，見詩。「內署」，見丁學士狀。伏惟學士，靈龜薦壽，任昉述異記：壽萬年曰靈龜。威鳳均祥。

見楊相公土物狀。

居石室於西崑，史記太史公自序：遷爲太史令，紬史記，石室、金匱之書。劉向列仙傳：赤松子者，神農時雨師也。至崐崘山上，常上西王母石室中。自通仙路；水經注：隱淪仙路，骨謝懷靈。坐銀臺於東海，舊唐書職官志：翰林院。天子在大明宮，其院在右銀臺門內，待詔之所。郭璞遊仙詩：神仙排雲出，但見金銀臺。不接人寰。鮑照舞鶴賦：厭人寰之喧卑。豈惟與國同休，兼亦後天而老。王嘉拾遺記：閬河之北，有紫桂成林，其實如棗，羣仙餌焉。韓終採藥四言詩云：閬河之桂，實大如棗，得而食之，後天而老。某方叨戎律，正遠霄階，茅君九錫玉冊文：使君從容霄階。珪當作「拜」。賀末由，結戀增劇。

爲河東公上方鎮武臣賀冬啓

新唐書方鎮表：方鎮，節度使之兵也，始於邊將之屯防者。高宗永徽以後，都督帶使持節者，謂之節度使。

伏惟克隆多福，永對休辰，以竹苞松茂之姿，詩：奉周宬漢帷之化。家語：孔子觀於明堂，覩四門之墉，有周公相成王，抱之負斧扆，南面以朝諸侯之圖焉。漢書東方朔傳：孝文皇帝集上書囊以爲殿帷。某方叨藩任，款賀無由，瞻戀之誠，寄喩無所。

爲湖南座主隴西公賀馬相公登庸啓

箋：湖南座主，李回也。見座主李相公狀及馬侍郎啓。新唐書宗室世系表：李氏出自嬴姓。曇字貴遠，趙柏人侯，入秦爲御史大夫，生

四子,崇、辨、昭、璣。崇爲隴西房。

舊唐書馬植傳:宣宗即位,行刑部侍郎,轉户部侍郎,俄以本官同平章事。「登庸」,見書。

伏見某月日恩制,相公登庸,按舊唐書宣宗紀,事在大中二年三月己酉。凡在藩方,莫不稱慶。

相公恢弘廣度,孔安國尚書序:所以恢弘至道。傅毅舞賦:舒恢炱之廣度兮。疏越正聲。〈禮記〉君子卷

舒,不違於仁義;〈尚書啟〉,見宣州裴尚書啟。丈夫憂樂,見滎陽上裴尚書啟。唯繫於邦家。東觀漢記:吳漢

爲人,質厚少文,〈鄧禹及諸將多相薦舉,再三召見,其後勤勤不離公門。吳漢之不離公門。〈東觀漢記:袁安

徒,每朝會,憂念王室,未嘗不流涕。今果明臺納諫,見滎陽上淮南狀。袁安之每念王室,〈史記汲黯傳:上嘗坐武帳

中,黯前奏事,上不冠,望見黯,避帳中,使人可其奏,其見敬禮如此。甘泉賦:惟夫所以儲精垂思,感動天地,逆釐三神者。自契

定功,〈左傳〉推軒后師臣之規,〈帝王世紀:黃帝以風后配上台,天老配中台,五聖配下台,謂之三公。其餘知天

鹽梅之望。〈書〉況聖上儲精垂思,〈漢書揚雄傳:甘泉賦⋯⋯寧勞夢卜之資,見濮陽上楊相公狀。保大

規,紀地典。〈書〉力牧、常先、封胡、孔甲等,或以爲師,或以爲將。後漢書陳元傳:臣聞師臣者帝,賓臣者霸。得周成畏

相之道。〈書〉三古之英華未遠,〈漢書藝文志:人更三聖,世歷三古,〈詩〉、〈書〉,以無偏無黨定九流,「無

偏句」,見書。「九流」,見西川李相公狀。仁遠乎哉,古猶今也。見度支盧侍郎狀。斯固祖宗降意,華夏

書劉寔傳:古之哲王,莫不師其元臣。佇啓休運,以不愆不忘貞百度,〈詩〉、〈書〉。百王之損益可知。仗乎元臣,〈晉

同誠。某此下疑脫「昔」字。悉恩光,今當譴責。漢書嚴延年傳:事下御史中丞,譴責延年。思昔時之叨位,南齊書王儉傳:臣逢其時,而叨其位。歡心莫寄。効復系通屬籍,史記商君傳:宗室非有軍功論,不得爲屬籍。任處藩條,至於馳誠,實倍常品。伏惟鑒察!

爲尚書范陽公賀吏部李相公啓

箋:范陽公,盧弘正也。舊唐書盧弘正傳:范陽人。新唐書「正」作「止」。卒,贈尚書右僕射。餘詳下篇。李相公,珏也。新唐書李珏傳:開成中,同中書門下平章事。始,莊恪太子薨,帝意屬陳王。珏曰:「帝既命陳王矣。」已而武宗即位,終以議所立,貶江西觀察使,再貶昭州刺史。宣宗立,内徙郴、舒二州,以太子賓客分司東都,遷河陽節度使,以吏部尚書召。

伏見今月某日制書,伏承榮加寵命,伏惟感慰。伏以天垂北斗,後漢書李固傳:固對策曰:「陛下之有尚書,猶天之有北斗也。」國有南宫,後漢書鄭弘傳:弘爲尚書令,前後所陳有補益王政者,皆著之南宫,以爲故事。伊法象之所存,易。實根源之是繫。伏惟相公中丘降瑞,太昂垂芒,新唐書李珏傳:其先出趙郡,客居淮陰。漢書地理志:常山郡領中丘縣。又:趙地,昴、畢之分野。史記蕭相國世家注:索隱曰:春秋緯蕭何感昴精而生,典獄制律,列子以謂神全,列子:夫醉者之墜於車也,雖疾不死。骨節與人同,而犯害與人異,

其神全也。彼得全於酒而猶若是,而況得全於天乎?　孟子之言性善,抑揚今古,秀絶天人。動之則舟

檝鹽梅,不忘於康濟,　二語並書。　静之則風松霞月,莫究其孤高。擅文武之無雙,〈魏志王淩傳

注:〈魏氏春秋〉曰:淩文武俱擅,當今無雙。　處品流之第一。自頃事有消長,謂以議立貶外。「消長」,見〈易〉

時屬往居,〈左傳〉。　未啓金縢,〈書〉。　且分竹使。而能用玄元易守之道,「玄元」,見門下李相公狀三。〈文

子〉〈老子〉曰:治世之職易守也,其事易爲也,其禮易行也,其責易償也。　體金人不動之微,後〈漢書西域傳〉:世傳明

帝夢見金人,以問羣臣,或曰:「西方有神名曰佛。」〈金剛經〉:如如不動。　神明無闕於保持,柯葉罔聞於易置。

〈禮記〉:龍樓入護,謂爲太子賓客。「龍樓」,見〈慰幸相狀〉。　虎節出征,謂節度河陽。「虎節」,見〈周禮〉。　重安四

海之心,實慶一人之福。

今又薦承雨露,〈詩蓼蕭箋〉:露者天所以潤萬物,喻王者恩澤不爲遠國則不及也。　顯執銓衡。傅玄〈吏部尚

書箴〉:處喉舌者,患銓衡之無常,不患於不明。　惟彼天官,是稱冢宰,〈周禮〉。乃同召太

保、〈傳〉:〈冢宰第一〉,召公領之。　晉以侍中兼。〈通典〉:侍中,漢代爲親近之職。魏、晉選用,稍增華重,而大意不異。

舊選列曹尚書,美遷中領護、吏部尚書。　步驟雖殊,〈説文〉:驟,馬疾步也。　考課斯在。〈漢書京房傳〉:房奏考功課

吏法。　固當復持大柄,〈禮記〉。　重上泰階,見〈集賢韋相公狀〉三。　未求李重之箴,〈北堂書鈔〉:李重爲吏部尚

書箴序曰:重忝曹郎,銓管九流,品藻清濁,雖祗慎莫知所寄。又:〈李重選部尚書箴〉云:唯以選曹,尤鍾其劇,三季陵

遲,請謁互起。書牘交横,貨題若市,屬請難從,亦不可杜。唯在善察,所簡舉主。　已作皋陶之誥。〈書〉。　伏計仰

緣宗社,慎保寢興。

某早奉恩知,又牽事任,支離門下,《新唐書·盧弘止傳》:累遷給事中。《舊唐書·職官志》:門下省給事中四員。「支離」,見度支盧侍郎狀。辛苦兵間。此似弘止出鎮徐州時語,說見下篇。《新唐書·盧弘止傳》:徐自王智興後,吏卒驕沓,銀刀軍尤不法,弘止戮其尤無狀者。終弘止治,不敢譁。後漢書隗囂傳:帝積苦兵間。非騏驥盛壯之時,《戰國策》:燕有田光先生者,其智深,其勇沈,太子避席而請曰:「燕、秦不兩立,願先生留意也。」田光曰:「臣聞騏驥盛壯之時,一日而馳千里,至其衰也,駑馬先之。今太子聞光盛壯之時,不知吾精已消亡矣。」有手足凋零之痛。事未詳。邈思賀訴,唯動禱祠,戀德依仁,不勝丹赤。

爲度支盧侍郎賀畢學士啓

箋:盧侍郎,弘止也。《新唐書·盧弘止傳》:劉積平,爲三州及河北兩鎮宣慰使,還拜工部侍郎,以户部領度支,踰年出爲武寧軍節度使。商隱本傳:弘止鎮徐州,表爲掌書記。前爲滎陽公與度支盧侍郎狀、上度支盧侍郎狀,皆弘止判度支時作。此文有「坎坷藩維」之語,疑與前啓並爲徐府所作。而題首仍書度支者,意唐人結銜多帶京職,仍題其原官耳。畢學士,諴也。《舊唐書·畢諴傳》:宣宗即位,爲户部員外郎,歷駕部、倉部,改職方郎中,兼侍御史知雜。期年召爲翰林學士。餘見《度支周侍郎及丁學士狀》。

伏見除書,伏承榮加寵命,伏惟感慰。伏以振域中之綱紀,屬在南臺;見丁學士狀。極河疑當作「海」。內之文章,歸於西署。文獻通考:至德以後,軍國務殷,其入直者,並以文詞共掌誥敕,自此北翰林院始無學士之名。其後又置東翰林院於金鑾殿之西,隨上所在而遷,取其便穩。唯茲出入,不在尋常。郎中學士吞鳥推華,見白相公加刑部尚書啓:奪袍著美,舊唐書文苑傳:宋之問善五言詩,則天幸洛陽龍門,令從官賦詩,左史東方虬詩先成,則天以錦袍賜之。及之問詩成,則天稱其詞愈高,奪虬錦袍以賞之。鑾端風憲,見官告狀。俄上雲衢。晉書郤阮華袁傳論:對揚天問,高步雲衢。指,出討姦猾,治大獄。武帝所置,不常置。尚遣蒼鷹出使;史記酷吏傳:郅都爲中尉,獨先嚴酷,致行法不避貴戚,號曰蒼鷹。今晨彩筆,潘岳螢火賦:援彩筆以爲銘。遂令丹鳳銜書。太平御覽:河圖錄運法曰:黃帝坐玄扈閣上,與大司馬容光,左右輔將周昌等百二十人,觀鳳皇銜書。餘見河東復京兆啓二。聞仙家勿洩之言,東方朔十洲記:瀛洲在東海中,洲上多仙家,風俗似吳人,山川如中國。「擊水」句,並見賀牛相公狀二。某常懷疇曩,盧諶贈劉琨詩:借日如昨,忽爲疇曩。拱北功成,擊水搏風,一舉千里。叩奉眷知,乏仰冰雪之清標,空聞金石之孤韻,敢言投分,見賓客李相狀二。自賀知人。漢書馮奉世傳:宣帝召見韓增曰:「賀將軍所舉得其人。」今則坎軻藩維,揚子:方輪廣軸,坎軻其輿。淹留氣律,兵法雖慚於金版,莊子:女商曰:「吾所以說吾君

者，橫說之則以詩、書、禮、樂，從說之則以金版、六弢。」夢魂猶識於銀臺。見翰林學士賀冬啓。恨非犯斗之星，暫經寥汜；張華博物志，舊說天河與海通。近世有人居海渚者，年年八月，有浮槎去來不失期。人間此是何處，答曰：「君還至蜀，訪嚴君平則知之。」因還如期。後至蜀，問君平，曰：「某年月日，有客星犯牽牛宿。」計年月，正是此人到天河時也。江淹雜體詩擬謝臨川靈運遊山：丹井復寥汜。徒用映淮之月，遠比輝光。何遜與胡興安夜別詩：露濕寒塘草，月映清淮流。抃賀之餘，兼有倚望，伏冀必賜監察。

爲興元裴從事賀封尚書加官啓 原注：裴即封之門生。箋：封尚書，封敖也。新唐書本傳：大中，興元節度使。蓬、果賊依雞山寇三川，敖遣副使王贄捕平之，加檢校吏部尚書。裴從事，未詳。「興元」，見尋醫表。後漢書百官志：將軍有從事中郎二人，職參謀議。

伏承天恩，榮加寵秩，左傳。伏惟感慰。伏以蓬果兇徒，遂爲逋寇，通鑑：宣宗大中五年十月，蓬、果羣盜依阻雞山，寇掠三川，以果州刺史王贄弘充三川行營都知兵馬使，六年二月討平之。是時山南西道節度使封敖奏巴南妖賊言辭悖慢，上怒甚。崔鉉曰：「此皆陛下赤子，迫於飢寒，盜弄陛下兵於谿谷間，不足辱大軍，但遣一使者可平矣。」乃遣京兆少尹劉潼詣果州招諭之。賊投弓列拜請降。潼歸館，而王贄弘引兵已至山下，竟擊滅之。新唐書

〈地理志〉：蓬州、果州並屬山南西道。 三里霧未能成市，〈後漢書張楷傳〉：楷字公超，隱居弘農山中，學者隨之，所居成市。後華陰山南遂有公超市。性好道術，能作五里霧。時裴優亦能爲三里霧，自以不如楷，從學之。楷避不肯見。優行霧作賊事覺，被考，引楷，言從學術，後以事無驗見原。 五斗米乃欲誘人。〈後漢書劉焉傳〉：張魯祖父陵，順帝時，客於蜀。學道鶴鳴山中，造作符書，以惑百姓。受其道者，輒出米五斗，故謂之米賊。 聯接坤維，屢見。依憑艮險，初學記：楊文易卦序論云：險而止，山也。險而動，泉也。動靜皆蒙險，故曰山險。〈國語〉：且其狀方上而銳下，宜觸冒人。郭璞〈江賦〉：罾罿比船。李善注：罾罿，皆網名也。

一曰：跳也。 冒觸罾罿。〈史記滑稽傳補〉：東方生曰：「動發舉事，猶如運之掌中。」兵存堂上，見白相公加刑尚書四丈機在掌中，〈爾雅〉：殲，盡也。

爰擇幕府，見陳許高尚書啓。 俾帥軍行。〈左傳〉：「治戎」見〈左傳〉，避諱作「理」。 祭遵臨敵，雅歌投壺，見許昌李尚書狀一。〈書史會要〉：封敖屬辭美贍，而字亦美麗。 羊祐理戎，輕裘緩帶，〈晉書羊祐傳〉：祐在軍中，常輕裘緩帶，身不被甲。 一舉而張角師殲，〈後漢書靈帝紀〉：中平元年，鉅鹿人張角自稱黃天，其部帥有三十六萬，皆著黃巾，同日反叛。「一舉」見〈左傳〉。 再戰而孫恩黨盡。〈晉書孫恩傳〉：世奉五斗米道，叔父泰，師杜子恭，傳其術，扇動百姓，私集徒衆，會稽王道子誅之。恩逃於海，聚合亡命，志欲復仇，旬日之中，衆數十萬。後窮蹙赴海自沈，妖黨及妓妾謂之水仙，投水從死者百數。 長清沴氣，〈漢書五行志〉：氣相傷謂之沴。沴猶臨莅不和意也。 永變巫風，〈書〉：雖合勢於三川，謂東、西川及山南西道。 實先鳴於二子。〈左傳〉。 仰惟殊渥，允謂簡勞，〈傅亮爲宋公求加贈劉前軍表〉：念功簡勞，義深追遠。 當從鈴當作「銓」。管之榮，便執陶鈞

之柄。並見座主李相公狀。蒼生之望,孰不喁喁?漢書司馬相如傳注:喁喁,衆口向上也。

某早忝生徒,復叨參佐。魏志王基傳:歸功參佐。漢祖以蕭何爲人傑,見西川李相公狀。晏子以仲尼爲聖相,晏子春秋:仲尼,聖相也。當今昌運,繫我師門。後漢書班固傳:經學稱於師門。雞樹鳳池,屢見。不勝心禱,無任抃賀之至。

樊南文集補編卷第八

啟

獻相國京兆公啟

箋：本集有獻相國京兆公啟，徐氏以爲杜悰，馮氏以爲韋悰。今核之是啟，而知其必爲杜悰也。考悰於會昌四年由淮南入相，文中「出持戎律，入踐台司」當指其事。若韋悰，固未嘗出鎮也。又云「詳觀天意，取在坤維」，則尤爲節度西川之確證。義山於大中六年奉河東公命往西川推獄，故本集有爲河東公上西川相國京兆公書。是篇云「伏恐本府已有追符，即日徑須上路」，知爲臨行投獻之作。若文中「玄鶴丹鳳」之喻，與本集啟內「大振斯文」等語，則文人獻諛，例多溢美。馮氏必以「禿角犀」爲疑，則詩集述德抒情詩，何又以爲杜悰耶？餘詳爲河東公謝相國京兆公第三啟。

某啟：昔師曠薦音，玄鶴下舞；〈韓非子〉：「平公問師曠曰：『清商固最悲乎？』師曠曰：『不如清徵。』」師曠援琴而鼓，一奏之，有玄鶴二八道南方來，集於郎門之堁。再奏之而列。三奏之延頸而鳴，舒翼而舞，音中宮商之聲，聲聞於天。謝超宗齊北郊樂歌：禮獻物，樂薦音。〈書〉：后夔作樂，丹鳳來儀。〈初學記〉：是則師曠之絲桐，

桓譚新論曰：神農氏繼宓犧而王天下，於是始削桐爲琴，繩絲爲絃。以玄鶴知妙；后夔之金石，以丹鳳彰能。然而師曠之前，撫徽軫者不少，太平御覽：琴書曰：上圓而斂，象天也，下方而平，法地。十三徽配十二律，餘一象閏也。中翅八寸，象八風。腰廣四寸，象四時。軫圓，象陽轉而不窮也。后夔之後，諧律呂者至多，曾不聞玄鶴每來，丹鳳常至。豈鳴皋藻質，「鳴皋」見詩。鮑照舞鶴賦：鍾浮曠之藻質。或有所私，巢閣靈心，尚書中候：黃帝時，天氣休通，五得期化，鳳凰巢阿閣，歡於樹。不能無黨？以今慮古，愚竊疑焉。伏惟相公正始敦風，詩關雎序：周南、召南正始之道，王化之基。中和執德。衛玠談道，當海內之風流，晉書衛玠傳：玠風神秀異，好言玄理。琅邪王澄有高名，少所推服，每聞玠言，輒歎息絶倒。故時人語曰：「衛玠談道，平子絶倒。」永嘉六年卒。丞相王導敎曰：「此君風流名士，海內所瞻，可修薄祭，以敦舊好。」張華聚書，見天下之奇祕。晉書張華傳：華雅愛書籍，天下奇祕，世所希有者，悉在華所。自頃出持戎律，入踐台司，後漢書陳蕃傳：臣位列台司。暗合孫吳，乃山濤餘力；晉書山濤傳：吳平之後，帝詔天下罷軍役，濤論用兵之本，以爲不宜去州郡武備，其論甚精。于時咸以爲不學孫、吳而暗與之合。斯皆盡紀朝經，全操樂職。漢書王襃傳：神爵、五鳳之間，天下殷富，數有嘉應，上頗作歌詩，欲興協律之事。於是益州刺史王襄欲宣風化於衆庶，聞王襃有俊才，使作中和、樂職、宣布詩，選好事者令依鹿鳴之聲，習而效之。雖魯庭更僕，禮記。魏館易衣，魏志荀彧傳注：張衡文士傳曰：孔融數薦衡於太祖，太祖聞其名，圖欲辱之，乃錄爲鼓史。後至八月朝，大宴，賓客並會。時鼓史擊鼓過，皆當脫其

諸葛亮傳：亮字孔明，躬耕隴畝，每自比於管仲、樂毅。自比管樂，亦孔明戲言。蜀志

故服，易著新衣。次衡，衡擊爲漁陽參撾，容態不常，音節殊妙。坐上賓客聽之，莫不慷慨。過不易衣，吏呵之，乃當太祖前，以次脫衣，裸身而立，徐徐乃著褌帽畢，復擊鼓參撾，而顏色不怍。欲盡揄揚，班固〈西都賦〉序：雍容揄揚。終成漏略。而復調元氣之暇，見座主李相公狀。偃仰縑緗，見令狐狀二。

留連章句，亦師曠之玄鶴，后夔之丹鳳不疑矣。

若某者，幼常刻苦，長實流離。詩。宦遊十載，漢書司馬相如傳：長卿久宦遊不遂，而困來過我。繚霑下第；後漢書皇甫規傳：以規爲下第。鄉舉三年，後漢書章帝紀：夫鄉舉里選，必累功勞。未過上農。顏延之〈陶徵士誄〉：祿等上農。已上四語，事詳馮訂年譜。顧筐篋以生塵，〈宋書建平宣簡王宏傳〉：兩宮所遺珍玩，塵於筐篋。念機關其將蠹！漢書藝文志：技巧者，習手足，便器械，積機關，以立攻守之勝者也。〈子華子〉戶樞之不蠹，以其運故也。其或綺霞牽思，謝朓〈晚登三山還望京邑〉詩：餘霞散成綺。月如珪。魏武帝〈短歌行〉：月明星稀，烏鵲南飛，繞樹三匝，何枝可依？芙蓉出水。珪月當情，江淹〈別賦〉：秋月如珪。

烏鵲繞枝，

平子四愁之日，後漢書張衡傳：衡字平子。張衡〈四愁詩〉序：張衡不樂久處機密，陽嘉中

休日：謝詩如芙蓉出水。

休文八詠之辰，梁書沈約傳：約字休文。金華志：八詠詩，南齊隆昌元年太出爲河間相，鬱鬱不得志，爲〈四愁詩〉。守沈約所作。題於元暢樓，時號絕唱，後人因更元暢爲八詠云。〈八詠詩〉：一、登臺望秋月，二、會圃臨春風，三、歲暮愍衰草，四、霜來怨落桐，五、夕行聞夜鶴，六、晨征聽曉鴻，七、解佩去朝市，八、被褐守山東。

作者。去前月二十四日，誤干英眄，謝朓〈和伏武昌登孫權故城〉詩：俯仰流英眄。輒露微才。王逸〈楚辭縱時有斐然，終乖

樊南文集

章句序：班固謂之露才揚己。八十首之寓懷，晉書阮籍傳：作詠懷詩八十餘篇，爲時所重。幽情罕備，三十篇之擬古，江淹雜體詩序：今作三十首詩，效其文體。商較全疎。過豐隆以操檛，淮南子：季春三月，豐隆乃出，以將其雨。注：豐隆，雷也。王充論衡：圖畫之工，圖雷之狀，纍纍如連鼓之形。又圖一人若力士之容，使之左手引連鼓，右手推椎，若擊之狀。對西子以窺鏡，楊修答臨淄侯牋：見西施之容，歸憎其貌者也。比其闊略，仍未等倫。然猶斧藻是思，揚子法言：吾未見好斧藻其德，若斧藻其察者歟。丹青不足，呕揮柔翰，左思詠史詩：弱冠弄柔翰。屢賛神鋒。晉書王澄傳：嘗謂衍曰：「兄形似道，而神峯太儁。」詎成褒德之詞，自是抒情之日。詩集有五言述德抒情詩獻上杜七兄僕射相公。言無萬一，後漢書曹世叔妻傳：敢不披露肝膽，以效萬一。讀有再三。「讀」當作「瀆」，見易。不謂恕以蕭秕，詩。加之金膴，江淹雜體詩擬陳思王贈友：辭義麗金膴。必稱佳句，世説：孫興公作天台賦成，以示范榮期，每至佳句，皆輒云：「應是我輩語。」攬東山之妙妓，晉書謝安傳：安雖放情丘壑，然每游賞，必以妓女從。累違朝旨，高卧東山。或配新聲。國語：平公説新聲。是一。頻開莊驛，見許州請判官狀。累汎融尊。見西川李相公狀。揖西園之上賓，見河陽李大夫狀。辭以疑玄鶴之有私，意丹鳳之猶黨者，蓋在此也。

始榮攀奉，陳書姚察傳：特以東朝攀奉，恩紀謬加。俄歎艱屯。以樂廣之清羸，似係衞玠，因肥記而誤。晉書衞玠傳：年五歲，風神秀異，其後多病，體羸。妻父樂廣有海內重名，議者以爲婦公冰清，女婿玉潤。披揚雄之瘨眩。揚雄劇秦美新：臣嘗有顛眴病。李善注：賈逵國語注曰：眩，惑也。「眴」與「眩」古字通。遥煩攻療，

孔叢子：梁丘據遇虺毒，三旬而後瘳，朝齊君。齊君會大夫衆賓而慶焉，大夫衆賓並復獻攻療之方。旋曠趨承。遊梁苑以無期，見令狐狀二。竄漳濱而有日。見令狐狀七。剋以游丁鰥子，不忍羈孤，謝莊月賦：羈孤遞進。期既迫於從公，詩。力遂乖於攜幼。戰國策：孟嘗君就國於薛，未至百里，民扶老攜幼，迎君道中終日。安仁揮涕，潘岳悼亡詩：撫衿長歎息，不覺涕霑胸。奉情傷神。魏志荀彧傳注：晉陽秋曰：荀粲字奉倩，婦病亡未殯，傅嘏往唁粲，粲不哭而神傷。男小於嵇康之男，嵇康與山巨源絕交書：男年八歲，未及成人。女幼於蔡邕之女。後漢書陳留董祀妻傳：同郡蔡邕之女也。名琰，字文姬。注：劉昭幼童傳曰：邕夜鼓琴，絃絕，琰曰：「第二絃。」邕曰：「偶得之耳。」故斷一絃問之。琰曰：「第四絃。」並不差謬。每蒙顧問，必降咨嗟。箋：本集樊南乙集序，爲大中七年所作。中云「三年以來，喪失家道」，故馮譜定其喪妻在大中五年。又詩集有悼傷後赴東蜀辟至散關遇雪詩，則爲大中六年作。本集上河東公啓有云：「悼傷以來，光陰未幾」，述德抒情詩亦有「悼傷潘岳重」之語，知其悼亡未久，餘哀未忘也。撫身世以知歸，望門牆而益懇。當令允推常武，見衡州牛相公狀。將慶休辰，軒后之憶先鴻，見西川白司徒賀冬啓。殷帝之思盤說。書。詳觀天意，取在坤維，屢見。弼光宅之功，見座主李相公狀。議置器之所。漢書賈誼傳：誼上疏陳政事曰：今人之置器，置諸安處則安，置諸危處則危。天下之情，與器亡異，在天子之所置之。載求列辟，誰取疑當作「敢」。抗衡？愚此際儻必辨杯蛇，見河南盧給事狀。不驚牀蟻，晉書殷仲堪傳：仲堪父嘗患耳聰，聞牀下蟻動，謂之牛鬭。事，左傳。爲太平民。望謝傅之蒲葵，見楊相公土物狀。詠召公之棠樹，詩。恭惟慎調寢膳，克

副人祗。

伏恐本府已有追符，即日徑須上路，倚大夏之節杖，史記大宛傳：張騫曰：「臣在大夏時，見邛竹杖，問曰：『安得此？』大夏國人曰：『吾賈人往市之身毒。』」入彭澤之籃輿，晉書陶潛傳：潛素有脚疾，乘籃輿，令一門生二兒共舉之。不復拾級賓階，禮記：致辭公府，漢書陳遵傳：並入公府。故欲仰青田之敍感，初學記：永嘉郡記曰：有沐沐野，去青田九里，此中有一雙白鶴，年年生伏，子長大便去，只惟餘父母一雙在耳。精白可愛，多云神所養。瞻丹穴以興懷。見賀牛相公狀二。禿逸少之鹿毛，晉書王羲之傳：羲之字逸少。崔豹古今注：牛亭問曰：「世稱蒙恬造筆，何也？」答曰：「蒙恬始造秦筆耳。以枯木爲管，鹿毛爲柱，羊毛爲披。」書情莫竭；盡休明之繭紙，吳志趙達傳注：吳錄曰：皇象字休明，幼工書。世說：王羲之書蘭亭序，用蠶繭紙。寫戀難窮。企望旌幢，無任隕淚感激之至。謹啓。

賀崔相公轉户部尚書啓

箋：新唐書崔鉉傳：會昌三年，同中書門下平章事。澤潞平，兼户部尚書。崔元式傳：宣宗初，同中書門下平章事，進兼户部尚書。是二崔並可通也。文內有「首獻明號」句，考舊唐書武宗紀：會昌五年正月，宰臣李德裕、杜悰、李讓夷、崔鉉，太常卿孫簡等上徽號。執此以推，似鉉爲近。又宣宗紀：大中二年正月，宰臣率文武百寮上徽號。時元式已居相位，未必不預其列，終無以斷其孰是也。舊唐書職官志：户部尚

伏見某月日恩制,伏承榮加寵命。伏以聖上能順考古道,〈書「曰若稽古帝堯」〉傳:「若,順。稽,考也。能順考古道而行之者,帝堯。」相公以浚明有家。〈書。夜思晝行,孔叢子〉:「孟軻問子思曰:『堯、舜、文、武之道可力而致乎?』子思曰:『彼人也,我人也,稱其言,履其行,夜思之,晝行之,滋滋焉,汲汲焉,如農之赴時,商之趨利,惡有不至者乎?』」則裴安之每念王室,〈「裴」當作「袁」,見馬相公登庸啓。〉柔遠能邇,〈書。〉則吳漢之不離公門。〈見馬相公登庸啓。〉躬贊休辰,首獻明號,〈揚雄甘泉賦〉:雍神休,尊明號。克宣天澤,榮轉地官。〈周禮。〉擾周禮之兆人,選同農父;〈並書。〉〈唐諱「民」作「人」。〉宗社降輝,華夷快望。況某叨蒙任使,早被恩知,未期黃閣之趨,屢見。預祝緇衣之美。〈詩。〉抃賀瞻戀,不任下情。

獻襄陽盧尚書啓 〈箋:盧簡辭也。詳漢南盧尚書狀。〉〈新唐書地理志:襄州,襄陽郡。〉

伏蒙仁恩,賜及前件衣服,疋段、漆器等,〈新唐書地理志:襄州土貢漆器。〉謹依榮示捧領訖。衣雜彩繒,〈漢書賈誼傳:漢歲致金絮采繒以奉之。〉重輝婁褐,〈見河陽李大夫狀。〉器兼丹漆,〈左傳。載耀顏瓢。悚戴原作「載」,今據胡本改正。〉之誠,江總謝宮爲製讓詹事表啓:紙馨蘭臺,未書悚戴。不任陳

謝！昨日伏奉榮示，猥以拙製，形於重言。夫廣野之氣，或成宮闕；樓臺，廣野氣成宮闕；擊轅之音，有中風雅。曹植與楊德祖書：夫街談巷說，必有可采，擊轅之歌，有應風雅。蓋其偶會，王充論衡：天道自然，吉凶偶會。豈曰必然！又安足介竇慎之仰占，漢書揚雄傳：甘泉賦：若夔、牙之調琴。注：張衡思玄賦：慎，竇顯以言天兮，占水火而妄訊。動夔牙之傾聽？夔，舜典樂也。牙，伯牙也。見左傳。一字之褒，見汝南上淮南狀□。便是百生之慶。昨晚又伏原作「復」，今據胡本改正。蒙遠遣軍吏，左傳。重降手筆，揄揚轉極，撫納茲深。「茲」，疑當作「滋」。魏志田疇傳：疇悉撫納。某爰自弱齡，叨從名輩，晉書蔡謨傳：名輩不同，階級殊懸。文場出涕。重膺疊翮，潘岳射雉賦：前剟重膺，傍截疊翮。乘風匪順，宋書宗慤傳：願乘長風破萬里浪。零落無遺；高幹修條，左思蜀都賦：擢修幹，竦長條。凋摧略盡。再逢哲匠！殷仲文南州桓公九井作：哲匠感蕭晨。昇堂辱顧，披卷交談，豈謂窮塗，王逸楚辭序：招魂者，宋玉之所作也。文場出涕。重膺疊翮，潘岳射雉賦：前剟重膺，傍截疊翮。詞苑招魂，無水憂沈。莊子：與世違，而心不屑與之俱，是陸沈者也。注：人中隱者，譬無水而沈，曰陸沈。豈謂窮塗，吳越春秋：遇一窮途君子而輒飯之。不獨垂之空言，史記太史公自序：我欲載之空言，不如見之於行事之深切著明也。屬又存之真跡。梁書王僧辯傳：令以真跡上呈。爰增懦氣，袁宏三國名臣序贊：懦夫增氣。載動初
魏書崔鴻傳：披卷則人人而是。

心。庶或武陵之溪，微接桃源之境；忽逢桃花林。陶潛桃花源記：晉太元中，武陵人，捕魚爲業，緣溪行，忘路之遠近，忽逢桃花林。平昌之井，暗通荆水之津。水經注：濰水又北逕平昌縣故城東，荆水注之。城之東南角有臺，臺下有井，與荆水通。物墜於井，則取之荆水。南齊書張融傳：融年弱冠，道士同郡陸修靜以白鷺羽塵尾扇遺融，曰：「此既異物，以奉異人。」況異物以達誠，見賓客李相公狀二。南嚮旌旆，實所知歸。弭中阿而攀德。

獻華州周大夫十三丈啓

箋：周墀也。詳汝南公元日朝會狀。華州，見華州陳相公狀。

大夫以南陽惠化，漢書召信臣傳：遷南陽太守，其化大行，吏民親愛信臣，號之曰召父。後漢書杜詩傳：遷南陽太守，時人方於召信臣，故南陽爲之語曰：「前有召父，後有杜母。」傅玄太僕龐侯誄：惠化風揚。爲東雍先聲，見弘農上中書狀。旬日之來，謳歌已洽。今者北誅雜虜，謂討回鶻。詳許昌李尚書狀一。西卻諸戎，謂平党項。詳座主李相公狀。蓮岳分憂，見華州周侍郎狀。白帖：刺史類共理。漢宣曰：「與我共理者，其唯二千石乎！」又「分憂」注：分主憂。後漢書郭伋傳：徵拜潁川太守，召見辭謁，帝勞之曰：「賢能太守去帝城不遠，河潤九里，冀京師并蒙福也。」雲臺佇議，江淹上建平王書：結綬金馬之庭，高議雲臺之上。終動於天慈。伏料即時，必降徵詔。某方從羈宦，見河陽李大夫狀一。邈遠深恩。昔日及門，預三千之弟子；事見除書狀。史記孔子世家：以詩、書、禮、樂教弟子，蓋三千焉。今晨即路，隔百二之關河。見度支周侍郎狀及痊復狀。瞻望清光，不任攀結。

謝鄧州周舍人啓 鄧州，見度支盧侍郎狀。舍人，見韋舍人狀。

伏奉榮示，兼賜及腰褥靴裁具酒筒盞杓匙筯等，捧戴感激，不知所爲。伏念仰辱恩光，嘗疑當作「常」。多違遠，風波結懇，李陵與蘇武詩：風波一失所，各在天一隅。皋壤銜誠。見令狐狀六。始邂逅於江津，邂逅，見詩。郭璞江賦：躋江津而起漲。又差池於門宇，「差池」，見詩。遞蒙厚賜，以重離憂。文革錦茵，漢書東方朔傳注：革，生皮也。説文：茵，車重席。終成虛飾，杯杓匕筯，沈慶之傳：舉目言笑，誰與爲歡！太祖妃上世祖金鏤匕箸及杅杓，上以賜慶之，曰：「卿辛勤匪殊，歡宴宜等。」誰與爲歡！李陵答蘇武書：孤燭扁舟，江淹銅爵妓詩：孤燭映蘭幕。「扁舟」見濮陽賀鄭相公狀。梁元帝燕歌行：遥遥夜夜聽寒更。謝靈運擬太子鄴中集詩：永夜繫白日。迴腸延首，宋玉神女賦：迴腸傷氣。曹植王仲宣誄：延首歎息。書不盡言！易。伏計亦賜信察。

獻舍人彭城公啓 箋：本集馮箋：彭城公爲劉瑑，河東公爲柳仲郢。按義山於開成二年登進士第，釋褐祕書省校書郎，調補弘農尉。此篇云「始忝一名，方階九品」下篇云「舉非高第，仕怯上農」，皆補尉後語。與前上劉舍人狀語意略同。唐人應舉之先，多干謁當事，此必補尉之後，不甘沈沒下僚，復求從調試判。會昌二年，復以書判拔萃，重入祕書省爲正字，可

證也。義山登第,多藉令狐綯延譽之力。此彭城公,下篇河東公,皆子直爲之介紹。綯之爲補闕,在開成初年,見本集彭陽公遺表。其由補闕爲户部員外郎,在會昌二年,見舊唐書綯子滈傳。文稱「聖政維新」,似當爲會昌初年所作。考舊唐書劉瑑傳,會昌末,累遷尚書郎,知制誥,正拜中書舍人,似爲時稍後。而既云正拜,或其先早經試職。至柳仲郢,則新、舊二傳皆不載其爲舍人事,筮仕之始,史家多不致詳。必别求一人以實之,則亦終無確證。不如因仍舊説爲得耳。新唐書宰相世系表:劉氏定著七房,一曰彭城。

某啓:即日補闕令狐子直顧及,舊唐書令狐綯傳:字子直,爲左補闕。又職官志:左補闕二員,從七品上。伏話恩憐,猥加庸陋,惶惕所至,感結仍深。魏武帝塘上行:感結傷心脾。某長於丘樊,見蕭給事狀。早慚師友。晉書殷浩傳:以中原爲己任。雖乏許靖幹時之材具,見西川李相公狀。潘岳西征賦:實幹時之良具。實懷殷浩當世之心機。晉書殷浩傳:明帝問曰:「論者以君方庾亮,自謂何如?」答曰:「端委廟堂,使百寮準則,鯤不如亮。一丘一壑,自謂過之。」遠愧於幽棲;謝靈運鄰里相送方山詩:資此永幽棲。十辟二徵,後漢書董扶傳:扶少與任安齊名,前後宰輔十辟,公車三徵,皆不就。近慚於藉甚。見汝南上淮南狀一。已迫地勢,左思詠史詩:地勢使之然,由來非一朝。屬此門衰,李密陳情表:門衰祚薄。藐念流離,莫或遑息。並詩。喬木空在,弊廬已頽,左傳。遂與時人,

七六七

俱爲歲貢。三試於宗伯，始忝一名；並見令狐狀一。三選於天官，《通典》：凡旨授官，悉由於尚書，文官屬吏部，武官屬兵部，謂之銓選。方階九品。見華州周侍郎狀。俸微五斗，見張雜端狀。病滿十旬。事詳《獻相國京兆公啓》。李陵空卷，冒白刃，北首爭死敵。〈史記陳丞相世家〉：陳平爲人長，美色。項羽略地至河上，平往歸之。殷王反楚，平往擊，降殷王而還。漢王攻下殷王，項王怒，將誅定殷者將吏。平懼誅，間行杖劍亡。渡河，船人見其美丈夫獨行，疑其亡將，要中當有金玉寶器，目之，平恐。乃解衣裸體，佐刺船。船人知其無有，乃止。《司馬遷報任少卿書》：李陵一呼勞，軍士無不起，躬流涕，沫血飲泣，張空卷，冒白刃，北首爭死敵。陳平裸體，勇而無益；〈史記陳丞相世家〉：陳平爲人長，美色。維新，朝綱大舉，徵伊、皋爲輔佐，用襃、向以論思，見度支周侍郎狀。大室澆風，王少頭陀寺碑：澆風下黷。廊開雅道。《蜀志龐統傳》：雅道陵遲。後漢書崔瑗傳：以事繫東郡發干獄，獄掾善爲禮，瑗間考訊時，輒問以禮說。受經，復聞原作「開」，今據胡本改正。龜子。《史記龜錯傳》：以文學爲太常掌故。孝文帝時，天下無治尚書者，獨聞濟南伏生治尚書，年九十餘，老不可徵。乃詔太常，使人往受之。太常遣錯受尚書伏生所。詩集贈劉五經：「繆囚爲學貴，掌固受經忙。」馮氏曰：掌故，掌故事。《周禮夏官掌固，與此大異。乃後世此或亦作「固」，非其義矣。豈古字可通耶？按《文選兩都賦序注：孔安國射策爲掌固。《西都賦注：匡衡射策甲科，除太常掌故。六臣本亦作掌固。鮑照論國制啓：宜令掌固刊而撰之。丘遲爲王博士讓表：非除部養之勤，豈通掌固之業？皆二字通用之證。唐六典「尚書省掌固十四人」，亦即掌故也。沈淪者延頸，逃散者動心。是敢竊假菲詞，仰干哲匠，果蒙咳唾，以及泥塗。左傳。王遜

之遙舉董聰,「聰」當作「聯」。晉書王遜傳:遜爲寧州刺史,未到州,遙舉董聯爲秀才。方斯未逮;蔡邕之出迎王粲,見上李尚書狀。與此非同。得水可期,管子:蛟龍得水,而神可立也。搏風有望,見賀牛相公狀二。坐生羽翼,魏文帝遊仙詩:服藥四五日,身輕生羽翼。平視煙霄。儻或不悋鑄人,見座主李相公狀。必令附驥,史記伯夷傳:顏淵雖篤學,附驥尾而行益顯。雖不足深窺閫奧,遠及幾微,然比於鼠識吉凶,抱朴子:鼠壽三百歲,滿百歲則色白,善憑人而卜,名曰仲能。知一年中吉凶,及千里外事。燕知戊已,抱朴子:鶴知夜半,燕知戊已,而未必達於他事也。明雲。

尚隔仙路,見翰林學士賀冬啓。伏紙魂動,濡毫氣增。伏願始終念察。

獻舍人河東公啓 箋:詳前啓。注詳河東上楊相公狀一。

某啓:前月十日,輒以舊文二軸上獻,即日補闕令狐子直至,見前啓。伏知猥賜披閱。今日重於令狐君處伏奉二十三日榮示,特迂尊嚴,曲加褒飾,捧緘伸紙,終慚且驚。某本乏英華,禮記。且無聲采,宋書樂志:系綴聲采。雖成書有託,庾信哀江南賦:奉立身之遺訓,受成書之顧託。而爲裘未工。禮記。重以迫於世資,漢書貨殖傳:士設反道之行,以追時好而取世資。窘此家素。管寧木榻,坐已膝穿;魏志管寧傳注:高士傳曰:管寧自越海及歸,常坐一木榻,積五十餘年,未嘗箕股,其榻上當膝處皆穿。孔伋縕袍,行而肘見。說苑:子思居於衛,縕袍無表。然猶開卷獨得,南史陶潛傳:潛與子書

曰：少來好書，偶愛閑靜，開卷有得，便欣然忘食。懸頭自強。楚國先賢傳：孫敬好學，時欲寐寐，奮志，懸頭屋梁以自課。韋編鐵摑，屢聞斷折，太平御覽：論語比考讖曰：孔子讀易，韋編三絕，鐵摘三折，漆書三滅。亡書墜册，龐識篇題。見集賢韋相公狀三。而投足多難，張華鷦鷯賦：投足而安。仕怯上農。見獻相國京兆公啓。寫誠無所，蜀志諸葛亮傳遂解帶寫誠。舉非高第，筆詳前啓。「高第」，見韋舍人狀。王華處世，寧願異人？虞寄為官，何嘗滿秩；陳書虞寄傳：寄前後所居官，未嘗至秩滿，纔期年數月，便自求解退。王華傳：華以情事異人，未嘗預宴集，終身不飲酒，有燕不之詣。筆詳上李尚書狀。後漢書班固傳：秉筆下僚。獨無誰語，「無」當作「與」。司馬遷報任少卿書：是以獨鬱悒而誰與語。一至於此，欲罷不能。宋書每念大漢之興，好文為最。漢書淮南王安傳：時武帝方好藝文。襃傳：太子襃所為甘泉及洞簫頌，令後宮貴人左右皆誦讀之。美子虛之文，則恨不同世。悅洞簫之製，則諷在後庭，何實實之紛綸，卿亦用貲為郎。史記司馬相如傳：相如字長卿，以貲為郎，事孝景帝為武騎常侍，非其好也。史記司馬相如傳：客游梁，著子虛之賦，上讀而善之，曰：「朕獨不得與此人同時哉！」然猶揚雄以草玄見誚，見劉舍人狀。馬卿亦用貲為郎。史記司馬相如傳：相如字長卿，以貲為郎，事孝景帝為武騎常侍，非其好也。莊子：名者實之賓也。而名義之乖爽！況乎志異數子，事非當時。司寇栖栖，原作「樓樓」，今據胡本改正。反欺為佞，原作「幸」，今據胡本改正。嗇夫喋喋，誰為非賢？史記張釋之傳：文帝問上林尉諸禽獸簿，尉不能對。虎圈嗇夫從旁代尉對甚悉。文帝曰：「吏不當若是邪？」詔釋之拜嗇夫為上林令，釋之曰：「夫絳侯、東陽侯稱為長者，此兩人言事，曾不能出口，豈效此嗇夫諜諜利口捷給哉？」乃不拜嗇夫。又安可坐榮於寒谷

之中，見汝南上淮南狀二。自致於剛氣之上？見滎陽上淮南狀。刻灰篆難駐，見孫學士狀。圭管無停，周禮。若使蜀臣之九考不移，見漢南盧尚書狀。漢郎之三朝莫過，「過」當作「遇」。張衡思玄賦，李善注：漢武故事曰：顏駟，不知何許人，漢文帝時為郎，至武帝時，嘗輦過郎署，見駟龍眉皓髮，上問：「叟何時為郎，何其老也？」答曰：「臣文帝時為郎。文帝好文而臣好武，至景帝好美而臣貌醜，陛下即位好少而臣已老矣，以三世不遇，故老於郎署。」文帝即位二年，廣延國來獻善舞者二人，一名旋娟，一名提嫫。王登崇霞之臺，乃召二人徘徊翔舞，殆不自支。其舞一名縈人嘲染鬢，宋書謝靈運傳：臨川王義慶招集文士，何長瑜以韻語序義慶州府僚佐云：陸展染鬢髮，欲以媚側室，青青不解久，星星行復出。帶憤減圍，梁書沈約傳：約久處端揆，有志台司，帝終不用。以書陳情於徐勉曰：開年以來，病增慮切，百日數旬，革帶常應移孔。以手握臂，率計月小半分，以此推算，豈能支久？即葛洪命屯，永處跋驢之伍；葛洪抱朴子自序：假令奮翅則能凌厲玄霄，騁足則能追風躡景，猶欲戢勁翮於鸞鷟之羣，藏逸跡於跋驢之伍。田光精竭，必為駑馬所先。見吏部李相公啟。張協七命李善注：芒，鋒刃也。左思吳都賦，李善注：鄭玄曰：穎，鋒也。伊秀銳之既衰，亦錯穎之俱盡。夫收掌上之妍，太平御覽：漢書曰：趙飛燕能為掌上舞。韓非子：長袖善舞。王嘉拾遺記：燕昭王為世師，鶡冠子：海內荒亂，立為世師。行為人範，任昉南徐州蕭公行狀：師氏之選，允歸人範。廓至公之路，優接下之誠。書。是願竊望門闌，仰干閽侍。易。果蒙旌異，特損緘題。騁樐中之駿者，方言：樐，梁、宋、齊、楚、北燕之間或謂之榴，或謂之皂。方今外無戰伐，內富英賢，閤下文必資於坦塗，然後可求其宛轉之能，在假之長袖，

塵,言其體輕,與塵相亂;次曰集羽,言其婉轉若羽毛之從風,末曲曰旋懷,言其支體纏蔓,若入懷袖也。責其滅沒之効。原作「功」,今據胡本改正。列子:伯樂曰:「良馬可形容筋骨相也,天下之馬者,若滅,若沒,若存,若失,若此者絕塵弭躅。是當延望,實在深誠!儻蒙一使御車,見蕭給事狀。與之下座,見漢南盧尚書狀。雖不足丹青時輩,後漢書竇章傳:收進時輩。領袖諸生,晉書裴秀傳:後進領袖有裴秀。冀獲預於游談,戰國策:是以外客遊談之士,無敢盡忠於前者。庶少賢於博弈。伏惟念錄,謹啟。

爲濮陽公涇原署營田副使賓牒 見兵部尚書表。

牒

員外簪被傅芳,「袚」當作「紱」。舊唐書職官志:尚書諸司員外郎,從第六品上階。按:唐代官制,員外置者甚多,不獨郞也。陸機晉平西將軍孝侯周處碑:簪紱揚名。籫紱揚名。劉峻辨命論:珪璋特秀。蘊請纓之壯志,見陳相公土物狀。擅夢筆之雄才。南史江淹傳:淹嘗夢一丈夫,自謂郭璞,謂淹曰:「吾有筆在卿處多年,可以還」淹乃探懷中,得五色筆一以授之。爾後爲詩,絕無美句。時人謂之才盡。諷于後庭,見舍人河東公啓。賦推麗則;揚子法言:詩人之賦麗以則,辭人之賦麗以淫。試于前殿,見濮陽賀鄭相公狀。策號賢良。見京兆李尹狀。猶以有感一言,來從原作「從來」,今據胡本校正。三揖。禮記。卑栖嶺表,後漢書酈炎傳:修

翼無卑棲。遠蹈海隅，綿歷四周，往還萬里。洎節旄移所，箋：茂元由嶺南節度移鎮涇原，此副使，當其舊僚也。省閣將歸，箋：詳牛相公狀二。

尚鬱圖南之勢。見牛相公狀二。後漢書獻帝紀：於是尚書令以下，皆詣省閣謝。永懷求舊之誠，書。曰：制敵以智。「運籌」，屢見。兼仗折衝，見江西周大夫狀。且爲邦猶聞乎去食，制敵難曠於運籌。蜀志諸葛亮傳注：張儼默記軍。諸葛亮意在蔣琬，果以成功，蜀志蔣琬傳：琬子公琰，丞相亮開府，辟爲東曹掾，遷爲參軍長史，加撫軍將軍。亮數外出，琬常足食足兵以相供給。亮每言：「公琰託志忠雅，當與吾共贊王業者也。」亮卒，以琬爲尚書令，俄而遷大將軍，録尚書事。琬神守舉止有如平日，由是衆望漸服。趙莊子善彼樂書，竟能集事。左傳。既見君子，詩。竊慕古人，曹植七啓：竊慕古人之所志。幸當屈以求伸，易。無惜翔而後集。事須請攝節度副使。通典：其未奉報者稱攝。

爲濮陽公補保定尉張鴻巡官牒

箋：詳張雜端狀。保定，已注彼篇。「尉」見舍人彭城公啓。新唐書百官志：節度使館驛，巡官四人。

前件官，卑棲州縣，見前牒。富有文辭。過蘭成射策之年，周書庾信傳：信字蘭成。庾信哀江南賦：王子洛濱之歲，蘭成射策之年。誠思屈跡，見太尉王司徒啓。當陸展染髭之日，見舍人河東公啓。難議折腰。見張雜端狀。屬賓榻方施，見鄭州李舍人狀三。使車旁午，漢書霍光傳：使者旁午。注：一縱一

橫爲旁午，猶言交橫也。假其候館，周禮。聊免沒階。事須差攝館驛巡官，「差攝」見前牒。仍立行隨副使行軍已下。舊唐書職官志：節度使，副使一人，行軍司馬一人，判官二人，掌書記一人，參謀無員數，隨軍四人。

爲濮陽公陳許補王琛衙前兵馬使牒

「陳許」見許州請判官狀。新唐書百官志：

衙前都知兵馬使。

天下兵馬大元帥，前軍兵馬使、中軍兵馬使、後軍兵馬使各一人。舊唐書李載義傳：以功遷

牒奉處分，見謝集賢韋相公狀。我之偏裨，漢書馮奉世傳：兵法曰：大將軍出，必有偏裨，所以揚威武，參

計策。琛最夙舊。且思往歲，嘗從孤軍。後漢書呂布傳：今將軍厚公臺不過於曹氏，而欲委全城，捐妻子，

孤軍遠出乎？衣偏裻之衣，國語：使申生伐東山，衣之偏裻之衣。史記晉世家注：服虔曰：偏裻之衣，偏，異色，

駮不純。裻在中，左右異，故曰偏衣。靡求盡飾；禮記。掌維婁之事，公羊傳注：繫馬曰維，繫牛曰婁。未

始告勞。晚節彌堅，鄒陽上書吳王：至其晚節末路。壯心不改，魏武帝碣石篇：烈士暮年，壯心不已。

土田漸廣，士卒逾多。念此老成。詩。無令新間，原作「問」，今據胡本改正。見左傳。事須補充衙

前兵馬使。

爲濮陽公補盧處恭牒

牋：玩文中陳國云云，亦鎮陳許時作。

右件官，家承禮訓，任昉王文憲集序：家門禮訓，皆折衷於公。學隸樂章。禮記。屬陳國東門，詩。兼古多長袖，見舍人河東公啓。楚王下邑，見令狐狀二。俗漸南音。左傳。將陳饗客之儀，周禮。切移風之雅。禮記。其謹防三惑，後漢書楊秉傳：秉性不飲酒，又早喪夫人，遂不復娶。所在以淳白稱。嘗從容言曰：「我有三不惑，酒、色、財也。」無奪八音。書。杜濮水之遺聲，史記樂書：衞靈公之晉，至濮水之上，夜半聞琴聲，召師涓聽而寫之。至晉，平公享之。靈公曰：「今者來，聞新聲，請奏之。」平公曰：「可。」命師涓坐師曠之旁，援琴鼓之。未終，師曠止之曰：「此亡國之聲也。昔師延與紂爲靡靡之樂，武王伐紂，師延走投濮水，故聞此聲必於濮水之上。」絶吳宮之竊笑。史記孫子傳：吳王出宮中美女，得百八十人，孫子分爲二隊，以王之寵姬二人各爲隊長。約束既布，即三令五申之。於是鼓之右，婦人大笑。孫子復三令五申，而鼓之左，婦人復大笑。此下疑脱四字。勿驕予官，事須補充樂營使。舊唐書陸長源傳：加以叔度苛刻，多縱聲色，數至樂營，與諸婦人嬉戲，自稱孟郎。

爲濮陽公補仇坦牒

牒奉處分，昔坦綺紈，劉峻廣絶交論：弱冠王孫，綺紈公子。主吾筆劄，漢書樓護傳：護與谷永俱爲五侯上客，長安號曰「谷子雲筆札，樓君卿脣舌」。二紀相失，史記孔子世家：孔子適鄭，與弟子相失。一朝來歸。

惜其平生,老在書計,「書計」見禮記。此似作「書記」用。今重之侯國,後漢書百官志:列侯所食縣爲侯國。亦有私朝。禮記。豈無他人,詩。不可同日。舉爲列校,後漢書袁紹傳:誠傷偏裨列校,勤不見紀。合屬連營。後漢書袁紹傳:連營稍前。尚有藉于專精,後漢書陳紀傳:愚以公事委公卿,專精外任。俾兼司于稽勾。勾,去聲。事須補充散兵馬使,通鑑唐憲宗紀注:散員兵馬使,未得統兵。兼勾節度觀察兩使案。

爲濮陽公補顧思言牒

舊唐書宣宗紀:大中二年,日本國王子入朝,貢方物。王子善棋,帝令待詔顧思與之對手。蘇鶚杜陽雜編:唐宣宗時,大中中,日本國王子來朝,善圍棋。上敕顧師言待詔對手。至三十三下,勝負未決,師言懼辱君命而汗下,凝思方敢落指,則謂之鎮神頭,乃是解兩征勢也。王子迴語鴻臚曰:「待詔第幾手耶?」鴻臚詭對曰:「第三手也。」王子曰:「願見第一。」曰:「王子勝第三,得見第二;勝第二,方得見第一。」王子掩局而吁曰:「小國之第一,不如大國之第三。信矣!」

右件官,山棲自高,崔駰達旨:或盬耳而山棲。棋品無敵。南史梁簡文紀:所著棋品五卷。又柳惲傳:梁武帝好弈棋,使惲品定棋譜,登格者二百七十八人,第其優劣,爲棋品三卷。惲爲第二焉。空縱爛柯之思,

虞喜志林:信安山有石室。王質入其室,見二童子方對棋,看之,局未終,視其所執伐薪斧柯已爛朽。遽歸,鄉里已非

矣。未逢賭郡之時。宋書羊玄保傳：玄保善弈棋，棋品第三。太祖與賭郡戲，勝，以補宣城太守。以其勢協爭雄，宋書胡藩等傳論：當二帝爭雄，天人之分未決。事同攻昧，書。易局中之急劫，水經注：陳留志稱：阮簡爲開封令，縣側有劫賊，外白甚急數。簡方圍棋長嘯，吏云「劫急！」簡曰「局上有劫亦甚急」其耽樂如此。佐廡下之權謀。史記秦紀：繆公與庵下馳追之。漢書藝文志：兵權謀十三家。事須補充州衙推。新唐書百官志：刺史領使，則置州衙推。方將對局，北史魏收傳：子建爲前軍將軍，十年不徙，在洛閑暇，頗爲弈棋。及一臨邊事，凡經五年，未曾對局。寧在沒階。仍宴集，不用公服趨走。世說：王長史爲中書郎，往敬和許，爾時積雪，長史從門外下車，步入尚書，著公服。

爲滎陽公桂州署防禦等官牒

新唐書方鎮表：桂州，開耀後置管內經略使，領桂、梧、賀、連、柳、富、昭、蒙、嚴、環、融、古、思、唐、龔十四州，治桂州。餘見敕書、慰諭表及集賢韋相公狀二。

段協律箋：文首云「稟訓台階」，必宰相之子。考新唐書宰相世系表，段氏宰相，惟文昌一人。其子成式，字柯古，以蔭入官。咸通初，出爲江州刺史。此尚初試，正與鄭亞同時也。成式以博雅著稱，其文與李義山、溫飛卿齊名，號三十六體。新、舊二傳載其爲校書郎，而不詳其爲協律。然史言「文昌晚年既耽玩於歌舞，成式子安節又善樂律，能自度曲」。意於音律之學，有濡染於家風者矣。再玩文中語氣，似

爲鄭亞故府之子。考舊唐書段文昌傳，長慶元年，詔授西川節度，太和四年，移鎮荆南。文昌於荆、蜀皆有先祖故第，至是贖爲浮圖祠。又以先人墳墓在荆州，別營居第，以置祖禰影堂。與文中廉臺、阮曲，語意正合。豈文昌節度荆南之日，鄭亞曾爲幕僚，今此觀察桂管，道出荆南，適成式尚在故居，亞遂辟之赴桂耶？然亦究無確證，特就文義推測得之耳。「協律」見李舍人狀六。

判官禀訓台階，「判官」，見兵部尚書表。 從知侯國，見仇坦牒。 庭蘭並馥，見李舍人狀五。 巖電齊明。〈晉書王戎傳：〉戎幼而穎悟，神彩秀徹，視日不眩。裴楷見而目之曰：「戎眼爛爛，如巖下電。」 且憶菲才，嘗分曩顧，梁園辱召，淮館陪遊。二語並見令狐狀二。 今者獲守小藩，適經舊第。原作「地」，今據胡本改正。〈漢書高帝紀注：〉孟康曰：有甲乙次第，故曰第也。〈説文：〉滋水出牛飲山白陜谷，東入虖沱。嵇康琴賦：或徘徊顧慕。魏書地形志：中山郡毋極縣有新城、廉臺。 川之上，方顧慕于廉臺；原作「堂」，今據胡本改正。〈元和郡縣志：〉廉頗臺在陘邑縣西南十五里，慕容恪與冉閔戰於魏昌廉頗臺，閔大敗。即此。 穀水之旁，亦徘徊于阮原作「既」，今據胡本改正。 曲。〈水經注：〉穀水又東南轉屈而東注，謂之阮曲，云阮嗣宗之故居也。 實欣餘慶，易。豈謂嘉招？見鄭州李舍人狀二。 願持謙下之姿，俯贊訓齊之令。事須請攝防禦巡官。〈新唐書百官志：〉防禦使，巡官一人。

李幼章

前件官，籍在五陵，〈漢書原涉傳：〉涉年二十餘，郡國諸豪及長安五陵諸爲氣節者皆歸慕之。〈注：〉謂長陵、安

陵、陽陵、茂陵、昭陵也。學通三略,見幽州張相公狀。不露才而務進,「露才」,見獻相國京兆公啓。吳越春秋:螳螂貪心務進,志在有利。能仗氣而逾恭。宋書孔覬傳:為人使酒仗氣。所宜率彼紀綱,後漢書張升傳:仕郡為綱紀。託原作「記」,今據胡本改正。為親信,漢書朱博傳:博因敕禁:「毋得泄語,有便宜,輒記言。」因親信之,以為耳目。屬資封部,「資」,疑當作「茲」。魏志張邈傳注:英雄記曰:甫詣封部。稍遠宸居。是用輟自私朝,禮記。仍其舊邸,見令狐狀。爾其敏以在公,詩。幹而集事,左傳。遠分尺籍,漢書馮唐傳注:李奇曰:尺籍所以書軍令。遙押牙璋。國語:昔武王克商,通道于九夷、百蠻,使各以其方賄來貢,使無忘職業。「蠻圻」,見見朝會狀。底方賄于蠻圻。勿替前勞,左傳。以承後弊。事須補充防禦押衙。見兵部尚書表。知上都進奏。見太子表。

羅　瞻

前件官,早從官序,禮記。實負公才。見宣州裴尚書啓。每服節以存誠,蘇武報李陵書:向使君服節死難。「存誠」,見易。亦約言而顧禮,「約言」,見禮記。吳志孫權傳:乃欲哀親戚,顧禮制。惟是造次,不致原作「敢」,今據胡本改正。尤違。書。今者任原作「位」,今據胡本改正。既資明練,魏志滿寵等傳評:田豫居身清白,規略明練。兼藉哀矜,勿輕東海之冤,漢書于定國傳:定國父于公,為郡決曹,決獄平。東海有孝婦少寡,養姑甚謹,姑欲嫁廣漢傳注:按,致其罪也。又田千秋傳注:鞫,問也。之,以為綱紀。重察廉,務煩按鞫。漢書趙

之，終不肯。其後姑自經死，姑女告吏：「婦殺我母。」吏捕驗治，孝婦自誣服。于公以為此婦養姑以孝聞，必不殺也。爭之弗能得。太守竟論殺孝婦。郡中枯旱三年。後太守至，于公曰：「孝婦不當死，前太守彊斷之，咎黨在是乎？」於是太守殺牛自祭孝婦冢，因表其墓，天立大雨。

畏我簡書。〈詩〉。事須此處疑脫「補」字。無縱梗陽之略。〈略〉，當作「賂」，見〈左傳〉。俾夫縣道，見〈瀘州刺史狀〉。充觀察衙推。〈新唐書·百官志〉：觀察使，衙推一人。

陳公瑾

右件官，學精三略，屢見。藝極六鈞，〈左傳〉。敏以竄原注：疑，謀，〈國語〉：縶敏且知禮，敬以知微，敏能竄謀。知禮可使，敬不墜命，微知可否，君其使之。恭而仗氣。見李幼章牒。事予莊主，此係當日同為幕僚者。〈國語〉：昔吾逮事莊主。奉我郡侯，〈晉書·職官志〉：郡侯如不滿五千戶，王置一軍，一千一百人，亦中尉領之。誰言越嶺之名藩，屢見。仍自梁園之下客。「梁園」見令狐狀二。〈列士傳〉：孟嘗君食客三千人，廚有三列：上客食肉，中客食魚，下客食菜。既叨防遏，見安南狀。深藉材能，將致果於戎行，俾同登於勇爵。二語，並〈左傳〉。事須補充同散兵馬使。見仇坦牒。〈新唐書·百官志〉：初，太宗省內外官置七百三十員，曰：「吾以此待天下賢材足矣。」然是時已有員外置，其後又有特置，同正員。

崔兵曹新唐書地理志：桂州始安郡，中都督府。舊唐書職官志：中都督府，兵曹參軍事一人，從七品上。

兵曹出于華胄，見河中崔相公狀二。南史何昌㝢傳：昌㝢後為吏部尚書，嘗有一客姓閔求官，昌㝢謂曰：「君是誰後？」答曰：「子騫後。」昌㝢團扇掩口而笑，謂坐客曰：「遙遙華胄。」早履宦途。邠宛直而和，太叔美

而秀。二語並左傳。能暇豫于恩疑當作「思」。義，不造次以違仁。盤錯有彰，見門下李相公狀二。脊
肯無頓。「脊」，當作「繁」，見河南盧給事狀。雖思濡足，桓寬鹽鐵論：孔子思堯、舜之道，東西南北，灼頭濡足，庶
幾世主之悟。安可折腰？見張端狀。希茂象雷原作「賢」，今據胡本改正。之能，太平御覽：孝經援神契
曰：二王之後稱公，大國侯皆千乘，象雷百里，所潤雲雨同。兼佐宣風之職。見慰諭表。事須請攝觀察巡
官，新唐書百官志：觀察使、巡官一人。兼知某縣事。

段　球

右件官，太倉稟術，史記倉公傳：太倉公者，齊太倉長，臨菑人也。姓淳于氏，名意。少而喜醫方術，同郡元
里公乘陽慶更悉以禁方予之。傳能，世說：何平叔云：服五石散，非惟治病，亦覺神明開朗。既通九歲之宜，「歲」疑當
作「藏」。「九藏」見周禮。今據胡本改正。傳能，史記倉公傳：傳黃帝、扁鵲之脈書，五色診病，知人死生，及藥論甚精，為人治病多驗。何晏原作
「宴」，今據胡本改正。兼善五禽之戲。後漢書華陀傳：吾有一術，名五禽之戲，一曰虎，二曰鹿，三曰熊，四日
猨，五日鳥。亦以除疾，兼利蹠足，以當導引。湘南越北，水經：湘水出零陵始安縣陽海山，東北過零陵東。注：越
城嶠水，南出越城之嶠，嶠即五嶺之西嶺也。秦置五嶺之戌，是其一焉。北至零陵縣，下注湘水。蠻落華人，見集賢
韋相公狀二及魏博何相公啓。雖其土厚水深，左傳。豈忘二臣三佐？沈括夢溪筆談：舊說有藥用一君、二
臣、三佐、五使之說。勉將剖浣，後漢書華陀傳，陀精於方藥，處齊不過數種，鍼灸不過數處。若疾發結於內，鍼藥所

不能及者,乃令先以酒服麻沸散,既醉無所覺,因剖破腹背,抽割積聚。若在腸胃,則斷截湔洗,除去疾穢,既而縫合,傅以神膏,四五日創愈,一月之間皆平復。用息痛瘯。〈書〉。勿矜麥麴之廋辭,「麥麴」,見〈左傳〉。曰:「有秦客廋辭於朝。」審辯薙荼胡本作「翟祖」。之輟寐。〈詩〉「堇荼如飴」疏:〈廣雅〉:「堇,藱也。」今三輔之間言猶然。〈張華博物志〉:飲真茶,令人少眠。〈野客叢書〉:世謂古之荼即今茶,不知茶有數種,惟茶檟之茶,即今之茶也。事須補充醫博士。〈新唐書百官志〉:中都督府,醫藥博士一人,正九品下。

鄉貢明經陶僄通典:唐貢士之法,多循隋制,其常貢之科,有秀才,有明經,有進士,有明法,有書,有算。自京師郡縣,皆有學焉。每歲仲冬,郡縣監課,試其成者。長吏會僚屬,設賓主,陳俎豆,備管絃。既餞,而與計偕。其不在館學而舉者,謂之鄉貢。

牒奉處分,周禮。昔漢時高手,〈初學記〉:〈司馬彪續漢書〉曰:東平王蒼到國,病,詔遣太醫丞,將高手醫視病。周室上醫,周禮。將崇三代之功,用〈禮記〉「醫不三世,不服其藥」。〈唐諱〉「世」作「代」。亦謹一經之遺。〈漢書韋賢傳〉:賢篤志於學,兼通禮、尚書,以詩教授,號稱鄒、魯大儒。少子玄成復以明經歷位至丞相,故鄒、魯諺曰:遺子黄金滿籯,不如一經。以標實稱幹父,〈易〉。且又名家,佇有濟于痒痾。〈說文〉:痒,瘍也。痾,病也。爾其精詳桐錄,〈陶弘景本草序〉:有桐君採藥錄,説其花葉形色。藥對四卷,說其佐使相須。〈周禮内宰注〉:稍食,吏禄,廩也。别農經,〈陶弘景本草序〉:舊説皆稱〈神農本經〉,余以爲信然。愼原注:疑。按:似當作「愼」。

且繫孝廉之船,〈晉書張憑傳〉:憑舉孝廉,負其才,詣劉恢。會王濛就恢清言,有所不通,憑於末坐判之,言旨深遠,清

言彌曰。憑既還船，須臾，悵遣教覓張孝廉船，便召與同載。勉用李孫之石。「李孫」，未詳。似當作「季孫」。然左傳「藥石」，乃孟孫而非季孫，或肊記而誤。事須補充要籍。《新唐書·百官志》：觀察使，要籍一人。

前攝臨桂令李文儼《新唐書·地理志》：臨桂縣上，屬嶺南道桂州。《舊唐書·職官志》：諸州上縣，令一人，從六品上。

右件官，我李本枝，《詩》。諸劉貴族。《史記·荊燕世家》：荊王劉賈者，諸劉不知其何屬。能彰美錦，《左傳》。令肅陽鱎。《說苑》：宓子賤爲單父宰，陽畫曰：「夫扱綸錯餌，迎而吸之者，陽鱎也。其爲魚薄而不美。」未至，單父冠迎之者，交接於道。子賤曰：「車驅之，夫陽畫之所謂陽鱎者至矣。」臨桂既有正言，「言」，疑當作「官」。漢書哀帝紀注：諸以才技徵召，未有正官，故曰待詔。後漢書馮鮪傳：鮪遷郟令，郟賊攻圍縣舍，鮪率吏士力戰。帝案行鬭處，乃嘉職官志：諸州中下縣，令一人，從七品上。《左傳》。已聞言偃之絃歌，更佇潘仁之桃李。《晉書·潘岳傳：岳字安仁。《白帖》：晉潘岳爲河陽令，樹桃李花，人號曰「河陽一縣花。」事須差攝豐水縣令。豐水方思健令。《新唐書·地理志》：豐水縣，中下，屬桂州。《舊唐書》之曰：「此健令也。」無辭久假，勉慰一同。

突將凌綽《通鑑》唐肅宗紀注：突將，以領驍勇馳突之士。

牒奉處分，我所羈縻，詳瀘州刺史狀及集賢韋相公狀二。未爲退陋，既懸版籍，雖無漢守，《吳志·太史慈傳注》：江表傳宜集賦輿。《左傳》。言念蕃州，《新唐書·地理志》：蕃州，隸桂州都督府。曰：鄱陽民帥別立宗部，阻兵守界，不受華子魚所遣長吏，言：「我以別立郡，須漢遣真太守來，當迎之耳。」豈得久容

懦吏,《漢書元后傳》:逐捕魏郡甕盜堅盧等黨與,及吏畏懦逗留當坐者。有負疲人?以綷早處中軍,《左傳》。嘗爲突騎,《漢書鼂錯傳》注:突騎,言其驍銳,可用衝突敵人也。既負抉門之武,仍聞免冑之恭。並《左傳》。是用暫假撫綏,聊資控遏。爾其載敷仁勇,式慰州邦。無挾遠以生情,勿憂貧而易操。獎能舉罪,《晉書劉頌傳》:夫監司以法舉罪。兩不敢私。事須差知蕃州事。

盧韜

右件官,族茂燕臺,《新唐書宰相世系表》:盧氏,范陽涿人。「燕臺」,見許州《請判官狀》。譽高藩閫,《漢書馮唐傳》:臣聞上古王者遣將也,跪而推轂,曰:「閫以内寡人制之,閫以外將軍制之。」未從鷗化,見《賀牛相公狀二》。聊屈鸞棲。《後漢書仇覽傳》:覽爲考城主簿,王渙謝遣曰:「枳棘非鸞鳳所棲,百里豈大賢之路?」州縣誠歉于徒勞,《後漢書梁竦傳》:竦嘗曰:「大丈夫居世,生當封侯,死當廟食。如其不然,閑居可以養志,詩書足以自娛。州郡之職,徒勞人耳!」煙火嘗欣其相接。《史記律書》:鳴雞吠狗,煙火萬里。勉全素分,佇振嘉聲。事須差攝靈川縣主簿。《新唐書地理志》:靈川縣,中,屬桂州。《舊唐書職官志》:諸州中縣主簿一人,從九品上。

林君霈

牒奉處分,古者三人擇師,一社立宰。《史記陳丞相世家》:里中社,平爲宰,分肉食甚均。所冀稟規有自,《晉書溫嶠傳》:同稟規略。制事無偏,雖在邊隅,且分州里。語地既踰于一社,料民何啻于

三人,《國語》:宣王既喪南國之師,而料民于太原。

將求綏撫之才,《漢書·翟方進傳》:綏撫字内。必極柔良之選。見《魏中丞狀》。

以君霈策名麾下,《策名》見《左傳》。「麾下」見《顧思言牒》。歷軾軍前,《戰國策》:蘇秦伏軾摳衣,橫歷天下,庭説諸侯之王。身弓六鈞,揚子《法言》:修身以爲弓,矯思以爲矢,立義以爲的。「六鈞」見《左傳》。心鐵百鍊。劉琨《重贈盧諶詩》:何意百鍊剛,化作繞指柔。無擎跽曲拳之志,《莊子》:擎跽曲拳,人臣之禮也。有飲冰食檗之貞。是用輟自私門,介于廉部,勉承委寄,慎保始終。有禄食以奬能,有簡書而謫過,「簡書」見《詩》。《史記·大宛傳》:以適過行者,皆紬其勞。惟兹二道,汝自擇焉。事須差知環州事。

《新唐書·地理志》:環州,下,屬嶺南道。餘見《瀘州刺史狀》。

李克勤 《新唐書·宗室世系表》:克勤,沅江令。

右件官,始在宦途,便彰政術。原作「述」,今據胡本改正。且異于良倫,「良」疑當作「常」。鋒鏑而消亡。韋絢《劉賓客嘉話録》:舊官人所服袍,赭黄、紫二色,貞觀中,始令三品已上服紫,四品、五品以朱,六品、七品以緑,八品、九品以青。《戰國策》:詩云:行百里者,半於九十。此言末路之難。屬吾屬縣,《漢書·王尊傳》:到官出教,告屬縣。有令曠官,《書》。芒蝎既蠧于良材,《爾雅》:蝎,桑蠧。碩鼠又妨于嘉穗。「碩鼠」見《詩》。湛方生《七歡》:簡嘉穗以精微。匪聞讓畔,《史記·五帝紀》:舜耕歷山,歷山之人皆讓畔。遽致盈庭,《詩》。聿求可人,《禮記》。用革前弊。其在推公以分疆理,《詩》。潔己以抑奸豪,使麻不争池,《晉書·石勒載

記：初，勒與李陽鄰居，歲常爭麻池，迭相毆擊。桑無競隴。史記吳世家：初，楚邊邑卑梁氏之處女，與吳邊邑之女爭桑，二女家怒相滅。蔣琬沈醉，蜀志蔣琬傳：琬除廣都長，衆事不理，時又沈醉。先主將加罪戮，諸葛亮請曰：「蔣琬，社稷之器，非百里之才也。」乃不加罪。未如巫馬之戴星，呂氏春秋：宓子賤治單父，彈鳴琴，身不下堂，而單父治。巫馬期以星出，以星入，日夜不居，以身親之，而單父亦治。王衍清談，晉書王衍傳：衍補元城令，終日清談，而縣務亦理。豈若韓稜之去苞？東觀漢記：韓稜爲下邳令，時鄰縣皆苞傷稼，稜縣界獨無苞。勉修實效，勿徇虛名，苟善否之有聞，于賞罰而何忝？事須差攝修仁縣令。新唐書地理志：修仁縣，中下，屬桂州。餘見李文儼牒。

韋重

右件官，頃佐一門，實揚二職。襲韋賢之經術，見陶摽牒。有崔琰之鬚眉。魏志崔琰傳：琰聲姿高暢，眉目疏朗，鬚長四尺，甚有威重。朝士瞻望，太祖亦敬憚焉。久爲旅人，易：不遇知己。今龍城屬部，象縣分封。新唐書地理志：嶺南道柳州，下，領龍城縣、象縣。魏志武帝紀注：孫盛曰：罪謙之由，而殘其屬部，過矣。雖求瘝頒條，允歸于通守；隋書百官志：開皇中，罷州置郡，郡置太守，其後諸郡各加置通守一人，位次太守。而提綱舉轄，孫綽爲功曹參軍駁事箋：綱紀居管轄之任，以糾司外內。通典：錄事參軍，晉置，本爲公府官，非州郡職也。掌總錄衆曹文簿，舉彈善惡，後代刺史有軍而開府者，並置之。子必藉于外臺。見官告狀。羅含擅譽于琳瑯，晉書羅含傳：含字君章，其正色當官，潔身照物，逢柔莫茹，詩。有蠱必攻。周禮

章,桂陽末陽人,爲郡功曹刺史,庾亮以爲部江夏從事。太守謝尚稱曰:「羅君章可謂湘中之琳琅。」猶聞謙受;〈書〉。

梁辣徒勞于州縣,見盧韜牒。未曰通材。後漢書韋彪傳:應用公正之士,通才審正,有補益於朝者。「柳州」,見上官,以渝清節。漢書王貢兩龔鮑傳贊:是故清節之士,於是爲貴。事須差攝柳州錄事參軍。勿恥上。舊唐書職官志:下州錄事參軍一人,從八品上。

曹讜

牒奉處分,郡督郵,見盧韜牒。

唐赤縣置二人,他縣各一人。通典:督郵,漢有之,掌監屬縣。唐以後無。縣主簿,通典:主簿,謂之諸簿,自漢有之。唐赤縣置二人,他縣各一人。「四郵」,見禮記。漢書食貨志:侵刻小民。失其人,則一府壞紀綱之要。原作「鄰」,今據胡本改正。見前牒。

郡,平樂屬城,〈新唐書地理志〉:嶺南道昭州,下,領平樂縣。舊唐書地理志:昭州,武德四年置樂州,貞觀八年改爲昭州,以昭岡潭爲名。雖州將在焉,〈後漢書張奐傳〉:小人不明,得過州將。而縣尹耄矣!〈左傳〉。苟忘管轄,見前牒。前件官,實富公才,〈見宣州裴尚書啓〉。嘗參侯服。〈書〉。削大刃而只思髖髀,漢書賈誼傳:屠牛坦一朝解十二牛,而芒刃不頓者,所排擊剝割,皆眾理解也。至於髖髀之所,非斤則斧。注:髖,股骨也。髀,髀上也。茂長材而惟憶風霜。〈晉書劉輿傳〉:時稱潘滔大才,劉輿長才,裴邈清才。〈後漢書盧植傳論〉:風霜以別草木之性,危亂而見貞臣之節。〈詩〉:志堅心石,委之稽勾,勾,去聲。必慰疲羸。夫專于雷同,〈禮記〉。則無以懸河瀉水,注而不竭。」辯瀉口河,〈晉書郭象傳〉:象好老,〈莊〉,能清言,王衍每云:「聽象語,如

貴吾道；苟務從派別，〈左思吳都賦〉：百川派別，歸海而會。則無以致人和。允執厥中，〈書〉。惟理所在。無愆潔操，〈後漢書桓彬傳〉：辭隆從窊，縶操也。以負求才。事須差攝昭州錄事參軍。「昭州」見上。餘見前牒。

陳積中

牒奉處分，地處一同，〈左傳〉。雷震百里，有驚遠懼邇之威。〈易〉。聿求其人，良不易得。況荔江屬邑，〈元和郡縣志：桂州荔浦縣，因荔水爲名〉。有移風易俗之務，〈禮記〉。鋪錦俟製。〈左傳〉。前件官，秩爲仙尉，〈漢書梅福傳：福補南昌尉，後去官歸，嘗以讀書養性爲事，一朝棄妻子，去九江，至今傳以爲仙〉。名下蘇卿，〈漢書蘇武傳：武字子卿，爲移中廄監〉。按：〈詩集茂陵詩：誰料蘇卿老屬國，即指蘇武。此與梅福並隸，蓋謂賢而隱於下僚耳〉。餘城。牒奉處分，桂嶺通津，「桂嶺」見〈西川李相公狀〉。王凝之〈蘭亭集詩〉：逍遙映通津。停弦待調，〈漢書董仲舒傳：譬之琴瑟不調，甚者必解而更張之，乃可鼓也〉。聊借效于牛刀，暫輟遊于鷺翿。〈詩〉。勉將廉白，〈後漢書桓帝紀：令廉白守道者，得信其操〉。以慰通遺。事須此下疑脫一字。攝荔浦縣令。〈新唐書地理志〉：荔浦縣，中下，屬桂州。餘見李文儼牒。

李遇

牒奉處分，使君代緒清華，〈後漢書郭伋傳〉：聞使君到，喜，故來奉迎。襟神秀朗，〈梁書范雲傳〉：卿精神秀朗，而勤於學，卿相才也。恭而負氣，見〈崔大夫狀〉。勇以求仁，屢試絃歌，比分符竹。處雞舌龍身

之地，太平御覽：南方草木狀曰：交阯蜜香樹，其花不香，成實乃香，為雞舌香。淮南子：九疑之南，陸事寡而水事衆，於是民人被髮文身，以象鱗蟲。

不侮鰥寡，書。居明珠大貝之間，南越志：土產明珠大貝。益清冰檗。每聞受代，晉書劉弘傳：弘至，奕不受代。便至徒行，戰勝紛華，韓非子：子夏見曾子，曾子曰：「何肥也？」對曰：「戰勝，故肥也。」曾子曰：「何謂也？」子夏曰：「吾人見先王之義則榮之，出見富貴之樂又榮之，兩者戰於胸中，未知勝負，故臞，今先王之義勝，故肥。」史記禮書：子夏，門人之高弟也。猶云「出見紛華盛麗而悅，入聞夫子之道而樂」二者心戰，故未能決。儀形暇豫。比陶潛之乏食，遠過二旬；陶潛擬古詩：三旬九遇食，十年著一冠。方江革之歸資，兼無一舸。梁書江革傳：革除會稽郡丞，行府州事，民安吏畏，乃除都官尚書。將還，贈遺無所受，惟乘臺所給一舸。舸艚偏敧，不得安臥，或謂革曰：「船既不平，濟江甚險。當移徙重物，以迮輕體。」革既無物，乃於西陵岸取石十餘片以實之。爰徵舊史，想見其人。

某幸忝廉車，每懷屬部，詎忘賢守，薦自良朋；詩。敢滯螢坅，同頒鳳詔？見河東復京兆啓二。噫！處盤錯而顧彰利刃，虞升卿是以為能，後漢書虞詡傳：詡字升卿。餘見門下李相公狀二。有民人而遂不讀書，仲子路于焉見矩。原注：疑，按：似當作「拒」。盛名典郡，見滎陽與諸郡守狀。學古入官。書。苟直操之罔渝，荀悅漢紀：馮參兄弟四人，參矜嚴直操，不屈於五侯貴寵之家。豈層臺之足累？老子：九層之臺，起於累土。勉思所自，以保克終。蜀志馬良傳：鮮於造次之華，而有克終之美。事須請攝嚴州刺史。新唐書地理志：嚴州，下，屬嶺南道。餘見瀘州刺史狀。

樊南文集

牒奉處分：本集有祭呂商州文，馮氏以爲代滎陽公作。中云「言念令季，託余屬城」，必即是人也。

呂 佋 箋：

牒奉處分，前件官，吏道長材，史道多端，則官職耗廢。故人令弟。應亨贈四王冠詩：濟濟四令弟。

一言相託，萬里爰來。未及解巾，詔書逼切，不得已，解巾之郡。俄悲斷手，後漢書韋彪傳：彪族子豹，豹子著，以經行知名，不應州郡之命，就家拜東海相。詔書逼切，不得已，解巾之郡。俄悲斷手，後漢書哀紹傳：兄弟者，左右手也。譬人將鬬，而斷其右手，而曰我必勝若，如是者可乎？牙絃載絕，呂氏春秋：伯牙鼓琴，鍾子期聽之。方鼓琴，而志在太山，鍾子期曰：「善哉！巍巍乎若太山。」少選之間，而志在流水，鍾子期又曰：「善哉！湯湯乎若流水。」鍾子期死，伯牙破琴絕絃，終身不復鼓琴。徐劍寧欺？史記吳世家：季札之初使，北過徐君，徐君好季札劍，季札未獻。還至徐，徐君已死，於是乃解其寶劍，繫之徐君家樹而去。曰：「始吾已心許之，豈以死倍吾心哉？」且資典午之權，蜀志譙周傳：典午忽兮。典午者，謂司馬也。此下疑脫四字。無恃舊故。事須差攝判官。新唐書百官志：觀察使，判官一人。

秦 軻

牒奉處分，廉介不潤于脂膏，屢見。忠信可行於蠻貊，不唯今也，古猶難哉！予始軻廉車，漢書揚雄傳注：服虔曰：軻，止車之木。軻素爲州將，見曹譓牒。召至與語，見河中鄭尚書狀。腰腹甚偉，見謝集賢韋相公狀。是用返于故部，慰彼遐人。禮記。書劍有成，見濮陽上陳相公狀二。務兼銀冶。按：新唐書地理志：桂管所屬多貢銀，而古州不載。俯資軍用，漢書陳湯傳隩，職次牙璋，周禮。

傳：因敵之糧，以贍軍用。兼助地征。周禮。雖處之不疑，將委爾以山澤之利；穀梁傳。而義然後取，不蓄當作「畜」。爾爲聚斂之臣。其在無失舊規，不踰素節。威小人之草，咸使偃風，護姹女之神，無令得火。參同契：河上姹女，得火則飛。佇聞集事，左傳。更議酬勞。事須假同兵馬使職，見王琛牒。依前知古州事，新唐書地理志：古州，下，屬嶺南道。餘見瀘州刺史狀。兼專勾當都蒙營務。新唐書地理志：都蒙縣，屬嶺南道環州。

劉福

牒奉處分，前件官，襲慶儒門，後漢書鄭興賈逵傳贊：中世儒門，賈、鄭名學。儲精吏道。見呂佋牒。不鉶庖刃，見盧給事狀。思處囊錐。史記平原君傳：秦之圍邯鄲，趙使平原君來救，合從於楚。約與食客二十人偕，門下有毛遂者，前自贊於平原君。平原君曰：「夫賢士之處世也，譬若錐之處囊中，其末立見。」遂曰：「臣乃今日請處囊中耳！」今廉部之初，求人是切，爰將折獄，用寄長材。子其斟酌蜀科，蜀志伊籍傳：籍與諸葛亮、法正、劉巴、李嚴，共造蜀科。評詳漢令，漢書刑法志：律令凡三百五十九章。勿令門下意盜壁于張儀，史記張儀傳：儀嘗從楚相飲，已而楚相亡璧，門下意儀，其執儀，掠笞數百，不服，釋之。無使獄中溺然灰于安國。史記韓長儒傳：韓安國坐法抵罪，蒙獄吏田甲辱安國。安國曰：「死灰獨不復然乎？」甲曰：「然即溺之。」佇觀法理，漢書宣帝紀：法理之士，咸精其能。更俟甄昇。事須差攝觀察衙推。見羅瞻牒。

樊南文集補編卷第九

牒

爲滎陽公桂管補逐要等官牒

田仲方

右件官，掌予書計，積爾光陰，臨文乃辨於魯魚，〈抱朴子〉：書三寫，「魯」成「魚」，「帝」成「虎」。問數能知於身首。〈左傳〉。昨者始從藩寄，初啓戎行，〈左傳〉。有廊廡所散之金，見〈安南狀〉。有筐篚是將之帛。〈詩・鹿鳴序〉：〈鹿鳴〉，燕羣臣嘉賓也。既飲食之，又實幣帛筐篚，以將其厚意。資其出納，益見廉隅。〈禮記〉。不惟錄舊之誠，〈王筠與東陽盛法師書〉：既荷錄舊之情，兼備懇懃之旨。且切隨才之用。事須補逐要。〈新唐書・百官志〉：節度使，逐要一人。

嚴君景

右件官，當參戎府，泊從廉車，殿後驅前，〈廣雅〉：軍在前曰啓，後曰殿。「前驅」見〈詩〉。拉朽穿蠹。〈晉書・甘卓傳〉：將軍之舉武昌，若摧枯拉朽，何所顧慮乎？既展在公之績，〈詩〉。宜當職祿之科。聊比秩於

中璋，周禮。用承榮於建斾。邢子才冀州刺史封隆之碑：建斾懷藩。事須補充同兵馬使。見王琛牒。

王公衡

右件官，素樂從軍，王粲從軍行：從軍有苦樂，但問所從誰。所從神且武，焉得久勞師？少來歸我。勁勇而敢探雛虎，後漢書班超傳：超使西域，到鄯善，王禮敬甚備，後忽更疎懈，超謂其官屬曰：「此必有北虜使來，狐疑未知所從故也。不入虎穴，不得虎子。當今之計，獨有因夜以火攻虜，滅此虜，則鄯善破膽，功成事立矣。」誠明而可涉呂梁。莊子：孔子觀於呂梁，懸水三十仞，流沫四十里，黿鼉魚鱉之所不能游也，見一丈夫游之。孔子從而問焉，曰：「蹈水有道乎？」曰：「吾始乎故，長乎性，成乎命。與齊俱入，與汩偕出，從水之道，而不爲私焉。」益彰冰蘗。今兵屯越嶲，播控蠻圻。「播」，疑當作「藩」。「蠻圻」，見周禮。無淮陰市井之人，見孫學士狀。有秦伯紀綱之僕。左傳。是焉求舊，書。以壯中權。屢變星灰，見安南狀。事須補充某營十將。通鑑：唐憲宗紀注：十將，軍中小校也。用保克終之美。

劉淮

牒奉處分，我之上軍，左傳。實首南服。晉書劉弘傳：威行南服。靜則拔距投石，漢書甘延壽傳：延壽投石拔距，絶於等倫。注：投石，以石投人也。拔距者，有人連坐，相把據地，距以爲堅，而能拔取之。皆言其有手擘之力。用養其威；動則振鐸挺鍵，「鍵」，疑當作「鈹」。國語：被甲帶劍，挺鈹搢鐸。說文：鈹，劍而刀裝者。以揚其武。爰求訓整，是屬偏裨。前件官，頗歷星霜，爲予御右，晉書何曾傳：

臨敵交刃,又參御右。望通軍志,誓在戎行。是用挾以楚轅,分之齊鼓。四語並《左傳》。勉思脫兔,《孫子》:始如處女,敵人開戶,後如脫兔,敵不及拒。勿暴將羊。疑當作「勿慕如羊」。《後漢書張奐傳》:遷安定屬國都尉,羌豪帥感奐恩德,上馬二十四。先零又遺金鐻八枚,並受之。而召主簿於諸羌前,以酒酹地,曰:「使馬如羊,不以入廄。使金如粟,不以入懷。」並以金、馬還之。

徐 適

右件官,嘗從州兵,《左傳》。實懷戎略。瞻晉卿之馬首,識齊壘之烏聲。二語並《左傳》。使以履軍,冀無堅敵。《晉書段灼傳》:灼上疏追理鄧艾曰:龍驤麟振,前無堅敵。屬熊湘南戍,於越北疆,「熊湘」見《僕射崔相公狀》一。餘見《僕射崔相公狀》二。思揚建隼之威,屢見。用警跕鳶之俗。《後漢書馬援傳》:援謂官屬曰:「當吾在浪泊、西里間,下潦上霧,毒氣重蒸,仰視飛鳶跕跕墮水中。」爾其撫予後勁,《左傳》。聽我先庚。《易》。深宏戰器之資,《左傳》。用叶師貞之美。《易》。事須補充某營十將。

鄭 楚

牒奉處分,爾之嚴君,《禮記》:「嚴君」,見《易》。楚父何名未詳。頃於家宰,《書》。守無假器,《左傳》。行不易方。《易》。慶襲身枝,爾之嚴君,名登尺籍,見李幼章牒。是用分乘楚廣,均領晉藩。並《左傳》。刻思及父之賢,《漢書王嘉傳》:故繼世立諸侯,象賢也。《注》:象其先父祖之賢耳。以奉丈人之吉。《易》。事須補充同十將。

李 邯

右件官，族傳隴右，見馬相公登庸啓。氣蓋關中，史記季布傳：季布弟季心，氣蓋關中。藏蒙瑜獨出之鋒，陸機辨亡論：周瑜、陸公、魯肅、呂蒙之儔，入爲腹心，出作股肱，頗者，趙之良將也。又項羽紀：項籍者，下相人也。字羽。項氏世世爲楚將。蘊頗羽先登之志。史記廉頗傳：廉頗者，趙之良將也。又項羽紀：項籍者，下相人也。字羽。「先登」，見左傳。今者疆分楚越，見僕射崔相公狀二。俗雜蠻夷。見集賢韋相公狀二。資中江下瀨之師，南史宋孝武帝紀：大明七年十一月，大閱水師於中江。漢書武帝紀：元鼎五年，甲爲下瀨將軍，下蒼梧。注：瀨，湍也。吳、越謂之瀨，中國謂之磧。無替爾勇，挫我軍威。鎮祝髮鏤膚之俗。「祝髮」，見禮記。左思魏都賦：或魋髻而左言，或鏤膚而鑽髮。新唐書許欽寂傳：萬歲通天元年，契丹入寇，詔爲隴山軍討擊副使。事須補充討擊副使。

張 存

右件官，早輸丹赤，頗涉星霜，雖懷暴武之鋒，唐諱虎作「武」。不起戡彈之色。「彈」疑當作「蟬」。列子：王作色曰：「吾之力者，能裂犀兕之革，曳九牛之尾，猶憾其弱。女折春螽之股，堪秋蟬之翼，而力聞天下，何也？」唯茲沈毅，後漢書祭肜傳：肜性沈毅内重。可使訓齊。今則登以伍原作「五」，今據胡本改正。符，漢書馮唐傳注：李奇曰：伍符，軍士五五相保之符信也。列之三鼓。爾其聿修戰器，並左傳。精講軍書。漢書息夫躬傳：軍書交馳而輻輳，羽檄重跡而狎至。勉膺擊刺之名，史記日者傳：齊張仲、曲成侯以善擊刺學用劍，立名天下。用獎勤勤之節。事須補充討擊副使。見前牒。

王　政

右件官，一心事我，三歲食貧。《詩》。奉崔瑗之嘉賓，《後漢書崔瑗傳》：瑗愛士好賓客，盛修肴膳，單極滋味。曾無惰色；收陳遵之尺牘，見幽州張相公狀。不失片辭。既愿慤以可規，《荀子》：孝悌愿慤，軥錄疾力，以敦比其事業，而不敢怠傲。亦堅原作「聖」，今據胡本改正。明而有守。《史記廉頗藺相如傳》：未嘗有堅明約束者也。宜攜刀筆，見河東復京兆啓二。從我牙旗。見幽州張相公狀。事須補充要籍。見陶標牒。

注：散將者，牙將之散員也。

劉公實

右件官，早在戎藩，素推武藝，《魏志袁渙傳》：有武藝而好水功。菫父敢登於懸布，《左傳》。養由無失於穿楊。《戰國策》：楚有養由基者，善射，去柳葉百步射之，百發百中。軍前罷警，且從散秩，《魏書盧義僖傳》：散秩多年，澹然自得。勿慮遺才。屬徼外無虞，《漢書王尊傳》：懷來徼外。事須補充散將。《通鑑唐懿宗紀》

注：散將者，牙將之散員也。

鄭　琡

右件官，嘗在壯圖，亦從薄宦，《南史陶潛傳》：弱年薄宦，不絜去就之迹。解康成之書帶，《後漢書郡國志》注：《三齊記》曰：鄭玄教授不期山，山下生草大如薤，葉長一尺餘，堅刃異常，土人名曰「康成書帶」。精鬼谷之鈐經。《隋書經籍志》：《鬼谷子》三卷。周禮典同疏：《鬼谷子》有飛鉗、揣摩之篇。不殫當作「憚」。逭方，忽玆投迹。見榮陽上荆南後狀。雖云小國，寧忘元宗？《左傳》。將有俟於先勞，固未登於真守。《後漢書馬援傳》：

爲大夫博陵公克海署盧鄧巡官牒

箋：博陵公，崔戎也。見皇躬痊復狀及鄭州蕭給事狀。舊唐書文宗紀：太和八年三月，華州刺史崔戎爲兗海觀察使。又地理志：兗海節度使治兗州，管兗、海、沂、密四州。新唐書百官志：觀察使，巡官一人。

判官地實清門，見兵部尚書表及盧韜牒。人稱端士。漢書賈誼傳：於是皆選天下之端士。和以接物，司馬遷報任少卿書：教以順於接物。謙而飾躬，班固遊居賦：親飾躬於伯姬。自贊藩條，蓋推賓彥。幸今休邅，玉篇：邅，遊兵也。無惜辱臨。左傳。事須請攝觀察巡官。

爲潼關鎭使張珺補後院都知兵馬使兼押衙牒

箋：潼關鎭使，周墀也。見汝南公元日朝會狀。舊唐書地理志：潼關防禦鎭國軍使，華州刺史領之。又楊志誠傳：太和五年，爲幽州後院副兵馬使。「押衙」見兵部尚書表。

右件官，質茂松筠，荀子：其誠可比於金石。誠高金石，荀子：其誠可比於金石。別屯要地，後漢書荀彧傳：此實天下之要地，而將軍之關河也。既守禦而有經，史記孟子荀卿傳：蓋墨翟，宋之大夫，善守禦，爲節用。諒追奔之可犯。李陵

左傳。

見王公衡牒。

〈答蘇武書〉：追奔逐北。況又秦中共事，〈漢書高帝紀〉注：秦中，謂關中，秦地也。海內相從，酬知能誓於始終，于役不辭其暴露，〈詩·左傳〉。脂車秣馬，曹植〈應詔詩〉：星陳夙駕，秣馬脂車；昔嘗爲我以前驅，被甲執兵，今合撫予之後勁。〈左傳〉。仍榮心膂，〈詩〉。兼總牙璋，〈周禮〉。事須補充押衙〈詩〉。

陳寧攝公井令牒

箋：〈新唐書·方鎭表〉：榮州、昌州，皆東川節度所領。以下二牒皆當爲柳仲郢作。〈新唐書·地理志〉：公井縣，中下，屬劍南道榮州。餘見李文饒牒。

聞寧前爲公井令，疲羸之甿，戴之如父母；見華州周大夫啓。囊橐之盜，見盧給事狀。畏之猶神明。〈韓非子〉：周主亡玉簪，令吏求之三日，不能得也。周主令人求之，而得之家人之屋間。周主曰：「吾知吏之不事事也，求簪三日不得之。吾令人求之，不移日而得之。」於是吏皆聳懼，以爲君神明也。所謂伊人，〈詩〉。何臻此術？還臨舊部，勉繼前修。

周宇爲大足令牒

〈新唐書·地理志〉：大足縣，下，屬劍南道昌州。〈舊唐書·職官志〉：諸州下縣，令一人，從七品下。

宇，君子人也，詩家者流。〈漢書·藝文志〉：右歌詩二十八家。常亦觀光，〈易〉。厄於時命。噫！有卓魯之政事，〈後漢書·卓茂魯恭傳贊〉：卓、魯款款，情愨德滿。仁感昆蟲，愛及胎卵。與顏謝之篇章，〈南史·顏

樊南文集

延之傳：〈延之與陳郡謝靈運俱以詞采齊名。自潘岳、陸機之後，文士莫及。江右稱潘、陸，江左稱顏、謝焉。較其爲名，不相上下。無謂大足小而辭之。

碑銘

梓州道興觀碑銘 并序

舊唐書地理志：劍南東川節度使，治梓州。管梓、綿、劍、普、榮、遂、合、渝、瀘等州。又：梓州，隋新城郡。武德元年，改爲梓州，天寶元年，改爲梓潼郡，乾元元年，復爲梓州。乾元後，分蜀爲東、西川，梓州恒爲東川節度使治所。按：詩集馮注，引宋王象之所考潼川府碑記曰：道興觀碑、道士胡君新井碣銘，並見李義山集。

總天下之事，教分爲三；隋書李士謙傳：客問三教優劣，士謙曰：「佛，日也。道，月也。儒，五星也。」處域中之大，道居其一。老子：道大、天大、地大、人亦大，域中有四大，而王居其一焉。人法地，地法天，天法道，道法自然。發軔於希夷之境，楚辭離騷：朝發軔於蒼梧兮。「希夷」，見李舍人狀五。解鞍於寥廓之場。覽若士之遊，九垓尚隘，史記李將軍傳：令曰：「皆下馬解鞍。」楚辭遠遊：下崢嶸而無地兮，上廖廓而無天。淮南子：禹使大章步自東極，至於西極，二億三萬三千五百里七十五步。見濮陽賀鄭相公狀。稽豎亥之步，淮南子：使豎亥步自北極，至於南極，二億三萬三千五百里七十五步。六合非遙。莊子：六合之外，聖人存而不論。六合之內，聖人

論而不議。徒欲洞視胡本作「見」。焦螟，列子：江浦之間生麼蟲，其名曰焦螟，羣飛而集於蚊睫，弗相觸也。樓宿去來，蚊弗覺也。黃帝與容成子居空桐之上，同齋三月，心死形廢，徐以神視，塊然見之，若嵩山之阿，徐以氣聽，砰然聞之，若雷霆之聲。遙驅野馬。莊子：野馬也，塵埃也，生物之以息相吹也。日取其半，萬世不竭。循白環而待窮，見官告狀。則玄籥猶嚴，小爾雅：鍵謂之籥。空筌尚滯。謝靈運人華子岡詩：羽人絕彷彿，丹丘徒空筌。輙摧原作「推」，今據胡本改正。所説一偈，汝能以皮爲紙，以骨爲筆，書寫此偈，當以與汝。」折尺棰而求盡，莊子：一尺之棰，莫知象帝之家，見尚書侍郎給事賀冬啓。蓋朽天穿，未覩谷神之隧。老子：谷神不死，是謂玄牝。玄牝之門，是謂天地根。綿綿若存，用之不勤。智度論：釋迦文佛爲菩薩時，有魔語：「我有致迷於萬一。見獻相國京兆公啓。泊飛龜藏義，抱朴子：靈寶經有正機、平衡、飛龜授袟凡三篇，皆仙術也。終猛馬垂文，藝文類聚：尚書中候曰：帝堯即政，榮光出河，休氣四塞。龍馬銜甲，赤文綠色，甲似龜背，五色，有列星之文，斗政之度，帝王錄紀、興亡之數。詩集驕兒詩：猛馬氣倚傑。貫王屋之深珠，深當作「流」。抱朴子：昔黃帝生而能言，役使百靈，可謂天授自然之體者也。猶復不能端坐而得道，故陟王屋而授丹經，到鼎湖而飛流珠。方摧中冀，逸周書嘗麥解：黃帝執蚩尤，殺之於中冀。封吳宮之合璧，抱朴子：吳王伐石以治宮室，而於合石之中得紫文金簡之書。使使者持以問仲尼，而欺仲尼曰：「吳王閒居，有赤雀銜書，以置殿上，不知其義。」仲尼曰：「此乃靈寶之方、長生之法。禹之所服，隱在水邦，年齊天地，朝於紫庭者也。」禹將仙化，封之名山石函之中，乃今赤雀銜之，殆天受

也。」始會塗山。《左傳》。變浩劫之桑田,《度人經》:惟有元始浩劫之家,部制我界。《葛洪神仙傳》:王遠字方平,至蔡經家,因遣人召麻姑相問。麻姑來,自說:「接侍以來,已見東海三爲桑田。向到蓬萊,水又淺於往昔會時略半也,豈將復還爲陵陸乎?」方平笑曰:「聖人皆言海中行復揚塵也。」注羣黎之耳目,《老子》:百姓皆注其耳目。聞其大較,未可殫論。

及夫祕篆抽奇,《雲笈七籤》:八顯者:一曰天書,八會是也;二曰神書,雲篆是也;三曰地書,龍、鳳之象是也;四曰内書,龜、龍、魚、鳥所吐者也;五曰外書,鱗、甲、毛、羽所載也;六曰鬼書,雜體微昧,非人所解者也;七曰中夏書,草藝、雲篆是也;八曰戎夷書,類於蜫蟲者也。隱書詮奧,《漢武內傳》:王母又告夫人曰:「吾嘗憶與夫人共登玄隴朔野及曜真之山,視王子童,王子立就吾求請太上隱書。」摧藏鳥迹,成公綏《嘯賦》李善注:摧藏,自抑挫之貌。魏書釋老志:上師李君手筆有數篇,其餘皆正真書。《曹、趙,道覆所書古文、鳥迹、篆隸、雜體,辭義約辨,婉而成章。鬱勃龍光。《漢武內傳》:帝於尋真臺七月七日夜,見西王母乘紫雲輦來,雲彩鬱勃,盡爲香氣。《杜陽雜編》:武帝好神仙術,修隆真室,内設玳瑁之帳,火齊之牀,焚龍光之香,薦無憂之酒。

淡靈才之縹緑,見弘文崔相公狀二。玄中九錫,廬山諸道人遊石門詩:端坐運虛輪,轉彼玄蕊珠,作七言。挹弘文崔相公狀二。太上七言,《黄庭内景經》:太上大道玉晨君閑居蕊珠,作七言。

中經,劉向列仙傳:茅濛,咸陽南關人也。詩:則固可促軨求音,古詩:絃急知柱促。援柯搴秀。顏延年《秋胡之命,爲司命真君。貢神物之便蕃。詩:窈窕援高柯。存之則總櫜籥於虛空,「空」疑當作「室」。《老子》:天地之間,其猶櫜籥乎?虛而不屈,動而

愈出。莊子：虛室生白，吉祥止止。遣之則喪輜重於修塗。老子：重爲輕根，靜爲躁君，是以聖人終日行不離輜重。故泣幸痺坐之君，說苑：禹出，見罪人，下車問而泣之。韓非子：平公腓痛足痺，而不敢壞坐。挹紀握圖之主，張衡東京賦：虑妃攸館，神用挺紀。「握圖」，見度支周侍郎狀。

神貴者太一，太一佐者五帝。萬玉女名錄者：怊悵於上元，宋玉高唐賦：怊悵自失。漢武内傳：上元夫人，三元上元之官，統領十萬玉女名錄者。考名都爲望幸之宫，史記封禪書：於是郡國各除道繕治宫觀，名山神祠，所以望幸也。何嘗不留連於太一，史記封禪書：天神貴者太一，太一佐者五帝。

斷。天子車駕所至，見令長，三老官屬，親臨軒作樂，賜以食帛，民爵有級，或賜田租，故謂之幸。因爽塏爲集靈之地。「爽塏」，見左傳。三輔黄圖：集靈宫在華陰縣界，武帝宫名也。一言以蔽，百代可知。

梓州道興觀者，五帝盤遊，葛洪枕中書：太昊氏爲青帝，治岱宗山；顓頊氏爲黑帝，治太恆山；祝融氏爲赤帝，治衡霍山；軒轅氏爲黄帝，治嵩高山；金天氏爲白帝，治華陰山。「盤遊」，見書。九仙卜胡本作「下築。雲笈七籤：太清境有九仙，第一上仙，二高仙，三大仙，四元仙，五天仙，六真仙，七神仙，八靈仙，九至仙。「卜築」，見賓客李相公狀二。銅梁對軫，左思蜀都賦：外負銅梁於宕渠。劉逵注：銅梁，山名。在巴東。還疑鑄鼎之山；見汝南上淮南狀二。錦浦均流，華陽國志：蜀郡道西城，故錦官也。錦江，織錦濯其中則鮮明，濯他江則不如，故命曰錦里也。未怯乘槎之水。見畢學士啓。天彭割壤，華陽國志：秦孝文王以李冰爲蜀守，冰能知天文地理，謂汶山爲天彭門。乃至湔氐縣，見兩山對如闕，因號天彭闕。井絡分躔，原作「纏」，今據胡本改正。「井絡」，見

八〇三

西川李相公狀。《方言》：鹽，曆行也。日運為鹽，月運為迻。

挺夏后之靈妃，《華陽國志》：禹娶於塗山，辛、壬、癸、甲而去。生子啓，呱呱啼，不及視。三過其門而不入，務在救時。今江州塗山是也。滯震蒙之遊女。「蒙」疑當作「濛」。《漢書敍傳·幽通賦》：震鱗漦于夏廷兮，匝三正而滅姬。注：應劭曰：易震為龍，鱗蟲之長也。漦，沬也。《國語》：夏之衰也，二龍止于夏庭，而曰：「余，襃之二君。」夏帝請其漦而藏之，三代莫發。至屬王之末，發而觀之，漦流于庭，化為玄黿，入王後宮，童妾既齔而遭之，既笄而孕，無夫而生子。王懼而棄之。宣王之時，童謠曰：檿弧箕服，實亡周國。有夫婦賣是器者，見後宮童妾所棄妖子，哀而收之。夫婦亡奔襃。襃人有罪，請入所棄女，是為襃姒。《水經注》：襃水又南逕襃縣故城東，襃中縣也，本襃國矣。

乃知君王化鳥，資是思歸；《左思蜀都賦》：鳥生杜宇之魄。劉逵注：蜀記曰：昔有人姓杜名字，王蜀，號曰望帝。字死，俗說云：「宇化為子規。」子規，鳥名也。蜀人聞子規鳴，皆曰望帝也。

力士挽牛，非將適遠。《華陽國志》：秦惠王作石牛五頭，朝瀉金其後，曰牛便金。蜀人悅之，使使請石牛，惠王許之。乃遣五丁迎石牛，既不便金，怒遣還之。

於渝舞？《後漢書·南蠻傳》：武帝定郊祀之禮，乃立樂府，采詩夜誦，有趙、代、秦、楚之謳，以李延年為協律都尉。作樂當設官，《漢書·禮樂志》：閬中有渝水，其人多居水左右，天性勁勇，初，為漢前鋒，數陷陣，俗喜歌舞，高祖觀之，曰：「此武王伐紂之歌也。」乃命樂人習之，所謂巴渝舞也。

照以火井，左思蜀都賦：火井沈熒於幽泉，高焰飛煽於天垂。劉逵注：蜀郡有火井，在臨邛縣西南。火井，鹽井也。欲出其火，先以家火投之，須臾許，隆隆如雷聲，焰出通天，光輝十里。以鬲盛之，接其光而無炭也。潤之密房，「密」，當作「蜜」。左思蜀都賦：蜜房郁毓被其阜。五色九

八〇四

苞，鎮飛神鳳，「五色」見賀牛相公狀二。論語摘襄聖：鳳有六象九苞。三毛孫原注：疑。按：當作「一」。

孔，屢集文犀。〈酉陽雜俎〉：犀三毛一孔。雖膏雨常霑，〈太平寰宇記〉：大黎山、小黎山四時霖霈不絕，俗呼爲大漏天、小漏天。餘見詩。使星時入，〈後漢書李郃傳〉：郃署幕門候吏。和帝即位，分遣使者，皆微服單行，各至州縣，觀採風謠。使者二人，當到益部投郃候舍，時夏夕露坐，郃因仰觀問曰：「二君發京師時，寧知朝廷遣二使耶？」二人驚相視，問何以知之，郃指星示云：「有二使星向益州分野，故知之耳。」而君平至死不出靈關，〈漢書王貢兩龔鮑傳序〉：蜀有嚴君平，修身自保，卜筮于成都市。劉逵注：靈關，山名也。在成都西南漢壽之，不應。桓溫滅蜀，上疏薦之。〈晉書譙秀傳〉：秀字元彥，巴西人也。少而靜默，不交於世。李雄據蜀，具束帛安車徵界。

元彥平生未離嚴道。〈左思蜀都賦〉：廓靈關以爲門。「嚴道」，見弘文崔相公狀三。亦中州之藩服，〈漢書司馬相如傳注〉：中州，中國也。夫蜀都者，蓋兆基於上世，開國於中古。劉逵注：揚雄〈蜀王本紀〉曰：蜀王之先名蠶叢、柏灌、魚鳧、蒲澤、開明。是時人萌，椎髻左言，不曉文字，未有禮樂。從開明上到蠶叢，積三萬四千歲。上古之名區。〈左思蜀都賦〉：

昔隋室以綠字騰芳，見上「猛馬」注。赤符宣慶。〈後漢書光武紀〉：光武先在長安時，同舍生彊華自關中奉赤伏符曰：「劉秀發兵捕不道，四夷雲集龍鬭野，四七之際火爲主。」注：注：潼，乳也。

悦閬苑之遐遊，見〈周學士狀〉。顧慕龍鱗，見〈汝南上淮南狀二〉。羡喬山之僞葬，〈史記封禪書〉：上北巡朔方，還祭黃帝冢橋山。上曰：「吾聞黃帝不死，獻白鵠之血，以飲天子，因具牛羊之潼，以洗天子之足。

今有冢何也？」或對曰：「黃帝已仙，上天，羣臣葬其衣冠。」爰依翠阜，張協七命：登翠阜，臨丹谷。式寫丹丘。

楚辭遠遊：仰羽人於丹丘兮，留不死之舊鄉。其始也漢苑澄泉，三輔黃圖：甘泉苑，武帝置。華陰移土，晉書張華傳：初，吳之未滅也，斗牛之間常有紫氣，平吳之後，紫氣愈明。華聞豫章人雷煥妙達緯象，乃要煥宿，因登樓仰觀。華曰：「是何祥也？」煥曰：「寶劍之精，上徹於天耳。」華曰：「在何郡？」煥曰：「在豫章豐城。」煥以南昌西山北巖下土以拭劍，光芒豔發。遣送一劍并土與華，留一自佩。華得劍，寶愛之。以南昌土不如華陰赤土，報煥書曰：「詳觀劍文，乃爲將也。莫邪何復不至？雖然，天生神物，終當合耳。」因以華陰土一斤致煥，煥更以拭劍，倍益精明。華誅，失劍所在。煥卒，子華爲州從事，持劍行經延平津，劍忽於腰間躍出，墮水。使人沒水取之，不見劍，但見兩龍各長數丈，蟠縈有文章，沒者懼而反。

林中夸父，即貢宏材；山海經：夸父與日逐走，入日，渴，欲得飲。飲於河、渭，河、渭不足，北飲大澤，未至，道渴而死。棄其杖，化爲鄧林。橋畔秦皇，仍分怪石。任昉述異記：秦始皇作石橋於海上，欲過海觀日出處。有神人驅石去，不速，神人鞭之，皆流血。今石橋其色猶赤。「怪石」見書。取方中於絳闕，「方中」，見詩。雲笈七籤：絳闕排廣霄，披丹登景房。摹大壯於玄都。左思魏都賦：思重爻，摹大壯。玉京經：玄都在玉京山，有七寶城，太上無極大道虛皇君之所治也。臺寔九層，見東方朔十洲記。觀惟一柱，渚宮故事：崑崙山上有積石瑤房，流精之闕，瓊華之江陵，於羅公洲立觀，甚大而惟一柱，號一柱觀。瑤房疊茸，東方朔十洲記：崑崙山上有積石瑤房，流精之闕，瓊華之室，西王母所治也。陽樹攢融。「融」，疑當作「榮」。謝莊侍東耕詩：陰臺承寒彩，陽樹迎初熏。俄以九縣告

哀，「九縣」，見白相公加刑部尚書啟：「告哀」，見〈詩〉。三靈改物。〈春秋元命苞〉：造起天地，鑄演人君，通三靈之貺，交錯同端。「改物」，見〈左傳〉。五芝八桂，〈孫綽遊天台山賦〉：八桂森挺以淩霜，五芝含秀而晨敷。芻蕘者往焉，四戶三階，〈大戴禮記〉：明堂四戶八牖。班固〈西都賦〉：重軒三階。漢書趙敬肅王彭祖傳注：椎毇人而埋之，故曰椎埋。

終檘煙而合氣，〈周禮〉。五明之扇，崔豹〈古今注〉：舜既受堯禪，廣開視聽，求賢人以自輔，故作五明扇焉。將劫燒以爭飛；〈初學記〉：曹毗〈志怪〉曰：漢武鑿昆明池極深，悉是灰墨，以問東方朔，朔曰：「臣愚不足以知之，可試問西域胡。」帝以朔不知，難以核問。至後漢明帝時，外國道人來，入洛陽。時有憶朔言者，乃試以武帝時灰墨問之。胡人曰：「〈經〉云：天地大劫將盡則劫燒。此劫燒之餘。」乃知朔言有旨。用書「火炎崑岡」意。〈說文〉：熛，火飛也。既災巢

見降，侍從七人，一人執華幡，一人絕靈幡。逐崐熛而亂墜。」〈太平御覽〉：〈列仙傳〉曰：東卿大臣軌，越絕書：吳東宮周一里二百七十步路，西宮在長秋，周一里二十六步。秦始皇十一年，守宮者照燕，失火燒之。亦燬池魚，〈藝文類聚〉：〈風俗通〉曰：城門失火，禍及池中魚。舊說池中魚人姓李，居近城，城門失火，延及其家，仲災燒死。于謹〈百家書〉曰：宋城門失火，因汲池水以沃灌之，池中空竭，魚悉露死。喻惡之滋，并中傷良謹也。悲哀欲甚於戊辰，庾信〈哀江南賦序〉：粵以戊辰之年。又：惟以悲哀爲主。厭勝不聞於壬癸。「厭勝」見〈汝南上淮南狀二〉。〈雲

笈七籤〉：黃庭遁甲緣身經：若欲辟火者，書六壬六癸符，并呼其神，又呼甲子神姓名字，云與我同行，即不被燒熱。旅爲散地，「旅」，疑當作「旋」。〈史記黥布傳〉：兵法，諸侯戰，其地爲散地。便接蕪城，鮑照〈蕪城賦〉李善注：孝武帝

時，臨海王子頊鎮荆州，明遠爲其下參軍，隨至廣陵。子頊叛逆，昭見廣陵故城荒蕪，乃漢吳王濞所都，亦叛逆爲漢所滅。感爲此賦以諷之。**田鼠誰燻，封狼莫射。**張衡思玄賦：彎威弧之拔剌兮，射蟠冢之封狼。「雕」，疑當作「彫」。**魏武帝猛虎行**詩：雙桐生井上，枝葉自相加。說文：甏，井壁也。「雕」，疑當作「驟」。楚辭招魂：光風轉蕙，氾崇蘭些。傅毅琴賦：乃弁伐其孫枝。**草沒彤闈，光風聚失於孫枝；梧雕碧甏，浩露空溥於弟蔓。**陸雲九愍：挹浩露於蘭林。「弟蔓」見左傳。我國家克將威命，書。**允富貞期。**後漢書周王徐姜申屠傳贊：貞期難對。新唐書宗室世系表：李氏出自嬴姓，皋陶爲堯大理，歷虞、夏、商世爲大理，以官命族爲理氏。至紂之時，理徵以直道不容於紂，得罪而死。其妻陳國契和氏與子利貞逃難於伊侯之墟，食木子得全，遂改理爲李氏。**李出伊墟，洪惟命氏；**太清記：亳州太清宮有八檜，老子手植，根株枝榦皆左細。李唐之盛，一枝再生。史記老子傳：老子者，楚苦縣厲鄉曲仁里人也。注：地理志曰：苦縣屬陳國。**檜生陳郡，藹有昇仙。**後漢書周王徐姜申屠傳贊：貞期難對。六韜大明云：召公對文王曰：「天道淨清，地德生成，人事安寧。戒之勿忘，忘者不祥。盤古之宗，不可動也，動者必凶。」又史：靈一日九變，蓋元混之初，陶融造化之主也。**誓牧野之辰，**書。**則盤古與天皇秉鉞；**路史：天地之初，有渾敦氏出爲之治。注：即代所謂盤古氏者，神繼之以天皇氏、地皇氏、人皇氏。**入咸陽之後，**史記高帝紀：漢元年，沛公兵先諸侯至灞上，秦王子嬰降軹道旁，遂西入咸陽。**則尊盧與栗陸輦車。**司馬貞補三皇本紀：大庭氏、柏皇氏、中央氏、卷須氏、栗陸氏、驪連氏、赫胥氏、尊盧氏、渾沌氏、昊英氏、有巢氏、朱襄氏、葛天氏、陰康氏、無懷氏，斯蓋三皇已來，有天下者之號。**納萬國於堂皇，**漢書胡建傳：列坐堂皇上。注：堂無四壁曰皇。**攜九州**

於掌握。《史記》《陸賈傳》：爲社稷計，在兩君掌握耳。彼獨夫之所廢，俟明辟以攸輿。並書。斯觀復建蜺旌，還張翠蓋。並見《滎陽上淮南狀》。不勞置皐，「置槷」見《周禮》。而鷗閣飛來；《全唐詩話》：徐彥伯爲文，多變易求新，以鳳閣爲鷞閣，龍門爲虬戶。無待直繩，《詩》而虬堂化出。《楚辭》《九歌》：魚鱗屋兮龍堂。三宮主籙，《葛洪》《枕中書》：玄都玉京七寶山週圍九萬里，在大羅之上，城上七寶宮，宮內七寶臺。有上中下三宮如一宮。上宮是盤古真人，元始天王、太元聖母所治，中宮太上真人，金闕老君所治，下宮九天真皇、三天真王所治。八治威魔。《雲笈七籤》：《玄都律》第十六云：治者，性命、魂之所屬也。《五嶽名山圖》云：陽平治、鹿堂治、鶴鳴治、漓沉治、葛璝治、庚除治、秦中治、真多治，右八治是上品，並是後漢漢安元年太上老君所立。昌利治、隸上治、湧泉治、稠稉治、北邙治、本竹治、蒙秦治、平蓋治，右八治是中品，置如前云。雲臺治、濜口治、後城治、公慕治、平岡治、主簿治、玉局治、北邙治，右八治是下品，置如前云。又：威魔滅試，迴轉五星。《羅郁倘遊，邃分條脫；《真誥》：萼綠華者，九疑山得道女羅郁也。年可二十許，上下青衣，顏色絕整。晉升平中，降羊權家，贈權詩一篇，并火澣布手巾一條，金玉條脫各一枝。條脫似指環而大，異常精好。謂權曰：「慎無泄我下降之事。」授權尸解藥，亦化形而去。紫微夫人曰：「此太虛元君金臺李夫人之少女也。」寧三年，衆真降楊羲家，紫微王夫人與一神女俱來，年可十三四許。真妃手握三棗，一枚見與，一枚與紫微夫人，自留一枚，各食之。《葛洪》《神仙傳》：許穆得道，紫微夫人與之金幣、交梨、火棗，此飛騰藥也。安妃乍至，或送交梨。《真誥》：晉興寧三年，衆真降楊羲家，紫微夫人與之金幣、交梨、火棗，一枚見與，一枚與紫微夫人，自留一枚，各食之。詣龜山學道成，署爲紫清上宮九華真妃，於是賜姓安，名鬱嬪，字靈簫。」真妃手握三棗，一枚見與，一枚與紫微夫人，自留一枚，各食之。

開元十七年，太守張公重搆石臺，并投火齊。班固《西都賦》李善注：《韻集》曰：玫瑰，火齊珠也。九

枝散影,《西京雜記》:「高祖入咸陽宮,周行府庫,有青玉九枝燈。」二等分光。何晏《景福殿賦》:「落帶金釭,此焉二等。

且異金華,送江南之夜讌;《梁書·羊侃傳》:「魏使陽斐與侃在北嘗同學,有詔令侃延斐同宴,至夕侍婢百餘人,俱執金花燭。」寧同蠟炬,佐洛下之晨炊。《晉書·石崇傳》:「崇財產豐積,與貴戚王愷、羊琇之徒以奢靡相尚,愷以粕沃釜,崇以蠟代薪。

多歷年所。《史記·封禪書》:「元和中,妖興益部,釁稔坤維。於是令高崇文將神策兵討之。《舊唐書·劉闢傳》:「闢,貞元中進士,韋皋辟為從事。永貞元年,韋皋卒,闢自為西川節度留後,表請降節鉞,朝廷不許。闢益兇悖,遂舉兵圍梓州。除給事,便令赴闕,闢不奉詔。時憲宗初即位,以無事息人為務,遂授闢劍南西川節度使。注:殊庭,蓬萊中仙人庭也。」號為殊庭。

正月,崇出師,三月收復東川,九月收成都府,擒闢檻送京師,戮於子城西南隅。」《後漢書·公孫述傳》:「由是威震益部。元和元「坤維」屢見。鍾會之窺覬,《魏志·鍾會傳》:「司馬文王欲大舉圖蜀,會亦以為蜀可取。景元三年,以會為鎮西將軍。

四年,會統十餘萬衆,進軍向成都,劉禪降。會內有異志,獨統大衆,威震西土。加猛將銳卒皆在己手,遂謀反。」矯太后遺詔,使會起兵廢文王。諸軍鼓譟,爭赴殺會。」《後漢書·河間孝王開傳》:「窺覬神器。」劉璋之暗懦,《後漢書·劉焉傳》:「張

魯以璋暗懦,不復承順。《蜀志·劉二牧傳》:「劉焉卒,州大吏趙韙等貪璋溫仁,共上璋為益州刺史。璋遣法正連好先主,敕所主供奉,先主入境如歸,是歲建安十六年也。明年,先主還兵南向。十九年,進圍成都,璋開城出降。」璋遣法正連好先主,敕

子:」宋景公使弓工為弓,九年來見,曰:「臣之精盡于弓矣。」獻弓而歸,三日而死。公張弓東向而射,矢踰西霜之山,集彭城之東,其餘力逸勁,飲羽于石梁。樓舞袁轂,《後漢書·公孫瓚傳》:「袁紹大攻瓚,瓚使行人齋書告子續曰:「袁氏之梁橫宋矢,闕

攻,狀若鬼神,梯衝舞吾樓上,鼓角鳴於地中。」將禾麥於親鄰,左傳。欲丘樊於福地,「丘樊」,見蕭給事狀。伊世珍嫏環記:張華遊於洞宮,別是天地,宮室嵯峨,每室各有奇書。華問地名,對曰:「嫏環福地。」遂使稭瓜斷蒂,稭舍瓜賦:世云三芝,瓜則處全焉。董杏分株。葛洪神仙傳:董奉居山,日爲人治病,亦不取錢。重病愈者,使栽杏五株,輕者一株。如此數年,計得十萬餘株,鬱然成林。瓊蘇人然腹之間,南嶽夫人傳:夫人在王屋山,王子喬等降,夫人設瓊蘇綠酒。後漢書董卓傳:呂布持矛刺卓,乃戶卓於市。守戶吏然火置卓臍中,光明達曙。飷飯入抽腸之裏。太平御覽:登真隱訣曰:太極真人青精飷飯方。按:彭祖傳云:大宛有青精先生,能一日九食,亦能終歲不飢。即是此矣。通鑑梁元帝紀:承聖元年,侯瑱追及侯景於松江,擒彭雋。瑱生剖雋腹,抽其腸,猶不死,手自收之。乃斬之。黃昏望斷,楚辭九章:昔君與我成言兮,曰黃昏以爲期。不見青牛;劉向列仙傳:老子爲周柱下史,後周德衰,乃乘青牛車去,入大秦,過函關。關令尹喜待而迎之,知真人也,乃強使著書,作道德上下經二卷。昧旦晨興,詩。唯逢白馬。葛洪神仙傳:蘇仙公桂陽人也。仙去,見白馬常在嶺上,改牛脾山爲白馬嶺。

関挍二官。見鄭州李舍人狀一。

開成元年,連帥馮公擁蓋巴西,揚麾左蜀,舊唐書馮宿傳:太和九年,出爲劍南東川節度使。開成元年十二月卒。華陽國志:漢獻帝初平元年,征東中郎將趙穎建議白益州牧劉璋,以墊江以上爲巴郡。江州至臨江爲永寧郡,朐忍至魚復爲固陵郡,巴遂分矣。建安六年,璋改永寧爲巴郡,以固陵爲巴東,徙義爲巴西太守,是謂三巴。「連帥」,見禮記。餘見題下。永惟愛女,晏子:景公有愛女,請嫁於晏子。名列通仙。孫綽遊天台山

賦：肆觀天宗，爰集通仙。

安西山，改名玄，字遠遊。莫測所終，皆謂羽化矣。上清源流經目注序：許邁之第五弟諡，句容人也。徧遊名山，後入臨子玉斧，長名翻，字道翔，郡舉上計掾，不赴，後爲上清仙公。詩集馮氏曰：穆即諡也。道書玉斧稱許掾，玉斧子黃民，諡之第三民子豫之，皆得仙。真誥言登升者三人，先生邁、長史諡、掾玉斧也。度世者五人，玉斧兄虎牙、玉斧子黃民、黃民長子榮、黃民二女道育、瓊輝也。又玉斧之姑適黃家，曰黃娥，本名娥皇，亦得度世。徐陵天台山館徐則法師碑，蕭然道氣。

茅東卿之繼世，並有靈風。洞仙傳：茅濛字初成，東卿司命君盈之高祖也。太平御覽：太玄真經茅盈內紀曰：秦始皇三十年九月庚子，盈曾祖於華山之中乘雲駕龍，白日升天。是時，其邑謠歌曰：神仙得者茅初成，駕龍上昇入泰清，時下九州戲赤城，繼世而往在我盈。帝若學之臘嘉平。始皇聞謠歌乃有尋仙之志，因改臘曰嘉平。魏志管輅傳注：

輅別傳曰：靈風可懼。**乃夢痲假**疑當作「遐」。

壁，史記藺相如傳：趙惠文王時得楚和氏璧。**兼施魏珠**，史記田完世家：威王與魏王會田於郊，魏王問曰：「王亦有寶乎？」威王曰：「無有。」梁王曰：「若寡人國小也，尚有徑寸之珠，照車前後各十二乘者十枚，奈何以萬乘之國而無寶乎？」**擬聳闕於天台**，孫綽遊天台山賦：雙闕雲竦以夾路。**狀重樓於句曲**，見李舍人狀六。

晉書王羲之傳：庾翼與義之書云：吾昔有伯英章草十紙，過江顛狽亡失，嘗歎妙迹永絕，忽見足下答家兄書，煥若神明，頓還舊觀。**且介通莊**。王屮頭陀寺碑：通莊九折。**嗟乎！欲駕方留**，楚辭九歌：龍駕兮帝服，聊翱遊兮周章。靈皇皇兮既降，猋遠舉兮雲中。**化機潛迫，削墨則公輸復去**，王褒聖主得賢臣頌：使離婁督繩，公輸削墨。

飛梯則宋翟還歸。墨子：公輸爲楚造雲梯之械，成，將以攻宋。子墨子聞之，見公輸盤曰：「聞子爲梯將以攻宋，

宋何罪之有？」公輸盤服。或沙版仍虛，楚辭招魂：紅壁沙版，玄玉之梁些。王逸注：沙，丹沙也。言堂上四壁皆塈之令紅白，又以丹沙畫飾軒版。或芝寮未豁，張衡西京賦李善注：蒼頡篇曰：寮，小窗也。倒井，王延壽魯靈光殿賦：圓淵方井，反植荷蕖。發秀吐榮，菡萏披敷。綠房紫菂，窋吒垂珠。或菡萏罕徧於周垣。詩。圖石室於西崑，猶資粉墨；畫銀臺於東海，尚渴鉛黃。江淹扇上彩畫賦：空青生峨嵋之陽，雌黃出嶓冡之陰，丹石發王屋之岫，碧髓挺青峻之岑。粉則南陽鉛澤，墨則上黨松心。餘見翰林學士賀冬啓。仙家寧有廢興，見畢學士啓。人世自多休戚。

今皇帝駢閭靈貺，晉書夏統傳：士女駢閭。後漢書光武紀贊：世祖誕命，靈貺自甄。合沓真符。王褒洞簫賦：薄索合沓。舊唐書玄宗紀：初，太白山人李渾言太白山金星洞有帝福壽玉版石記，求得之。乃封太白山爲神應公，金星洞爲嘉祥公。所管華陽縣爲貞符縣。按：舊唐書宣宗紀，宣宗初立，誅道士劉玄靖等十二人，以其說惑武宗，排毁釋氏故也。至大中十一年，訪聞羅浮山處士軒轅集善能攝生，延齡益壽，乃遣使迎之。通鑑則會昌六年四月，聽政，杖殺道士趙歸真等數人，流羅浮山人軒轅集於嶺南。是年十月，即受三洞法籙於衡山道士劉玄靜。是亦宣宗奉道之證也。爰顧寶臣，漢書杜周傳：誠國家雄俊之寶臣也。來頒瑞節。周禮。尚書河東公見河東上楊相公狀一。

華嵩衡霍，爾雅：河南華，河西嶽，河東岱，河北恆，江南衡。又，泰山爲東嶽，華山爲西嶽，霍山爲南嶽，恆山爲北嶽，嵩高爲中嶽。麟鳳龜龍，禮記。霂膏雨於豐年，詩。燿福星於分野。史記天官書：察日月之行，以揆歲星順逆。正義曰：天官云：歲星所居國，人主有福。國語：伶州鳩曰：「歲之所在，則我有周之分野。」加以融徹

妙閬，禮曲禮注：閬，門限也。棲照玄律，王屮頭陀寺碑：玄津重梐。書聖琴言，梁書王志傳：志善草隸，當時以爲楷法。徐希秀亦號能書，常謂志爲書聖。王褒洞簫賦：師襄、嚴春不敢竄其巧令兮。李善注：七略有莊春言琴。

論衡棋品。後漢書王充傳：充好論説，始若詭異，終有理實。以爲俗儒守文，多失其真，乃閉門潛思，著論衡八十五篇，二十餘萬言。釋物類同異，正時俗嫌疑。「棋品」見顧思言牒。舊唐書柳仲郢傳：仲郢退公，布卷不捨晝夜，九經、三史一鈔，魏、晉已來南北史再鈔，號柳氏自備。新唐書藝文志：柳仲郢集二十卷。徵君虛幌，江淹雜體詩擬王徵君微養疾：鍊藥矚虛幌，汎瑟卧遙帷。未遠軍牙，封演聞見記：近人通謂府廷爲公衙，即古之公朝也。字本作「牙」。詩云：祈父予王之爪牙。故軍前大旗謂之牙旗，軍中號令，必至其下。牙，府門爲牙門，變轉而爲衙也。都講曲櫺，世説：支道林、許掾諸人共在會稽王齋頭，支爲法師，許爲都講。江淹雜體詩擬許徵君自序：曲櫺激鮮飈，石室有幽響。李善注：晉中興書曰：高陽許詢字玄度，寓居會稽，司徒蔡謨辟不起。詢有才藻，善屬文，時人士皆欽愛之。更聯賓榻。見鄭州李舍人狀三。

張河間所謂仙夫。後漢書張衡傳：思玄賦：天不可階仙夫希，柏舟悄悄各不飛。又：老子：上士聞道，勤而行之。有獸而九牧具瞻，書、左傳、詩。無待而三元共奬。關尹子：天非自天，有爲天者；地非自地，有爲地者。譬如屋宇、舟車，待人而成。彼不自成，知彼有待，知此無待。上不見天，下不見地，内不見我，外不見人。魏書釋老志：道家之原出於老子，有三元、九府，百十二官，一切諸神，咸所統攝。女道士長樂馮行真，新唐書地理志：隴右道臨州，江南道福州，並有長樂縣。廬江何真靖等，新唐書地理志：廬江縣屬淮南道廬州。

並下元受事。雲笈七籤：臍下三寸號命門丹田宮，下元嬰兒譚精字元陽，位爲黃庭元王。其右有寶鎮弼卿一人，是津氣，津液之神結煙昇化小，飛形恍惚，在意存之。下元嬰兒譚胎精字元陽，此二人共治丹田下元宮，並著黃繡羅衣，貌如嬰孩始生之狀。黃庭元王左手把太也，人在丹田宮。弼卿譚歸明，字谷玄，此二人共治丹田下元宮，並著黃繡羅衣，貌如嬰孩始生之狀。黃庭元王左手把太白星君，右手執玉晨金真經，弼卿執太上素靈經九庭生景符，坐俱向外，或相向也。内以鎮守四胎津血腸胃膀胱之府，外以消災散禍，辟卻萬邪。三魂七魄一日三來朝，而受事於主焉。黃庭内景經：即受隱芝大洞經。

通襟，楚辭九歌：斬冰兮積雪。高霞映抱。孔稚珪北山移文：使我高霞孤映。鍊氣則穀仙留訣，呂氏春秋：沈尹筮曰：「餐霞鍊氣，我不如子。」漢書郊祀志：王莽興神仙事，起八風臺，作樂其上。順風作液湯，又種五粱禾於殿中，各順色置其方面。先煮鶴髓、毒冒、犀玉二十餘物漬種，言此黃帝穀仙之術也。迴顏則桂父陳方。黃庭内景經：可以迴顏填血腦。劉向列仙傳：桂父者，象林人也。色黑而時白時黃時赤，常服桂及葵，以龜腦和之。陽城掉臂，宋秋，太平廣記集仙錄：明星玉女者，居華山，服玉漿，白日昇天。玉女祠前有五石臼，號曰玉女洗頭盆。豈肯秦臺吹管？劉向列仙傳：蕭史，秦穆公時人也。善吹簫，能致孔雀、白鶴於庭。公女弄玉好之，公遂以女妻焉。日教弄頭，太平廣記集仙錄：明星玉女者，居華山，服玉漿，白日昇天。玉女祠前有五石臼，號曰玉女洗頭盆。豈肯秦臺吹管？劉向列仙傳：蕭史，秦穆公時人也。善吹簫，能致孔雀、白鶴於庭。公女弄玉好之，公遂以女妻焉。日教弄玉作鳳鳴。居數年，吹似鳳聲，鳳皇來止其屋，公爲作鳳臺。夫婦止其上，不下數年，一旦皆隨鳳皇飛去。安能魯殿窺窗？王延壽魯靈光殿賦：神仙岳岳於棟間，玉女窺窗而下視。永念洪紛，揚雄甘泉賦：上洪紛而相錯，每勤玄眺。沈約爲齊竟陵王解講疏：玄眺悠邈。義行於玉登徒子好色賦：嫣然一笑，惑陽城，迷下蔡。

郡人焦太[胡本作「大」。]元等若干人，卓鄭遙源，史記貨得衆，事集於和光。見尚書侍郎給事賀冬啓。

殖傳：蜀卓氏之先，趙人也，用鐵冶富。秦破趙，遷卓氏，乃求遷致之臨邛，即鐵山鼓鑄，富至僮千人。程鄭，山東遷虜也。亦冶鑄賈，椎髻之民，富埒卓氏，俱居臨邛。〈史記司馬相如傳〉：梁孝王來朝，從遊說之士齊人鄒陽、淮陰枚乘、吳莊忌夫子之徒，相如見而說之。**懸情紫簡**，見鄭州李舍人狀二。**稟化朱陵。**〈初學記〉：故南嶽衡山朱陵之靈臺，太虛之寶洞，上承冥宿，銓德鈞物。**嚴枚遠貢。**〈左思吳都賦〉：增岡重阻，列真之宇。釋名：天下大水四，謂之四瀆，江、淮、河、濟也。**爭攜莫逆之交，**見白秀才狀一。**共就列真之宇。**〈經〉以竺法護本云「天見人，人見天」。叙曰：「將非人天兩接，兩得相見。」什曰：「以此言過質耳。」**嶽瀆奔趨，**嶽，見上。靈姿載穆，蔡邕〈光武濟陽宮碑〉：誕育靈姿。**景從多儀，**〈賈誼過秦論〉：贏糧而景從。**羅什翻法華經，**州儻見，「州」當作「洲」。〈東方朔十洲記〉：漢武帝聞王母說：巨海之中，有祖洲、瀛洲、玄洲、炎洲、長洲、元洲、流洲、生洲、鳳麟洲、聚窟洲，有此十洲，乃人迹所稀絕處。**三島加昇。**「加」，疑當作「如」。〈葛洪神仙傳〉：海上有三神山，曰蓬萊，曰方丈，曰瀛洲，謂之三島。**氣轉金樞，**〈木華海賦〉：大明擴轡於金樞之六。**則雲歸鴛瓦，**〈白帖〉：鴛鴦甑，瓦。**漏移銅史，**〈陸倕新刻漏銘〉：銅史司刻，金徒抱箭。**則星入蝦簾。**楊慎〈丹鉛錄〉：爾雅以篇爲大蝦出海中者，長二三丈，遊行則竪其鬚，高於水面，鬚長數尺，可爲簾。**焕冰碧以交輝，**〈三輔黃圖〉：董偃以玉晶爲盤，貯冰於膝前，玉晶與冰相潔。**儼環玭而迭映。**何晏〈景福殿賦〉：垂環玭之琳琅。注：李善注：爾雅曰：肉好若一謂之環。說文曰：玭，珠也。**縱時更溟涬，**「涬」，疑當作「滓」。〈莊子〉：大同乎溟涬。注：自然氣也。**代變鴻濛，**〈子華子〉：渾淪鴻濛，道之所以爲宗也。**於玄黃未判之中，**揚雄〈劇秦美新〉：玄黃剖判，上下相嘔。**存轇轕無垠之狀。**〈王延

壽魯靈光殿賦：洞軼轇乎其無垠也。李善注：郭璞曰：言曠遠邈貌。

新刻漏銘：金字不傳，銀書未勒。

行真等因標石闕，陸倕石闕銘李善注：劉璠梁典：詔使爲漏刻，石闕二銘，冠絕當世。來訪銀書。陸倕新刻漏銘：金字不傳，銀書未勒。

苞、酒泉都尉竺曾、敦煌都尉辛肜，融皆與厚善。及更始敗，融與梁統議曰：天下擾亂，未知何歸。河西斗絕在羌胡中，不同心戮力則不能自守；權鈞力齊，復無以相率。一旦緩急，將何所恃？五郡皆同，遂推融行河西五郡大將軍事。予也五郡知名，後漢書竇融傳：是時酒泉太守梁統、金城太守庫鈞、張掖都尉史苞、酒泉都尉竺曾、敦煌都尉辛肜，融皆與厚善。及更始敗，融與梁統議曰：天下擾亂，未知何歸。河西斗絕在羌胡中，當推一人爲大將軍，共全五郡。乃推融行河西五郡大將軍事。三河負氣。史記高帝紀：悉發關內兵收三河士，南浮江漢以下，願從諸侯王擊楚之殺義帝者。注：河南、河東、河內。顏延年之縱誕，未能斟酌當時，宋書顏延之傳：延之字延年，好酒疎誕，不能斟酌當時。嘗與兄徽之、操之俱詣謝安，二兄多言俗事，獻之寒溫而已。又：夜卧齋中，有偷人其室，盜物都盡。獻之徐曰：「偷兒！青氈我家舊物，可特置之。」屬以魚車受寵，見上李尚書狀。王子敬之寒溫，徒欲保全舊物。晉書王獻之傳：獻之字子敬，髣曰：「能解魏患，唯先生也。敝邑有實璧二雙，文馬二駟，獻之先生。」子虛賦既恨別時，見獻舍人何東公啓。璧馬從知，戰國策：齊欲伐魏，魏使人謂淳于髡曰：「能解魏患，唯先生也。敝邑有實璧二雙，文馬二駟，請致之先生。」

樂職詩空勞動思。見獻相國京兆公啓。況乎無仲祖之韶潤，晉書阮裕傳：裕骨氣不及逸少，簡秀不如真長，韶潤不如仲祖，思致不如殷浩，而兼有諸人之美。又王濛傳：濛字仲祖。有彥輔之清羸，似誤衛玠爲樂廣。注見獻相國京兆公啓。髮短於孟嘉，晉書孟嘉傳：嘉爲征西桓溫參軍，溫宴龍山，寮佐畢集，有風至，吹嘉帽墮落，嘉不之覺。齒危於許隱。西陽雜俎：仙人鄭思遠常騎虎，故人許隱齒痛求治，鄭曰：「唯得虎鬚，及熱插齒間即愈。」鄭爲拔數莖與之，因知虎鬚治齒也。

謝文學之官之日，歧路東西；見令狐狀六。陸平原壯室之年，交

親零落。晉書陸機傳：爲平原内史。陸機歎逝賦序：余年方四十，而懿親戚屬亡多存寡，昵交密友亦不半在。方欲春臺寫望，老子：衆人熙熙，如享太牢，如登春臺。秋水凝情，莊子：秋水時至，百川灌河。問句漏之丹砂，見李舍人狀六。餌華陽之白蜜。南史陶弘景傳：弘景上表辭祿，詔許之。敕所在月給伏苓五斤，白蜜二升，以供服餌。餘見濮陽賀鄭相公狀。惠而好我，詩。式契初心。陸機文賦：故時撫空懷而自惋。又：然後選義按部。揚子雲典錄曰：潁川有巢、許之逸軌。撫空懷而選義。漢書揚雄傳：雄字子雲，草太玄，劉歆嘗觀之，謂雄曰：「空自苦，今學者有祿利，然尚不能明易，又如玄何？吾恐後人用覆醬瓿也。」蔡伯喈顧白之言，後漢書蔡邕傳：邕字伯喈。又孝女曹娥傳注：會稽典錄曰：邯鄲醬瓿之説，漢書揚雄傳。斯文儻繫於汙隆，禮記。後世何妨於知淳作曹娥碑文，蔡邕題曰：黃絹幼婦，外孫韲臼。餘見李舍人狀三。罪。稽首歸命，雲笈七籤朝真儀云：正一盟威弟子某甲稽首歸身，歸命，歸神，乃爲銘曰：
道實彊名，先天地生，淵默未朕，老子：有物混成，先天地生，寂兮寥兮，獨立而不改，周行而不殆。可以爲天下母。吾不知其名，故彊字之曰道。淵默未朕，莊子：尸居而龍見，淵默而雷聲。寂寥無聲。列子：天地亦物也，物有不足，故昔者女媧氏鍊五色石，以補其闕，斷鼇之足，以立四極。漢楊震碑：乃台吐曜，乃嶽降精。中黄立極，元陽降精，抱朴子：道經有中黄經、元陽子經。隱軫金闕，揚雄蜀都賦：隱軫幽輵。葛洪枕中書：吾復千年之間，當招子登太上金闕，朝宴玉京也。開華玉京。原注：其一。葛洪枕中書：元始

天王在天中心之上，名曰玉京山。於穆猶龍，誕予靈族，尼山設問，函關著錄。史記老子傳：老子姓李氏，名耳，周守藏室之史也。孔子適周，將問禮於老子，老子曰：「子所言者，其人與骨皆已朽矣，獨其言在耳！吾聞之，良賈深藏若虛，君子盛德，容貌若愚。去子之驕氣與多欲，態色與淫志，是皆無益於子之身。吾所以告子若是而已。」孔子去，謂弟子曰：「吾今日見老子，其猶龍耶！」老子見周之衰，乃遂去，至關，關令尹喜曰：「子將隱矣，彊爲我著書。」於是老子乃著書上下篇，言道德之意五千餘言而去。陸機前緩聲歌：遊仙聚靈族。後漢書牟長傳：著錄前後萬言。開以九籥，鮑照升天行：五圖發金記，九籥隱丹經。爾雅：仍孫之子爲雲孫。納于大麓。原注：其二。見書。轉之一轂，老子：三十輻，共一轂，當其無，有車之用。乃命雲孫，宜君宜王。並詩。充庭疊瑞，張衡東京賦：龍輅充庭。馨宇儲祥，謝莊宋明堂歌：浹地奉湮，馨宇承秋靈。允文允武，宜珠合璧，漢書律曆志：日月如合璧，五星如連珠。氣紫雲黃。原注其三。太平御覽：應劭漢官儀曰：高祖在沛，連蛇當徑。藝文類聚：春秋演孔圖曰：黃帝之將興，黃雲升於堂。大澤斬蛇，史記高祖紀：高祖被酒，夜徑澤中，前有大蛇當徑。高祖醉，乃前拔劍擊斬蛇。後人來至蛇所，有一老嫗夜哭，人問何哭，嫗曰：「吾子白帝子也，化爲蛇當道，今爲赤帝子斬之，故哭。」新野得馬，後漢書光武紀：王莽末，寇盜蜂起，光武避吏新野，宛人李通等以圖讖說光武云：「劉氏復起，李氏爲輔。」光武初不敢當，然獨念兄伯升素輕結客，必舉大事，且王莽敗亡已兆，遂與定謀，起於宛。光武初騎牛，殺新野尉，乃得馬。泗上亭長，史記高祖紀：高祖常有大度，及壯試爲吏，爲泗水亭長。邯鄲使者。後漢書

光武紀：更始至洛陽，遣光武行大司馬事，持節北度河，鎮慰州郡。進至邯鄲，故趙繆王子林詐以卜者王郎為成帝子子興，立為天子，都邯鄲。光武以王郎新盛，乃北徇薊。王郎移檄購光武十萬戶，而故廣陽王子劉接起兵薊中以應郎。城內擾亂，言邯鄲使者方到，於是光武趣駕南轅。至饒陽，官屬皆乏食，光武乃自稱邯鄲使者，入傳舍，傳吏方進食。

在地上，豐照天下，並易。仁及隱微，謙稱孤寡。原注：其四。老子：王侯自謂孤、寡、不穀。

緯，張衡西京賦：五緯相汁，以旅於東井。雲笈七籤：三尊者：道尊、經尊、真人尊。

恭真質，偃曝靈恩。王僧達答延年詩：南榮共偃曝。

肆觀三尊，「肆觀」見書。彌縫宇宙，左傳。把握乾坤，邐迆遼宇，集韻：邐迆，旁行連延也。楚辭招魂：高堂邃宇，檻層軒些。參差妙門。原注：其五。見鄭州李舍人狀二。惟此左川，

謂東川。西南奧壤，古有經始，今存顯敞。曹植七啟：閑宮顯敞。虔

神姿高徹，如瑤林瓊樹，自然是風塵外物。詩：銅池原作「林」今據胡本改正。寶網，漢書宣帝紀：金芝九莖，產於函德

殿銅池中。注：如淳曰：銅池，承霤也。楚辭招魂：網戶朱綴，刻方連些。瑤林瓊樹，世說：王戎云：「太尉

女岡，天當雨，輒先涌五色氣於石間，俗謂玉女披衣。仙人露掌。原注：其六。玉女雲衣，三輔黃圖：神明臺，武帝造，祭仙人

處。上有承露盤，有銅仙人舒掌捧銅盤玉杯，以承雲表之露。以露和玉屑服之，以求仙道。吳宮火燌，見上。廣韻：

燌，舉火也。棘道兵來，漢書地理志：犍為郡棘道縣，古棘侯國。餘詳瀘州刺史狀。聊於一氣，雲笈七籤：太始

經云：湛湛空虛，於幽原之中，而生一氣焉。示有三災。文殊所問經：云何劫濁，三災起時，更相殺害，饑饉疾病。

壞原作「壤」，今據胡本改正。因化往，成由運開，太顛寶貝，木華海賦：豈徒積太顛之寶貝。李善注：琴操

曰：紂徙文王於羑里，擇日欲殺之，於是太顛、散宜生、南宮适之屬，得水中大貝以獻紂，立出西伯。**聲伯瓊瑰。**原注：其七。見左傳。**長樂肇端，廬江纘美，**並見上。**英蕤秀萼，**嵇康琴賦：飛英蕤於昊蒼。**江淹雜體詩擬殷東陽仲文興矚：**青松挺秀萼。**旋綱步紀。**雲笈七籤：春步七星，名曰步三綱；夏步七星，名曰蹻六紀；秋步七星，名曰行六害；冬步七星，名曰登六紀。**克蹈前武，**詩生民傳：武，迹也。**能新舊址，**玉篇：址，基也。**媚此綺都，**華陽國志：其卦值坤，故多斑彩文章。**鄰於錦里。**原注：其八。見上。**我之刊獄，帝與令封，孝經鉤命決：**封於泰山，考績燔燎；禪於梁父，刻石紀號。**青雲千呂，**東方朔十洲記：月支國王遣使獻猛獸，使者曰：「臣國有常占，東風入律，百旬不休，青雲千呂，連月不散，當知中國時有好道之君。」**白日高春。**淮南子：日經于泉隅，是謂高春。**道心結課，**孔稚珪北山移文：常綱繆於結課。**天爵疇庸，陸機漢高祖功臣頌：**帝疇爾庸。**沈研勝韻，**王巾頭陀寺碑：道勝之韻，虛往實歸。**款至玄蹤。**原注：其九。**孫綽遊天台山賦：**蹈二老之玄蹤。**載念弱齡，恭聞隱語，晉書葛洪傳：**考覽奇書既不少矣，率多隱語，難可卒解。**蕙纕蘭佩，**楚辭離騷：扈江離與辟芷兮，紉秋蘭以為佩。又：既替余以蕙纕兮，又申之以攬茞。**鴻傳鵠侶。**左思蜀都賦：其中則有鴻傳鵠侶，鷺鶿鶺鶘。**願勝華藻，**宋玉神女賦：被華藻之可好兮。**請事充舉，**通典：開元二十九年，京師置崇玄館，諸州置道學，生徒有差，謂之道舉。舉送、課試，與明經同。**如曰不然，吾將誰與？**原注：其十。顏延之庭誥文：如固不然，其誰與歸？

補編卷九 碑銘

八二一

樊南文集補編卷第十

碑銘

唐梓州慧義精舍南禪院四證堂碑銘 并序

「梓州」，見道興觀碑。本集上河東公啟：於此州長平山慧義精舍經藏院特創石壁五間，金字勒上件經七卷。馮氏曰：明一統志，潼川州北長平山，岡長而平，州本唐梓州。案：唐菼爲梓州郪縣長平山安昌巖人，可取證也。趙明誠金石錄：唐四證臺記一作四證堂碑，李商隱撰，正書無姓名，大中七年十一月。

聖敬文思和武光孝皇帝陛下宣宗尊號，見白相公加刑部尚書啟。在宥七年，莊子：聞在宥天下，不聞治天下也。在之也者，恐天下之淫其性也；宥之也者，恐天下之遷其德也。尚書河東公見河東上楊相公狀一作四證堂於梓州慧義精舍之南禪院，圖益州靜以下文推之，此處疑脫「衆」字。無相大師，漢書地理志：益州郡，武帝元封二年開。神僧傳：釋道僊，一名僧僊，居山二十八年，復遊井絡。隋蜀王秀作鎮岷絡，有聞王者，尋遣追召，全不承命。王親領兵仗，往彼擒之，忽雲雨雜流，雹雪崩下，乃遙歸懺禮，因又天明雨霽。王躬盡敬，便爲說法，重發信心，乃邀還成都之靜衆寺，厚禮崇仰，舉國恭敬，號爲「僊闍梨」焉。按：此則「靜衆」當是寺名。又傳：釋無相，新羅國人也，是彼土王第三子。玄宗召見，隸於禪定寺，號無相，遂入深溪谷巖下坐禪。有黑犢二，交角盤磚於座下，

八三三

近身甚急,毛手入其袖,其冷如冰,捫摸至腹,相殊不傾動。每人定,多是五日爲度。忽雪深,有二猛獸來,相自洗拭,裸卧其前,願以身施其食,二獸從頭至足嗅帀而去。往往夜間坐牀下,搦虎鬚毛。既而山居稍久,衣破髮長,獵者疑是異獸,將射之,復止。復搆精舍於亂墓間。成都縣令楊翌疑其幻惑,乃追至,命徒二十餘人曳之,徒近相身,一皆戰慄,心神俱失。頃之,大風卒起,沙石飛颺,直人廳事,飄簾捲幕,楊翌叩頭拜伏,懺畢風止,奉送舊所。嘗指浮圖前柏曰:「此樹與塔齊,塔當毀矣。」至會昌廢毀,正與塔齊。又言:「寺前二小池,左羹右飯。」齋施時少,則令淘浚之,果來供設。其神異多此類也。　至德元年卒。　按:下文敍玄宗内禪事,據傳正與同時,且與退從谷隱一段亦合,當即其人也。

住大師按:大川《五燈會元》、五祖下四世,益州保唐寺無住禪師,當即其人也。

志:洪州屬江南西道。　西堂智原作「知」,今據胡本改正。藏大師四真形於屋壁。　與洪州道一大師,《新唐書·地理志》:《法苑珠林》:一切如來有三種身,化身、應身、法身。南朝則閣號三休;《北史·序傳》:北朝自魏以還,南朝從宋以最勝王經:化身作範,《三身金光明降。會元帝陷於江陵,江南無主,辯乃通款於齊,迎貞陽侯蕭淵明爲帝,遣女婿杜龕典衞宮闕。龕欲毁二像爲梃,先令臺城。梁祖登極之後,崇重佛教,造等身金銀像兩軀於重雲殿。侯景篡位,猶存供養。太尉王僧辯誅景,修復數卒上三休閣,令壞佛項,椎鑿始舉,二像一時迴顧盼之。神足傳芳,王屮《頭陀寺碑》李善注:《瑞應經》曰:佛已神足適。鬱單、日象。　東蜀則堂名四證。乃今銓義,與古求徒。《莊子》:成而上比者,與古爲徒。彩札既新,説文:札,牒也。晬容伊穆。《王融〈三月三日曲水詩序〉》:晬容有穆,賓儀式序。爰命詞客,式揚道風。蓋惟麾玉柄於玄津,《晉書·王衍傳》:每捉玉柄塵尾,與手同色。「玄津」,見《道興觀碑》。初流二諦;梁昭明太子《令旨解

二諦義：所言二諦者，一是真諦，一是俗諦。真諦亦名第一義諦，俗諦亦名世諦。隱金椎於覺路，賈山至言：秦爲馳道於天下，道廣五十步，三丈而樹，厚築其外，隱以金椎，樹以青松。法苑珠林：返覺路於初心，僧祇之期難滿。終駕一乘。沈約內典序：登四衢之長陌，遊一乘之廣路。理在無言，維摩經：時維摩詰默然無言。情殊有待。見道興觀碑。

慧間雲布，梁昭明太子講席將訖賦三十韻詩：因茲闡慧雲。誰爭潤礎之功，見汝南上淮南狀二。禪際河流，王少頭陀寺碑李善注：僧祇律曰：如大涅槃經說，世尊向熙連禪河，力士生地，堅固林雙樹間。匪競浮槎之遠。見畢學士啓。

昆陵未曰天齊，王嘉拾遺記：崐崙山有昆陵之地，其高出日月之上。史記封禪書：齊所以爲齊，以天齊也。泰嶽徒稱曰觀。後漢書祭祀志注：應劭漢官馬第伯封禪儀記曰：泰山東山名曰日觀，日觀者，雞一鳴時，見日始欲出，長三丈所。旁詢地志，漢書敘傳：述地理志第八。遐考山經。漢書藝文志：山海經十三篇。

定竺乾於身毒，郭璞之言有徵；史記大宛傳：大夏在大宛西南，其東南有身毒國。郭璞注：天毒即天竺，毒音篤。孟康云：即天竺也，所謂浮圖胡也。山海經：東海之內，北海之隅，有國名曰天毒。郭璞注：天毒即天竺國，貴道德，有文書金銀錢貨，浮屠出此國中。證羅衛於華胥，王劭之書可證。瑞應經：菩薩下當世作佛，託生天竺迦維羅衛國，父王名曰靜，夫人曰妙。迦維羅衛者，天地之中央。隋書王劭傳：文帝受禪，拜著作郎。採人間歌謠，引圖書讖緯，依約符命，捃摭佛經，撰爲皇隋靈感志，合三十卷，奏之。按：法苑珠林，唐貞觀十三年十月，敕問法琳法師佛誕之日，對引王劭齋誌云云。似亦一證，但原書皆不得見耳。「華胥」見慰諭表。雖復一緣既演，法華經：諸佛世尊，惟以一大事因緣，故出現於世。五夢斯呈，過現因果經：善慧投佛出家，白言世尊我昨得此五種奇

夢：一者夢臥大海，二者夢枕須彌，三者夢諸衆生入我身內，四者夢手執日，五者夢手執月。**閟寂雙林，何遜行經孫氏陵詩**：閟寂今如此。「雙林」，見上。**崩騰八國。**傳燈錄：謝靈運述祖德詩：崩騰永嘉末。梁簡文帝奉阿育王寺錢啓：臣聞八國同祈，事高於法本。**而心心授印，**傳燈錄：慧可云：「諸佛法印可得聞乎？」師曰：「法印匪從人得。」可云：「我心未寧，乞師與安。」師曰：「將心來，與汝安。」**寧關乾鵲之祥；**張華博物志：故太尉常山張顥爲梁相，天新雨後，有鳥如山鵲，飛翔近地，市人攫之，稍下墜，民爭取之，即爲一圓石。言縣府，顥令稚破之，得一金印，文曰「忠孝侯印。」西京雜記：陸賈云：乾鵲噪而行人至。**頂頂傳珠，**虛空藏經：虛空藏菩薩身二十由旬，頂上如意珠作紫金色。**未待驪龍之寐。**莊子：河上有家貧恃緯蕭而食者，其子沒於淵，得千金之珠。其父曰：「夫千金之珠，必在九重之淵，而驪龍頷下，子能得珠者，必遭其睡也。」**吾知之矣，代有人焉。**

惟無相大師表海遐封，左傳。原注：疑。按：似當作「妹」。**夙挺真機。**後漢書東裔傳：韓有三種：一曰馬韓，二曰辰韓，三曰弁辰。**辰韓顯族，**後漢書東裔傳。**見金夫以有躬，**易。**援寶刀而敗面。**「寶刀」，見毅梁傳。魏志武帝紀注：曹瞞傳云：乃陽敗面啖口。**大師得因上行，**梁書庾詵傳：夜中忽見一道人，自稱願公，容止甚異，呼詵爲上行先生，授香而去。**豁悟迷塗。**沈約八關齋詩：迷塗既已復，豁悟非無漸。**載驗土風，東國素稱君子；**左傳。**旋觀沙界，**金剛般若經：諸恆河所有沙數，佛世界如是，寧爲多不？**西方是有聖人。**列子：西方之人有聖者焉，不治而不亂，不言而自信，不化而自行，蕩蕩乎民無能名焉。**遂西謁明師，遇其堅臥，俄烘一指，**法苑珠林：法華經云：若有發心欲得阿耨菩提者，能然手指，乃至足一指供養佛塔，勝以國城、妻

子及三千大千國土珍寶而供養者。誓續千燈。〈法苑珠林〉：如菩薩本行經云：佛言，我昔無數劫來，放捨身命於閻浮提作大國王。便持刀授與左右，敕令剜身作千燈處，出其身肉，深如大錢，以酥油灌中而作千燈。

〈神異經〉：南方有火山，生不燼之木，晝夜火然，火中有鼠重百斤，毛長二尺餘，恆在火中。〈史記滑稽傳〉：楚莊王有所愛馬死，優孟曰：「請為大王六畜葬之，衣以火光，葬之於人腹腸」

直目正乘，其瞑乃晦，其視乃明，是謂「燭龍」。燭龍引燄，〈山海經〉：西北海之外有神，人面蛇身而赤，〈傳〉：以所然蠟燭投之。爇如燈蠟，「燈」疑當作「然」。〈晉書周顗傳〉：

過現因果經：爾時王民龍天八部，見此奇特，歎未曾有。雪若煎膏。〈說文〉：膏火自煎也。

農夫乍去，或議裁縫；〈周禮縫人〉注：女工，女奴曉裁縫者。惟製草衣，〈後漢書輿服志〉：解草衣而致卿相。

見。曳履用自牧之氓，〈詩〉：結束引難圖之蔓，〈左傳〉。師乃引與之言，歎未曾有。退從谷隱，〈水經注〉：山樓邂逅之士，谷隱不羈之民，有道則

寧思天柱，〈吳越春秋〉：禹傷父功不成，愁然沈思，乃案黃帝中經歷，蓋聖人所記，曰：在於九山東南天柱，號曰「宛委」。〈括地志〉：佛上山四望，見福田疆畔，因制七條衣割截之法於此，今袈裟衣是也。詎學水田。〈梁書婆利國傳〉：有石名蚶貝羅，初採之柔軟，及刻削爲物，乾之，遂大堅彊。加以峯危鳥道，〈南中八志〉：鳥道四百里，以其險絕，獸猶無蹊，特上有飛鳥之道耳。林絕人蹊。〈梁置

之鹽，「罝」，疑當作「置」。

《南齊書高逸傳論》：鬱單梗稻，已異閻浮，生天果報，自然飲食。

《淮南子》：昔容成之時，置餘糧於畝首。

《魏書胡叟傳》：春秋當祭之前，則先求旨酒美膳。

《漢書賈山傳》：曾不得蓬顆蔽冢而託葬焉。

《法苑珠林》：羅旬蹴經云：佛在世時，有婆羅門子薄福相，師占之無相。年至十二，父母逐出，遂行乞食，乃到祇洹。佛以大慈，使目連與羅旬蹴俱各分爲一部，經歷過五百億國，遂不得食。目連即到佛所，佛鉢中尚有餘食，舍利弗白佛言，願乞餘飯與羅旬，鉢便入地百丈，舍利弗以道力手尋鉢即得，以還羅旬，適欲食之，便誤覆鉢，倒去飯食，皆散水中。羅旬還坐定意，自思念言，皆由罪報，應所當受。便自思惟，結解垢除，得羅漢道，即便食土而般涅槃。

《漢書地理志》：平輿縣屬汝南郡。《水經注》：所謂修修釋子，眇眇禪棲者也。

《太平廣記》：《宣室志》：僧契虛，本姑臧李氏子，自孩提好浮圖氏法，年二十，髡

叔事苕敖公，自爲不知己者，居海上，夏日則食菱芡，冬日則食橡栗。人庶羣入野澤，掘鳧茈而食之。《注》：《爾雅》云：芍，鳧茈。郭璞曰：生下田中，苗似龍鬚，而細根如指頭，黑色可食。《後漢書劉玄傳》：王莽末，南方飢饉，人庶羣入野澤，掘鳧茈而食之。

《列仙傳》：昌容者，常山道人也，自稱殷王女，食蓬藟根二百餘年，而顏色如年二十人。

調美膳於苔垣。吞沙了異於羅旬，得塊返欣於重耳。《左傳》：昔平輿釋子，猶餌石帆；

《樊南文集》

之米，《南齊書高逸傳論》：鬱單梗稻，已異閻浮，生天果報，自然飲食。鄰殊莫致；揚雄《長楊賦》：遐方疏俗，殊鄰絕黨之域。列子：鬱單餘糧於蓬堁。

蓬者耳。

餘糧於蓬堁。

《左思魏都賦》劉逵注：顆，謂土塊，蓬顆，言塊上生蓬者耳。陶弘景字通明，少絕肥膻，晚惟進餅苔、紫菜、生薑。《太平御覽》：《太平經》云：鳧茈不掘。界絕難通。於是橡栗無求，列子：鬱單

本事未詳。隴右沙門，尚餐松葉。上，草類也。

髮衣褐，居長安佛寺中。及祿山破潼關，玄宗西幸蜀門，契虛遁入太白山，採柏葉食之，自是絕粒。後漢書楚王英傳注：精佛教者爲沙門。沙門，漢言息也，蓋息意去欲，而歸於無爲。「隴右」見馬相公登庸啓。

比若斯等，方信莫同。舊唐書玄宗紀：開元二十七年十二月，以益州司馬章仇兼瓊權劍南節度等使。

章仇兼瓊舊唐書玄宗紀：開元二十七年十二月，以益州司馬章仇兼瓊權劍南節度等使。**飛榮。**新唐書地理志：內江縣屬劍南道資州。**分符右蜀。**謂西川。**擁節內江，**江統函谷關賦：終軍棄繻，擁節飛榮。

遇羯虜亂華，箋：此下三十七句似明皇幸蜀，無相、無住兩僧並有保護之功，但正史不載，或係緇流附會其詞耳。**韻會：**羯，地名。**上黨武卿羯室，晉匈奴別部入居之，後因號爲羯。「亂華」**見左傳。**鑾旌外狩。**舊唐書安祿山傳：祿山營州柳城雜種胡人，以驍勇聞。天寶三載，爲范陽節度使，陰有逆謀。十四載，反於范陽。天下承平日久，人不知戰，朝廷驚恐。以高仙芝、封常清等相次爲大將以擊之。**因其百請，始議一不不**。五月，王師盡沒，關門不守，明皇幸蜀。謝瞻張子房詩：鑾旌歷頹寢。**局皇圖於巴濮，**左思蜀都賦：於前則跨躡犍牂。「巴濮」見左傳。**指赤縣於犍牂。**「赤縣」見懷州刺史狀。

李善注：漢書志有犍爲郡，牂柯郡，並屬益州。**獮獪磨牙，**山海經：南海之外有獑獮，狀如貍，龍首食人。揚雄長楊賦：昔有彊秦，封豕其土，窫窳其民，鑿齒之徒，相與磨牙而爭之。**鯨鯢奮鬐。**「鯨鯢」見左傳。張衡西京賦：奮鬐被般。**上皇顯圖內禪，**舊唐書玄宗紀：天寶十五載六月，將謀幸蜀，及行，百姓遮路乞留皇太子，願戮力破賊收復京城，因留太子。七月丁卯，詔以皇太子充天下兵馬元帥。庚辰，車駕至蜀郡。八月，靈武使至，始知皇太子即位，上用靈武册稱上皇，詔稱誥。

自恃真期，久披宸襟，徐叩妙鍵。方言：戶鑰，自關而東，陳、楚之間謂之鍵。

無慚漢室，空禮清涼之臺；〈魏書釋老志：漢明帝遣郎中蔡愔等，使於天竺，寫浮圖遺範。愔又得佛經四十二章，及釋迦立像。明帝令畫工圖佛像，置清涼臺。

有陋魏朝，徒建須彌之殿。〈魏書釋老志：太祖好黃老，頗覽佛經。天興元年，作五級佛圖，耆闍崛山及須彌山殿，加以繢飾。

道含九主，〈史記殷本紀：伊尹處士，湯使人聘迎之，五反然後肯往，從湯言素王及九主之事。注：九主者，三皇五帝及夏禹也。或曰九主謂九皇也。

恩浸四生，〈慎子：聖王在上位，天下無軍兵之事，故諸侯不私相攻，百民不私相鬬也，則民無凍餓，民得盡一生矣。聖王在上，則民無厲疾，民得四生矣。聖王在上，則君積於仁，吏積於愛，民積於順，則刑罰廢而無夭遏之誅，民得三生矣。聖王在上，則使人有時，而用之有節，則民無厲疾，民得四生矣。〈法苑珠林：般若經云：一者卵生，二者胎生，三者溼生，四者化生。

獲永固於靈根。〈漢書禮樂志：華煜煜，固靈根。〈法苑珠林：圓智湛照。

實仰資於圓智。〈法苑珠林：圓智湛照。

時無住大師尋休劍術，〈史記刺客傳：魯句踐已聞荊軻之刺秦王，私曰：「嗟乎，惜哉，其不講於刺劍之術也。」

早罷鈴經，〈見座主李相公狀。

韜綦連之四弓，〈見幽州張相公狀。

捨步陸之七箭。〈按：周書陸通傳，賜姓步六孤氏，然無七箭事。惟齊書武陵王曄傳云：後於華林賭射，上敕曄疊破，凡放六箭，五破一皮，賜錢五萬。疑「步陸」或「武陵」之誤。

徑欣道在，〈莊子：東郭子問於莊子曰：「所謂道惡乎在？」莊子曰：「無所不在。」

罔憚人遐，〈飄颻原作「遙」，今據胡本改正。〈益部。

坎軻汾陰，〈坎軻，見畢學士啟。〈漢書地理志，河東郡有汾陰縣。

聿來胥會，默合玄符，〈揚雄劇秦美新：玄符靈契，黃瑞涌出。

本惟肅於尊顏，〈法苑珠林：益部，見道興觀碑。

《駕鴦掘魔經》云：汙染伽藍。不愧尊顔。竟古諧於妙果。〈淨住子〉：藉如此之勝因，獲若斯之妙果。優孟之同楚相，不亦遼哉！〈史記滑稽傳〉：優孟者，故楚之樂人也。楚相孫叔敖善待之，病且死，屬其子曰：「我死必貧困，若往見優孟，言我孫叔敖之子也。」居數年，其子貧困，負薪逢優孟與言。優孟即爲孫叔敖衣冠，抵掌談語，歲餘，像孫叔敖。莊王置酒，優孟前爲壽，莊王大驚，以爲孫叔敖復生也，欲以爲相。優孟請歸與婦計之。三日，復來曰：「婦言楚相不足爲也，孫叔敖持廉至死，方今妻子窮困，負薪而食，不足爲也。」於是莊王謝優孟，乃召孫叔敖子，封之寢丘四百戶，以奉其祀。丑父之類齊侯，竟何爲也？〈左傳〉：事雖可引，義則殊途。宴坐窮巖，維摩詰經：宴坐者，不干三界現身意，是爲宴坐。不起滅定，而現諸威儀，是爲宴坐。不斷煩惱，而入涅槃，是爲宴坐。心不住內，亦不在外，是爲宴坐。於諸見不動，而修行三十七道，是爲宴坐。〈劉楨處士國文甫碑〉：潛心窮巖。化行奧壤。頂輪降祉，〈般若經〉：如來頂上，烏瑟膩沙，高顯周圓，猶如天蓋，是三十二。肉髻開祥。〈楞嚴經〉：世尊從肉髻中涌出百寶光，光中涌出千葉寶蓮。及將寓信衣，〈傳燈錄〉：達摩初至，人未知信，所以傳衣，以明得法。乃誤因罷士。見〈史館白相公狀〉三。經過九隧，〈班固西都賦〉：九市開場，貨別隧分。彼既懸定於傳刀，〈晉書王覽傳〉：呂虔有佩刀，工相之，以爲必三公可服此刀。虔謂王祥曰：「卿有公輔之量，故以相與。」祥臨薨，以刀授覽。此亦熟驚於肱篋。〈莊子〉：將爲肱篋探囊發匱之盜而爲守備，則必攝緘縢，固扃鐍，此世俗之所謂知也。然而巨盜至，則負匱揭篋擔囊而趨，惟恐緘縢扃鐍之不固也。璧留曲阜，詎爲張伯所藏；〈後漢書鍾離意傳注〉：〈意別傳〉曰：意爲魯相，出私錢修夫子車，身入廟，拭几席劍履。男子張

樊南文集

伯除堂下草，土中得玉璧七枚，伯懷其一，以六枚白意。堂下牀首有懸甕，意發之，得素書，文曰：後世修吾書，董仲舒。護吾車，拭吾履，發吾笥，會稽鍾離意。璧有七，張伯藏其一。意即召問伯，果服焉。劍出豐城，豈是雷華可佩？見道興觀碑。適來適去，莊子：適來，夫子時也；適去，夫子順也。悉見悉知。金剛經：如來悉知悉見。故得大梵下從，釋迦譜：佛往摩詰提國，第二夜四天王衆，第三夜帝釋衆，第四夜大梵衆，各下聽法。通仙右繞，見道興觀碑。臂舒百福，法苑珠林：法華經云：收佛舍利，作八萬四千寶塔，即於八萬四千塔前，然百福莊嚴臂七萬二千歲，而以供養。眉曜千光，法華經：世尊於靈山會上，爲諸大衆說二十八品，放眉間白毫相，光照三千大千世界。靈禽例散於覺花，瑞獸常胡本作「多」。銜於忍草。梁簡文帝相宫寺碑：雪山忍辱之草，天宫陁樹之花。寧止山神且屆，但送甘松，神僧傳：釋惠主，俗姓賈氏，始州永歸人。南山藏伏，惟食松葉，異類禽獸，同集無聲，或有山神送伏苓、甘松香來，獲此供養焉。藩后絶臨，空分沈水？「絶」字疑誤。王嘉拾遺記：軒轅黄帝詔使百辟羣臣受德教者，先列圭玉於蘭蒲席上，然沈榆之香，春雜寶爲屑，以沈榆之膠、和之爲泥，以塗泥分别尊卑華戎之位也。西京雜記：羊勝屏風賦：藩后宜之，壽考無疆。凡兹異迹，未可殫論。杜相國鴻漸、崔僕射旰，舊唐書杜鴻漸傳：廣德二年，拜兵部侍郎、同中書門下平章事。永泰元年，劍南西川兵馬使崔旰殺節度使郭英乂，據成都，自稱留後。明年，命鴻漸以宰相兼充山、劍副元帥、劍南西川節度使，以平蜀亂。鴻漸酷好浮圖道，不喜軍戎。既至成都，懼旰雄武，乃以劍南節制表讓於旰。又崔寧傳：本名旰。朝廷因鴻漸之請，加成都尹、兼西山防禦使，西川節度行軍司馬，仍賜名曰寧。大曆二年，鴻漸歸朝，遂授寧西川節度使。寧在蜀十餘年，地險兵彊，肆侈窮慾，將吏妻

妾，多爲所淫污，朝廷患之而不能詰。累加尚書左僕射。並望切龍門，蓮社高賢傳：法師慧持至成都郫縣，居龍淵寺，大弘佛寺，升其堂者號登龍門。情殷荷擔。法苑珠林：如善恭敬經云：佛告阿難，若有從他聞一四句偈，或抄或寫，書之竹帛，所有名字於若干劫，取彼和尚、阿闍黎等。荷擔肩上，或時背負，或以頂戴，常負行者，復將一切音樂之具，供養是師。作如是事，尚自不能具報師恩。留迷待楯，「楯」疑當作「指」，見西川李相公狀。出病求攻。左傳。

克揚靜衆之名，特峻保唐之號。蜀誠有之，楚亦宜然。

惟洪州道一大師古相標奇，「古」疑當作「舌」。般若經：如來舌相薄淨廣長，是二六。足文現異。般若經：如來兩足文同綺畫，是爲第四。俯愛河而利涉，梁武帝捨道歸佛文：出愛河之深際。「利涉」，見易。過朽宅以銜悲，法華經：三界無安，猶如火頓牛行，四十二章經：僧行道如牛負深泥中，疲極不敢左右顧。涅槃經：譬如王者告一大臣，汝牽一象以示盲者，時彼衆盲，各以手觸。早從上首，蓮社高賢慧持傳：徒屬三百，師爲上首。略動遐心，詩。攜仁壽之剃刀，隋書煬帝紀：仁壽初，奉詔巡撫東南，是後高祖每避暑仁壽宮，恆令上監國。四年七月，高祖崩，上即皇帝位於仁壽宮。隋煬帝人朝遣使參智顗書：剃刀十口。振天台之錫杖。隋書徐則傳：晉王下書曰：天台真隱東海徐先生，杖錫猶存，示遺俗法，宜遣使人送還天台。迨如平常朝禮之儀，至於五更而死。晉王廣鎮揚州，知其名，手書召之。將請受道法，則辭以時日不便。其後夕中命侍者取香火，之錫杖。

違百濮，左傳。直出三巴，見道興觀碑。拂衡嶽以徜徉，隋煬帝重遣匡山參智顗書：仰承已往衡山，至當稍久。指曹溪而悵望。傳燈録：梁天監元年，有僧智藥，汎舶至韶州曹溪水口，聞其香，嘗其味，曰：「此水上流有勝

地。」遂開山，立名寶林。乃云：「此去百七十年，當有無上法寶在此演法。今六祖南華是也。都遺喻筏，金剛經：知我說法，如筏喻者，法尚應捨，何況非法。罷懸桥於頓門，梁簡文帝賀洛陽平啓：關候罷桥。傳燈錄：諸佛出世，爲一大事，故隨機小大，遂有三乘頓漸以爲教門。抗前旌於超地。漢書終軍傳：驃騎抗旌。唐類函：如悟三空；終超十地。披荊西裹，法苑珠林：魏太山丹嶺寺釋僧照，以魏普泰年，行至榮山，見飛流下有穴孔。因穴而入，行可五六里，便得出穴。問所從來，答云，我同學三人，來此避世，一人外行未返，一人死來久，似入滅定，今在是屋内，汝見之未？三兩步，北有瓦舍三口，形甚古陋，西頭室裏有一沙門，端坐儼然，飛塵没膝。四望瞻眺，惟見茂林懸澗，非有人居，須臾之間，逢一神僧，年可六十，相見欣然，傾慰若舊。坐樹南康，千寶搜神記：南康郡南東望山，有三人入山，見山頂有果樹，眾果畢植，行列整齊如人行，甘子正熟，三人共食至飽，乃懷二枚，欲出示人，聞空中語云：「崔放雙甘，乃聽汝去。」有感則通，無聞不聲。醫龜思遇，未詳。龜疑當作「龍」。劉向列仙傳：晉書郭文傳：馬師皇者，黃帝馬醫。有病龍下，垂耳張口，師皇鍼其脣，飲以甘草湯而愈，後一日，負之而去。哽虎求探。太平廣記引神仙拾遺與此事同。晉書諺虎作「獸」。而義山文反有猛獸明旦致一鹿於其室前。初，聰住禪堂，每有白鹿白雀馴伏骨，乃以手探去之。按：後梁南襄陽景空寺釋法聰，南陽新野人。諸屠大怒，將事加手，並吃諱何耶？化漢水之漁人，法苑珠林：然不動，便歸過悔罪，因斷殺業。又於漢水漁人牽網，如前三告曰：「解脱首楞嚴。」豬遂繩解去。棲止。行住所及，慈救爲先。因見屠者驅猪百餘頭，聰三告曰：「解脱首楞嚴。」豬遂繩解去。又於漢水漁人牽網，如前三告，引網不得，方復歸心，空網而返。注：出唐高僧傳。奚

求往哲,度青蘿之獵客,《法苑珠林》:周益州沙門釋僧崖,嘗隨伴捕魚,得已分者,用投諸水,謂伴曰:「殺非好業,我今舉體皆現生瘡,誓斷獵矣。」遂燒其獵具。時獵首領數百人,共築池塞,資以養魚。崖率衆重往彼觀望,忽有異蛇長一尺許,頭尾皆赤,須臾長大,乃至丈餘,圍五六尺,獵衆奔散,蛇便趣水,舉尾入雲,赤光徧野,久久乃滅。尋爾衆聚具論前事,崖曰:「此無憂也,但斷殺業,蛇不害人。」勸停池堰,衆未之許,俄而隄防決壞,遂即出家,又焚身。獵人牟難當者,於就嶠山頂行獵,搦箭弓弩,舉眼望鹿,忽見崖騎一青麐,獵者驚曰:「汝在益州已燒身死,今那在此?」崖曰:「誰道許諓人耳,汝能燒身不?射獵得罪也,汝當勤力作田矣!」便爾別去。注:出《唐高僧傳》。謝萬《蘭亭集詩》:青蘿翳岫。肯愧前修?

智藏大師以松闞之英,梓潭之靈,《初學記》:《輿地志》曰:歸美山有石城,高數丈,有二石夾左右,石形似松□如雙闞。《南康記》曰:梓潭,昔有梓樹巨圍,葉廣丈餘,垂柯數畝,吳王伐樹作船,使童男女挽之,船自飛下水,男女皆溺死,至今潭中有歌唱之音。注:已上《虔州》。目廣青蓮,《法華經》:妙音菩薩目如廣大青蓮花葉。脣飴赤果,《法華經》:如來甚希有,以功德智慧故,其眼長廣而紺青色,脣色赤好如蘋婆果。〈釋迦文佛像銘〉:文殊問經,佛說偈云:日月照諸華,無有恩報想,如來無所取,有來必應,如泥在鈞。自有來而致敬,沈約〈釋迦文佛像銘〉:不求報亦然。絛逸星霜,留連几杖。初聞四句,見上『荷擔』注。誠爲入實之賓;「實」,疑當作「室」,見《漢陽上楊相公狀》。末聽三幡,《孫綽遊天台山賦》:了消一無於三幡。李善注:三幡,色一也,色空二也,觀三也。了是無師之智。净住子:何謂爲佛,自覺覺彼,無師大智,五分法身也。《南史陸厥傳》:時有王斌者,嘗

弊衣於瓦官寺聽雲法師講成實論，無復坐處，惟僧正慧超尚空席，斌直坐其側。

不依趣不了義經，

所，直墮其履圯下，顧謂良曰：「孺子，下取履！」良愕然，欲毆之。良殊大驚，隨目之。父去里所復還，曰：「履我！」良業為取履，因長跪履之。父以足受，笑而去。

謂不如。明牧前歸，謝瞻王撫軍庾西陽集詩：對筵曠明牧。

階則生金吐義，釋法顯佛國記：佛從忉利天上來向下，下時化作三道寶階，佛在中道七寶階上行，梵天王亦化作白銀階，在右邊執白拂而侍，天帝釋化作紫金階，在左邊，執七寶蓋而侍。

送上，羣臣聲賀。禮白塔則盡竹書名。

「見觀世音語云：『汝緣未盡，若得活，可作沙門。洛下、齊城、丹陽、會稽並有阿育王塔，可往禮拜。』語竟，如墮高巖，忽然醒悟。」因此出家，名慧達。遊行禮塔。李肇國史補：既捷，列書其姓名於慈恩寺塔，謂之題名。

簡文帝同泰寺故功德正智寂師墓銘：惟茲大士，才敏學優。

子。天竺其總稱，迦維別名也。

夫紛綸藻繪，陳琳為曹洪與魏文帝書：遊睢、渙者學藻繢之彩。

慈氏。「雲臺」見李司徒狀。合沓緗囊，梁昭明太子詠書帙詩：幸雜緗囊用，聊因班女織。

苑珠林：長阿含經云：世間有轉輪聖王，成就七寶，有四神德。「蓬閣」見周學士狀。

非取履於下邳，還稱可教，史記留侯世家：良嘗閒步遊下邳圯上，有一老父，衣褐，至良

令傳了經。寶積經：依趣於了義經，

英人後感，崔駰達旨：英人乘斯時也。相紫

彼四大士者，梁書釋老志：釋迦，即天竺迦維衛國王之

列慈氏之雲臺；法苑珠林：西云彌勒，此云

貯聖王之蓬閣。法

皆行貫迦維，魏書釋老志：釋迦，即天竺迦維衛國王之

名高記蒟，梁簡文帝善覺寺碑：穆貴嬪宿植達因，已于恆沙佛所，經受記蒟。且

太平御覽：魏志曰：繁昌縣授禪石碑中生金，表

西河離石縣有胡人劉薩阿遇疾暴亡，十日更蘇。說云：

我幕府河東公，見陳許高尚書啓及河東上楊相公狀一。天瑞地寶，甘雨卿雲，總海內之風流，見獻相國京兆公啓。盛漳濱之模楷，庾信哀江南賦：文詞高於甲觀，模楷盛於漳濱。「號」疑當作「飛」。後漢書始有文苑傳。陟降朝階。張衡東京賦：方將數諸朝階。自作我上都，統以京尹，舊唐書柳仲郢傳：會昌中，李德裕奏爲京兆尹。班固西都賦：實用西遷，作我上都。張衡西京賦：封畿千里，統以京尹。輦轂之下，司馬遷報任少卿書：僕賴先人緒業，得待罪輦轂下，二十餘年矣。絿冕所興，班固西都賦：英俊之域，絿冕所興。本之以強宗近親，後漢書龐參傳：參爲漢陽太守，郡人任棠者，有奇節。參到，先候之，棠不與言，但以薤一大本、水一盂，置户屏間，自抱孫兒，伏於户下。參思其微意曰：「水者，欲吾清也。拔大本薤者，欲吾擊強宗也。抱兒當户，欲吾開户恤孤也。」東觀漢記：孝明皇帝以皇子立爲東海公，時天下墾田皆不實，詔下州郡檢覆，州郡各遣使奏其事。世祖見陳留吏牘上有書曰：「潁川、弘農可問，河南、南陽不可問。」因詰吏，時帝在幄後曰：「河南帝城多近臣，南陽帝鄉多近親，田宅逾制，不可爲準。」世祖令虎賁詰問，乃首服如帝言。因之以豪猾大俠。史記酷吏傳：濟南瞯氏宗人三百餘家，豪猾，二千石莫能制，於是景帝乃拜郅都爲濟南太守。又季布傳：滕公心知朱家大俠，意季布匿其所。丙吉爲相，出遇橫屍；見楊相公士物狀。袁盎免官，歸逢刺客。漢書袁盎傳：盎病免家居，景帝時時使人問籌策。梁王欲求爲嗣，盎進説，其後語塞。梁王以此怨盎，使人刺殺盎安陵郭門外。公貞能蕩蠱，易。正可辟邪。急就篇：射魃辟邪除羣凶。殷貨殖於五都，班固西都賦：州郡之豪桀，五都之貨殖。漢書食貨志：王莽於長安及五都立五均官，更名長安東西市令及洛陽、邯鄲、臨菑、宛、成都市長皆爲五均司市稱師。無勞走馬；見京

兆李尹狀。**屛椎埋於三輔**,「椎埋」,見道興觀碑。漢書百官公卿表:右扶風與左馮翊、京兆尹是爲三輔。**何必問羊**。漢書趙廣漢傳:廣漢守京兆尹,滿歲爲眞。善爲鈎距,以得事情。鈎距者,設欲知馬賈,則先問狗,已問羊,又問牛,然後及馬,參伍其賈,以類相準,則知馬之貴賤不失實矣。**託宿於天官,假道於雒宅**。舊唐書柳仲郢傳:改右散騎常侍,權知吏部尚書銓事。宣宗即位,李德裕罷相,出仲郢爲鄭州刺史。周墀入輔政,遷爲河南尹。莊子:假道於仁,託宿於義。「雒宅」,見書。張載劍閣銘:巖巖梁山,積石峩峩。**魏志董卓傳注**:華嶠漢書曰:恐百姓驚動,麋沸蟻聚爲亂。**五年夏,以梁山蟻聚,謂蓬、果賊,詳封尚書啓。分閫中置**。「鴟張」,見寇狀。**命馬援以南征**,見容州李中丞狀。**委鍾繇以西事**。魏志荀彧傳:或曰:「鍾繇可屬以西事,則公無憂矣。」又鍾繇傳:太祖方有事山東,以關右爲憂。乃表繇持節督關中諸軍,委之以後事。**充國鴟張**,後漢書郡國志:充國縣屬巴郡。**援,援去聲。尋覆賊巢。既而軍壘無喧,郡齋多暇。**謝靈運齋中讀書詩李善注:永嘉郡齋也。**紗爲管帽**,魏志管寧傳:寧常著皁帽,布襦袴,布裙。**布是孫衾**。見李相公土物狀。**神仙中人**,世説:王右軍見杜弘治歎曰:「面如凝脂,眼如點漆,此神仙中人。」又:孟昶嘗見王恭乘高輿被鶴氅,于時微雪,歎曰:「此眞神仙中人!」**方其攜手**,詩。**風塵外物,乃以關身。夢裏題詩**,見浙西鄭尚書狀。**醉中裁簡**,世説:魏朝封晉文王爲公,備禮九錫,文王固謙不受。司空鄭沖馳遣信就阮籍求文。初,時在袁孝尼家,宿醉扶起,書札爲之,無所點定,乃寫付使,時人以爲神筆。**臨池筆落,晉書王羲之傳**:張芝臨池學書,池水盡黑。**動草琴休**。酉陽雜俎:舞草出雅州,人或近之歌,及抵掌謳曲,必動葉如舞也。夢溪筆談:高郵人桑景舒,性

知音，尤善樂律。舊傳有虞美人草，聞人作虞美人曲，則枝葉皆動，他曲不然。景舒試之，誠如所傳，乃詳其曲聲，曰皆吳音也。他日取琴，試用吳音製一曲，對草鼓之，枝葉亦動，乃謂之虞美人操。餘詳道興觀碑、論衡注。至於三堅八正之言，維摩經：起三堅法于六合中。王屮頭陀寺碑李善注：大品經説八正曰：正見、正思維、正語、正業、正命、正精進、正念、正定。法苑珠林：菩薩藏經云：何等爲四？所謂布施、愛語、利行、同事。如是名爲四類攝法。般若經：一神境通、二天耳通、三他心通、四宿住隨念通、五天眼通、六漏盡通。則理超文外，照在機先。修竹長松，不曾形迹；孤峯澹澗，未覺親疎。鄙物物以肇端，自如如而取證。見吏部李相公啓。讚同范泰，宋書范泰傳：暮年事佛甚精，於宅西立祇洹精舍。律若張融，南齊書張融傳：永明中，遇疾，爲問律自序曰：吾昔嗜僧言，多肆法辨。鋸木屑，霏霏不絶，誠爲後進領袖也。伽、智度大論皆再鈔，自餘佛書，多手記要義。孟顗不知其慧業。見宣州裴尚書啓，晉書胡毋輔之傳：澄嘗與人書曰：彥國吐佳言，如屬者以洪州三大師靈儀未集，浄住子：所以垂形丈六，表現靈儀。乃進牘求真，謝莊月賦：抽毫進牘。移書抒意。華構將成，陸雲歳暮賦：痛華構之丘荒。黄中秉德，易。業尚資仁。宋書江西廉使大夫汝南公，似即周墀，見元日朝會狀及江西周大夫狀。蔡興宗傳：以業尚素立見稱。庾信奉和永豐殿下言志詩：資仁一毀譽。動之則瑶瑟瓊鐘，鏘洋清廟；王儉褚淵碑文：鏘洋遺烈。「清廟」見詩。静之則明河亮月，樂府七日夜女歌：素月明河邊。嵇康雜詩：皎皎亮月。浩蕩華池。楚辭離騷：怨靈修之浩蕩兮。又七諫：電電游乎華池。遠應同聲，易。函胡本作「函」。絾遺胡

補編卷十 碑銘

八三九

本作「道」。

貌。　試殿中監　舊唐書職官志：殿中省監一員，從三品。　魯郡鄒從古，新唐書地理志：兗州魯郡屬河南道。　家承作繪。　藝有傳神。　晉書顧愷之傳：愷之善丹青，圖寫特妙，每畫人成，或數年不點目精，人問其故，答曰：「四體妍蚩，本無關少，於妙處傳神寫照，正在阿堵中。」授以齋修，俾之雕煥。　謝惠連秋懷詩：丹青暫彫焕。　情勞若病，思苦如癡。　拂壁但見其塵驚，南史齊江夏王鋒傳：字宣穎，高帝第十二子也，年四歲好學書，晨興不肯拂窗塵，先畫塵上，學爲書字。　倚柱不知於雷震。　世説：夏侯太初嘗倚柱作書，時大雨，霹靂破所倚柱，衣服焦然，神色無變，書亦如故。　妙分塗掌，高僧傳：佛圖澄者，西域人也。本姓白，少出家，清真務學，誦經數百萬言。以永嘉四年來適洛陽，志弘大法，善念神咒，能役使鬼物，以麻油雜臙脂塗掌，千里外事皆徹見掌中，如對面焉。　巧寫應身，見上。　如安所洗之腸，晉書佛圖澄傳：佛圖澄天竺人也。　腹旁有一孔，常以絮塞之，平旦至流水側，從腹旁孔中引出五臟六腑，洗之訖，還內腹中。　若見不沾之足。魏書釋老志：統萬平，惠始自習禪至於沒世，稱五十餘年，未嘗寢卧。或時跣行，雖履泥塵，初不汙足，色愈鮮白，世號之曰白脚師。　後漢書西域傳論注：維摩經曰：維摩詰三萬二千師子坐，高八萬四千由旬，高廣嚴浄，來入維摩方丈室，包容無所妨礙。　晉書戴逵傳：逵字安道，工書畫。　梁書師子國傳：　晉義熙初，始遺獻玉像，歷晉、宋世在瓦官寺。寺先有徵士戴安道手製佛像五軀，及顧長康維摩畫圖，世人謂爲三絕。　修行本起經：得一心者，萬邪滅矣，謂之羅漢。　羅漢者，真人也。　按：王維六祖碑序云：談笑語言，曾無戲論，故能五天重跡，百越稽首。「諸天」，釋典習見，「五天」之名未詳。

維摩；　本事未詳。　魏志袁術傳：術子燿，燿子奮。　略等戴逵，寫五天之羅漢。　鉅同袁奮，畫一室之

況刹懸慧義，山聳長平。見題下。花市分區，成都古今記：二月花市。香城轉軫。梁武帝摩訶般若懺文：同到香城，共見寶臺。龕流逈漢，廣韻：龕，塔也。又云塔下室。左思蜀都賦：流漢湯湯。梯倚重霄。史記大宛傳注：括地志曰：天竺國在崐崙山南，佛上天青梯，今變爲石入地，惟餘十二磴。阮籍詠懷詩：翔風拂重霄。桂處吳剛，酉陽雜俎：異書言月桂高五百丈，下有一人，常斫之，樹隨創隨合，人姓吳，名剛，學仙有過，謫令伐樹。榆邊傅說。初學記：榆星。注：古樂府曰：天上何所有，歷歷生白榆。莊子：傅說乘東維，騎箕尾，而比於列星。轡迴義仲，楚辭離騷注：義和，日御也。輪；列子：日出之初，大如車輪。趙尊閉地戶。葛洪神仙傳曰：蘇仙公名林，字子元，周武王時人也。樂府神絃歌宿阿曲：蘇林開天門，趙尊閉地戶。則天堪倚杵。初學記：河圖挺佐輔曰：百世之後，地高天下，不風不雨，不寒不暑，民復食土，皆知其母，不知其父。如此千歲之後，而天可倚杵，洶洶隆隆，曾莫知其終始。爰初置梟，周禮。龐託金材，或以筥籊，左思吳都賦劉逵注：異物志曰：筥簹生水邊，長數丈，圍一尺五六寸，一節相去六七尺，或相去一丈，廬陵界有之。參於棼橑。班固西都賦：列棼橑以布翼。說文：棼，複屋棟也。橑，椽也。苟可當適，慮蔡邕而製笛。馬融長笛賦：裁已當適便易持。李善注：適，馬策也。後漢書蔡邕傳注：張騭文士傳曰：邕告吳人曰：「吾昔常經會稽高遷亭，見屋椽竹東間第十六，可以爲笛」取用，果有異聲。」易之榮櫨，戰國策：趙獻榮櫨，因以爲蘭臺。黃楠可訪於下巢，法苑珠林：隋天台諶贈劉琨詩：上弘棟隆。

山瀑布寺釋慧達，姓王氏，襄陽人。晚爲沙門惠雲邀請，遂上廬嶽，造西林寺重閣七間，欒櫨重疊，光耀鮮華。初造之日，誓用黃楠，闔境推求，了無一樹，皆欲改用餘木，達曰：「誠心在此，豈更餘求？必其有徵，松變爲楠，若也無感，閣成無日。」衆懼其言，四出追求，乃於境内下巢山，感得一谷，並是黃楠。而在窮澗幽深，無由可出。達尋行崖壁，忽見一處晃有光明，窺見其中可得通道，唯有五尺餘，並天崖，遂牽曳木石，至於江首，途中灘覆，篩筏並壞，及至廬阜，不失一根，閣遂得成，弘冠前構。注：出唐高僧傳。

潘岳西征賦：北有清渭濁涇。漸鴻得桷，易。賀鶊依梁，淮南子：大廈成而燕雀來賀。望同老氏之春臺，見道興觀碑。牢若文翁之石室。華陽國志：文翁立文學精舍，講堂作石室，一作玉室。永初後，堂遇火，太守陳留高朕更修立，又增造二石室。本乎初念，逮彼成功，自一毛半菽之微，劉峻廣絕交論：莫肯費其半菽，罕有落其一毛。至雕玉布金之麗，沈約内典序：範金琢玉，圖容寫狀。經律異相：須達多長者欲營精舍請佛住，有祇陀太子園，廣八十頃，可居，太子戲曰：「滿以金布，便當相與。」長者出金布八十頃，精舍告成。故曰祇樹給孤獨園。皆不資官廩，吳志陸凱傳：然坐食官廩，歲歲相承。無取軍租。見汝南上淮南狀一。非飲馬之餘錢，太平御覽：三輔決錄曰：「項仲山飲馬渭水，日與三錢以償之。則遺盜之舊布。後漢書王烈傳：烈字彦方，以義行稱鄉里，有盜牛者，主得之，盜請罪曰：「刑戮是甘，乞不使王彦方知也。」烈聞而使人謝之，遺布一端。將遣涪川習定，新唐書地理志：鄭縣涪城縣並屬梓州。水經：涪水出廣魏涪縣西北。南至小廣魏與梓潼合。法苑珠林：西域傳云：秣菟羅國有習定衆供養目連塔。郅道降魔。蜀志姜維傳：於是引軍由廣漢郅道以審虛實。宋書夷蠻傳：天魔降

伏，莫不歸化。苟能浣爾之塵勞，〈淨住子〉去諸塵勞，入歸信門。莫不涉子之閫奧。

又院有緇叟，〈梁書范縝傳〉：捨縫掖，引緇衣。族高隴西。〈見馬相公登庸啓〉頃據方壇，〈太平御覽〉：王子年拾遺記曰：伏羲坐於方壇之上，聽八風之氣，乃畫八卦。時稱律虎；〈十國春秋〉：釋贊□著述毗尼，時人謂之「律虎」。

晚修圓覺，〈圓覺經〉：如來圓覺，亦復如是。世謂義龍。〈方夏廣韻藻〉：齊釋惠榮精於講辨，號曰「義龍」。

石磬朝吟，〈法苑珠林〉：東晉初，沙門帛道猷，或云竺道猷，聞天台石梁，終古無度，不惜形命，夜宿梁東便聞西寺磬聲經唄，又聞曰：「卻後十年，當來此住，何須苦求。」會曰：「如來遷迹，忽逾千載，道骨舍利，姓康氏。赤烏十年，初達建業，有司奏有胡人入境，孫權召會詰問，有何靈驗？」乃揭錫獨往，而趣石梁，將欲直度，神曜無方，請期七日，潔齋靜室，以銅瓶加几，燒香禮請。」期畢寂然無應，更請三七日，日暮猶無所見，既入五更，忽聞瓶中鏗然有聲，果獲舍利，權即爲建塔。不扃外戶，〈徐陵廣州刺史歐陽顏德政碑〉：新垣既築，外戶無扃。靡立中闈。原作「閨」，今據胡本改正。〈藝文類聚〉：陳琳〈宴會詩〉曰：高會宴中闈。

詩：傳香引上德，列伎進名臣。假其譚柄。見上。且山毛綜核，〈任昉爲范尚書讓吏部封侯第一表〉：在魏則毛玠公方，居晉則山濤識量。〈晉書山濤傳〉：濤再居選職，十有餘年，所奏甄拔人物，各爲題目，時稱「山公啓事」。〈魏志毛玠傳〉：玠爲尚書僕射，典選舉。注：〈先賢行狀〉曰：玠雅量公方，在官清恪。其典選舉，拔貞實，斥華僞，進遜行，抑阿黨。〈漢書宣帝紀贊〉：綜核名實。未挂支提，〈翻譯名義〉：有舍利名塔，無舍利名支提。許郭輩流，〈後漢書郭太許劭傳〉：郭太性明知人，好獎訓士類。許劭少俊名節，好人倫，多所賞識。故天下言拔士者，咸稱許郭。偏遺梵行。〈維

摩詰所說經：示有妻子，常修梵行。

世網嬰我身。陶潛雜詩李善注：文字集略曰：嬰，坌衣香也。

斯固天機有裕，莊子：其耆欲深者，其天機淺。

世網無纏，陸機赴洛道中作第二狀。

可鋪舒於琬琰。博雅：鋪，布也。舒，展也。竹書紀年：桀伐岷山，岷山莊王女于桀二女，曰琬，曰琰。說文：縟，繁采色也。餘見令狐受二女，無子，斲其名于苕華之玉，苕是琬，華是琰也。

盍襄縟於縑緗，

愚也中兵被召，見懷州刺史狀。

上士聯榮。見道興觀碑。

曹碉。天統中，濟南來府君出除譙郡，時功曹清河崔公恕，弱冠有令德，時春夏積旱，來公有思水色，恕獨見一青鳥於碉中，乍飛乍止，鳥起，見一石，以鞭撥之，清泉湧出。

願作山陰之都講。見道興觀碑。

敢同譙郡之功曹，酉陽雜俎：譙郡有功曹碉。

剡紅磴時尋，謝靈運入華子岡詩：石磴瀉紅泉。

多逢翠碣，水經注：蔡邕以嘉平四年，奏求正定六經文字，靈帝許之。邕乃自書丹於碑。

何晏景福殿賦：綷以紫榛。

紫榛乍倚，

龍門慕新野之能，舊唐書王勃傳：絳州龍門人。王勃梓州慧義寺碑銘：爰有庾子山者，文場俊客也。自黃旗東掃，青蓋西還。承有晉之衣纓，作大周之杞梓。嘉聲內振，健筆傍流。翠碣高懸，丹書未缺。瓊鐘俯徹，猶參吐鳳之音，石鏡傍臨，尚寫回鸞之跡。周書庾信傳：南陽新野人。

江夏服盈川之富。新唐書宗室世系表：後漢會稽太守高陽侯徙居江夏，遂為江夏李氏。其後元哲徙居廣陵，元哲生善，善生邕。杜甫八哀詩贈祕書監江夏李公邕：論文到崔蘇，指盡流水逝。近伏盈川雄，未甘特進麗。則天初，左轉梓州司法參軍，秩滿，選授盈川令。楊炯梓州惠義寺重閣銘：長平山兮建重閣，上穹窿兮下磅礡，紛披麗兮駢交錯，儼色相兮沖寂寞。誰所為兮天

匠作。**恨不疆場俯接，旗鼓親交**，〈魏志管輅傳注：輅別傳曰：琅邪太守單子春欲得見輅，輅造之，問子春：「今欲與輅爲對者，若府君四坐之士邪？」子春曰：「吾欲自與卿旗鼓相當。」〉**貫其三屬之犀皮**，〈犀甲七屬見考工記。〉**書刑法志**。〈魏氏武卒，衣三屬之甲。〉**徐晃傳**：太祖令曰：敵圍塹鹿角十重，將軍致戰全勝，多斬首虜。**以靈才結課，**「結課」見道興觀碑。**焚彼十重之鹿角。用逸思酬恩。來者難誣，前言不戲。庶使禰衡讀後**，〈後漢書禰衡傳：黃祖長子射，嘗與衡俱遊，共讀蔡邕所作碑文，射愛其辭，還，恨不繕寫。衡曰：「吾雖一覽，猶能識之，惟其中石缺二字爲不明。」因書出之。射馳使寫碑還校，如衡所書，莫不欽伏。〉**重峻文科，王粲背時**，〈魏志王粲傳：粲與人共行，讀道邊碑，人問曰：「卿能暗誦乎？」曰：「能。」因使背而誦之，不失一字。〉**更增鄉品**。〈世說：溫公初受劉司空勸進，母崔氏固駐之，嶠絕裾而去。迄於崇貴，鄉品猶不過也。〉**其詞曰：**

熙矣無上，金剛般若經：無上甚深微妙法。怡然至真。〈翻譯名義集：無著曰：本行經曰：釋迦菩薩觀我今何處成道，利益衆生。乃觀見宜於南閻浮提生。〉**壽長滴海**，〈泥洹經：一滴水者，喻一發微少善根。大海者，喻佛如來。〉**劫遠吹塵**。〈法華經：一塵爲一劫。〉**蒼茫去聖，造次求仁。誰從多轍，自涉殊榛**。〈漢書司馬相如傳：上林賦：踰絕梁，騰殊榛。注：殊榛，特立株桄也。〉

婆斯南遊，〈後漢書西域傳論注：本行經曰：波斯匿王等諸王中生，皆作國王。〉**達摩東止**。〈舊唐書僧神秀傳：昔後魏末，有僧達摩者，本天竺王子出命諸同侶，波斯匿王等諸王中生，皆作國王。〉

家，入南海，得禪宗妙法，齋衣鉢航海而來，至梁詣武帝。觀碑。**信珠澄水。**《智度論》：若清水珠入水節淨。**道在肝膽，**《莊子》：自其異者視之，肝膽楚越也。**化行竹葦。**《維摩詰經》：譬如甘蔗竹葦稻麻叢林。**盧阜伸拳，**《傳燈錄》：江州刺史李渤問歸宗禪師云：「大藏教明得箇甚麼？」宗舉拳示之，李不會。宗云：「措大空讀萬卷書，拳頭也不識。」**城安得髓。**《傳燈錄》：達摩將歿，命門人各言所得。達摩曰：「道副得吾皮，總持得吾肉，道育得吾骨。」最後，慧可禮拜，依位而立。師云：「汝得吾髓矣。」

猗歟靜衆，來隔天潯。謝莊宋孝武宣貴妃誄，散靈魄於天潯。

爐指求心，見上。**柔管代耗，**見道興觀碑。**掬土延陰。**「掬」，疑當作「搯」。《阿育王經》：佛在世時，人王舍城乞食，見二小兒，一名德勝，二名無勝，弄土爲戲，擁以爲城，舍宅、倉庫，以土爲麨，著於倉中。見佛相好，德勝歡喜，掬倉中土名爲麨者，奉上世尊。**蘇含檀鉢，**《水經注》：佛鉢青玉也，受三斗許。**露澀瓊針。**《傳燈錄》：十五祖迦邪提婆尊者因謁龍樹，知是智人，令侍者以滿鉢水置於座前，提婆覩之，乃以針投契於龍樹，即爲法嗣。

鳴光天靈。《宋書禮志》：元勳上烈，融章未分，鳴光委緒，歇而罔臧。**倉絲地望。**倉絲疑當作「蒼舒」，見《左傳》。**人同寶相。**《北齊書·王晞傳》：殿下今日地望，欲避周公得耶？**梵衆來格，**見上。**魔軍內向。勢隔嚴道，**《水經》注：菩薩到貝多樹下，東嚮而坐。時魔王遣三玉女從北來試，魔王自從南來試，菩薩以足指按地，魔兵卻散，三女變爲老姥。**犀枕金爐，**隋煬帝答智顗遺旨書：犀角如意，蓮華香爐，遠以垂別，輒當服之無斁，永充法事。**冰崖雪嶂。**

注：菩薩到貝多樹下，東嚮而坐。時魔王遣三玉女從北來試，魔王自從南來試，菩薩以足指按地，魔兵卻散，三女變爲老姥。
見弘文崔相公狀三。

從容大寂，傳燈錄：大梅常禪師初參大寂，問如何是佛？大寂云：「即心是佛。」挺拔曹溪。見上。情超

地位，南齊書豫章文獻王傳：自以地位隆重，深懷退素。意小天倪。莊子：和之以天倪。融心露鏡，傳燈錄：呦呦

雞。「呦呦」，見詩。說文：喔，雞鳴也。楞嚴經，我在鹿苑，及于雞園，觀見如來最初成道。呦呦苑鹿，喔喔園

是菩提樹，心如明鏡臺。刮膜橫原作「模」，今據胡本改正。涅槃經：有如盲人詣良醫，醫即以金錍刮其眼膜，

末有西堂，克流英盼。謝朓和伏武昌登孫權故城詩：俯仰流英盼。翦拂慧炬，蕭子良與南郡太守劉景

蕤書：燭昏霾於慧炬。貫穿戒線。增一阿含經：阿那律尊者以凡常之法而縫衣裳，便作是念，得道阿羅漢，誰與我

貫鍼。金浦涵月，梁簡文帝與廣信侯重述內典書：金池動月，玉樹含風，當於此時，足稱法樂。瓊岩躍電。見段

協律牒。雲母飄花，流黃舉扇。淮南子：雲母來水。又：夏至而流黃澤。

我公有命，咨爾丹青。見濮陽賀鄭相公狀。恢崇大廈，寫載真形。王延壽魯靈光殿賦：寫

載其狀，託之丹青。簷垂義網，戶綴玄扃。三生聚石，袁郊甘澤謠：李源與圓觀為忘言交。自荊江上，見婦

人錦襠負甖而汲，圓觀曰：「是某託身之所。」更後十二年，杭州天竺寺外與君相見。」是夕圓觀亡，後源詣餘杭，有牧豎歌

曰：「三生石上舊精魂，賞月吟風不要論，慚愧情人遠相訪，此身雖異性長存。」九子垂鈴。西京雜記：趙飛燕女弟居

昭陽殿，上設九金龍，皆銜九子金鈴。

公實挺姿，曹冏六代論：挺不世之姿。襃涵天壤。「襃」，疑當作「襄」。嚴遵道德指歸論：包裹天地，含襄

陰陽。捧日孤起，魏志程昱傳注：魏書曰：昱少時常夢上泰山，兩手捧日。昱私異之，以語荀彧。或白太祖。太祖

曰：「卿當爲我腹心。」〈昱本名立，太祖乃加「日」，更名昱也。〉

塵尾，說見汝南上淮南狀二。王恭鶴氅。見上。灰琯迎和，見孫學士狀。霜鐘進爽。〈山海經：豐山有九鐘焉，是知霜鳴。〉

六通勝範，見上。四證微筌。〈原作「詮」，今據胡本改正。

廣成子所居也。天寶中，北宗雅禪師者於此建蘭若，庭中多古桐，披幹拂地。一年中，桐始華，有異蜂聲如人吟詠，禪師諦視之，具體人也，但有翅，長寸餘。鳥偈留玄。〈法苑珠林：正法念經云：生於天上作爲智慧鳥，能説偈頌。傳真得果，南史到溉傳：……及卒，顏色如恆，手屈二指，即佛道所云得果也。〉

遼遼鵬鷟，見賀牛相公狀二。眇眇龜年。〈郭璞遊仙詩：借問蜉蝣輩，寧知龜鶴年。

掩靄巴山，〈陸雲九愍：雲掩靄而荒野。水經注：巴水出晉昌郡宣漢縣巴嶺山。〉繁華蜀國。世界嚴靜，

法苑珠林：……其彌陀佛，亦有嚴浄不嚴浄世界，如釋迦佛。人天腽臆。〈「人天」見道興觀碑。廣韻：腽臆，意不泄也。〉

崇基式固，芳音無斁。長現優雲，〈法華經：佛告舍利弗，如是妙法，如優曇鉢花，時一現耳。〉永觀摩勒。

〈雜阿含經：……時大王只有半箇訶摩勒果在手，令送寺中。〉

道士胡君新井碣銘　并序〈雲笈七籤：胡尊師名宗，自稱曰「櫼」。居梓州紫極宮。嘗沿

江入峽，道中遇神人授真仙之道，辨博賅贍，文而多能，齋醮之事，未嘗不冥心滌慮以祈感

梓潼帥所治，見《道興觀碑》。

君宗一。東都佐漢，尚書即諫於探籌；〈後漢書胡廣傳〉：順帝欲立皇后，而貴人有寵者四人，莫知所建，議欲探籌以神定選。〈廣輿尚書郭虔，史敵上疏諫，帝從之。〉南國仕梁，遊擊還聞於奉鏡。〈梁書王珍國傳〉：珍國爲遊擊將軍，遷寧朔將軍。義師起，東昏召珍國，以衆還京師，人頓建康城，義師至，使珍國出屯朱雀門，爲王茂軍所敗，乃入城。仍密遣郄纂奉明鏡獻誠於高祖。按：奉鏡事與胡無涉，惟梁書武帝紀云：永元三年十月，東昏遣征虜將軍王珍國率軍胡虎牙等，列陣於航南大路，一時土崩，珍國斬東昏，送首義師。文疑因此牽合。

爾雅：宮中之門謂之闈，其小者謂之閨。〈抱朴子〉：項曼都言，到天上，先過紫府，金牀玉几，晃晃昱昱。

書王莽傳：朱戶納陛。〈注〉：〈孟康曰〉：納，內也。〈唐類函〉：真人周君傳曰：紫陽真人周義山，字委通。遇義門子，乞長生要訣，義門子曰：「子名在丹臺玉室之中，何憂不仙？」遂擺落家聲，陶潛飲酒詩：擺落悠悠談。而削除世系。〈魏志管寧傳注〉：傅子曰：寧著氏姓歌以原本世系。〈初學記〉：龜山元錄經曰：高上玉皇、上聖帝君、九天玉真，皆德空洞以爲宇，合二氣以爲名。〈酉陽雜俎〉：蔣子文常自謂己骨青，死當爲神。

青骨綠筋，玄丘白誌。〈千寶搜神記〉：玉皇之後昆。〈初學記〉：西涼武昭王賢明魯顔回頌曰：問一筋，名在金赤書者，皆上仙也。其次腹有玄丘，亦仙相。洞士之鬚面，〈初學記〉：白誌見腹，名在璚簡者，目有綠

處子之肌膚。〔莊子〕：藐姑射之山，有神人居焉，肌膚若冰雪，綽約若處子。骨搖金鏁。〔淨住子〕，若善莊嚴，不解衆生肢節，得佛鉤鎖骨相。舌響瓊鐘，〔後漢書盧植傳〕：身長八尺二寸，音聲如鐘。霞烘岐薄，〔新唐書司馬承禎傳〕：盧天台不出，睿宗命其兄承褘就起之，問其術，錫寶琴、霞文帔，還之。籜嫩冠欹。〔南齊書明僧紹傳〕：歸住江乘攝山。太祖遺竹根如意、筍籜冠。開天上之文房，〔梁書江革傳〕：任昉與革書云：此段雍府妙選英才，文房之職，總卿昆季。應收筆硯；〔晉書陸機傳〕：君苗見兄文，輒欲燒其筆硯。入人間之武庫，未見戈矛。〔世說〕：裴令公曰：「見鍾士季，如觀武庫，但覩矛戟。」其稟質之秀也如此。

青囊藥聖，〔王嘉拾遺記〕：周昭王夢有人衣服並皆毛羽，因名羽人，問以上仙之術，羽人乃出方寸綠囊，中有續脈裂。王乃驚寤，因患心疾，即卻膳撤樂，移於旬日，忽見所夢者復來，語王曰：「先欲易王之心。」乃出方寸綠囊，中有續脈丸，補血精散，以手摩王之臆，俄而即愈。王即請此藥，貯以玉缶，緘以金繩。紺房方神。〔辰〕疑當作〔袤〕。北堂書鈔；〔華佗別傳云〕：佗以綠縑爲書袤，中有祕要之方。華陽之洞裏茯苓，見道興觀碑。湯谷之肆中甘草。未詳。神憂智藏，〔隋書許智藏傳〕：智藏以醫術自達。秦孝王俊有疾，上馳召之，後夜中夢其亡妃崔氏泣曰：「本來相迎，比聞許智藏將至，其人若至，當必相苦，爲之奈何？」明夜，俊又夢崔氏曰：「妾欲計矣，當入靈府中以避之。」及智藏至，爲俊診脈曰：「疾已入心，即當發癎，不可救也。」果如言。鬼謝秋夫。〔南史張融傳〕：徐熙子秋夫，仕至射陽令。嘗夜有鬼呻，聲甚悽慘，秋夫問何須，答言姓某，家在東陽，患腰痛死。雖爲鬼痛猶難忍，請療之。秋夫曰：「云何厝法？」鬼請爲芻人，案孔穴鍼之。秋夫如言，爲灸四處，又鍼肩井三處，設祭埋之。明日見一人謝恩，忽然不見。以刮

八五〇

雲長者爲凶，便伸臂令醫劈之，言笑自若。《蜀志》《關羽傳》：字雲長，嘗爲流矢所中，貫其左臂。醫曰：「矢鏃有毒，毒入于骨，當破臂作創，刮骨去毒。」

孟德者爲忍。以鍼《後漢書》《華佗傳》：曹操積苦頭風眩，佗鍼，隨手而差。《魏志》《武帝紀》：字孟德。

郭太醫兩難之說，「兩」當作「四」。《後漢書》《郭玉傳》：和帝時，爲太醫丞，醫療貴人，時或不愈。帝乃令貴人羸服變處，一鍼即差。問其狀，對曰：「夫貴者處尊高以臨臣，臣懷怖懾以承之，其爲療也，有四難焉：自用意，而不任臣，一難也；將身不謹，二難也；骨節不彊，不能使藥，三難也；好逸惡勞，四難也。」無乃疎乎？徐從事九轉之方，按：《隋書》《經籍志》，所錄徐氏方書甚多，撰者徐叔嚮、徐嗣伯、徐大山、徐文伯、徐悦、徐滔、徐奘諸人，此從事未知何指，抑別有人也。又有太極真人九轉還丹經一卷。

膚是美禄，見《滎陽上荊南後狀》。楚辭漁父：世人皆濁我獨清，衆人皆醉我獨醒。怨中山之醒早。干寶《搜神記》：狄希，中山人也。能造千日酒。州人劉玄石好飲酒，往求之。希飲之曰：「只此一杯，可眠千日也。」石至家醉死，家人葬之。經三年，希曰：「玄石必應酒醒。」往石家破棺看之，方見開目張口，引聲而言曰：「快哉！醉我也。」歷城伏日，《酉陽雜俎》：歷城北有使君林。魏正始中，鄭公慤三伏之際，每率賓僚避暑於此，取大蓮葉置硯格上，盛酒二升，以簪刺葉，令與柄通，屈莖上輪菌，如象鼻，傳噏之，名爲「碧筩杯」。會稽暮春。王羲之蘭亭集序：永和九年，歲在癸丑，暮春之初，會于會稽山陰之蘭亭。麴枕淩晨，劉伶酒德頌：捧罌承槽，銜杯漱醪。奮髯箕踞，枕麴藉糟。蓮筩落晚。見上。覆景升之伯雅，《後漢書》《劉表傳》：字景升。馬總《意林》：《典論》曰：荆州牧劉表，跨有南土。子弟驕貴，以酒器名三爵，上者名伯雅，受九勝，中雅受七勝，季雅受五勝。倒季倫

之接羅。《晉書·山簡傳》：簡字季倫。餘見漢南李相公狀。

「天生劉伶，以酒爲名，一飲一石，五斗解酲」《世說》：劉伶病酒渴甚，從婦求酒，跪而呪曰：……「酲」，疑當作「液」。《王嘉拾遺記》：王母薦穆王琬液清觴。

向來已渴，《山海經》：北嚻之山，有鳥焉。其狀如鳥，人面，名曰鷾鵾。宵飛而晝伏，食之已渴。《孔叢子》：楚辭招魂：華酌既陳，有瓊漿些。千鍾粗原作「初」，今據胡本改正。戒於初筵，百檻未成於荒宴。「初筵」，見《詩》。《顏延之五君詠》：韜精日沈飲，誰知非荒宴。有遺諺：堯舜千鍾，孔子百觚，子路嗑嗑。古之聖賢無不能飲也。

其寄情之遠也又如此。

不橫何筯，見《翰林孫舍人狀》。靡對朱杯。《漢書·朱博傳》：博爲人廉儉，不好酒色游宴。自微賤至富貴，食不重味，案上不過三杯。崑崙之禾，《山海經》：海內崑崙之墟，在西北帝之下都，上有木禾，長五尋，大五圍。徒稱於商徼；「商徼」，猶言《西域》。桄榔之麪，《後漢書·西南夷傳》：句町縣有桄榔木，可以爲麪。浪出於丹區。「丹區」，猶言南邦。朱鳥含津，《黃庭內景經》：朱鳥吐縮白石源。注：朱鳥舌象，白石齒象，吐縮導引津液，謂陰陽之氣，流通不絕，故曰「源」。蒼龍鍊氣。《雲笈七籤》：老君存思圖云：凡行道時所存，弟子家合宅大小之身，仙童玉女，天仙飛仙，師子備守前後。次思青氣從師肝中出，如雲之昇，青龍師子在青氣中往復，日月星宿，五帝兵馬，九億萬騎，監齋直事，三界官屬，羅列左右。用庖書爲外典，《蓮社高賢慧遠傳》：安師許令不廢外典。以食蔬爲空言。《齊書·虞悰傳》：悰善爲滋味，和齊皆有方法。《豫章王嶷盛饌享賓》，謂悰曰：「今日肴羞，寧有所遺？」悰曰：「恨無黃頷臛，何曾食蔬所載也。」按：蔬，《南史》作「疏」。

日色九芒，《真誥》：日有九芒，月有十芒，方諸

有服日月法。便同業鼎,「業」,疑當作「苹」。見汝南上淮南狀二。露華五色,郭憲洞冥記:東方朔遊吉雲之地,曰:「其國俗以雲氣爲吉凶,若樂事,則滿室雲起,五色照人,著於草樹,皆成五色露珠甚甘。」帝曰:「吉雲露可得乎?」朔乃東走,至夕而返,得玄露青露,跪以獻。帝徧賜羣臣,得嘗者老者皆少,疾者皆愈。已當僖盤。左傳。其絕累之至也如此。

至於直置形骸,江淹雜體詩擬殷東陽仲文興矚:直置忘所宰。莊子:修行無有而外其形骸。或久留白社,晉書董京傳:京至洛陽,被髮而行,逍遙吟詠,常宿白社中。或暫詣丹麀。梁昭明太子和武帝遊鍾山大愛敬寺詩:谷虛流鳳管,野綠映丹麀。遲迴而稍至牆東,後漢書逢萌傳:王君公儈牛自隱。時人謂之論曰:「避世牆東王君公。」倏忽而還原作「遷」,今據胡本改正。居竈北。後漢書向栩傳:栩性卓詭不倫,恆讀老子,狀如學道。常於竈北坐板牀上,如是積久,板乃有膝踝足指之處。由來箕踞,禰正平未曰狂生;後漢書禰衡傳:衡字正平。曹操聞衡善擊鼓,召爲鼓史。衡爲漁陽參撾,聲節悲壯,顏色不怍。孔融退而數之。見操說衡狂疾,今求得自謝。衡乃坐竈門,以杖捶地大罵。吏白:「外有狂生,坐於營門。」所過糞除,王彥伯齊稱道士。「彥」字衍,「齊」字下脫一字。後漢書第五倫傳:倫自以爲久宦不達,遂將家屬客河東,變姓名,自稱王伯齊,載鹽往來太原、上黨,所過輒爲糞除而去,陌上號爲道士。則固非一端可定,二教能拘。梁書徐勉傳:以孔、釋二教,殊途同歸,撰會林五十卷。然而能持慈寶,老子:吾有三寶,持而寶之。諒不測於仙階,雲笈七籖:斯乃秉化自然,仙階深妙者也。亦難論其鄉品。見四證堂碑。

補編卷十 碑銘

八五三

之，一日慈，二日儉，三日不敢爲天下先。

尚書河東公作鎮之三載也，見河東上楊相公狀一。不蠹玄樞。見獻相國京兆公啓。忽聞濟物之功，聊有寄言之路。

書，左傳。那宜奪席，後漢書戴憑傳：憑舉明經，帝令羣臣能說經者，更相詰難，義有不通，輒奪其席以益通者。憑遂重坐五十餘席。

大稱賢相。未足爭鞭。晉書劉琨傳：琨與范陽祖逖爲友，聞逖被用，曰：「吾枕戈待旦，志梟逆虜，常恐祖生先吾著鞭。」君忽唱曰，斯民也，凡帶城闉，說文，闉，城内重門也。雨苗均惠，詩。風草馳聲。書。郃元帥之詩

都、天門、巴東、建平、江北諸郡，蠻所居，皆深山重阻，人跡罕至焉。實壤多疎。且蠻沙易濫，宋書夷蠻傳：宜

不可家置銀牀，樂府淮南王篇：後園鑿井銀作牀，金缾素綆汲寒漿。人開玉甃。初學記：江逌井賦曰：穿重

壞之十仞兮，搆玉甃之百節。其或踆烏未上，淮南子：日中有踆烏，而月中有蟾蜍。注：踆，猶蹲也，謂三足烏

趙尊之戶扇方扃，見四證堂碑「蘇林」注。按：江淹恨賦李善注引司馬彪續漢書曰：「趙壹閉門卻掃，非德不

交」，又後漢書趙壹傳「不道屈尊門下」注：尊謂壹也，敬之故號尊。未知絃曲之趙尊即趙壹與？抑別一人也。說

文：扇，扉也。顧兔猶夔，楚辭天問：厥利維何？而顧兔在腹。注：言月中有兔，何所貪利，居月之腹，而顧望乎？

說文：夔，狻兔也。曼倩之窗櫺未啓。漢書東方朔傳：字曼倩。漢武故事：西王母降，東方朔於朱鳥牖中窺之。

說文：櫺，楹間子也。則詞人臥病，似用相如消渴事，見令狐狀七。莫冀沾脣；史記秦始皇紀贊：酒未及濡

脣。窮子號冤，似用左傳茅經事。無容灑面。陸機詩：秋風夕灑面。況北通上路，南際殊鄰。張載劍

閣銘：南通邛、僰，北達褒、斜。枚乘上書重諫吳王：游曲臺，臨上路，不如朝夕之池。「殊鄰」見四證堂碑。有渡漢之靈牛，吳均續齊諧記：桂陽成武丁有仙道，忽謂其弟曰：「七月七日，織女當渡河去，吾已被召，與爾別矣。」弟問曰：「識女何事渡河？去當何還？」答曰：「織女暫詣牽牛，吾復三年當還。」明日，失武丁，至今日「織女嫁牽牛」。有還燕之駿馬。見上李尚書狀。少陽用事，見河東賀楊相公狀。抱瑩角以來思；世説：王君夫有牛，名「八百里駮」常瑩其蹄角。「來思」見詩。畏景無陰，左傳注：夏日可畏。踠奔蹄而至止。後漢書班固傳：馬踠餘足。注：踠，猶屈也。「至止」見詩。苟虧上善，老子：上善若水。或致中乾。左傳。

君乃於宮之西南，載致水經，隋書經籍志：水經三卷，郭璞注。又水經四十卷，酈善長注。仍窮井德。易。一八四八，鮑侍郎邐爾廋辭，南史臨川烈武王道規傳：道規薨，義慶襲封臨川王。好文義，東海鮑照有辭章之美，引擢爲佐吏國臣。照貢詩言志，義慶奇之，尋擢爲國侍郎。八，飛泉仰流。「廋辭」見段球牒。九二九三，鄭司農蔼然深義，後漢書鄭玄傳：公車徵爲大司農，以病自乞還家。左思吳都賦「無異射鮒於井谷」劉逵注：易井卦曰：九二，井谷射鮒。鄭玄云：九二，坎爻也。坎爲水，下直異九三，異爲山，山下有井，必因谷水，所生魚無大魚，但多鮒魚耳。夫感動天地，此魚之至大，射鮒井谷，此魚之至小，故以相況。王粲登樓賦「畏井渫之莫食」李善注：周易曰：井渫不食，爲我心惻。鄭玄曰：謂已浚渫也。猶臣修正其身以事君也。將就厥志，必求所同。時則有若我同僚六君子者。寶將軍之府內，玄甲朱旗，見奚寇狀及弘文崔相公狀三。王太尉之幕中，紅蓮渌水，南齊書王儉傳：儉薨，追贈太尉。儉見

補編卷十 碑銘

八五五

漢南李相公狀：**偕崇虛室**，見道興觀碑。**並攝靈臺**。見河陽李大夫狀[一]。**陰功共矢於三千**，太平廣記：內修密行，功滿三千，然後黑籍除名，清華定錄。**長生久視之道**。列子：彭祖之智，不出堯舜之上，而壽八百。久際同期夫八百。老子：有國之母，可以長久，是謂深根固柢，長生久視之道。

「王家見二謝，傾筐倒庋，見汝輩來，平平爾，汝可無煩復往」竭以抒機。「抒」當作「杼」。見弘農上三相公狀：王右軍郗夫人謂二弟司空、中郎曰：

乃指此甘涼，畢其溝沼。「死便埋我。」爾雅：鍬，謂之錘。雷動劉鍬。晉書劉伶傳：伶常乘鹿車，攜一壺酒，使人荷錘而隨之，謂曰：

說文：澰，浚也。**塵蹢浹日**，左傳。**煙移宋畚**，左傳。**遂洌寒泉**。易。**復博采貞珉**，說文：珉，石之美者。**遐求怪瑮**。

「瑮」字，字書所無，疑「璞」字之誤。**混沌之鑿**，莊子：南海之帝爲儵，北海之帝爲忽，中央之帝爲渾沌，儵與忽相與遇於渾沌之地，渾沌待之甚善，儵與忽謀報渾沌之德曰：「人皆有七竅，以視聽食息，此獨無有，嘗試鑿之。」日鑿一竅，七日而渾沌死。**幾裂雲根**，陸機感時賦：凝行雨於雲根。**漢書溝洫志**：涇水一石，其泥數斗。

詩：既類風門磴，復象天井壁。**武都引鏡**，華陽國志：武都有一丈夫化爲女子，蜀主納爲妃，不習水土，無幾物故。鮑照過銅山掘黃精

蜀王遣五丁之武都擔土，爲妃作冢，蓋地數畝，高七丈，上有石鏡。**東海分橋**。見道興觀碑。**爭馳風磴**。

而渾沌死。

載劍閣銘：壁立千仞。**上舣棱而顯巧**。班固西都賦：設壁門之鳳闕，上舣棱而棲金爵。**方流與潔**，江淹別賦：

王太常詩：玉水記方流。**靈沼分清**。詩：丹竈飛華，抱朴子：武都舞陽有丹砂井。**下壁立以呈堅**，張

寧有代僵之李？古樂府：桃生露井上，李樹生桃旁，蟲來齧桃根，李樹代桃僵。**赤簫遺響**，太平御覽：白澤圖

王太常詩：丹竈飛華，抱朴子：武都舞陽有丹砂井。**守丹竈而不顧**。顏延之贈

曰：井神曰吹簫女子。《晉書呂纂載記》：盜發張駿墓，得赤玉簫。

無枝，其根半死半生。

注：《顧野王輿紀志》曰：自入湖三百三十里，窮於松門，東西四十里，青松徧於兩岸。

善見《道興觀碑》。

云：建安有武夷山，溪有仙人葬處，即《漢書》所謂武夷君。是時，既用越巫勇之，疑即此神。今按：其祀用乾魚，不享牲牢，或如《顧》說。《陸羽武夷山記》：武夷君於八月十五日，置幔亭，化虹橋，通山下村人。是日太極玉皇太姥、魏真人、武夷君三座，空中告呼村人為曾孫，命男女分坐會酒肴，須臾樂作，乃命行酒，令彭令昭唱人間可哀之曲。

母。《顏延之赭白馬賦》：觀王母於崑墟，要帝臺於宣岳。《漢武內傳》：阿母今以瓊笈妙韞，發紫臺之文，賜汝八會之書，五嶽真形至珍且貴矣。

楊彥明書：清才俊類，一時之彥。

地，中樹八尺之臬，以縣正之，眡之其景，將以正四方也。

文石。《西京雜記》：弘成子少時有人授以文石，吞之，遂大明悟，為天下通儒。

文？《謝靈運嘗》曰：天下才有一石，曹子建獨占八斗，我得一斗，天下共分一斗。

取？見《鄭州李舍人狀三》。

《玄宗孝經序》「寫之琬琰，庶有補於將來」可證也。

補編卷十 碑銘

終無半死之桐。枚乘《七發》：龍門之桐，高百尺而無枝，其根半死半生。

隅落松門，《博雅》：隅，陬角也。聚落，尻也。謝靈運《入彭蠡湖口詩》李善注：《顧野王輿紀志》曰。

藩籬檜殿，未飛劫燼，並見《道興觀碑》。

索隱曰：《顧氏案地理志》云：建安有武夷山。

尚紐坤維。屢見。

武夷重譙於曾孫，《史記封禪書》：祠武夷君用乾魚。

宣岳更歌夫阿母。

亦永絕無禽之咎，終微射鮒之虞。並易。

具惟方臭，「臭」疑當作「臬」。《周禮》：匠人建國，水地以縣，置槷。注：於所平之

盍議雕刊。

疑余曾夢綵毫，見營田副使賓牒，胡本作「降」。

君更以我輩數人，一時之彥，《陸雲與顧、歐□斯或吞

同銜瀉炎之規，「瀉炎」疑當作「寫琰」，即勒石之意。

四科冥

天長地久，見上謚表。

古往今來，《淮南子》：往古來今謂之宙。

無復結

茆之困。左傳。言之不足，禮記。乃作銘云：

光芒井絡，史記天官書：填星，其色黃，光芒。「井絡」，見西川李相公狀。鬱勃天彭。見道興觀碑。誕此仙鄉。於惟

教父，老子：故物或損之而益，或益之而損。人之所教，我亦教之。彊梁者不得其死，吾將以爲教父。

「鄉」，疑當作「卿」。葛洪枕中書：墨翟爲太極仙卿，治馬跡山爲主少嶧之神，作西時，祠白帝。其後文公作鄜時，郊祭白帝焉。宣公作密時於渭南，祭青帝。靈公作吳陽上時，祭黃帝，作下時，祭炎帝。獻公作畦時櫟陽而祀白帝。聞□秦時，史記封禪書：秦襄公既侯，居西垂，自以舍人狀二。綠字題名。原注：其一。太平御覽：金書玉字上經曰：骨命已定於玄閣，綠字已有生名仙籍故也。

徐彤留犀，南史張融傳：徐熙好黃老，隱於秦望山，有道士過求飲，留一瓠瓢與之曰：「君子孫宜以道術救世。」熙開之乃扁鵲鏡經一卷，因精心學之，遂名震海內。

閒與語曰：「我有禁方，年老欲傳與公。」乃悉取其禁方書，盡與扁鵲。扁鵲以其言飮藥三十日，視見垣一方人，以此視病，盡見五藏癥結，特以診脈爲名耳。扁桑分水。史記扁鵲傳：扁鵲少時爲人舍長，舍客長桑君過，扁鵲獨奇之，常謹遇之。長桑君亦知扁鵲非常人也。出入十餘年，乃呼扁鵲私坐，閒

見臘嘉平。見道興觀碑「茅東卿」注。黃寧虛位。見鄭州李舍人狀二。綠字題名。

舍人狀二。玉管捐原作「損」，今據胡本改正。髓。王嘉拾遺記：浮提之國獻神通善書二人。出肘閒金壺四寸，中有黑汁如淳漆，佐老子撰道德經垂十萬言。及金壺汁盡，二人刳心瀝血以代

齊痁秦痔。齊痁，見左傳。莊子：秦王有病，召醫，破癰潰痤者得車一乘，舐痔者得車五乘。

曆」，見太子表。史記扁鵲傳：趙簡子疾，五日不知人。扁鵲入視病，出曰：「血脈治也而何怪！不出三日必閒，閒必有言也。」居二日半，簡子寤曰：「我之帝所甚樂。」

過，閒與語曰：「我有禁方，年老欲傳與公。」乃出其懷中藥予扁鵲：「飲是以上池之水，三十日當知物矣。」

八五八

樊南文集

墨焉，遞鑽腦骨，取髓代爲膏燭。及髓血皆竭，探懷中玉管，中有丹藥之屑，以塗其身，骨乃如故。含嘗晝獨坐，忽有一青衣童子持一青囊授含，開視乃蛇膽也。

含傳：含嫂樊氏因疾失明，含盡心奉養，醫須蚺蛇膽，無由得之。

虎鬚牢齒。原注：其二。見《道興觀碑》「齒危」注。

酕醄過市，《廣韻》：酕醄，醉也。《史記·刺客傳》：荆軻嗜酒，日與狗屠及高漸離飲於燕市。酒酣以往，高漸離擊筑，荆軻和而歌於市中相樂也。已而相泣，旁若無人者。**酩酊經壚。**「酩酊」見《漢南李相公狀》。《晉書·王戎傳》：戎常經黃公酒壚下過，顧謂後車客曰：「吾昔與嵇叔夜、阮嗣宗酣暢於此，竹林之遊，亦預其末。自嵇、阮云亡，吾便爲時之所羈縶，今日視之雖近，邈若山河。」**潯陽傲令，**《宋書·陶潛傳》：潛字淵明，尋陽柴桑人也，爲彭澤令。**富渚狂奴。**《後漢書·嚴光傳》：光少與光武同遊學。光武即位，隱身不見。帝令以物色訪之，至，舍於北軍。司徒侯霸與光素舊，遣使奉書，光口授曰：懷仁輔義天下悅，阿諛順旨要領絕。霸得書，封奏之。帝笑曰：「狂奴故態也。」除爲諫議大夫，不屈，乃耕於富春山。**三春竹葉，**張協《七命》：乃有荆南烏程，豫北竹葉。李善注：蒼梧竹葉青，宜城九醖酒也。**九日茱萸。**《西京雜記》：宮內九月九日，佩茱萸，食蓬餌，飲菊華酒，令人長壽。**孟祖號呼。**原注：其三。《晉書·光逸傳》：逸字孟祖。胡毋輔之召延之，傳詔頻不見，常日但酒店裸袒挽歌，了不應對。《南史·顏延之傳》：延之字延年。文帝嘗之與謝鯤、阮放、畢卓、羊曼、桓彝、阮孚閉室酣飲，逸將排戶入，守者不聽，逸便於戶下脫衣露頂於狗竇中窺之而大叫，輔之驚曰：「他人決不能爾，必我孟祖也。」

龜咽存元，熊經養秀。《抱朴子》：或問聰耳之道，曰：「能龍導虎引，熊經龜咽，燕飛蛇屈鳥伸，天俛地仰，令

樊南文集

赤黃之景，不去洞房，猿攫兔驚，千二百至，則聰不損也。」曠矣鼎霜，悠哉籩豆。穢若食帶，〈莊子〉：即甘帶。

注：即且，蚣蝑。帶，蛇也。

餘餓死。〈史記趙世家〉：公子成、李兌圍主父宮，主父欲出不得。探雀鷇而食之，三月

鄙同探鷇。

竹實雖繁，〈詩卷阿箋〉：鳳皇之性，非梧桐不棲，非竹實不食。山梁不嗅。原注：其四。

爰嗟繘井，〈易〉：載隔寨林。「寨」，疑當作「騫」，見鄭州李舍人狀二。拜異疎勒，〈後漢書耿恭傳〉：恭為戊

己校尉，以疏勒城傍有澗水可固，五月，乃引兵據之。匈奴遂於城下擁絕澗水，吏士渴乏，

恭乃整衣服向井再拜，有頃，水泉奔出。穿殊漢陰。見上李尚書狀。膏融土脈，張衡東京賦：農祥晨正，土膏脈

起。乳漢泉心。〈爾雅〉：漢大出尾下。匠得梟鳥，〈後漢書王喬傳〉：喬為葉令，常自縣詣臺，臨至，輒有雙鳧從東南

飛來，舉羅張之，但得一隻鳧焉。工原作「上」，今據胡本改正。分鳳簪。原注：其五。

皇太后簪上為鳳皇爵，以翡翠為毛羽。

吾黨具采，「采」，疑當作「來」，見〈詩〉。藩條是贊。千尋建木，〈淮南子〉：建木在廣都，眾帝所自上下，日中

無影，呼而無響，蓋天地之中也。孫綽遊天台山賦：建木滅景於千尋。萬丈絕岸。〈郭璞江賦〉：絕岸萬丈，壁立赮駮。

華裾上榻，「上榻」，見鄭州李舍人狀三。白珩原作「桁」，今據胡本改正。素案。〈國語〉：楚之白珩猶在乎？〈梁書

郭祖深傳〉：祖深常服故布襦，素木案，食不過一肉。明月離雲，鉤星在漢。原注：其六。〈何晏景福殿賦〉：烈若鉤

星在漢。李善注：〈廣雅〉曰：辰星或謂之鉤星。

燕齊賓客，〈史記封禪書〉：自齊威、宣之時，騶子之徒論著終始五德之運，及秦帝而齊人奏之，故始皇采而用之。

八六○

而宋母忌、正伯僑、充尚、羨門子高最後皆燕人，爲方仙道，形解銷化，依於鬼神之事。騶衍以陰陽主運顯於諸侯，而燕、齊海上之方士傳其術不能通，然則怪迂阿諛苟合之徒自此興，不可勝數也。」〈老子〉：「善人者，不善人之師，不善人者，善人之資。」〈養生著論〉，〈晉書嵇康傳〉：康嘗修養性服食之事，以爲神仙稟之自然，非積學所得。至於導養得理，則安期、彭祖之倫可及，乃著養生論。**楊許師資**。「楊許」，見李舍人狀六。**老子：善人者，不善人之師，不善人者，善人之資。**〈興觀碑〉。**塵外襟期。共防綆短**，〈荀子〉：短綆不可以汲深井之泉。**縈紆九折**，班固〈西都賦〉注：應劭曰：「在蜀郡嚴道縣。」漢書〈王尊傳〉：王陽爲益州刺史，行部至邛郲九折坂，歎曰：「奉先人遺體，奈何數乘此險？」注：「奉先人遺體，奈何數乘此險？」四川通志：七曲山在梓潼縣北。**玄鶴華表**，〈搜神後記〉：丁令威本遼東人，學道於靈虛山，後化鶴歸遼，集城門華表柱，有少年欲射之，乃飛，徘徊空中言曰：「有鳥有鳥丁令威，去家千年今始歸。城郭如故人民非，何不學仙冢纍纍？」遂高沖上天。**仙人棋局**。見顧思言牒。**我刻斯銘，永啣朝旭。**原〈注〉：其八。**古有三巴，今分二蜀**。並見道〈興觀碑〉。**崢嶸，深遠貌。**四川通志：七曲山在梓潼縣北。**同慮瓶罍**，原〈注〉：其七。「瓶罍」，見易。**玄中領悟**，見道〈興觀碑〉。**招隱裁詩**，左思有招隱詩。「啣」，當作「暾」，見令狐狀六。〈說文〉：旭，旦日出貌。

樊南文集補編卷第十一

行狀

請盧尚書撰故處士姑臧李某誌文狀

箋：盧尚書，簡辭也，見漢南盧尚書狀。本集有祭處士房叔父文。徐、馮兩箋均不詳其名。

聖皇帝第八子翻，翻子寶，寶子承，號「姑臧房」。《新唐書宰相世系表》：姑臧大房涉，美原令。按：下篇曾祖妣狀：字既濟。《新唐書宰相世系表》：李氏姑臧大房，出自興聖皇帝第八子翻。

曾祖諱某，皇美原令。《新唐書宰相世系表》：姑臧大房涉，美原令。按：下篇曾祖妣狀：字既濟。《新唐書地理志》：美原縣，畿，屬關內道京兆府。《舊唐書職官志》：京兆、河南、太原所管諸縣，謂之畿縣，令各一人，正六品下。《新唐書地理志》：

祖諱某，皇安陽縣尉。《舊唐書商隱本傳》：曾祖叔恆年十九，登進士第，位終安陽令。《新唐書地理志》：安陽縣，緊，屬河北道相州。《舊唐書職官志》：諸州上縣：尉二人，從九品上。餘詳下篇。

父諱某，皇郊社令。《舊唐書職官志》：兩京郊社署，令各一人，從七品下。

處士諱某，字某，郊社令第二子也，年十八，能通五經，始就鄉里賦，見陶標牒。會郊社違恙，出大學，還滎山，《新唐書地理志》：滎陽縣屬河南道鄭州。餘詳下篇。就養二十餘歲，乃丁家禍，盧於壙側，《後漢書周磐傳》：服終，遂廬於家側。日月有制，《禮記》：俛就變除，

家語：故哭踊有節，而變除有期。遂誓終身，不從祿仕。時重表兄博陵崔公戎，見瘁復狀。表姪新野

庾公敬休，舊唐書忠義傳：庾敬休字順之，其先南陽新野人。平陽之郡等，此句疑有脫誤。以中外欽風，崔

大夫狀。牽秀彭祖頌：韜光隱曜。處在師友，誘從時選，皆堅拒之。益通五經，咸著別疏，遺略章句，總會指歸。韜

光不耀，聯為賦論歌詩，合數百首，莫不鼓吹經實，晉書孫綽傳：三都、二京、五經之鼓吹也。根本

化源，見僕射崔相公狀一。味醇道正，詞古義奧。自弱冠至於夢奠，未嘗一為今體詩。張

注撰之暇，見僕射崔相公狀一。與鍾蔡八分，太平廣記：羊欣筆陣圖曰：鍾繇精思學書，每見萬類，皆書象之。

讀宣室志：某嘗覽昭明所集之選，見其編綴詩句，皆不拘音律，謂之齊、梁體。自唐朝沈佺期、宋之問方好為律詩，青箱

之詩，乃效今體，何哉？小學通石鼓篆，元和郡縣志：石鼓文在鳳翔天興縣南二十許里。石形如鼓，其數有十，蓋

紀周宣王田獵之事，即籀大篆也。又羊欣筆法曰：蔡邕工書，篆隸絕世，尤得八分之精微。正楷散隸，書史會要：漢元帝時，

善三色書，最妙者八分。咸造其妙。然與人書疏往復，魏文帝與吳質書：雖書疏往返，

黃門令史作急就章一篇，解散隸體，謂之草書。蔡邕陳遵傳：遵為河南太守，召善書吏十人於前，治私書謝京師故人。遵

未嘗下筆，悉皆口占。漢書陳遵傳：遵為河南太守，召善書吏十人於前，治私書謝京師故人。遵

馮几，口占書吏。惟曾為郊社君追原作「造」，今據胡本改正。福，庾信麥積崖佛龕銘：昔者如來追福，有報恩始

經。於墅南書佛經一通，勒於貞石。王屮頭陀寺碑：貞石南刊。後墓寫稍盛，後漢書蔡邕傳：及碑始

立，其觀視及摹寫者，車乘日千餘兩，填塞街陌。且非本意，遂以鹿車一乘，後漢書趙憙傳：載以鹿車。注：俗

說鹿車窄小，裁容一鹿。載至於香谷佛寺之中，藏諸古篆衆經之內。其晦跡隱德，率多此類。

長慶中，來由淮海，塗出徐州。〈新唐書地理志：徐州屬河南道。〉時有人謂徐帥王侍中曰：〈舊唐書王智興傳：智興少自徐州衙卒，累歷滕、豐、沛、狄四鎮將。自是二十餘年爲徐將。長慶初，河朔復亂，徵兵進討，召智興以徐軍三千渡河，徐之勁卒皆在部下。節度使崔羣慮其旋軍難制，請追赴闕，授以他官。會赦王廷湊，諸道班師。智興先期入境，羣頗憂疑，令以十騎入城。朝廷以罷兵，力不能加討，遂授智興徐州刺史，充武寧軍節度使。太和初，進位侍中。〉「此軍情也。」〈舊唐書職官志：侍中正第三品。〉「李某，真處士也。」遂以賓禮延於逆旅，〈左傳：顧枴上介，儀禮。〉與爲是邦。處士謂徐帥曰：「從公非難，但事人匪易。」〈晉書羊祜傳：與王沈俱被曹爽辟，沈勸祜就徵，祜曰：「委贄事人，復何容易。」長揖不拜，〈史記高祖紀：酈生不拜，長揖曰：「足下必欲誅無道秦，不宜踞見長者。」拂衣而歸，〈北史崔鴻傳：講道如初。

其詞蓋譏其崔相國事也。

漢書翟方進傳：博徵儒生，講道于廷。按：唐諱「世」作「代」。趙世家：成侯二十年，魏獻榮陽，因以爲壇臺罜也。〉享年四十有三，以太和三年三月二十六日棄代。六。以其年十月，卜葬於滎陽壇山原，〈水經注：索水流逕京縣故城西，城北有壇山罜。〉城故鄭邑也。〈新唐書宰相世系表：鄭氏出自姬姓，釋，漢末自陳居討論適訖，而先臣棄世。〈元和郡縣志：京縣故城，在鄭州滎陽縣東南二十里。〉望於先域，夫人滎陽鄭氏合焉。二男琬、項，時甚幼孺，〈釋名：兒始能行曰孺。〉猶子思晦實尸其禮。河南開封，晉置滎陽郡，遂爲郡人。

至會昌三年，以風水爲患，郭璞葬經內篇：氣乘風則散，界水則止。古人聚之使不散，行之使有止，故謂之風水。松楸不立，謝朓齊敬皇后哀策文：映興鐩於松楸。二子號叫，願更蓍龜。商隱與仲弟義叟、見李舍人狀四。再從弟宣岳等，親授經典，教爲文章，生徒之中，叨稱達者，左傳。引進之德，禮記。胡寧忘諸？願襄改卜之禮，謝惠連祭古冢文：爲君改卜。敢遺撰美之義！閣下獨執文律，新唐書盧簡辭傳：簡辭與兄簡能、弟弘止，皆有文，並第進士。首冠明時，頃於篇翰之間，惠以交遊之契。見襄陽盧尚書啓。鮑照擬古詩：篇翰靡不通。竊書遺事，敢請刊銘，冀推族類之恩，左傳。用永隱淪之德。桓譚新論：天下神人五：一曰神仙，二曰隱淪。伏紙酸哽，十不存一，謹狀。

請盧尚書撰曾祖妣誌文狀

原注：故相州安陽縣姑臧李公夫人范陽盧氏北祖大房。

新唐書宰相世系表：盧氏出自姜姓。秦有博士敖，子孫家于涿水之上，遂爲范陽涿人。裔孫勖，居巷南，號「南祖」。偃居北，號「北祖」。偃子邈，生玄，子度世，四子：陽烏、敏、昶、尚之，號「四房盧氏」。餘詳前狀。

夫人姓盧氏，曾祖諱某，某官。父諱某，兵部侍郎、東都留守。按：新唐書百官志：兵部侍郎二人，正四品下。又：初，太宗伐高麗，置京城留守，其後車駕不在京師，則置留守，以右金吾大將軍爲副留守。開元元年，大房無官職，相合者惟第三房，有弘慎，兵部侍郎，約計世數爲近，而支派不同，未敢牽合。

改京兆河南府長史復爲尹，通判府務，牧缺則行其事。十一年，太原府亦置尹及少尹，以尹爲留守，少尹爲副留守，謂之三都留守。夫人，兵部第三女，年十七，歸於安陽君，諱某，字叔洪。見前狀。按：《舊唐書商隱本傳》，曾祖叔恆，位終安陽令。既字叔洪，似無諱叔恆之理。唐人名與字同者甚多，「洪」「恆」音近，或文避穆宗諱耶？姑臧李成憲，按：《新唐書宰相世系表》，姑臧大房下不載。《舊唐書韋堅傳》：殿中侍御史鄭欽說貶夜郎尉。

榮陽鄭欽說等十人，見前狀。注：今江東人呼同門爲僚婿。安陽君年十九，一舉中進士第，《通典》：開元二十五年制，其進士停小經。準明經帖大經十帖，取通四以上，然後准例試雜文及策，考通與及第。天寶十一載，進士所試：一大經及《爾雅》帖，既通，而後試文、試賦各一篇，文通而後試策，凡五條三試，皆通者爲第。與彭城劉長卿、「彭城」，見舍人彭城公啓。《新唐書隱逸傳》：秦系與劉長卿善，以詩相贈答。權德輿《劉長卿集十卷字文房》。至德監察御史，以檢校祠部員外郎爲轉運使判官，知淮西鄂岳轉運留後，終隋州刺史。又《藝文志》：《劉長卿集十卷字文房》。中山劉眘虛、《新唐書劉禹錫傳》：始疾病，自爲子劉子傳。曰：「長卿自以爲五言長城，系用偏師攻之，雖老益壯。」《唐詩紀事》：劉眘虛，江東人，爲夏縣令，與賀知章、包融、張旭號「吳中四士」。《舊稱：「漢景帝子勝，封中山，子孫爲中山人。」《唐書忠義傳》：張道源族子楚金，初與兄越石，同預鄉貢進士，州司將罷越石而薦楚金。辭曰：「以順則越石長，以才則楚金不如。」固請俱退。時李勣爲都督，歎曰：「貢士本求才行，相推如此，何嫌雙居也？」乃薦俱擢第。所著《翰苑三十卷》、《紳誡三卷》，并傳於時。清河張楚金齊名。《新唐書宰相世系表》：清河東武城張氏本出漢留侯張良裔孫魏太山太守岱，自河内徙清河。

始命於安陽，年二十九棄代，祔葬於懷州雍店之東原「懷州」，見《懷州刺史狀》。先

大夫故美原令之左次。美原諱某，字既濟，美原諱涉，注詳前狀。其墓長樂賈至爲之銘。〈新唐書宰相世系表：賈氏出自姬姓。晉公族狐偃之子射姑，食邑於賈。龔，輕騎將軍，徙居武威。璣，駙馬都尉，關內侯，又徙長樂。又賈曾傳：曾，河南洛陽人，子至，字幼鄰。〉一子邢州錄事參軍，諱某，字叔卿。〈舊唐書商隱本傳：祖俌，位終邢州錄事參軍。新唐書地理志：邢州，上，屬河北道。又百官志：上州錄事參軍一人，從七品上。〉

教邢州君以經業得禄，後漢書鄭玄傳：遂隱修經業。寓居於滎陽。〈箋：新、舊二書商隱本傳並言懷州河內人。惟馮氏以舊居鄭州，遷居懷州。至祖俌，始寓滎陽，没遂葬於滎陽。蓋因本集祭處士房叔父文，有「壇山舊塋」之語爲疑。觀此文，知義山曾祖叔洪，没葬懷州。馮氏未見此文，不知居懷尚在其前。宜從李氏實自懷遷鄭。惟其徙居在鄭，至義山已閲二世，則與「壇山舊塋」之文，亦無不合。〉

始夫人既媍，〈玉篇：孤媍，寡婦也。〉夫人忍晝夜之哭，〈禮記。〉俾自我爲祖，百世不遷。〈禮記。〉撫視孤孫。家實也。不幸邢州君亦以疾早世，〈曹植王仲宣誄序：早世即冥。〉見前狀。惟屢空，不克以邢州歸祔，故卜葬於滎陽壇山之原上。後十年，夫人始以壽歿，諸孤且幼，亦未克以夫人之柩合於安陽君。懷、鄭相望，二百里而遠，仍世多故，〈見令狐狀六。〉塋兆尚離，〈晉書卞壼傳：安帝詔給錢十萬，以修塋兆。〉日月遄移，將逾百歲。

曾孫商隱，以會昌二年由進士第入等，〈通典，初，吏部選才，將親其人，覆其吏事。始取州縣案牘疑義，試其斷割而觀其能否，此所以爲判也。後日月浸久，選人猥多，案牘淺近，不足爲難，乃採經籍古義，假設甲乙，令其判斷。既而來者益衆，而通經正籍，又不足以爲問，乃徵僻書曲學隱伏之義問之，惟懼人之能知也。佳者登於科第，謂

授祕書省正字。〖舊唐書職官志〗：祕書省正字，正九品下階。所以稱家，〖禮記〗：尅謀啓合。罪戾之人等。

增積，降罰於天，卜吉之初，再丁凶釁。永唯殘喘，〖梁書武帝紀〗：餘類殘喘。銜哀拉血，「銜哀」見慰諭表。江隔，見白秀才狀一。松檟摧殘。〖任昉爲范始興作求立太宰碑表〗：松檟成行。

淹別賦：拉血相視。盡力襄事。〖左傳〗：尅以來年正月日，啓夫人之櫬，歸合於懷之東原。〖箋〗：觀此文，知卜葬本在會昌四年正月。本集祭裴氏姊文云：惟安陽祖妣未祔，仍世遺憂。昨本卜孟春，便謀啓合，會雍店東下，潞寇朝弭，則此禮夕行。首夏已來，亦有逼近行營，烽火朝然，鼓聲夜動。雖徒步舉櫬，古有其人，用之於今，或爲簡率。

通吉，則因劉稹之亂，旋復改期。考通鑑載賊將劉公直等，潛師過萬善南五里，焚雍店，乃三年八月事。而平澤潞在四年之秋，孟春時，正用師，故不果啓奉也。永瞻貽厥之恩，〖禮記〗：閣下我祖妣之族子，按：〖新唐書宰相世系表〗商隱祖妣出大房，爲陽烏之後。詎忘論撰之義？〖史記五帝紀〗：高辛於顓頊爲族敢祈刊勒，薦慰尊靈。〖後漢書崔駰等傳贊〗：崔爲文宗，世禪雕龍。簡辭出四房，爲尚之之後。

子。今天下之文宗，〖曹植武帝誄〗：尊靈永蟄。叩心獻狀，〖新序〗：〖子貢曰：「子産死，國人聞之皆叩心流涕。」〗深惟託分之重，實仰錫類之旨。〖詩〗：

辭不宣德。謹狀。

請盧尚書撰李氏仲姊河東裴氏夫人誌文狀

〖新唐書宰相世系表〗：裴氏出自風姓。裔孫敦煌太守遵，自雲中從光武平隴、蜀，徙居河東安邑。本集有祭裴氏姊文。

昔我先君姑臧公以讓弟受封，北史序傳：涼武昭王李暠子翻，曾昌郡太守。翻子寶，魏太武時，授沙州牧、燉煌公。長子承，太武賜爵姑臧侯。遭父憂。承應傳先封，以自有爵，乃以本封讓弟茂，時論多之。故子孫代繼德禮，蟬聯之盛，梁書王筠傳：自開闢已來，未有爵位蟬聯，文才相繼，如王氏之盛者也。著於史諜。陳書高祖紀：方葳蕤於史諜。王考糾曹君，「王考」見禮記。按：義山祖俌為邢州錄事參軍，見前狀。是官職司糾彈，詳韋重牒。吳郡志載唐趙居貞春申君新廟記云：初余之拜命也，表授廣陵糾曹張禹、兵曹蘇相為判官。知唐人自有此稱也。烈考殿中君，「殿中」見四證堂碑。按：舊唐書商隱本傳但云父以隱德不耀，俛仰於州縣。嗣，而不詳其官，殿中省有監、有少監、有丞、有主事，此亦未知何職也。以知命不撓，從容於賓介。惟我仲姊，實漸清訓，後漢書曹世叔妻傳：但傷諸女，方當適人，而不漸訓誨。年十有八，歸於河東裴允元，新、舊唐書裴耀卿傳、新唐書宰相世系表皆不載。故侍中耀卿之孫也。舊唐書裴耀卿傳：開元二十二年遷侍中。「侍中」見處士狀。既歸逢病，未克入廟，實歷周歲，奄歸下泉。劉峻廣絕交論：范、張款款於下泉。時先君子罷宰獲嘉，新唐書地理志：獲嘉縣，望，屬河北道懷州。餘見李文僎牒。將從他辟，遂寓殯於獲嘉之東。按：本集祭姊文云：先君子以交辟員來，南轅已轄，接舊陰於桃李，寄暫殯之松楸。又云：浙水東西，半紀漂泊。是將佐幕浙中，遂為權殯也。梁武帝孝思賦序：齒過弱冠，外失所怙，旋失所怙，厥弟不天，書、左傳。葬之禮，禮記。闕然不修。
至會昌三年，箋：劉稹作亂，在會昌三年四月。是年冬，命將進討，四年八月平，見舊唐書武宗紀。已詳昭義

李僕射狀。此文下云「明年冬，以潞寇憑陵，擾我河内」，自當指會昌三年而言。此處「三」字，疑當作「二」。又前曾祖妣狀云：會昌二年，由進士第判入等，授祕書省正字。與此狀爲同時所作，亦不應互異其詞也。人彭城公啓。

正書祕閣。見前狀。魏志王基傳：留祕閣之吏。

出宰獲嘉，後漢書明帝紀：郎官上應列宿，出宰百里。

至元和七年壬辰，凡三十一年。

神符夙志，卜有遠期，禮記。距仲姊之殂，已三十一年矣。將謀龜兆，用釋永恨。會允元同謁，又爾雅：瘵，病也。

遂改日時。明年冬，以潞寇憑陵，謂劉稹之亂。詳昭義李僕射狀。憑陵，見左傳。擾我河内，舊唐書地理志：懷州，隋河内郡。懼惟樊發，疑當作「懼懼焚發」。漢書劉向傳：驪山之作未成，而周章百萬之師至其下矣。項籍燔其宮室營宇，往者咸見發掘。載軫肝心。遂泣血告靈，「泣血」見禮記。攝縗襄事。

「襄事」，見左傳。卜以明年正月日歸我祖考之次，滎陽之壇山。見前狀。

仲姊生稟至性，幼挺柔範，梁書高祖邵皇后傳：柔範陰化，儀形自遠。

鍾曹禮法，晉書王渾妻鍾氏傳：魏太傅繇曾孫，禮儀法度爲中表所則。後漢書曹世叔妻傳：班彪女也，名昭，有節行法度，帝數召入宮，令皇后諸貴人師事焉，號曰「大家」。梁書劉孝綽傳：孝綽三妹適琅邪王叔英、吳郡張嶔、東海徐悱，並有才學，悱妻文尤清拔。晉書王凝之妻謝氏傳：字道韞，聰識有才辨，所著詩、賦、誄、頌，並傳於世。

顧此兼美，自乎生知，而上天賦壽，蔡邕琅邪王傅蔡公碑：賦壽不永。不及二紀，此蓋羣弟不肖之所延累也。「羣弟」，見書。銘表之託，本於文人，將慰歸來之魂，楚辭招魂：魂兮歸來。實在不刊之

筆。任昉爲范始興作求立太宰碑表：既絕故老之口，必資不刊之書。銜哀摧咽，五情已崩。文子：昔者中黄子曰：色有五色文章，人有五情。孤苦蒼天！永痛蒼天！

黄籙齋文

爲滎陽公黄籙齋文「黄籙齋」，見鄭州李舍人狀二。

臣伏聞系自象先，見尚書侍郎給事賀冬啓。道尊玄教。荀勗晉四廂樂歌：玄教氤氲。有無名之璞，老子：吾將鎮之以無名之璞。不可雕鏤；左思魏都賦：木無雕鏤。開衆妙之門，見鄭州李舍人狀二。未嘗關揵。見李舍人狀五。達人大觀，見賓客李相公狀二。上士勤行，始有胥連、爰交尊陸，皆禀混成之教，四語並見道興觀碑。以凝懸解之功。莊子：老聃死，秦失弔之，三號而出。弟子曰：「弔焉若此，可乎？」曰：「始也，吾以爲其人也，而今非也。適來，夫子時也，適去，夫子順也。安時而處順，哀樂不能入也。古者謂是帝之縣解。」及至化漸漓，真元稍散，七千神虎，雲笈七籤：老君曰：「神虎玉符，太上道君常所寶，祕藏於太陵靈都瓊宮玉房之裹，衛以巨獸，捍以毒龍，神虎七千，備于玉闕也。」窮蹈籍之姿；司馬相如上林賦，人臣之所蹈籍。九百毒龍，後漢書西域傳注：葱嶺冬夏有雪，有毒龍，若犯之則風雨晦冥，飛砂揚礫，過此難者，萬無一全也。恣貪殘之患。乃復吴宫合石，王屋流珠，二語並見道興觀碑。方班萬國之朝，始定百靈之位。班

固東都賦：禮神祇，懷百靈。大之則籠羅八極，晉張韓不用舌論：鸚鵡猩猩，鼓弄於籠羅。淮南子：八紘之外，乃有八極也。小之則陶冶一身，後天地而老。莊子：後天地凝而不爲老。居蔕芥之微，見史館白相公狀二。

上維皇屋，下及蒸人，莫不受煉朱陵，雲笈七籤：三元品戒云：今日受鍊，罪滅福生。「朱陵」見道興觀碑。施功酆部。唐類函：茅君內傳曰：羅酆山之洞，周一萬五千里，名曰「北帝死生之天」。皆鬼神所治，五帝之官，考謫之府也。太平御覽：三洞珠囊曰：高上玉清刻石隱銘曰：酆都山在北，內有空洞，洞中有六宮書。此銘於宮北壁，制檢羣凶不使橫暴，生民學者，得佩此刻石文，則北酆落名，南宮度命，爲其真人。故五臘二直，雲笈七籤：八道祕言曰：正月一日名天臘，五月五日名地臘，七月七日名道德臘，十月一日名民歲臘，十二月節日名侯王臘。此五臘日，並宜修齋，並祭祀先祖。明真科云：「月一日、初八日、十四日、十五日、十八日、二十三日、二十四日、二十八日、二十九日、三十日、已上爲十直齋日。」「二直」未詳。八節三元，雲笈七籤：凡八節之日，是上天八會大慶之日也。其日諸天大聖尊神，上會靈寶玄都玉京上宮，朝慶天真，奉戒持齋，遊行誦經。此日修齋持戒，宗奉天文者，皆爲五帝所舉，書名玉曆。又：立春爲建善齋，春分爲延福齋，立夏爲長善齋，夏至爲朱明齋，立秋爲遏齡齋，秋分爲謝罪齋，立冬爲遵善齋，冬至爲廣慶齋。又：三元品戒經云：正月七日、天地水三官檢校之日，可修齋。聖紀云：正月七日名舉遷賞會齋，七月七日名慶生中會齋，十月五日名建生大會齋。三官考覈功過，依日齋戒，呈章賞會，可祈景福。咸開懺拔之科，雲笈七籤：道教靈驗記云：解冤釋結，除宿報之災，惟黃籙道場，可以懺拔冤魂生天，疾病自損，過此不知也。用顯修崇之旨。

臣某幸生昭代，素稟玄風，每秋水凝情，春臺寫望，二語並見道興觀碑。暢靈襟而抽思，若振羽毛，〔干寶搜神記：淮南王安，好道術，盛禮設樂，以享八公，授琴而絃，歌曰：明明上天，照四海兮，知我好道，公來下兮。公將與余，生羽毛兮，升騰青雲，蹈梁甫兮。觀見三光，遇北斗兮，驅乘風雲，使玉女兮。動玄篇以開懷，如餐沆瀣，〔楚辭遠遊：食六氣而飲沆瀣兮，漱正陽而合朝霞。因循官牒，〔「官牒」見河東上楊相公狀一。漸染君恩。既乖紫氣之占，〔史記老子傳注：索隱曰：列異傳：老子西遊，關令尹喜望見紫氣浮關，而老子果乘青牛而過也。瘵，病劣也。遂阻丹丘之會。〔見道興觀碑。壓蠻髦之雜俗，〔詩：竊恐見聞所及，再麋始臨，並屢見。撫凋瘵之民人，說文：凋，半傷也。瘵，病劣也。舉揩之間，有踰真裕。〔「裕」，疑當作「格」。太平御覽：金根經云：青宮之內，北殿上有仙格，格上有學仙簿錄，領仙玉郎之典也。或散爲疾瘼，或遘作凶饑。敢薦真師，式陳妙會。〔馮氏蒐輯逸句，引此二語，出明一統志桂林府形勝。「湘水」，見段球牒。水經注：桂水出桂陽縣北界類蓬瀛，按：〔氏蒐輯逸句，引此二語，出明一統志桂林府形勝。「湘水」，見段球牒。水經注：桂水出桂陽縣北界山，北逕南平縣而東北流，屆鍾亭，右會鍾水，通爲桂水也。故應劭曰：桂水出桂陽東北入湘。列子：渤海之東有大海其中有山，一曰岱輿，二曰員嶠，三曰方壺，四曰瀛洲，五曰蓬萊。固亦武陵之谿，桃源接境；平昌之井，荊水通津。並見襄陽盧尚書狀。洞乳凝華，見浙東楊大夫狀。岩煙結氣，浮丘別館，見太子表。薊子郵亭。豈直發地五千，獨稱於太華；〔見令狐狀二。去天三百，惟迷於武功？「迷」，疑當作「述」。水經注：渭水又逕武功縣故城北。地理志曰：縣有太一山，古文以爲「終南」，杜預以爲「中南」也。

亦曰太白山，在武功縣南，不知其高幾何。俗云：武功、太白，去天三百。實幸廉車，得親靈境。今則涼飈已戒，潦暑尋徂。〈禮記〉九外八遐，〈雲笈七籤〉：太上飛行九神玉經云：潤流九外。陶潛閒情賦：憩遙情於八遐。二元三景，〈雲笈七籤〉三合五離，混化二元。又：三景保守，令我得真。藹有輝光。雲篆鳥章，見道興觀碑。珠巾琳几，〈太平御覽〉：太玄經曰：老子傳授經戒籙儀注訣曰：以局脚小案置經，綵巾復上。略皆備物，粲有加儀。伏乞太上三尊，見道興觀碑。十方衆聖，〈雲笈七籤〉：老君存思圖云：見三尊竟，仍存十方天尊，相隨以次，同詣玄臺。朝禮太上，嚴整威儀，為一切軌則。北方無極太上道德天尊服色黑，羽儀多玄。東方服色青，羽儀多碧。南方服色赤，羽儀多丹。西方服色白，羽儀多素。東北方服色青黑，又多黃。東南方服色青赤，又多黃。西南方服色赤白，又多黃。西北方服色白黑，又多蒼。上方服色玄紫，又多綠。下方服色黃紅，又多綠。曲流玄澤，大降鴻慈，先俾清朝，克逢多福。南面慶千春之壽，〈謝朓酬德賦〉：度千春之可並。北辰康億載之歡。三事百官，〈書〉：共綏天祿，四夷萬有，〈何承天報應問〉：羣生萬有，往往如之。長叶帝謨。臣齋功獲申，〈雲笈七籤〉本相經當州寮屬，皆無虛士，〈陳書姚察傳〉：名下定無虛士。屢有豐年。〈詩〉云：虔心者惟罄一心，丹誠十極，燒香禮拜，捨財者市諸香油，八珍百味，營饌供具，屈請道士。救濟存亡，拔度災苦。及以凡器，歸心啓告，委命至真。內泯六塵，外齊萬境，冥心靜慮，歸神於道。克成道果，永契無為。隨其分力，福降不差。功德輕重，各在時矣。道念增厚，式揚藩任，妙選宸心，慶靈長被於身枝，〈謝靈運撰征

為相國隴西公黃籙齋文

箋：文首有「忝系仙枝」語，必唐宗室也。新唐書宗室世系表：宰相十一人。與義山同時者，程也，石也，回也。回為義山座主，前有為湖南座主隴西公賀馬相公登庸啓。此文或亦為回而作。

臣忝系仙枝，見門下李相公狀三。獲蒙道蔭，雲笈七籤：迴輪曲降，道廕我身。早佩相印，見僕射崔相公狀一。屢登齋壇。見鄭州李舍人狀二。按：以上文「獲蒙道蔭」例之，此齋壇，似即指黃籙齋壇。惟「李回曾為湖南觀察使，或取登壇命將之義。互見後王秀才妻祭先舅文。雖八景三清，太平御覽：上清洞真玉經曰：太上八景章，皆刻於東華仙臺，不宣於世。「三清」，見鄭州李舍人狀二。龐聞科戒，隋書經籍志：後遇太上老君，授謙之為天師，而又賜之雲中音誦科誡二十卷。而七情五賊，「七情」，見禮記。法苑珠林：灌頂經云：我身中有是五賊，牽我人三惡道中。未勉修持。入輔出征，見浙西鄭尚書狀。絲時歷歲。伏慮政刑未當，賞罰或乖，積

樊南文集

賦序：慶靈將升。「身枝」見禮記。
者，及其家屬，皆無得籍名田以便農。
畢野。屬茲戎寄，南齊書蕭景先傳：今謬充戎寄。
心，定神存思，然後閉氣入靜。
慮。列子：化人之宮，出雲雨之上，實為清都紫微。謹附臣李道琮墨辭上啓。惶恐，謹辭。

清裕永霑於家屬。晉書續咸傳：當時稱其清裕。史記平準書：賈人有市籍
則仰荷大道無極之恩。臣限以嚴扃，張衡周天大象賦：天關嚴扃於
不獲躬齋素簡，雲笈七籤：凡欲入靜朝真，具衣褐，執簡當
望紫府以馳誠，見新井碣。向清都而潔
親詣黃壇，見鄭州李舍人狀二。

八七六

愆咎於玄司，陶弘景真靈位業圖序：懼貽謫玄府，絡咎冥司。負委寄於皇涯。宋書元凶劭傳：諸君或奕世貞賢，身□皇涯。今謹齋薄具，司馬相如長門賦：修薄具而自設兮。仰獻微誠，伏乞太上三尊，見道興觀碑：十方衆聖，見滎陽齋文。曲垂保祐，大賜滌除，俾善業克成，法苑珠林：如智度論說，殺害等是不善業，布施等是善業。良願無擁。雲笈七籤：三元八節朝隱祝曰：上清玉帝、三素元君、太上高靈、仙都大神，今日吉日，八願開陳：上願飛霄長生神仙，中願天地合景風雲，下願五藏與我長存，次願七祖釋罪脫愆，又願帝君斫伐胞根，六願世世知慧開全，七願滅鬼鹹斬六天，八願降靈徹聽東西。上願一合，莫不如言，願神願仙，上朝三元。齊與宗室書：其後金柯玉葉，霞振雲從。奉聖祖於千秋，見門下李相公狀三。黃屋丹墀，見瘞復狀。戴吾君於億載。百蠻康樂，詩，萬國乂安，然後散及冥塗，通鑑唐高祖紀注：釋氏以地獄、餓鬼、畜生爲三塗，言人之爲惡者，必墮此也。霑諸酆部。見滎陽齋文。寒靈罷對，滯爽騰輝。雲笈七籤：靈寶洞玄自然九天生神章經云：感爽無凝滯，去留如解帶。俱升仁壽之方，共奉太平之化。

爲馬懿公郡夫人王氏黃籙齋文
 新唐書馬總傳：總字會元，系出扶風，諡曰懿。舊唐書職官志：三品已上，母妻爲郡夫人。

唐某年月日朔，上清大洞三境弟子妾某，雲笈七籤：上清者，宮名也。明乎混沌之表，煥乎大羅之天，靈妙虛結，神奇空生，高浮澄淨，以上清爲名，乃衆真之所處，大聖之所經也。又：又洞真法天寶君住玉清境，洞玄法

靈寶君住上清境，洞神法神寶君住太清境，此爲三清妙境，乃三洞之根源，三寶之所立也。「大洞」見道興觀碑。本命某年，若干歲，某月日生，屬北斗某星。〈雲笈七籤〉：一陽明星，子生人屬之，食黍米。二陰精星，丑亥生人屬之，食粟米。三真人星，寅戌生人屬之，食糯米。四玄冥星，卯酉生人屬之，食小豆。五丹元星，辰申生人屬之，食麻子。六北極星，巳未生人屬之，食大豆。七天關星，午生人屬之，食小豆。住河南府河南縣，〈新唐書地理志〉：屬河南道。正平坊安國觀內。唐會要：安國觀正平坊，本太平公主宅。長安元年，睿宗在藩國，公主奉爲，置道士觀，仍以本銜爲名。十年，玉真公主居之，改爲女冠觀。今謹攜私屬弟子某等，〈左傳注〉：私屬，家衆也。詣京兆府萬年縣〈新唐書地理志〉：屬關內道。永崇坊龍興觀內，唐會要：龍興觀崇教坊，貞觀五年，太子承乾有疾，敕道士秦英祈禱得愈，遂立爲西華觀。垂拱三年，改爲金臺觀。神龍元年，又改爲中興觀。三年三月二十四日復改爲龍興觀。奉謁受上法師〈雲笈七籤〉：凡道士存思上法，及修學太一事，皆禁見死尸血穢之物。東嶽先生鄧君。奉依科儀於三聖會仙堂內，修建黃籙妙齋。三日三夜，轉經行道，〈雲笈七籤〉：自古及今，登壇告盟，啓誓元聖，或三日、七日、九日、十五日，皆晝夜六時行道，轉經禮懺，儀格甚重。除上清、絕羣、獨宴、靜氣、遺形、心齋之外，自餘皆是爲國王民人，學真道士，拔度先祖，已躬謝過禳災致福之齋。奉爲先受法尊師，並道場男女官衆，翻譯名義集：上觀云：道場清淨境界。及九玄七祖，〈雲笈七籤〉：靈寶洞玄自然九天生神章經云：靈音振空洞，九玄離幽裔。又玄門大論：黃籙齋拯拔地獄罪根，開度九幽七祖，其師大喜，即令教授五百門徒。懺罪拔苦祈恩。辭上謁虛無元始自然天尊，〈初學記〉：太玄真一本際經

太上大道君,《初學記》:高上老君內傳曰:太上老君姓李氏,名耳,字伯陽。

金闕後聖李君,《太平御覽》:後聖列紀曰:上清金闕後聖君,少好道樂真,紫微上真天帝玉清宮賜紫蘂剛丹鳳璽,得在上清,中遊太極,下治諸天,封掌兆民。十方靈真,見滎陽齋文。三十六部尊經,《雲笈七籤》:其三洞者:謂洞真、洞玄、洞神是也。天寶君說十二部經為洞真教主。靈寶君說十二部經為洞玄教主。神寶君說十二部經為洞神教主。其三十六部者:第一本文,第二神符,第三玉訣,第四靈圖,第五譜錄,第六戒律,第七威儀,第八方法,第九眾術,第十傳記,第十一讚誦,第十二表奏。右三洞各十二部,合成三十六部。三界官屬,《雲笈七籤》:若名為三界,一者欲界,有六天;二者色界,有十八天;三者無色界天。玄中大法師,《葛洪神仙傳》:老子者,名耳,字伯陽,楚國苦縣曲仁里人也。或云:上三皇時,為玄中法師。天地水三官,《魏志張魯傳注》:《典略》曰:請禱之法,書病人姓名,説服罪之意。作三通,其一上之天,著山上,其一埋之地,其一沈之水,謂之三官手書。北斗尊神,《雲笈七籤》:北斗星君字君時,一字充,北斗神君本江夏人,姓伯名大萬,挾萬二千石,左右神人姓雷名機字太陰,主天下諸仙人,又招搖與玉衡為輪,北斗之星精曜九道,光映十天。本命星尊神,《雲笈七籤》:太上曰:十大洞天者,處大地名山之間,是上天遣羣仙統治之所。其次三十六小洞天,在諸名山之中,亦上仙所統治之處也。《隋書徐則傳》:棲隱靈嶽。洞天林谷一切棲隱諸靈仙等。《雲笈七籤》:「靈仙」見道興觀碑。能醮之。

妾夙值師尊,欽聞教旨,《長阿含經》:爾時福貴,承佛教旨。伏以元皇布氣,《雲笈七籤》:九宮沒後,而有元皇

元皇之時，老君下爲師，口吐元皇經一部，教元皇治於天下，始有皇化，通流後代，以漸成之。
見道興觀碑。

肇流品庶。皆陶無始，成彼自然。二語並見鄭州李舍人狀四。及三古已還，見馬相公登庸啟。

九皇祕迹，太平御覽：玉清書曰：玉戶瓊門，九皇上真在其中。

釁亂真玄；鬼道尸邪，後漢書劉焉傳：沛人張魯，母有姿色，兼挾鬼道，往來焉家。雲笈七籤：凡庚申、甲寅之日，是血鬼遊尸直合之日也。天癸交合，七魄競亂。

時播羣生；太一傳形，見道興觀碑。

妖衆孽，說文：衣服歌謠草木之怪謂之妖，禽獸蟲蝗之怪謂之孽。

雲笈七籤：符章玉訣，皆起於九天之王，傳於世代之真。寫以玉牒，編以金繩，貯以玉函。載金板玉繩，王嘉拾遺記：浮提之國獻神通善書二人，佐老子撰道德經垂十萬言。違盟負約，七祖受考於賜谷、河源，身爲下鬼，考於風刀。見李舍人狀六。

河源鄧部，黃庭內景經：諫王經云：當畏地獄考治之痛。法苑珠林：增一阿含經云：有三因緣識來處受胎。「鄧部」，見榮陽齋文。

演修存之術；淫穢混真，邪津流煥，明法動精，七魄飈散。干迷至正。於是大分治化，「八治」見道興觀碑。按：雲笈七籤：杜光庭道教靈驗記：有玉局化、葛璝化、平蓋化、昌利化，是治化通稱也。廣闊章符。

重明考治之科。故得三靈無墊壞之虞，「三靈」見道興觀碑。說文：墊，下也。壞，敗也。

妾內惟幼駿，見李舍人狀六。晚遂修持，爰在童蒙，易：被諸僭疑當作「憸」。

咎。去元和某年，獲託於故戶部尚書贈左僕射臣馬總，舊唐書馬總傳：元和十四年，入爲戶部尚書。長慶三年卒，贈右僕射。極紛華於少壯，結胎血之因緣。法苑珠林：增一阿含經云：有三因緣識來處受胎。

況臣總被沐君恩，久居藩鎮，舊唐書馬總傳：元和四年，充嶺南都護，本管經略使。八年，轉桂管觀察使，入爲刑部侍郎。裴度宣

慰淮西，奏爲制置副使。吳元濟誅，留總蔡州，知彰義軍留後。尋充淮西節度使。總以申、光、蔡等州久陷賊寇，人不知法，威刑勸導，咸令率化。十三年，轉忠武軍節度使。明年，改華州刺史。十四年，遷天平軍節度使。李凥《函谷關賦》：蕃鎮造而惕息。受專征之寄，見《尋醫表》。擅外閫之權。見《盧韜牒》。殄寇下城，《晉書·周處傳》：必能殄寇。「下法之際，或爽重輕。其辭難知。其術以虛無爲本，以因循爲用。所傷者不記；用刑持法，所坐者至多。雖事上之心，誠無顧避；而奉行之際，或爽重輕。故臣總平生之時，許妾以虛無爲念，史《記·太史公自序》：道家無爲，又曰無不爲，其實易行，其辭難知。故臣總平生之時，許妾以虛無爲念，又曰無不爲，其實及臣總捐家，妾終喪紀，《禮記》：婚姻龐畢，見《李舍人狀》六。門戶如初。冀因晚節，同結良緣。及臣總捐家，妾終喪紀，《禮記》：紀：香火重誓，何所慮耶？爰從披度，成妾巾褐之願。故東都某觀道士南嶽先生符君，哀妾香火之勤，《北史·齊制度，名曰道之法服。」爰從披度，法《苑珠林·善見論》云：披奉如戒行，廣度諸衆生。驟歷年光。雖積穢行於行尸乎？後漢書襄楷傳注：天神獻玉女於佛，佛曰：「此是革囊盛衆穢耳。」漢武內傳：徹雖有心，實非仙才，詎宜以此傳泄尸，又云：上尸彭琚，使人好滋味，嗜欲癡滯。中尸彭質，使人貪財寶，好喜怒。下尸彭矯，使人愛衣服，而黃，下蟲白而黑。楞嚴經：眼耳鼻舌及與身心，六爲賊媒，自劫家寶。制伏無虧。流輩之中，吹噓驟至，耽淫女色，亦名三毒。稽七真之異聞，雲笈七籤：北斗七真，天中大神，上朝金闕，下覆崑崙。勸請殷勤，淨住子：勸請者，懇勤之至意也。推許重疊。妾雖榮從非望，亦念切良時，遂於某年，於某

處奉詣大洞師東嶽先生鄧君奉受上法，見上。迴車畢道，瑞應經：太子至十四，啓王出遊，始出城東門，天帝化作病人，即迴車，悲念人生，俱有此患。太子出城南門，天帝化作死人，迴車而還，念天下有此三苦。太子出城西門，天帝化作老人，迴車而還，愍念人生丁壯不久。太子出城北門，天帝化作沙門，天帝化作沙門，太子曰：「善哉，惟是爲快。」即迴車還，念道清淨，不宜在家。雲笈七籤：道教靈驗記云：天台道士劉方瀛師事老君，精修戒潔，早佩畢道法籙，常以丹篆敕人。交帶紫紋，雲笈七籤：傳授當委絹之誓，教授有交帶之盟。詩集戊辰會靜中出貽同志二十韻：婀娜佩紫紋。馮氏曰：紫紋，綬也。負荷玄科，見滎陽濟文。叩忝眞位。見鄭州李舍人狀四。妾夙宵感勵，寢食慚惶，於今五年，益勤一志，莊子：顏回曰：「敢問心齋。」仲尼曰：「若一志，無聽之以耳，而聽之以心。無聽之以心，而聽之以氣。聽止於耳，心止於符。氣也者，虛而待物者也。惟道集虛。虛者，心齋也。」兼誓除俗累，漸慕清修，休絕已來，志念愈潔。所希稍存眞氣，雲笈七籤：存大洞眞經三十九眞法祝曰：眞氣下流充幽關，鎭神固精塞死源。可降衆靈。雲笈七籤：散香九天，降靈寢室，願會神仙也。

又按仙記云：師與弟子，能相保七年者，法原作「法者」，今據胡本改正。當得道。況今國家奉玄元之裔，見門下李相公狀三。聖上崇清淨之風，史記曹相國世家：載其清淨，民以寧一。妾師爲君親，廣存濟度。見鄭州李舍人狀四。妾又筋骸非病，齒髮未衰，仰佩玄恩，實爲罔極。是敢重投靈地，再獻微誠。遂有同學男女官某，嘉妾至心，勉妾上路。即於今夕，再次仙都，孫綽遊天台山賦：陟降信宿，迄于仙都。慶百生有幸之辰，葛洪神仙傳：壺公語費長房曰：「我仙人也，昔處天曹，以公

事不勤見責，因謫人間耳。卿可教，故得見我。」長房下座頓首曰：「肉人無知，積罪彌厚。幸謬見哀憫，猶人剖棺布氣，生枯起朽。但恐臭穢頑弊，不任驅使，若見哀憐，百生之厚幸也。」登三聖會真之室。太平御覽：登真隱訣曰：上清每以吉日會五真。凡修道之人，當其吉日，思存吉事，心願飛仙，立德施惠，振救窮乏，此太上之事也。當須齋戒，遺諸雜念，密處靜室。修崇始畢，朝禮云初。沈約桐柏山金庭館碑：飾降神之宇，置朝禮之地。

東海，詎資瑤闕，近到西昆？「昆」，疑當作「崑」。四語，並見翰林學士賀冬啓。宋玉高唐賦：窺觀而羽翼疑生，「窺觀」，見易。餘見舍人彭城公啓。「行列」，見禮記。

欣榮過極，感泣不勝。謹用上按仙儀，雲笈七籤：十二部經第七威儀。威儀者，簡玄服，建雲旂，蜺爲旌，翠爲蓋。行列而雲霓交映，雲笈七籤：按諸齋法，略有三種：一者設供齋，二者節食齋，三者心齋。旁徵齋法，史記樂毅傳贊：其本師號曰河上丈人。

重請本師，法苑珠林：一刹那者翻爲一念。後漢書西域傳論：詳其清心釋累之訓，空有兼遣之宗，道書之流也。錄妾一念之清心，法苑珠林：故經云，敬禮此佛，能除百萬生死重罪，或言能除千劫生死重罪。伏願善緣益長，梁簡文帝相宮寺碑：自昔藩邸，便結善緣。丹懇獲申。見四相賀正啓。君王冀保於千齡，輔弼赦妾億劫之重罪。

永綏於百福。五穀豐稔，四方義寧。張衡東京賦：區宇义寧。先授道師，遷洞天之位，見上。今傳法主，法苑珠林：智度論：舍婆提大城，佛爲法主，故亦在此城。咸蒙覆露；國語：是先主覆露子也。幽明兩代，並洗愆宋書天竺迦毘黎國傳：學行精整，爲道俗所推。

尤。先魂無家訟之辜，雲發七鐵，許邁真人傳云：第五子謐，小名穆，官至護軍長史，散騎侍郎。年七十二，捨世尋仙，能通靈降真。先經患滿腹中結塞，小便不利。遇西王母第二十七女號曰紫微夫人，謂穆曰：「此病冢訟之所致，家又有怨鬼爲害，可服朮，自得豁然除去。」同志絕干城之患。〈詩。後漢書劉陶傳：貨殖者，爲窮冤之魂。皆獲遷昇，盡從法言：劍客論曰：劍可以愛身。曰：狴犴使人多禮乎？陰幽滯爽，見隴西齋文。狴犴窮冤，揚子寬釋。妾誓持女弱，傅玄董逃行：女弱難存若無。永奉玄微，晉書徐苗傳：又依道家著玄微論。苟負盟文，冀當冥考。〈太平御覽：登真隱訣曰：受經皆登壇盟誓，割帛跪金，爲敢宣之約，前盟則金龍玉魚，後代止布帛而已。違盟負信，三祖獲考於水官，謂妾傳非人也。妾某無任懇惻祈恩之至。謹辭。

爲馬懿公郡夫人王氏黃籙齋第二文

唐會昌三年，箋：按是年劉稹作亂，故下文有「山東逆豎」之語。馮譜：義山遭母喪，當在二年三年中。玩諸祭文可證，而不能細定何時也。又有兩京、懷、鄭往來之跡。祭文有云：「祥忌云近，哀憂載途。」又云：「攝縗告靈，徒步東郊。」則出行固不免，第不敢久離喪次耳。此文以下「所居宮內」推之，當在東都時作。太歲癸亥十月丙辰朔十五日庚午，上清大洞三境弟子謂安見第一齋文。中嶽先生黃帝真人張抱元於所居宮內，謂安國觀，見第一齋文。奉依科儀，修建下元黃籙妙齋，見滎陽齋文。兩日兩夜，轉經行道，懺罪乞恩。拜上虛無自然元始天尊、太上大道君、太上老君、十方衆聖、三界靈官、三十六部尊經、玄中大法

師,崇嶽此下疑脫名字。山諸靈官等,東方朔十洲記:聚窟洲在西海中申未之地,上多真仙靈官。餘並見第一齋

文。妾聞至極含虛,真人在己,莊子:且有真人,而後有真知。陶混元於無始,禀靈性於自然。班固典引:外運混元。顏延之庭誥文:以為靈性密微,可以積理知。莫不龐贅有為「龐」,疑當作「疣」。莊子:彼以生為附贅懸疣。餘見鄭州李舍人狀四。

摽北門而高視,史記司馬相如傳:糠粃非道。莊子:之人也,其塵垢粃糠,將猶陶鑄堯舜者也,孰肯以物為事?下崢嶸而無地兮,上寥廓而無天。視眩眠而無見兮,聽惝怳而無聞。乘虛無而假兮,超無有而獨存。注:寒門,天北門。汎虛舟而不覊。莊子:方舟而濟于河,有虛船來觸舟,雖有楄心之人不怒。及夫淳化漸漓,真玄稍祕,於是教垂胡本作「乘」。三洞,見第一齋文。文演九辰。太平御覽:玉清隱書曰:有太上飛行九晨玉經金簡內文。

北酆南霍,「北酆」見滎陽齋文。地紀天元,雲笈七籤:太上飛行九神玉經云:天元運關,地紀轉維。

之旨未宏,懺拔之科尚昧,故七神五藏,降虛黃之上經;雲笈七籤:黃庭內景經:霍山下有洞,方三百里,司命君之府也。因斯立極;自此分區。猶以修崇晨君,閑居蘂珠作七言,散化五形變萬神。是為黃庭內景經。又:髮神蒼華字太玄,腦神精根字泥丸,眼神明上字英元,鼻神玉壟字靈堅,耳神空閑字幽田,舌神通命字正綸,齒神崿鋒字羅千。又:心神丹元字守靈,肺神浩華字虛成,肝神龍煙字含明,翳鬱導煙主濁清,腎神玄冥字育嬰,脾神常在字魂庭,膽神龍躍字威明,六府五神形體精,皆在心內運天經。

三日元時,開青女之祕訣。雲笈七籤:紫書訣言,九月九日,七月七日,三月三日,此日是九天真女合慶玉宮,遊

樊南文集

宴霄庭，敷陳納靈之日。事蹟玄象，道介希夷。見李舍人狀五。

思西山，太上親降。漢安元年，五月一日，授以三天正法，命爲天師，又授正一科術要道法文。其年七月七日，又授正一盟威妙經、三業、六通之訣，重爲三天法師、正一真人。

「教主」，見第一齋文。

妾慶自多生，時丁休運，永惟女弱，見第一齋文。遺法斯存。

鄭州李舍人狀二。階衆真之高位。見鄭州李舍人狀四。雖限存性分，而事繫因緣。佩祕籙於上清，見楚辭遠遊：朝濯髮於湯谷兮。丁寧湯谷之遊，見陽齋文。良時吉日，莫不廣開龜座，仿佛朱陵之會。見道興觀碑。龜山元錄曰：文龜洞室，上元君坐之處也。大闢龍山，庚信道士步虛詞。鳳林採珠寶，龍山種玉築。欻駕於玄路。「欻駕」見道興觀碑。劉劭人物志：獨乘高於玄路。景雲初進封。後漢書竇憲傳：今貴主尚見枉奪，何況小人肇於貴主，新唐書諸公主傳：睿宗女金仙公主，始封西城縣主。景雲初進封。太極元年，與玉真公主皆爲道士，築觀京都。又：玉真公主字持盈，始封崇昌縣主，俄進號上清玄都大洞三景師。

創自平時，絳館清宮，太平御覽：南嶽魏夫人內傳曰：九微元君、龜山王母、西城真人王方平、太虛真人赤哉！

松子、桐柏真人王子喬，並降小有清虛上宮絳房之中。珠囊錦帙，雲笈七籤：道書有三洞珠囊。說文：帙，書衣也。來自天家。見官告狀。通仙之象設可憑，「通仙」，見

道興觀碑。楚辭招魂：像設君室，靜閑安些。**大國之慶靈無泯。**見滎陽齋文。**自開元厥後**，新唐書玄宗紀：天寶十四載十二月，安祿山陷東京。**閬苑融臺**，「閬苑」見孫學士狀。「融」疑當作「塘」。太平御覽：茅君傳曰：紫微元靈白玉龜臺太真元君即西王母也。居崑崙墉臺。**倒邅鬱攸之毒；**「倒」疑當作「例」。「鬱攸」見左傳。**霓旌絳節，屢見。咸罹竊發之災。而斯觀棟宇無虧，圖書不蠹，綵札如舊**，太平御覽：太上素經曰：凡受太上黃素經者，傳盟用玉札一枚，長一尺五分，廣一寸四分。**六。況鎮我神州**，見懷州刺史狀。**霓旌絳節**，見太子表。**正當午位**，李尤正陽城門銘：平門督司，午位處分。**自傾臣子之丹誠；北瞻翔鳳**，魏志明帝紀注：魏略曰：青龍三年起太極諸殿，築總章觀，高十餘丈，建翔鳳于其上。**靈文若新。**見李舍人狀。**傳：**臣之丹誠，豈惟曾子？**南眺鑿龍**，庾信奉和初秋詩：北閣連橫漢，南宮應鑿龍。**宛是神仙之福地。**見道興觀碑。**雖浮丘尚阻**，見太子表。**後漢書光武帝紀：**氣佳哉，鬱鬱蔥蔥然。**先皇帝重振玄風，今天子廣明至道。恬神姑射**，見新井碣。**系志崆峒。**莊子：黃帝聞廣成子在于崆峒之上，故往見。**銀甕告存，**太平御覽：孝經援神契曰：神靈滋液，有銀甕不汲自滿。非假見之，順下風膝行而進，載拜稽首而問。**珠胎展瑞，**漢書揚雄傳：羽獵賦：剖明月之珠胎。注：珠在蛤中，若懷妊然，故謂之胎也。**華山之出；**未詳。莊子：黃帝遊於赤水之北，登乎崑崙之丘，而南望還歸，遺其玄珠，使知索之而不得，使離朱索之而不得，使契詬索而不得也，乃使象罔，象罔得之。**平陽之絳鬣時來，**山海經：大封國有文馬，縞身朱鬣，名曰吉良，

乘之壽千歲。「平陽」，未詳。

四。四海名流，咸得蔭蔼天光，〈左傳〉。崑嶽之白環屢入。見官告狀。故二京法衆，見河中鄭尚書狀及鄭州李舍人狀靈階畢慕於三清。見鄭州李舍人狀二，狀四。晞霑睿澤。雲竈盡期於九轉，〈抱朴子〉：取九轉之丹，內神鼎中。名弘景字通明，丹陽秣陵人也。母初娠夢日精在懷，并二天人降，手執金香爐，覺語左右曰：「當孕男子，非凡人也。」「捧日」，見四證堂碑。高功臣抱元，捧日降精，〈雲笈七籤〉：吳荊州牧陶濬七代孫，

因星命氏，〈葛洪神仙傳〉：老子姓李，名重耳，字伯陽，其母感大星而有娠，雖受氣於天，然見于李家，猶以李爲姓。骨鳴金鑠，響振瓊鐘。並見新井碣。昔自綺紈，見仇坦牒。晚見李少君有不死之道，遂以弟子之禮事尉，葛洪神仙傳：薊子訓，少仕州郡，舉孝廉，除郎中，又從軍，拜駙馬都尉。少君，少君因教令胎息、服食、住年、止白之法，行之二百餘年，顏色不老。遂辭祿仕，倦薊子之都已名列紫書，〈漢武內傳〉：地真素訣，長生紫書。位通丹嶽。〈初學記〉：〈南嶽記〉云：衡山者太虛之寶洞。又云：流丹崖南五里得仙人宮，道士休糧絕穀，身輕清虛，便得入此宮。調三關而自適，〈黄庭內景經〉：三關之中精氣深。厭東方之侍郎。見度支周侍郎狀。固注：謂關元之中，男子藏精之所也。又據下文，口手足爲三關。又元陽子以明堂、洞房、丹田爲三關。通九館以忘憂。見鄭州李舍人狀二。

頃以台嶠名遊，雲臺高邁，並見四證堂碑。爰以金慈，忽聞至止。故妾及男女官等，因下元大慶之桂八重，〈山海經〉：桂林八樹，在番隅東。清溪萬仞，〈郭璞遊仙詩〉：青谿千餘仞，中有一道士。丹日，〈唐會要〉：開元二十二年十月十三日，詔道家三元，誠有科戒，朕嘗精思久矣，而物未蒙福，今月十五日，是下元齋日，

禁都城內屠宰。自今已後,及天下諸州,每年正月、七月、十月三元日,十三日至十五日,並官禁斷屠宰。水官校籍之辰,見〈滎陽齋文〉。稽首求哀,〈法苑珠林〉:〈賢愚經〉云:即往佛所,求哀出家。摽心奉請,〈法苑珠林〉:〈須摩提長者經〉云:摽心正見,歸命三寶。願攜清衆,爲按原作「接」,今據胡本改正。玄科,見〈滎陽齋文〉。將有望於感通,冀必聞於御徹。見鄭州李舍人狀四。顧惠連〈雪賦〉:燎薰爐兮炳明燭。〈初學記〉:〈三元經〉云:元始天王於明霞之館,大霄雲戶下,教以授三天玉童。伏乞太上三尊、十方衆聖,曲垂鑒映,大降優恩,使妾等齋功克成,見〈滎陽齋文〉。道分增益,〈法苑珠林〉:比見道俗於其齋日,惟受五八三聚戒等論,其十善都無受者。良由僧等隱匿聖教,致令不宏,失於道分,故未曾有。聖君萬壽,良輔千秋,凡在生靈,悉蒙休祐。上通清漢,下及幽淵,長育咸絕於夭傷,「長育」,見左傳。〈戰國策〉:生命壽長,終其年而不夭傷。窮滯皆蒙於開釋。「開釋」,見〈書〉。又伏以山東逆豎,謂劉麻姑至,八拜方平,坐定,召進行廚,擘脯而行之,如松柏炙,云是麟脯也。九神玉經云:名入金房,玉門乃開,乘龍陟空,日月同輝,遊行上清,鳴鈴翠衣,左躡流電,右御奔雷。簧,丁用晦〈芝田錄〉:門鑰必以魚者,取其不瞑目守夜之義。麟廚備味,〈葛洪神仙傳〉:王方平至蔡經家,遣人召麻姑。麻姑至,八拜方平,坐定,召進行廚,擘脯而行之,如松柏炙,云是麟脯也。列炬而房名流電,〈雲笈七籤〉:太上飛行九神玉經云...陰魄將圓,〈易林〉:陰魄伏匿。魚鑰開簧...今則玄冥司候,〈禮記〉。燎鑪而館號明霞。謝惠連〈雪賦〉:燎薰爐兮炳明燭。〈初學記〉:〈三元經〉云:元始天王於明霞之館...積,詳昭義李僕射狀及江西周大夫狀。興兵動衆,〈漢書翟方進傳〉:擅興師動衆。亦願元惡面縛而歸罪,〈書〉、〈左傳〉。羣校書張敞傳〉:背恩忘義。代北饑戎,謂回鶻。詳許昌李尚書狀一及江西周大夫狀。負義背恩,〈漢書張敞傳〉:背恩忘義。倒戈而顯忠,汙俗惟新,並〈書〉。迷塗復正。見〈四證堂碑〉。溥天之下,率土之濱,〈詩〉。永無草擾之

為馬懿公郡夫人王氏黃籙齋第三文

妾以微生，幸蒙嘉運，得因師友，奉佩符圖，品在高真，二語並見鄭州李舍人狀二。文參上法。見第一齋文。而塵泥賤質，肉血微軀，未能絕迹人寰，莊子：絕迹易，無行地難。「人寰」見翰林學士賀冬啓。栖心物外，梁書樂藹傳：栖心物表。修勤香火，見第一齋文。五臘二直，八節三元，並見滎陽齋文。然至於澡雪身心，莊子：澡雪而精神。年深月遠，釁重責深。罹寒靈考治之科，見第一齋文。辱大道興隆之運，夙夜自念，冰炭交懷，陶潛雜詩：冰炭滿懷抱。輒於靈地，敢獻微誠。伏乞太上三尊、十方衆聖，曲流玄澤，大降慈恩，錄一念之清心，赦億劫之重罪，使玄功克就，雲笈

狀，然後供養，嚴持香華，運心周普，作用佛事。「都」疑當作「部」。見滎陽齋文。珠林。過咎之來，積於鄴都。見第一齋文。

今謹因中元大慶之辰，地官校籙之日，並見鄭州李舍人狀二。

虞，顏氏家訓：公私草擾，各不自全。長保升平之福。妾幽明兩代，道俗二緣，見第一齋文。在位者長簡於帝心，書。求道者早升於仙籍。欽奉香燈，雲笈七籤：凡修齋主虔誠，齋宮整肅，至如香燈不備，亦曰疏遺，啓聖祈真，莫先於此。苟違斯言，分當冥考。見第一齋文。

誓盡軀命，葛洪枕中書：夫學不顧軀命，心志清白者，吾未見虛往也。

〈七籤〉：真仙内科云：玄功之人，常布衣草履，不得榮華之服。良願大成，見〈隴西齋文〉。君王長享於萬年，臣庶咸離於五苦。〈法苑珠林〉：〈正法念經〉云：如是觀於五道衆生，生五種苦已，而興悲心，如是之人，得勝安隱，則得涅槃。上自雲鳥，下及泉魚，凡曰生靈，皆蒙覆護。然後及於私室，資彼幽魂，見存名上於南宮，真誥：大都將陰德，多恤窮厄，例皆速詣南宮爲仙。過往神離於北部。見〈滎陽齋文〉。〈河源滯爽，狌狅幽宛，並見第一齋文〉。咸乞蕩除，俾從遷胡本作「還」。適，仰荷大道罔極之恩。

爲故麟坊李尚書夫人王鍊師黃籙齋文 箋：舊〈唐書·地理志〉：麟州、坊州並屬關內道。〈新唐書·方鎮表〉有鄜坊節度使，而無麟坊。然麟坊並稱亦見史文，或嘗別設使耶，抑「麟」即「鄜」字之譌耶？李尚書未詳。〈唐六典〉：德高思精謂之鍊師。

以妾某所佩圖籙，見〈鄭州李舍人狀〉二。先經遺墜，辯正論：自黄、老風澆，容服亦變，若失符籙，則倒銜手版，逆風掃地，楊枝百束，自斫自負。今復尋獲，乞恩歸罪。據辭上詣虚無自然元始天尊、太上大道君、太上老君，三語並見〈馬懿第一齋文〉。〈太上丈人·雲笈七籤〉：清虛真人王君内傳云：西城真人曰：「此仙都之府，太上丈人處之。」乃將君入紫桂宫，見丈人著流霞羽袍，冠芙蓉之冠，腰帶神光，手把火鈴，侍女數百，龍虎衛階。太上丈人與西城真人相禮而已，相攜共坐，君時侍側焉。三十六部尊經、玄中大法師並見〈馬懿第一齋文〉。所佩籙中靈官洲，須臾而至，四面大海，懸濤千丈，洲上宫闕，朱閣、樓觀、瓊室、瑤房，不可稱記。

將吏,「靈官」見馬懿第二齋文。三界官屬、一切靈化,見馬懿第一齋文。嵩洛名山衆真高隱。雲笈七籤:十大洞天:第一王屋山洞,周迴萬里,號曰小有清虛之天,在洛陽、河陽兩界,去王屋縣六十里,屬西城王君治之。又:是衆真之所經,神仙之所歷,學者之所由也。三十六小洞天:第六中嶽嵩山洞,周迴三千里,名曰司馬洞天,在東都登封縣,仙人鄧靈山治之。又:是衆真之所經,神仙之所歷,學者之所由也。妄運從往業,慶及今生,獲以愚蒙,早佩經法。雲笈七籤:不依法而受經,虧損俯仰之格,徒勞於神,無益於求仙也。而注念不謹,雲笈七籤:若其注念不散,專炁致和,由朴之至也,得一之速也。殃與時增,善隨日削。莫忘塵累,備極艱虞,兒息凋零,孫姪修奉多違,見鄭州李舍人狀四。久寓東周,舊唐書地理志:東都,周之王城,平王東遷所都也。五遷家孤藐。一辭西雍,見京兆李尹狀。居,十變年序。
　昨者以所授寶籙,盛以雕區,説文:籤,鏡籤也。臣鍇曰:今俗作「區」。既忘誨盜之資,易:果有擔囊之酷。見四證堂碑。遂使金科玉篆,周書武帝紀:金科玉篆,祕蹟玄文,所以濟養黎元,扶成教義。辱於宵人;莊子:宵人之離外刑者,金木訊之。神將靈官,史記封禪書:八神將,自古而有之。久淩於暴客。易。尋求未獲,披露無因,後漢書蔡邕傳:宜披露失得。分己名繫幽官,位標黑籍,酉陽雜俎:簿有黑緣白簿,赤丹編簡。萬劫永沈於狴犴,九玄同役於河源。並見馬懿第一齋文。罪爰以吉辰,迎歸静曲,修存香火,拂拭塵埃,瑤緘錯落以如專感達,始聞尋索,旋得蹤由。新,見汝南上淮南狀一。錦帙爛斑而如舊。見馬懿第二齋文。永懷霣戾,不敢違安。見集賢韋相公

〈狀二〉。

今輒請高眞，見鄭州李舍人狀二。仰陳薄具，見隴西齋文。負荊泥首，史記廉頗藺相如傳：廉頗肉祖負荊，因賓客至藺相如門謝罪。「泥首」，見幽州張相公狀。引劍投軀，史記白起傳：武安君引劍將自刭，鮑照出自薊北門行：投軀報明主。伏乞太上三尊、十方衆聖，曲流殊渥，旁敕玄司。錄其歸咎之誠，左傳。許以自新之路。史記孝文紀：雖復欲改過自新，其道無由也。苟其重渝今誓，猶涉初心，請候眞科，以從冥考。勤肉血之餘，長奉靈仙之戒。見道興觀碑。使良緣漸固，眞路稍通，既見馬懿第一齋文。

祝文

爲李懷州祭太行山神文 箋：李懷州，璟也。詳爲懷州刺史上後上門下狀，本集有爲懷州李使君祭城隍神文，與此文皆爲討劉稹而作。山海經：太行山，其首曰歸山，其上有金玉，下有碧玉。通典：懷州，太行山在焉。

謹按禮經云，諸侯得祭名山大川之在其地者。今刺史乃古之諸侯，見前浙東楊大夫啓。太行實介我藩部，梁武帝申飭諸州訊獄詔：朕自藩部，常躬訊錄。險雖天設，易。靈則神依。左傳。豈可

步武之間，見前浙東楊大夫啓。便容孽豎，謂劉稹之亂。詳昭義李僕射狀。〈魏書崔浩傳〉：討孽豎於涼域。磅礴之內，揚子：昆侖旁薄幽。注：旁薄猶彭魄也，地之形也。久貯妖氛？〈曹植魏德論〉：神戈退指則妖氛順制。今忠武全師，謂陳許，見懷州刺史狀。河橋銳卒，謂河陽，見昭義李僕射狀。指賊庭而將掃，〈傳〉：先帝晏駕賊庭。〈宋書卜天與傳〉：天生始受戎任，甫造寇壘，而投輪越塹，率果先騰，輔以陰兵，〈晉書李矩傳〉：矩令郭誦禱鄭子產祠曰：「君昔相鄭，惡鳥不鳴。凶胡臭羯，何時過庭！」使巫揚言：「東里有教，當遣神兵相助。」資之勇氣，使旌旗電燿，桴鼓雷奔，〈魏文帝濟川賦〉：朱旗電曜，擊鼓雷鳴。一麾開天井之關，「一麾」，見幽州張相公狀。〈水經注：地理志曰：高都縣有天井關，蔡邕曰：太行山上有天井，關在井北，遂因名焉。再舉復金微之地。「再舉」見左傳。箋：〈後漢書和帝紀〉：永元三年，大將軍竇憲遣左校尉耿夔出居延塞，圍北單于於金微山。是金微爲山名，其地當在河西以北，與澤潞不相涉。本集上尊號表云：清明皇之舊宮，復金橋之故地。馮氏引玉海地志：金橋在上黨南二里，嘗有童謠云：聖人執節度金橋。景龍三年，明皇經此橋至京師。義山援用故實多數處互見，「金微」當即「金橋」之誤。又會昌一品集序云：天井雄關，金橋故地。並指澤潞用兵事。按：胡本作「金撝」。「撝」與「橋」，草書相似，其爲「金橋」之譌無疑。然後氣通作限，〈郭璞江賦〉：所以作限於華裔。作倚天之柱。〈東方朔神異經〉：崑崙之山有銅柱焉，其高人天，所謂天柱也，圍三十里，周圓如削。壯天地之嶮介，〈新唐書禮樂志〉：嶽鎮海瀆以山尊實醴齊，山林川澤以脹尊實沈齊，皆二。又其五嶽、四鎮、四海、四瀆及五方果惟時，〈禮記・書〉：長崇望日之標，〈左思蜀都賦〉：義和假道於峻歧，陽烏迴翼乎高標。酒肴在列，疏雲出降祥，

敢潔慮以獻誠，冀通幽而寫抱。

爲中丞滎陽公賽理定縣城隍神文

〈志〉：理定縣，中，屬桂州。〈箋〉：以下五篇，並酬雨之文，本集爲中丞滎陽公桂州賽城隍神文以下十七篇，皆同時所作。

都防禦觀察處置等使兼御史中丞鄭某，見慰諭表。謹差理定縣令某，〈新唐書百官志〉：中縣令一人，正七品上。具酒肴昭賽於縣城隍之神。日者穴蟻不封，〈東觀漢記〉：沛獻王輔善京氏易。永平五年秋，京師少雨，上自爲卦，以周易林卜之，其繇曰：蟻封穴戶，大雨將集。明日大雨，上問輔曰：「蹇、艮下坎上、艮爲山，坎爲水，山出雲爲雨，蟻穴居而知雨，將雲雨，蟻封穴，故以蟻爲興文。」商羊未舞，〈家語〉：天將大雨，商羊鼓舞。崔豹〈古今注〉：黃帝與蚩尤戰於涿鹿之野，常有五色雲氣，金枝玉葉，止於帝上，有花葩之象，因而作華蓋。爰憂即日，將害有秋。〈書〉。我告於神，神能感我，雲纔作葉，雨已垂絲，張協〈雜詩〉：密雨如散絲。既開豐稔之祥，敢怠馨香之報。〈書〉。神其無羞小邑，勿替玄功，永作蔭於城郭溝池，〈周禮〉。長想報於禾麻菽麥。〈詩〉。守臣奉職，「守臣」見〈禮記〉。孰敢不虔！

賽侯山神文

《新唐書》地理志：桂州臨桂縣有侯山。

惟神越嶠分雄，屢見。魯岩學峻。《左傳》。詩：慰農夫之望歲，《左傳》。揚少女之微風，《魏志管輅傳》：輅過清河倪太守，時天旱，倪問輅雨期，輅曰：「今夕當雨。」注：輅別傳曰：輅既刻雨期，至日向暮，了無雲氣，衆人並嗤輅言：「樹上已有少女微風，又少男風起，其應至矣。」須臾，果有艮風。日未入，有山雲樓起，到鼓一中，大雨河傾。變俾枯荄，《說文》：荄，草根也。《潘岳悼亡詩》：枯荄帶墳隅。化爲嘉穀，《書》。將期大稔，後漢書許楊傳：累歲大稔。敢薦惟馨。《書》。神其既我秋成，《管子》：秋成，五穀之所會。此之謂秋之羨。余民食。無俾董生之說，空閉陽門，《漢書董仲舒傳》：仲舒以春秋災異之變，推陰陽所以錯行，故求雨閉諸陽縱諸陰，止雨反是。注：謂若閉南門禁舉火，及開北門水灑人之類是也。夷水之風，屢鞭陰石。《水經注》：夷水自沙渠入縣，水流淺狹，東逕難留城南，城即山也。西面上里餘，得石穴，二大石磧並立穴中，俗名陰陽石。旱則鞭陰石，多雨則鞭陽石。苟歲既登矣，則神永歆焉。

賽建山神文

《元和郡縣志》：建水出桂州建陵縣北建山。

夫神必依人，《左傳》。山惟鎮地，《樂府登名山行》：名山本鎮地。式融景命，《詩》。必建玄司。見《隴西齋文》。前者憂切蘊隆，《詩》。念深流鑠，《楚辭招魂》：十日代出，流金鑠石些。詎言膏澤，忽致有秋！《書》。

賽莫神文

惟神克扇明靈，〈見朝會狀。〉居余屬邑，能作殷臣之雨，〈書，欲豐唐叔之禾。〈書序：唐叔得禾，異畝同穎。〉輒以良時，爰陳薄奠。〈後漢書橋玄傳：裁致薄奠。〉神其俯臨上席，〈郭緣生述征記：周靈王二十三年，起昆明之臺，時有萇弘能招致神異。王登臺，忽見二人乘空而至，乘游飛之輦，駕以青螭，其衣皆縫緝毛羽。王即迎之上席。〉少解靈衣，〈楚辭九歌：靈衣兮披披，玉佩兮陸離。〉舞朱鳳於南方，〈干寶搜神記：漢代十月十五日，以豚酒入靈女廟，擊筑奏曲，連臂踏地爲節，歌赤鳳來，巫俗也。〉召玄龍於北極，〈陸雲爲顧彥先贈婦詩：棄置北辰星，問此玄龍煥。〉永調和氣，無易至誠。

賽石明府神文

〈趙與旹賓退錄：明府，漢人以稱太守，唐人以稱縣令。〉

惟神化洽處琴，〈見李克勤牒。〉享存欒社。〈史記欒布傳：燕齊之間，皆爲欒布立社，號曰欒公社。〉銅章

墨綬，應劭漢官儀：邑宰銅章墨綬。應非百里之才，蜀志龐統傳：統字士元，守耒陽令，在縣不治，免官。吳將魯肅遺先主書曰：龐士元非百里才也，使處治中、別駕之任，始當展其驥足耳。嘯虎吟龍，王褒聖主得賢臣頌：虎嘯而谷風冽，龍興而致雲氣。猶續三時之雨。荊楚歲時記：六月必有三時雨。詳李克勤牒。田家以爲甘澤。余也謬當廉部，未及行春。後漢書鄭弘傳：弘少爲鄉嗇夫，太守第五倫行春，見而深奇之。飛鳬懷鄴令之庭，「鄴」，當作「葉」，見新井碣。沸井想延陵之廟。劉敬叔異苑：句容縣有延陵季子廟，廟前井及瀆，恆自涌沸，故曰「沸井」。神其論交異代，見濮陽賀鄭相公狀。降福斯民，常俾旗雲，楚辭九歌：乘迴風兮載雲旗。庇我嘉穀。國語：玉足以庇廕嘉穀。聯茲薦報，庶或感通。

樊南文集補編卷第十二

祭文

爲司徒濮陽公祭忠武都押衙張士隱文

箋：文爲王茂元鎮陳許時作。「司徒」，見後外舅司徒公文。「忠武」，見懷州刺史狀。「押衙」，見兵部尚書表。

惟爾業傳玄女，見幽州張相公狀。胄自青陽。新唐書宰相世系表：張氏出自姬姓，黃帝子少昊青陽氏第五子揮爲弓正，子孫賜姓張氏。三河設辨，五郡推良。並見道興觀碑。廉用苞舍立節，柔將恭謹摧剛。史記季布傳：諸公皆多布能摧剛爲柔。又：季布弟季心氣蓋關中，遇人恭謹。伊昔頑民，實鄰舊許，謂劉稹，詳昭義李僕射狀。「頑民」見書。「舊許」見左傳。犬猶戀主，曹植上責躬詩表：不勝犬馬戀主之情。從諸侯之鈇鉞，禮記。逐大將之旗鼓。史記淮陰侯傳：信東下井陘擊趙，未至，夜半傳發，選輕騎二千人，人持一赤幟，從間道萆山而望趙軍。誡曰：「趙見我走，必空壁逐我，若疾入趙壁，拔趙幟，立漢赤幟。」乃使萬人先行出，背水陣，平旦，信建大將之旗鼓，鼓行出井陘口。任重前馳，宋書臧質傳：質求前馳，此志難測。眾纔一旅，見左傳。庾信哀江南賦：孫策以天下爲三分，眾纔一旅。許伯則摩壘而還，左傳。曹仁亦逢溝不渡。

八九九

「不」疑當作「而」。〈魏志曹仁傳〉：仁屯江陵，拒吳將周瑜，遣部曲將牛金逆與挑戰，賊多，金衆少，遂爲所圍。仁被甲上馬，將其麾下壯士出城，去賊百餘步，迫溝，仁徑渡溝直前，衝入賊圍，金等乃得解。〈晏傳〉：吾嘗三仕三見逐於君，鮑叔不以我爲不肖，知我不遭時也。

丹墀。見瘁復狀。〈魏志曹植白馬篇〉：劍折而空留玉匣，何遜詩：可憐玉匣劍，復此飛鳧鳥。

絡頭也。注：〈三輔故事〉曰：楚漢相距於京，索間六年，自被大創十二，矢石通中過者有四。刮骨瘡深，見〈新井碣〉。通中毒作，〈史記高祖紀〉：漢王出行軍，病甚。

麋效君臣之藥。見段球牒。空張衛幕，〈禮記〉。塵凝而筆聚先投，見華州陳相公狀。

蟲蠹而書攢舊閣。〈穆天子傳〉：天子東遊，次雀梁，蠹書於羽陵。

余方守職，〈史記惠景間侯者年表〉：竟無過，爲藩守職，信矣。爾欲埋魂，鮑照〈蕪城賦〉：莫不埋魂幽石，委骨窮塵。想鬢視虎，〈吳志朱桓傳〉注：〈吳錄〉曰：桓奉觴曰：「臣當遠去，願一拂陛下鬚，無所復恨。」權憑几前席，桓進前持鬚曰：「臣今日真可謂捋虎鬚也。」權大笑。料臂看猿。見〈丁學士狀〉。泉驚夜蟄，〈莊子〉：夫藏舟於壑，藏山於澤，謂之固矣，然而夜半有力者負之而走，昧者不知也。草變寒原，〈宋書鄧琬傳〉：烈火之掃寒原。荒陌是永歸之里，風俗通，南北曰阡，東西曰陌。老松無重啓之門。見〈新井碣〉。嗚呼！聽挽心傷，〈晉書禮志〉：挽歌出於漢武帝役人之勞，歌聲哀切，遂以爲送終之禮。靚轜目眩，「轜」，見〈兵部尚書表〉。〈戰國策〉：秦王目眩良久。冀幽壤之是聞，徐廣〈赴謝車騎葬還詩〉：終天隔幽壤。饗臨公忠之義著，見〈馬侍郎啓〉。雖古今而情見。苟

棺之一奠。〈後漢書明帝紀〉：伏臘無糟糠，而牲牢兼於一奠。

按：此下爲賈常侍祭韋太尉文，爲西川幕府祭韋太尉文二首，又見全唐文符載卷內，文苑英華正作符載。考載本蜀人，二首之外，更有上西川韋令公書，上韋尚書書，劍南西川幕府諸公寫真讚，爲劉尚書祭韋太尉文，足徵與韋皋同時也。再考舊唐書劉闢傳，韋皋沒於永貞元年八月，而義山生於元和中，年不相及，當係誤收，今退一字別之，仍錄注其文，以備參考。

爲賈常侍祭韋太尉文 〈舊唐書職官志〉：內常侍六人，正五品下。「太尉」，見下。

至道之世，君臣聖明，必有才賢，爲之挺生。昭昭我公，得一居真，窺神靈之壼奧，涵天地之淳精。胸襟洞達，方略縱橫，文房啓而風雅斯在，武庫開而禍亂乃平。甲子之歲，按：甲子爲德宗興元元年。逆泚變節，〈舊唐書朱泚傳〉：建中四年十月，涇原兵叛，鑾駕幸奉天。叛卒等以泚嘗統涇州，知其失權廢居，怏怏思亂。羣寇無帥，幸泚政寬，姚令言乃率百餘騎迎泚於晉昌里第，入居含元殿，明日，移處白華殿。八日，源休、姚令言、李忠臣、張光晟等八人，導泚自白華入宣政殿，僭即僞位，自稱大秦皇帝，號應天元年。明年正月一日，泚改僞國號曰漢，稱天皇元年。河海沸騰，宗社杌隉。孤軍隴上，勢窮援絕，激臨危之肝肺，成曠世之勳烈。〈舊唐書韋皋傳〉：建中四年，涇師犯闕，德宗幸奉天，鳳翔兵馬使李楚琳殺張鎰，以府城叛歸於朱泚，隴州刺史郝通奔於楚琳。泚爲鳳翔節度使，既罷，留范陽五百人戍隴州，因稱疾，請皋爲帥，將謀亂，擒皋以赴泚，事洩，遂率其兵以奔泚。行及汧陽，遇泚家僮將使於皋所，持詔以皋爲御史中丞，乃反斾疾趨隴州，皋迎勞之。明日，皋犒宴蘇玉、雲光之卒於郡舍，伏甲於兩廊，酒既行，伏發，盡誅之，斬雲光、蘇玉

首以徇。洮又使家僮劉海廣以皋爲鳳翔節度使,皋斬海廣。於是詔以皋爲御史大夫,隴州刺史,置奉義軍節度以旌之。皋遣從兄平及弇繼人奉天城,城中聞皋有備,士氣徵倍。皋乃築壇於廷,血牲,與將士等盟。又遣使入吐蕃求援。十一月加檢校禮部尚書。興元元年,德宗還京,徵爲左金吾衛將軍,尋遷大將軍。

帝有寵命,擁麾蜀川,《舊唐書韋皋傳》:貞元元年,拜檢校戶部尚書兼成都尹、御史大夫、劍南西川節度使。威聲烜赫,德禮昭宣。家有美政,人無冗賢,熙熙穆穆,二十餘年。《舊唐書韋皋傳》:皋在蜀二十餘年,重賦歛以事月進,卒至蜀土虛竭,時論非之。機謀內發,英明獨照,頓挫西戎,經營南詔。通驃國之幽阻,導彌臣之夐窅,咸屈膝於君王,信萬古之榮耀。《舊唐書韋皋傳》:皋以雲南蠻衆數十萬與吐蕃和好,蕃人入寇,必以蠻爲前鋒。貞元四年,皋遣判官崔佐時入南詔蠻,說令向化,以離吐蕃之助。其年,遣東蠻鬼主驃傍、苴夢衝、苴烏等相率入朝,南蠻自萬州陷沒,臣屬吐蕃,絕朝貢者二十餘年,至是復通。《新唐書南蠻傳》:驃,古朱波也,在永昌南二千里,去京師萬四千里。凡屬國十八:曰迦羅婆提,曰摩禮烏特,曰迦黎迦,曰半地,曰彌臣,曰坤朗,曰偈奴,曰羅聿,曰佛代,曰渠論,曰婆梨,曰多歸,曰摩曳,餘即舍衛、瞻婆、閣婆也。

方期驅兵率乘,觀謁帝庭,承汪濊之殊澤,陳訏謨之大經。《舊唐書韋皋傳》:貞元五年以功加吏部尚書。九年,進位檢校右僕射。十一年九月,加統押近界諸蠻、西山八國兼雲南安撫等使,十二年二月,就加同中書門下平章事。十七年,吐蕃昆明城管磨些蠻千餘户又降。贊普以其衆外潰,遂北寇靈、朔,陷靈州。德宗遣使至成都府令皋出兵,深入蕃界。自八月出軍齊入,至十月,破蕃兵十六萬,拔城七,軍鎮五,户三千,擒生六千,斬首萬餘級。遂進攻維州,贊普遣論莽熱率雜虜十萬而來解維州之圍,蜀師萬人據險設伏以待之,發伏掩擊,鼓譟雷駭,蕃兵自潰。生擒論莽

熱，虜衆十萬，殲夷者半。是歲十月，遣使獻論莽熱於朝，德宗數而釋之，賜第於崇仁里。皋以功加檢校司徒，兼中書令，封南康郡王。

如何尊重，邁茲殞靈，地偃喬岳，天沈輔星！昨者疫癘之日，咸望再起，頻造屏內，候公動止。憂國慷慨，請立太子，事苟未行，歿而後已。《舊唐書•韋皋傳》：順宗即位，加檢校太尉。順宗久疾，不能臨朝聽政，宦者李忠言、侍棋待詔王叔文、侍書待詔王伾等三人頗干國政，高下在心。皋乃遣支度副使劉闢使於京師，闢私謁王叔文曰：「太尉使致誠於足下，若能致某都領劍南三川，必有以相酬，如不留意，亦有以奉報。」叔文大怒，將斬闢以徇，韋執誼固止之，闢乃私去。皋知王叔文人情不附，又知與韋執誼有隙，自以大臣可議社稷大計，乃上表請皇太子監國，又上皇太子箋，太子優令答之。而裴均、嚴綬箋表繼至，由是政歸太子，盡逐伾、文之黨。是歲，暴疾卒。時年六十一，贈太師。廢朝五日。今上嗣位，人神交喜，哀傷大賢，不見如此。

某謬以菲薄，監臨此軍。《舊唐書宦官傳》：代宗時，子儀北伐，親王東討，遂特立觀軍容宣慰使，命魚朝恩爲之，然自有統帥，亦監領而已。參蕭、曹之議論，覷伊、霍之功勳。淒涼門館，顧慕風雲，非百身之可贖，寄一慟於斯文。

爲西川幕府祭韋太尉文 《舊唐書•韋皋傳》：皋在蜀，其從事累官稍崇者，則奏爲屬郡刺史，或又署在府幕，多不令還朝，蓋不欲洩所爲於闕下故也。

維年月日，祭於某官之靈：聖曆應數，今古同風，五百年間，運屬我公。長河噴射，太

華穹崇，鬱起生人之表，獨棲顥氣之中。《舊唐書韋皋傳》：皋字城武，京兆人。往者鯨鯢蕩海，波濤

洶洶，京洛風塵，人神震恐。事詳前篇。公遂屹立，天授智勇，斬刈師徒，扶持汧隴。《新唐書地

志》：隴州汧陽郡，屬關內道。逆黨憔悴，心摧計擁，繇是安危，繫之輕重。

天子報功，禮數乃殊，既握龍節，亦執金吾。事詳前篇。國之西南，實曰成都，《舊唐書地理

志》：成都府在京師西南二千三百七十九里。夷夏混合，山川盤紆。苟非哲人，莫起令圖，資我賢達，

付之方隅。事詳前篇。公乃厭坤維以厚德，注羣生以和氣，應變參乎杳冥，布政歸乎簡易。

剗風俗之姦宄，平人心之險詖，肅貔虎以雲屯，禮英髦而麕至。蠲萬疴於藥草，新百貨於廛

肆，綢繆賓客之歡，肅穆鬼神之祀。補前人之漏略，極當時之能事，道尊而獷俗承風，聲炬

而殊鄰慕義。《新唐書韋皋傳》：善拊士，至雖昏嫁皆厚資之，婚給錦衣，女給銀塗衣，賜各萬錢，死喪者稱是。

狺狺犬戎，背約報仇，疆場蠚毒，大邦寇讐。《舊唐書吐蕃傳論》：彼吐蕃者，西陲開國，積有歲年，密

邇京邑，時縱寇掠。雖每遣行人來修舊好，玉帛纔至於上國，烽燧已及於近郊，背惠食言，不顧禮義，即可知也。公動

機權，控扼咽喉，闔其敗落，係其魁酋。事詳前篇。峨和窣雲，《舊唐書韋皋傳》：貞元九年，朝廷築鹽州

城，慮爲吐蕃掩襲，詔皋出兵牽制之。乃命大將董勔、張芬出西山及南道破峨和城、通鶴軍。《新唐書地理志》：峨和縣屬劍南道翼州。大度橫流，《舊唐

來援，又破之，殺傷數千人，焚定廉城，凡平堡柵五十餘所。《新唐書地理志》：大渡州隸黎州都督

書韋皋傳》：貞元十七年，皋又令黎州經略使王有道兵二千人過大渡河，深入蕃界。《新唐書地理志》：大渡州隸黎州都督

府。伏不敢動,垂二十秋。事詳前篇。

伊昔南蠻嚮風,虔奉朝旨,將率非良,撫綏失理。興兵戰伐,深入邊鄙,十萬之師,蕩爲癘鬼。舊唐書南詔蠻傳:天寶十二年,劍南節度使楊國忠執國政,仍奏徵天下兵,俾留後侍御史李宓將十餘萬,輦餉者在外,涉海瘴,死者相屬於路,天下始騷然苦之。必復敗於大和城北,死者十八九。公以誠往,彼由感起,拜夷所重,傳示無窮。從皋之請也。

新詔於皇都,舊唐書南詔蠻傳:貞元九年,以祠部郎中兼御史中丞袁滋持節册南詔。仍賜牟尋印,鑄用黃金,以銀爲窠,文曰:「貞元册南詔印。」先是,韋皋奏:「南詔前遣清平官尹仇寬獻所受吐蕃印五,二用黃金,今賜請以黃金,從蠻夷之請。」本治越嶲,至德二沒吐蕃,貞元十三年收復。新唐書地理志:嶲州越嶲郡,中都督府。

提攜椎髻之類,篸列青衿之齒,新唐書南蠻傳。事詳前篇。

驃國之與彌臣,伏聯蹤而疊軌。辭,固請,乃盡舍成都,咸遣就學。皋乃作南詔奉聖樂,新唐書禮樂志:貞元中,南詔異牟尋遣使詣劍南西川節度使韋皋,言欲獻夷中歌曲,且令驃國進樂。皋乃作南詔奉聖樂,用黃鍾之均,舞六成,工六十四人,贊引二人,序曲二十八疊,執羽而舞「南詔奉聖樂」字,曲將終,雷鼓作于四隅,舞者皆拜,金聲作而起,執羽稽首,以象朝覲。每拜跪,節以鉦鼓。又爲五均:一曰黃鍾,宫之宫;二曰太簇,商之宫;三曰姑洗,角之宫;四曰林鍾,徵之宫;五曰南吕,羽之宫。其文義繁雜,不足復紀。新唐書韋皋傳:大破吐蕃,遂圍維州,生擒莽熱獻諸朝,帝製紀功碑褒賜之。

聖裁文以叙美,考一德之輝光,諒有德而已矣。何至業之堙鬱,逢逝水之方期五福之壽,享九命之尊,致雍熙於宇内,相玉帛於天門。

迅奔?竭涸滄海,摧頹崐崙,精靈一去,徽烈空存。嗚呼哀哉!錦城秋暮,北郊長路,寂寞山川,蕭疎草樹。雖蘋藻之屢薦,終轜車而不駐,慟軍府之悲涼,增煙霞之思慕。某等俱以鉛鈍,獲事旌旄,庇蓮府之光彩,無汗馬之勳勞。戴恩愧厚,顧位慚高。問沈痛之何有,與二江以滔滔!

代諸郎中祭太尉王相國文

箋:｜王播也。《舊唐書本傳》:太和元年五月,自淮南入覲,六月,拜尚書左僕射,同平章事。四年正月,患喉腫暴卒,贈太尉。「郎中」,見《蘄州李郎中狀》。「太尉」,見《鳳翔李司徒狀》。

維太和四年月日,某官等敬祭於故相國、贈太尉太原王公之靈:按:《新唐書宰相世系表》:｜汾州長史王滿亦太原晉陽人,｜播其後也。嗚呼!天以和氣,鍾於貴人,含光不曜,蔡邕《陳太丘碑》:含光醇德。煦物如春。見《兵部尚書表》。發自貢士,驟爲庭臣,《舊唐書·王播傳》:｜播擢進士第,登賢良方正制科,授集賢校理,再遷監察御史,轉殿中,歷侍御史。「貢士」,見《禮記》。《史記·田叔傳》:漢廷臣無能出其右者。鴻雁聯行,共凌青雲。《新唐書·王播傳》:｜貞元中,與弟炎、起皆有名,並擢進士。「鴈行」,見《禮記》。「青雲」,見前《浙東楊大夫啓》。既操利權,兼秉國鈞,《舊唐書·王播傳》:元和六年,充諸道鹽鐵轉運使,十年,改禮部尚書。「利權」,見《左傳》。「國鈞」,見詩。食祿甚厚,奉身如貧。

井絡之隅，益部爲大，《舊唐書·王播傳》：元和十三年，檢校戶部尚書、劍南西川節度使。「井絡」、「益部」，屢見。

斗牛之下，揚州繁會。《舊唐書·王播傳》：長慶二年三月，爲淮南節度使，領使如故。仍請攜鹽鐵印赴鎮，上都院印請別給賜，從之。又《天文志》：南斗、牽牛，星紀之次也。其分野：自廬江、九江負淮水之南，盡臨淮、廣陵，至于東海。《楚辭·九歌》：五音紛兮繁會。

受社臨戎，《舊唐書·王播傳》：「受社」，見漢南李相公狀。《魏志·高貴鄉公紀》：今宜皇太后與朕暫共臨戎。

油幢曲蓋，「油幢」，見漢陽賀鄭相公狀。崔豹《古今注》：曲蓋，太公所作也。《武王伐紂，大風折蓋，太公因折蓋之形，而制曲蓋焉。

印綬重疊，上謂霍將軍曰：「金氏兄弟兩人，不可使俱兩綬耶？」恩華滂沛。簿領如山，處之若閑，《舊唐書·王播傳》：播天性勤於吏事，使務塡委，胥吏盈廷，取決簿書，堆案盈几，他人若不堪勝，而播用此爲適。劉楨雜詩：沈迷簿領書，回回自昏亂。權筦之權，往而復還。《舊唐書·食貨志》：元和六年，鹽鐵使盧坦改戶部侍郎，以京兆尹王播代之。四年，王播以戶部侍郎代之。十三年，播守禮部尚書，以衛尉卿程异代之。十四年，异卒，以刑部侍郎柳公綽代之。文宗即位，人覬，以宰相判使。按：志載代公綽。長慶初，王播復代公綽。四年，王涯以戶部侍郎代播。敬宗初，播復以鹽鐵使爲揚州節度使。王播領鹽鐵事甚詳，而年月與本傳微有不同。筦即管也，義與幹同，皆謂主也。《漢書·車千秋傳》：桑弘羊爲御史大夫八年，自以爲國家興權筦之利。注：權，謂專其利使入官也。

炎炎暐暐，爾雅：炎炎，薰也。《博雅》：暐暐，盛也。出入二紀，按：自太和四年播卒，上遡至元和六年，凡二十一年。未嘗傷物，《莊子》：聖人處物不傷物者，物不能傷也。

謹厚訓子，《舊唐書·王播傳》：子式。《史記·萬石君傳》：奮長子建、次子甲、次子乙、次屢有薦士。急難友弟，詩。

子慶，皆以馴行孝謹，官皆至二千石。顏間熙熙，見道興觀碑。不形慍喜。《晉書‧衛玠傳》：玠嘗以人有不及，可以情恕；非意相干，可以理遣，故終身不見喜慍之容。處已無咎，得君如此，若木方高，見門下李相公狀三。

香飇欻起。《爾雅》：扶搖謂之猋。《說文》：欻，有所吹起。

三台之氣，變見在時；《晉書‧張華傳》：少子韙以中台星坼，勸華遜位。五福之來，書。盛衰有期。晚下黃閣，屢見。王充《論衡》：以變見而明禍福，五帝致太平，非德所就，明矣。夕歸華堂。陸雲《大將軍讌會被命作詩》：王在華堂。韻會：愁貌。言笑嘻怡。古辭《滿歌行》：盡心極所嬉怡。顏延之《北使洛詩》：

威遲良馬煩。車騎威遲；有恙求醫，未撤琴瑟，《禮記》：俄懸

朝懨然，「詰朝」見《左傳》。「懨」字，字書所無，疑當作「慭」。衰震悼，《南齊書‧王慈傳》：用感宸衷。詔下褒崇，恩殊等夷。靈輀既駕，《釋

朝右悽悲，曹植《王仲宣誄》：何用誄德，表之素旗。其憲章朝右，簡核才職，委功曹陳蕃。真宅將歸，見聽政表。笳簫咽而復

素旗。《後漢書‧王堂傳》：懸於左右前後銅魚搖絞之屬，耳耳然也。

名：興櫬之車曰輀。輀，耳也。

揚，《吳志‧士燮傳》：笳簫鼓吹，車騎滿道。風日慘而無輝。

《元亮等箋》：《新唐書‧崔元亮傳》：累署諸鎮幕府，太和四年，由太常少卿改諫議大夫，考諫議階居五品，與郎中等

級正同，而時又相及，疑即其人也。或早挹清塵，《楚辭‧遠遊》：聞赤松之清塵兮。或晚承汎愛，昔修禮於門

梱，見道興觀碑。今纏悲乎祖載。《白虎通》：祖於庭何？盡孝子之恩也。祖者，始也，始載於庭也。乘輀車辭祖

襴，故名爲祖載也。幽顯雖異，音徽未沫，劉峻重答劉秣陵沼書：余悲其音徽未沫，而其人已亡。神之格思，詩：歆此誠酹。說文酹，餟祭也。尚饗！

韓城門丈請爲子姪祭外姑公主文

箋：新唐書地理志，韓城縣屬關內道同州。「門丈」，未詳何人，文中有「唐推姜姓，周重崔門」二語，考新唐書宰相世系表，崔氏出自姜姓，此公主必下嫁崔氏者也。惟宰相世系表及公主傳所載諸崔尚主者甚多，今標題不載封邑，難以確指耳。爾雅：妻之母爲外姑。

伏惟靈圓蓋垂慶，方輿薦祉，見道興觀碑。水。王融三月三日曲水詩序：穆滿八駿，如舞瑤水之陰。李善注：穆天子傳曰：天子觴西王母於瑤池之上。振馥掩蕙，楚辭離騷注：蕙，香草也。懷穠耀李，詩。前朝則稟謝成篇，見仲姊狀。東漢則儀班問史。後漢書曹世叔妻傳：班彪女也，名昭。兄固，著漢書，其八表及天文志未及竟而卒。和帝詔昭就東觀藏書閣踵而成之。帝數召入宮，令皇后貴人師事焉。後宮承露，宋玉登徒子好色賦：願王勿與出入後宮。「承露」，見道興觀碑。別殿相風，謝莊宋孝武宣貴妃誄：別殿雲懸。三輔黃圖：長安宮南有靈臺，上有相風銅烏，遇風乃動。別殿屏高雪透，簾虛霧濛。王嘉拾遺記：越王貢西施、鄭旦於吳，吳處以椒華之房，貫細珠爲簾幌，朝下以蔽景，夕捲以待月。二人當軒並坐，理鏡豔妝於珠幌之內，若雙鸞之在煙霧，沚水之漾芙蕖。武帝之黃金屋裏，漢武故事：帝

為膠東王，年數歲，長公主指問曰：「兒欲得婦否？」曰：「欲得。」指其女，「阿嬌好否？」笑對曰：「好！若得阿嬌，當作金屋貯之。」

阿母之碧綺疏中，見新井碣。説文：甑，門户疏窗也。史記天官書：婺女。索隱曰：爾雅云：須女謂之務女，或作「婺」字。

投壺笑電。 藝文類聚：莊子曰：玉女投壺，天爲之笑則電。太平御覽：神異經曰：東王公與玉女投壺，脱誤不接，天爲之笑，開口流光，今電是也。按：本文云：每投千二百矯，矯出而脱誤不接，在天爲之笑。「矯」一作「梟」。「開口」三句是注文。

憑淑倚柔，含芳吐蒨，玉篇：蒨，青葱之貌。

魯館未築，堯親尚宴，吹管邀雲，南部煙花記：簫一名吹雲。**籲請不死之藥於西王母，姮娥竊之，奔月宫爲月精。**謝莊

樓欲起而鳳來，見道興觀碑。**橋將橫而鵲編。** 淮南子云：烏鵲填河成橋，渡織女。

白帖：

唐推姜姓，周重崔門，見上。**王子敬以筆劄取**晉書王獻之傳：字子敬，工草隸，善丹青，以選尚新安公主。「筆劄」見仇坦牒。**何平叔以姿貌論，**魏志何晏傳：晏長於宫省，又尚公主。魏略曰：晏性自喜，動静粉白不去手，行步顧影。**女愧前師，**宋玉神女賦：顧女師，命太傅。**嬪慚後則，**班固東都賦：案六經而校德。**比神仙而作配，豈工容而校德？**「工容」見禮記。**便蕃寵榮，**鮑照贈故人馬子喬詩：「便蕃」見詩。**旁規不替，内助無傾。** 魏志文德郭皇后傳：在昔帝王之治天下，不惟外輔，亦有内助。**揚歷中外，**左思魏都賦：優賢著於揚歷。**貽我嬪則，**魏略曰：晏

校德。

淮南子云：

鵲編。

白帖：

筆劄。

叔。

公主。

女。

金屋貯之。

校德。

胱齊敬皇后哀策文：

宋孝武宣貴妃誄：望月方娥，瞻星比婺。

筝。

雙劍將別離，先在匣中鳴，煙雨交將夕，從此遂分形，雌沈吳江裏，雄飛入楚城。餘見道興觀碑。

桐半死生，見新井碣。**機殘緯斷，**庾信

九一〇

〈思舊銘〉：嬪機憃緯，獨鶴孤驚。瑟怨絃驚。《漢書‧郊祀志》：泰帝使素女鼓五十絃瑟，悲，帝禁不止，故破爲二十五絃。

〈唐邑荒臺，《漢書‧東方朔傳》：館陶公主號竇太主，堂邑侯陳午尚之。又〈地理志〉：臨淮郡有堂邑縣。沁園古木，《漢書‧竇憲傳》：憲恃宮掖聲勢，遂以賤直請奪沁水公主園田，主逼畏不敢計。《漢書‧地理志》：河內郡有沁水縣。往往遺翰，曹植〈柳頌序〉：故著斯文，表之遺翰。

三妹，並有才學，徐悱妻文尤清拔。悱，僕射徐勉子。爲晉安郡，卒，妻爲祭文，辭甚悽愴，勉本欲爲哀文，既睹此文，於是閣筆。終無城而驗哭。《列女傳》：杞梁妻，齊杞梁殖之妻也。齊莊公襲莒，殖戰而死，杞梁之妻哭之，城爲之崩。怨能感物，憂可傷人，孔融〈論盛孝章書〉：若使憂能傷人，此子不得復永年矣。

皋之廣衍。陶潛〈遊斜川詩序〉：悲日月之遂往，悼吾年之不留。依依地燭。《說文》：地，燭妻也。皋平風緊，司馬相如〈哀二世賦〉：注平

春。五聲誰驗？並《周禮》。九折非神，《楚辭‧九章》，九折臂而成醫兮。空留遺範，竟掩光塵。《左傳》。膏肓語夜，見《漢南李相

〈公狀〉。嗚呼哀哉！

雖有祭以呈文，《梁書‧劉孝綽傳》：孝綽

某自辱嘉姻，見許昌李尚書狀二。亟移年序，《陳書‧高祖紀》：仰憑衡佐，亟移年序。試種玉而有感，千寶《搜神記》：楊公伯雍性篤孝，父母亡，葬無終山，遂家焉。山高無水，公汲水作漿漿於坡頭，行者皆飲之。三年，有一人就飲，以一斗石子使種之。云：「玉當生其中，後當得好婦。」有徐氏者，女甚有行，時人來求，多不許。公乃試求，徐氏戲云：「得白璧一雙來，當聽爲婚。」公至所種玉田中，得白璧五雙以聘。徐氏大驚，遂以女妻公。實坦牀之無譽。《晉

〈書‧王羲之傳〉：郗鑒使門生求女婿於導，導令就東廂徧觀子弟，門生歸曰：「王氏諸少並佳，然聞信至，咸自矜持。惟一人

在東牀，坦腹食，獨若不聞。」鑒曰：「正此佳婿邪！」訪之，乃羲之也，遂以女妻之。因依高義，史記信陵君傳：「勝所以自附爲婚姻者，以公子之高義，爲能急人之困。俛仰清規，魏志邴原傳注：原別傳曰：清規遐世。假華□之繩墨，保私門之鼎彝。恩重事著，德流慶垂，既歡琴瑟，亦賦螽斯。二語並見。聲容漸隔，表署古道，見白秀才狀一。啓揚曲陌，魏武集：上九醞，奏曰：「三日一釀，滿九斛米止。」廣雅曰：醞，釀在，張衡南都賦：酒則九醞甘醴，十旬兼清。李善注：魏武集：上九醞。陸機答張士然詩：回渠繞曲陌。九醞斯期，左傳。縱有寫於千辭，終難期於再覿。爾雅：覿，見也。嗚呼哀哉！敢緣愛女，冀望遺靈。蔡邕祖德頌：斯乃祖禰之遺靈。固將不昧，儻或來聽！

投也。八珍如昔。周禮。

爲王從事妻万俟氏祭先舅司徒文

箋：司徒，王茂元也。此從事與下篇秀才俱難確指，詳後二篇。「從事」見封尚書啓。

新婦釁咎所招，後漢書周郁妻傳：新婦賢者女。重罹天謫，魏書天象志：比年死黜相繼，蓋天謫存焉。俄解帨以聞凶，說文：帨，佩巾也。衰禍所始，繹緌而就吉，魏書禮志：公卿所議皆服終三旬，釋衰襲吉。寃號之地，良異他人。爰在高堂，嘗依諸舅；延，或深諸婦，禮記。詩。聿來我族，實號儒門。見劉福牒。雖傳業於詩書，冀同光於軒冕。羽書銅印，漢書高帝紀注：檄者以木簡爲書，長尺二寸，用徵召也。有急事則加以鳥羽插之，名曰羽書。漢書百官公卿表：秩比六百石以上，皆銅印墨綬。東汛西浮，

謝朓拜中軍記室辭隨王箋：東亂三江，西浮七澤。及世難旋臻，家徒壁立，史記司馬相如傳：家居徒四壁立。

望萍蓬而結欷，潘岳西征賦：飄浮萍而蓬轉。指溝壑以貽憂。竟蒙念切諸生，此諸生，當即諸甥。釋名：舅謂姊妹之子曰甥，甥亦生也，出配他男而生。故制字男旁作生也。言憂幼女，卜云其吉，詩。天也來儀，蓮幕高華，見漢南李相公狀。蘭階秀異。見李舍人狀五。尊卑共感，里巷同歡，豈謂百兩儳歸，詩。雙旌遽改！見華州陳相公狀。雖在途稱婦，公羊傳。已蒙羔雁之榮；禮記。而辭家適人，襧衡鸚鵡賦：女辭家而適人。未具箴鑒之敬。禮記。詎言不日，奄背深慈？永痛長號，五情分裂，見仲姊狀。

嗚呼哀哉！

遠國千里，夜泉九重，側聞龜筮之言，將備塗芻之禮。禮記。今以干戈未息，途路多虞，謂劉積初平，詳昭義李僕射狀。清貧艱食之憂，書。遽阻難舉家而往。禮記。不獲躬隨絳旐，見易定李尚書狀。親詣松扃，見白秀才狀一。撫行引以傷摧，禮雜記注：廟中曰綍，在塗曰引。抱呁孤而惋毒。「覤孤」，見左傳。玉篇：惋，驚歎也。酒醙粗列，說文：醙，汁滓酒也。蔬果空陳，身叩盃盤，血沾匙筯。博雅：柯，匙匕也。筴謂之箸。榮同子婦，禮記。雖稱美於他宗；念繫孫甥，左傳。亦兼情於血屬。

袁宏後漢紀：蘷既歸，文姬涕泣相對，因屏人而言曰：「今弟幸全血屬，豈非天乎？」敢希神理，世說：戴公見林法師墓曰：「神理綿綿，不與氣運俱盡耳！」賜監哀衷！

爲王秀才妻蘇氏祭先舅司徒文「秀才」，見白秀才狀一。餘詳下篇。

奉違慈顏，潘岳閒居賦：壽觴舉，慈顏和。將涉半截，追攀莫及，號毒無任。恭惟尊靈，好是懿德，詩。其修身克己之規矩，誓心奉國之忠誠，武略文經，官方政術，既外言不入於中壼，禮記。故殊勳無預於斯文。今瀝血寫誠，魏書尒朱弼傳：宜可當心瀝血，示衆以信。叩心寄酷，見曾祖妣狀。祇欲以閨庭見聞之事，王儉褚淵碑李善注：蔡邕何休碑曰：孝友盡於閨庭。申泉扃永遠之哀。江淹爲蕭太傅謝追贈父祖表：寵輝泉扃。

昔我門外，首啓侯服，新唐書宰相世系表：蘇氏出自己姓。漢代郡太守建，封平陵侯。子嘉。六世孫南陽太守、中陵鄉侯純，生章。五世孫魏東平相、都亭剛侯則。傳鼎銘於百代，禮記。稱玉潤於十家。「十」，疑當作「一」。「玉潤」，見獻相國京兆公啓。

原注：秦府學士之後。「瀛洲」見集賢韋相公狀三。新婦之先，實繼儒德，羔鴈克光於宋子，魏明帝櫂歌行：瞻仰靡依怙。顯貴門族，榮益六姻。俄已吉凶相反，中外貽悲。屢見。蔑爾罹孤，邈無依怙。三紀以前，六姻推最，遠食分憂之祿，見華州周大夫狀。丹青遠比於弱質，言歸自出之私，左傳。五嶺三江，見西川李相公狀及上謐表。張衡周天大象賦：均九子以延慈狀。結愛異諸生之列，說見上篇。延慈於衆妹之中。雖手足乖離，鄉關綿邈，而蘇氏魂靈有寄，門構無虧，言念慈仁，實動肌骨。

新婦檮昧成性，〈說文〉：檮，斷木也。〈春秋傳〉曰：檮杌，昧暗也。〈郭璞爾雅序〉：璞不揆檮昧。誨誘難移，〈晉書唐彬傳〉：誨誘無倦。大家以卹孤，〈通鑑晉安帝紀〉注：晉、宋間，子婦稱其姑曰大家。嚴室而悔過。面授刀尺，古詩爲焦仲卿妻作：左手持刀尺。躬傳織紝，常憂許嫁之時，並〈禮記〉。俄乃守龜有兆，〈左傳〉。贄雁來儀，〈禮記〉。克以眇軀，榮陪諸婦。愛忘於醜，見河陽李大夫狀一。詩姻不失新，良人既託於外兄，〈儀禮姑之子〉注：外兄弟也。儀室宜家之美。未盡家之美。丘嫂復榮於猶女。「丘嫂」見〈聽政表〉。期總百口，〈魏書楊播傳〉：一家之中，男女百口，緦服同爨，庭無間言。咸蒙衣食之仁；昆弟三人，並受簪纓之賜。況茲屢歲，時遘沈疴，煎餌延憂，禱祠積費。田巫密召，秦緩旁求，二語並〈左傳〉。迴幽魂於再三，〈東方朔十洲記〉：聚窟洲海中申未地，山多大樹，與楓木相類，而花葉香聞數百里，卻死香，香氣聞數百里，名爲返魂樹。伐其木根心，於玉釜中煮取汁，令可丸之，名曰驚精香。或名之爲震靈丸、返生香、震檀香、人鳥精、卻死香，香氣聞數百里，名爲返魂樹。死者在地，聞香氣乃活，不復亡也。割廉俸之千萬。見〈榮陽謝荊南狀〉。重以某郎祗蒙嚴訓，投跡名場，載深惟疾之憂，常有于飛之命。〈左傳〉。辭離蓋數，就奉多違。或榮寵屢加，劉琨答盧諶詩：您費仍彰，榮寵屢加。每乖於獻賀；或起居有恙，蓋闕於煎調。本集〈徐氏〉曰：煎調，謂湯藥之事。日月其除，

爰斯寡裕。並詩。〈韓詩外傳〉：孔子行，簡子將殺陽虎，孔子似之，帶甲以圍孔子舍，子路慍怒，奮戟將下，孔子止之曰：「由，何仁義之寡裕也！」使二男繼天，重貽門戶之憂，雖一女出家，〈魏書釋老志〉：其好樂道法，欲爲沙門者，不問長幼。出於良家，性行素篤，無諸嫌穢，鄉里所明者，聽其出家。未有莊嚴之力。〈維摩經〉：譬如寶莊

嚴佛，無量功德，寶莊嚴土，一切大衆，散未曾有。方將湔腸洗胃，南史荀伯玉傳：高帝有故吏東莞竺景秀嘗以過繫作部，高帝謂伯玉：「卿比看景秀不？」答曰：「數往候之，備加責誚。云若許某自新，必吞刀刮腸，飲灰洗胃。」帝善其答，即釋之。易慮兢魂，戰國策：乃且願變心易慮。冀收慶於將來，用承光於厥後。豈謂釁深無禱，劉琨贈盧諶詩：斯釁之深，終莫能磨。祜薄難修，魏武帝哉行：自惜身薄祜。方於百戰之中，木蘭詩：將軍百戰死。忽降兩楹之夢，禮記：追摧酷裂，楊彪答曹公書：心腸酷裂。五内崩傷。魏文帝與鍾大理書：李善注：李陵詩曰：行行且自割，無令五内傷。

嗚呼！士誰不榮者風義，人誰不貴者勳庸。周禮。八緺州符，筆：茂元爲州牧二，歸州也，蔡州也。爲經略者二，邕管也；容管也。爲節度者四，嶺南也，涇原也，陳許也，河陽也。唐制經略節度皆領州，故曰八緺州符。事詳下篇。兩司廉印，筆：涇原，陳許並兼觀察使。三遷省座，筆：涇原罷鎮之後，歷爲京職。事詳下篇。

四涉齋壇。筆：謂四爲節度。史記淮陰侯傳：蕭何曰：「拜大將，擇良日，齋戒，設壇場，具禮，乃可耳。」玉帛賢豪，略盈於管第；易林：露我管第。袴襦疲病，見桂州上後狀。橫勵於藩維。劉琨答盧諶詩李善注：

横屬，縱横猛屬也。楚辭曰：權舟航以横屬。雖清閑之事業無虧，而大國之依憑未極。殷輪莫返，左傳。撫節歸全，後漢書崔駰傳：貴啓體之歸全兮。書。銀章拾級，應劭漢官儀：二千石以上，銀印龜組，文曰章，刻曰某官之章。「拾級」見禮記。遼爲告弔之恩，水土分官，按：茂元沒，贈司徒，而書「汝平水土」，自指司空，或誤臆耶？翻作追榮之美。宋書鄧琬傳：言念既往，宜在追榮。天乎不

憶，見詩。史記司馬相如傳注：憶，順也。左傳

今則龜筮有從，書。日月叶吉，指祁連而啓引，史記霍驃騎傳：霍去病爲剽姚校尉，元狩二年爲驃騎將軍，六年卒，天子悼之。發屬國玄甲軍，陳自長安至茂陵，爲冢，像祁連山。引見上篇。復京兆以開阡，見白秀才狀一。絳旐前指，見易定李尚書狀。桐棺後出，太平御覽：墨子曰：「禹葬會稽，桐棺三寸，葛以緘之。」見嚴姑永痛以觸地，「觸地」見禮記。令嗣長號而怨天。變霜景於春朝，灑夜泉於晝景。況奉御諸子，服紀纔終，三川伯郎，喪制未畢。箋：許昌李尚書第二狀云「王十二郎、十三郎」，似即從事秀才二人。而本集外姑祭張氏女文云「七女五男，撫之如一，往在南海，令子云往，藐爾兩孤，未勝多難，提挈而至，踰涇涉河，十年之間，母子俱盡」意茂元尚有他子先亡耶？今不可考矣。舊唐書職官志：殿中省尚食、尚藥局，奉御各二人，正五品下。新唐書地理志：三川縣屬關內道鄜州。哭泣遂延於數院，縗麻略滿於一門。何昔時榮樂之多，而今日奪傷之併？短長有數，冥寞難分！新婦誠合徒步叫哀，庾信太保鴈門公紇干弘碑：泣血徒步，奔波千里。臨穴申禮。詩：屬稚姑季叔，或有止留；家老輿臣，國語：訾祏實直而博，且吾子之家老也。「輿臣」，見左傳。尚多依庇。既無冢婦，禮記。難曠門庭。嗚呼哀哉！

憤莫切於冤痛，永違尊蔭者痛之深。痛極冤深，碎心殞首，百身非贖，詩。九死何追！楚辭離騷：雖九死其猶未悔。阮瞻上巳會賦：獻遐壽之無疆。蔬果盈前，酒漿在

列，總帷儼撤，謝朓同謝諮議銅雀臺詩：總帷飄井幹，樽酒若平生。哀挽成行。見張士隱文。昔爲供養之資，禮記。今作幽明之訣。冤號圮裂，吳志諸葛恪傳：肝心圮裂。觸目崩摧，伏希明靈，一賜臨降。

祭外舅贈司徒公文

箋：王茂元也。舊唐書本傳：會昌中爲河陽節度使。是時，河北諸軍討劉稹，茂元亦以本軍屯天井，賊未平而卒。新唐書本傳：茂元領陳許節度使，又徙河陽，討劉稹也。會病卒，贈司徒，謚曰威。爾雅：妻之父爲外舅。「司徒」見鳳翔李司徒狀，本集有重祭外舅司徒公文。

維某年月日，子婿李商隱謹遣家僮齋疏薄之奠，昭祭於故河陽節度使贈司徒之靈。惟昔積德卜年，源長慶延。箋：此以下溯王氏之家世，而因述濮陽著籍之由。史記周紀：古公亶父復修后稷、公劉之業，積德行義，國人皆戴之。「卜年」見左傳。岐山之走馬胥宇，詩。嵩丘之控鶴尋仙。見太子表。新唐書宰相世系表：王氏出自姬姓，周靈王太子晉以直諫廢爲庶人，其子宗敬爲司徒，時人號曰「王家」，因以爲氏。重規疊矩，見弘文崔相公狀二。蕃昌億千。左傳、詩。邂逅中代，支離數賢。豆藿失君，晉書憨帝紀：建興四年八月，劉曜逼京師。十一月，帝出降。初，有童謠。天子何在豆田中。時王浚在幽州，以豆有藿，殺隱士霍原以應之。及帝如曜營，營實在城東豆田壁。辛丑，帝蒙塵于平陽。隨庾、謝而南渡，晉書王導傳：元帝爲琅邪王，與導素相親善，洛京傾覆，中州士女避亂江左者十六七，導勸帝收其賢人君子與之圖事。桓彝初過江，見導，曰：「向見管

夷吾，吾無憂矣。」庾、謝、並江左著姓。桃葉興詠，古今樂錄：桃葉歌，王子敬所作也。桃葉，子敬妾。緣於篤愛，所以歌之。王獻之桃葉歌：桃葉復桃葉，渡江不用楫。但渡無所苦，我自迎接汝。棄江徐而北旋。已失晉陽之菜地，筆：謂太父叟及兄弟並爲齊武帝所殺，魏太和十七年，肅自建鄴來奔。「江徐」並南朝著姓。北史王肅傳：肅原，王氏郡望也。「晉陽」見左傳。漢書刑法志注：采，官也。因官食地，故曰采地。爾雅曰：采，寮官也。説者不曉采地之義，因謂菜地，云以種菜，非也。秦始皇徙衛君角於野王，置東郡，治濮陽縣。濮水逕其南，故曰濮陽也。水經注： 因開濮水之松阡。筆：謂濮陽。餘見白秀才狀一。時非得已，吾寧固然。王殷別祁胡本作「祈」。晉書王濬傳：濬，弘農湖人也。新唐書宰相世系表：烏桓王氏，霸長子殷後，漢中山太守，食邑祁縣。杜淹文中子世家：文中子王氏，十八代祖殷，雲中太守，家于祁，以春秋、周易訓郷里爲子孫資。縣之居，未傷於敎； 新唐書宰相世系表，見舍人河東公啓。 既而斷韋更緝， 南齊書謝超宗傳：超宗父鳳，早卒。超宗好學，有文辭，盛得名譽。孝武帝曰：「超宗殊有鳳毛。」二掾未詳。「齊」，疑當作「齋」。兩令則庭落楊鱣。漢書藝文志：酒譜脱簡一，召誥脱簡二。二掾則齊翔謝鳳，兩令則庭落楊鱣。脱簡重編。後漢書楊震傳：震常客居於湖，不答州郡禮命數十年。後有冠雀銜三鱣魚，飛集講堂前，都講取魚進曰：「蛇鱣者，卿大夫服之象也。數三者，法三台也。先生自此升矣。」

繫彼家聲，重嬰世故。 筆：此以下，敍茂元父栖曜事跡。 值冀寇之北至，屬虜馬之南渡。謂安禄山之亂。見四證堂碑。新唐書地理志：河北道蓋古幽冀二州之境。晉書符堅載記：比虜馬不敢南首者，畏威故也。

肇允成公，新唐書王栖曜傳：謚曰成。悲丁國步。詩。悼犬馬之戀主，見張士隱文。愴梟狼之據路。

曹植贈白馬王彪詩：鴟梟鳴衡扼，豺狼當路衢。投筆三歎，見華州陳相公狀。彎弧一怒，

斷後之王雙，蜀志諸葛亮傳：亮圍陳倉，糧盡而還，魏將王雙率騎追，亮與戰，破之，斬雙。斷後，見兵部尚書表。縛

寬之呂布。後漢書呂布傳：曹操自將擊布，布與麾下登白門樓，兵圍之急，乃下降，顧謂劉備曰：「彼可取也！」一箭殪之，城中氣憤，遂拔曹將：「繩縛我急，獨不可

一言耶？」操笑曰：「縛虎不得不急。」舊唐書王栖曜傳：天寶末，安祿山叛，尚衡起義兵討之，以栖曜為牙將，下竞、郾諸

縣。初，逆將邢超然據曹州，栖曜攻之，超然乘城號令，栖曜曰：「彼可取也！」一箭殪之，城中氣懾，遂拔曹州。鈇鉞

賜殺，禮記。圭符錫祚。屢見。實誕上公，載揚垂裕。舊唐書王栖曜傳：貞元初，拜左龍武將軍，旋授

鄜坊丹延節度使、檢校禮部尚書、兼御史大夫。十九年卒。子茂元。「上公」「垂裕」並見書。

兩樂蓄響，箋：此以下始敘茂元事。「兩樂」見考工記。「梁武帝遣使巡省詔：蓄響藏真，不求聞達。百丈

端標。重侯有寄，漢書王商史丹傅喜傳贊：「許、史、三王、丁、傅之家，皆重侯累將，窮貴極富。任子來朝。漢

書王吉傳：吉上疏言：今使俗吏得任子弟，率多驕驁，不通古今，宜明選求賢，除任子之令。書通軒禹，韋續字源：

黃帝因卿雲見，作雲書，夏禹作鐘鼎書。文合韺韶。樂緯動聲儀：帝嚳樂曰六英，帝顓頊樂曰五莖，舜曰大韶，禹曰

大夏。注：中涓，如中謁者。熊館中涓，揚雄長楊賦序：雄從至射熊館，還，上長楊賦。史記曹相國世家：高祖為沛公而初起也，參以中涓

從。其十二月，羽獵，雄從，賦以風之。方奏揚雄之羽獵，漢書揚雄傳：孝成帝時，客有薦文似相如者，待詔承明之庭，

露臺法從，史記文帝紀：帝嘗欲作露臺，召匠計之，直百金。上曰：「百金，中民十

家之產，何以臺爲？」漢書揚雄傳：是時趙昭儀方大幸，每上甘泉，常法從，在屬車間豹尾中。注：從法駕也。已賦王襃之洞簫。見舍人河東公啓。新唐書本傳。晉書束晳傳：茂元少好學，德宗時，上書自薦。乃即祕丘，乃登延閣。箋：此言擢試校書郎也。見新唐書本傳。晉書束晳傳：學既積而身困，夫何爲乎祕丘？書之官。注：劉歆七略曰：外則有太常、太史、博士之藏，內則有延閣、廣內、祕室之府。愈高赤之疴癢，太平御覽：桓譚新論曰：左氏傳世後百餘年，魯穀梁赤爲春秋，殘略多所遺失，又有齊人公羊高緣經文作傳，彌離其本事矣。後漢書鄭玄傳：何休好公羊學，遂著公羊墨守、左氏膏肓、穀梁廢疾。康成乃發墨守，鍼膏肓，起廢疾。休見而歎曰：「康成入吾室，操吾矛，以伐我乎！」變服鄭之糟粕。又鄭玄傳：所注周易、尚書、毛詩、儀禮、禮記、論語、孝經、尚書大傳、中候、乾象曆。又著天文七政論、魯禮禘祫義、六藝論、毛詩譜、駁許慎五經異議、答臨孝存周禮難，凡百餘萬言。莊子：桓公讀書於堂上，輪扁斲輪於堂下，釋椎鑿而上曰：「君之所讀者，古人之糟粕已夫！」麟臺秩滿，舊唐書職官志：祕書省，光宅改爲麟臺，神龍復爲祕書省。漢書平帝紀：吏在位二百石以上，一切滿秩如真。龍樓籍通。箋：此言改太子贊善大夫也。見新唐書本傳。「龍樓」，見慰宰相狀。漢書元帝紀：令從官給事宮司馬中者，得爲大父母、父母、兄弟通籍。注：應劭曰：籍者，爲二尺片牒，記其年紀、名字、物色，縣之宮門，案省相應，乃得入也。輟春閨之贊謁，佐夏口以觀風。箋：此言至鄂岳佐日元膺幕也。本傳不載入幕事。舊唐書呂元膺傳言「除鄂岳觀察使，玩下『復因所託』句，茂元必先爲所辟至鄂岳佐日元膺幕也。本傳不載入幕事。舊唐書呂元膺傳言「除鄂岳觀察使，玩下『復因所託』句，茂元必先爲所辟「春閨」，當即春宮。「閨」字注見新井碣。漢書蕭望之傳：贊謁稱臣而不名。水經注：自堵口下沔水通兼夏口而會於江，謂之夏汭也。故春秋左傳稱：吳伐楚，沈尹射奔命夏汭也。杜預曰：漢水曲入江，即夏口矣。「觀風」，見河中鄭尚

書狀。魏太子之寓書，歡娛不足；

魏文帝與朝歌令吳質書李善注：典略：質爲朝歌長，太子南在孟津小城與質書。魏文帝與吳質書李善注：典略：初，徐幹、劉楨、應瑒、玩瑀、陳琳、王粲等與質並見友於太子。二十二年，魏大疫，諸人多死，故太子與質書。

桓司馬之英氣，喜怒皆同。晉書郗超傳：桓溫遷大司馬，超爲參軍，溫英氣高邁，罕有所推，與超言，常謂不能測，遂傾意禮待。箋：此以下敍茂元從呂元膺破李師道事。蜀志先主傳注：江表傳：備曰：「我今自結託於東喜，能令公怒。」復因所託，往保於東。新唐書本傳：呂元膺留守東都，署防禦判官。舊唐書呂元膺傳：元和中爲東都留守，都畿防禦使。「耶參軍，短主簿，能令公而不往，非同盟之志也。」齊師拒召，洛邸興戎，謂李師道之亂，見汝南上淮南狀三。「邸」，見令狐狀二。

穴，見河東上楊相公狀一。未摧隼堞。易。保螯不教之兵，書。纔餘百數；義和難駐之晷，寧復再中？「義和」，見四證堂碑。淮南子：魯陽公與韓構戰酣，日暮，援戈而撝之，日爲之退三舍。史記封禪書：新垣平言「臣候日再中」，居頃之，日卻復中。

上陽將鳴於夜柝，舊唐書地理志：東都上陽宮在城之西南隅。東人半逐於飄蓬。「東人」，見詩。「飄蓬」，見万侯氏祭文。本集陳情表：尚持白簡，猶著青袍。

公請於帥，願當其鋒。晉書傅玄傳：每有奏劾，或值日暮，捧白簡，整簪言「臣候日再中」，居頃之，日卻復中。

擢白簡以腰劍，攘青袍而手弓。徐氏曰：杜佑通典：貞觀四年，令八品九品服青。時茂元爲防禦判官，例帶御史銜，所謂青袍御史也。漢相和曲陌上桑：腰中鹿盧劍，可直千萬餘。「手弓」，見禮記。咄嗟則前隊鼓勇，喑帶，竦踊不寐，坐而待旦。漢書韓信傳：項王意烏猝嗟，千人皆廢。注：李奇曰：猝嗟，猶咄嗟也。晉灼曰：意烏，恚怒聲嗚而後騎争雄。

也。《漢書·王莽傳》：大司徒保左隊前隊。吳志·孫堅傳：後騎漸益。**纖餘數刻，盡剸羣兇。**《舊唐書·呂元膺傳》：元和十年，鄆州李師道留邸伏甲謀亂。因吳元濟北犯，防禦兵盡戍伊闕，將焚官室而肆殺掠。元膺圍於谷中盡獲之。張衡《東京賦》：羣凶靡餘。

攻者，防禦判官王茂元殺一人而進。或有毀其埤而入者，賊衆突出，望山而去，元膺圍之，半月無敢進而歎曰：「吾之不足以盡卿才，有如此射矣！」**尚跪跡於天朝，更從公於蒲坂。**箋：此言茂元佐幕河中。《舊唐書·呂元膺傳》言「充河中節度使」，意時茂元尚相從也。顏延之《赭白馬賦》：跪跡迴唐。《元和郡縣志》：河東道河中府本帝舜所都蒲坂也。

乃乘驄馬，來臨秭歸。箋：此處當有入為京職事，而傳文不載。「朱紱」，見易。「皇闈」，見弘文崔相公狀三。**旋衣朱紱，入謁皇闈。**箋：此言由京曹出牧歸州也，本集祭張氏女文云「秭歸爲牧」，又陳情表云「隼旗楚，峽，出以分憂」馮氏引茂元三間大夫祠堂銘云「元和十五年，余刺建平之再歲也」，則是出牧當為元和十四年事矣。後漢書桓典傳：典拜侍御史，是時宦官秉權，典執政無所回避，常乘驄馬，京師畏憚，為之語曰：「行行且止，避驄馬御史。」舊唐書地理志：歸州領秭歸縣，吳、晉為建平郡。

峽束迴路，水經注：江水自建平至東界峽，盛弘之謂之空泠峽，峽甚高峻。王粲贈蔡子篤詩：瞻望遐路。**灘含駭機。**水經注：江水又東逕流頭灘，其水並峻激奔暴，魚鼈所不能游，行者常苦之。張華《女史箴》：替若駭機。

桂檝之不用安得，布帆之無恙者稀。《晉書·顧愷之傳》：愷之為殷仲堪參軍，嘗因假還，仲堪特以布帆借之。至破冢，遭風大敗。愷之箋曰：地名破冢，真破冢而出，行人安穩，

布帆無恙。公誘以利，〈史記越王勾踐世家〉：夫吳太宰嚭貪，可誘以利。公申以威。見〈華州周侍郎狀〉。明拯人之賞，〈呂氏春秋〉：子路拯溺者，其人拜之以牛，子路受之。孔子曰：「魯人必拯溺矣。」示伊水之非。「伊」疑當作「狎」，用《左傳》水懦弱，民狎而玩之意。

中土，民皆以江有子胥之神，難以濟涉。禹曰：「子胥如有靈，知吾志在理察枉訟，豈危我哉？」遂鼓楫而過。〈漢書〉雋不疑傳：爲京兆尹，行縣錄囚。卻張禹之江濤，非因行縣，後漢書張禹傳：禹拜揚州刺史，當過江行部多怪物，嶠遂爇犀角而照之。須臾，見水族覆火，奇形異狀。戢溫公之水怪，寧候照磯？〈晉書〉溫嶠傳：嶠至牛渚磯，水深不可測。世云其下本集〈陳情表〉云「熊軾鄖城，忽然通貴」可以爲證。遷蔡州事無考。遷去鄖城，仍臨蔡壤。箋：此當歷守鄖州而移蔡州，楚之鄖公邑。〈舊書志〉：鄖州長壽縣，漢竟陵縣地，屬江夏郡。又均州有鄖鄉縣，漢錫縣地，屬漢中郡。則此云鄖城，斷不指均，而當指鄖矣。〈舊唐書地理志〉：蔡州，屬河南道。鄒衍事燕惠王盡忠，左右譖之，王繫之獄，於秋荼，而網密於凝脂。救旱平怨，見羅瞻牒。停霜辨枉，〈淮南子〉：漢〈書地理志〉江夏郡竟陵縣注曰：鄖鄉，仰天而哭，夏五月，天爲之下霜。褚義興之部內，枯樹重榮，〈梁書褚翔傳〉：翔爲義興太守，在政潔己，百姓安之。郡西亭有古樹，積年枯死，翔至郡，忽更生枝葉，咸以爲善政所感。傅安城之郡中，淫祠罷饗。「城」，當作「成」。〈梁書傅昭傳〉：昭爲安成內史，安成郡舍舊凶，及昭爲郡，郡內人夜夢見兵馬鎧甲甚盛，又聞有人云「當避善人」，軍衆相與騰虛而逝。驚起，俄而疾風暴雨，俄忽便至，數間屋俱倒。自後郡舍遂安，咸以昭正直所致。容山至止，郎寧去思。箋：此言經略邕，容也。〈舊唐書文宗紀〉：太和二年四月，以邕管經略使王茂元爲容

管經略使。又地理志：嶺南道容管容州以容山爲名。又邕管邕州，天寶元年改爲朗寧郡，乾元元年復爲邕州。按：「郎」、「朗」之譌，然本集祭張氏女文即作「郎寧」。「至止」，見詩。「去思」，見浙東楊大夫狀。

虺毒停吹。庾信哀江南賦：豺牙宓厲，虺毒潛吹。**臨海之密巖不禁**「密」，當作「蜜」。梁書傅昭傳：昭出爲臨海太守，郡有蜜巖，前後太守皆自封固，昭教勿封。**合浦之珠蚌休移。**後漢書孟嘗傳：嘗遷合浦太守，郡不產穀，而海出珠寶，先是宰守並多貪穢，珠遂漸徙於交阯郡界，嘗到官，革易前敝，珠去復還。**既相溫文，旋遷徹衛。**箋：此言內召，復爲京職也。本集陳情表云「叨相青宮，忝司緹騎」，似嘗爲東宮官屬，史文失載。其爲金吾將軍，見舊唐書文宗紀。詳下。「溫文」，見禮記。

蔡質漢官典儀：衛士甲乙徼相傳，甲夜畢，傳乙，夜相傳盡五更。衛士傳言，五更未明。三刻後雞鳴，衛士踵丞、郎趨嚴上臺。不畜宮中雞，汝南出雞鳴，衛士候朱雀門外，專傳雞鳴於宮中。**道親警**，史記秦始皇紀：咸陽之道二百里內，宮觀二百七十，複道甬道相連。**更督夜行鼓。統臨緹騎，東都之上將今官；**後漢書百官志：執金吾一人，中二千石。注：掌宮外戒司水火非常之事。胡廣曰：衛尉巡行宮中，則金吾徼於外，相爲表裏，以擒姦討猾。又志：緹騎二百人。**意氣朱旗，南嶽之諸劉昔誓。**「朱旗」，見弘文崔公狀三。後漢書陰皇后紀：光武至長安，見執金吾車騎甚盛，因歎曰：「仕宦當作執金吾。」又王昌傳：南嶽諸劉爲其先驅。注：聖公、光武本自舂陵北徙，舂陵近衡山，故曰南嶽諸劉也。

番禺是宅，漲海攸瀦。箋：此言出鎮嶺南也。舊唐書文宗紀：太和七年正月，以右金吾衛將軍王茂元爲嶺南節度使。又本傳：太和中，廣州刺史、嶺南節度使。「番禺」，見官告狀。鮑照蕪城賦李善注：謝承後漢書曰：「陳茂常

樊南文集

渡漲海。舊唐書地理志：嶺南道循州海豐縣南五十里即漲海，渺漫無際。書禹貢傳：水所停曰瀦。瘡痏金寶，張衡西京賦：所惡成創痏。李善注：蒼頡曰：痏，毆傷也。史記天官書：下有積錢，金寶之上皆有氣。糞土犀渠。按：「糞土」，用左傳「瓊弁事」左思吳都賦「戶有犀渠」係用國語「文犀之渠」，廣雅：「車渠，石次玉也。跨馬將軍有雙標之柱，後漢書馬援傳：交阯女子徵側、徵貳反，拜援伏波將軍，南擊交阯。水經注：俞益期箋曰：馬文淵立兩銅柱于林邑岸北。林邑記曰：建武十九年，馬援樹兩銅柱于象林，南界與西屠國分，漢之南疆也。酌泉太守無去骨之魚。見僕射崔相公狀二及兵部尚書表。已乏斷牙之筆，梁書范岫傳：岫數敗之，斬徵側、徵貳，嶠南悉平。注：廣州記曰：援到交阯，立銅柱，爲漢之極界也。又傳：武威將軍劉尚擊武陵五谿蠻夷，軍沒，援請行，帝愍其老，援曰：「臣尚能被甲上馬。」據鞍顧盼，以示可用。帝笑曰：「矍鑠哉，是翁也！」遂遣援。每所居官，恆以廉潔著稱，在晉陵惟作牙管筆一雙，猶以爲費。兼無汗簡之書。後漢書吳祐傳：祐父恢爲南海太守，欲殺青簡以寫經書，祐諫曰：「今大人踰越五嶺，其俗舊多珍怪，此書若成，則載之兼兩。昔馬援以薏苡興謗，王陽以衣囊徵名。嫌疑之間，誠先賢所愼也。」恢乃止。餘見漢南盧尚書狀。江革船輕，空險西陵之渡；見李遇牒。

邢公宅湫，曾無正寢可居。北齊書邢邵傳：邵率情簡素，有齋不居，坐臥恆在一小屋。說文：湫，隘下也。

安定求才，朝那闕帥。箋：此言移鎮涇原也。舊唐書文宗紀：太和九年十月，以前廣州節度使王茂元爲涇原節度使。新唐書本傳：遷涇原節度使。「安定」「朝那」並見漢陽上楊相公狀。新唐書賈耽傳：常以方鎮帥缺，當自天子命之，若謀之軍中，則下有向背，人固不安。衢室晏罷，見滎陽上淮南狀。雲臺夜議。見華州周大夫狀。

虞雪嶺之驚烽，見兵部尚書表。忽玉關之滯使。箋：似即茂元奏吐蕃交馬事宜，狀所言「淹留使臣」也，詳濮陽上陳相公狀三。「玉關」，見華州陳相公狀。「漢之飛將軍」，避之數歲。見度支周侍郎狀。李廣名重，史記李將軍傳：李廣爲右北平太守，匈奴聞之，號曰「漢之飛將軍」，避之數歲。王商貌異。見幽州張相公狀。

塞水分溜，嵇康琴賦李善注：溜，水流也。邊城早寒。鼉鐘響遠，考工記。行臺邈至。鼂鼓聲乾。詩。九國遺戎，見官告狀。咸憂其族滅，史記衛將軍驃騎傳：族滅無後。三州戎卒，「戎」，疑當作「戍」。後漢書西羌傳：虞詡說任尚曰：「三州屯兵二十餘萬人，棄農桑，疲苦徭役，而未有功效，勞費日滋。」本集陳許謝上表云：「皇帝陛下，荆公狀一。排闥無及，持符載泣。箋：此下四句，似文宗既崩，有内召還朝之事，本集陳許謝上表云：「始陛下與臣等起豐、沛，定天下，何其壯枝協慶，棣萼傳輝，臣得先巾墨車，入拜丹陛」可以互證。史記樊噲傳：高祖嘗病甚，詔戶者無得入羣臣。絳、灌等莫敢入，十餘日，噲乃排闥直入，大臣隨之。上獨枕一宦者卧，噲等見上，流涕曰：見門下李相公狀一。今天下已定，又何憊也！」荷紫泥之降敷，屢見。馳墨車而來急。周禮。省揆名在，農官望集。箋：此言入朝歷爲京職也。本集遺表，題標僕射，祭張氏女文云」「及登農揆」。陳許謝上表云：「蘭臺假號，棘署參榮，奉漢后之園陵，獲申送往，掌周王之廩庾，方切事居。」馮氏謂茂元入朝，當爲御史中丞、太常少卿、將作監轉司農卿加僕射，内惟將作監見本傳，餘則別無顯證，特據文義約略言之耳。「省揆」，見汝南上淮南狀一。史記平準書：乃分緡錢諸官，而水衡、少府、大農、大僕各置農官。鄗畢之地，軒轅之臺，箋：此言召爲將作監也，見新唐書本傳。鄗卿曹之四至，見汝南上淮南狀一。小承明之三人。應璩百一詩：問我何功德，三人承明廬。後漢書王符傳：潛夫

〈論浮侈篇〉曰：「鄗、畢之陵。」注：「畢，周文王、武王葬地也，在鄗東南。」

葛綳將掩，見〈蘇氏祭文〉。

會稽之象猶未去，王充〈論衡〉：「舜葬蒼梧，象為之耕；禹葬會稽，鳥為之用。」〈藝文類聚〉：〈三輔黃圖〉曰：「漢文帝霸陵不起山陵，稠種柏。」

南狀二。

代邸迎駙，將極事居之禮；〈舊唐書武宗紀〉：「武宗，穆宗第五子也。文宗暴疾，宰相李珏、知樞密劉弘逸奉密旨以皇太子監國。神策軍中尉仇士良、魚弘志矯詔廢皇太子成美，迎潁王於十六宅為皇太弟。文宗崩，宣遺詔即皇帝位於樞前。」〈史記呂后紀〉：「高后崩，諸大臣謀曰：『代王方今高帝見子，最長。』乃使人召代王，至長安，舍代邸，大臣皆往謁。奉天子璽，共尊立為天子。」

山護駕，猶深送往之哀。「喬山」見〈道興觀碑〉。〈後漢書輿服志〉：「每出，太僕奉駕，上鹵簿，中常侍、小黃門副；尚書主者，郎令史副，侍御史、蘭臺令史副。皆執注，以督整車騎，謂之護駕。」「送往」見〈左傳〉。

許下舊都，淮陽勁卒。箋：此言出鎮陳許也。〈新唐書本傳〉：領陳許節度使。按：傳文不載年月，觀下文敘迴鶻事，約當在武宗之初。〈通典〉：許州許昌縣，漢許縣。獻帝都於此，魏文改曰許昌。「淮陽」見〈許昌李尚書狀一〉。〈舊唐書武宗紀〉：「會昌二年八月討迴鶻，徵發許、蔡、汴、滑等六鎮之師。」「紀律」見〈左傳〉。

督千乘，人殷萬室。獯鬻潛動，偏裨遠出。箋：謂討迴鶻也。唐虞以上有山戎、獫狁、葷粥居于北蠻。「偏神」見〈王琛牒〉。指授籌謀，丁寧紀律。秋膠方折，〈漢書鼂錯傳〉：錯言：「陛下絕匈奴不與和親，臣竊意其冬來南也，壹大治，則終身創矣。欲立威者，始於折膠，來而不能困，使得氣去，後未易服也。」注：「秋氣至，膠可折，

弓弩可用,匈奴常以為候而出軍。塞月未虧。陳後主昭君怨:愁眉塞月生。寇屯日逐,漢書宣帝紀:神爵二年,匈奴日逐王先賢撣將人衆萬餘來降。晉書匈奴傳:匈奴四姓,呼延氏最貴,有左日逐、右日逐、世爲輔相。師分谷蠡。史記匈奴傳:匈奴置左右賢王,左右谷蠡王。薛公之揣敵情,不過三策,史記黥布傳:布發兵反,上召見,問薛公,對曰:「使布出於上計,山東非漢之有也,出於中計,勝敗之數未可知也,出於下計,陛下安枕而卧矣。」上曰:「何謂上計?」對曰:「東取吳,西取楚,并齊取魯,傳檄燕、趙,固守其所,山東非漢之有也。」「何謂中計?」「東取吳,西取楚,并韓取魏,據敖倉之粟,塞成皋之口,勝敗之數未可知也。」「何謂下計?」「東取吳,西取下蔡,歸重於越,身歸長沙,陛下安枕而卧,漢無憂矣。」充國之為兵學,遠及四夷。漢書趙充國傳:充國沈勇有大略,少好將帥之節,而學兵法,通知四夷事。千牛不燧,史記田單傳:燕圍即墨,城中推田單,立為將軍。田單遺使約降於燕,燕軍益懈。田單乃收城中得千餘牛,為絳繒衣,畫以五彩龍文,束兵刃於其角,而灌脂束葦於尾,燒其端。鑿城數十穴,夜縱牛。牛尾熱,怒而奔燕軍,所觸盡死傷。燕軍大駭,敗走。六騾已馳。史記衛將軍驃騎傳:元狩四年,擊匈奴單于,戰而匈奴不利,單于遂乘六騾,壯騎可數百,直冒漢圍西北馳去。沁園歸主,箋:謂太和公主歸朝也,詳許昌李尚書狀一。「沁園」見祭公主文。細柳屯師。見河東上楊相公狀一。赤狄違恩,晉城告變。箋:此以下敍劉積作亂,茂元卒於河陽也。事詳題下劉積事,別見昭義李僕射狀。又本集有爲濮陽公與劉積書。「赤狄」,見春秋。舊唐書地理志:晉城縣屬河東道澤州。假三齊之餘醜,舊唐書劉悟傳:悟爲淄青節度都知兵馬使,憲宗下詔誅李師道,師道遣悟將兵拒魏博軍,悟未及進,馳使召之。悟度使來必殺己,乃召諸將與謀曰:「魏

博兵強，出戰必敗，不出則死。今天子所誅者司空一人而已，悟與公等皆爲所驅迫，何如轉危亡爲富貴。」於是以兵取鄆，擒師道，斬其首以獻，拜義成軍節度使。

田僒傳：田榮自立爲齊王，盡并三齊之地。索隱曰：膠東、齊、濟北。

史狀。晉書張寔傳：侵逼近甸。通鑑：會昌三年四月，以忠武節度使王茂元爲河陽節度使。會昌一品別集：〔河橋〕，見昭義李僕射狀。

誘敵謀深。並左傳。子陽之降奴失計，後漢書公孫述傳：述字子陽，自立爲蜀王，建武元年自立爲天子。八年，帝使諸將攻隗囂，蜀地聞之恐動。明年，述遣田戎、任滿、程汎將兵下江關。十一年，征南大將軍岑彭攻之，滿等大敗。述將王政斬滿首降於彭。田戎走保江州，城邑皆開門降。

城東陽而萊子懼，事在晏桓，壁武牢而鄭伯憂，功存孟獻。示贏策密，

其兄子榮爲東門校尉，榮夜開門內操兵，配拒戰城中，生獲配，遂斬之。按：熙，袁尚弟，文似臆記而誤。漢書高帝紀注：別將，謂小將別在他所者。元子能官，季男善賦。祭張氏女文云「七女五男」，是編許昌李尚書狀二云「王十二郎、十三郎」，又前爲王從事妻王秀才妻祭先舅文子必瓘也。

尚將軍萬餘人還救城，操逆擊破之，城中崩沮。審配令士卒曰：「堅守死戰，操軍疾矣。」操出行圍，配伏弩射之幾中。以袁熙之別將先擒。後漢書袁紹傳：曹操進攻鄴，袁皆不署名。「季男」，未知何指？「元子能官」，並見書。咸移俎豆之業，共集干戈之務。金僕陷堅以深入，「金僕」見左傳。《史記灌夫傳》：故戰常陷堅。勁弩飛空而亂注。《戰國策》：被堅甲，蹠勁弩。誓與族以忘

生,」李陵答蘇武書:「每一念至,忽然忘生。」報時君之善遇。戰國策:「遂弗殺,而善遇之。陳球家室,終避難以無聞,後漢書陳球傳:球爲零陵太守,州兵反,郡中惶恐,掾吏白遣家避難,球怒曰:「太守分國虎符,受任一邦,豈顧妻孥而沮國威重乎?復言者斬。」去病子孫,亦成功而有素。史記霍驃騎傳:去病卒,子嬗代侯,上愛之,幸其壯而將之。

大勳垂立,定命難言。長城遽壞,見度支周侍郎狀。秦嶽俄騫。「秦」,疑當作「泰」,用禮記「泰山其頹」意。詩天保傳:騫,虧也。星墜營中,先時盡見,蜀志諸葛亮傳注:晉陽秋曰:有星赤而芒角,自東北西南流,投於亮營,俄而亮卒。兒啼地下,此兆難原。陳書周文育傳:初文育之據三陂,有流星墜地,其聲如雷,地陷方一丈,中有碎炭數斗。又軍市中忽聞小兒啼,一市並驚。聽之,在土下,軍人掘得棺長三尺,文育惡之,俄而見殺。遂稽誅於賊壘,晉書殷浩傳:遂使寇讎稽誅。會昌一品集贈王茂元司徒制「亦既聞其綏復,是宜加以哀斂」,可互證也。綏服無禮,哀劍加恩。疑當作「綏復有禮,哀斂加恩」。「綏復」,見禮記。「哀斂」,見左傳。誠蘊蓄之非盡,後漢書馬融傳:疏越蘊憯。注:蘊憯,猶積聚也,憯與畜通。遽貽慟於天閽。楚辭遠遊:命天閽其開關兮。

在始終而可論。嗚呼哀哉!

惟公之膺秀筠,爾雅:東南之美者,有會稽之竹箭焉,西北之美者,有崑崙墟之璆琳、琅玕焉。丹霄一舉。季布金諾,見鍾呂。禮記。青海萬里,梁書西北諸戎傳:河南王者,其地有青海,方數百里。稟和延陵劍許。見呂召牒。既辨冠於燕齊,見新井碣。亦信開於梁楚。「開」,疑當作「聞」,見陳書除書狀。

樊南文集

狀。揚親業就，繼代名高。永言氣類，莫匪英髦。困學紀聞：柳子厚王參元書云：家有積貨，士之好廉名者皆畏忌不敢道足下之善。嘗考李商隱樊南四六有代王茂元遺表云：與季弟參元，俱以詞場就貢，久而不調，誌王仲元云：第五兄參元教之學。謝萬有安石之兄，見推時俊，見漢南李相公狀。王弘以曇首爲弟，遠映人曹。宋書王曇首傳：曇首，太保弘少弟也，高祖問弘曰：「卿弟何如卿？」弘答曰：「若但如臣，門户何寄？」「人曹。」見河東上楊相公狀一。詩。居懸重綬。見祭王相國文。赤羽若日，家語：子路曰：「今年殺諸賊奴，取金印如斗大繫肘。」史記趙世家：賜相國衣二襲。金印如斗。晉書周顗傳：顗曰：「今年殺諸賊奴，取金印如斗大繫肘。」賜衣千襲，史記高祖功臣侯年表。注：單、複具，爲一襲。罷疑當作「寵」。加寒暑之初，宸翰萬重，誓在河山之後。故得行有二矛，詩。居懸重綬。見祭王相國文。赤羽若日，封爵之誓曰：使河如帶，泰山如厲，國以永寧，爰及苗裔。重以夷門下士，史記信陵君傳：魏公子無忌封信陵君，仁而下士。魏有隱士曰侯嬴，家貧，爲大梁夷門監者。公子聞之，往請，欲厚遺之，不肯受。公子乃置酒大會賓客，坐定，公子從車騎虛左，自迎夷門侯生，侯生上坐不讓，欲以觀公子。公子執轡愈恭，至家，公子引侯生坐上坐。楚館求才。史記春申君傳贊：吾適楚觀春申君故城，宮室盛矣哉。御車表敬，見蕭給事狀。史記孟嘗君傳：孟嘗君曾待客夜食，有一人蔽火光，客怒以飯不等，輟食辭去。孟嘗起，自持其飯比之，客慚自剄，士以此多歸孟嘗。比飯除猜。陳書蔡凝傳：太建中，授寧遠將軍、尚書吏部侍郎。凝年位未高，而李舍人狀五。異蔡凝之待士，略彼蒿萊。韓詩外傳：原憲居環堵之室，茨以蒿萊。而又才地爲時所重，常端坐西齋，自非素貴名流，罕所交接，趣時者多譏焉。

理達團空,「團空」胡本作「同穴」,似誤。梁簡文帝莊嚴旻法師成實論義疏序:「自佛日團空,正流蕩垢。道通無

首楞嚴經:「名無住行,名無著行。」

赤髭疏主,蓮社高賢傳:「佛馱邪舍,罽賓國婆羅門種也。師髭赤,善解毗婆沙論,時人號赤髭論主。」擲塵尾

碑。水月觀定,按:梁簡文帝十空六首,其二水月。

以無言,見四證堂碑。綠髮仙翁,未詳。攝霓裘而自卻。「裘」,疑當作「裳」。楚辭九歌:「青雲衣兮白霓

裳。」

嗚呼哀哉!

其世榮也如彼,其全材也若此。語光陰之代謝,淮南子:「二者代謝舛馳。」注:「代更謝紀。」石火風燈,揚雄反騷:「臨汨羅而自隕

兮,恐日薄於西山。」忽東暉之云宴,雖西山而莫起。陸倕思田賦:「感風

燭與石火,嗟民生其如寄。追平昔之音容,驚波逝水。張正見傷韋侍讀詩:「逝水沒驚波。」今則青烏薦卜,

新唐書藝文志:王璨新撰青烏子三卷。白馬臨塋。陳書吳明徹傳:「父885徹時,有伊代者善占墓,謂其兄曰:『君葬

之日必有乘白馬逐鹿者來經墳所,此是最小孝子大貴之徵。』至時果有此應,明徹即樹之最小子也。」并移黃石,史記

留侯世家:「子房始所見下邳圯上老父與太公書者,後十三年,從高帝過濟北,果見穀城山下黃石,取而葆祠之。留侯死,

并葬黃石冢。」始啓滕城。見白秀才狀二。

魏冢竹書,晉書束皙傳:「太原二年,汲郡人不準盜發魏襄王墓,或言安釐王冢,得竹書數十

車。」燕丘華表,終古含情。干寶搜神記:「燕惠王墓上有狐狸已經千餘歲,聞晉司空張華博學多才,化為二少年書

生,乘馬而出,墓前過去,華表神謂曰:『若去非但喪汝二軀,我亦遭累。』狸不答而去,乃持刺謁華,華甚疑之:『此必妖

也。」乃曰：「千年之妖，以千年神木火照之即變。」世說燕惠王塚前有華表木，已經千年。發走爲使往取其木，空中有一青衣小兒來問使，使曰：「張司空，忽有二少年多才巧辭，疑是妖異，使我取華表照之。」青衣曰：「老狸不智，不聽我言，今日禍已及我，其可逃乎？」倏然不見。使乃伐其木，將歸照之，其精乃變，華乃烹之。考工記注：齊人之言終古，猶言常也。

某早辱徽音，夙當採異。箋：此下自敘婚於王氏，并及入幕時事。晉霸可託，齊大寧畏？並左傳。持匡衡乙科之選，雜梁竦徒勞之地。舊唐書商隱本傳：開成二年登進士第，釋褐祕書省校書郎，調補弘農尉。匡衡，見上李尚書狀。「梁竦」見盧韜牒。雖餉田以甚恭，念販春而增愧。後漢書梁鴻傳：鴻至吳，依大家皋伯通，居廡下，爲人賃舂，每歸妻爲具食，不敢於鴻前仰視，舉案齊眉。京西當日，箋：謂涇原。舊唐書地理志：涇州在京師西北四百九十三里。輦下當時。箋：謂茂元開成末內召還朝時。爾雅：閣謂之臺，有水者謂之樹。品流曲借，富貴虛中堂評賦，張衡西京賦：促中堂之陿坐。後榭言詩。史記陳丞相世家：戶牖富人張負女孫五嫁，人莫敢娶。「平欲得之。」負曰：「人固有好美如陳平而長貧賤者乎？」卒與女。誠非國寶之傾險，晉書王國寶傳：國寶少無士操，不修廉隅，婦父謝安惡其傾側，每抑而不用。終無衛玠之風姿。見獻相國京兆公啓。公在東藩，愚當再調。「東藩」當指陳許，舊唐書地理志：許州在京師東一千二百里。貢帛資費，易。衘書見召。沈約陶先生登樓不復下詩：衘書必青鳥。水檻幾醉，見令狐狀一。風亭一笑。見宣州裴尚書啓。日機中晨，見易。「機」疑當作

「換」。月移胸朓。〈說文〉：晦而月見西方謂之朓，朔而月見東方謂之朒。改頓水之辭違，〈箋〉：「頓」，當作「潁」，謂陳許也。義山自陳許歸後，遂不復至茂元幕，時方在東都，故云。注見許昌李尚書狀一。成洛陽之赴弔。〈箋〉：茂元有宅在洛陽之崇讓坊，前上許昌李尚書狀二云「王十二郎、十三郎，扶引靈筵，兼侍從郡君，今年八月至東洛訖」，可證也。又上鄭州李舍人狀四云「夏秋以來，疾苦相繼」，上李舍人狀二云「自還京洛，常抱憂煎，骨肉之間，病恚相繼」，蓋義山占籍東都，抱疴里居，適其妻族亦奉喪還洛，故下文云「將觀祖載，遂迫瘞瘍」也。事當在會昌四年。〈漢書劇孟傳〉：劇孟者，洛陽人也。母死，自遠方送葬，蓋千乘。嗚呼哀哉！

按：漢上林苑即秦之舊園地，當在長安之西，然唐人詠洛陽詩多有用秦苑者。

漢陵搖落，〈詩集河陽詩〉：漢陵走馬黃塵起。馮氏曰：後漢諸帝皆葬洛陽近地，故曰漢陵。秦苑冰霜。遂迫瘞瘍。〈左傳注〉：小疫曰瘥。〈周禮醫師注〉：身傷曰瘍。謝長原注：上聲。度之虛贏，〈晉書謝朗傳〉：朗字長度，總角時，病新起，體甚羸，於叔父安前與沙門支遁講論，遂至相苦。沈休文之瘦瘠，見獻舍人河東公啓。執轡猶妨。〈詩〉：林薄終焉，〈楚辭九章〉：露申辛夷，死林薄兮。〈注〉：草木交曰薄。關河永矣！〈水經注〉：自南山橫洛水北屬於河，皆關塞也。抱痛酸骨，銜悲沒齒。潘楊之好，〈潘岳楊仲武誄〉：潘、楊之睦，有自來矣。琴瑟之美，庶有奉於明哲，並〈詩〉。既無廁於仁旨。〈魏書高允傳〉：垂此仁旨。僧虔筆拙，〈南齊書王僧虔傳〉：僧虔善隸書，孝武欲擅書名，僧虔不敢顯跡。大明世，常用拙筆書，以此見容。葛洪紙空。〈晉書葛洪傳〉：洪家貧，躬自伐薪以貿紙筆。〈抱朴子〉：洪家貧，常乏紙，每所寫皆反覆有字，人少能讀。裁詞有盡，抆血無窮。希降

光於寓奠,聊照恨於微衷!

補遺

修華嶽廟記

國朝孫梅《四六叢話》:商隱此記,《樊南甲》、《乙集》無之,獨見於《華嶽全集》,爲諸家蒐羅之所不及。按:文中有「開成元年」句,考太和九年王茂元出鎮涇原,其明年即開成元年,義山正在茂元幕中,自涇至華,地亦不遠,此時地之相及者也。惟唐自高祖至文宗,中隔太、高、中、睿、玄、肅、代、德、順、憲、穆、敬十二宗,内中宗、睿宗並高宗子,敬宗、文宗並穆宗子,以世數計之,實十二世。文云「闓皇風於五葉」,則當爲玄宗。《舊唐書·玄宗紀》,先天二年九月封華嶽神爲金天王,是年十二月改元開元,豈開成即開元之譌耶?至元舅常英,徧檢新、舊二書后妃、外戚諸傳,並無其人,荀尚等皆不可考,征東、立節二將軍亦唐代所無,皆屬可疑。其文格簡樸,與義山諸作不類,以別無顯證,姑存之。

夫華嶽者,在西之宗鎮,《周禮》。正基周、秦之虛,班固《西都賦》:表以太華,終南之山。又:周以龍興,秦以虎視。仰蔭星井之曜,《史記·天官書》:東井、輿鬼,雍州。協金德以主生,譙周《古史考》:窮桑氏,嬴姓也,以金德王,故號金天氏。含素靈而養物,《史岑·出師頌》:素靈夜歎。其狀也,則削成萬仞,見《令狐狀》二。秀

出雲漢，詩。芝草植于其庭，抱朴子：按仙經，可以精思合作藥者，有華山上生芝草。醴泉流于其下，禮記。連帶岡阜，跨抱原野。谷雲所潤，則土爲神區；華陽國志：植幹華宇，振條神區。膏雨所降，則澤沾萬里。斯乃風雲之所宮府，物類之所歸藏，盡精靈之至極，窮山岳之壯麗。史記封禪書：自古以雍州積高，神明之隩。遊仙萃其宇，易林：華首山頭，仙道所游。往世以來，明居其宅，莫不崇之。故配天之義，載在虞書；秩宗之禮，列於祭典。大唐應期，承天受命，紹重基於萬世，闡皇風於五葉。張協七命：至聞皇風載韙。敬神炳靈，左思蜀都賦：近則江漢炳靈。祈之以信，而神降之福，左傳。衆祥並應。致治太平，災害不作，自非誠之所感，孰能臻此？開成元年九月戊戌，遣元舅侍中、太宰、征東大將軍、遼西王遼西常英，「元舅」，見詩。「侍中」，見處士狀。通典：太宰，於殷爲六太，於周爲六卿，亦曰冢宰，自隋而無。又，四征將軍皆漢、魏以來置，征東將軍、征西將軍、征南將軍、征北將軍各一人，唐無。舊唐書地理志：燕州，隋遼西郡，領縣一，遼西。屬河北道。冠軍將軍、禮曹尚書、河內公河內荀尚，舊唐書職官志：禮部尚書，冠軍大將軍，並正第三品。又地理志：懷州，隋河內郡，領河內縣，屬河北道。立節將軍、安定侯、直勒侯尼須，冊府元龜：後魏古弼，太武時爲立節將軍。「安定」，見濮陽上楊相公狀。薦以三特，舊唐書禮儀志：五嶽、四鎮、四海、四瀆，年別一祭，各以五郊迎氣日祭之。西嶽華山於華州，其牲用太牢，籩豆，每四祀官以當界都督刺史充。一善之行，尚稱之於時；立一惠於物，尚詠之於世。況至公配之於兩儀，易。仁澤濟之於

生民,稽之於義,容可已乎?遂命史臣爲之頌曰:

奕奕西嶽,實曰華山,詩韓奕傳:奕奕,大也。爾雅:華山爲西嶽。基洞水府,初學記:楚辭曰:鑿山檻以爲室,下披衣於水府。峻極於天。跨原抱阜,包谷懷川,幽壑澄潤,虛岫揚煙。峭崿空籠,沈約八詠詩:玉寶膏滴瀝,石室乳空籠。茂林重邃,吐納風雲,殖生萬類。體靜兼仁,惠有攸利,神明是居,遊仙是庇。巖以崇宗,谷以虛受,則天之高,擬地之厚。潤澤無窮,體實長久,功配兩儀,德均徽猷。摯虞左丘明贊:錯綜墳籍,思弘徽猷。朝咨上宰,潘岳河陽縣作:再升上宰朝。「違」,疑當作「建」。王屮頭陀寺碑:眷言靈宇,載懷興葺。正以準繩,參以規矩。材用不愆,顯章有序,違茲靈宇,庶幾神居,永寧其所。王屮頭陀寺碑:今屈知寺任,永奉神居。

附錄

舊唐書文苑傳

李商隱字義山，懷州河內人。曾祖叔恆，年十九登進士第，位終安陽令。祖俌，位終邢州錄事參軍。父嗣。

商隱幼能爲文。令狐楚鎮河陽，以所業文干之，年纔及弱冠。楚以其少俊，深禮之，令與諸子遊。楚鎮天平、汴州，從爲巡官，歲給資裝，令隨計上都。開成二年，方登進士第，釋褐祕書省校書郎，調補弘農尉。會昌二年，又以書判拔萃。王茂元鎮河陽，辟爲掌書記，得侍御史。茂元愛其才，以子妻之。茂元雖讀書爲儒，然本將家子，李德裕素遇之，時德裕秉政，用爲河陽帥。德裕與李宗閔、楊嗣復、令狐楚大相讎怨。商隱既爲茂元從事，宗閔黨大薄之。時令狐楚已卒，子綯爲員外郎，以商隱背恩，尤惡其無行。俄而茂元卒，來遊京師，久之不調。會給事中鄭亞廉察桂州，請爲觀察判官，檢校水部員外郎。大中初，白敏中執政，令狐綯在內署，共排李德裕逐之。亞坐德裕黨，亦貶循州刺史。商隱隨亞在嶺表累載。

三年入朝，京兆尹盧弘正奏署掾曹，令典箋奏。明年，令狐綯作相，商隱屢啓陳情，綯不之省。弘正鎮徐州，又從爲掌書記。府罷入朝，復以文章干綯，乃補太學博士。會河南尹柳仲郢鎮東蜀，辟爲節度判官、檢校工部郎中。大中末，仲郢坐專殺左遷，商隱廢罷，還鄭州，未幾病卒。

商隱能爲古文，不喜偶對。從事令狐楚幕，楚能章奏，遂以其道授商隱，自是始爲今體章奏，博學強記，下筆不能自休，尤善爲誄奠之辭。與太原溫庭筠、南郡段成式齊名，時號「三十六」。文思清麗，庭筠過之，而俱無持操，恃才詭激，爲當塗者所薄，名宦不進，坎壈終身。弟義叟，亦以進士擢第，累爲賓佐。商隱有表狀集四十卷。

新唐書文藝傳

李商隱字義山，懷州河內人。或言英國公世勣之裔孫。令狐楚帥河陽，奇其文，使與諸子游。楚徙天平、宣武，皆表署巡官，歲具資裝使隨計。開成二年，高鍇知貢舉，令狐綯雅善鍇，獎譽甚力，故擢進士第。調弘農尉，以活獄忤觀察使孫簡，將罷去，會姚合代簡，諭使還官。又試拔萃，中選。

王茂元鎮河陽，愛其才，表掌書記，以子妻之，得侍御史。茂元善李德裕，而牛、李黨人蚩謫商隱，以爲詭薄無行，共排笮之。茂元死，來游京師，久不調，更依桂管觀察使鄭亞府爲判官。亞謫循州，商隱從之，凡三年乃歸。亞亦德裕所善，綯以爲忘家恩，放利偷合，謝不通。京兆尹盧弘正表爲府參軍，典箋奏。綯當國，商隱歸窮自解，綯憾不置。弘正鎮徐州，表爲掌書記。久之，還朝，復干綯，乃補太學博士。柳仲郢節度劍南東川，辟判官，檢校工部員外郎。府罷，客滎陽，卒。

商隱初爲文瑰邁奇古，及在令狐楚府，楚本工章奏，因授其學。商隱儷偶長短，而繁縟過之。時溫庭筠、段成式俱用是相夸，號「三十六體」。

玉谿生年譜訂誤

錢振倫

李商隱字義山，懷州河內人。〈本傳。〉按：李氏溯源隴西，《史記傳》：李將軍廣，隴西成紀人也。《晉書傳》：涼武昭王，廣之十六世孫也。《舊唐書紀》：高祖神堯皇帝，涼武昭王七代孫也。義山詩曰「我系本王孫」，又曰「我家在山西」，山西即隴西也。李翱撰歙州長史隴西李則墓誌云「涼武昭王十三世孫李君歸葬鄭州某縣岡原」，正與義山家世相合，必即其族，而分派已遠，如李白亦涼武昭王後，而不編屬籍也。又《舊書傳》：李元通本隴西人，世居鄭州，為山東冠族。李撰，隴西成紀人，家於鄭州，則李氏之居鄭州者多矣。義山詩曰「為邦屬故園」，謂鄭州也。祭叔父文曰「壇山舊塋」，山在鄭州也。祭姊文云「寓殯獲嘉」，又云「小姪寄兒，本自濟邑」，濟源、獲嘉，乃河北地，則義山必舊居鄭州，遷居懷州，故有習業於玉陽、王屋之跡；然姊與姪女仍歸葬壇山，是終以鄭州為故園也。《舊傳》云「還鄭州」，最得其實，〈新傳〉「客」字小誤，而二傳祇書懷州河內人，皆小疎也。

振倫按：馮氏泥於「壇山舊塋」之文，遂疑二傳之疎，而不知二傳固未嘗疎也。考曾祖妣狀，義山曾祖叔洪葬於懷州，其祖叔卿寓居滎陽，沒而不克歸祔，卜葬於滎陽壇山之原上，并其曾祖妣亦未克合葬，是李氏實自懷遷鄭，直至義山通籍，始奉其曾祖

姒返葬於懷也。若處士房叔父及裴氏姊則皆葬於滎陽壇山,似因占籍已久,不復返葬懷州。蓋遷居在其祖之時,至義山已閱二世,則「舊塋」二字本無可疑,馮氏未見此狀,苦無以圓其説,遂爲此臆斷耳。

父嗣,本傳。嗣爲簿、尉之流,終浙東、西從事。

振倫按:嗣馮氏所據者,本集祭裴氏姊文云「先君子以交辟員來,南轅已轄」,又云「浙水東西,半紀漂泊」,故約略其辭爲政」,又云「先君子以烈考殿中君以知命不撓,從容於賓介」,又云「時先君子罷宰獲嘉耳。今考仲姊狀云「恭惟先德,實紹玄風,良時不來,百里將從他辟」,則嗣實曾爲獲嘉縣令,與百里爲政更切。至殿中省監一員,從三品,少監二員,從四品上;丞二人,從五品上;主事二人,從九品上;其尚食、尚藥、尚衣、尚舍、尚乘、尚輦六局之官並屬焉。詳《舊唐書·職官志》。狀中渾稱殿中,似難確指何官。又嗣既終於浙中,則殿中似先時所歷,否或幕職遙領京銜也。

憲宗元和八年癸巳,商隱生。按:義山生年,史無明文,覈之當在此年也。朱氏據令狐楚鎮河陽,義山纔及弱冠,而謂生貞元十二年間,不知史已誤矣。徐氏以爲楚鎮河陽,義山當十六歲,亦誤也。本集可據考年齒者有三:一爲開成時上崔華州書,一爲會昌四年改葬姊與姪女之文,一爲驕兒詩。祭裴氏姊文曰:「靈有行於元和之年,返葬於會昌之歲,

光陰迭代,三十餘秋。」又云「寓殯獲嘉,向經三紀」,又云「沈綿之際,俎背之初,某方解扶牀,猶能記面」,時義山僅二三歲耳。若計三紀實數,則當逆數至元和四年矣。然三十餘秋,若踰三十即可稱,而三紀舉成數,不必細拘,如開元、天寶合四十三載,而云「四紀爲天子」也。況國語云「十年,數之紀也」,何必定十二年哉!祭姊與姪女時,哀師未生,其後初在東川時云「或小於叔夜之男」,約當爲七歲,則哀師約生於會昌六年,乃驕兒詩形容四五歲嬉戲情狀,而自歎「顳顄欲四十」。又云「況今西與北,羌戎正狂悖」,指大中三四年党項寇邊及回紇遺種逃附奚部者言之。逆數至元和八年,則正三十八年,與「欲四十」合。其姊若亡於元和九年,則至會昌四年得三十一年,云經三紀可也。崔龜從爲華州,紀在開成元年十二月,崔鄲爲宣州,在二年正月,書爲其時所上,而云「愚生二十五年」,今自元和八年至開成二年,數乃正符,此尤其朗然者。故斷以是年爲生年,縱或稍有先後,而大要足據,不若舊譜之動多窒礙矣。

振倫按:馮氏於無可證據之中,借一詩三文以定義山之生年,用心亦良苦矣。然云「縱或稍有先後」,則固未敢自以爲必然也。今考仲姊狀云「會昌二年,原刻「三」字誤,辨詳本篇。商隱受選天官,正書祕閣」,距仲姊之殂已三十一年,由會昌二年逆溯三十一年,則仲姊當沒於元和七年,而祭姊文云「沈綿之際,俎背之時,某初解扶牀,猶能記

面」，則馮〈譜〉謂義山生於元和八年，殊不可通，似宜酌移爲元和六年，於理方順。惟本集上崔華州書，首云「愚生二十五年矣」，中云「爲今崔宣州所不取」馮氏據舊書紀開成二年崔鄲爲宣歙觀察，則狀當上於此年，逆數至元和六年則爲二十七歲，是愚說亦屬未安。同爲義山所作之文，不應自相舛午至此。今故不敢徑糾馮氏之誤，惟剖析其歧異之端，以俟論定焉。

敬宗寶曆元年乙巳，商隱年十三，父喪除後，似懷州無可居，始居蒲之永樂。按：〈祭姊文〉云：「四海無可歸之地，九族無可倚之親，既祔故丘，便同逋駭。及衣裳外除，旨甘是急，乃占數東甸，傭書販舂。」占數，占戶籍之數也。蓋其先由鄭居懷，此似懷亦無可居，而蒲州在西京東北三百里外，貞觀中昇爲四輔，故曰東甸。其後會昌四年移家永樂，有「昔去成中移家關中，至後東川罷歸，又還鄭州。一生之屢遷靡定，而戀戀於故土者，皆可見已。魄天壇上」，「舊山萬仞青霞外，望見扶桑出東海」，仍屬懷州之境，懷、鄭固宜頻往來也。開今來」之句，舊跡當於此徵矣。時雖居家於此，又近游以資養母，而凡所云「學仙玉陽東，形又按：懷州近在東都之東北，「占數東甸」似亦可謂鄭州。無可歸，始著籍爲懷州人也，是成中移家關中，至後東川罷歸，又還鄭州。一生之屢遷靡定，而戀戀於故土者，皆可見已。與玉陽、王屋之跡更合。若永樂，則寓居耳。且玩「昔去驚投筆」句，似其時先有軍事驚心之行役，相去未久，況已在移家關中之後，未必遠溯從前也。此說亦可通。然上說較是，惟

追測總難細定耳。

振倫按：自寶曆元年至會昌四年，計二十年，馮氏前説因二十年後移居永樂，有「昔去驚投筆」二語，遂預書遷蒲於二十年之前，又因蒲在西京之東，遂釋蒲爲東甸，凡此皆曲説也。後説較近，而亦未核。竊謂義山之移家，當以父喪除服爲始，桂管就辟爲終。祭姊文云「占數東甸，傭書販舂」，偶成轉韻詩云「明年赴辟下昭桂，東郊痛哭辭兄弟」，東甸、東郊皆洛下也。補編上李舍人狀云「方還洛下」，又云「自還京洛」，上韋舍人狀云「淹滯洛下」，是義山之定居東都確無疑義。今於此處定爲遷洛，則此後較有端緒可尋矣。本傳。冬赴興元，代中，遷永樂，轉徙不常，猝難考其蹤跡。開成二年丁巳，商隱登進士第，令狐綯雅善錯，獎譽甚力，故擢第。十二月還京行次西郊詩「蛇年建丑月，我自梁還秦」也。

振倫按：義山既除父喪，即定居洛下，而蹤跡時往來於玉陽、王屋之間，故畫松詩有「學仙玉陽東，形魄天壇上」之語。補編上令狐相公第六狀爲義山登第東歸後作，中云「濟上漢中，風煙特異，恩門故國，道里相同。北堂之戀方深，東閣之知未謝」似其時有奉母居濟源之事，濟水出王屋，境相接也。又祭裴氏姊文云「小姪寄兒，來自濟

邑」,考寄葬於會昌四年,而祭小姪女文云「寄瘞爾骨,五年於茲」,則沒於開成五年。又云「爾生四年」,則正生於是年,或其時與弟羲叟同居耶?

三年戊午,赴涇原王茂元幕,娶其女,皆當在是年。

振倫按: 補編爲濮陽上陳相公第一狀爲陳夷行初入相時作,考舊唐書文宗紀,開成二年四月,工部侍郎陳夷行本官同中書門下平章事,新、舊二傳、新書宰相表並同。而義山已爲茂元作狀,似當列之二年爲是。

四年己未,商隱釋褐爲祕書省校書郎,調補弘農尉,以活獄忤觀察使孫簡,將罷去,會姚合代簡,諭使還官。故傳文從略。又按:釋褐爲官,必由吏部試判,義山以判入等,乃釋褐授官,定制必然。本傳。

按:職官以清要爲美,校書郎爲文士起家之良選,諸校書皆美職,而祕省爲最。如翰林無定員,諸曹尚書下至校書郎,皆得與選矣。至尉簿則俗吏,義山外斥,大非得意。與陶進士書云:「南場作判,比於江淮選人,正得不憂長名放耳。」雖自負文才必得,亦隱謂忌者不能抑也。又曰「尋復啓與曹主求尉於虢,實以太夫人年高,樂近地有山水者」云云,乃矯語耳。觀所編諸詩,憤鬱可見,諭使還官,亦非其意也。又按:義山於開成二年已云「愚調京下」,然則釋褐實在四年,時當移家關中。祭姪女文云「赴調京下」,移家關中,寄瘞爾骨,五年於茲」,遡之當在是年,則云「樂近地有山水

附錄

九四七

者」，必非始願所及矣。

振倫按：小姪女寄葬於會昌四年，而祭姪女文云「赴調京下，移家關中，寄瘞爾骨，五年於兹」又補編上河陽李大夫第二狀云「卜鄰上國，移貫長安」而先敍何弘敬拒命事，此事在開成五年，則移家關中之在五年，已無疑義。馮氏必欲移之四年者，意以移家謁選，然後得尉，而姚合之觀察陝虢，事在開成四年，則不得不提前以就其説也。不知唐時先爲内外官從調試判者甚多，其以尉而試判者，亦時有之。義山以才人爲末吏，本非心之所樂爲，補編上李尚書狀云：「駕鼓未休，搶榆而止。」而上河東公啓云：「虞寄爲官，何嘗滿秩。」必其還官之後，旋即辭任赴京以求超擢，故會昌二年又以書判拔萃。彼此參證，其作尉在先，移家在後，尚何疑哉！

會昌二年壬戌，商隱又以書判拔萃，重入祕書省爲郎。_{本傳。}

振倫按：曾祖妣狀云：「會昌二年，由進士判入等，授祕書省正字。」此足補史文之略。

四年甲子，商隱於楊弁平後，移家永樂縣居。按：葬姊與姪女似皆在正月，及太原定後，移居永樂，時往來京師。本傳云「茂元卒，來遊京師，久之不調」，亦有小疎，蓋母服當閱三年也。其服闋未調，或以婚於茂元故耳。重祭外舅文云：「愚方遁跡丘園，前耕後餉。」

春日詠懷云:「我獨丘園坐四春。」蓋自此數年,皆閑居永樂也。甲集序云「十年京師窮且餓」,則以雖居永樂,頻至京師,故統言之。厥後在東川有阿袞寄在長安之跡,大約赴桂管辟,仍移家京下。

振倫按:馮氏據詩集大鹵平後移家永樂詩,又四年冬,以退居蒲之永樂,作憶雪、殘雪詩,列此於會昌四年是矣。至謂自此數年皆閑居永樂,則似未然。補編上李舍人第一狀云:「去冬,適有私故,淹留他縣。自春又爲鄭州李舍人邀留,比月方還洛下。」考本集爲李襃作四啓,皆爲劉稹平後之辭。此狀既云「自春邀留」,自當爲五年之春,則所云去冬淹留他縣者,即指四年移居永樂之事。而下云「方還洛下」,可見義山之意,終以洛下爲定居。自會昌五年以後,其在洛而不在永樂明矣。至引重祭文云:「愚方遁跡丘園,前耕後餉。」夫重祭文必參觀於初祭而始明,補編祭外舅文云「改潁水之辭違,成洛陽之赴弔」,是已明指洛下而言。又云「將觀祖載,遂迫瘥瘍」,又與上李舍人第二狀「自還京洛,常抱憂煎,骨肉之間,病恙相繼」語合,益見「遁跡丘園」之語,即指東都,不指永樂。若「我獨丘園坐四春」,則題係春日詠懷,別無指實,何能指爲久居永樂之證耶? 愚謂自會昌五年還洛之後,義山旋復赴京,而其弟義叟尚留於洛。玩上李舍人第四狀可見。舉此以推,則與偶成轉韻詩「明年赴辟下昭桂,東郊

慟哭辭兄弟」情事並合,不必如馮氏從「明年」二字作曲説矣。

宣宗大中元年丁卯,鄭亞廉察桂州,請商隱爲掌書記,冬如南郡。按:本傳皆言「請爲判官」,舊傳又云「檢校水部員外郎」,而新傳無之。文集止云「被奏,當表記也」。幕職必帶京銜,凡判官支使、掌書記之屬,舊、新志未見品秩,蓋以所檢校之京職爲高下,如諸狀所云也。員外郎從六品上階,若已得斯銜,則還朝不應猶爲九品之尉。舊傳恐誤。

振倫按:補編爲滎陽公上荆南鄭相公第三狀云「李支使商隱」,文爲如南郡時作,雖與傳文小異,然其時已授幕職矣。

秋笳集	[清]吳兆騫撰　麻守中校點
漁洋精華録集釋	[清]王士禛著
	李毓芙、牟通、李茂肅整理
聊齋志異會校會注會評本	[清]蒲松齡著　張友鶴輯校
敬業堂詩集	[清]查慎行著　周劭標點
納蘭詞箋注	[清]納蘭性德著　張草紉箋注
方苞集	[清]方苞著　劉季高校點
樊榭山房集	[清]厲鶚著　[清]董兆熊注
	陳九思標校
劉大櫆集	[清]劉大櫆著　吳孟復標點
儒林外史彙校彙評	[清]吳敬梓著　李漢秋輯校
小倉山房詩文集	[清]袁枚著　周本淳標校
忠雅堂集校箋	[清]蔣士銓著　邵海清校
	李夢生箋
甌北集	[清]趙翼著　李學穎、曹光甫校點
惜抱軒詩文集	[清]姚鼐著　劉季高標校
兩當軒集	[清]黃景仁著　李國章校點
惲敬集	[清]惲敬著　萬陸、謝珊珊、林振岳標校　林振岳集評
茗柯文編	[清]張惠言著　黃立新校點
瓶水齋詩集	[清]舒位著　曹光甫點校
龔自珍全集	[清]龔自珍著　王佩諍校點
龔自珍詩集編年校注	[清]龔自珍著　劉逸生、周錫䪖校注
水雲樓詩詞箋注	[清]蔣春霖著　劉勇剛箋注
人境廬詩草箋注	[清]黃遵憲著　錢仲聯箋注
嶺雲海日樓詩鈔	[清]丘逢甲著　丘鑄昌標點

湯顯祖戲曲集	[明]湯顯祖著　錢南揚校點
白蘇齋類集	[明]袁宗道著　錢伯城校點
袁宏道集箋校	[明]袁宏道著　錢伯城箋校
珂雪齋集	[明]袁中道著　錢伯城點校
隱秀軒集	[明]鍾惺著　李先耕、崔重慶標校
譚元春集	[明]譚元春著　陳杏珍標校
張岱詩文集（增訂本）	[明]張岱　夏咸淳輯校
陳子龍詩集	[明]陳子龍著 施蟄存、馬祖熙標校
牧齋初學集	[清]錢謙益著　[清]錢曾箋注 錢仲聯標校
牧齋有學集	[清]錢謙益著　[清]錢曾箋注 錢仲聯標校
牧齋雜著	[清]錢謙益著　[清]錢曾箋注 錢仲聯標校
牧齋初學集詩注彙校	[清]錢謙益著　[清]錢曾箋注 卿朝暉輯校
李玉戲曲集	[清]李玉著 陳古虞、陳多、馬聖貴點校
吳梅村全集	[清]吳偉業著　李學穎集評標校
歸莊集	[清]歸莊著
顧亭林詩集彙注	[清]顧炎武著　王蘧常輯注 吳丕績標校
安雅堂全集	[清]宋琬著　馬祖熙標校
吳嘉紀詩箋校	[清]吳嘉紀著　楊積慶箋校
陳維崧集	[清]陳維崧著　陳振鵬標點 李學穎校補

石林詞箋注	[宋]葉夢得著　蔣哲倫箋注
樵歌校注	[宋]朱敦儒著　鄧子勉校注
李清照集箋注(修訂本)	[宋]李清照著　徐培均箋注
陳與義集校箋	[宋]陳與義著　白敦仁校箋
蘆川詞箋注	[宋]張元幹著　曹濟平箋注
劍南詩稿校注	[宋]陸游著　錢仲聯校注
放翁詞編年箋注(增訂本)	[宋]陸游著　夏承燾、吳熊和箋注　陶然訂補
范石湖集	[宋]范成大撰　富壽蓀標校
于湖居士文集	[宋]張孝祥著　徐鵬校點
稼軒詞編年箋注(定本)	[宋]辛棄疾撰　鄧廣銘箋注
姜白石詞編年箋校	[宋]姜夔著　夏承燾箋校
後村詞箋注	[宋]劉克莊著　錢仲聯箋注
雁門集	[元]薩都拉著　殷孟倫、朱廣祁校點
揭傒斯全集	[元]揭傒斯著　李夢生標校
高青丘集	[明]高啓著　[清]金檀注　徐澄宇、沈北宗校點
唐寅集	[明]唐寅著　周道振、張月尊輯校
文徵明集(增訂本)	[明]文徵明著　周道振輯校
震川先生集	[明]歸有光著　周本淳校點
海浮山堂詞稿	[明]馮惟敏著　凌景埏、謝伯陽標校
滄溟先生集	[明]李攀龍著　包敬第標校
梁辰魚集	[明]梁辰魚著　吳書蔭編集校點
沈璟集	[明]沈璟著　徐朔方輯校
湯顯祖詩文集	[明]湯顯祖著　徐朔方箋校

樊南文集	［唐］李商隱著　［清］馮浩詳注
	［清］錢振倫、錢振常箋注
皮子文藪	［唐］皮日休著　蕭滌非、鄭慶篤整理
鄭谷詩集箋注	［唐］鄭谷著
	嚴壽澂、黃明、趙昌平箋注
韋莊集箋注	［五代］韋莊著　聶安福箋注
張先集編年校注	［宋］張先著　吳熊和、沈松勤校注
二晏詞箋注	［宋］晏殊、晏幾道著　張草紉箋注
梅堯臣集編年校注	［宋］梅堯臣著　朱東潤編年校注
歐陽修詩文集校箋	［宋］歐陽修著　洪本健校箋
蘇舜欽集	［宋］蘇舜欽著　沈文倬校點
嘉祐集箋注	［宋］蘇洵著　曾棗莊、金成禮箋注
王荊文公詩箋注	［宋］王安石著　［宋］李壁箋注
	高克勤點校
王令集	［宋］王令著　沈文倬校點
蘇軾詩集合注	［宋］蘇軾著　［清］馮應榴注
	黃任軻、朱懷春校點
東坡樂府箋	［宋］蘇軾著　［清］朱孝臧編年
	龍榆生校箋
欒城集	［宋］蘇轍著　曾棗莊、馬德富校點
山谷詩集注	［宋］黃庭堅著　［宋］任淵、史容、
	史季溫注　黃寶華點校
山谷詩注續補	［宋］黃庭堅著　陳永正、何澤棠注
山谷詞校注	［宋］黃庭堅著　馬興榮、祝振玉校注
淮海集箋注	［宋］秦觀撰　徐培均箋注
淮海居士長短句箋注	［宋］秦觀著　徐培均箋注
清真集箋注	［宋］周邦彥著　羅忼烈箋注

孟浩然詩集箋注(增訂本)	[唐]孟浩然著	佟培基箋注
王右丞集箋注	[唐]王維著	[清]趙殿成箋注
李白集校注	[唐]李白著	瞿蛻園、朱金城校注
高適集校注(修訂本)	[唐]高適著	孫欽善校注
杜詩趙次公先後解輯校	[唐]杜甫著	[宋]趙次公注
	林繼中輯校	
杜詩鏡銓	[唐]杜甫著	[清]楊倫箋注
錢注杜詩	[唐]杜甫著	[清]錢謙益箋注
岑參集校注	[唐]岑參著	陳鐵民、侯忠義校注
戴叔倫詩集校注	[唐]戴叔倫著	蔣寅校注
韋應物集校注(增訂本)	[唐]韋應物著	陶敏、王友勝校注
權德輿詩文集	[唐]權德輿撰	郭廣偉校點
韓昌黎詩繫年集釋	[唐]韓愈著	錢仲聯集釋
韓昌黎文集校注	[唐]韓愈著	馬其昶校注
	馬茂元整理	
劉禹錫集箋證	[唐]劉禹錫著	瞿蛻園箋證
白居易集箋校	[唐]白居易著	朱金城箋校
柳宗元詩箋釋	[唐]柳宗元著	王國安箋釋
柳河東集	[唐]柳宗元著	[宋]廖瑩中輯注
元稹集校注	[唐]元稹著	周相錄校注
長江集新校	[唐]賈島著	李嘉言新校
三家評注李長吉歌詩	[唐]李賀著	[清]王琦等評注
樊川文集	[唐]杜牧著	陳允吉校點
樊川詩集注	[唐]杜牧著	[清]馮集梧注
溫飛卿詩集箋注	[唐]溫庭筠著	[清]曾益等箋注
玉谿生詩集箋注	[唐]李商隱著	[清]馮浩箋注
	蔣凡校點	

《中國古典文學叢書》已出書目

詩經今注	高亨注
楚辭今注	湯炳正、李大明、李誠、熊良智注
司馬相如集校注	［漢］司馬相如著　金國永校注
揚雄集校注	［漢］揚雄著　張震澤校注
張衡詩文集校注	［漢］張衡著　張震澤校注
阮籍集	［魏］阮籍著　李志鈞等校點
陶淵明集校箋（修訂本）	［晉］陶潛著　龔斌校箋
世說新語箋疏（修訂本）	［南朝宋］劉義慶撰　余嘉錫箋疏　周祖謨等整理
世說新語校釋	［南朝宋］劉義慶撰　［南朝梁］劉孝標注　龔斌校釋
鮑參軍集注	［南朝宋］鮑照著　錢仲聯增補集說校
謝宣城集校注	［南朝齊］謝朓著　曹融南校注集說
文心雕龍義證	［南朝梁］劉勰著　詹鍈義證
詩品集注（增訂本）	［梁］鍾嶸著　曹旭集注
文選	［梁］蕭統編　［唐］李善注
玉臺新詠彙校	吳冠文　談蓓芳　章培恒彙校
王梵志詩集校注（增訂本）	［唐］王梵志著　項楚校注
盧照鄰集箋注	［唐］盧照鄰著　祝尚書箋注
駱臨海集箋注	［唐］駱賓王著　［清］陳熙晉箋注
王子安集注	［唐］王勃著　［清］蔣清翊注
陳子昂集（修訂本）	［唐］陳子昂撰　徐鵬校點

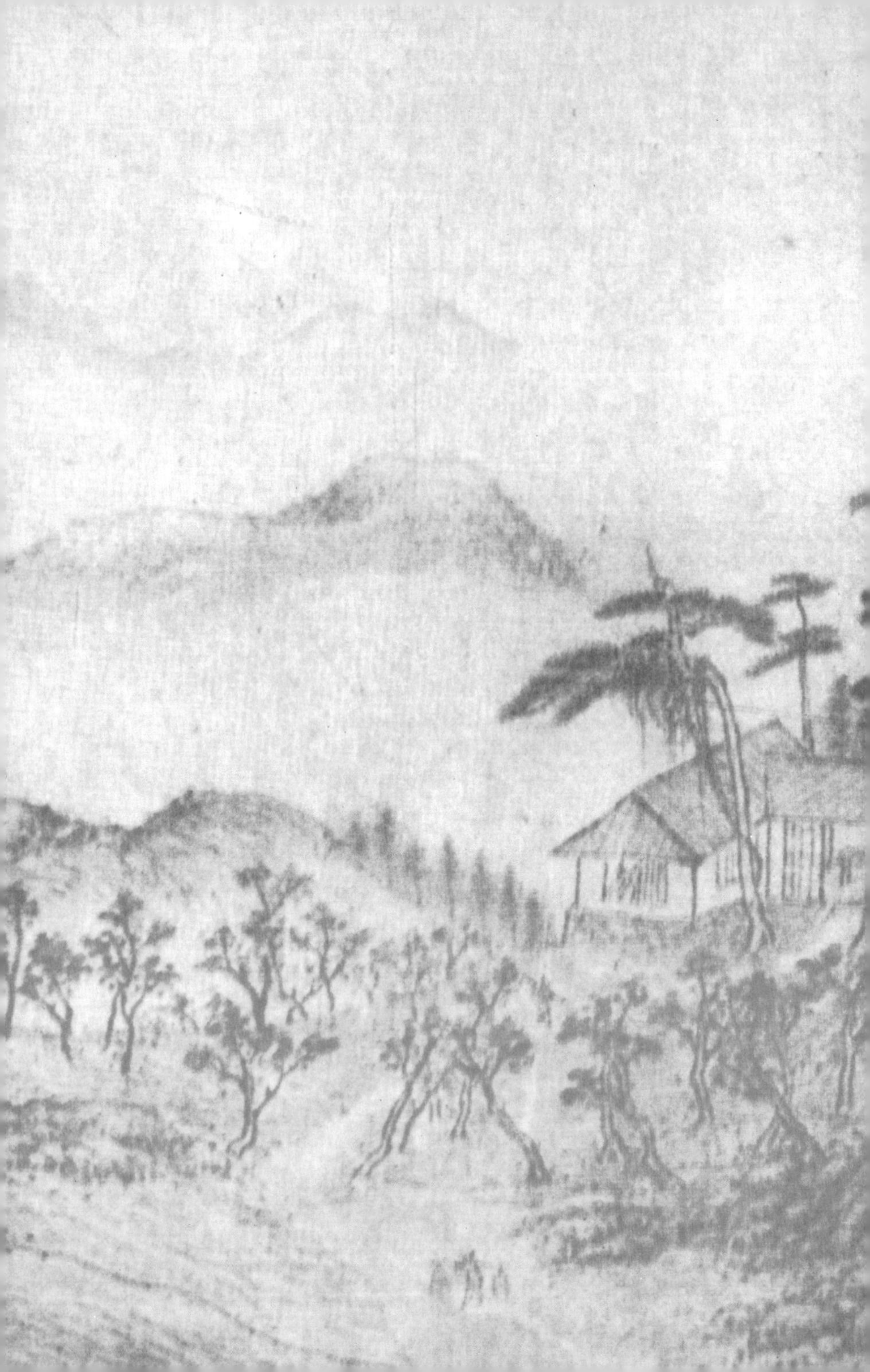